Zaklinacz deszczu

Tego autora w Wydawnictwie Albatros

FIRMA

KANCELARIA

ZAKLINACZ DESZCZU

Wkrótce

KRÓL ODSZKODOWAŃ

NIEWINNY CZŁOWIEK

WIĘZIENNY PRAWNIK

RAPORT PELIKANA

KOMORA

Theodore Boone

OSKARŻONY

JOHN GRISHAM

Zaklinacz deszczu

Z angielskiego przełożyli

KRZYSZTOF OBŁUCKI
LECH Z. ŻOŁĘDZIOWSKI

ALBATROS

Wydawnictwo
A. Kuryłowicz

Tytuł oryginału:
THE RAINMAKER

Polish edition copyright © Wydawnictwo Albatros A. Kuryłowicz 2012

Polish translation copyright © Krzysztof Obłucki & Lech Z. Żołędziowski 2012

Redakcja: Beata Słama

Konsultacja prawnicza: prof. Tadeusz Tomaszewski

Zdjęcie na okładce: bikerlondon/Shutterstock

Projekt graficzny okładki: Andrzej Kuryłowicz

Skład: Laguna

ISBN 978-83-7659-715-7
(oprawa miękka)

ISBN 978-83-7659-716-4
(oprawa twarda)

Książka dostępna także jako i jako

(czyta Jan Peszek)

Dystrybutor
Firma Księgarska Olesiejuk sp. z o.o. sp. k.-a.
Poznańska 91, 05-850 Ożarów Maz.
t./f. 22.535.0557, 22.721.3011/7007/7009
www.olesiejuk.pl

Sprzedaż wysyłkowa – księgarnie internetowe
www.merlin.pl
www.empik.com
www.fabryka.pl

Wydawca
WYDAWNICTWO ALBATROS A. KURYŁOWICZ
Hlonda 2A/25, 02-972 Warszawa
www.wydawnictwoalbatros.com

2012. Wydanie I/oprawa miękka
Druk: WZDZ – Drukarnia Lega, Opole

Rozdział 1

Moja decyzja, by zostać prawnikiem, stała się nie-odwołalna, kiedy zdałem sobie sprawę, że ojciec nienawidzi adwokatów. Byłem niepozbieranym nastolatkiem, zawstydzonym własną niezdarnością, sfrustrowanym życiem, przerażonym dojrzewaniem. Ojciec za niesubordynację chciał mnie wysłać do szkoły wojskowej. Był kiedyś komandosem i wierzył, że chłopcy powinni dorastać przy wtórze trzasku bicza. Ja zaś wyrastałem na pyskacza, miałem wstręt do dyscypliny, dlatego pozbycie się mnie z domu uznał za najprostsze rozwiązanie. To było w latach, zanim mu wybaczyłem.

Przez siedemdziesiąt godzin tygodniowo pracował jako inżynier w zakładach produkujących między innymi drabiny. Ponieważ drabiny są niebezpieczne, jego firma często była pozywana do sądu. A jako że zajmował się projektowaniem, najczęściej właśnie on składał zeznania i występował w imieniu zakładów na procesach. Nie mogę powiedzieć, że mam mu za złe nienawiść do prawników, niemniej zacząłem ich podziwiać, ponieważ bardzo uprzykrzali mu życie. Użerał się z nimi przez osiem godzin, a potem, gdy tylko wrócił do domu, pił martini. Żadnych powitań.

Żadnych uścisków. Żadnych obiadów. Tylko mniej więcej godzina wyrzekania, gdy załatwiał kolejne drinki, a później padał nieprzytomny na rozkładany fotel. Jeden z procesów trwał trzy tygodnie, a kiedy skończył się wyrokiem bardzo niekorzystnym dla jego firmy, matka zadzwoniła po lekarza i na miesiąc umieścili go w szpitalu.

Po jakimś czasie jego firma zbankrutowała i oczywiście winą za to obarczano prawników. Nawet raz nie usłyszałem słowa o tym, że do jej upadku mogło się przyczynić złe zarządzanie. Wóda stała się życiem ojca, wpadł w depresję. Przez całe lata nie miał stałej pracy, co naprawdę mnie wkurzało, bo musiałem przez to robić za kelnera i dostarczać pizzę, żeby jakoś przebrnąć przez college. O ile pamiętam, w ciągu tamtych czterech lat nauki rozmawiałem z nim dwa razy. W dniu, kiedy dowiedziałem się, że zostałem przyjęty na wydział prawa, wróciłem dumny do domu z tą wspaniałą nowiną. Matka powiedziała mi później, że ojciec przez tydzień nie wstawał z łóżka.

Dwa tygodnie po moim triumfalnym powrocie do domu, kiedy zmieniał żarówkę w spiżarni (przysięgam, że to prawda), przewróciła się drabina i upadł na głowę. Przez rok leżał w śpiączce w domu opieki, zanim ktoś się zlitował i w końcu go odłączył.

Kilka dni po pogrzebie wspomniałem, że moglibyśmy wytoczyć proces z tego powodu, ale matka nie chciała o tym słyszeć. Zawsze podejrzewałem, że kiedy spadł, nie był trzeźwy. No i nie miał żadnych dochodów, więc z perspektywy naszego wymiaru sprawiedliwości jego wartość ekonomiczna była praktycznie żadna.

Matka dostała w sumie pięćdziesiąt tysięcy dolarów z ubezpieczenia na życie i fatalnie trafiła, wychodząc powtórnie za mąż. Mój ojczym to prostak, emerytowany urzędnik pocztowy z Toledo. Większość czasu spędzają na parkietach do tańca i na podróżowaniu kamperem Winnebago. Trzymam się od nich z daleka. Matka nie zaproponowała mi ani centa, powiedziała, że to wszystko, co ma na przyszłość, a ponieważ udowodniłem, że w sumie dobrze sobie radzę, żyjąc bez pieniędzy, uznała, że nie musi mi pomagać. Czeka mnie wspaniała przyszłość, kiedy to będę zarabiał pieniądze, czego nie można powiedzieć o niej, argumentowała. Jestem pewny, że Hank, jej nowy mąż, doradzał jej po cichu w sprawach finansowych. Nasze ścieżki, Hanka i moja, kiedyś jeszcze się przetną.

Studia prawnicze skończę w maju, za miesiąc od tej chwili, a w czerwcu przystąpię do egzaminu adwokackiego. Nie kończę nauki z wyróżnieniem, choć jestem w czołówce mojego roku. Moim jedynym sprytnym posunięciem podczas trzech lat studiów było zaliczenie trudnych przedmiotów na samym początku, więc przez ostatni semestr mogę się obijać. Zajęcia, jakie mam tej wiosny, to kpina: prawo sportowe, prawo autorskie, wybrane zagadnienia z Kodeksu Napoleona i mój ulubiony przedmiot, prawne problemy osób starszych.

Właśnie z powodu tego ostatniego przedmiotu siedzę teraz na zdezelowanym krześle przy lichym składanym stoliku w dusznym budynku pełnym wszelkiego rodzaju seniorów, jak lubią być nazywani. Ręcznie napisana tabliczka nad jedynymi widocznymi drzwiami górnolotnie określa to miejsce jako Dom Seniora „Cyprysowe Ogrody", choć poza nazwą nie ma tu śladu jakiejkolwiek roślinności czy kwiatów. Ściany są szare i gołe, poza starym wyblakłym zdjęciem Ronalda Reagana w rogu, stojącym między dwoma smutnymi chorągiewkami — jedną amerykańską, drugą stanu Tennessee. Budynek jest mały i przygnębiający, wszystko wskazuje na to, że zbudowano go w ostatniej chwili, żeby wykorzystać niewielką sumę nieoczekiwanie wygospodarowaną z funduszy federalnych. Boję się spojrzeć na tłum staruszków przybliżających się centymetr po centymetrze na składanych krzesełkach, dlatego bazgrzę coś w notesie.

Musi być ich z pięćdziesiątka, w równej mierze czarnych, jak i białych, ze średnią wieku co najmniej siedemdziesiąt pięć lat. Niektórzy są ślepi, kilkanaścioro na wózkach, wielu nosi aparaty słuchowe. Powiedziano nam, że spotykają się tutaj codziennie w południe na gorący posiłek, by wysłuchać lub zaśpiewać kilka piosenek lub z powodu wizyty jakiegoś zdesperowanego polityka startującego w wyborach. Po paru godzinach życia towarzyskiego wracają do domów i liczą minuty, kiedy znowu będą mogli tu przyjść. Nasz profesor powiedział, że to największe wydarzenie w ich szarej codzienności.

Popełniliśmy okropny błąd, zjawiając się tam w porze lunchu. Naszą czwórkę posadzono w rogu razem z opiekunem, profesorem Smootem, i uważnie na nas patrzono, gdy kładliśmy sobie na talerze gumowatego kurczaka i groszek. Trafiła mi się żółta galaretka, co zostało natychmiast zauważone przez brodatego starego capa o imieniu Bosco, nabazgranym na plakietce z napisem „Cześć, nazywam się..." przypiętej nad kieszenią brudnej koszuli. Bosco wymamrotał coś o galaretce, a ja szybko chciałem mu ją oddać razem z porcją kurczaka, ale pani Birdie Birdsong zganiła go i szorstko popchnęła na krzesło. Pani Birdsong ma około osiemdziesiątki, ale jest bardzo dziarska, jak na swój wiek, i w tej społeczności pełni funkcję matki, tyrana i bramkarza. Panuje nad tłumem niczym szefowa weteranka służb ochroniarskich, obejmuje ich, poklepuje i ucina sobie pogaduszki z innymi małymi starowinkami o niebieskich włosach, śmieje się głośno i piskliwie, ale przez cały czas nie spuszcza czujnego wzroku z Bosco, który bez wątpienia jest zakałą tej gromadki. Palnęła mu kazanie za uwagi o mojej galaretce, a sekundę później postawiła przed nim całą miskę z żółtą breją. Aż pokraśniał. Zjadł galaretkę krótkimi paluchami.

Minęła godzina. Lunch trwał, jakby te wygłodniałe istoty ucztowały, mając przed sobą siedem dań i żadnej nadziei na następny posiłek. Ich trzęsące się widelce i łyżki poruszały się w tę i z powrotem, w górę i w dół, do ust i z ust niczym sztućce platerowane cennym kruszcem. Tu nikt z niczym się nie liczył. Wrzeszczeli na siebie, kiedy poruszyło ich jakieś słowo. Upuszczali jedzenie na podłogę, a ja nie mogłem już znieść tego widoku. Zjadłem nawet moją porcję galaretki. Bosco, nadal pazerny, obserwował mój każdy ruch. Pani Birdie pomykała po sali i świergotała o tym i owym.

Profesor Smoot, jajogłowy niezdara z przekrzywioną muszką, gęstwą włosów i w czerwonych szelkach, siedział z wyrazem twarzy usatysfakcjonowanego człowieka, który właśnie skończył doskonały posiłek i z zachwytem podziwia wszystko, co się dzieje. To poczciwy człowiek, trochę po pięćdziesiątce, ale o nawykach bardzo bliskich Bosco i jego kumplom. Od dwudziestu lat wykładał bezstresowe przedmioty, których nikt inny nie chciał prowadzić i tylko garstka studentów chciała się ich uczyć. Prawa dziecka, prawa osób niepełnosprawnych... prowadził seminaria na temat przemocy w kraju, problemów osób chorych psychicznie i uczył, rzecz jasna, prawa staruchów, jak nazywano ten przedmiot za jego plecami. Zgłosił raz propozycję przedmiotu o nazwie prawa nienarodzonych płodów, ale wywołało to taką burzę kontrowersji, że profesor bardzo szybko wziął urlop naukowy.

Na pierwszych zajęciach wyjaśnił, że celem jego przedmiotu jest zbliżenie nas do prawdziwych ludzi z rzeczywistymi problemami prawnymi. Był zdania, że wszyscy młodzi ludzie rozpoczynają studia prawnicze z pewną dozą idealizmu i chęcią służenia społeczeństwu, ale po trzech latach brutalnej rywalizacji zależy im już tylko na dobrej posadzie w odpowiedniej kancelarii, gdzie po siedmiu latach można zostać wspólnikiem i zarabiać dużo forsy. I miał co do tego absolutną rację.

Jego wykłady nie są popularne i początkowo przychodziło na nie jedenastu studentów. Po miesiącu nudnych zajęć ze Smootem i ciągłym nawoływaniu do wyrzeczenia się pieniędzy i do pracy za darmo nasza garstka zmniejszyła się do czterech osób. To bezwartościowy przedmiot, dodający jedynie dwie godziny do wymaganej liczby zajęć, ale niewymagający żadnego wysiłku, i to właśnie mnie do niego przyciągnęło. Ale gdyby został mi więcej niż miesiąc, poważnie wątpię, czy zawracałbym sobie nim głowę. W tej chwili nienawidziłem uczelni. I bardzo poważnie myślałem o praktyce prawniczej.

To moja pierwsza konfrontacja z prawdziwymi klientami i jestem naprawdę przerażony. Choć ci potencjalni klienci, którzy siedzą niedaleko, są starzy i niedołężni, wpatrują się we mnie, jakbym miał ogromną wiedzę. Jestem w końcu prawie prawnikiem, noszę ciemny garnitur, a przede mną leży notes, w którym rysuję kółka i kwadraty, na twarzy zaś mam wyraz inteligentnego skupienia i zmarszczone czoło, zatem na pewno potrafię im pomóc. Przy naszym składanym stole siedzi obok mnie Booker Kane, czarny facet, który jest moim najlepszym przyjacielem na wydziale. Boi się tak samo jak ja. Przed nami stoją złożone karty katalogowe, udające wizytówki z napisanymi na nich na czarno naszymi nazwiskami — Booker Kane i Rudy Baylor. To ja. Obok Bookera jest podium, zza którego wrzeszczy pani Birdie, a po drugiej stronie stoi kolejny stół z identycznymi wizytówkami głoszącymi obecność F. Franklina Donaldsona IV, nadętego palanta, który przez całe trzy lata wpisywał inicjał przed imieniem i cyfrę po nazwisku. Obok niego siedzi prawdziwa suka, N. Elizabeth Erickson, dziewczyna jakich mało, która nosi garsonki w prążki, jedwabne krawaty i jest straszliwie przewrażliwiona na swoim punkcie. Wielu z nas podejrzewa, że pod spodem ma suspensorium.

Smoot stoi za nami przy ścianie. Pani Birdie czyta ogłoszenia, informacje ze szpitali i nekrologi. Drze się do mikrofonu podłączonego do systemu nagłaśniania, który działa zaskakująco dobrze. Cztery ogromne głośniki wiszą w rogach sali, a jej przenikliwy głos rozlega się i dudni ze wszystkich stron. Aparaty słuchowe są wyłączane i wyjmowane. W tej chwili nikt nie śpi. Dzisiaj były trzy nekrologi i kiedy pani Birdie wreszcie kończy, widzi łzy w oczach kilku słuchaczy. Boże, niech mnie coś takiego nie spotka. Daj mi, proszę, jeszcze z pięćdziesiąt lat pracy i zabawy, a potem nagłą śmierć podczas snu.

Po naszej lewej stronie przy ścianie ożywia się pianistka i rzuca papier nutowy na podstawkę przed sobą. Pani Birdie uważa się za kogoś w rodzaju analityka politycznego i w chwili gdy zaczyna pomstować na proponowaną podwyżkę podatku od sprzedawanych towarów, pianistka atakuje klawisze. *America the Beautiful* — piękna Ameryka, myślę. Z lubością wali w klawisze jak nawie-

14

dzona, rozlegają pierwsze takty refrenu, a staruchy łapią śpiewniki i czekają na pierwszą zwrotkę. Pani Birdie nie traci ani jednego taktu. Teraz stała się dyrygentką chóru. Unosi do góry ręce, klaszcze, żeby zwrócić na siebie uwagę, i macha nimi, gestem zachęcając wszystkich, by wstali przy pierwszych słowach. Ci, którzy mogą, powoli się podnoszą.

Zawodzenie cichnie dramatycznie przy drugim wersie. Nie znają słów, a większość z tych biednych istot nie widzi dalej niż koniec własnego nosa, dlatego śpiewniki okazują się bezużyteczne. Usta Bosco zamykają się nagle, ale nadal nuci głośno, wpatrzony w sufit.

Pianino milknie niespodziewanie, gdy kartki z nutami spadają z podstawki i rozsypują się na podłodze. Koniec pieśni. Wszyscy wpatrują się w poczciwą pianistkę, która próbuje łapać je w powietrzu, a potem zbiera z podłogi wokół własnych nóg, gdzie spadły.

— Dziękujemy! — pani Birdie drze się do mikrofonu, podczas gdy reszta nagle siada na krzesłach. — Dziękujemy. Muzyka to piękna rzecz. Podziękujmy Bogu za piękną muzykę.

— Amen! — grzmi Bosco.

— Amen — dodaje inny staruszek z tylnego rzędu, kiwając głową.

— Dziękuję — mówi pani Birdie. Odwraca się i uśmiecha do mnie i Brookera.

Obaj przechylamy się przez stół i spoglądamy na zebranych.

— Posłuchajcie — zaczyna teatralnie pani Birdie — na dzisiejszym spotkaniu miło nam gościć profesora Smoota z jego kilkoma bardzo inteligentnymi i przystojnymi studentami. — Macha w naszą stronę pomarszczonymi rękami i uśmiecha się, pokazując szarożółte zęby panu Smootowi, który powoli do niej podszedł. — Są przystojni, prawda? — pyta, wskazując nas. — Jak wiecie, profesor Smoot wykłada prawo na uniwersytecie stanowym w Memphis, gdzie studiował mój najmłodszy syn, jak wiecie, ale nie zrobił dyplomu. Profesor odwiedza nas co roku z kilkoma studentami, którzy wysłuchają waszych problemów z prawem i coś

Moja pierwsza konsultacja prawna. Poprzedniego lata dorabiałem jako urzędnik w niewielkiej kancelarii w śródmieściu, zatrudniającej dwunastu prawników. Płacono im od godziny. Żadnej stałej pensji. Poznałem arkana sztuki wystawiania rachunków, której pierwsza zasada mówi, że adwokat spędza sporo czasu na konsultacjach: konsultacjach z klientami, konsultacjach przez telefon, konsultacjach z prawnikami strony przeciwnej, sędziami, wspólnikami, rzeczoznawcami od ubezpieczeń, urzędnikami, asystentami, konsultacjach przy lunchu, konsultacjach w sądzie, wizytach w celu konsultacji, na konsultacjach ugodowych, konsultacjach przed rozprawą sądową i po rozprawie sądowej. Wystarczy wymienić rodzaj działania, a prawnik natychmiast wymyśli dla niego konsultacyjną otoczkę.

Pani Birdie rozgląda się, a to dla mnie sygnał, żeby mówić cicho i trzymać głowę nisko, bo niezależnie od tego, w jakiej sprawie chce się mnie poradzić, ta sprawa jest piekielnie poważna. A to bardzo mi odpowiada, bo nie chcę, żeby ktokolwiek słyszał kiepską i naiwną radę, jaką siłą rzeczy muszę jej dać w odpowiedzi na jej problem.

— Przeczytaj to — mówi, a ja biorę kopertę i ją otwieram.

Alleluja! To testament! Ostatnia wola Colleen Janice Barrow Birdsong. Smoot mówił nam, że więcej niż połowa tych klientów będzie chciała zaopiniowania i może uaktualnienia testamentu, co z kolei bardzo dobrze się składa, jako że w zeszłym roku wszyscy musieliśmy zaliczyć przedmiot o nazwie testamenty i spadki, więc teraz czujemy się kompetentni w wynajdowaniu problemów. Testamenty to całkiem proste rodzaje dokumentów i może je prawidłowo sporządzić nawet jeszcze bardzo zielony prawnik.

Ten jest napisany na maszynie i wygląda bardzo formalnie. Kiedy przebiegam po nim wzrokiem, dowiaduję się z dwóch pierwszych paragrafów, że pani Birdie jest wdową i ma dwoje dzieci oraz całe stadko wnucząt. Przy trzecim paragrafie robi mi się gorąco, zerkam na nią w trakcie czytania. Potem czytam jeszcze raz. Ona uśmiecha się zadowolona z siebie. Zapis nakazuje wykonawcy przekazanie każdemu z jej dzieci po dwa miliony dolarów oraz po milionie na fundusz powierniczy dla każdego z jej wnuków. Policzyłem wolno: ośmioro wnucząt. To co najmniej dwanaście milionów dolarów.

— Czytaj dalej — szepcze, jakby naprawdę słyszała kalkulator grzechoczący mi w mózgu.

Klient Bookera, stary czarny mężczyzna, płacze teraz i ma to coś wspólnego z jakimś romansem, który się nie udał wiele lat temu, i dziećmi, które go zaniedbują. Staram się nie podsłuchiwać, ale to niemożliwe. Booker notuje zawzięcie i usiłuje ignorować jego łzy. Bosco śmieje się głośno przy drugim końcu stołu.

Na podstawie paragrafu piątego testamentu jakiś kościół ma dostać trzy miliony dolarów, a college dwa miliony. Potem następuje lista obdarowywanych organizacji, zaczynając od Stowarzyszenia Diabetyków, kończąc na zoo w Memphis, przy każdej zaś zapisano sumę, z których najmniejsza to pięćdziesiąt tysięcy dolarów. Nie przestaję marszczyć czoła, szybko dokonuję obliczeń i wychodzi mi, że pani Birdie ma majątek wart netto jakieś dwadzieścia milionów.

Niespodziewanie pojawia się wiele problemów związanych z tym testamentem. Po pierwsze i najważniejsze, nie jest tak opasły, jak w zasadzie być powinien. Pani Birdie to bogaczka, a bogaci ludzie nie zostawiają krótkich, prostych testamentów. Wolą długie, skomplikowane akty, powierników i fundusze powiernicze, transfery pomijające pokolenia i wszelkiego rodzaju zagwozdki i rozwiązania wymyślane i dołączane przez drogich doradców podatkowych z dużych kancelarii prawniczych.

— Kto to przygotował? — pytam. Koperta jest czysta i nic nie wskazuje na autora.

— Mój były adwokat. Już nie żyje.

To dobra wiadomość. Kiedy przygotowywał ten akt, dopuścił się niedopełnienia obowiązków.

Zatem ta sympatyczna drobna kobiecina o szarożółtych zębach

i dość melodyjnym głosie jest warta dwadzieścia milionów dolarów. I najwyraźniej nie ma prawnika. Zerkam na nią i wracam do testamentu. Nie nosi drogich ubrań, nie ma na sobie brylantów ani złota, włosom też nie poświęca ani czasu, ani pieniędzy. Sukienkę ma bawełnianą, a ciemnoczerwony sweterek znoszony, śmiało mogłaby je kupić w Searsie. Swego czasu widziałem kilka bogatych staruszek i zwykle bardzo łatwo je zauważyć.

Testament jest sprzed prawie dwóch lat.

— Kiedy umarł pani adwokat? — pytam teraz już słodziutkim głosem. Głowy nadal trzymamy nisko pochylone, a nasze nosy dzieli zaledwie kilka centymetrów.

— W zeszłym roku. Rak.

— I teraz nie ma pani adwokata?

— Nie byłoby mnie tutaj, gdybym go miała, chyba się ze mną zgodzisz, Rudy? W testamencie nie ma nic skomplikowanego, więc pomyślałam, że ty możesz się nim zająć.

Chciwość to śmieszna rzecz. Pracę zaczynam pierwszego lipca u Brodnaxa i Speera, w zaskorupiałej i małej kancelarii, gdzie wyzyskuje się pracowników, z piętnastoma prawnikami, którzy zajmują się prawie wyłącznie reprezentowaniem firm ubezpieczeniowych na procesach sądowych. Nie jest to praca, jakiej pragnąłem, ale w miarę rozwoju sytuacji Brodnax i Speer podtrzymali ofertę zatrudnienia mnie, podczas gdy inni się wycofali. Przypuszczam, że pobędę tam kilka lat, dowiem się, o co w tym wszystkim chodzi, i znajdę coś lepszego.

Czy na facetach od Brodnaxa i Speera zrobi wrażenie, jeśli przyjdę pierwszego dnia pracy z klientką wartą co najmniej dwadzieścia milionów dolarów? Od razu stałbym się zaklinaczem prawa, jaśniejącą młodą gwiazdą, samym dotykiem zmieniającą wszystko w złoto. Może mógłbym nawet prosić o większy gabinet?

— Oczywiście, że mogę się tym zająć — odpowiadam bez przekonania. — Tyle że, jak sama pani wie, chodzi tu o mnóstwo pieniędzy i ja...

— Szzzza! — syczy, przysuwając się jeszcze bliżej. — Nie wspominaj o pieniądzach. — Zerka nerwowo na wszystkie strony, jakby po kątach czaili się złodzieje. — Nie będę o nich rozmawiała — dodaje stanowczo.

— W porządku. Mnie to nie przeszkadza. Ale tak sobie myślę, że może zastanowiłaby się pani nad rozmową o tym z doradcą podatkowym.

— To samo powiedział mój stary adwokat, ale ja nie chcę. Dla mnie prawnik to prawnik, i tyle, a testament to testament.

— Racja, ale gdyby zaplanowała pani sposób przekazywania spadku, mogłaby pani zaoszczędzić całe tony pieniędzy na podatkach.

Kręci głową, jakbym był debilem.

— Nie zaoszczędzę ani centa.

— Proszę wybaczyć, ale wydaje mi się, że to możliwe w pani przypadku.

Kładzie dłoń ze starczymi plamami na moim nadgarstku i szepcze:

— Coś ci wyjaśnię, Rudy. Podatki w ogóle mnie nie obchodzą, bo jak sam się domyślasz, nie będę już żyła. Mam rację?

— Tak, myślę, że tak. Ale co z pani spadkobiercami?

— Właśnie dlatego przyszłam do ciebie. Jestem wściekła na moich spadkobierców i chcę ich usunąć z testamentu. Obu synów i niektóre z wnuków. Precz, precz, precz. Nic nie dostaną, rozumiesz? Zero. Ani centa, ani drzazgi z mebla. Nic.

W jej oczach nagle widać zawziętość, a wokół ust tworzą się rzędy głębokich zmarszczek. Ściska mój nadgarstek, ale nie zdaje sobie z tego sprawy. Przez sekundę pani Birdie jest nie tylko zła, ale i do żywego poruszona.

Przy drugim końcu stołu między Bosco i N. Elizabeth Erickson wybucha kłótnia. Bosco głośno i dobitnie wyrzeka na opiekę medyczną, system ubezpieczeń społecznych i republikanów w ogóle, ona zaś wskazuje kartkę i usiłuje mu wytłumaczyć, dlaczego rachunki niektórych lekarzy nie są refundowane. Smoot wstaje

21

wolno z krzesła i podchodzi do końca stołu, by zapytać, czy może im jakoś pomóc.

Klient Bookera stara się rozpaczliwie wziąć w karby, ale po jego policzkach płyną łzy, Booker z kolei zaczyna się denerwować. Zapewnia starszego pana, że tak, w rzeczy samej, on, Booker Kane, sprawdzi wszystko i potem to wyprostuje. Włącza się klimatyzacja i zagłusza niektóre rozmowy. Talerze i szklanki zebrano już ze stołów, w ich miejsce pojawiają się wszelkiego rodzaju gry: chińczyk, szachy, remik i jakaś gra planszowa z kostkami. Na szczęście większość tych ludzi przyszła tu na lunch i po rozrywki towarzyskie, a nie po poradę prawną.

— Dlaczego chce ich pani wydziedziczyć? — pytam.

Puszcza moją rękę i przeciera oczy.

— Cóż, to bardzo osobista sprawa i naprawdę nie chciałabym się w nią zagłębiać.

— W porządku. Kto dostaje pieniądze? — pytam i nagle czuję się oszołomiony władzą, jaką mnie obdarzono, dzięki której napiszę słowa czyniące milionerami zwykłych ludzi. Mam tylko nadzieję, że uśmiech, jaki jej posyłam, równie ciepły co fałszywy, w żaden sposób jej nie uraził.

— Nie jestem pewna — mówi smutno i rozgląda się, jakby chodziło o jakąś grę. — Nie jestem pewna, komu je dać.

Cóż, a może milion dla mnie? Texaco lada dzień wytoczy mi sprawę o czterysta dolarów. Zerwałem negocjacje z nimi i miałem wiadomości od ich adwokata. Właściciel mieszkania, które wynajmuję, grozi mi eksmisją, bo od dwóch miesięcy nie płacę czynszu. A ja tymczasem siedzę tutaj i gawędzę z najbogatszą osobą, jaką poznałem, osobą, która nie pożyje zbyt długo i zastanawia się raczej rozbawiona, kto i ile powinien dostać.

Wręcza mi kartkę, na której wydrukowane są bardzo wyraźnie w wąskich kolumnach cztery nazwiska i mówi:

— To wnuki, które chcę chronić, one nadal mnie kochają. — Zasłania usta dłonią i pochyla się w stronę mojego ucha. — Daj każdemu po milionie.

Ręka mi się trzęsie, gdy piszę w notesie. Bach! Ot, tak, właśnie stworzyłem czterech milionerów.

— A co z resztą? — pytam szeptem.

Pani Birdie odchyla się gwałtownie na krześle, prostuje plecy i mówi:

— Ani centa. Nie dzwonią do mnie, nie przysyłają mi kartek ani prezentów. Wydziedziczam ich.

Gdybym miał babcię wartą dwadzieścia milionów dolarów, wysyłałbym jej kwiaty co tydzień, kartki co drugi dzień, czekoladki przy każdym deszczu i szampana, gdyby nie padało. Dzwoniłbym do niej rano i drugi raz przed położeniem się do łóżka. W każdą niedzielę zabierałbym ją do kościoła i siedział tam z nią, ramię w ramię, w czasie mszy, a potem szlibyśmy na brunch, a potem na aukcję albo do teatru, może wystawę czy gdziekolwiek, do licha, babcia chciałaby pójść. Opiekowałbym się taką babcią.

I rozważałem robienie tego samego dla pani Birdie.

— W porządku — mówię poważnie, jakbym zajmował się czymś takim już wiele razy. — Nic dla pani dwóch synów?

— To właśnie powiedziałam. Absolutnie nic.

— Czy mogę zapytać, co pani zrobili?

Wzdycha ciężko, jakby to pytanie ją frustrowało, przewraca oczami, jakby odstręczała ją sama myśl o powiedzeniu mi tego, ale zaraz potem opiera się na obu łokciach i pochyla ku mnie, żeby i tak mi o tym opowiedzieć.

— No więc — szepcze — Randolph, najstarszy, ma prawie sześćdziesiątkę, właśnie się ożenił po raz trzeci z małą wywłoką, która bez przerwy pyta o pieniądze. Cokolwiek mu zostawię, i tak trafi to w jej ręce, a wolałabym raczej dać coś tobie, Rudy, niż własnemu synowi. Albo profesorowi Smootowi, albo komukolwiek, byle nie Randolphowi. Wiesz, o co mi chodzi?

Serce mi stanęło. Centymetry, dosłownie centymetry dzielą mnie od oszałamiającej żyły złota, i to przy mojej pierwszej klientce. Do diabła z Brodnaxem i Speerem, i wszystkimi czekającymi mnie konsultacjami.

— Nie może mi pani tego zapisać, pani Birdie — mówię i posyłam jej najsłodszy z moich uśmiechów. Moje oczy, a prawdopodobnie również usta i nos błagają, żeby powiedziała: „Mogę! Cholera! To moje pieniądze i mogę je zapisać, komu zechcę, a jeśli chcę dać je tobie, Rudy, to, do diabła, są twoje!".

Zamiast tego jednak mówi:

— Cała reszta idzie dla wielebnego Kennetha Chandlera. Znasz go? Pokazują go teraz przez cały czas w telewizji, z Dallas, i dzięki naszym donacjom robi mnóstwo cudownych rzeczy na całym świecie, buduje domy, żywi niemowlęta, naucza Biblii. Chcę, żeby on to dostał.

— Telewizyjny kaznodzieja?

— Och, on jest kimś znacznie więcej niż kaznodzieją. Jest nauczycielem, mężem stanu, doradcą, jada obiady z głowami państw, wiesz, no i jest śliczniutki jak laleczka. Ma na głowie mnóstwo kręconych siwych włosów, za wcześnie posiwiał, ale nie pozwoliłby nikomu tego zmieniać, wiesz.

— Oczywiście. Ale...

— Zadzwonił do mnie wczoraj wieczorem. Dasz wiarę? Jego głos w telewizji ma jedwabiste brzmienie, ale przez telefon jest wprost uwodzicielski. Wiesz, co mam na myśli?

— Tak, przynajmniej tak mi się wydaje. Po co do pani dzwonił?

— Cóż, w zeszłym miesiącu, kiedy wysłałam ustaloną kwotę za marzec, którą zobowiązałam się wpłacić, napisałam krótką wiadomość, że myślę o zmianie testamentu, bo dzieci się ode mnie odwróciły i tak dalej, i zastanawiam się nad zapisaniem jakiejś kwoty na jego działalność. Nie minęły trzy dni, a zadzwonił, cały on, taki słodki i pełen życia, i chciał się dowiedzieć, ile zamierzam mu zapisać. Palnęłam jakąś orientacyjną sumę i od tamtej pory dzwoni codziennie. Powiedział, że jest nawet gotów przylecieć własnym learjetem na spotkanie ze mną, jeśli tak bardzo tego pragnę.

Odjęło mi mowę. Smoot trzymał Bosco za ramię, próbował go uspokoić i znów posadzić przed N. Elizabeth Erickson, która w tej chwili przestała być przewrażliwiona na swoim punkcie i najwyraźniej zawstydzona przez pierwszego klienta była gotowa wejść pod stół. Strzelała oczami na wszystkie strony, dlatego posłałem jej krótki uśmiech, żeby wiedziała, że patrzę. Siedzący obok niej F. Franklin Donaldson IV jest pochłonięty doradzaniem parze staruszków. Dyskutują o jakimś dokumencie, który wygląda na testament. Jestem bardzo z siebie zadowolony, bo testament, który mnie się trafił, na pewno dotyczy znacznie większych pieniędzy niż ten, nad którym on marszczy czoło.

Postanawiam zmienić temat.

— Hm, pani Birdie, wspomniała pani, że ma dwoje dzieci. Randolpha i...

— Tak, Delberta. O nim też niech pan zapomni. Od trzech lat się do mnie nie odzywa. Mieszka na Florydzie. Wydziedziczam, wydziedziczam, wydziedziczam.

Kreślę długopisem i Delbert traci swoje miliony.

— Muszę zrobić coś z Bosco — mówi nagle i zrywa się na równe nogi. — To taki żałosny kurdupelek. Poza nami nie ma żadnej rodziny, żadnych przyjaciół.

— Nie skończyliśmy — zauważam.

Pani Birdie pochyla się i nasze twarze znów są bardzo blisko siebie.

— Tak, skończyliśmy, Rudy. Zrób, jak powiedziałam. Po milionie dla tamtej czwórki, a reszta dla Kennetha Chandlera. Wszystko inne pozostaje w testamencie bez zmian, wykonawca, formalne zobowiązania, powiernicy, wszystko zostaje takie samo. Proste, Rudy. Cały czas to robię. Profesor Smoot mówi, że wrócicie za dwa tygodnie z ładnie i czysto przepisanymi dokumentami. To prawda?

— Tak myślę.

— Bardzo dobrze. Zatem do zobaczenia, Rudy. — Mknie do drugiego końca stołu, otacza Bosco ramieniem, a on natychmiast się uspokaja i wygląda jak niewiniątko.

Studiuję testament i robię notatki. Uspokaja mnie świadomość, że Smoot i inni profesorowie będą dostępni, żeby służyć mi radą i wskazówkami, i że mam dwa tygodnie na zebranie się w sobie i zastanowienie, co z tym zrobić. Nie muszę się tym zajmować, powtarzam sobie. Ta urocza staruszka potrzebuje lepszej pomocy, niż ja mogę jej zaoferować. Potrzebny jej testament, jakiego prawdopodobnie w ogóle nie zrozumie, ale który z pewnością zadowoli urząd skarbowy. Nie czuję się jak głupek, raczej jak ktoś nieodpowiedni. Po trzech latach studiowania prawa wiem doskonale, jak niewiele umiem.

Klient Bookera próbuje mężnie panować nad emocjami, a jego prawnikowi zabrakło już słów, które mógłby powiedzieć. Booker nadal coś notuje, pomrukuje „tak" lub „nie" co kilka sekund. Nie mogę się doczekać, kiedy powiem mu o pani Birdie i jej majątku.

Zerkam na malejący tłum i w drugim rzędzie spostrzegam parę, która najwyraźniej mi się przygląda. W tej chwili tylko ja jestem wolny, ale oni wydają się niezdecydowani, czy powinni zaryzykować ze mną. Kobieta trzyma gruby plik papierów przewiązanych gumkami. Mamrocze coś pod nosem, a jej mąż kręci głową, jakby wolał zaczekać na innego z błyskotliwych młodych prawniczych orłów.

Podnoszą się powoli i ruszają w kierunku mojego końca stołu. Zbliżając się, nie spuszczają ze mnie oczu. Uśmiecham się. Witam w moim biurze.

Kobieta zajmuje krzesło, na którym siedziała pani Birdie. On siada po drugiej stronie stołu i zachowuje dystans.

— Witam — mówię z uśmiechem i wyciągam rękę. On potrząsa nią niemrawo, potem podaję dłoń kobiecie. — Nazywam się Rudy Baylor.

— Jestem Dot, a to Buddy. — Kobieta wskazuje głową mężczyznę, ignorując moją rękę.

— Dot i Buddy — powtarzam i zaczynam notować. — A jak brzmi nazwisko? — pytam ciepłym głosem niczym zaprawiony w bojach doradca.

— Black. Dot i Buddy Blackowie. Tak naprawdę to Marvarine i Willis Blackowie, ale wszyscy nazywają nas Dot i Buddy. — Natapirowane i ondulowane włosy Dot tworzą srebrną górę na jej głowie. Wygląda na schludną osobę. Nosi tanie białe tenisówki, brązowe skarpetki i za duże dżinsy. To chuda, żylasta kobieta, obcesowa w obejściu.

— Adres? — pytam.

— Osiemset sześćdziesiąt trzy Squire w Granger.

— Czy państwo pracują?

Buddy wyglądał, jakby miał otworzyć usta, a ja odniosłem wrażenie, że od wielu lat Dot występuje w ich imieniu.

— Ja jestem na rencie — odpowiada Dot. — Mam dopiero pięćdziesiąt osiem lat, ale choruję na serce. Buddy dostaje emeryturę, bardzo niewielką.

Buddy tylko wpatruje się we mnie. Nosi grube okulary w plastikowych oprawkach, które ledwo sięgają uszu. Policzki ma mięsiste i rumiane. Jego włosy są gęste i siwe z brązowawym odcieniem. Przypuszczam, że nie mył ich co najmniej od tygodnia. Koszula w czarno-czerwoną kratę jest chyba brudniejsza od jego włosów.

— Ile lat ma pan Black? — pytam ją niepewny, czy pan Black mi odpowie, jeśli go o to zapytam.

— On to Buddy, dobrze? Dot i Buddy. Darujmy sobie te formalności, dobrze? Ma sześćdziesiąt dwa lata. Mogę ci coś powiedzieć?

Szybko kiwam głową. Buddy spogląda przez stół na Bookera.

— Z nim nie wszystko jest w porządku — szepcze, wskazując głową Buddy'ego.

Patrzę na niego. On patrzy na nas.

— Ranny na wojnie — wyjaśnia Dot. — W Korei. Wiesz, co to wykrywacze metalu na lotniskach?

Teraz ja kiwam głową.

— No więc on może przejść przez to zupełnie nagi, a ta rzecz zaraz się włączy.

27

Koszula tak ciasno opina tors Buddy'ego, że guziki o mało się nie oderwą, gdy próbuje rozpaczliwie wciągnąć brzuch. Ma co najmniej trzy podbródki. Próbuję wyobrazić go sobie, jak nagi idzie przez międzynarodowe lotnisko w Memphis, włączając wszystkie alarmy i wprawiając ochronę w panikę.

— Ma płytkę w głowie — dodaje Dot.

— To... to okropne — szepczę i zapisuję w notesie, że pan Buddy Black ma płytkę w czaszce.

Pan Black obraca się w lewo i wpatruje w klienta Bookera, oddalonego o niecały metr.

Nagle Dot pochyla się do przodu.

— Coś jeszcze — mówi.

Nachylam się lekko w oczekiwaniu.

— Tak?

— Ma problem z alkoholem.

— Co też pani powie.

— Ale wszystko przez tę ranę na wojnie — dodaje uprzejmie.

W ten sposób, ot, tak, kobieta, którą poznałem trzy minuty temu, sprowadza męża do pozycji alkoholika imbecyla.

— Mogę zapalić? — pyta, sięgając do torebki.

— A wolno tu palić? — odpowiadam pytaniem i z nadzieją rozglądam się za tabliczką z napisem „Zakaz palenia". Nie widzę ani jednej.

— Och, jasne. — Wkłada papierosa między popękane usta i zapala go, zaciąga się i wydmuchuje kłęby dymu prosto na Buddy'ego, który ani drgnie.

— Co mogę dla was zrobić? — pytam, patrząc na gruby stos papierów spiętych ciasno szerokimi gumkami. Testament pani Birdie wsuwam pod notes. Pierwsza klientka, która mi się trafiła, jest milionerką, a następni to emeryci. Moja raczkująca kariera została z powrotem sprowadzona do parteru.

— Nie mamy za dużo pieniędzy — mówi Dot cicho, jakby to była wielka tajemnica, a ona wstydzi się ją ujawnić.

Uśmiecham się do niej ze współczuciem. Niezależnie od tego,

co mają, są znacznie bogatsi ode mnie i bardzo wątpię, by groził im proces.

— I potrzebny nam adwokat — dodaje, ściągając gumki z papierów.

— Na czym polega problem?

— No więc firma ubezpieczeniowa rucha nas na potęgę.

— Jaki rodzaj ubezpieczenia? — pytam.

Dot przesuwa dokumenty w moją stronę, a potem wyciera ręce, jakby pozbyła się ciężaru, który został przekazany cudotwórcy. Na wierzchu sterty leży jakaś poplamiona, wygnieciona i bardzo stara polisa. Dot wydmuchuje kolejne kłęby dymu i przez chwilę prawie nie widzę Buddy'ego.

— To ubezpieczenie medyczne — wyjaśnia. — Wykupiliśmy je pięć lat temu w Great Benefit Life, kiedy nasi chłopcy mieli po siedemnaście lat. Teraz Donny Ray umiera na białaczkę, a ci oszuści nie chcą płacić za leczenie.

— Great Benefit?

— Dokładnie.

— Nigdy o nich nie słyszałem — mówię z pewnością siebie, przeglądając jednocześnie pierwszą stronę polisy, jakbym zajmował się już wieloma podobnymi sprawami i wiedział wszystko o wszystkich firmach ubezpieczeniowych. Polisa jest wystawiona na dwa nazwiska, Donny'ego Raya i Ronny'ego Raya Blacków. Mają tę samą datę urodzenia.

— Wybacz mój język, ale to banda pieprzonych złodziei.

— Większość firm ubezpieczeniowych jest taka — odpowiadam rzeczowo, a Dot się uśmiecha. Zdobyłem jej zaufanie. — Zatem wykupiliście tę polisę pięć lat temu?

— Coś koło tego. Składkę zawsze płaciliśmy na czas i nigdy z niej nie korzystaliśmy aż do momentu, gdy Donny Ray się rozchorował.

Jestem studentem, nie mam ubezpieczenia. Nie istnieją żadne polisy na moje życie, zdrowie albo samochód. Nie stać mnie nawet na nową, tylną, lewą oponę do małej zdezelowanej toyoty.

— I... jak wspomniałaś, on umiera?

Dot kiwa głową, trzymając papierosa w ustach.

— Ostra białaczka. Złapał to osiem miesięcy temu. Lekarze dali mu rok, ale on tyle nie przeżyje, bo nie można mu było zrobić przeszczepu szpiku. A teraz jest prawdopodobnie za późno. „Szpik" wymawia prawie jak „śpik".

— Przeszczep? — pytam zbity z tropu.

— Pewnie bardzo niewiele wiesz o białaczce?

— Rzeczywiście niewiele.

Zaciska zęby i przewraca oczami, jakbym był idiotą, a potem głęboko, ze smutkiem, zaciąga się papierosem. Kiedy wypuściła już z siebie dość dymu, mówi:

— Moi chłopcy to identyczni bliźniacy, rozumiesz. Więc Ron, nazywamy go Ron, bo nie lubi, gdy się mówi na niego Ronny Ray, jest idealnie pasującym dawcą szpiku kostnego dla Donny'ego Raya. Lekarze tak mówili. Problem polega na tym, że taki przeszczep kosztuje około stu pięćdziesięciu tysięcy dolarów. A my tyle nie mamy, rozumiesz. Firma ubezpieczeniowa powinna za to zapłacić, bo polisa to pokrywa, mamy to czarno na białym. Ale ci pieprzeni złodzieje powiedzieli „nie". Więc Donny Ray przez nich umiera.

Dot w zadziwiający sposób przedstawia sedno sprawy.

Ignorowaliśmy Buddy'ego, ale on nas słucha. Wolno zdejmuje grube okulary i przeciera oczy owłosionym wierzchem lewej dłoni. Wspaniale. Buddy płacze. Bosco skomli w drugim końcu sali. A klient Bookera znów ma wyrzuty sumienia albo poczucie winy i łka, opierając głowę na rękach. Smoot stoi przy oknie i obserwuje nas, bez wątpienia zastanawiając się, jakich to porad udzielamy, że wywołują tyle łez.

— Gdzie on mieszka? — pytam, bo potrzebna mi jest jakaś odpowiedź, którą będę mógł notować przez kilka sekund, dzięki czemu uniknę widoku płaczących facetów.

— Nigdy nie wyprowadził się z domu. Mieszka z nami. To kolejny powód odmowy ze strony firmy ubezpieczeniowej. Powiedzieli, że jest już dorosły i polisa go nie obejmuje.

30

Biorę papiery i rzucam okiem na listy do i od Great Benefit.

— Czy polisa wygasa w chwili, gdy on osiągnie pełnoletność?

Dot kręci głową i uśmiecha się smutno.

— Nie. I nie ma tego w polisie, Rudy. Czytałam ją sto razy i nie ma tam niczego takiego. Przeczytałam nawet to, co jest małym druczkiem.

— Jesteś pewna? — pytam, ponownie przeglądając polisę.

— Tak. Czytam tę cholerną rzecz prawie od roku.

— Kto ci ją sprzedał? Kto jest agentem?

— Jakiś przygłupi pętak zapukał do nas i na nią namówił. Ott się nazywał lub coś w tym rodzaju, taki śliski oszust, który bardzo szybko gada. Próbowałam go odszukać, ale najwyraźniej zniknął z miasta.

Biorę ze sterty jedno pismo i czytam. Jest od starszego inspektora do spraw roszczeń i zażaleń w Cleveland, zostało napisane kilka miesięcy później niż list, który czytałem jako pierwszy, i zawiera przedstawioną w dość obcesowy sposób odmowę pokrycia kosztów transplantacji na podstawie ustalenia, że białaczka była schorzeniem występującym wcześniej, przed ubezpieczeniem, i dlatego nie jest nim objęta. Jeśli Donny rzeczywiście był chory na białaczkę od mniej niż roku, to przecież zdiagnozowano ją u niego cztery lata po wystawieniu polisy przez Great Benefit.

— Piszą tutaj, że odmawiają pokrycia kosztów, bo choroba występowała wcześniej.

— Wykorzystują każdą wymówkę, Rudy. Weź tylko te wszystkie papiery i przeczytaj je dokładnie. Wyjątki, wykluczenia, wcześniejsze stany, drobny druczek, próbowali już wszystkiego.

— Czy przeszczep szpiku kostnego należy do wyjątków?

— Nie, do cholery. Nawet nasz lekarz obejrzał tę polisę i powiedział, że Great Benefit powinna zapłacić, bo przeszczep szpiku kostnego to teraz rutynowe leczenie.

Klient Bookera przeciera twarz obiema dłońmi, wstaje i gotowy do odejścia coś jeszcze mówi. Dziękuje Bookerowi, a Booker dziękuje jemu. Starzec zajmuje krzesło obok podekscytowanych graczy w chińczyka. Pani Birdie udaje się w końcu uwolnić N. Elizabeth Erickson od Bosco i jego problemów. Smoot chodzi za naszymi plecami w tę i z powrotem.

Kolejny list również jest z Great Benefit i na pierwszy rzut oka nie różni się od pozostałych. Krótki, niegrzeczny i rzeczowy. Napisano w nim: *Szanowna Pani Black! Przy siedmiu wcześniejszych okazjach nasza firma odrzuciła na piśmie Pani zażalenie. Teraz odrzucamy je po raz ósmy i ostateczny. Pani musi być głupia, głupia, głupia!* Podpisał go kierownik działu roszczeń i zażaleń. Z niedowierzaniem pocierałem wypukłe logo na górze kartki. Poprzedniej jesieni miałem zajęcia z przedmiotu o nazwie prawo i ubezpieczenia i pamiętam, że byłem zaszokowany bezczelnym postępowaniem niektórych firm w sprawach o działanie w złej wierze. Naszym wykładowcą był gościnnie u nas uczący komunista, który nienawidził firm ubezpieczeniowych, prawdę mówiąc, pałał nienawiścią do wszelkich korporacji i z pasją oddawał się badaniu niesłusznego oddalania przez ubezpieczycieli uprawnionych roszczeń. Wierzył, że w naszym kraju istnieją dziesiątki tysięcy takich spraw załatwianych w złej wierze, które nigdy nie trafiły do sądu. Napisał parę książek o sporach sądowych z powodu działania w złej wierze i dysponował nawet statystykami potwierdzającymi jego opinię, że wielu ludzi godzi się po prostu z odrzuceniem ich żądań, nawet się nad tym nie zastanawiając.

Przeczytałem „głupi list" jeszcze raz, cały czas dotykając wyrafinowanego logo Great Benefit na górze kartki.

— Nigdy nie zapomnieliście o jakiejś składce? — zapytałem Dot.

— Ani razu.

— Będę musiał obejrzeć wyniki badań Donny'ego.

— Większość z nich mam w domu. Ostatnio rzadko widujemy lekarzy. Po prostu nas na to nie stać.

— Czy znasz dokładną datę, kiedy stwierdzono u niego białaczkę?

— Nie, ale to było w sierpniu zeszłego roku. Poszedł do szpitala na pierwszą dawkę chemii. A potem ci oszuści powiadomili nas, że nie będą więcej płacili za leczenie, więc szpital się nas pozbył. Powiedzieli, że nie stać ich na zrobienie przeszczepu. Za dużo, cholera, kosztuje. I tak naprawdę nie mogę ich za to winić.

Buddy przygląda się następnej klientce Bookera, drobniutkiej kobiecie, która również trzyma całą stertę dokumentów. Dot grzebie w paczce salemów, aż w końcu wyciąga kolejnego papierosa i wkłada go w usta.

Jeśli choroba Donny'ego to rzeczywiście białaczka i cierpi na nią dopiero od ośmiu miesięcy, to nie ma najmniejszej podstawy do zaliczenia jej do wyjątku, jakim jest wcześniejsze schorzenie. Jeśli białaczka nie podpada pod żadne wykluczenia i wyjątki, Great Benefit musi płacić. Prawda? To ma dla mnie sens, wydaje się straszliwie jasne, a ponieważ prawo jako takie bardzo rzadko jest jasne, a tym bardziej sensowne, wiem, że na pewno czeka mnie coś strasznego w głębinach odmów, które Dot otrzymała.

— Naprawdę tego nie rozumiem — mówię, nadal wpatrując się w list, w którym nazwano ją głupią.

Dot wypuszcza gęstą niebieskawą chmurę w kierunku męża, kłęby dymu otaczają jego głowę. Wydaje mi się, że Buddy ma suche oczy, ale nie jestem pewny. Dot cmoka lepkimi ustami i mówi:

— To proste, Rudy. Są bandą oszustów. Uważają nas za ludzkie śmieci, niedouczonych prymitywów, którzy nie mają pieniędzy, żeby z nimi walczyć. Przez trzydzieści lat pracowałam w fabryce dżinsów, zapisałam się do związków, rozumiesz, i codziennie walczyliśmy z firmą. To samo tutaj. Wielkie korporacje suną jak walce po maluczkich.

Oprócz nienawidzenia prawników mój ojciec pluł jadem na samo wspomnienie o związkach zawodowych. Więc naturalnie wyrosłem na zażartego obrońcę praw klasy robotniczej.

— Ten list jest aż niewiarygodny — mówię.

— Który?

— Ten od pana Krokita, w którym nazywa cię głupią, głupią, głupią.

— A, od tego skurwysyna. Szkoda, że nie przywlókł tu dupska i nie powiedział mi w twarz, że jestem głupia. Pieprzony bydlak.

Buddy odpędza od siebie dym machaniem ręki i coś mamrocze. Zerkam na niego w nadziei, że może jednak coś powie, ale on sobie odpuszcza. Po raz pierwszy spostrzegam, że lewa strona jego głowy jest odrobinę bardziej płaska niż prawa. Oczami wyobraźni widzę go, jak z gołym tyłkiem przemyka przez lotnisko. Składam list Krokita i umieszczam na wierzchu sterty dokumentów.

— Przejrzenie tego wszystkiego zajmie kilka godzin.

— No to musisz się śpieszyć. Donny Ray długo nie pociągnie. Waży teraz niecałe pięćdziesiąt kilo, a ważył siedemdziesiąt. W niektóre dni tak źle się czuje, że ledwo chodzi. Chciałabym, żebyś go zobaczył.

Nie mam ochoty na oglądanie Donny'ego Raya.

— Tak, może później.

Mam zamiar przeczytać polisę, listy i wyniki badań Donny'ego, a potem skonsultować się ze Smootem i napisać ładniutki dwustronicowy list do Blacków, w którym popisując się wiedzą, wyjaśnię, że powinni przedstawić swoją sprawę prawdziwemu adwokatowi, ale nie zwykłemu prawnikowi, tylko takiemu, który specjalizuje się w wytaczaniu spraw firmom ubezpieczeniowym za działanie w złej wierze. Dorzucę kilka nazwisk takich prawników razem z ich numerami telefonów i będę miał z głowy tę bezwartościową sprawę, skończę ze Smootem i jego obsesją na punkcie prawa dla staruchów.

Dyplom będę miał w kieszeni za trzydzieści osiem dni.

— To wszystko będzie mi potrzebne — wyjaśniam Dot i układam cały ten bałagan, związując go gumkami. — Wrócę tu za dwa tygodnie z gotowym pismem, w którym przedstawię swoje stanowisko.

— Po co ci aż dwa tygodnie?

— Cóż, ja... muszę sprawdzić parę rzeczy, skonsultować się z profesorami, poszukać tego i owego. Możesz mi przesłać wyniki badań Donny'ego Raya?

— Jasne. Wolałabym jednak, żebyś był szybszy.

— Zrobię, co w mojej mocy, Dot.

— Myślisz, że możemy wytoczyć sprawę?

Choć jestem tylko studentem prawa, dużo nauczyłem się o pustosłowiu.

— W tej chwili trudno powiedzieć. Choć wygląda to obiecująco. Będę musiał jednak lepiej się temu przyjrzeć i bardzo starannie wszystko sprawdzić. To niewykluczone.

— Co to, do cholery, znaczy?

— Więc... hm... to znaczy, że moim zdaniem masz uzasadnione roszczenie, ale będę musiał dobrze mu się przyjrzeć, żeby wiedzieć wszystko na pewno.

— Co z ciebie za adwokat?

— Jestem studentem prawa.

To najwyraźniej zbija ją z tropu. Zaciska mocno usta wokół białego filtra papierosa i wpatruje się we mnie. Buddy znów coś burczy. Na szczęście Smoot pojawia się za nami i pyta:

— Jak wam idzie?

Dot popatrzyła najpierw na jego muszkę, a potem na potargane włosy.

— Doskonale — odpowiadam. — Właśnie kończymy.

— Bardzo dobrze — mówi, jakby czas minął i trzeba było się zająć następnymi klientami. Odchodzi od nas.

— Do zobaczenia za dwa tygodnie — mówię ciepło z fałszywym uśmiechem.

Dot gasi peta w popielniczce i nachyla się w moją stronę. Zupełnie niespodziewanie usta zaczynają jej drżeć, a oczy wilgotnieją. Dotyka delikatnie mojego nadgarstka i patrzy na mnie bezradnie.

— Pośpiesz się, Rudy, proszę. Potrzebujemy pomocy. Mój chłopiec umiera.

35

Wpatrujemy się w siebie przez całą wieczność, w końcu jednak kiwam głową i coś mamroczę. Ci biedni ludzie powierzyli mi właśnie życie swojego syna, mnie, studentowi trzeciego roku na stanowym uniwersytecie w Memphis. Szczerze wierzą, że zajmę się tą stertą śmieci, którą przede mną położyli, wezmę telefon, zadzwonię w kilka miejsc, napiszę parę listów, pif-paf, pogrożę temu i owemu, i *presto!* — Great Benefit upadnie na kolona i obsypie Donny'ego Raya pieniędzmi. I spodziewają się, że wydarzy się to bardzo szybko.

Wstają i trochę skrępowani odchodzą od stołu. Jestem niemal pewny, że gdzieś w polisie jest kruczek zawierający wykluczenie, na pewno nie do odcyfrowania, niemniej umieszczony tam przez utalentowanych prawniczych rzemiechów, którzy zgarniają wysokie honoraria i od dziesięcioleci produkują z zadowoleniem klauzule drukowane małą czcionką.

Ciągnąc za sobą Buddy'ego, Dot lawiruje między składanymi krzesełkami i skupionymi szachistami, dochodzi do dzbanka z kawą, nalewa sobie bezkofeinowej kawy do papierowego kubka i zapala kolejnego papierosa. Tkwią potem w kącie sali, sącząc kawę i obserwując mnie z odległości niecałych dwudziestu metrów. Kartkuję polisę, trzydzieści stron ledwo czytelnego druku, i robię notatki. Staram się ich ignorować.

Tłum się przerzedza i ludzie powoli wychodzą. Jestem zmęczony rolą prawnika, mam dość na ten dzień i marzę, by nie mieć więcej interesantów. Moja niewiedza dotycząca prawa jest szokująca i aż się wzdragam na myśl, że za kilka krótkich miesięcy będę stał na sali sądowej gdzieś w tym mieście i toczył spór z innymi adwokatami przed sędzią i przysięgłymi. Nie jestem gotowy, żeby rzucać mnie na głęboką wodę, obdarzonego mocą wytaczania procesów.

Studia prawnicze to tak naprawdę trzy lata zmarnowane na stres. Spędzamy niezliczone godziny na wyszukiwaniu informacji, które nigdy nie będą nam potrzebne. Na wykładach jesteśmy bombardowani wiedzą, o której natychmiast zapominamy. Uczymy się na pamięć regulacji i statutów, które następnego dnia zostaną zmienione i będą interpretowane na opak. Gdybym przez ostatnie trzy lata spędzał po pięćdziesiąt godzin tygodniowo na praktyce u dobrego adwokata, byłbym dobrym prawnikiem. Zamiast tego jestem znerwicowanym studentem trzeciego roku, który boi się najprostszych prawniczych problemów i drży ze strachu przed nieuniknionym egzaminem adwokackim.

Coś rusza się przede mną, podnoszę wzrok i widzę zwalistego starszego faceta, z masywnym aparatem słuchowym, człapiącego w moją stronę.

Rozdział 2

Godzinę później ospałe boje przy chińczyku i remiku ustają, ostatni staruszkowie wychodzą z budynku. Dozorca czeka przy drzwiach, gdy Smoot zbiera nas wokół siebie na podsumowanie. Po kolei przedstawiamy w krótkich słowach najróżniejsze problemy naszych klientów. Jesteśmy zmęczeni i chcielibyśmy jak najszybciej opuścić to miejsce.

Smoot ma dla nas kilka sugestii, nic kreatywnego czy odkrywczego, i puszcza nas wolno, obiecując, że na następnych zajęciach będziemy rozmawiali o rzeczywistych problemach prawnych ludzi w podeszłym wieku. Nie mogę się doczekać.

Odjeżdżamy z Bookerem jego samochodem, starym pontiakiem, zbyt dużym, żeby miał klasę, który jednak jest w znacznie lepszym stanie od mojej sypiącej się toyoty. Booker ma dwójkę małych dzieci i żonę, która jest na pół etatu nauczycielką w szkole, więc żyje na granicy nędzy. Bardzo dużo się uczy, ma dobre oceny i dlatego przyciągnął uwagę bogatej czarnej firmy ze śródmieścia, naprawdę wysokiej klasy kancelarii, znanej z ogromnego doświadczenia w procesach o prawa obywatelskie. Jego pensja na początek będzie wynosiła czterdzieści tysięcy rocznie, to jest o sześć więcej, niż zaproponowali mi Brodnax i Speer.

— Nienawidzę wydziału prawa — mówię, gdy wyjeżdżamy z parkingu Domu Seniora „Cyprysowe Ogrody".

— Bo jesteś normalny — odpowiada Booker.

Booker nie żywi nienawiści do nikogo i do niczego, czasami twierdzi nawet, że studiowanie prawa to dla niego wyzwanie.

— Dlaczego chcemy być adwokatami? — pytam.

— Żeby służyć społeczeństwu, bronić sprawiedliwości, zmieniać ludzi, sam wiesz, stara śpiewka. Nie słuchałeś profesora Smoota?

— Chodźmy gdzieś na piwo.

— Nie ma jeszcze trzeciej, Rudy.

Booker mało pije, ja jeszcze mniej, bo to droga przyjemność, a w tej chwili muszę oszczędzać pieniądze na jedzenie.

— Żartowałem — mówię.

Jedzie mniej więcej w kierunku uczelni. Dziś jest czwartek, co oznacza, że jutro będę zagrzebany w prawie sportowym i Kodeksie Napoleona, dwóch przedmiotach równie bezwartościowych jak prawo staruchów i wymagających jeszcze mniej pracy. Ale wisi nade mną egzamin adwokacki i kiedy o nim myślę, ręce zaczynają mi się lekko trząść. Jeśli go obleję, mili, choć sztywni i pozbawieni uśmiechu faceci od Brodnaxa i Speera na pewno wypowiedzą mi pracę i po mniej więcej miesiącu znajdę się na bruku. Oblanie tego egzaminu jest nie do pomyślenia — skończyłoby się dla mnie bezrobociem, bankructwem, hańbą i głodowaniem. Dlaczego zatem myślę o tym w każdej godzinie każdego dnia?

— Podrzuć mnie do biblioteki — proszę. — Chyba popracuję nad tymi sprawami, a potem przejrzę jeszcze coś do egzaminu.

— Dobry pomysł.

— Nienawidzę biblioteki.

— Nikt nie lubi biblioteki, Rudy. Jest tak zaprojektowana, żeby jej nienawidzić. Jej głównym celem jest wzbudzanie nienawiści u studentów prawa. Jesteś po prostu normalny.

39

— Dzięki.

— Ta pierwsza staruszka, pani Birdie, ma pieniądze?

— Skąd wiesz?

— Usłyszałem co nieco.

— Tak. Jest nadziana. Potrzebny jej nowy testament. Dzieci i wnuki ją zaniedbują, dlatego rzecz jasna, chce je wydziedziczyć.

— Ile ma?

— Jakieś dwadzieścia milionów.

Booker zerknął na mnie podejrzliwie.

— Tak przynajmniej powiedziała — dodaję.

— Więc kto dostanie kasę?

— Sexy kaznodzieja telewizyjny, który ma własny odrzutowiec.

— Nie!

— Przysięgam.

Booker przetrawia to w korku przez dwie przecznice.

— Posłuchaj, Rudy, bez urazy, jesteś wspaniałym facetem i tak dalej, świetnym studentem, bystrzakiem, ale dobrze byś się czuł, pisząc testament przy spadku wartym tyle pieniędzy?

— Nie. A ty?

— Oczywiście, że nie. Co więc zamierzasz?

— Może ona umrze we śnie.

— Bardzo wątpię. Jest na to zbyt żywotna. Przeżyje nas obu.

— Zwalę to na głowę Smootowi. Może poproszę o pomoc jednego z profesorów od prawa podatkowego. A może zwyczajnie powiem pani Birdie, że nie jestem w stanie jej pomóc, że musi zapłacić pięć kawałków jakiemuś naprawdę dobremu doradcy podatkowemu, żeby jej to napisał. Tak naprawdę guzik mnie to obchodzi. Mam własne problemy.

— Texaco?

— Tak. Depczą mi po piętach. Właściciel mieszkania też.

— Szkoda, że nie mogę ci pomóc — wzdycha Booker, a ja wiem, że jest szczery. Gdyby miał jakieś odłożone pieniądze, na pewno by mi je pożyczył.

— Jakoś przeżyję do pierwszego lipca. Potem będę już papugą u Brodnaxa i Speera, i skończy się biedowanie. Jak myślisz, drogi Bookerze, dam radę wydać trzydzieści cztery tysiące dolarów w ciągu roku?

— To graniczy z niemożliwością. Będziesz bogaty.

— Cholera, naprawdę przez siedem lat ledwo wiązałem koniec z końcem. Co będę robił z takimi pieniędzmi?

— Kupisz sobie nowy garnitur?

— Po co? Mam już dwa.

— Może jakieś buty?

— Masz rację. Właśnie to zrobię. Kupię buty, Booker. Buty i krawaty, i pewnie trochę jedzenia, które nie jest w puszce, i może nową paczkę bokserek.

Od trzech lat Booker i jego żona zapraszają mnie na obiad co najmniej dwa razy w miesiącu. Ona ma na imię Charlene, jest dziewczyną z Memphis i potrafi dokonywać cudów z jedzeniem przy bardzo kruchym budżecie. Są moimi przyjaciółmi, ale jestem pewny, że litują się nade mną. Booker uśmiecha się i odwraca wzrok. Jest po prostu zmęczony żartowaniem o rzeczach, które nie są przyjemne.

Zjeżdża na parking przy Central Avenue naprzeciwko wydziału prawa uniwersytetu stanowego Memphis.

— Mam parę spraw do załatwienia — mówi.

— Jasne. Dzięki za podwózkę.

— Wrócę koło osiemnastej. Może się pouczymy do egzaminu.

— W porządku. Będę na dole. — Zatrzaskuję drzwiczki i przebiegam przez Central Avenue.

▲ ▲ ▲

W ciemnym kącie piwnicy biblioteki, za stertami zniszczonych, starych jak świat podręczników prawa, z dala od niepowołanych oczu, trafiam do mojego ulubionego biurka, stojącego samotnie, czekającego na mnie, jak zawsze od wielu już miesięcy. Jest oficjalnie zarezerwowane na moje nazwisko. W rogu nie ma okna, czasem wilgotno tam i zimno, dlatego bardzo niewiele osób zapuszcza się do tego miejsca. W tej małej kryjówce spędzam całe godziny, robiąc streszczenia spraw sądowych i ucząc się do egzaminów. Przez ostatnie tygodnie spędziłem tu wiele trudnych godzin na spekulowaniu, co się z nią dzieje i pytaniu samego siebie, w którym momencie pozwoliłem jej odejść. Torturowałem się tutaj. Płaski blat jest z trzech stron otoczony drewnianymi panelami, a ja nauczyłem się na pamięć sęków na każdej desce. Mogę tu płakać i nikt mnie na tym nie przyłapie. Mogę nawet przeklinać niskim głosem i nikt mnie nie usłyszy.

Wiele razy podczas tego wspaniałego związku Sara dołączała tu do mnie, uczyliśmy się razem, siedząc na krzesłach ustawionych tuż obok siebie. Chichotaliśmy i śmialiśmy się i nikogo to nie obchodziło. Mogliśmy się całować i dotykać i nikt nas nie widział. W tej chwili, w głębinach depresji i rozżalenia, niemal czuję zapach jej perfum.

Naprawdę powinienem znaleźć inne miejsce do nauki w tym rozległym labiryncie. Teraz, kiedy patrzę na otaczające mnie panele, widzę jej twarz i przypominam sobie dotyk jej nóg pod biurkiem, i natychmiast serce zaczyna walić mi jak młotem, co mnie zupełnie paraliżuje. Była tutaj jeszcze kilka tygodni temu! A teraz ktoś inny dotyka jej nóg.

Biorę stertę papierzysk od Blacków i idę na górę do części biblioteki z literaturą dotyczącą ubezpieczeń. Poruszam się wolno, ale nie przestaję się rozglądać. Sara prawie już tu nie przychodzi, niemniej widziałem ją kilka razy.

Rozkładam dokumenty Blacków na wolnym stole między regałami i znów czytam „głupi list". Jest szokujący, złośliwy i najwyraźniej został napisany przez człowieka przekonanego, że Dot i Buddy nigdy nie pokażą go żadnemu prawnikowi. Czytam go jeszcze raz i uświadamiam sobie, że ból serca powoli ustępuje — pojawia się i znika, a ja uczę się jakoś sobie z tym radzić.

Sara Plankmore również studiuje na trzecim roku prawa i jest jedyną dziewczyną, którą kiedykolwiek kochałem. Rzuciła mnie cztery miesiące temu dla studenta bardziej prestiżowej uczelni, miejscowego arystokraty. Powiedziała mi, że przyjaźnili się jeszcze w szkole średniej i wpadli na siebie przypadkiem w czasie ferii bożonarodzeniowych. Uczucie wybuchło na nowo i naprawdę nie chciała mi tego robić, ale życie toczy się dalej. Po uczelni krążą plotki, że zaszła w ciążę. Prawdę mówiąc, gdy usłyszałem o tym po raz pierwszy, zwymiotowałem.

Przejrzałem polisę Blacków i zrobiłem całe strony notatek. Czytało się ją, jakby była w sanskrycie. Uporządkowałem listy i formularze zażaleń oraz zaświadczenia lekarskie. W tej chwili Sara zniknęła z moich myśli, a ja pogrążyłem się w sprawie kwestionowanego zażalenia skierowanego do ubezpieczyciela, które zaczynało śmierdzieć coraz bardziej.

Polisa została wykupiona w firmie specjalizującej się w ubez-pieczeniach na życie — Great Benefit Life Insurance Company z Cleveland w stanie Ohio — a składka wynosiła osiemnaście dolarów tygodniowo. Obejrzałem bardzo dokładnie książeczkę opłat, w której były odnotowywane cotygodniowe składki. Wy-glądało na to, że agent Bobby Ott odwiedzał Blacków tydzień w tydzień.

Niewielki stół pokrywają równe stosy papierów, a ja czytam wszystko, co Dot mi dała. Nie przestaję myśleć o Maxie Leubergu, uczącym u nas gościnnie komuniście, profesorze, który żarliwie nienawidzi firm ubezpieczeniowych. Powtarza zresztą bez przerwy, że to one rządzą naszym krajem. Kontrolują sektor bankowy. Mają nieruchomości. Złapią wirusa, a Wall Street ma sraczkę przez tydzień. A kiedy spadają stopy procentowe i ich dochody z inwestycji gwałtownie maleją, lecą do Kongresu i domagają się reform legislacyjnych. Drą gęby, że procesy sądowe ich wykańczają. Wredni adwokaci sądowi pozywają ich z byle powodu i nakłaniają ławę przysięgłych złożoną z ignorantów do przy-znawania ogromnych odszkodowań, więc trzeba to powstrzymać albo grozi nam bankructwo. Leuberg potrafił tak się rozzłościć, że rzucał książkami o ścianę. Uwielbialiśmy go.

I nadal tu wykłada. Wydaje mi się, że wraca do Waszyngtonu pod koniec tego semestru i jeśli tylko zdobędę się na odwagę, poproszę go żeby przyjrzał się sprawie Blacków przeciwko Great Benefit. Twierdzi, że na Północy brał udział w kilku przełomowych procesach dotyczących działania w złej wierze, w których sędziowie przysięgli nakazali ubezpieczycielom wypłacenie olbrzymich odszkodowań.

Zabrałem się do pisania streszczenia sprawy. Zacząłem od daty wystawienia polisy, a potem chronologicznie wyszczególniłem wszystkie ważne zdarzenia. Great Benefit osiem razy na piśmie odmówiła pokrycia kosztów leczenia. Ósmy był rzecz jasna „głupi list". Słyszałem, jak Max Leuberg gwiżdże i śmieje się przy czytaniu tego pisma. Poczułem zapach krwi.

⋀ ⋀ ⋀

Mam nadzieję, że profesor Leuberg też ją poczuje. Idę do jego gabinetu, wciśniętego między dwa pomieszczenia magazynowe na trzecim piętrze wydziału prawa. Drzwi pokrywają ulotki z informacjami o marszach w obronie praw gejów, bojkotach i zebraniach grup ratujących zagrożone gatunki, czyli o rodzajach aktywności, jakie budzą niewielkie zainteresowanie w Memphis. Są na wpół uchylone i słyszę, że profesor warczy coś do telefonu. Wstrzymuję oddech i cicho pukam.

— Proszę! — woła, a ja powoli wchodzę. Macha ręką w kierunku jedynego krzesła. Leżą na nim książki, teczki i magazyny. Cały gabinet przypomina składowisko odpadów. Jakieś rupiecie, śmieci, butelki. Regały na książki pękają w szwach i niewiele brakuje, żeby półki się zarwały. Ściany pokrywają plakaty z graffiti. Kawałki starych gazet wyglądają na podłodze niczym kałuże. Czas i porządek nie mają żadnego znaczenia dla Maxa Leuberga.

To szczupły, niski mężczyzna po sześćdziesiątce, o gęstych włosach koloru siana i rękach, które bez przerwy są w ruchu. Nosi sprane dżinsy, sportowe bluzy z ekologicznie prowokującymi hasłami i stare trampki. Jeśli jest zimno, czasami wkłada skarpetki. Jest tak cholernie podekscytowany, że trochę się denerwuję.

Rzuca słuchawką.

— Baker!

— Baylor. Rudy Baylor. Ubezpieczenia, poprzedni semestr.

— Jasne! Jasne! Pamiętam. Siadaj. — Znów macha w kierunku krzesła.

— Nie, dziękuję.

Przesuwa stertę papierów na biurku.

— Zatem co słychać, Baylor?

Studenci przepadają za Maxem, bo on zawsze ma czas, żeby ich wysłuchać.

— Cóż, hm, masz minutę? — W przypadku kogoś innego byłbym bardziej oficjalny i zwracał się do niego per pan lub coś w tym rodzaju, ale Max nienawidzi formalności. Nalegał, żebyśmy mówili mu po imieniu.

— No pewnie. Jaki to problem cię gnębi?

— No więc chodzę na zajęcia do profesora Smoota — wyjaśniam, a potem szybko przedstawiam mu podsumowanie mojej wizyty na lunchu u staruchów i sprawę Dot i Buddy'ego oraz ich walkę z Great Benefit. Wydaje się, że Max słucha mnie bardzo uważnie.

— Słyszałeś kiedyś o Great Benefit? — pytam.

— Tak. To wielkie przedsiębiorstwo sprzedające mnóstwo tanich ubezpieczeń czarnym i białym prostaczkom. Bardzo podejrzane.

— Nawet nie wiedziałem, że taka firma istnieje.

— O to chodzi. Nie ogłaszają się. Ich agenci pukają do domów i zbierają składki co tydzień. Mówimy tu o całym przemyśle sprzedawania gówna w ładnym papierku. Pokaż mi tę polisę.

Podaję mu ją, a on przerzuca kartki.

— Na jakiej podstawie odmawiają? — pyta, nie patrząc na mnie.

— Właściwie każdej. Najpierw odmówili po prostu ogólnie. Potem twierdzili, że białaczka nie jest ubezpieczana. Potem zaczęli twierdzić, że białaczka była stanem wcześniejszym. Potem napisali,

45

że dzieciak jest dorosły i dlatego nie obejmuje go ubezpieczenie wykupione przez rodziców. Trzeba przyznać, że wykazali się sporą pomysłowością.

— Wszystkie składki były płacone?

— Zgodnie z tym, co mówi pani Black, tak.

— Bydlaki. — Przerzuca jeszcze kilka kartek i uśmiecha się złośliwie. Max kocha takie rzeczy. — Przejrzałeś całość dokumentów?

— Tak. Przeczytałem wszystko, co dała mi klientka.

Rzuca polisę na biurko.

— Definitywnie warto się temu przyjrzeć — mówi. — Ale nie wolno ci zapominać, że klienci bardzo rzadko pokazują na początku wszystko, co mają.

Podaję mu „głupi list". Kiedy czyta, złośliwy uśmiech powraca. Czyta go jeszcze raz i w końcu patrzy na mnie.

— Niewiarygodne.

— To samo pomyślałem — mówię jak stary wyjadacz, który zna na wylot branżę ubezpieczeniową.

— Gdzie jest reszta dokumentów? — pyta Max.

Kładę całą stertę papierzysk na jego biurku.

— Tu jest wszystko, co dostałem od pani Black. Powiedziała, że jej syn umiera, bo nie stać ich na leczenie. Mówiła, że on waży teraz pięćdziesiąt kilo i długo nie pociągnie.

Jego dłonie zamarły w bezruchu.

— Bydlaki — powtarza jakby do siebie. — Parszywe bydlaki.

Całkowicie się z nim zgadzam, ale nic nie mówię. W kącie zauważyłem inne trampki — bardzo stare nike. Opowiadał kiedyś na wykładzie, że swego czasu nosił conversy, ale teraz bojkotuje tę firmę z powodu jej stosunku do przetwarzania surowców wtórnych. Prowadzi swoją osobistą wojenkę z amerykańskimi korporacjami i nie kupuje niczego, co choćby w najmniejszym stopniu go uraziło. Odmawia wykupywania ubezpieczeń na życie, zdrowie i majątek, ale plotka głosi, że ma bogatą rodzinę, więc może sobie pozwolić na ryzyko braku takiego koła ratunkowego.

Ja, z drugiej strony, z oczywistych powodów żyję w świecie nieubezpieczonych.

Większość moich profesorów to nadęci uczeni, którzy prowadzą wykłady w krawatach i zapiętych marynarkach. Max od dziesięcioleci nie nosi krawata. I nie wykłada. On występuje. Nienawidzę samej myśli, że stąd wyjedzie.

Jego dłonie nagle znowu wracają do życia.

— Chciałbym to przejrzeć dziś wieczorem — mówi, nie patrząc na mnie.

— Nie ma problemu. Mogę wpaść do ciebie rano?

— Jasne, kiedy chcesz.

Jego telefon dzwoni, a on szybko odbiera. Uśmiecham się i wychodzę, czując ogromną ulgę. Spotkam się z nim jutro rano, wysłucham jego rad, a potem napiszę dwustronicową opinię dla Blacków, w której powtórzę wszystko, co od niego usłyszę.

Teraz muszę jeszcze znaleźć jakiegoś bystrzaka, żeby pomógł mi przy sprawie pani Birdie. Mam kilku kandydatów, profesorów od prawa podatkowego, więc jutro mogę spróbować u nich szczęścia. Schodzę po schodach i zaglądam do świetlicy studenckiej obok biblioteki. To jedyne miejsce w całym budynku, gdzie palenie jest dozwolone, dlatego pod lampami unosi się stale niebieska mgła. Stoi tu telewizor, kilka zdezelowanych kanap i foteli. Ściany zdobią zdjęcia grup studenckich — kolekcja oprawionych w ramki portretów ludzi dawno temu wysłanych do okopów na polach prawniczych bitew. Kiedy nikogo tam nie ma, często przyglądam się im, moim poprzednikom, i zastanawiam się, ilu z nich odeszło z zawodu, ilu żałuje, że w ogóle studiowało prawo, a ilu naprawdę ma frajdę z pozywania do sądu i obrony klientów. Jedna ściana jest przeznaczona na oficjalne komunikaty i biuletyny, a także najróżniejsze drobne ogłoszenia, dalej stoją automaty z napojami i jedzeniem. Zjadłem tu wiele posiłków. Automaty z jedzeniem są niedoceniane.

Po jednej stronie spostrzegam w grupie szanownego kolegę F. Franklina Donaldsona IV z trzema kumplami, też z rodzaju fiutów piszących do „Przeglądu Prawniczego" i odnoszących się z wyższością do tych z nas, którzy tam nie pisują. On mnie zauważa i wydaje się czymś zainteresowany. Uśmiecha się, kiedy przechodzę obok, co jest niezwykłe, bo na twarzy ma utrwalony wyraz pogardy.

— I co, Rudy, idziesz do Brodnaxa i Speera, prawda?! — woła. Telewizor jest wyłączony. Jego kolesie gapią się na mnie. Dwie studentki na kanapie podnoszą wzrok i zerkają w moją stronę.

— Tak. A ty? — pytam.

F. Franklin IV dostał pracę w firmie, która ma duże tradycje, duże pieniądze i duże pretensje, firmie, do której bardzo daleko Brodnaxowi i Speerowi. Jego pieskami są w tej chwili W. Harper Whittenson, arogancki mały gnojek, który dzięki Bogu opuszcza Memphis i zacznie praktykę w ogromnej kancelarii w Dallas; J. Townsend Gross, który przyjął posadę w innej wielkiej kancelarii; i James Straybeck, czasami nawet przyjacielski, który jakoś przecierpiał trzy lata studiów bez inicjału przed imieniem i numeru po nazwisku. Zresztą przy tak krótkim nazwisku jego przyszłość w jakiejś znaczącej firmie stoi pod znakiem zapytania. Wątpię, czy mu się to uda.

F. Franklin IV robi krok w moim kierunku. Jest cały w uśmiechach.

— No to powiedz nam, co się dzieje?

— Coś się dzieje? — Nie mam pojęcia, o co mu chodzi.

— Tak, no wiesz, fuzja.

Zachowuję kamienną twarz.

— Jaka fuzja?

— Nie słyszałeś?

— O czym?

F. Franklin IV zerka na swoich trzech kolesiów, a oni wydają się tym rozbawieni. Jego uśmiech staje się jeszcze szerszy, kiedy na mnie patrzy.

— Daj spokój, Rudy, o fuzji Brodnaxa, Speera i Tinleya Britta. Stoję nieruchomo i staram się wymyślić jakąś błyskotliwą albo mądrą odpowiedź. Ale akurat w tej chwili słowa mnie zawodzą. No pewnie, że nie mam pojęcia o tej fuzji, a najwyraźniej ten dupek coś o tym wie. Brodnax i Speer to mała kancelaria, zatrudniająca piętnastu prawników, a ja jestem ich jedynym nowym nabytkiem z mojego roku. Kiedy dwa miesiące wcześniej rozmawiałem o warunkach pracy, nikt nie wspominał o żadnej fuzji.

Z drugiej strony Tinley Britt to największa, najbardziej prestiżowa, najbogatsza i zatrudniająca najwięcej ludzi firma w tym stanie. Zgodnie z najświeższymi informacjami stu dwudziestu adwokatów nazywa ją swoim drugim domem. Wielu z nich studiowało na najlepszych uczelniach w kraju. Wielu ma krewnych w sądach federalnych. To potężna kancelaria, która reprezentuje bogate korporacje i jednostki rządowe, ma biuro w Waszyngtonie, gdzie styka się z elitą. To bastion konserwatywnych twardogłowych polityków. Wspólnikiem jest tam były senator USA. Adwokaci i radcy pracują tam po osiemdziesiąt godzin tygodniowo, wszyscy ubierają się w granatowe lub czarne garnitury, zapięte pod szyję białe koszule i noszą krawaty w paski. Włosy strzygą krótko, żaden zarost na twarzy nie jest tolerowany. Pracowników Tinleya Britta można rozpoznać po dostojnym kroku i ubraniu. W firmie zatrudnia się wyłącznie mężczyzn, białych anglosaskich protestantów, lalusiów po odpowiednich szkołach i z członkostwem w odpowiednich bractwach, dlatego reszta społeczności prawników w Memphis od zawsze obdarzała tę firmę mianem Trent i Brent.

J. Townsend Gross trzyma ręce w kieszeniach i patrzy na mnie z szyderczym uśmieszkiem. Jest na drugiej pozycji na naszym roku, ma odpowiednio wykrochmaloną koszulę polo, jeździ bmw, dlatego natychmiast zwrócił na siebie uwagę ludzi od Trenta i Brenta.

Kolana się pode mną ugięły, bo wiem, że u Trenta i Brenta nigdy nie będą mnie chcieli. Jeśli Brodnax i Speer rzeczywiście połączyli się z tym goliatem, boję się, że znajdę się na przegranej pozycji już w przedbiegach.

— Nie słyszałem — odpowiadam cicho.

Dziewczyny z kanapy obserwują nas uważnie. Zapada milczenie.

— To znaczy, że ci nie powiedzieli? — pyta F. Franklin IV z niedowierzaniem. — Ten oto Jack usłyszał o tym dzisiaj około południa — mówi, wskazując głową kumpla, J. Townsenda Grossa.

— To prawda — potwierdza J. Townsend. — Ale nazwa kancelarii pozostanie niezmieniona.

Nazwa firmy, inna niż Trent i Brent, brzmi Tinley, Britt, Crawford, Mize i St John. Na szczęście wiele lat wcześniej ktoś postanowił, że będzie używana skrócona wersja. Oświadczając, że nazwa firmy pozostanie niezmieniona, J. Townsend poinformował nasze niewielkie zgromadzenie, że Tinley Britt połknie Brodnaxa i Speera z lekkim beknięciem, bo są tak niewielką i mało znaczącą firmą.

— Więc nadal to będzie Trent i Brent? — pytam J. Townsenda, który prycha, słysząc tę wyświechtaną nazwę.

— Aż nie mogę uwierzyć, że ci nie powiedzieli — F. Franklin IV kręci głową.

Wzruszam ramionami, jakby to nie miało znaczenia, i idę do drzwi.

— Może za bardzo się tym przejmujesz, Frankie.

Wymieniają między sobą szydercze, pełne samozadowolenia uśmiechy, jakby dokończyli coś, co zamierzali zrobić, a ja zostawiam ich za sobą. Wchodzę do biblioteki. Jeden z bibliotekarzy stojących przy frontowym kontuarze przywołuje mnie gestem.

— Mam dla ciebie wiadomość — mówi i podaje mi kartkę.

To prośba, żebym zadzwonił do Loyda Becka, wspólnika zarządzającego u Brodnaxa i Speera, człowieka, który mnie zatrudnił.

Automaty telefoniczne są w świetlicy, ale nie mam nastroju znów oglądać F. Franklina IV i jego łotrowskiej bandy.

— Mogę skorzystać z twojego telefonu? — pytam bibliotekarza, który jest studentem drugiego roku i zachowuje się jak właściciel biblioteki.

— Automaty telefoniczne są w świetlicy — odpowiada, wskazując ręką, jakbym studiując tu od trzech lat, nadal nie wiedział, gdzie jest świetlica studencka.

— Dopiero co tam byłem. Wszystkie są zajęte.

Marszczy czoło i się rozgląda.

— W porządku, ale zrób to szybko.

Wystukuję numer Brodnaxa i Speera. Dochodzi osiemnasta, a sekretarki wychodzą o siedemnastej. Po dziewiątym dzwonku męski głos mówi po prostu:

— Halo.

Odwracam się tyłem do biblioteki i usiłuję jakoś ukryć za zapasowymi regałami.

— Halo, mówi Rudy Baylor. Jestem na wydziale prawa i dostałem wiadomość, że mam zadzwonić do pana Loyda Becka. Podobno to pilne. — W wiadomości nie było nic o tym, że sprawa jest pilna, ale w tej chwili jestem trochę zdenerwowany.

— Rudy Baylor? W jakiej sprawie?

— Jestem gościem, którego właśnie przyjęliście do pracy. Z kim rozmawiam?

— Ach tak, Baylor. Mówi Carson Bell. Hm, Loyd jest na spotkaniu i teraz nie można mu przeszkadzać. Spróbuj za godzinę.

Carsona Bella widziałem przez chwilę, kiedy oprowadzali mnie po firmie, i zapamiętałem go jako typowego zabieganego adwokata sądowego, przyjacielskiego przez krótką chwilę, a potem znowu zajętego pracą.

— Panie Bell, myślę, że naprawdę muszę porozmawiać z panem Beckiem.

— Bardzo mi przykro, ale w tej chwili to niemożliwe. W porządku?

— Słyszałem pogłoski o fuzji z Trentem, to znaczy z Tinleyem Brittem. Czy to prawda?

— Posłuchaj, Rudy, jestem zajęty i nie bardzo mogę teraz rozmawiać. Zadzwoń za godzinę, Loyd się tobą zajmie.

Zajmie się mną?

— Czy nadal mam tę posadę? — pytam, bo się boję i powoli ogarnia mnie desperacja.

— Zadzwoń za godzinę — mówi z irytacją i rzuca słuchawkę.

Bazgrzę wiadomość na świstku papieru i podaję ją bibliotekarzowi.

— Znasz Bookera Kane'a? — pytam.

— Tak.

— To dobrze. Będzie tu za kilka minut. Przekaż mu tę wiadomość. Powiedz mu, że wrócę mniej więcej za godzinę.

Burczy, ale bierze kartkę. Wychodzę z biblioteki, mijam świetlicę i modlę się, żeby nikt mnie nie zauważył, a potem opuszczam budynek i biegnę na parking, gdzie stoi moja toyota. Mam nadzieję, że silnik zapali. Jedną z moich największych tajemnic jest to, że nadal jestem winien pewnej firmie finansowej trzysta dolarów za ten żałosny wrak. Skłamałem nawet Bookerowi. On myśli, że jest spłacona.

Rozdział 3

To żadna tajemnica, że w Memphis jest zbyt wielu prawników. Powiedziano nam to, kiedy zaczynaliśmy studia. Usłyszeliśmy wtedy, że w tym zawodzie panuje straszliwy tłok i to nie tylko tu, ale wszędzie, że niektórzy z nas będą harowali przez trzy lata, potem szamotali się, żeby zdać egzamin adwokacki, a mimo to nie znajdą pracy. Zatem, wyświadczając nam niejako przysługę, od razu na wstępie poinformowano nas, że jedna trzecia odpadnie już na pierwszym roku. I tak rzeczywiście było.

Mogę wymienić co najmniej dziesięć osób, które zrobią dyplom razem ze mną w przyszłym miesiącu, a po skończeniu studiów będą miały mnóstwo czasu na przygotowanie się do egzaminu adwokackiego, bo jeszcze nie znalazły żadnej pracy. W sumie siedem lat nauki i bezrobocie. Mogę też wymienić kilkadziesiąt osób z mojego roku, które znajdą zatrudnienie jako asystenci obrońców z urzędu i asystenci oskarżycieli publicznych opłacanych przez miasto, jako nisko płatni urzędnicy pracujący dla niedostatecznie wynagradzanych sędziów, na posadach, o których nikt nam niczego nie powiedział, kiedy zaczynaliśmy studia prawnicze.

Między innymi dlatego byłem naprawdę dumny, że znalazłem pracę u Brodnaxa i Speera, w prawdziwej kancelarii prawniczej. Tak, czasami byłem z siebie zadowolony, gdy patrzyłem na ludzi mniej utalentowanych, z których część do tej pory pisze życiorysy i żebrze o rozmowy kwalifikacyjne. Niemniej moja arogancja nagle zniknęła. Mam zaciśnięty żołądek, kiedy jadę do śródmieścia. W firmie takiej jak Trent i Brent nie ma dla mnie miejsca. Toyota jak zwykle charczy i rzęzi, ale przynajmniej jedzie.

Próbuję przeanalizować tę fuzję. Parę lat temu kancelaria Trent i Brent wchłonęła trzydziestoosobową firmę — było o tym bardzo głośno na mieście. Nie pamiętam jednak, czy w związku z tym ktoś stracił pracę. Po co im potrzebna taka piętnastoosobowa firma jak Brodnax i Speer? Nagle zdaję sobie sprawę, jak mało wiem o moim przyszłym pracodawcy. Staruszek Brodnax umarł przed wieloma laty, a jego nalana twarz została unieśmiertelniona w szkaradnym popiersiu stojącym przy drzwiach wejściowych do kancelarii. Speer jest jego zięciem, choć bardzo dawno rozwiódł się z jego córką. Speera widziałem przez krótką chwilę. Okazał się całkiem miły. Podczas drugiej lub trzeciej rozmowy kwalifikacyjnej dowiedziałem się, że ich największymi klientami jest kilka firm ubezpieczeniowych, a osiemdziesiąt procent praktyki dotyczy obrony w sprawach wypadków samochodowych.

Może Trent i Brent potrzebują wzmocnienia osobowego w dziale obrony przy wypadkach samochodowych? Kto wie?

Na Poplar panuje duży ruch, ale większość samochodów jedzie w przeciwnym kierunku. Widzę już wieżowce śródmieścia. Loyd Beck, Carson Bell i reszta facetów od Brodnaxa i Speera na pewno nie zgodzi się na przyjęcie mnie do pracy. Będą składali obietnice, mówili o planach, a potem podetną mi gardło, by ratować swoją kasę. Przecież łącząc się z firmą Trent i Brent, muszą przede wszystkim zadbać o własnych pracowników, prawda?

Przez ostatni rok studenci z mojego roku, którzy razem ze mną będą za miesiąc kończyli naukę, schodzili to miasto wzdłuż i wszerz w poszukiwaniu pracy. Jakaś inna dostępna posada najprawdopodobniej nie istnieje. Nie mam nawet najmniejszych szans na jej znalezienie.

Chociaż parkingi pustoszeją, zostawiam samochód w nieprzepisowym miejscu po drugiej stronie ulicy, naprzeciwko ośmiopiętrowego budynku, gdzie Brodnax i Speer mają swoją siedzibę. Dwie przecznice dalej stoi bank, najwyższy wieżowiec w śródmieściu, i rzecz jasna Trent i Brent dzierżawią w nim połowę ostatniego piętra: z tak wysokiej grzędy mogą z pogardą patrzeć na resztę miasta. Nienawidzę ich.

Przebiegam przez ulicę i wchodzę do brudnego lobby. Po lewej stronie znajdują się dwie windy, ale z prawej spostrzegam znajomą twarz. To Richard Spain, pracownik Brodnaxa i Speera, naprawdę miły facet, który gdy byłem tu po raz pierwszy, zaprosił mnie na lunch. Siedzi na wąskiej marmurowej ławce i wpatruje się niewidzącym wzrokiem w posadzkę.

— Richard — mówię, podchodząc do niego. — To ja, Rudy Baylor.

Nie rusza się, wzrok nadal ma wbity w podłogę. Siadam obok niego. Windy są dokładnie przed nami, oddalone o niecałe dziesięć metrów.

— Co się stało, Richardzie? — pytam. Jest otępiały. — Richardzie, dobrze się czujesz?

Niewielkie lobby jest w tej chwili puste, panuje w nim spokój. Richard odwraca powoli głowę w moją stronę i lekko rozchyla usta.

— Wylali mnie — mówi cicho. Oczy ma przekrwione, więc albo płakał, albo pił.

Oddycham głęboko.

— Kto? — pytam, choć znam odpowiedź.

— Wylali mnie — powtarza.

— Richardzie, porozmawiaj ze mną, proszę. Co się tu dzieje? Kto został wylany?

— Wylali wszystkich prawników — mówi powoli. — Beck wezwał nas do sali konferencyjnej, powiedział, że wspólnicy zgodzili się sprzedać firmę Tinleyowi Brittowi, a tam nie ma dla nas miejsca. Tak po prostu. Dał nam godzinę na zebranie rzeczy i opuszczenie budynku. — Kiedy to mówi, kiwa dziwnie głową na boki i wpatruje się w drzwi wind.

— Tak po prostu — powtarzam.

— Przypuszczam, że zastanawiasz się, czy i ty masz posadę — mówi Richard, nadal wpatrując się w lobby.

— Coś takiego przemknęło mi przez głowę.

— Te dranie mają cię w nosie.

Tego, rzecz jasna, domyślałem się już wcześniej.

— Dlaczego was wyrzucili? — pytam ledwo słyszalnym głosem. W gruncie rzeczy guzik mnie to obchodzi. Ale staram się, żeby mój głos brzmiał szczerze.

— Trent i Brent chciał naszych klientów — odpowiada Richard. — A żeby ich dostać, musiał kupić wspólników. My, pracownicy, staliśmy im na drodze.

— Ogromnie ci współczuję.

— Ja tobie też. Twoje nazwisko padło w czasie tego spotkania. Ktoś zapytał o ciebie, bo jesteś jedynym nowo przyjętym pracownikiem. Beck odpowiedział, że próbował się do ciebie dodzwonić i przekazać ci złą nowinę. Ciebie też wylali, Rudy. Przykro mi.

Wpatruję się w podłogę. Ręce mi się pocą.

— Wiesz, ile zarobiłem w zeszłym roku? — pyta.

— Ile?

— Osiemdziesiąt tysięcy. Tyrałem tu jak niewolnik przez sześć lat, siedemdziesiąt godzin tygodniowo, olewałem rodzinę, wypruwałem sobie żyły dla starej poczciwej firmy Brodnaxa i Speera, a potem ci dranie mówią, że mam godzinę na sprzątnięcie biurka i opuszczenie pokoju. Przysłali nawet ochroniarza, żeby mnie pilnował, kiedy pakowałem rzeczy. Zapłacili mi osiemdziesiąt tysięcy dolców, a ja wystawiałem rachunki za dwa i pół tysiąca godzin po sto pięćdziesiąt za godzinę, to daje trzysta siedemdziesiąt pięć tysięcy, które zarobiłem dla nich w zeszłym roku. W nagrodę dostałem osiemdziesiąt, dali mi też złoty zegarek, mówili, jaki jestem wspaniały i że może za kilka lat zostanę wspólnikiem, rozumiesz, jedna wielka szczęśliwa rodzina. Potem zjawia się Trent i Brent ze swoimi milionami, a ja zostaję bez pracy. I ty też zostajesz bez pracy, kolego. Wiesz o tym? Zdajesz sobie sprawę, że właśnie straciłeś pracę, jeszcze zanim ją zacząłeś?

Nie potrafię nic na to odpowiedzieć.

Richard powoli opiera głowę na rękach i mnie ignoruje.

— Osiemdziesiąt tysięcy. Całkiem niezłe pieniądze, jak myślisz, Rudy?

— Tak. — Dla mnie to mała fortuna.

— Nie ma sposobu znalezienia innej pracy, która dawałaby taką kasę, wiesz? W tym mieście to niemożliwe. Nikt teraz nie zatrudnia nowych ludzi. Za dużo jest tych cholernych prawników.

To nie żart.

Przeciera oczy palcami, a potem wstaje.

— Muszę powiedzieć żonie — mamrocze do siebie, idąc ze zgarbionymi plecami przez lobby, wychodzi z budynku i znika na ulicy.

Wsiadam do windy, jadę na czwarte piętro i wychodzę do niewielkiego holu. Przez kilkoro podwójnych szklanych drzwi widzę wielkiego ochroniarza w mundurze stojącego przy biurku w recepcji. Uśmiecha się do mnie szyderczo, kiedy wchodzę do biura Brodnaxa i Speera.

— Mogę w czymś pomóc? — warczy.

— Szukam pana Loyda Becka — odpowiadam, usiłując zerknąć za niego w głąb korytarza. Przemieszcza się powoli, żeby zasłonić mi widok.

— A kim pan jest?

— Rudy Baylor.

Pochyla się i bierze kopertę z biurka.

— To dla pana — mówi.

Moje nazwisko jest napisane czerwonym atramentem. Rozkładam krótki list. Ręce mi się trzęsą, gdy go czytam.

W radiotelefonie trzeszczy jakiś głos, ochroniarz odsuwa się ode mnie.

— Proszę to przeczytać i wyjść — mówi, a potem odchodzi korytarzem.

List ma tylko jeden akapit, jest od Loyda Becka, który przekazuje mi nowiny w sposób bardzo stonowany, z życzeniami powodzenia. Fuzja okazała się „nagła i nieoczekiwana".

Rzucam list na podłogę i rozglądam za czymś, czym jeszcze mógłbym cisnąć. Wszędzie panuje cisza. Jestem pewny, że przyczaili się za zamkniętymi drzwiami i czekają, aż ja i mnie podobni nieszczęśnicy wyjdą. Na betonowym postumencie obok frontowych drzwi stoi popiersie, paskudna rzeźba z brązu przedstawiająca tłustą twarz starego Brodnaxa. Pluję na nią, przechodząc obok. Otwieram drzwi i jakby niechcący lekko ją szturcham. Postument się chwieje, a głowa spada.

— Hej! — rozlega się za mną gromki głos i w momencie, gdy popiersie rozbija szklane drzwi, widzę ochroniarza biegnącego w moim kierunku.

Przez nanosekundę zastanawiam się, czy przystanąć i przeprosić, ale zaraz potem rzucam się biegiem przez hol i mocnym szarpnięciem otwieram drzwi prowadzące na schody. Ochroniarz ponownie za mną krzyczy. Zbiegam na dół, tupiąc głośno. Jest za stary i za gruby, żeby mnie dogonić.

Lobby jest puste, gdy wychodzę drzwiami obok wind. Spokojnie opuszczam budynek i jestem na chodniku.

▲ ▲ ▲

Dochodzi dziewiętnasta i jest prawie ciemno, gdy zatrzymuję się przy sklepie spożywczym sześć przecznic dalej. Ręcznie napisany afisz reklamuje sześciopak taniego niskokalorycznego piwa za trzy dolary. Potrzebny mi sześciopak taniego niskokalorycznego piwa.

Loyd Beck zatrudnił mnie przed dwoma miesiącami, powiedział, że mam wystarczająco dobre oceny, mój list motywacyjny wywarł niezłe wrażenie, rozmowy kwalifikacyjne przebiegły dobrze, a faceci pracujący w firmie byli jednogłośnie zgodni, że będę do nich pasował. Wszystko było cacy. Świetlana przyszłość w starej dobrej kancelarii Brodnaxa i Speera.

Potem Trent i Brent rzucili parę dolców, a wspólnicy ze wszystkiego się wycofali. Chciwe bydlaki, zarabiają po trzysta tysięcy dolarów rocznie i chcą więcej.

Wchodzę do sklepu i kupuję piwo. Po zapłaceniu zostają mi w kieszeni cztery dolary i trochę monet. Moje konto bankowe nie wygląda lepiej.

Siedzę w samochodzie obok budki telefonicznej i wypijam pierwszą puszkę. Od pysznego lunchu z Dot, Buddym, Bosco i panią Birdie nie miałem nic w ustach. Może powinienem był poprosić o dodatkową galaretkę, jak Bosco? Zimne piwo wlewa mi się do pustego żołądka i natychmiast czuję uderzenie alkoholu.

Szybko opróżniam puszki. A potem całymi godzinami jeżdżę ulicami Memphis.

Rozdział 4

Wynajmuję dwupokojowe, zaniedbane, choć umeblowane mieszkanie, które mieści się na drugim piętrze rudery z cegieł nazywanej Hampton. Dwieście siedemdziesiąt pięć dolarów za miesiąc, rzadko płaconych w terminie. Dom stoi o jedną przecznicę od ruchliwej ulicy, niecałe dwa kilometry od kampusu. Jest dla mnie domem od prawie trzech lat. Ostatnio myślałem o tym, by wymknąć się stąd w środku nocy, a potem próbować wynegocjować miesięczny czynsz na następne dwanaście miesięcy. Aż do tej pory w tych planach występowała stała praca i miesięczna pensja u Brodnaxa i Speera. W Hempton jest pełno studentów, tak samo jak ja bezrobotnych, a właściciel przyzwyczaił się do targowania o zaległe komorne.

Na parkingu jest ciemno i cicho, gdy tam dojeżdżam tuż przed drugą nad ranem. Parkuję obok śmietnika, a kiedy wyczołguję się z samochodu i zatrzaskuję drzwi, widzę w pobliżu jakiś ruch. Nieznany mi mężczyzna wysiada szybko z samochodu, trzaska drzwiami i idzie w moją stronę. Zamieram na chodniku. Jest ciemno i cicho.

— Jesteś Rudy Baylor? — pyta, patrząc mi w twarz.

To prawdziwy kowboj — buty z długimi noskami i cholewkami, obcisłe lewisy, dżinsowa koszula, krótko ostrzyżone włosy i broda. Żuje gumę i wygląda na kogoś, kto nie zawaha się użyć siły.

— A ty to kto? — pytam.

— Jesteś Rudy Baylor? Tak czy nie?

— Tak.

Wyciąga z tylnej kieszeni spodni jakieś papiery i rzuca mi je w twarz.

— Przepraszam za to — mówi szczerze.

— Co to jest? — pytam.

— Wezwania.

Powoli podnoszę papiery. Jest zbyt ciemno, żebym mógł cokolwiek przeczytać, ale wiem, o co chodzi.

— Jesteś woźnym sądowym — mówię, pokonany.

— Ano.

— Texaco?

— Aha. I Hampton. Zostałeś wyeksmitowany.

Gdybym był trzeźwy, pewnie doznałbym szoku, trzymając w ręku decyzję o eksmisji. Ale miałem dość mocnych wrażeń jak na jeden dzień. Patrzę na pogrążoną w mroku ponurą kamienicę, ze śmieciami na trawie i chwastami na chodniku, i zastanawiam się, jakim cudem to żałosne miejsce mogło być wszystkim, na co mnie stać.

Facet cofa się o krok.

— Wszystko tam jest — wyjaśnia. — Data rozprawy, nazwisko adwokata i tak dalej. Prawdopodobnie mógłbyś to załatwić kilkoma telefonami. Ale to już nie moja sprawa. Robię tylko to, co do mnie należy.

Ładna mi praca. Przemykanie w cieniu, prześladowanie niczego niespodziewających się ludzi, rzucanie im papierów w twarz, udzielanie kilku porad prawnych za darmo, a potem zmycie się, żeby terroryzować kogoś innego.

Odchodząc, zatrzymuje się i mówi:

— Och, posłuchaj. Kiedyś byłem gliniarzem i mam nasłuch w samochodzie. Kilka godzin temu przechwyciłem dziwny komunikat. Jakiś gość o nazwisku Rudy Baylor zdemolował kancelarię prawniczą w śródmieściu. Opis pasuje do ciebie. Ta sama marka i model wozu. Ale to chyba nie ty.

— A jeśli ja?

— To nie moja sprawa, sam rozumiesz. Ale gliny cię szukają. Zniszczenie prywatnej własności.

— Chcesz przez to powiedzieć, że mnie aresztują?

— Aha. Na dzisiejszą noc znalazłbym sobie inne miejsce do spania.

Wskakuje do samochodu, to bmw. Patrzę za nim, gdy odjeżdża.

▲ ▲ ▲

Booker wychodzi do mnie na frontową werandę ładnego bliźniaka. Ma na sobie szlafrok w tureckie wzory narzucony na piżamę. Żadnych kapci, gołe stopy. Może i Booker jest jednym ze zbiedniałych studentów prawa, liczących dni do chwili zatrudnienia, ale do mody przywiązuje sporą wagę. W jego szafie wisi niewiele ubrań, niemniej wszystkie zostały starannie wybrane.

— Co się dzieje, do cholery? — pyta podenerwowany, oczy nadal ma zapuchnięte. Zadzwoniłem do niego z budki telefonicznej ze sklepu spożywczego za rogiem.

— Przepraszam — mówię i wchodzimy do jego chaty. Widzę Charlene w maleńkiej kuchni, również w szlafroku w tureckie wzory. Włosy ma ściągnięte do tyłu, oczy opuchnięte, robi kawę czy coś w tym rodzaju. Słyszę, że w głębi mieszkania krzyczy dziecko. Jest prawie trzecia nad ranem, a ja obudziłem ich wszystkich.

— Siadaj — mówi Booker, bierze mnie za ramię i delikatnie popycha na kanapę. — Piłeś.

— Jestem pijany, Booker.

— Z jakiegoś konkretnego powodu? — Stoi przede mną, bardzo przypominając rozzłoszczonego ojca.

— To długa historia.

— Wspominałeś coś o policji.

Charlene stawia przede mną kubek z gorącą kawą.

— Dobrze się czujesz, Rudy? — pyta najsłodszym głosem świata.

— Wspaniale — odpowiadam jak prawdziwy dupek.

— Zobacz, co u dzieci — mówi do niej Booker, a ona znika.

— Przepraszam — powtarzam.

Booker siada na brzegu stolika, bardzo blisko mnie, i czeka. Nie zwracam uwagi na kawę. W głowie mi dudni. Przedstawiam mu moją wersję wydarzeń od chwili, gdy rozstaliśmy się wczoraj wczesnym popołudniem. Język trochę mi się plącze, mówię z trudem, dlatego trwa to długo i muszę się skupiać, żeby nie zgubić wątku. Charlene pojawia się i siada w najbliższym fotelu, słucha uważnie.

— Przepraszam — szepczę do niej.

— Nie ma za co, Rudy. Nie ma za co.

Ojciec Charlene jest duchownym gdzieś w rolniczym zakątku Tennessee, dlatego ona nie znosi pijaństwa i złego prowadzenia się. Te kilka drinków, które wypiliśmy z Bookerem w czasie studiów, musieliśmy pić ukradkiem.

— Wypiłeś dwa sześciopaki? — pyta Booker z niedowierzaniem.

Charlene wychodzi, żeby sprawdzić, co u dziecka, które znów zaczęło się drzeć. Kończę na spotkaniu z woźnym sądowym, procesie, eksmisji. To był cholernie ciężki dzień.

— Muszę znaleźć pracę, Booker — mówię, głośno i łapczywie pijąc kawę.

— W tej chwili masz większe problemy. Za trzy miesiące zdajemy egzamin adwokacki, potem staniemy przed komisją weryfikacyjną. Aresztowanie i wyrok za ten wyczyn może cię zrujnować.

O tym nie pomyślałem. W tej chwili głowa mi pęka, naprawdę mnie łupie.

— Mógłbym dostać kanapkę?

Jest mi niedobrze. Do drugiego sześciopaka zjadłem paczkę precelków, ale to było wszystko od lunchu z Bosco i panią Birdie.

Charlene słyszy to z kuchni.

— A co powiesz na jajka na bekonie?

— Świetnie, Charlene, dzięki.

Booker jest głęboko zamyślony.

— Za parę godzin zadzwonię do Marvina Shankle'a. Jego brat może pociągnąć za parę sznurków w policji, poproszę go, żeby do niego zadzwonił. Nie możesz zostać aresztowany.

— Brzmi dobrze, moim zdaniem. — Marvin Shankle jest najbardziej szanowanym czarnym prawnikiem w Memphis i przyszłym szefem Bookera. — A gdy już będziesz z nim rozmawiał, zapytaj, czy ma jakieś wolne miejsce.

— Racja. Przecież chcesz pracować w kancelarii zajmującej się prawami czarnych.

— W tej chwili zaczepiłbym się nawet w firmie specjalizującej się w koreańskich rozwodach. Bez urazy, Booker, muszę znaleźć pracę. Mogą istnieć jeszcze inni wierzyciele zaczajeni w krzakach i czyhający na odpowiednią chwilę, żeby naskoczyć na mnie z papierami. Nie zniosę tego. — Powoli kładę się na kanapie.

Charlene smaży bekon i jego zapach wypełnia klitkę.

— Gdzie masz te dokumenty? — pyta Booker.

— W samochodzie.

Wychodzi z pokoju i wraca po minucie. Siada w fotelu blisko mnie i czyta pozew Texaco i decyzję o eksmisji. Charlene krząta się po kuchni, przynosi mi kawę i aspirynę. Jest wpół do czwartej. Dziecko w końcu się uspokoiło. Jest mi ciepło, czuję się bezpieczny, a nawet lubiany.

Trochę mi się kręci w głowie, kiedy zamykam oczy i odpływam.

Rozdział 5

Niczym wąż pełzający przez trawę wślizguję się na wydział prawa dobrze po dwunastej, wiele godzin po tym, jak skończyły się zajęcia przewidziane dla mnie na ten dzień. Prawo sportowe i wybrane zagadnienia z Kodeksu Napoleona, jedna wielka kpina. Chowam się w mojej norze w odludnym kącie piwnicy biblioteki.

Booker obudził mnie ze snu na kanapie krzepiącą wiadomością, że rozmawiał z Marvinem Shankle'em i maszyna została wprawiona w ruch. Pewien kapitan lub osoba, którą tak nazwał, został poinformowany o sprawie, a pan Shankle był optymistycznie nastawiony i uważał, że da się to załatwić. Brat pana Shankle'a jest sędzią w jednym w sądów karnych i jeśli zarzutów nie da się oddalić, ma poszukać innych sposobów. Nadal jednak nie jest jasne, czy gliny ciągle mnie szukają. Booker ma podzwonić i popytać, a później dać mi znać.

Booker dostał już zresztą swój pokój w firmie Shankle'a. Pracował tam jako urzędnik od dwóch lat, na część etatu, i nauczył się więcej niż ktokolwiek z naszego roku. Między wykładami dzwoni do sekretarki, bardzo skrupulatnie prowadzi terminarz

65

spotkań, opowiada mi o tym czy innym kliencie. Będzie z niego doskonały prawnik.

Ale zebranie myśli na kacu jest niemożliwe. Robię notatki, zapisuję ważne rzeczy, jak to, że udało mi się dostać do tego budynku tak, że nikt mnie nie zauważył, tylko co dalej? Odczekam tu kilka godzin, aż wydział opustoszeje. Jest piątkowe popołudnie, najspokojniejsza pora tygodnia. Przemknę potem do biura pełnomocnika do spraw zatrudnienia, osaczę kierowniczkę i będę ją błagał o pomoc. Jeśli dopisze mi szczęście, może znajdzie się jakaś zapomniana przez Boga i ludzi agencja rządowa, w której nie chciał się zaczepić żaden absolwent, nadal oferująca dwadzieścia tysięcy rocznie za usługi bystrego prawnika. A może w jakiejś małej firmie stwierdzili nagle, że potrzebują dodatkowego adwokata na etacie? W tej chwili nie ma zbyt wielu możliwości.

Po Memphis krąży legenda o Jonathanie Lake'u, absolwencie naszego wydziału prawa, który też nie mógł znaleźć pracy w żadnej dużej kancelarii w śródmieściu. Działo się to mniej więcej przed dwudziestu laty. Wszystkie znane firmy odrzucały jego prośby o pracę, dlatego wynajął jakieś pomieszczenie, wywiesił szyld i oznajmił światu, że jest gotów wytaczać sprawy sądowe. Głodował przez kilka miesięcy, a później miał wypadek na motorze i ze złamaną nogą wylądował u Świętego Piotra, w szpitalu dla biednych. Niedługo potem łóżko obok niego zajął facet, który również rozbił się na motorze. Tamten gość był cały połamany i paskudnie poparzony. Jego dziewczyna doznała jeszcze gorszych poparzeń i zmarła kilka dni później. Lake zaprzyjaźnił się z tym facetem i wziął obie sprawy w swoje ręce. Jak się okazało, kierowcą jaguara, który nie zatrzymał się przy znaku stopu i wpadł na motocykl nowego klienta Lake'a, był starszy wspólnik trzeciej co do wielkości kancelarii prawniczej w śródmieściu. I to on właśnie przeprowadzał rozmowę kwalifikacyjną z Lakiem sześć miesięcy wcześniej. Kiedy zignorował znak stopu, był pijany.

Lake z zapałem wytoczył mu sprawę. Pijany starszy wspólnik miał całe tony ubezpieczeń, którymi firma natychmiast zaczęła zasypywać Lake'a. Wszyscy chcieli szybkiej ugody. Pół roku później, kiedy Lake zdał już egzamin adwokacki, wycenił obie sprawy na dwa miliony sześćset tysięcy dolarów. Gotówką, żadnych długoterminowych wypłat. Forsa od ręki.

Legenda głosi jeszcze, że motocyklista powiedział Lake'owi, kiedy jeszcze obaj leżeli w szpitalu, że ponieważ Lake jest młody i dopiero skończył prawo, dostanie od niego połowę tego, co uda mu się wygrać. Lake o tym pamiętał. Motocyklista dotrzymał słowa. Lake dostał honorarium wysokości miliona trzystu tysięcy. Tyle legenda.

Jeśli o mnie chodzi, mając milion trzysta tysięcy, żeglowałbym własnym jachtem po Morzu Karaibskim i popijał rum.

Ale nie Lake. Otworzył kancelarię, zapełnił ją sekretarkami i asystentami, gońcami i detektywami i na poważnie zabrał się do wytaczania procesów za łamanie prawa. Zaczął pracować po osiemnaście godzin na dobę i nie bał się pozwać nikogo za jakiekolwiek przewinienie. Dużo się uczył, sam się szkolił i szybko został najskuteczniejszym adwokatem sądowym w Tennessee.

Dwadzieścia lat później Jonathan Lake nadal pracuje osiemnaście godzin na dobę, jest właścicielem kancelarii zatrudniającej jedenastu adwokatów, prowadzi sprawy poważniejsze i większe niż jakikolwiek prawnik w jego okolicy i zarabia, zgodnie z legendą, w granicach trzech milionów dolarów rocznie.

I lubi nimi szastać. Trzy miliony dolców rocznie trudno ukryć w Memphis, dlatego o Jonathanie Lake'u zawsze jest głośno. A jego legenda rośnie. Każdego roku niewiadoma liczba studentów rozpoczyna naukę na moim wydziale właśnie z powodu Jonathana Lake'a. Mają marzenie. Bardzo niewiele osób, opuszczając to miejsce, nie znajduje pracy, bo nie chcą więcej niż maleńki pokój w śródmieściu z tabliczką z ich nazwiskiem na drzwiach. Chcą głodować i ledwo wiązać koniec z końcem, dokładnie tak jak Lake.

Przypuszczam też, że jeżdżą na motocyklach. Może i ja zmierzam właśnie w takim kierunku. Może jest jeszcze dla mnie nadzieja. Ja i Lake.

▲ ▲ ▲

Zaglądam do Maxa Leuberga w odpowiednim momencie. Rozmawia przez telefon, macha rękami i klnie jak pijany szewc. Chodzi o jakiś proces w St Paul, na którym powinien zeznawać. Udaję, że robię notatki, wpatruję się w podłogę i usiłuję nie słuchać, gdy tupie, głośno chodząc wokół biurka i ciągnąc za sobą kabel telefonu.

Wreszcie odkłada słuchawkę.

— Masz ich jak na tacy, rozumiesz? — mówi do mnie niespodziewanie, sięgając jednocześnie po coś znajdującego się w panującym na biurku bałaganie.

— Kogo?

— Great Benefit. Wczoraj w nocy przeczytałem wszystkie dokumenty. Typowe ubezpieczeniowe debetowe łajzy. — Bierze grubą teczkę i opada na fotel. — Czy wiesz, co to jest ubezpieczenie debetowe?

Wydaje mi się, że wiem, ale boję się, że będzie chciał szczegółów.

— Nie do końca.

— Czarni mówią na to „biedapieczenie". Tanie poliski sprzedawane od drzwi do drzwi ludziom o niskich dochodach. Agenci, którzy sprzedają te polisy, zjawiają się co tydzień i zbierają składki, robią wpis po stronie „winien" w książce rachunkowej trzymanej przez ubezpieczanego. Polują na niewykształconych ludzi, a kiedy dochodzi do roszczeń w związku z polisą, takie firmy najczęściej je odrzucają. Przepraszamy, ale z takiej czy innej przyczyny firma nie pokryje straty. Są wyjątkowo pomysłowe w wynajdywaniu powodów do odmowy.

— Nikt ich nie pozywa?

— Niezbyt często. Badania wykazują, że jedna na trzydzieści

odmów w złej wierze trafia do sądu. Te firmy rzecz jasna o tym wiedzą i biorą to pod uwagę. Nie zapominaj, że ich klientami są ludzie z niższych warstw społecznych, którzy boją się prawników i wymiaru sprawiedliwości.

— Co się dzieje, kiedy ktoś ich pozwie? — pytam.

Max macha ręką, żeby odgonić jakiegoś robaka czy muchę, dwie kartki unoszą się i spadają na podłogę.

Gwałtownie strzela z kostek rąk.

— W sumie niewiele. Przyznano co prawda w naszym kraju jakieś bardzo wysokie odszkodowania. Sam brałem udział w dwóch czy trzech takich sprawach. Ale sędziowie przysięgli niechętnie robią milionerami prostych ludzi, którzy wykupują tanie ubezpieczenia. Zastanów się nad tym. Oto masz powoda z legalnymi rachunkami za leczenie, na, powiedzmy, pięć tysięcy dolarów, które bez wątpienia powinno pokryć ubezpieczenie. Ale firma ubezpieczeniowa mówi „nie". I ta firma ma majątek wysokości, powiedzmy, dwustu milionów. Na procesie adwokat powoda prosi ławę przysięgłych o pięć tysięcy, a także kilka milionów jako karę dla nieuczciwego przedsiębiorcy. To rzadko się udaje. Przyznają pięć tysięcy, dorzucą dziesięć tysięcy kary i firma znów wygrywa.

— Ale Donny Ray Black umiera. Umiera dlatego, że nie może mieć zrobionego przeszczepu, jaki należy mu się w ramach tej polisy. Mam rację?

Leuberg posyła mi krzywy uśmiech.

— Masz, w rzeczy samej. Zakładając, że jego rodzice wczoraj powiedzieli ci wszystko. A to zwykle bardzo chwiejne założenie.

— Ale w dokumentach wszystko jest w porządku, prawda? — pytam, wskazując teczkę.

Max wzrusza ramionami, kiwa głową i znów się uśmiecha.

— W takim razie to dobra sprawa. Nie wspaniała, ale dobra.

— Nie rozumiem.

— To proste, Rudy. To jest Tennessee. Miejsce, gdzie werdykty są pięciocyfrowe. Nikt tu nie zasądza odszkodowań z nawiązką.

Sędziowie są bardzo konserwatywni. Średnie dochody są bardzo niskie, dlatego sędziowie mają ogromne problemy przy zmienianiu swoich sąsiadów w bogaczy. Memphis to wyjątkowo trudne miejsce do uzyskania przyzwoitego wyroku. Założę się, że Jonathan Lake uzyskałby dobry wyrok. I może oddałby mi niewielką część honorarium, gdybym zaniósł mu tę sprawę. Mimo kaca trybiki w mojej głowie zaczęły się obracać.

— To co mam zrobić? — pytam.

— Pozwij drani.

— Nie mam jeszcze uprawnień.

— Nie ty. Odeślij tych ludzi do jakiegoś narwanego dobrego adwokata sądowego ze śródmieścia. Wykonaj kilka telefonów w ich imieniu, pogadaj z jednym czy drugim mecenasem. Napisz dwustronicowe podsumowanie dla Smoota i będziesz miał to z głowy. — Max zrywa się na równe nogi, bo rozdzwonił się telefon. Przesuwa jednocześnie po biurku teczkę z dokumentami w moją stronę. — Jest tu lista trzydziestu sześciu przypadków działania w złej wierze, którą powinieneś przeczytać. To na wypadek, gdybyś był tym zainteresowany.

— Dzięki — mówię.

Macha ręką, dając mi znak, żebym wyszedł. Gdy opuszczam jego gabinet, Max Leuberg wrzeszczy do telefonu.

▲ ▲ ▲

Studia prawnicze wpoiły mi nienawiść do szukania materiałów archiwalnych. Od trzech lat to miejsce jest moim drugim domem i co najmniej połowę tych godzin wypełnionych mozołem spędziłem na przedzieraniu się przez stare książki w poszukiwaniu informacji o zamierzchłych sprawach, żeby podeprzeć jakieś prymitywne teorie prawnicze, o których żaden adwokat, będący przy zdrowych zmysłach, od dziesięcioleci nawet nie pomyślał. Uwielbiają posyłać tutaj człowieka na szukanie skarbów. Profesorowie, z których niemal wszyscy uczą, bo nie potrafią funkcjonować w rzeczywistym świecie, myślą, że to dla nas dobry trening, takie grzebanie w zapomnianych sprawach i robienie z nich pozbawionych znaczenia streszczeń, dzięki czemu możemy dostawać dobre stopnie, umożliwiające nam z kolei wejście do zawodu prawnika jako doskonale wykształceni młodzi adwokaci.

Szczególnie dotkliwie odbierałem to na dwóch pierwszych latach studiów. Teraz nie jest już tak źle. I może w tym szaleństwie jest metoda. Słyszałem tysiące opowieści o wielkich kancelariach i ich praktykach polegających na zmuszaniu nowo zatrudnionych żółtodziobów do przesiadywania przez dwa lata w bibliotekach i robienia streszczeń ze spraw i wypisów z procesów.

Gdy człowiek na kacu zabiera się do szukania materiałów archiwalnych, wszystkie zegary stoją. Ból głowy jeszcze się wzmaga. Ręce nie przestają się trząść. Booker znajduje mnie późnym popołudniem w piątek w mojej małej kryjówce z kilkunastoma książkami rozłożonymi na biurku. To obowiązkowe lektury dotyczące spraw sądowych zlecone przez Leuberga.

— Jak się czujesz? — pyta.

Ma na sobie marynarkę i krawat i bez wątpienia był w kancelarii, odbierał telefony i posługiwał się dyktafonem jak prawdziwy adwokat.

— Dobrze.

Przyklęka obok mnie i patrzy na stos książek.

— Co to takiego? — pyta.

— Nie chodzi o egzamin adwokacki. Grzebię trochę przed zajęciami ze Smootem.

— Nigdy nie przygotowywałeś się do zajęć ze Smootem.

— Wiem. Mam wyrzuty sumienia.

Booker prostuje się i opiera dłońmi o krawędź biurka.

— Dwie rzeczy — mówi niemal szeptem. — Shankle uważa, że drobny incydent u Brodnaxa i Speera można uznać za niebyły. Wykonał kilka telefonów i zyskał zapewnienie, że tak zwane ofiary nie chcą wnosić oskarżenia.

— To dobrze — wzdycham. — Dzięki, Booker.

71

— Nie ma za co. Myślę, że możesz już bezpiecznie stąd wyjść. To znaczy jeśli potrafisz oderwać się od tej szperaniny.

— Spróbuję.

— Po drugie, odbyłem długą rozmowę z panem Shankle'em. Dopiero co wyszedłem z jego gabinetu. I, cóż, w tej chwili nie ma u niego żadnej pracy. Zatrudnił trzech nowych pracowników, mnie i dwóch innych z Waszyngtonu, i nawet nie bardzo wie, gdzie nas pomieści. Rozgląda się teraz za większym biurem.

— Nie musiałeś tego robić, Booker.

— Wiem. Ale chciałem. To drobiazg. Pan Shankle obiecał, że wybada grunt, popyta tu i tam, rozumiesz. On zna mnóstwo ludzi.

Jestem tym tak wzruszony, że niemal brak mi słów. Dwadzieścia cztery godziny temu miałem obietnicę dobrej pracy z przyzwoitym wynagrodzeniem, a teraz ludzie, których nawet nie znam, wyświadczają mi przysługę i usiłują znaleźć dla mnie choćby nadzieję na zatrudnienie.

— Dzięki — mówię, zagryzając usta i wpatrując się we własne palce.

Booker spogląda na zegarek.

— Muszę lecieć. Chcesz rano pouczyć się do egzaminu adwokackiego?

— Jasne.

— Zadzwonię do ciebie. — Klepie mnie po ramieniu i znika.

⅄ ⅄ ⅄

Dokładnie dziesięć minut przed siedemnastą wchodzę po schodach do głównego holu i opuszczam bibliotekę. Teraz już nie muszę sprawdzać, czy w pobliżu są gliniarze, nie boję się myśli o Sarze Plankmore, nie przejmuję się też ewentualnym spotkaniem z kolejnym woźnym sądowym. Praktycznie też nie obawiam się nieprzyjemnych konfrontacji z najróżniejszymi kolegami ze studiów. Wszyscy dawno poszli. Jest piątek, wydział prawa zieje pustkami.

Biuro pełnomocnika do spraw zatrudnienia znajduje się na parterze, blisko frontu budynku, gdzie są pokoje administracji.

Rzucam okiem na tablicę ogłoszeniową w holu, ale nie przestaję iść. Zwykle wiszą na niej dziesiątki informacji o potencjalnych miejscach pracy — w wielkich kancelariach, średnich firmach, u działających solo adwokatów, w prywatnych przedsiębiorstwach i agencjach rządowych. Szybkie zerknięcie i wiem to, co wiedziałem bez tego. Na tablicy nie ma nawet jednego ogłoszenia. Na rynku pracy o tej porze roku nic się nie dzieje.

Madeline Skinner prowadzi biuro pełnomocnika od dziesięcioleci. Chodzą plotki, że ma przejść na emeryturę, ale inne plotki głoszą, że straszy tym co roku, żeby wymóc coś na dziekanie. Ma sześćdziesiąt lat, ale wygląda na siedemdziesiąt. To chuda kobieta o krótkich siwych włosach, zmarszczkach wokół oczu i z papierosem bez przerwy tlącym się w popielniczce na jej biurku. Cztery paczki dziennie, jak niesie fama, co w sumie jest śmieszne, bo oficjalnie w budynku uczelni nie wolno palić, ale nikt nie zdobył się na odwagę, by powiedzieć o tym Madeline. Ma ogromne wpływy, bo to ona ściąga ludzi z ofertami pracy. Gdyby nie było miejsc pracy, nie byłoby wydziału prawa.

I jest bardzo dobra w tym, co robi. Zna odpowiednich ludzi w odpowiednich firmach. Znalazła pracę dla mnóstwa osób, które teraz szukają nowych pracowników do swoich kancelarii, i nie przebiera w środkach. Jeśli absolwent uniwersytetu stanowego w Memphis jest odpowiedzialny za rekrutację nowych prawników do dużej firmy, a ta duża firma chętniej widzi u siebie absolwentów prestiżowych uczelni, naszymi zaś się nie interesuje, to Madeline jest znana z tego, że dzwoni do rektora uniwersytetu i składa nieoficjalną skargę. O rektorze wiadomo, że odwiedza wielkie firmy w śródmieściu, jada lunche ze wspólnikami i znajduje rozwiązanie tego problemu, przywracając równowagę. Madeline wie o każdym nowym miejscu pracy w mieście, podobnie jak wie, kto jakie zajmuje stanowisko.

Ale jej praca staje się coraz trudniejsza. Jest zbyt wielu ludzi z dyplomem prawnika, a nasza uczelnia nie należy do najbardziej prestiżowych w kraju.

Stoi przy automacie z chłodzoną wodą i wpatruje się w drzwi, jakby na mnie czekała.

— Cześć, Rudy — mówi zachrypniętym głosem.

Jest sama, wszyscy już dawno wyszli. W jednej ręce trzyma kubek z wodą, w drugiej cienkiego papierosa.

— Cześć — odpowiadam z uśmiechem, jakbym był najszczęśliwszym facetem na świecie.

Ręką z kubkiem wskazuje drzwi gabinetu.

— Pogadajmy w środku.

— Jasne — mówię i wchodzę za nią do pokoju.

Madeline zamyka drzwi i kiwa głową w kierunku krzesła. Siadam, a ona usadawia się na brzegu fotela za biurkiem.

— Ciężki dzień, co? — zagaja, jakby wiedziała o wszystkich wydarzeniach z ostatnich dwudziestu czterech godzin.

— Bywały lepsze.

— Rozmawiałam dziś rano z Loydem Beckiem — mówi powoli.

Miałem nadzieję, że go szlag trafił.

— I co powiedział? — pytam, siląc się na obojętność.

— Cóż, wczoraj wieczorem dowiedziałam się o fuzji i zaczęłam się o ciebie martwić. Jesteś jedynym absolwentem, którego umieściliśmy u Brodnaxa i Speera, dlatego bałam się, co może się z tobą stać.

— I?

— Fuzji dokonano bardzo szybko, idealna okazja i tak dalej.

— Usłyszałem tę samą gadkę.

— Wtedy zapytałam go, kiedy powiadomili cię o fuzji, ale zaczął wciskać mi ciemnotę, jak ten czy drugi wspólnik usiłował się z tobą skontaktować parę razy, ale telefon był odłączony.

— Bo jest odłączony od czterech dni.

— Wszystko jedno, poprosiłam go, żeby przefaksował mi kopie wszelkiej korespondencji między Brodnaxem i Speerem a tobą, Rudym Baylorem, dotyczącą fuzji i twojej pozycji po jej zakończeniu.

74

— Nie było żadnych pism.

— Wiem. Tyle sam przyznał. Chodzi o to, że nie zrobili nic, dopóki fuzja nie stała się faktem.

— No właśnie. Nic. — To, że Madeline trzyma moją stronę, jest bardzo miłe.

— Dlatego bardzo szczegółowo wyjaśniłam mu, że wyrolował jednego z naszych absolwentów i strasznie się pokłóciliśmy przez telefon.

Nie potrafiłem stłumić uśmiechu. Wiem, kto wyszedł z tej kłótni zwycięsko.

Madeline mówi dalej:

— Beck przysięga, że chcieli cię zatrzymać. Nie do końca mu wierzę, ale przekazałam mu, że powinni byli omówić to z tobą znacznie wcześniej. Jesteś studentem, prawie absolwentem, cholera, prawie pracownikiem, a nie przedmiotem. Powiedziałam mu, że wiem, jak wyzyskuje pracowników, ale czasy niewolnictwa się skończyły. Nie może, ot, tak wziąć cię albo nie, przekazać cię gdzieś albo zatrzymać, chronić cię albo zmarnować.

Wspaniała kobieta. Myślałem dokładnie to samo.

— Skończyliśmy się kłócić, a ja spotkałam się z dziekanem. Dziekan zadzwonił do Donalda Huceka, wspólnika z zarządu u Tinleya Britta. Rozmawiali kilka razy, a Hucek cały czas wyskakiwał z tą samą gadką: Beck chciał cię zatrzymać, ale ty nie spełniasz wymagań stawianych nowym pracownikom u Tinleya Britta. Dziekan stał się podejrzliwy, więc Hucek obiecał, że przyjrzy się twojemu życiorysowi i wyciągowi z indeksu.

— Tinley Britt jest nie dla mnie — mówię jak człowiek, który ma mnóstwo możliwości.

— Hucek uważa tak samo. Stwierdził, że Tinley Britt raczej cię nie weźmie.

— To dobrze. — Nic mądrzejszego nie przychodzi mi do głowy. Ale ona jest na to za cwana. Dobrze wie, że siedzę tu i cierpię.

— Mamy trochę na pieńku z Tinleyem Brittem. Przez ostatnie trzy lata zatrudnili tylko pięciu naszych absolwentów. Stali się

75

tak wielcy, że nie można już na nich polegać. Szczerze mówiąc, sama nie chciałabym tam pracować.

Usiłuje mnie pocieszyć, sprawić, bym poczuł, że to, co mnie spotkało, w sumie wyjdzie mi na dobre. No pewnie, komu są potrzebni Trent i Brent i pięćdziesiąt tysięcy dolców rocznej pensji dla początkujących?

— Co mi zostaje? — pytam.

— Niewiele — odpowiada Madeline szybko. — Prawdę mówiąc, nic. — Zerka na jakieś notatki. — Obdzwoniłam wszystkich, których znam. Była posada asystenta obrońcy z urzędu, na część etatu, za dwanaście tysięcy rocznie, ale została zajęta dwa dni temu. Dałam tam Halla Pasteriniego. Znasz Halla? To dobry chłopak. Wreszcie dostał jakąś pracę.

Przypuszczam, że mnie też ludzie uważają za dobrego chłopaka.

— Mam dwie dobre oferty dla radcy prawnego w niewielkich przedsiębiorstwach, ale w obu przypadkach wymagają zdanego egzaminu adwokackiego.

Egzamin adwokacki jest w lipcu. W praktyce każda firma przyjmuje nowych pracowników zaraz po zrobieniu przez nich dyplomu, płaci im, przygotowuje ich do egzaminu i potem wszyscy się cieszą, kiedy egzamin jest zdany.

Odkłada notatki na biurko.

— Będę szukała. Może coś się pokaże.

— Co powinienem zrobić?

— Zacznij pukać do drzwi. W tym mieście są trzy tysiące prawników, z czego większość prowadzi indywidualną praktykę lub jest w dwu-, trzyosobowych kancelariach. Nie zwracają się do pełnomocnika do spraw zatrudnienia, dlatego ich nie znamy. Idź, poszukaj ich. Zaczęłabym od małych firm, dwóch, trzech, może czterech adwokatów pracujących razem, i spróbowała ich namówić, żeby przyjęli cię do pracy. Zaproponuj, że zajmiesz się ich śmierdzącymi sprawami, będziesz ściągał pieniądze od dłużników...

— Śmierdzące sprawy?

76

— A tak. Każdy adwokat ma stertę śmierdzących spraw. Trzymają je w kącie, a im dłużej tam leżą, tym bardziej śmierdzą. To sprawy, które adwokaci wzięli, a teraz bardzo tego żałują. Takich rzeczy nie uczą na studiach prawniczych.

— Mogę zadać ci pytanie?

— Jasne. Wal śmiało.

— Ile razy w ciągu ostatnich trzech miesięcy powtarzałaś te rady, które mi teraz dajesz, o pukaniu do drzwi i tak dalej?

Uśmiecha się przelotnie, po czym patrzy na wydruki.

— Mam jeszcze około piętnastu absolwentów szukających pracy.

— Zatem są w mieście i szlifują bruk, jak się to mówi.

— Prawdopodobnie. Tak naprawdę trudno powiedzieć. Niektórzy mają inne plany, którymi nie zawsze się ze mną dzielą.

Jest już po siedemnastej. Madeline chce iść do domu.

— Dziękuję, pani Skinner. Za wszystko. Miło wiedzieć, że kogoś obchodzi mój los.

— Będę szukała. Obiecuję. Wpadnij w przyszłym tygodniu.

— Wpadnę. Dzięki.

Przez nikogo niezauważony wracam do biurka w piwnicy.

Rozdział 6

Dom pani Birdie stoi w Midtown, starszej, zamożnej części miasta, tylko kilka kilometrów od wydziału prawa. Ulice są tam obsadzone wiekowymi dębami i wydają się odizolowane. Niektóre domy są całkiem ładne, z idealnie przystrzyżonymi trawnikami i luksusowymi samochodami, których karoserie lśnią na podjazdach. Mimo to inne wydają się opuszczone i wyglądają niesamowicie, gdy wyzierają zza gęstych gałęzi nieprzycinanych drzew i dziko rosnących krzewów. Jeszcze inne można by uplasować między tymi dwoma rodzajami. Ten należący do pani Birdie jest z białego kamienia, z przełomu wieków, w wiktoriańskim stylu, z obszerną werandą, która niknie za rogiem. Przydałoby mu się tynkowanie, nowy dach i trochę porządków na podwórzu. Okna ma brudne, okiennice pozapychane liśćmi, ale najwyraźniej ktoś w nim mieszka i stara się utrzymać go w jako takim stanie. Podjazd jest obsadzony niestrzyżonym żywopłotem. Parkuję za brudnym cadillakiem, mającym prawdopodobnie z dziesięć lat.

Deski werandy trzeszczą, gdy podchodzę do frontowych drzwi. Rozglądam się na wszystkie strony w poszukiwaniu jakiegoś wielkiego psa z wyszczerzonymi kłami. Jest późno, szarówka, a na werandzie nie ma żadnego światła. Ciężkie drewniane drzwi stoją otworem, a przez siatkę przeciwko owadom widzę niewielki przedpokój. Nie mogę znaleźć dzwonka, dlatego bardzo delikatnie pukam w ramę siatki, która lekko się telepie. Wstrzymuję oddech — żadnych szczekających psów.

Żadnych odgłosów, żadnego ruchu. Pukam trochę głośniej.

— Kto tam! — woła znajomy głos.

— Pani Birdie?

W przedpokoju zjawia się jakaś postać, światło się zapala i oto mam ją przed sobą, w tej samej bawełnianej sukience, którą nosiła wczoraj w Domu Seniora „Cyprysowe Ogrody". Mruży oczy, patrząc przez siatkę.

— To ja. Rudy Baylor. Student prawa, z którym pani wczoraj rozmawiała.

— Rudy! — Ekscytuje się na mój widok.

Przez sekundę jestem trochę zawstydzony, a potem niespodziewanie ogarnia mnie smutek. Mieszka sama w tym monstrualnym domu przekonana, że cała rodzina ją porzuciła. Najważniejszym wydarzeniem dnia jest dla niej opieka nad starymi ludźmi, którzy zbierają się na lunch i jedną czy dwie piosenki. Pani Birdie to bardzo samotna osoba.

Pośpiesznie otwiera siatkowe drzwi.

— Wchodź, no wchodź — mówi bez najmniejszego śladu zaciekawienia. Bierze mnie pod rękę i prowadzi przez przedpokój i dalej korytarzem, zapalając po drodze światła. Ściany pokrywają dziesiątki starych rodzinnych portretów. Dywany są zakurzone i poprzecierane. Pachnie tu pleśnią i stęchlizną. Ten stary dom naprawdę bardzo potrzebuje porządków i remontu.

— Jak to miło, że wpadłeś — mówi słodkim głosem, nadal ściskając mnie za ramię. — Wczoraj dobrze się z nami bawiłeś?

— Tak, proszę pani.

— Może któregoś dnia znowu nas odwiedzisz?

— Już nie mogę się doczekać.

Sadza mnie przy stole w kuchni.

— Kawa czy herbata? — pyta, ruszając w stronę szafek i zapalając światła.

— Kawa — mówię, rozglądając się po kuchni.

— Może być rozpuszczalna?

— Oczywiście. — Po trzech latach na wydziale prawa nie potrafiłbym już odróżnić kawy rozpuszczalnej od prawdziwej.

— Śmietanka czy cukier? — pyta, sięgając do lodówki.

— Czarna.

Nastawia wodę, wyjmuje z szafki kubki i siada przy stole naprzeciwko mnie. Uśmiecha się od ucha do ucha. Moja wizyta rozjaśniła jej dzień.

— Bardzo się cieszę, że cię widzę — mówi po raz trzeci albo czwarty.

— Ma pani uroczy dom — chwalę, wciągając zatęchłe powietrze.

— Och, dziękuję. Kupiliśmy go z Thomasem pięćdziesiąt lat temu.

Garnki i patelnie, zlew i krany, kuchnia i toster mają co najmniej czterdzieści lat. Lodówka pochodzi prawdopodobnie z wczesnych lat sześćdziesiątych.

— Thomas umarł jedenaście lat temu. Obu naszych synów wychowaliśmy w tym domu, ale wolałabym o nich nie rozmawiać. — Jej pogodna twarz robi się na sekundę surowa, ale szybko powraca na nią uśmiech.

— Jasne, nie ma potrzeby.

— Porozmawiajmy o tobie — proponuje pani Birdie.

To jednak temat, którego ja wolałbym unikać.

— Oczywiście, dlaczego nie? — Zbieram się w sobie, by odpowiadać na pytania.

— Skąd pochodzisz?

— Urodziłem się tutaj, ale wychowałem w Knoxville.

— Jak miło. A który college skończyłeś?

— Austina Peaya.

— Austina kogo?

80

— Austina Peaya. To niewielka szkoła w Clarksville. Państwowa.

— Jak miło. Z jakiego powodu wybrałeś wydział prawa na uniwersytecie stanowym w Memphis?

— To naprawdę dobra uczelnia, poza tym lubię to miasto. — Tak naprawdę istnieją jeszcze dwa powody: tutejszy uniwersytet mnie przyjął i stać mnie było, żeby na nim studiować.

— Jak miło. Kiedy kończysz studia?

— Już za kilka tygodni.

— Wtedy naprawdę będziesz prawnikiem. Jak miło. Gdzie zaczniesz pracować?

— Cóż, nie jestem pewny. Ostatnio bardzo poważnie zastanawiam się nad otworzeniem własnej kancelarii. Jestem niezależnym typem, nie bardzo wierzę, że potrafiłbym pracować dla kogoś innego. Chciałbym praktykować prawo na swój własny sposób.

Ona po prostu wpatruje się we mnie. Uśmiech zniknął. Nie odrywa wzroku od moich oczu. Wygląda na zbitą z tropu.

— To po prostu cudownie — mówi w końcu, a potem zrywa się na równe nogi, żeby zrobić kawę.

Jeśli ta przemiła staruszka ma miliony, to dokonała cudu, by to ukryć. Przyglądam się kuchni. Stół, na którym opieram łokcie, ma aluminiowe nogi i poprzecierany blat z laminatu. Wszystkie naczynia, urządzenia, przedmioty, meble, zostały kupione wiele dziesięcioleci temu. Mieszka w domu zaniedbanym pod pewnymi względami i jeździ starym samochodem. Najwyraźniej nie ma żadnych pokojówek ani służących. Nawet rasowego małego pieska.

— Jak miło — powtarza znowu, stawiając kubki na stole.

Nad żadnym z nich nie unosi się para. Mój kubek jest ledwo ciepły, kawa zaś słabiutka, mdła i zwietrzała.

— Dobra kawa — mówię, oblizując usta.

— Dzięki. Zatem chcesz otworzyć własną małą kancelarię prawniczą?

— Myślę o tym. Przez jakiś czas nie będzie łatwo, sama pani rozumie. Ale jeśli będę ciężko pracował, traktował ludzi uczciwie, nie powinienem mieć kłopotów z przyciągnięciem klientów.

Uśmiecha się i powoli kiwa głową.

— Ależ to wspaniale, Rudy. Jakaż odwaga. Myślę, że ten zawód potrzebuje więcej takich młodych ludzi jak ty.

Jestem ostatnim człowiekiem, jakiego ten zawód potrzebuje — kolejny głodny młody sęp przemierzający ulice, węszący za pozwami, usiłujący znaleźć jakąś sprawę, przy której uda się wycisnąć parę dolców od klientów biednych jak myszy kościelne.

— Pewnie się pani zastanawia, dlaczego tu jestem — mówię, sącząc kawę.

— Jestem taka zadowolona, że przyszedłeś.

— Tak... no cóż, wspaniale znowu panią widzieć, ale chciałbym porozmawiać o testamencie. Nie mogłem spać zeszłej nocy, bo denerwowałem się o pani spadek.

Jej oczy stają się wilgotne. Jest wzruszona.

— Kilka rzeczy jest szczególnie problematycznych — ciągnę, marszcząc przy tym czoło w prawniczym stylu, najlepiej jak umiem. Wyjmuję z kieszeni długopis i trzymam go, jakbym szykował się do działania. — Po pierwsze, proszę wybaczyć, że to mówię, ale naprawdę martwię się, widząc, że pani lub jakikolwiek inny klient, podejmuje tak drastyczne kroki przeciwko własnej rodzinie. Myślę, że powinniśmy o tym porozmawiać. — Pani Birdie zaciska usta, ale nic nie mówi. — Po drugie, i znowu proszę o wybaczenie, ale nie potrafiłbym z tym żyć jako prawnik, gdybym o tym nie wspomniał, mam prawdziwy problem z napisaniem testamentu czy jakiegokolwiek innego dokumentu dotyczącego przekazania tak znacznego spadku osobie z telewizji.

— To sługa boży — mówi pani Birdie z emfazą, broniąc honoru wielebnego Kennetha Chandlera.

— Wiem. Świetnie. Ale dlaczego oddawać mu wszystko, pani Birdie? Dlaczego nie dwadzieścia pięć procent, rozumie pani, taka zdroworozsądkowa kwota?

— On ma bardzo dużo na głowie. Jego odrzutowiec się starzeje. Powiedział mi o tym.

— W porządku, ale Bóg nie oczekuje przecież, że będzie pani finansowała duchownego, prawda?

— To, co Bóg mi mówi, to moja prywatna sprawa. Dziękuję bardzo.

— Oczywiście, że tak. Chodzi mi jednak o to i jestem pewny, że pani to wie: bardzo wielu podobnych mu facetów nisko upadło, pani Birdie. Przyłapywano ich z kobietami i nie były to ich żony. Przyłapywano ich na wydawaniu milionów na wystawne życie — domy, samochody, wakacje, eleganckie ubrania. Wielu z nich to oszuści.

— On nie jest oszustem.

— Tego nie powiedziałem.

— Coś imputujesz?

— Nic. — Upijam duży łyk kawy. Pani Birdie nie jest zła, ale jej cierpliwość niedługo się skończy. — Jestem tu jako pani adwokat, to wszystko. Prosiła mnie pani, żebym przygotował pani testament, a moim obowiązkiem jest dopilnowanie, by wszystko zostało w nim uwzględnione. Bardzo poważnie traktuję ten obowiązek.

Zmarszczki wokół jej ust wygładzają się, a oczy łagodnieją.

— To miło — mówi.

Przypuszczam, że wielu bogatych starych ludzi podobnych do pani Birdie, szczególnie ci, którzy przeżyli wielki kryzys i sami doszli do pieniędzy, strzegłoby zawzięcie swojej fortuny przy pomocy księgowych, adwokatów i nieprzyjaznych bankierów. Ale nie pani Birdie. Jest równie naiwna i ufna, jak biedna wdowa pobierająca rentę.

— On potrzebuje tych pieniędzy — upiera się, upija łyk kawy i przygląda mi się podejrzliwie.

— Możemy porozmawiać o tych pieniądzach?

— Dlaczego adwokaci zawsze chcą gadać o forsie?

— Z bardzo ważnego powodu, pani Birdie. Jeśli nie będzie pani ostrożna, państwo przejmie sporą część pani spadku. Z pieniędzmi można zrobić określone rzeczy. Staranne zarządzanie masą spadkową pozwala na uniknięcie bardzo wielu podatków.

To ją sfrustrowało.

— Cały ten prawniczy bełkot — prycha.

— Dlatego właśnie tu jestem, proszę pani.

— Domyślam się, że chciałbyś zobaczyć własne nazwisko w którymś miejscu tego testamentu. — Nadal jest wściekła na praktyki prawnicze.

— Ależ skąd — odpowiadam, starając się wyglądać na zaszokowanego i jednocześnie ukryć jakoś zaskoczenie, że mnie przejrzała.

— Prawnicy zawsze próbują umieścić swoje nazwiska w moim testamencie.

— Bardzo mi przykro, pani Birdie. Jest bardzo wielu nieuczciwych adwokatów.

— To właśnie powiedział wielebny Chandler.

— O tym jestem przekonany. Proszę posłuchać, nie chcę poznawać wszystkich szczegółów, ale może zechciałaby pani powiedzieć, czy te pieniądze są w nieruchomościach, obligacjach, akcjach, gotówce czy zainwestowane w jeszcze inny sposób? Taka wiedza jest bardzo ważna, by planować zarządzanie masą spadkową.

— Wszystkie są w jednym miejscu.

— Dobrze. Gdzie?

— W Atlancie.

— W Atlancie?

— Tak. To długa historia, Rudy.

— Może więc mi ją pani opowie?

W odróżnieniu od naszej rozmowy w Domu Seniora „Cyprysowe Ogrody", pani Birdie nie jest pod presją czasu. Nie ma żadnych obowiązków. Bosco nie kręci się w pobliżu. Nie musi pilnować sprzątania po lunchu, sędziować przy grach planszowych.

Dlatego wolno pije kawę i zastanawia się nad tym wszystkim, wpatrzona w blat stołu.

— Tak naprawdę nikt tego nie słyszał — mówi bardzo cicho, raz czy dwa stuka jej proteza dentystyczna. — Przynajmniej nikt z Memphis.

— Dlaczego? — pytam, może trochę za szybko.

— Moje dzieci o tym nie wiedzą.

— O pieniądzach? — pytam z niedowierzaniem.

— Och, wiedzą o jakiejś części. Thomas ciężko pracował i mnóstwo zaoszczędziliśmy. Kiedy umarł jedenaście lat temu, zostawił mi blisko sto tysięcy dolarów oszczędności. Synowie, a zwłaszcza ich żony, są przekonani, że to teraz jest warte pięć razy więcej. Ale nie mają pojęcia o Atlancie. Może zrobię ci jeszcze kawy? — Zrywa się na równe nogi.

— Jasne.

Bierze ode mnie kubek i stawia na kuchennym blacie. Wsypuje trochę więcej niż pół łyżeczki kawy, dolewa letniej wody i wraca do stołu. Mieszam tę kawę, jakbym spodziewał się wyrafinowanego cappuccino.

Nasze oczy się spotykają. Staram się patrzeć na nią z sympatią.

— Niech pani posłucha, jeśli to zbyt bolesne, może skrócimy wersję. Rozumie pani, proszę tylko o najważniejsze fakty.

— Chodzi o majątek. Dlaczego miałoby to być bolesne?

Cóż, myślę dokładnie tak samo.

— Doskonale. Niech mi pani tylko powie, jak pieniądze są zainwestowane. Interesują mnie nieruchomości. — To prawda. Gotówka i inne środki płynne na ogół znikają jako pierwsze, przeznaczone na zapłacenie podatków. Nieruchomości zachowuje się na sam koniec. Dlatego moje pytania nie wynikają tylko z czystej ciekawości.

— Nikomu jeszcze nie powiedziałam o tych pieniądzach — mówi pani Birdie, nadal bardzo cicho.

— Wspomniała pani jednak wczoraj, że rozmawiała o nich z Kennethem Chandlerem.

Zapada długa cisza, podczas gdy ona obraca kubek na blacie stołu.

— Tak, chyba tak. Ale nie jestem pewna, czy wszystko mu powiedziałam. Mogłam troszkę skłamać. I na pewno nie przyznałam mu się, skąd pochodzą.

— No dobra. Więc skąd one są?

— Po moim drugim mężu.

— Pani drugim mężu?

— Tak, Tonym.

— Thomas i Tony?

— Aha. Mniej więcej dwa lata po śmierci Thomasa wyszłam za Tony'ego. Był z Atlanty, tak jakby przejeżdżał przez Memphis, kiedy się poznaliśmy. Mieszkaliśmy razem przez pięć lat, cały czas się kłóciliśmy, a potem odszedł i wrócił do domu. Był próżniakiem, któremu chodziło tylko o moje pieniądze.

— Trochę się pogubiłem. Wydawało mi się, że powiedziała pani, jakoby te pieniądze były od Tony'ego.

— Bo powiedziałam, tyle że on o tym nie wiedział. To długa historia. Chodziło o jakieś spadki i tak dalej, rzeczy, o których Tony nie miał pojęcia i ja też nic nie wiedziałam. Miał bogatego brata, który był szalony, cała rodzina taka była, naprawdę, i tuż przed śmiercią Tony odziedziczył fortunę po szalonym bracie. To znaczy dwa dni przed tym, jak Tony kopnął w kalendarz, jego brat zmarł na Florydzie. Tony umarł bez żadnego testamentu, miał tylko żonę. Mnie. Dlatego skontaktowali się ze mną ludzie z Atlanty, dokładnie jakaś duża kancelaria prawnicza, i powiedzieli mi, że zgodnie z prawem obowiązującym w Georgii mam mnóstwo pieniędzy.

— Ile pieniędzy?

— No mnóstwo, więcej niż zostawił mi Thomas. Nikomu o tym nie mówiłam, w każdym razie. Aż do teraz. Ty nikomu nie powiesz, Rudy, prawda?

— Proszę pani, jako pani adwokat nie mogę powiedzieć, nawet gdybym chciał. Przysięgałem dochowywać tajemnic służbowych. Nazywa się to tajemnicą adwokacką.

— Jak miło.

— Dlaczego nie powiedziała pani o tych pieniądzach swojemu ostatniemu adwokatowi? — pytam.

— Ach, jemu. Tak naprawdę mu nie ufałam. Podałam mu po

prostu, ile chcę przekazać różnym organizacjom, ale nie zdradziłam, ile tego mam. Gdy tylko się zorientował, że jestem nadziana, chciał, żebym umieściła go w testamencie.

— I nigdy nie powiedziała mu pani wszystkiego?

— Nigdy.

— Nie zdradziła mu pani, ile tego jest?

— Nie.

Jeśli dobrze obliczyłem, spadek po niej wynosi w starym testamencie w sumie nie mniej niż dwadzieścia milionów dolarów. Tak więc jej adwokat wiedział w przybliżeniu o istnieniu takiej sumy, jako że spisał jej ostatnią wolę. Nasuwa się zatem oczywiste pytanie, ile dokładnie ma ta urocza staruszka?

— Powie mi pani, ile tego jest?

— Może jutro, Rudy. Może jutro.

Wychodzimy z kuchni i kierujemy się na patio z tyłu domu. Pani Birdie ma tam nową fontannę obok róż i chce mi ją pokazać. Podziwiam fontannę, jakbym był nią urzeczony.

Teraz mam jasność: pani Birdie jest bogatą, starą kobietą, ale nie chce, żeby ktokolwiek o tym wiedział, zwłaszcza jej rodzina. Zawsze prowadziła wygodne życie, a teraz nie wzbudza żadnych podejrzeń jako osiemdziesięcioletnia wdowa żyjąca z i tak za wielkich dla niej oszczędności.

Siadamy na bogato zdobionej kutej ławce i sączymy zimną kawę w mroku, aż wreszcie zbieram się na odwagę, czymś się wymawiam i uciekam.

‹ ‹ ‹

Żeby zarobić jakoś na własne, chciałoby się powiedzieć dostatnie, utrzymanie, przez ostatnie trzy lata pracowałem jako barman i kelner w Yogi's, knajpie lubianej przez studentów, znajdującej się blisko kampusu. Jest znana z soczystych steków z cebulą i zielonego piwa w dniu świętego Patryka. To gwarne miejsce, gdzie od lunchu do zamknięcia trwa przedłużona happy hour. Dzbany wodnistego niskokalorycznego piwa są po dolarze w czasie „Poniedziałkowych wieczorów futbolowych", po dwa dolce w trakcie wszystkich innych imprez.

Właścicielem jest Prince Thomas, cymbał z końskim ogonem, o masywnym ciele i jeszcze większym ego. Jest jednym z lepszych numerów w mieście, prawdziwy przedsiębiorca, który lubi oglądać swoje zdjęcia w gazetach i twarz w wiadomościach telewizyjnych. Organizuje wyprawy do pubów i konkursy nocnego podkoszulka. Złożył petycję do władz miasta, by pozwoliły, żeby przybytki takie jak jego mogły być otwarte przez całą noc. W odpowiedzi miasto pozwało go do sądu za kilka różnych grzeszków. Uwielbia to. Wystarczy wymienić jakiś zły nałóg, występek lub coś takiego, a on zaraz zorganizuje grupę i będzie się starał to zalegalizować.

Prince niespecjalnie przejmuje się dyscypliną w Yogi's. My, pracownicy, sami ustalamy godziny, radzimy sobie z napiwkami, prowadzimy interes bez specjalnego nadzoru. Nie żeby robota była skomplikowana. Wystarczająco dużo piwa w barze i mielonej wołowiny w kuchni, a knajpa działa z zaskakującą precyzją. Prince lubi stać przy wejściu, witać śliczne studentki i prowadzić je do boksów. Flirtuje z nimi i generalnie robi z siebie idiotę. Lubi też siadywać przy stoliku blisko wielkiego ekranu i przyjmować zakłady na mecze. To ogromny facet z grubymi ramionami, od czasu do czasu wdający się w bójki.

Istnieje też ciemniejsza strona Prince'a. Plotka głosi, że jest zaangażowany w interes z panienkami. Kluby topless to teraz bardzo prężnie rozwijający się przemysł w mieście, a jego domniemani partnerzy mają kryminalną przeszłość. Pisano o tym w gazetach. Dwa razy stawał przed sądem za hazard i bukmacher-kę, ale w obu przypadkach ława przysięgłych utknęła w martwym punkcie, beznadziejna sprawa. Po przepracowaniu u niego trzech lat jestem przekonany o dwóch rzeczach: po pierwsze, Prince zabiera większość kasy z rachunków w Yogi's. Przypuszczam, że to co najmniej dwa tysiące tygodniowo, sto tysięcy dolarów rocznie. Po drugie, Prince wykorzystuje Yogi's jako fasadę swojego niewielkiego skorumpowanego imperium. Pierze tu pieniądze i co roku wykazuje straty w urzędzie skarbowym. W suterenie ma biuro, całkiem dobrze zabezpieczone. To pozbawiony okien pokój, gdzie spotyka się z kolesiami.

Mnie to w ogóle nie obchodzi. Dla mnie jest dobry. Zarabiam pięć dolarów na godzinę i pracuję około dwudziestu godzin tygodniowo. Naszymi klientami są studenci, dlatego napiwki bywają niewielkie. W czasie egzaminów mogę zmieniać godziny pracy. Codziennie zagląda tu co najmniej pięciu studentów, szukając jakiegoś dorywczego zajęcia, dlatego mogę się uważać za szczęściarza, że pracuję w tej knajpie.

Pomijając wszystko inne, Yogi's to świetna knajpa studencka. Prince udekorował ją przed wieloma laty na niebiesko i szaro, kolory Memphis, ściany są obwieszone proporczykami drużyn i zdjęciami gwiazd sportu. Tigersi są wszędzie. Od kampusu to krótki spacer, dlatego dzieciaki złażą się tutaj, żeby gadać, śmiać się i flirtować całymi godzinami.

Dziś wieczorem Prince ogląda mecz. Sezon baseballowy dopiero się zaczął, ale on jest przekonany, że Bravesi są w serii. Będzie obstawiał wszystkich, ale Bravesi są jego ulubieńcami. I nie ma znaczenia, z kim grają albo gdzie kto rzuca albo kto został kontuzjowany, Prince będzie stawiał na nich w ciemno.

Dziś wieczorem stoję za głównym barem i moim najważniejszym zadaniem jest pilnowanie, żeby jego szklanka z rumem i tonikiem nie była pusta. Piszczy, gdy Dave Justice zalicza wspaniałe uderzenie, potem odbiera trochę pieniędzy od chłopaka z jakiegoś bractwa. Założyli się, kto pierwszy zdobędzie czwartą bazę — Dave Justice czy Barry Bounds. Widziałem już, jak się zakładał, czy pierwsze uderzenie drugiego zawodnika odbijającego piłkę w trzeciej rundzie będzie trafione czy nietrafione.

Dobrze, że nie muszę dzisiaj obsługiwać stolików. Głowa nadal mnie boli i powinienem się oszczędzać. Poza tym mogę od czasu do czasu podprowadzać piwo z lodówki, dobry towar w zielonych butelkach, heineken albo moosehead. Prince oczekuje po swoich barmanach, że będą trochę podkradali.

Będzie mi brakowało tego zajęcia. Na pewno?

Boks z przodu zapełnia się studentami, znane mi twarze, których wolałbym uniknąć. Są z mojego roku i prawdopodobnie wszyscy mają pracę.

Bycie barmanem albo kelnerem nie przynosi ujmy, kiedy się jest studentem klepiącym biedę. Prawdę mówiąc, praca w Yogi's to nawet pewien prestiż. Ale ten prestiż nagle zniknie za mniej więcej miesiąc, kiedy skończę studia. Wtedy stanę się kimś znacznie gorszym niż student walczący o przetrwanie. Będę ofiarą, składnikiem statystyki, kolejnym absolwentem prawa, który wypadł z zawodu w przedbiegach.

Rozdział 7

Uczciwie przyznaję, że nie pamiętam kryteriów, jakie przyjąłem, a potem zastosowałem, żeby wybrać kancelarię prawniczą Aubrey H. Long i Wspólnicy jako pierwszy cel moich poszukiwań, ale myślę, że miało to coś wspólnego z ich ładnym, w pewien sposób nobliwym ogłoszeniem w branżowej książce teleadresowej. W ogłoszeniu zamieszczono czarno-białe zdjęcie pana Longa. Prawnicy umieszczają teraz swoje podobizny wszędzie, tak samo nieudolnie jak kręgarze. On jednak wyglądał na poważnego faceta koło czterdziestki, z miłym uśmiechem, i odróżniał się od większości fotek w dziale z kancelariami prawniczymi. Jego firma zatrudniała czterech adwokatów specjalizujących się w wypadkach samochodowych i szukaniu sprawiedliwości we wszelkich możliwych dziedzinach, jak uszkodzenia ciała i przypadki odszkodowań, walczących w imieniu klientów i niebiorących nic, dopóki nie uda się czegoś uzyskać.

A co tam. Gdzieś musiałem zacząć. Znajduję ich siedzibę w śródmieściu, w małej paskudnej kamienicy z cegły z bezpłatnym parkingiem obok. Bezpłatny parking był wspomniany w książce teleadresowej. Dzwonię i drzwi od razu się otwierają. Krępa, niska kobieta za zaśmieconym biurkiem wita mnie czymś pomiędzy szyderczym uśmieszkiem i grymasem niezadowolenia. Przerwałem jej wklepywanie tekstu.

— Mogę w czymś pomóc? — pyta, zawieszając grube palce kilka centymetrów nad klawiaturą.

Cholera, to wcale nie jest łatwe. Zmuszam się do uśmiechu.

— Tak. Zastanawiałem się, czy byłaby szansa na zobaczenie się z panem Longiem.

— Jest w sądzie federalnym — odpowiada, podczas gdy dwa palce uderzają w klawisze. Wypowiedziała ważne słowo. Nie w jakimś tam sądzie, ale w sądzie federalnym! Federalny oznacza pierwszą ligę, więc kiedy przeciętny prawnik, jak Aubrey Long, ma sprawę w sądzie federalnym, cholernie mu zależy, żeby wszyscy o tym wiedzieli. Sekretarka ma przykazane, by mówić to każdemu. — Mogę w czymś pomóc? — powtarza.

Postanowiłem, że będę do bólu szczery. Oszustwa i matactwa mogą poczekać.

— Tak. Nazywam się Rudy Baylor. Jestem studentem trzeciego roku prawa na stanowym uniwersytecie w Memphis, niedługo kończę i chciałbym... cóż... tak jakby szukam pracy.

Teraz to już pełny szyderstwa uśmieszek. Odsuwa ręce od klawiatury, odwraca się w fotelu przodem do mnie, a potem zaczyna lekko kręcić głową.

— Nie zatrudniamy — mówi z pewną dozą satysfakcji, jak brygadzista w rafinerii.

— Rozumiem. Czy mogę zostawić wyciąg z indeksu razem z listem do pana Longa?

Ostrożnie bierze ode mnie papiery, jakby były nasączone uryną, i kładzie je na biurko.

— Dołączę to do pozostałych.

Prawdę mówiąc, stać mnie jeszcze na chichot i uśmiech.

— Jest nas całkiem sporo, prawda?

— Mniej więcej jeden dziennie.

— No cóż, przepraszam, że zawracałem głowę.

— Nie ma za co — odburkuje kobieta, znów zajęta pracą. Kiedy się odwracam do wyjścia, tłucze z furią w klawiaturę.

Mam mnóstwo listów i mnóstwo wyciągów z indeksu. Cały weekend spędziłem na przygotowywaniu papierów i planowaniu ataku. W tej chwili dysponuję opracowaną długoterminową strategią i krótkoterminowym optymizmem. Zakładam, że będę to robił przez miesiąc, uderzał do dwóch, trzech małych firm dziennie przez pięć dni w tygodniu, aż do zrobienia dyplomu, a wtedy, kto wie? Booker przekonał Marvina Shankle'a, żeby popytał o pracę w salach sądowych, a Madeline Skinner wisi prawdopodobnie w tej chwili na telefonie i domaga się, żeby ktoś mnie zatrudnił.

Może coś z tego wyniknie.

Drugim miejscem, które mnie interesuje, jest trzyosobowa kancelaria oddalona o dwie przecznice od pierwszej. Właściwie tak to zaplanowałem, żebym mógł przemieszczać się szybko między jednym odrzuceniem a drugim. Żeby nie marnować czasu.

Zgodnie z oficjalną informacją Nunley Ross i Perry to kancelaria zajmująca się ogólną praktyką, trzech facetów tuż po czterdziestce bez żadnych pracowników i pomocników. Wygląda na to, że są bardzo zajęci przy nieruchomościach, przy czymś, czego nie znoszę, ale nie pora na wybrzydzanie. Urzędują na trzecim piętrze nowoczesnego budynku z betonu. Winda jedzie wolno, jest w niej gorąco.

Recepcja okazuje się zaskakująco ładna, z orientalnym dywanem na podłodze z imitacji drewna. Na szklanym blacie niewielkiego stolika leżą egzemplarze „People" i „Us". Sekretarka odkłada słuchawkę telefonu i się uśmiecha.

— Dzień dobry. Mogę w czymś pomóc?

— Tak. Chciałbym się zobaczyć z panem Nunleyem.

Nadal uśmiechnięta, patrzy w terminarz spotkań leżący na środku czystego biurka.

— Czy był pan umówiony? — pyta, bardzo dobrze wiedząc, że nie.

— Nie.

— Rozumiem. Pan Nunley jest w tej chwili bardzo zajęty. Ponieważ poprzedniego lata pracowałem w kancelarii adwokackiej, doskonale zdaję sobie sprawę, że pan Nunley może być bardzo zajęty. To standardowa procedura. Żaden prawnik na świecie nie przyzna się ani nie pozwoli przyznać tego swojej sekretarce, że nie ma nic do roboty.

Mogło być gorzej. Mógł być tego ranka w sądzie federalnym. Roderick Nunley jest starszym wspólnikiem, absolwentem uniwersytetu stanowego w Memphis, tak przynajmniej było napisane w informatorze. Przy wybieraniu celu ataków starałem się brać pod uwagę tak wielu absolwentów mojej uczelni, ilu się da.

— Z przyjemnością zaczekam — mówię i się uśmiecham.

Sekretarka też się uśmiecha. Wszyscy się uśmiechamy. W krótkim korytarzu otwierają się drzwi i pojawia się mężczyzna bez marynarki, w koszuli z podwiniętymi rękawami. Podchodzi do nas. Podnosi wzrok, dostrzega mnie i nagle jesteśmy bardzo blisko siebie. Podaje sekretarce akta.

— Dzień dobry — mówi. — Czym mogę służyć? — Głos ma donośny. Naprawdę przyjacielski.

Sekretarka zaczyna coś mówić, ale wchodzę jej w słowo:

— Chciałbym porozmawiać z panem Nunleyem.

— To ja — odpowiada, podając mi rękę. — Rod Nunley.

— Nazywam się Rudy Baylor — mówię, ujmując jego rękę i energicznie nią potrząsając. — Jestem studentem trzeciego roku na uniwersytecie stanowym w Memphis, niedługo robię dyplom i chciałbym porozmawiać z panem o pracy.

Nadal ściskamy sobie ręce, a jego uścisk nie zelżał w chwili, gdy wspomniałem o zatrudnieniu.

— Tak — mówi. — Praca, hę? — Spogląda na sekretarkę, jakby chciał powiedzieć: „Jak mogłaś dopuścić do takiej sytuacji?".

— Tak, proszę pana. Gdyby mógł mi pan poświęcić tylko dziesięć minut. Wiem, że jest pan bardzo zajęty.

— Och, ale rozumiesz, mam za chwilę spisać oświadczenie,

a zaraz potem wychodzę do sądu. — Od razu się wycofuje, zerka na mnie, na nią, potem na zegarek. W głębi serca to porządny facet, wrażliwy. Może któregoś dnia, nie tak dawno temu, sam stał po tej stronie barykady. Patrzę błagalnie i podaję mu cienką teczkę z wyciągiem z indeksu i listem.

— Tak, a więc... jasne... dobrze, wejdź. Ale tylko na minutę.

— Zadzwonię do pana interkomem za dziesięć minut. — Sekretarka mówi szybko, starając się naprawić błąd.

Jak wszyscy zajęci prawnicy pan Nunley spogląda na zegarek, wpatruje się w niego przez sekundę, a potem mówi do niej bardzo poważnie:

— Tak, maksymalnie za dziesięć minut. I zadzwoń do Blanche, uprzedź ją, że mogę się spóźnić.

Ta dwójka całkiem nieźle współpracuje. Przyjęli mnie, to prawda, ale bardzo szybko uzgodnili też, jak gładko się mnie pozbyć.

— Chodź za mną, Rudy — mówi do mnie z uśmiechem.

Idę za nim korytarzem.

Jego gabinet to kwadratowy pokój ze ścianą za biurkiem zastawioną regałami z książkami i całkiem poważną Ścianą Chwały naprzeciwko drzwi. Szybko omiatam wzrokiem liczne dyplomy — członkostwo w Klubie Rotariańskim, wolontariusz skautów, prawnik miesiąca, co najmniej dwa dyplomy z college'ów, zdjęcie z jakimś politykiem o rumianej twarzy, członkostwo w Izbie Handlowej. Ten facet wszystko oprawia w ramki.

Słyszę tykanie zegara, kiedy siadam naprzeciwko jego ogromnego, bardzo amerykańskiego biurka.

— Przepraszam, że tak tu wparowałem — zaczynam. — Ale naprawdę potrzebuję pracy.

— Kiedy robisz dyplom? — pyta, pochylając się ku mnie, wsparty na łokciach.

— W przyszłym miesiącu. Wiem, że to trochę późno na szukanie czegoś, ale mam po temu ważny powód. — I opowiadam mu historię mojego zatrudnienia u Brodnaxa i Speera. Kiedy dochodzę do części z Tinleyem Brittem, staram się coś ugrać na jego przypuszczalnej niechęci do wielkich kancelarii. To naturalna konkurencja — mało ważni faceci, jak mój nowy kolega Rod, przeciętni adwokaci, szukający spraw na ulicach, kontra chłopcy w jedwabnych skarpetkach z wieżowców w śródmieściu. Trochę koloryzuję, gdy wyjaśniam, że ludzie z Tinleya Britta chcieli ze mną rozmawiać o zatrudnieniu, ale szybko dochodzę do sedna sprawy, mówiąc z wyrachowaniem, że po prostu nie wyobrażam sobie pracy w ogromnej kancelarii. Jestem zbyt niezależny. Chcę reprezentować ludzi, a nie wielkie korporacje.

To zajmuje mi mniej niż pięć minut.

Rod jest dobrym słuchaczem, trochę podenerwowanym dzwonkami telefonów rozlegającymi się w tle. Wie, że mnie nie przyjmie, dlatego stara się zabić jakoś czas i tylko czeka, kiedy minie moje dziesięć minut.

— Łatwo się ciebie pozbyli — stwierdza ze współczuciem, kiedy kończę opowieść.

— Prawdopodobnie najlepsze rozwiązanie — mówię z miną ofiarnego baranka. — Ale ja jestem gotowy do pracy. Kończę studia jako trzeci na roku. Naprawdę lubię nieruchomości, miałem dwa przedmioty z prawem własności. Z obu dostałem dobre stopnie.

— Robimy sporo nieruchomości — przyznaje z uśmiechem samozadowolenia, jakby to było najbardziej zyskowne zajęcie na świecie. — I pozwów o naruszenie prawa — dodaje, jeszcze bardziej z siebie zadowolony. Jest kimś więcej niż tylko biurkowym adwokatem przekładającym papiery, prawdopodobnie doskonale zna się na swojej robocie i umie na niej dobrze zarobić. Niemniej chce, żebym myślał, że jest doświadczonym wygadanym adwokatem sądowym, procesowym błaznem. Mówi to, bo robią tak wszyscy adwokaci, to część rutyny. Nie spotkałem ich wielu, ale jeszcze nie natknąłem się na takiego, który chciałby, żebym myślał, iż potrafi skopać tyłki na sali sądowej.

Mój czas się kończy.

— Pracowałem przez cały okres nauki. Przez wszystkie siedem lat. Nie wziąłem ani centa od rodziców.

— Jaka to była praca?

— Każda. W tej chwili pracuję w Yogi's, stoję za barem, jestem kelnerem.

— Jesteś barmanem?

— Tak, proszę pana. Między innymi.

Trzyma w ręku mój wyciąg z indeksu.

— Jesteś kawalerem — mówi powoli. Tam jest to napisane czarno na białym.

— Tak, proszę pana.

— Jakiś poważniejszy związek?

Tak naprawdę to nie jego interes, ale moja sytuacja jest, jaka jest.

— Nie, proszę pana.

— Nie jesteś pedałem, prawda?

— Nie, oczywiście, że nie. — Dzielimy krótki moment heteroseksualnej wesołości. Jak zwykła para bardzo normalnych białych facetów.

Odchyla się do tyłu i nagle jego twarz staje się bardzo poważna, jakbyśmy mieli przystąpić do omawiania interesu o dużym znaczeniu.

— Od kilku lat nie przyjęliśmy do pracy nikogo nowego. A tak z ciekawości, ile teraz wielkoludy ze śródmieścia płacą nowym rekrutom?

To pytanie ma swoją przyczynę. Niezależnie od mojej odpowiedzi, okaże szok i niedowierzanie, że w wieżowcach płacone są tak wielkie wynagrodzenia. To rzecz jasna stworzy podwaliny do ewentualnej dyskusji o pieniądzach.

Kłamanie nie przyniesie nic dobrego. Rod prawdopodobnie doskonale się orientuje w widełkach zarobków. Prawnicy kochają plotki.

— Tinley Britt trwa przy płaceniu najwyższych stawek. Słyszałem, że sięgają pięćdziesięciu tysięcy.

Kręci głową, zanim kończę.

— Wolne żarty — prycha, patrząc w podłogę. — Wolne żarty.

— Ja nie jestem aż taki drogi — zapewniam szybko. Postanowiłem, że sprzedam się tanio każdemu, kto będzie chciał mnie kupić. Moje oczekiwania nie są wygórowane i jeśli tylko zdobędę kawałek podłogi pod dachem, będę pracował ciężko przez parę lat, wtedy może sytuacja będzie wyglądała inaczej.

— To znaczy, ile się spodziewasz? — pyta, jakby ta mała kancelaria mogła współzawodniczyć z wielkoludami i cokolwiek mniej byłoby degradujące.

— Będę pracował za połowę. Dwadzieścia pięć tysięcy. Zgodzę się na czterdzieści dwie godziny pracy w tygodniu, zajmę się wszystkimi śmierdzącymi sprawami, będę odwalał całą brudną robotę. Pan i pan Ross, i pan Perry będziecie mogli przekazać mi wszystkie akta spraw, których wolelibyście nigdy nie mieć, a ja je pozamykam w pół roku. Obiecuję. Zarobię na swoją pensję przez pierwszy rok, a jeśli nie, odejdę.

Rod rozchylił usta i widzę jego zęby. Oczy aż mu się śmieją na myśl o usunięciu całego gnoju z gabinetu i przerzuceniu go na kogoś innego. Brzęczy interkom, po czym słychać głos:

— Panie Nunley, państwo czekają już na złożenie oświadczenia.

Zerkam na zegarek. Osiem minut.

On patrzy na swój. Marszczy czoło i mówi do mnie:

— Interesująca propozycja. Chciałbym się nad nią zastanowić. Muszę też porozumieć się ze wspólnikami. Spotykamy się w każdy czwartek, żeby wszystko omawiać. — Wstaje. — Poruszę z nimi tę sprawę. Tak naprawdę w ogóle o tym nie myśleliśmy. — Obchodzi biurko i jest gotów wyprowadzić mnie z pokoju.

— To się sprawdzi, panie Nunley. Dwadzieścia pięć tysięcy to bardzo niewiele. — Tyłem zmierzam do drzwi.

Przez sekundę wydaje się oszołomiony.

— Och, nie chodzi o pieniądze — mówi, jakby on i jego wspólnicy w ogóle nie brali pod uwagę, żeby płacić mniej niż Tinley Britt. — W tej chwili po prostu wszystko idzie bardzo gładko. Zarabiamy mnóstwo pieniędzy, rozumiesz. Wszyscy są zadowoleni. Nie myśleliśmy o powiększaniu firmy. — Otwiera drzwi i czeka, aż wyjdę. — Będziemy w kontakcie.

Odprowadza mnie do recepcji i prosi sekretarkę, żeby wzięła ode mnie numer telefonu. Mocno ściska mi rękę, życzy wszystkiego najlepszego, obiecuje wkrótce zadzwonić i sekundę później jestem na ulicy.

Potrzebuję chwili czy dwóch, by zebrać myśli. Właśnie się sprostytuowałem, oferując swoje wykształcenie i przygotowanie za znacznie mniej, niż mogłaby wynieść najlepsza stawka, i skończyło się na tym, że po kilku minutach wylądowałem na chodniku.

Jak pokaże rozwój wydarzeń, krótka rozmowa z Roderickiem Nunleyem była jedną z moich bardziej efektywnych prób.

Dochodzi dziesiąta. Za pół godziny mam wybrane zagadnienia z Kodeksu Napoleona i muszę być na tych zajęciach, bo opuściłem wykład w poprzednim tygodniu. Mógłbym co prawda nie chodzić na nie przez następne trzy tygodnie i nikt by nawet tego nie zauważył. Nie ma z nich egzaminu.

Ostatnio chodzę po wydziale prawa zupełnie swobodnie. Nie wstydzę się już pokazywać twarzy. Za kilka dni większość studentów trzeciego roku opuści to miejsce. Studia prawnicze zaczynają się od ogromu ciężkiej pracy i bardzo stresujących egzaminów, ale kończą kilkoma rozproszonymi w czasie obowiązkami, które nie są żadnym obciążeniem, i pisaniem prac, które nikomu nie są do niczego potrzebne. Wszyscy spędzamy więcej czasu na przygotowywaniu się do egzaminu adwokackiego i nie przejmujemy się ostatnimi zajęciami.

Większość nas szykuje się do rozpoczęcia prawdziwej pracy.

⋏ ⋏ ⋏

Madeline Skinner zajęła się moją sprawą, jakby dotyczyła jej samej. I cierpi niemal tak samo jak ja, ponieważ obojgu nam nie dopisuje szczęście. Jest co prawda pewien senator stanowy w Memphis, którego biuro w Nashville może potrzebować prawnika do tworzenia przepisów — za trzydzieści tysięcy rocznie plus świadczenia socjalne — ale trzeba mieć uprawnienia i dwuletnie doświadczenie. Mała kancelaria potrzebuje prawnika z absolutorium z księgowości. Ja studiowałem historię.

— Może w sierpniu zwolni się miejsce dla prawnika w Wydziale Pomocy Społecznej okręgu Shelby. — Madeline przekłada papiery na biurku, usiłując rozpaczliwie coś znaleźć.

— Prawnik od opieki społecznej? — powtarzam.

— Brzmi wspaniale, prawda?

— Ile płacą?

— Osiemnaście tysięcy.

— Jaki to rodzaj pracy?

— Odszukiwanie niewypłacalnych ojców, kombinowanie funduszy na pomoc. Sprawy opieki rodzicielskiej, jak zawsze.

— Brzmi groźnie.

— Na tym polega ta praca.

— A co mam robić do sierpnia?

— Ucz się do egzaminu adwokackiego.

— Racja, a jeśli naprawdę się do tego przyłożę i zdam egzamin, to pójdę do pracy w Wydziale Pomocy Społecznej za psie pieniądze.

— Posłuchaj, Rudy...

— Przepraszam. To był ciężki dzień.

Obiecuję, że wrócę nazajutrz, choć wiem, że nasza rozmowa będzie identyczna.

Rozdział 8

Booker gdzieś w zakamarkach kancelarii Shankle'a znalazł formularze. Powiedział, że siedzący w piwnicy adwokat zajmował się od czasu do czasu bankructwami i dlatego mógł podprowadzić potrzebne dokumenty. Okazały się nieskomplikowane. Lista aktywów majątku po jednej stronie, w moim przypadku proste i szybkie zadanie. Na drugiej stronie wyszczególnienie zobowiązań finansowych. Miejsce na informacje o zatrudnieniu, procesy sądowe w toku i tym podobne. Jest to znane pod nazwą Rozdziału 7, prostej likwidacji, kiedy aktywa nikną, żeby pokryć długi, a długi także znikają.

Nie jestem już zatrudniony w Yogi's. Pracuję tam, ale mam teraz płacone gotówką pod stołem. Nic, co mógłbym dołączyć lub wykazać. Nie muszę dzielić się nędznym wynagrodzeniem z Texaco. Przedyskutowałem moje kłopotliwe położenie z Prince'em, zwierzyłem się, jak fatalnie sprawy stoją, zwaliłem winę na wysokie czesne i karty kredytowe, a on po prostu zakochał się w pomyśle płacenia mi gotówką i olewanie w ten sposób rządu. Jest zagorzałym zwolennikiem gospodarki opierającej się na gotówce i braku podatków.

Prince zaoferował nawet, że pożyczy mi pieniądze na kaucję, ale to by nic nie dało. Jemu się wydaje, że wkrótce będę robił duże pieniądze jako młody adwokat, a ja nie miałem serca powiedzieć mu, że być może popracuję u niego jeszcze przez jakiś czas.

Nie zdradziłem mu też, jak duża byłaby to pożyczka. Texaco pozwało mnie za sumę sześciuset dwunastu dolarów i osiemdziesięciu ośmiu centów, zawierającą już pokrycie kosztów sądowych i honorarium adwokata. Właściciel wynajmowanego mieszkania pozwał mnie na sumę ośmiuset dziewięciu dolarów, też z kosztami sądowymi i adwokatem. Ale prawdziwe hieny dopiero się zbliżają. Piszą do mnie obraźliwe listy i straszą, że naślą na mnie prawników.

Mam MasterCard i Visę, wydane przez różne miejscowe banki. Pomiędzy Świętem Dziękczynienia i Bożym Narodzeniem w zeszłym roku, w krótkim szczęśliwym czasie, kiedy byłem pewny, że za kilka miesięcy będę miał dobrą pracę, kiedy kochałem Sarę i zdecydowałem się kupić jej na święta kilka ładnych prezentów. Chciałem, żeby to były drogie rzeczy bardzo dobrej jakości. Korzystając z MasterCard, kupiłem złotą bransoletkę z brylantami za tysiąc siedemset dolarów, a na konto Visy kupiłem ukochanej stare srebrne kolczyki. Kosztowały tysiąc sto dolarów. Na dzień przed tym, gdy powiedziała mi, że nie chce mnie więcej widzieć, poszedłem do ekskluzywnych delikatesów i kupiłem butelkę Dom Pérignon, ćwierć kilograma foie gras, trochę kawioru, kilka kawałków dobrych serów i innych przysmaków na naszą bożonarodzeniową ucztę. Kosztowało mnie to trzysta dolarów, ale co tam, życie jest krótkie.

Podstępne banki, które wydały karty, w niewytłumaczalny sposób podniosły mi tuż przed świętami wysokość dostępnego kredytu. Nagle mogłem kupować do woli, a mając wizję dyplomu i pracy już za kilka miesięcy, wiedziałem, że będę w stanie z mozołem spłacać niewielkie miesięczne raty aż do wakacji. Więc wydawałem i wydawałem, marząc o wspaniałym życiu z Sarą.

Teraz sam siebie za to nienawidzę, ale wtedy wziąłem kartkę i wszystko wyliczyłem. Miało się udać.

Foie gras zgnił, kiedy zostawiłem go na lodówce pewnego wieczoru w czasie paskudnej kłótni przy tanim piwie. Lunch w Boże Narodzenie zjadłem sam w mieszkaniu, które pogrążało się w mroku, miałem też sery i szampana. Kawior pozostał nietknięty. Siedziałem na zapadniętej kanapie i wpatrywałem się w biżuterię leżącą na podłodze naprzeciwko mnie. Skubiąc spory trójkąt brie, sączyłem szampana, patrzyłem na świąteczne prezenty dla ukochanej i płakałem.

W którymś momencie między Bożym Narodzeniem a Nowym Rokiem jakoś się pozbierałem i umówiłem, że zwrócę drogie rzeczy do sklepów, z których pochodziły. Bawiłem się myślą, że wrzucę je do rzeki albo że wykonam podobny, równie teatralny gest. Jednocześnie wiedziałem, że biorąc pod uwagę mój ówczesny stan emocjonalny, byłoby dla mnie lepiej, gdyby trzymał się z dala od mostów.

Był drugi dzień nowego roku. Wróciłem do domu po długim spacerze i bieganiu i zobaczyłem, że ktoś się do mnie włamał. Drzwi wyważono łomem. Złodzieje zabrali telewizor, stereo, słoik z ćwierćdolarówkami stojący na toaletce i rzecz jasna biżuterię kupioną dla Sary.

Zadzwoniłem na policję, wypełniłem zgłoszenie. Pokazałem im rachunki z kart kredytowych. Sierżant pokręcił tylko głową i poradził mi, żebym skontaktował się z moją firmą ubezpieczeniową.

Przepuściłem ponad trzy tysiące dolarów, płacąc plastikiem. Nadszedł czas spłaty długu.

⋏ ⋏ ⋏

Eksmisję mam wyznaczoną na jutro. Procedura bankructwa niesie ze sobą cudowną korzyść: wstrzymuje mianowicie automatycznie wszystkie prawne kroki przeciwko dłużnikowi. To dlatego wielkie korporacje, w tym moje ulubione Texaco, lecą

103

do sądu zgłosić bankructwo, kiedy potrzebują czasowej ochrony. Właściciel mieszkania nie może mnie jutro tknąć palcem, nie może nawet zadzwonić do mnie i mi nawymyślać. Wysiadam z windy i oddycham głęboko. Korytarz jest pełen adwokatów. Na całych etatach pracuje tu trzech sędziów zajmujących się bankructwami i ich sale sądowe są na tym piętrze. Każdego dnia odbywają się tu dziesiątki rozpraw, a na każdej rozprawie są obecne grupy prawników — jeden dłużnika i kilku reprezentujących wierzycieli. To prawdziwe zoo. Słyszę dziesiątki ważnych narad, kiedy wlokę się noga za nogą. Adwokaci targują się o niezapłacone rachunki za leczenie i o to, ile wart jest pick-up. Wchodzę do kancelarii i czekam dziesięć minut, ponieważ prawnicy przede mną, nie śpiesząc się, wypełniają wnioski. Bardzo dobrze znają urzędniczki sądowe, mnóstwo tu flirtowania i bezsensownej gadki. Boże, chciałbym zostać znanym adwokatem od bankructw i żeby laseczki z tego pokoju nazywały mnie Fredem albo Sonnym.

W zeszłym roku jeden z profesorów powiedział nam, że bankructwo to dziedzina, która będzie się rozwijała, bo przecież gospodarka staje się niepewna i tak dalej, redukuje się liczbę miejsc pracy, znikają spółki. Wszystko przewidział. I powiedział to człowiek, który nigdy w życiu nie wystawił rachunku w ramach prywatnej praktyki.

Dzisiaj ta sfera rzeczywiście wygląda na lukratywną. Wnioski o uznanie bankructwa napływają ze wszystkich stron. Wszyscy chcą bankrutować.

Podaję formularze znudzonej urzędniczce, ładnej dziewczynie, która zawzięcie żuje gumę. Zerka na wniosek, a potem uważnie mi się przygląda. Mam na sobie dżinsową koszulę i spodnie khaki.

— Jest pan prawnikiem? — pyta głośno, a ludzie zaczynają mi się przyglądać.

— Nie.

— Jest pan dłużnikiem? — pyta jeszcze głośniej, mlaskając.

— Tak — odpowiadam szybko. Dłużnik, który nie jest prawnikiem, może sam wypełnić wniosek, choć nigdzie się tego nie ogłasza.

Kiwa głową z aprobatą i stempluje formularz.

— Opłata skarbowa wynosi osiemdziesiąt dolarów — informuje.

Podaję jej cztery dwudziestki. Bierze gotówkę i przygląda jej się podejrzliwie. Mój wniosek nie zawiera rachunku bankowego, bo zamknąłem go wczoraj, skutecznie eliminując aktywa wysokości jedenastu dolarów i osiemdziesięciu czterech centów. Pozostały wyszczególniony przeze mnie majątek to: bardzo zużyta toyota — pięćset dolarów; różne meble i sprzęty — sto pięćdziesiąt dolarów; zbiór CD — dwieście dolarów; podręczniki prawnicze — sto dwadzieścia pięć dolarów; ubrania — sto pięćdziesiąt. Wszystkie te aktywa są uznawane za osobiste i dlatego nie obejmuje ich procedura, którą właśnie wszcząłem. Będę mógł je zatrzymać, niemniej wymaga się ode mnie, bym nadal spłacał samochód.

— Gotówka, co? — mówi dziewczyna i zaczyna wypisywać kwit.

— Nie mam konta w banku — prawie do niej krzyczę, żeby usłyszeli mnie wszyscy podsłuchujący i mogli poznać resztę tej historii.

Urzędniczka wpatruje się we mnie, a ja nie spuszczam z niej wzroku. Wraca do przerwanej pracy i po minucie przesuwa w szczelinie kopię wniosku razem z rachunkiem. Patrzę na datę, czas i numer sali sądowej mojej pierwszej rozprawy.

Już prawie doszedłem do drzwi, kiedy ktoś mnie zatrzymał. Jakiś gruby młody facet o spoconej twarzy i czarnej brodzie dotyka lekko mojego ramienia.

— Przepraszam pana — mówi. Zatrzymuję się i patrzę na niego. Wciska mi do ręki wizytówkę. — Robbie Molk, adwokat. Tutaj wszystko słychać. Pomyślałem, że może przydałaby się panu pomoc przy BK.

BK to w prawniczym żargonie bankructwo.

Patrzę na wizytówkę, a potem na jego ospowatą twarz. Prawdę mówiąc, słyszałem o Molku. Widziałem jego reklamy w rubryce drobnych ogłoszeń w gazecie. Pisze w nich, że obsługuje sprawy z Rozdziału 7 za sto pięćdziesiąt dolarów zaliczki, i oto mam go przed sobą, krąży po kancelarii niczym sęp i tylko czeka, żeby rzucić się na jakiegoś spłukanego palanta, który da się oskubać z tych stu pięćdziesięciu dolarów.

Grzecznie biorę wizytówkę.

— Nie, dziękuję — odpowiadam, starając się być uprzejmy. — Poradzę sobie jakoś.

— Można to spieprzyć na wiele sposobów — ostrzega, a ja jestem przekonany, że wypowiedział to zdanie już setki razy. — Siódemka może być podstępna. Robię tego po tysiąc rocznie. Dwieście dolarów zaliczki, a ja przejmuję piłkę i gram. Mam prawdziwą kancelarię i pracowników.

Teraz to dwieście dolarów. Myślę, że za to, iż widzi się go we własnej osobie, dolicza dodatkowe pięćdziesiąt. Bardzo łatwo byłoby wypomnieć mu to w tej chwili, ale coś mi mówi, że Molk nie jest typem, którego da się upokorzyć.

— Nie, dziękuję — powtarzam i przepycham się obok niego.

Jazda na dół jest powolna i nieprzyjemna. W windzie panuje tłok, pełno w niej adwokatów, z których wszyscy są źle ubrani, mają wysłużone teczki i zniszczone buty. Cały czas gadają o wyjątkach, o tym, co jest niezabezpieczone, a co jest. Rozmowy prawników są nie do zniesienia. Strasznie ważne dyskusje. Najwyraźniej nic nie może ich zakończyć.

Kiedy dojeżdżamy na parter, uderza mnie pewna myśl. Nie mam pojęcia, co będę robił za rok od tej chwili, ale bardzo prawdopodobne, że będę jeździł tą właśnie windą, włączał się do tych banalnych rozmów z tymi samymi ludźmi. Wszystko wskazuje na to, że stanę się dokładnie taki jak oni, też będę szlifował bruki, próbował wycisnąć trochę gotówki od ludzi, którzy nie mają czym zapłacić, kręcił się w pobliżu sal sądowych, szukając klientów.

Od tej okropnej myśli kręci mi się w głowie. W windzie jest duszno i gorąco. Zaraz zrobi mi się niedobrze. Winda zatrzymuje się, wszyscy wybiegają do lobby i rozpierzchają się, nadal gadając i pertraktując.

Świeże powietrze oczyszcza mi głowę, gdy idę energicznie pasażem dla pieszych Mid-America, po którym w tę i z powrotem jeździ wózek z winami. Kiedyś to miejsce nazywało się Main Street i nadal ma tu siedziby bardzo wielu prawników. Budynki sądów znajdują się kilka przecznic dalej. Mijam wieżowce śródmieścia i próbuję sobie wyobrazić, co się w nich dzieje, tam w górze, w nieskończenie wielu firmach: adwokaci coś bazgrzą, pracują po osiemnaście godzin na dobę, bo facet obok przepracowuje dwadzieścia; młodsi wspólnicy naradzają się nad strategią kancelarii; starsi wspólnicy siedzą w bogato urządzonych gabinetach, podczas gdy zespoły młodszych prawników czekają na ich instrukcje.

To jest właśnie to, co chciałem robić, kiedy zaczynałem studia. Pragnąłem pracować pod presją, czuć władzę emanującą z mądrych zmotywowanych ludzi żyjących w stresie, napięciu i pod pręgierzem terminów. Kancelaria, w której dorabiałem jako urzędnik poprzedniego lata, była mała, tylko dwunastu adwokatów, ale pracowało tam mnóstwo sekretarek, asystentów i innych urzędników, a panujący w niej chaos wydawał mi się porywający. Byłem niewiele znaczącym członkiem drużyny, a marzyłem o dniu, kiedy zostanę jej kapitanem.

Kupuję lody na ulicznym straganie i siadam na ławce na Court Square. Gołębie mi się przyglądają. Nade mną wznosi się First Federal Building, najwyższy wieżowiec w Memphis, siedziba Trenta i Brenta. Zabiłbym, żeby móc tam pracować. Łatwo mnie i moim kumplom przeklinać Trenta i Brenta. Przeklinamy ich, bo nie jesteśmy dla nich dość dobrzy. Nienawidzimy ich, ponieważ nawet by na nas nie spojrzeli, nawet nie zawracaliby sobie głowy rozmową kwalifikacyjną.

Myślę, że taki Trent i Brent jest w każdym mieście, w każdej dziedzinie. Nie udało mi się, ja tam nie przynależę, a więc przez całe życie będę ich nienawidził.

A mówiąc o firmach, myślę, że skoro już jestem w śródmieściu, spędzę kilka godzin na pukaniu do drzwi. Mam listę adwokatów, którzy pracują sami albo z jednym lub dwoma prawnikami, zajmując się ogólną praktyką. Jedyne, co stanowi zachętę do wejścia na teren tak straszliwie zatłoczony, to fakt, że istnieje tak wiele drzwi, do których można zapukać. Powtarzam sobie, że jest nadzieja i w idealnym momencie znajdę kancelarię, na jaką nikt wcześniej się nie natknął, i zaczepię się u jakiegoś adwokata samotnika potrzebującego żółtodzioba do odwalania najgorszej roboty. Albo adwokatkę samotniczkę. Wszystko mi jedno.

Idę kilka przecznic do Sterick Building, pierwszego wieżowca w Memphis, a teraz siedziby setek prawników. Gadam z kilkoma sekretarkami i daję im listy motywacyjne i wyciągi z indeksu. Jestem zdumiony liczbą kancelarii prawniczych zatrudniających humorzaste, a czasem nawet nieuprzejme recepcjonistki. Zanim dochodzimy do sprawy ewentualnego zatrudnienia, często traktują mnie jak żebraka. Kilka wzięło moje papiery i wrzuciło je do szuflady. Czuję pokusę, żeby przedstawić się jako potencjalny klient, pogrążony w żałobie mąż, którego młoda żona zginęła właśnie w wypadku, zabita przez ogromną ciężarówkę, rzecz jasna ubezpieczoną na wszystkie możliwe sposoby. I oczywiście kierowca był pijany. Może ciężarówka z firmy Exxon? Patrzenie na te opryskliwe suki zrywające się z foteli, uśmiechające szeroko i biegnące po kawę dla mnie, byłoby przezabawne.

Chodzę od firmy do firmy, uśmiecham się, choć najchętniej bym warczał, powtarzam te same zdania do takich samych kobiet. „Tak, nazywam się Rudy Baylor, jestem studentem trzeciego roku wydziału prawa na uniwersytecie stanowym w Memphis. Chciałbym porozmawiać w sprawie pracy z panem Kimkolwiek".

„Co takiego?" — pytają często. Ja zaś nie przestaję się uśmiechać i podaję wyciąg z indeksu i list motywacyjny, prosząc ponownie o rozmowę z panem Ważniakiem. Pan Ważniak jest zwykle zbyt zajęty, dlatego zbywają mnie obietnicą, że ktoś od nich się do mnie odezwie.

▲ ▲ ▲

Część Memphis znana jako Granger znajduje się na północ od śródmieścia. Stojące tam rzędy stłoczonych budynków z cegły przy ocienionych ulicach są niezaprzeczalnym dowodem na to, że gdy skończyła się druga wojna światowa i nastąpiło ożywienie gospodarcze, na skutek którego budownictwo zaczęło się rozwijać, było to przedmieście. Ludzie mieli pracę w pobliskich fabrykach, sadzili drzewa na trawnikach od frontu domów i budowali patia na podwórzach od tyłu. Z czasem ci sami ludzie zaczęli przemieszczać się na wschód, stawiać ładniejsze domy, a Granger powoli stało się przytuliskiem mieszaniny emerytów, czarnych i białych z najniższej klasy społecznej.

Dom Dot i Buddy'ego Blacków wygląda tak samo jak tysiące innych. Stoi na płaskiej działce nie większej niż dwadzieścia cztery na trzydzieści metrów. Coś się stało z obowiązkowym drzewem na frontowym trawniku. Stary chevrolet zajmuje garaż na jeden wóz. Trawa i żywopłot są ładnie przystrzyżone.

Sąsiad po lewej stronie jest w trakcie podrasowywania samochodu, części i opony leżą na trawie aż do ulicy. Po prawej sąsiedzi ogrodzili płotem z drucianej siatki podwórze od frontu, chwasty rosną tam wysokie na trzydzieści centymetrów. Dwa dobermany patrolują ścieżkę biegnącą tuż za siatką.

Parkuję na podjeździe za chevroletem, a dobermany, oddalone o dwa metry, warczą na mnie.

Jest wczesne popołudnie, temperatura sięga ponad trzydziestu stopni. Drzwi i okna są pootwierane. Zaglądam przez drzwi, jest w nich siatka przeciwko owadom. Cicho pukam.

Nie cieszy mnie ta wizyta, bo wolałbym nie oglądać Donny'ego Raya Blacka. Przypuszczam, że jest tak chory i wymizerowany, jak opisała to jego matka, a ja mam słaby żołądek.

Dot podchodzi do drzwi z papierosem w ręku i patrzy na mnie przez siatkę.

— To ja, pani Black. Rudy Baylor. Poznaliśmy się w zeszłym tygodniu w „Cyprysowych Ogrodach".

Akwizytorzy muszą być utrapieniem w Granger, bo wpatruje się we mnie z pustym wyrazem oczu. Podchodzi krok bliżej i wkłada papierosa do ust.

— Pamięta pani? Zajmuję się pani sprawą przeciwko Great Benefit.

— Wzięłam cię za świadka Jehowy.

— Nie jestem świadkiem Jehowy, pani Black.

— Mam na imię Dot. Chyba ci o tym mówiłam.

— W porządku, Dot.

— Ci cholerni ludzie doprowadzają nas do szaleństwa. Począwszy od skautów sprzedających pączki od samego rana w sobotę. Czego chcesz?

— Gdybyś miała minutę, chciałbym porozmawiać o twojej sprawie.

— A co z nią?

— Chcę omówić kilka rzeczy.

— Wydawało mi się, że mamy to już za sobą.

— Musimy jeszcze trochę porozmawiać.

Wydmuchuje dym przez siatkę, powoli unosi haczyk i otwiera drzwi. Wchodzę do maleńkiego pokoju, a potem idę za nią do kuchni. W domu jest duszno i parno, wszędzie czuć smród zatęchłego tytoniu.

— Napijesz się czegoś? — pyta.

— Nie, dziękuję.

Siadam przy stole. Dot nalewa sobie hojną porcję dietetycznej coli do szklanki z lodem i opiera się plecami o kuchenny blat. Buddy'ego nigdzie nie widać. Przypuszczam, że Donny Ray leży w sypialni.

— Gdzie jest Buddy? — pytam wesoło, jakby chodziło o starego przyjaciela, którego bardzo mi brakuje.

Dot kiwa głową w stronę okna wychodzącego na trawnik na tyłach domu.

— Widzisz tam stary samochód?

Stary ford fairlane stoi w rogu pod klonem obok rozpadającej się szopy, zasłonięty bujną winoroślą i krzakami. Jest biały, dwudrzwiowy. Drzwiczki z jednej i drugiej strony są otwarte. Na masce leży kot.

— Siedzi w swoim samochodzie — wyjaśnia.

Samochód otaczają chwasty i jest najwyraźniej bez kół. Nic w okolicy nie było ruszane od dziesięcioleci.

— Dokąd się wybiera? — pytam, a ona po prostu się uśmiecha. Głośno siorbie colę.

— Buddy nigdzie się nie wybiera. Kupiliśmy ten samochód, nowy, w tysiąc dziewięćset sześćdziesiątym czwartym. Przesiaduje w nim codziennie, cały dzień. Tylko Buddy i koty.

Jest w tym pewna logika. Buddy jest tam, sam, żadne kłęby papierosowego dymu nie zatruwają mu organizmu, nie zamartwia się o Donny'ego Raya.

— Dlaczego? — pytam. Widać wyraźnie, że rozmowa o tym w ogóle jej nie krępuje.

— Z Buddym nie wszystko jest w porządku. Powiedziałam ci o tym w zeszłym tygodniu.

Jak mógłbym zapomnieć.

— Jak się czuje Donny Ray?

Wzrusza ramionami i siada naprzeciwko mnie przy bardzo lichym stole.

— Ma złe i lepsze dni. Chcesz go poznać?

— Może później.

— Przez większość czasu nie wstaje z łóżka. Ale chodzi trochę po domu. Ściągnę go z łóżka, zanim wyjdziesz.

— Tak. Zobaczymy. Posłuchaj, odwaliłem kawał roboty przy twojej sprawie. To znaczy spędziłem całe godziny na przedzieraniu się przez wszystkie te dokumenty. Po całych dniach szukałem w bibliotece materiałów archiwalnych i uważam, że powinniście pozwać Great Benefit.

111

— Wydawało mi się, że to zostało już postanowione. — Dot wpatruje się we mnie hardym wzrokiem. Na jej twarzy maluje się bezwzględność, co bez wątpienia jest wynikiem trudnego życia z półgłówkiem, który siedzi w fordzie.

— Może i tak, ale musiałem to dokładnie sprawdzić. Radziłbym wam wytoczyć proces, i to jak najszybciej.

— Więc na co czekasz?

— Ale nie spodziewaj się szybkiego rozwiązania. Stajecie przeciwko wielkiej korporacji. Oni mają mnóstwo prawników, którzy będą utrudniali i przewlekali sprawę. Tak właśnie zarabiają na życie.

— Jak długo to potrwa?

— Może miesiące, może lata. Moglibyśmy złożyć pozew, a potem zmusić ich do szybkiej ugody. Oni z kolei mogą zmusić nas do rozprawy, a potem do apelacji. Nie sposób tego przewidzieć.

— Za kilka miesięcy on nie będzie żył.

— Mogę cię o coś zapytać?

Dot wydmuchuje kłąb dymu i kiwa głową.

— Great Benefit odrzuciło twoje zażalenie po raz pierwszy w sierpniu, tuż po zdiagnozowaniu białaczki. Dlaczego aż do tej pory zwlekałaś z poradzeniem się prawnika? Któregokolwiek.

— Nie jestem z tego dumna, w porządku? Myślałam, że firma ubezpieczeniowa przeanalizuje wszystko i zapłaci, ile trzeba, rozumiesz, zajmie się jego rachunkami i leczeniem. Pisałam do nich, a oni mi odpisywali. Nie wiem. Jestem głupia, chyba. Przez całe lata regularnie płaciliśmy składki, nie spóźniliśmy się ani razu. Myślałam po prostu, że będą honorowali polisę. Poza tym nigdy w życiu nie byłam u adwokata. Żadnego rozwodu czy czegoś w tym rodzaju. A Bóg mi świadkiem, że powinnam. — Odwraca się wolno do okna i wpatruje się ze smutkiem w forda i przyczynę swoich utrapień. — Rano wypija pół litra ginu i pół litra po południu. A mnie to guzik obchodzi. To go uszczęśliwia, trzyma go z dala od domu, a picie wcale nie przeszkadza mu w robieniu czegokolwiek, wiesz, co mam na myśli?

Oboje patrzymy na postać rozwaloną na przednim siedzeniu. Krzaki i klon ocieniają samochód.

— Ty mu go kupujesz? — pytam, jakby miało to jakieś znaczenie.

— Och, nie. Płaci chłopakowi od sąsiadów, żeby mu kupował i przemycał. Myśli, że o tym nie wiem.

Na tyłach domu słychać jakiś ruch. Brakuje klimatyzacji, która zagłuszałaby dźwięki. Ktoś kaszle. Zaczynam mówić:

— Posłuchaj, Dot, chciałbym zająć się tą sprawą przez wzgląd na ciebie. Wiem, że jestem tylko żółtodziobem, prawie dzieciakiem, który dopiero skończył studia, ale spędziłem nad tym wiele godzin i znam tę sprawę jak nikt inny.

Patrzy na mnie obojętnie, niemal bezradnie. Ten adwokat czy tamten, co za różnica. Zaufa mi na tyle, na ile zaufałaby innemu gościowi, czyli prawie wcale. Jakie to dziwne. Mimo że adwokaci wydają tyle pieniędzy na reklamę i odejmując sobie od ust, zamieszczają głupawe ogłoszenia w niskobudżetowych kanałach telewizyjnych, na obskurnych billboardach i w katalogach wyprzedaży w działach drobnych ogłoszeń, nadal istnieją ludzie tacy jak Dot Black, którzy nie potrafią odróżnić sądowego weterana od studenta trzeciego roku prawa.

Liczę na jej naiwność.

— Prawdopodobnie będę musiał połączyć siły z jakimś innym prawnikiem, żeby posłużyć się jego nazwiskiem we wszystkich papierach do czasu, gdy zdam egzamin adwokacki i będzie mi wolno to robić, rozumiesz?

Sprawia wrażenie, jakby to do niej nie docierało.

— Ile to będzie kosztowało? — pyta, ale bez cienia podejrzliwości.

Posyłam jej naprawdę ciepły uśmiech.

— Ani centa. Koszty wejdą w poczet honorarium. Wezmę jedną trzecią tego, co uda się uzyskać. Nie ma odszkodowania, nie ma honorarium. I żadnej zaliczki. — Na pewno słyszała już gdzieś taką tępą reklamę, ale chyba nic z tego nie rozumie.

— Ile?

— Będziemy żądali milionów — mówię teatralnie, a ona daje się na to złapać. Moim zdaniem jednak w tej złamanej życiem kobiecie nie ma grama chciwości. Jeśli miała jakiekolwiek marzenia, to rozwiały się tak dawno, że już ich nawet nie pamięta. Ale podoba się jej pomysł dobrania się do Great Benefit i uprzykrzenia im życia.

— I chcesz jedną trzecią?

— Nie spodziewam się milionów, ale z tego, co dostaniemy, wezmę tylko trzecią część. I będzie to jedna trzecia po opłaceniu rachunków za leczenie Donny'ego Raya. Nie masz nic do stracenia.

Uderza otwartą dłonią w blat stołu.

— No to zrób to. Nie obchodzi mnie, ile dostaniesz, zrób to i tyle. Zrób to zaraz, dobrze? Jutro.

W kieszeni mam starannie złożoną umowę na usługi prawnicze, którą znalazłem w bibliotece, w książce z wzorami takich pism. W tym momencie powinienem ją wyciągnąć i dać jej do podpisania, ale nie potrafię się do tego zmusić. Z etycznego punktu widzenia nie mam prawa podpisywać żadnych umów na reprezentowanie ludzi, bo zyskam je dopiero po przyjęciu do adwokatury i gdy będę miał licencję na prowadzenie praktyki. Myślę, że Dot jest z tych, którzy dotrzymują słowa.

Zacząłem zerkać na zegarek jak prawdziwy adwokat.

— No to muszę zabierać się do roboty — mówię.

— Nie chcesz poznać Donny'ego Raya?

— Może następnym razem.

— Nie mam o to do ciebie żalu. Została z niego sama skóra i kości.

— Wrócę za kilka dni, będę mógł wtedy zostać dłużej. Mamy mnóstwo rzeczy do omówienia i będę musiał zadać mu kilka pytań.

— Pośpiesz się i tyle.

Gadamy jeszcze kilka minut, mówimy o „Cyprysowych Ogrodach" i imprezach, które się tam odbywają. Dot i Buddy chodzą tam raz w tygodniu, jeśli uda jej się utrzymać go do południa w jako takim stanie. Tylko wtedy wychodzą razem z domu. Ona chce rozmawiać, ja chcę wyjść. Wychodzi za mną na dwór, przygląda się mojej brudnej i zardzewiałej toyocie, mówi paskudne rzeczy o importowanych towarach, zwłaszcza tych z Japonii, i szczeka na dobermany.

Kiedy odjeżdżam, stoi przy skrzynce na listy, pali i patrzy, jak znikam na końcu ulicy.

⋏ ⋏ ⋏

Mimo że jestem świeżo upieczonym bankrutem, mogę głupio szastać pieniędzmi. Płacę osiem dolarów za geranium w doniczce i zanoszę je pani Birdie. Ona uwielbia kwiaty, jak sama mówi, i jest samotna, oczywiście, więc wydaje mi się, że to ładny gest. Trochę radości w życiu starszej kobiety.

Idealnie wstrzelam się z czasem. Zastaję ją na czworakach na grządce kwiatów obok domu przy podjeździe, prowadzącym do garażu na podwórzu z tyłu domu. Na betonowej nawierzchni stoi mnóstwo donic z kwiatami, krzewami, winoroślą i dekoracyjnymi sadzonkami. Trawnik na tyłach jest ocieniony drzewami, starymi jak ona. Jest tu też patio z cegieł ze skrzynkami pełnymi kolorowych kwiatów.

Kiedy daję jej mój skromny prezent, pani Birdie mocno mnie obejmuje, naprawdę. Ściąga rękawice, rzuca je na kwiaty i prowadzi mnie na tyły domu. Ma idealne miejsce dla geranium. Zasadzi je jutro. Czy napiję się kawy?

— Wystarczy woda — mówię. Mam świeżo w pamięci smak lury z rozpuszczalnej kawy. Sadza mnie na bogato zdobionym krześle na patio, strzepuje błoto i ziemię z fartucha.

— Wody z lodem? — pyta, bez wątpienia bardzo przejęta perspektywą podania mi czegoś do picia.

— Jasne — odpowiadam, a ona pomyka do kuchni. Przez to, że podwórze jest tak zarośnięte, zyskało jakąś dziwną symetrię. Ciągnie się na co najmniej pięćdziesiąt metrów i kończy przy gęstym żywopłocie. Przez drzewa widać dach sąsiedniego domu. W ładnych, niewielkich i uporządkowanych skupiskach rosną jakieś rośliny, krótkie grządki z różnymi kwiatami świadczą o tym, że albo ona, albo ktoś inny spędza przy nich dużo czasu. Na ceglanym postumencie przy ogrodzeniu jest fontanna, ale nie leci z niej woda. Między dwoma drzewami wisi stary hamak, jego postrzępione sznurki i płótno kołyszą się na wietrze. W trawie nie widać żadnych chwastów, ale warto byłoby ją skosić.

Moją uwagę przyciąga garaż. Ma dwoje podnoszonych drzwi. Z boku widać rodzaj szopy z oknami o zamkniętych okiennicach. Nad nią jest najprawdopodobniej jakieś małe mieszkanie, do którego prowadzą drewniane schody, skręcające za rogiem i wznoszące się przy tylnej ścianie. Dwa wielkie okna są zwrócone w stronę domu, jedno ma zbitą szybę. Bluszcz porasta zewnętrzne ściany i wdziera się do środka przez wybite okno.

To miejsce jest dziwnie zaciszne.

Pani Birdie przebija się przez podwójne drzwi z dwoma wysokimi szklankami z wodą i lodem.

— I jak ci się podoba mój ogród? — pyta, zajmując krzesło stojące najbliżej mnie.

— Jest piękny, proszę pani. Taki spokojny.

— To moje życie — odpowiada, zamaszystym gestem wskazując podwórze, rozlewając wodę i ochlapując mi nogi, z czego nie zdaje sobie sprawy. — Tym właśnie się zajmuję przez cały czas. Uwielbiam to.

— Jest bardzo ładny. Sama wszystko pani robi?

— Och, większość. Płacę chłopakowi, żeby skosił trawę raz w tygodniu, trzydzieści dolarów, dasz wiarę? Kiedyś robili to za piątaka. — Siorbie wodę, mlaska.

— Czy tam na górze to jakieś małe mieszkanie? — pytam.

— Dawniej służyło za mieszkanie. Jeden z moich wnuków zajmował je przez pewien czas. Sama je urządziłam, kazałam zbudować łazienkę, małą kuchnię, było naprawdę ładne. Uczył się w Memphis.

— Jak długo tu mieszkał?

— Niedługo. Naprawdę wolałabym o nim nie rozmawiać. Musi być jednym z wnuków, których chce wydziedziczyć.

Kiedy przez większość czasu człowiek puka do drzwi kancelarii prawniczych, żebrze o pracę i jest obcesowo odprawiany z kwitkiem przez złośliwe sekretarki, z czasem traci zahamowania. Skóra robi się gruba. Odrzucenie nie robi wrażenia, szybko się uczysz, że najgorsze, co może się wydarzyć, to słowo „nie".

— Jak się domyślam, nie byłaby pani zainteresowana wynajmowaniem go? — Ryzykuję z niewielkim wahaniem i w ogóle się nie boję, że padnie odpowiedź odmowna.

Ręka ze szklanką zastyga w bezruchu, a ona wpatruje się w mieszkanie, jakby dopiero w tej chwili je odkryła.

— A komu? — pyta.

— Bardzo chciałbym tu zamieszkać. Jest urocze i na pewno bardzo ciche.

— Śmiertelnie ciche.

— Nie na długo jednak. Do czasu, aż zacznę pracować i stanę na nogi, rozumie pani.

— Ty, Rudy? — pyta z niedowierzaniem.

— Strasznie mi się podoba — mówię z na wpół udawanym uśmiechem. — Jest dla mnie idealne. Jestem sam, prowadzę spokojne życie, nie stać mnie na wysoki czynsz. Jest doskonałe.

— Ile możesz płacić? — pyta sucho, jak prawnik, który chce oskubać spłukanego klienta.

Na to nie jestem przygotowany.

— Och, nie wiem. To pani jest właścicielką. Ile wynosi czynsz?

Odwraca głowę i zbita z tropu wpatruje się w drzewa.

— Co powiesz na czterysta, nie, trzysta dolarów miesięcznie?

Widać wyraźnie, że pani Birdie nigdy wcześniej nie wynajmowała nikomu mieszkania. Sumę wzięła z sufitu. Na szczęście nie zaczęła od ośmiuset za miesiąc.

— Myślę, że najpierw powinniśmy je obejrzeć — mówię ostrożnie.

Ona już stoi.

— Trochę tam bałaganu, sam rozumiesz. Od dziesięciu lat jest tam graciarnia. Ale możemy je posprzątać. Chyba trzeba będzie zrobić coś z kanalizacją. — Bierze mnie za rękę i prowadzi przez trawę. — Trzeba będzie podłączyć wodę. Nie jestem pewna ogrzewania i klimatyzacji. Stoi tam kilka mebli, ale niewiele, stare rzeczy, które wyrzuciłam. — Zaczyna wchodzić po trzeszczących schodach. — Potrzebne ci meble?

— Niewiele. — Poręcz jest rozchybotana. Zresztą wydaje się, że cały budynek się chybocze.

Rozdział 9

Na studiach prawniczych człowiek robi sobie wrogów. Rywalizacja potrafi być zacięta. Ludzie uczą się, jak oszukiwać, jak wbijać nóż w plecy; to trening przed prawdziwym życiem. Kiedy byłem na pierwszym roku, doszło do bójki na pięści między dwoma studentami z trzeciego roku, którzy najpierw na siebie wrzeszczeli podczas udawanej rywalizacji na sali sądowej. Zostali usunięci z uczelni, ale potem znowu przyjęci. Nasza szkoła potrzebuje pieniędzy z czesnego.

Jest tu kilka osób, których naprawdę nie lubię, jedną czy dwiema pogardzam. Staram się jednak nie nienawidzić ludzi.

Ale w tej chwili nienawidzę gnoja, który mi to zrobił. W tym mieście publikuje się wykazy wszystkich prawnych i finansowych transakcji. Wydawnictwo nazywa się „Daily Report" i zawiera oprócz informacji o złożonych pozwach rozwodowych i dziesiątkach innych podstawowych kategorii, wyszczególnienie bankructw z poprzedniego dnia. Jeden z kumpli, a może cała grupa, pomyślał, że będzie zabawnie, jeśli wyciągnie moje nazwisko połączone z wczorajszym smutnym wydarzeniem, powiększy wycinek z podaniami w ramach Rozdziału 7 i rozrzuci go po całym wydziale.

119

Wydrukowano tam: *Baylor, Rudy L.; student, aktywa: 1125 dolarów (wyłączone); zabezpieczone długi: 285 dolarów dla Wheels and Deals Finance Company; niezabezpieczone długi: 5136,88 dolara; procesy w trakcie: 1. nieuregulowane zobowiązania finansowe wobec Texaco; 2. nakaz eksmisji z Hampton; pracodawca: brak;* adwokat: pro se.

Pro se oznacza, że nie stać mnie na adwokata i będę sam występował w sądzie we własnym imieniu. Student bibliotekarz przy głównym wejściu do biblioteki wręczył mi taki świstek w chwili, gdy wszedłem tego ranka, i powiedział, że widział je poniewierające się po całym wydziale, były nawet przypięte do tablic ogłoszeniowych.

— Ciekawe, komu się wydaje, że to jest zabawne? — powiedział.

Podziękowałem mu, pobiegłem do swojego kąta w piwnicy i ukryłem się pomiędzy regałami, unikając kontaktu ze znajomymi. Zajęcia niedługo się skończą, a ja będę tu siedział, z dala od ludzi, których nie znoszę.

⋏ ⋏ ⋏

Tego ranka miałem umówione spotkanie z profesorem Smootem i spóźniam się na nie dziesięć minut. On nie zwraca na to uwagi. W jego gabinecie panuje obowiązkowy bałagan, typowy dla naukowca zbyt inteligentnego, żeby dbać o porządek. Muszkę ma przekrzywioną, ale uśmiech szczery.

Rozmawiamy najpierw o Blackach i ich konflikcie z Great Benefit. Wręczam mu trzystronicowe streszczenie ich sprawy razem z moimi dość pomysłowymi wnioskami i propozycją konkretnych działań. Czyta wszystko uważnie, podczas gdy ja wpatruję się w sterty zmiętych w kulki kartek leżących pod biurkiem. Jest pod dużym wrażeniem i powtarza to raz po raz. Moja rada brzmi, żeby Blackowie skontaktowali się z adwokatem sądowym i wytoczyli proces Great Benefit, zarzucając firmie działanie w złej wierze. Smoot się ze mną zgadza. Jak mało wie.

120

Chcę od niego jedynie zaliczenia i nic więcej. Potem mówimy o pani Birdie Birdsong. Informuję go, że starsza pani ma się dobrze i chce zmienić testament. Szczegóły zachowuję dla siebie. Podaję mu pięciostronicowy dokument, zmienioną wersję ostatniej woli pani Birdie, a on szybko omiata tekst wzrokiem. Mówi, że wygląda to dobrze i nie widzi żadnych błędów. Prawne problemy osób starszych nie kończą się egzaminem, nie trzeba składać żadnych referatów. Chodzi się na zajęcia, odwiedza staruszków, pisze streszczenia spraw. Smoot daje za to szóstkę.

Smoot zna panią Birdie od kilku lat. Nie ma wątpliwości, że od jakiegoś czasu jest królową „Cyprysowych Ogrodów", a on widuje się z nią dwa razy w roku, kiedy odwiedza Dom Seniora ze studentami. Wcześniej nigdy nie korzystała z bezpłatnej porady prawnej, jak mówi, zastanawiając się nad tym i skubiąc muszkę. Mówi, że jest zaskoczony informacją o jej majątku.

Byłby naprawdę zaskoczony, gdyby się dowiedział, że pani Birdie będzie prawdopodobnie wynajmowała mi mieszkanie.

Gabinet Maxa Leuberga jest za rogiem, blisko gabinetu Smoota. Zostawił dla mnie wiadomość u bibliotekarza, że chce mnie widzieć. Wyjeżdża po zakończeniu wykładów. Jest u nas gościnnie od dwóch lat i nadszedł czas jego powrotu do Wisconsin. Pewnie będzie mi go trochę brakowało, kiedy obaj stąd odejdziemy, ale teraz trudno mi nawet wyobrazić sobie, że będę długo tęsknił za czymkolwiek lub kimkolwiek związanym z tą uczelnią.

Pokój Maxa wypełniają kartonowe pudła po alkoholach. Pakuje do nich swoje rzeczy, a ja jeszcze nigdy nie widziałem takiego bałaganu. Przez kilka krępujących momentów snujemy wspomnienia, staramy się rozpaczliwie nadać wydziałowi prawa jakiś refleksyjny wymiar. Nigdy wcześniej nie widziałem go tak wyciszonego. Jakby naprawdę był smutny z powodu wyjazdu. Wskazuje stertę papierów w pudle po Wilde Turkey.

— To dla ciebie. Jest tam sporo nowych materiałów, które wykorzystałem w sprawach o działanie w złej wierze. Weź je. Mogą ci się przydać.

Nie skończyłem jeszcze przeglądania ostatniej partii archiwalnych zapisów spraw, których przeczytanie mi polecił.

— Dzięki, Max — mówię, patrząc na pudło.

— Złożyłeś już pozew? — pyta.

— Och, nie. Jeszcze nie.

— Musisz to zrobić. Znajdź jakiegoś prawnika w śródmieściu z dobrymi referencjami procesowymi. Kogoś z doświadczeniem w sprawach dotyczących działania w złej wierze. Bardzo dużo myślałem o tej sprawie, powinna ci się podobać. Mnóstwo faktów, które prawie na pewno zrobią wrażenie na ławie przysięgłych. Niemal widzę, jak sędziowie przysięgli robią się coraz bardziej wściekli i chcą ukarania firmy ubezpieczeniowej. Ktoś musi wziąć tę sprawę i ją poprowadzić.

Sam ją prowadzę, jak szatan.

Zrywa się z fotela i rozprostowuje ramiona.

— Pod jaką kancelarię się podczepisz? — pyta, stając na palcach i wykonując jakieś ćwiczenie z jogi, żeby rozciągnąć łydki. — Bo to dla ciebie idealna sprawa i mógłbyś przy niej pracować. Tak się zastanawiam, wiesz, może powinieneś wziąć ją do swojej firmy, podpisać z nimi umowę, a potem samemu odwalić najgorszą robotę. Na pewno masz w swojej firmie kogoś z doświadczeniem sądowym. Jeśli będziesz czegoś potrzebował, zadzwoń do mnie. Przez całe lato będę zajęty pracą nad ogromną sprawą przeciwko Allstate, ale daj znać, bo mnie to ciekawi, dobrze? Wydaje mi się, że to może być duża sprawa, kamień milowy. Z przyjemnością popatrzyłbym, jak ucierasz nosa tym pacanom.

— Co to za sprawa z Allstate? — pytam, starając się odejść w rozmowie jak najdalej od mojej firmy.

Na ustach Maxa pojawia się szeroki uśmiech. Złącza dłonie nad głową, jakby sam nie mógł w to uwierzyć.

— Niewiarygodne — mówi i zaczyna pokrętną opowieść o tym wspaniałym procesie. Żałuję, że go zapytałem.

Kręcąc się przy prawnikach, co nie było znowu tak częste,

nauczyłem się, że wszyscy jak jeden mąż cierpią na tę samą przypadłość. Mają paskudny nawyk opowiadania historii wojennych. Jeżeli brali udział w ważnym procesie, chcą, żebyś o tym wiedział. Jeśli trafiła im się wspaniała sprawa, dzięki której stali się bogaci, muszą się nią pochwalić przed innymi. Max nie śpi w nocy, wyobrażając sobie bankructwo Allstate.

— W każdym razie — wraca do rzeczywistości — może potrafiłbym ci pomóc przy tej sprawie. Nie wracam jesienią, ale mój numer telefonu i adres masz w pudle. Zadzwoń, jeśli będziesz mnie potrzebował.

Podnoszę pudło po Wild Turkey. Jest ciężkie, dno ma wgniecione.

— Dziękuję, jestem ci naprawdę wdzięczny.

— Chcę pomóc, Rudy. Nic nie daje takiego dreszczu emocji, jak przyszpilenie firmy ubezpieczeniowej. Możesz mi wierzyć.

— Dam z siebie wszystko. Dzięki.

Dzwoni telefon, a on rzuca się w stronę biurka, żeby odebrać. Wychodzę z gabinetu, niosąc pudło.

⋏ ⋏ ⋏

Zawarłem z panią Birdie dziwny układ. Kiepska z niej negocjatorka i rzecz jasna nie potrzebuje pieniędzy. Zbiłem stawkę czynszu do stu pięćdziesięciu dolarów za miesiąc, co obejmuje również prąd i wodę. Dorzuciła do tego tyle mebli, że dałoby się nimi zapełnić cztery pokoje.

Poza pieniędzmi otrzymała ode mnie obietnicę, że będę pomagał w najróżniejszych drobnych zajęciach w domu, ale przede wszystkim zajmę się trawnikiem i pracą w ogrodzie. Będę kosił trawę, więc zaoszczędzi trzydzieści dolarów tygodniowo. Będę przycinał żywopłot, grabił liście i tak dalej. Wspomniała coś niewyraźnie o wyrywaniu chwastów, ale udałem, że nie słyszę.

Dla mnie to doskonała umowa i jestem dumny, że zachowywałem się przy jej zawieraniu jak człowiek interesów. Mieszkanie jest warte co najmniej trzysta pięćdziesiąt dolarów za miesiąc, więc zaoszczędziłem dwie setki w gotówce. Przypuszczam, że zarobię więcej, pracując pięć godzin w tygodniu, dwadzieścia godzin w miesiącu. Niezły układ, biorąc pod uwagę okoliczności. Po trzech latach życia w bibliotece potrzebuję świeżego powietrza i ruchu. Nikt nie będzie wiedział, że jestem chłopakiem od koszenia trawnika. Poza tym będę dzięki temu blisko pani Birdie, mojej klientki.

To wynajem na słowo, z miesiąca na miesiąc, więc jeśli się nie sprawdzi, to się wyprowadzę.

Nie tak dawno temu oglądałem całkiem ładne mieszkania, odpowiednie dla zaczynającego karierę adwokata. Chcieli siedemset dolarów miesięcznie za dwie sypialnie, mniej niż czterdzieści metrów kwadratowych. A ja byłem gotów zapłacić bez mrugnięcia okiem. Dużo się zmieniło.

Teraz będę miał spartańskie warunki w mieszkaniu zaprojektowanym przez panią Birdie, które zostawiła własnemu losowi na dziesięć lat. To skromne przytulisko z pomarańczową włochatą wykładziną i bladozielonymi ścianami. Jest tam sypialnia, mała, praktycznie urządzona kuchnia i oddzielna jadalnia. Sufity są trochę spadziste, co robi trochę klaustrofobiczne wrażenie.

Dla mnie to idealne miejsce. Dopóki pani Birdie będzie trzymała się na dystans, dopóty wszystko będzie się dobrze układało. Zmusiła mnie, bym obiecał, że nie będę urządzał szalonych imprez, słuchał głośno muzyki, przyprowadzał przypadkowych kobiet, chlał, ćpał, nie wezmę też sobie kota albo psa. Sama posprzątała wszystkie pomieszczenia, wyszorowała podłogi i ściany, wyniosła tyle śmieci, ile dała radę. Dosłownie przywarła do mnie, gdy gramoliłem się po schodach z moim niewielkim dobytkiem. Jestem pewny, że bardzo mi współczuła.

W chwili gdy wtargałem na schody ostatnie pudło i zanim zdołałem cokolwiek rozpakować, uparła się, żebyśmy wypili kawę na patio.

Posiedzieliśmy więc przed domem przez dziesięć minut, wystarczająco długo, żebym przestał się pocić, kiedy oznajmiła, że

124

czas zająć się rabatkami. Pieliłem, aż rozbolały mnie plecy. Przez kilka minut mi pomagała, potem jednak tylko stała za mną i dyrygowała robotą.

▲ ▲ ▲

Tylko uciekając w bezpieczne progi Yogi's mogę wymigać się od pracy w ogrodzie. Mam zmianę w barze aż do zamknięcia, mniej więcej do pierwszej w nocy.

Tego wieczoru pełno tu ludzi i ku mojemu wielkiemu niezadowoleniu przyszła grupa z mojego roku. Zajęli dwa długie stoły w rogu niedaleko baru. To ostatnie spotkanie jednego z wielu bractw działających na wydziale prawa, do którego nigdy mnie nie zaproszono. Nazywa się Barristers* i skupia typy z „Przeglądu Prawniczego", zadufanych studentów, którzy traktują siebie zbyt poważnie. Usiłują być tajemniczy i trudno dostępni, odprawiają sekretne rytuały inicjacji skandowane po łacinie i inne głupoty. Prawie wszyscy zaczepią się w wielkich kancelariach lub federalnym wymiarze sprawiedliwości. Paru zostało przyjętych na wydział prawa podatkowego na uniwersytecie nowojorskim. To pompatyczna klika.

Szybko się upijają, gdy nalewam im kufel za kuflem. Najgłośniejszy jest mały pętak, Jacob Staples, obiecujący młody adwokat, który rozpoczął studia na wydziale prawa trzy lata temu, mając już opanowane do perfekcji chwyty poniżej pasa. Staples znalazł więcej sposobów oszukiwania niż jakakolwiek osoba w historii naszego wydziału. Wykradał pytania egzaminacyjne, chował podręczniki, podprowadzał notatki reszcie z nas, okłamywał profesorów, żeby przełożyć terminy oddania streszczeń albo referatów. Bardzo szybko dorobi się miliona. Podejrzewam, że Staples jest facetem, który skserował informację o mnie z „Daily Report" i porozwieszał na całym wydziale. To do niego podobne.

---

* *Barrister* to prawnik, w sprawach karnych także w znaczeniu obrońcy. Nazwa wzięła się z rozróżnienia dwóch form pracy adwokata w Anglii — doradcy przygotowującego materiały dla adwokata, który występuje w sądzie, oraz adwokata sądowego.

Choć staram się nie zwracać na nich uwagi, zauważam, że od czasu do czasu mi się przyglądają. Kilkakrotnie słyszę słowo „bankructwo".

Ale jestem zajęty, co rusz popijam piwo z kubka na kawę. Prince siedzi w rogu naprzeciwko, ogląda telewizję i kątem oka uważnie obserwuje Barristersów. Tego wieczoru śledzi wyścig chartów na torze na Florydzie i obstawia przy każdym biegu. Za kumpla przy chlaniu i hazardzie ma dzisiaj swojego adwokata Bruisera Stone'a, niesamowicie grubego i potężnego mężczyznę o długich, gęstych, siwych włosach i zwisającej koziej bródce. Waży co najmniej sto siedemdziesiąt kilogramów i razem wyglądają jak dwa niedźwiedzie siedzące na skale i wsuwające orzeszki.

Bruiser Stone to adwokat o bardzo podejrzanej etyce. Zna Prince'a od dawna, kolegowali się już w szkole średniej w południowym Memphis i razem załatwili wiele szemranych interesów. Liczą forsę, gdy nikt nie widzi. Przekupują polityków i policjantów. Prince jest od roboty, Bruiser od myślenia. A kiedy Prince'a łapią, Bruiser drze się z pierwszych stron gazet o niesprawiedliwości. Bruiser jest bardzo skuteczny na salach sądowych, głównie dlatego, że ogólnie wiadomo, że proponuje sędziom przysięgłym znaczne sumy. Prince nie musi się bać, że zostanie uznany za winnego.

Bruiser zatrudnia w kancelarii czterech albo pięciu prawników. Nie potrafię nawet sobie wyobrazić głębi rozpaczy, która pchnęłaby mnie do proszenia go o pracę. Chyba nie byłoby nic gorszego na świecie od przyznania się ludziom, że pracuję dla Bruisera Stone'a.

Prince mógłby mi w tym pomóc. Uwielbia wyświadczać przysługi, popisywać się swoimi wpływami.

Aż nie mogę uwierzyć, że w ogóle zacząłem o tym myśleć.

Rozdział 10

Pod naciskiem całej naszej czwórki Smoot ustępuje i mówi, że możemy samodzielnie wrócić do „Cyprysowych Ogrodów", nie jako grupa, i oszczędzić sobie męczarni następnego lunchu. Booker i ja wślizgujemy się tam któregoś dnia, gdy akurat śpiewają, i siedzimy przez chwilę, podczas gdy pani Birdie wygłasza pogadankę na temat witamin i odpowiednich ćwiczeń. W końcu nas dostrzega i chce, żebyśmy podeszli do podium i zostali formalnie przedstawieni.

Kiedy kończy się program na ten dzień, Booker kryje się w dalekim kącie, gdzie przyjmuje klientów i udziela im rad, które nie są przeznaczone dla osób postronnych. Ponieważ widziałem się już z panią Black, a z panią Birdie spędziłem całe godziny na omawianiu jej testamentu, nie mam tu wiele do roboty. Pan DeWayne Deweese, mój trzeci klient z poprzedniej wizyty, jest w szpitalu, dlatego wysłałem mu pocztą zupełnie bezużyteczne streszczenie moich rad, by pomóc mu w jego prywatnej wojnie z administracją związku weteranów wojennych.

Ostatnia wola pani Birdie jest jeszcze nieskończona i niepodpisana. W ostatnich dniach jest bardzo drażliwa na jej punkcie.

Mówi, że wielebny Kenneth Chandler nie odzywa się do niej od jakieś czasu, więc może nie zapisze mu fortuny. Staram się utwierdzać ją w tej decyzji.

Odbyliśmy kilka rozmów o jej pieniądzach. Lubi odczekać do chwili, gdy będę po tyłek zakopany w ziemi, z nosa będzie ściekał mi pot i upaprzę się torfem — dopiero wtedy, górując nade mną, ni stąd, ni zowąd zadaje mi pytania w rodzaju: „Czy żona Delberta może sądownie dochodzić praw do spadku po mnie, jeśli mu nic nie zapiszę?" albo „Dlaczego nie mogę rozdać tych pieniędzy już teraz?".

Przerywam pracę, gramolę się spod roślin, ocieram twarz i staram się wymyślić jakąś inteligentną odpowiedź. Zwykle do tego czasu ona zmienia temat i chce wiedzieć, dlaczego azalie, o tam, nie rosną.

Kilka razy poruszałem sprawę pieniędzy przy kawie na patio, ale pani Birdie od razu robiła się nerwowa i pobudzona. Jest bardzo podejrzliwa wobec prawników.

Udało mi się ustalić parę faktów. Rzeczywiście wyszła drugi raz za mąż, za pana Anthony'ego Murdine'a. Ich małżeństwo trwało prawie pięć lat, aż do jego śmierci w Atlancie cztery lata temu. Najwyraźniej też pan Murdine, umierając, zostawił spory spadek, który bez wątpienia budził wiele kontrowersji, ponieważ sąd okręgowy w De Kalb w stanie Georgia zarządził utajnienie akt. I na tym kończy się moja wiedza. Postanowiłem, że skontaktuję się z niektórymi z adwokatów, którzy byli zaangażowani w sprawę tego spadku.

Pani Birdie chce rozmawiać, naradzać się. Dzięki temu czuje się ważna, bo widzą to wszyscy obecni. Siedzimy przy stole blisko pianina, z dala od innych. Pochylamy się ku sobie, nasze głowy dzieli zaledwie kilka centymetrów. Ktoś mógłby pomyśleć, że nie widzieliśmy się od miesiąca.

— Muszę wiedzieć, co mam zrobić z pani testamentem — mówię. — Ale jeszcze zanim będę mógł napisać brudnopis, powinienem dowiedzieć się trochę o pieniądzach.

Pani Birdie rozgląda się nerwowo, jakby wszyscy nas pod-
słuchiwali. W rzeczywistości większość tych biednych staruszków
nie usłyszałaby nas, nawet gdybyśmy do siebie krzyczeli. Pochyla
się nisko, zakrywa usta dłonią.

— Nic nie jest włożone w nieruchomości, w porządku? Są na
rynku finansowym, w funduszach otwartych, w miejskich obligacjach.

Jestem zaskoczony jej doskonałą orientacją w tego rodzaju
inwestycjach. Pieniądze rzeczywiście muszą być tak ulokowane.

— Kto się tym zajmuje? — pytam, choć to bez znaczenia.
Nie ma to żadnego wpływu na testament ani samą masę spadkową.
Zżera mnie zwykła ciekawość.

— Pewna firma z Atlanty.

— Kancelaria prawnicza? — dopytuję się wystraszony.

— Och, nie. Nie powierzyłabym pieniędzy prawnikom. To
firma powiernicza. Wszystkie pieniądze są w firmie powierniczej.
Do śmierci będę dostawała ustaloną kwotę, a potem je oddam.
Tak w każdym razie postanowił sędzia.

— Jaka to kwota? — pytam, bo nie mogę się powstrzymać.

— Daj spokój, to nie twoja sprawa, Rudy, prawda?

Nie, to nie moja sprawa. Klepie mnie w rękę z naganą, a ja
zgodnie z najlepszą prawniczą tradycją próbuję chronić własny
tyłek:

— No cóż, to może okazać się ważne, rozumie pani. Do celów
podatkowych.

— Nie prosiłam, żebyś zajmował się moimi podatkami, zgodzisz się chyba? Od tego mam księgowych. Poprosiłam cię tylko,
żebyś przerobił mój testament, ale to zdaje się trochę cię przerasta.

Bosco podchodzi do końca stołu i posyła nam krzywy uśmiech.
Brakuje mu większości zębów. Pani Birdie prosi go grzecznie,
żeby odszedł i przez kilka minut pograł w chińczyka. Jest wobec
tych ludzi zadziwiająco uprzejma i łagodna.

— Przygotuję pani taki testament, jaki sobie pani życzy —
mówię poważnie. — Ale musi się pani na coś zdecydować.

Siedzi prosto, oddycha głęboko i bardzo teatralnie, kłapie sztuczną szczęką.

— Pozwolisz, że się nad tym zastanowię?

— Oczywiście. Proszę jednak pamiętać o jednym: jest wiele rzeczy w obecnym testamencie, które się pani nie podobają. Jeśli teraz coś by się pani stało...

— Wiem, wiem — wchodzi mi w słowo i macha rękami. — Nie pouczaj mnie. Przez ostatnie dwadzieścia lat spisałam dwadzieścia testamentów. Wiem o nich wszystko.

Bosco zaczyna płakać przy kuchni, więc ona się zrywa i biegnie go pocieszyć. Dzięki Bogu Booker kończy udzielanie porad. Jego ostatnim klientem jest starzec, z którym spędził bardzo dużo czasu, gdy byliśmy tu za pierwszym razem. Widać wyraźnie, że facet nie jest zachwycony dokonaną przez Bookera oceną bałaganu, w jakim tkwi, i słyszę, jak w którymś momencie Booker, próbując się od niego uwolnić, mówi:

— Niech pan posłucha, to jest darmowa porada. Czego się pan spodziewał?

Żegnamy się z panią Birdie i szybko wychodzimy. Prawne problemy osób starszych są dla nas historią. Za kilka dni zajęcia się kończą.

Po trzech latach nienawidzenia wydziału prawa nagle mamy się od niego uwolnić. Słyszałem kiedyś, jak pewien prawnik mówił, że trzeba kilku lat, zanim wyblakną w pamięci chwile cierpienia i mozołu z okresu studiów prawniczych, i jak w przypadku większości rzeczy w życiu zostają tylko dobre wspomnienia. Wydawał się szczery, kiedy melancholijnie wracał do wspaniałych czasów, gdy studiował prawo.

Nie potrafię wyobrazić sobie chwili, kiedy będę patrzył na te minione trzy lata i uznam, że mimo wszystko były fajne. Może któregoś dnia będę mógł zebrać wspomnienia o jaśniejszych, krótkich momentach, takich jak spotkania z przyjaciółmi, przyjaźń z Bookerem, praca za barem w Yogi's i innych rzeczach i wydarzeniach, których teraz nie umiem sobie przypomnieć. I jestem pewny, że kiedyś będziemy się razem z Bookerem śmiali z tych starych ludzi z „Cyprysowych Ogrodów" i zaufania, jakim nas obdarzyli.

Kiedyś może to będzie zabawne.

Proponuję, żebyśmy poszli na piwo do Yogi's. Ja stawiam. Dochodzi czternasta i pada deszcz, idealna pora, żeby usiąść przy stoliku i jakoś przetrwać popołudnie. To może być nasza ostatnia okazja.

Booker naprawdę ma ochotę, ale za godzinę musi być w kancelarii. Marvin Shankle zlecił mu napisanie streszczenia potrzebnego do sądu na poniedziałek. Przez cały weekend będzie siedział zagrzebany w książkach w bibliotece.

Shankle pracuje siedem dni w tygodniu. Jego firma była w Memphis pionierem w większości procesów o łamanie praw obywatelskich i teraz może odcinać kupony. Zatrudnia dwudziestu dwóch prawników, wszyscy czarni, połowa to kobiety, i wszyscy starają się sprostać bardzo dużym wymaganiom stawianym przez pana Shankle'a. Sekretarki pracują na zmianę, dzięki czemu co najmniej trzy z nich są dostępne dwadzieścia cztery godziny na dobę. Booker idealizuje Shankle'a i wiem, że już po kilku tygodniach będzie zasuwał w niedziele.

▲ ▲ ▲

Jadąc przedmieściami, czuję się jak rabuś wyszukujący i typujący oddziały bankowe, które najłatwiej będzie obrobić. Znajduję firmę, której szukam, w nowoczesnym, czteropiętrowym budynku ze szkła i kamieni. Stoi we wschodnim Memphis przy ruchliwej arterii biegnącej na zachód w kierunku śródmieścia i rzeki. To tutaj wylądowało stadko orłów.

Kancelaria ma czterech prawników, wszyscy są po trzydziestce, wszyscy to absolwenci uniwersytetu stanowego w Memphis. Słyszałem, że przyjaźnili się na studiach, poszli do pracy w dużych firmach w różnych częściach miasta, jednak byli coraz bardziej niezadowoleni z wywieranej na nich presji, więc się zeszli i otworzyli znacznie spokojniejszą praktykę. Widziałem ich ogłoszenie w branżowym wykazie, na całą stronę, która kosztuje podobno cztery tysiące miesięcznie. Zajmują się wszystkim, począwszy od rozwodów i nieruchomości po urbanistyczny podział na strefy, ale rzecz jasna najgrubszą czcionką wydrukowano, że specjalizują się w uszkodzeniach ciała.

Niezależnie od tego, co robi dany adwokat, najczęściej on lub ona zyskuje ogromne doświadczenie w dziedzinie uszkodzeń ciała. Ponieważ dla większości adwokatów, którzy nie mają klientów, którym mogliby bez końca wystawiać rachunki za przepracowane godziny, jedyną nadzieją na poważne pieniądze jest reprezentowanie ludzi poszkodowanych na zdrowiu lub zabitych. To najczęściej łatwa forsa. Weźmy faceta rannego w wypadku samochodowym, w którym wina była po stronie drugiego kierowcy, mającego ubezpieczenie. Facet leży przez tydzień w szpitalu, ma złamaną nogę, stracił pensję. Jeśli adwokatowi uda się dorwać go przed biegłym z firmy ubezpieczeniowej, to jego straty mogą zostać wycenione na pięćdziesiąt tysięcy dolarów. Adwokat spędza trochę czasu na przekładaniu papierów, ale najprawdopodobniej nawet nie musi składać pozwu. Zainwestuje w to maksymalnie trzydzieści godzin i zgarnie honorarium wysokości mniej więcej piętnastu tysięcy. To pięćset dolarów za godzinę.

Wspaniała robota, jeśli wpadnie w ręce. To dlatego prawie wszyscy adwokaci ogłaszający się w Memphis szukają ofiar wypadków. Niepotrzebne jest żadne doświadczenie procesowe, bo w dziewięćdziesięciu dziewięciu procentach sprawy kończą się ugodą. Sztuczka polega na złapaniu klienta.

Nie obchodzi mnie, jak się reklamują. Interesuje mnie tylko to, czy uda mi się, lub nie, przekonać ich, by dali mi pracę. Przez kilka chwil siedzę w samochodzie, deszcz uderza o szyby. Wolałbym poddać się chłoście, niż wchodzić do tej kancelarii, uśmiechać się ciepło do sekretarki, paplać jak biedny komiwojażer, a potem ujawnić właściwy cel, żeby pozwoliła mi zobaczyć się ze swoimi szefami.

Nie mogę uwierzyć, że to robię.

Rozdział 11

Żeby nie brać udziału w ceremonii rozdania dyplomów, wymawiam się rozmową kwalifikacyjną w kancelarii prawniczej. Bardzo obiecującą rozmową, jak zapewniam Bookera, ale on i tak wie swoje. Ma świadomość, że zajmuję się głównie pukaniem do drzwi firm w całym mieście i daremnym zostawianiem listów motywacyjnych i wyciągów z indeksu.

Gdybym nawet włożył togę i biret i przyszedł na tę uroczystość, Booker byłby jedyną osobą, którą by to obeszło. Jest rozczarowany moją nieobecnością. Moja matka i Hank są gdzieś na kempingu w Maine i patrzą, jak świat się zazielenia. Rozmawiałem z nią miesiąc temu i wiem, że nie ma pojęcia, kiedy kończę studia.

Słyszałem, że sama ceremonia jest bardzo nużąca, przemawia całe mnóstwo starych sędziów, ględzą jak najęci, błagają absolwentów, by kochali prawo, traktowali je jako zaszczytną profesję, szanowali jak zazdrosną kochankę, odbudowali wizerunek adwokata nadszarpnięty przez tych, którzy weszli do zawodu przed nimi. I tak do zrzygania. Wolę posiedzieć w Yogi's i obserwować Prince'a obstawiającego wyścigi kóz.

Booker będzie tam z całą rodziną. Charlene i dzieciakami. Jego rodzicami, jej rodzicami, kilkorgiem dziadków, ciotek, wujków, kuzynów. Klan Kane'ów będzie stanowił onieśmielającą grupę. Będzie sporo zdjęć i łez. On jako pierwszy w rodzinie kończy studia, a to, że będzie prawnikiem, napawa wszystkich dumą. Mam pokusę, żeby schować się gdzieś na widowni i popatrzeć na jego rodziców, kiedy będzie odbierał dyplom. Prawdopodobnie rozpłakałbym się razem z nimi.

Nie wiem, czy rodzina Sary Plankmore zjawi się na uroczystości, ale nie podejmę ryzyka sprawdzenia. Nie mogę znieść myśli, że zobaczyłbym jej uśmiech przed aparatem fotograficznym narzeczonego, S. Todda Wilcoxa. Ubierze się w obszerną togę, więc nie będzie można dostrzec, czy coś po niej widać. Ale i tak bym się wgapiał. Żebym nie wiem jak próbował, nie umiałbym oderwać wzroku od jej środkowej części ciała.

Najlepiej będzie, jeśli daruję sobie tę uroczystość. Madeline Skinner zdradziła mi dwa dni wcześniej, że co drugi absolwent znalazł taką albo inną pracę. Wielu zgodziło się na mniejsze pensje, niż oczekiwali. Co najmniej piętnaścioro chce zaistnieć samodzielnie, otworzą małe kancelarie i ogłoszą światu, że są gotowi toczyć boje w sądach. Pożyczyli pieniądze od rodziców i wujków, wynajęli małe pokoje i tanie meble. Madeline ma statystyki. Wie, dokąd trafi każdy student, więc nie ma takiej siły, która by mnie zmusiła, żebym tam siedział w todze i birecie razem ze stu dwudziestoma kolegami i koleżankami z roku, z których wszyscy wiedzą, że ja, Rudy Baylor, jestem jedynym bezrobotnym patałachem z naszego rocznika. Równie dobrze mógłbym założyć różową togę i biret z neonem. Nie ma mowy.

Dyplom odebrałem wczoraj.

⋏ ⋏ ⋏

Ceremonia rozdania dyplomów zaczyna się o czternastej i dokładnie o tej porze wchodzę do kancelarii prawniczej Jonathana Lake'a. To będzie powtórzenie występu, moje pierwsze. Byłem tu miesiąc temu, nieśmiało podałem recepcjonistce wyciąg z in-

134

deksu i list motywacyjny. Ta wizyta ma wyglądać inaczej. Teraz mam plan.

Trochę się dowiedziałem o firmie Lake'a, jak się ją potocznie nazywa. Ponieważ pan Lake nie jest zwolennikiem dzielenia się majątkiem, jest jedynym wspólnikiem. Zatrudnia dwunastu prawników, z których siedmiu jest znanych jako specjaliści procesowi, a pozostali są młodsi i zajmują się najróżniejszymi sprawami. Tych siedmiu specjalistów od procesów to utalentowani adwokaci sądowi. Każdy ma sekretarkę i asystenta, który z kolei też ma sekretarkę. Określa się ich jako zespoły procesowe. Wszystkie pracują niezależnie od siebie i tylko Jonathan Lake wtrąca się czasami do ich działań i przejmuje dowodzenie. Bierze sprawy, które chce, zwykle gwarantujące największe prawdopodobieństwo wysokiego wyroku. Uwielbia pozywać położników za złe przeprowadzenie porodu, a ostatnio dorobił się fortuny na sprawach o azbest.

Każdy specjalista procesowy sam dobiera sobie współpracowników, może zwalniać ich i zatrudniać, i jest również odpowiedzialny za pozyskiwanie nowych spraw. Słyszałem, że prawie osiemdziesiąt procent klientów firmy zostało tam odesłanych przez innych prawników, naganiaczy szukających klientów na ulicach i typki od handlu nieruchomościami, którzy natykają się czasami na pokrzywdzonego klienta. Dochód speca procesowego zależy od kilku czynników, w tym od zysku, jaki przynosi firmie.

Barry X. Lancaster to wschodząca młoda gwiazda kancelarii, świeżo namaszczony specjalista procesowy, który w zeszłe Boże Narodzenie ustrzelił lekarza w Arkansas na dwa miliony dolarów. Ma trzydzieści cztery lata, rozwiedziony, praktycznie mieszka w firmie, studiował prawo na uniwersytecie stanowym w Memphis. Odrobiłem pracę domową. Szuka asystenta. Widziałem w „Daily Record". Skoro nie mogę zacząć jako prawnik, co złego jest w pracy asystenta? Pewnego dnia będą o mnie opowiadali historie, odniosę sukces i będę miał własną wielką kancelarię — młody Baylor nie mógł znaleźć pracy, dlatego zaczął w sekretariacie u Jonathana Lake'a. A teraz, proszę.

O czternastej mam umówione spotkanie z Barrym X. Sekretarka dwa razy sprawdza moje nazwisko, ale wszystko się zgadza. Wątpię, by pamiętała mnie z pierwszej wizyty. Od tamtej pory przewinęło się przez to miejsce tysiąc osób. Chowam się za magazynem na skórzanej kanapie i podziwiam perskie dywany, dębową podłogę i wyeksponowane trzydziestocentymetrowe belki pod sufitem. Biura mieszczą się w starym magazynie w pobliżu centrum medycznego Memphis. Lake wydał podobno trzy miliony dolarów na odremontowanie i ozdobienie tego pomnika ku chwale jego osoby. Czytałem o tym w dwóch różnych gazetach.

Po kilku minutach sekretarka prowadzi mnie labiryntem korytarzy do gabinetu na wyższym poziomie. Poniżej znajduje się otwarta biblioteka, bez ścian czy ścianek działowych. Ciągną się tam po prostu całe rzędy regałów z książkami. Samotny uczony siedzi przy długim stole otoczony stertami traktatów, zagubiony w powodzi sprzecznych teorii.

Pokój Barry'ego X. jest długi i wąski, ma ściany z cegieł i skrzypiącą podłogę. Zdobią go antyki i najróżniejsze przedmioty. Wymieniamy uścisk dłoni i siadamy. Jest szczupły i wysportowany, a ja przypominam sobie, że widziałem w magazynie zdjęcie siłowni pana Lake'a urządzonej w kancelarii. Są tu również sauna i łaźnia parowa.

Barry wygląda na bardzo zajętego, bez wątpienia jest w trakcie opracowywania strategii ze swoim zespołem procesowym w ramach przygotowań do jakiejś dużej sprawy. Jego telefon stoi na widocznym miejscu, dlatego od razu spostrzegam, że diody błyskają na nim jak oszalałe. Ręce trzyma nieruchomo, ale nie potrafi się powstrzymać od spoglądania na zegarek.

— Niech mi pan opowie o swojej sprawie — mówi po krótkiej wymianie grzeczności. — To coś związanego z firmą ubezpieczeniową, która nie chce uznać pańskich roszczeń. — Od razu robi się podejrzliwy, bo jestem ubrany w garnitur i krawat, nie wyglądam na typowego klienta.

— No więc tak naprawdę szukam tu pracy — mówię śmiało. Przecież ryzykuję jedynie, że mnie wyprosi. Co mam do stracenia? Wykrzywia twarz i bierze kartkę. Przeklęta sekretarka znowu spieprzyła sprawę.

— Widziałem pańskie ogłoszenie w „Daily Record", szuka pan asystenta.

— Jest pan asystentem? — rzuca krótko.

— Mogę być.

— A co to, do cholery, znaczy?

— Przez trzy lata studiowałem prawo.

Wpatruje się we mnie przez pięć sekund, potem kręci głową i spogląda na zegarek.

— Jestem naprawdę zajęty. Sekretarka weźmie od pana podanie.

Nagle zrywam się na równe nogi i pochylam nad jego biurkiem.

— Niech pan posłucha, jak to wygląda — mówię teatralnie, podczas gdy on wystraszony podnosi wzrok. Potem szybko przedstawiam mu rutynową historię o tym, że jestem bystry i zmotywowany, i kończę trzeci rok nauki, i o pracy, którą miałem obiecaną u Brodnaxa i Speera, ale zrobili mnie w balona. Idę na całość. Mówię o Tinleyu i Britcie, o mojej niechęci do wielkich firm. Nie chcę dużych pieniędzy. Wezmę cokolwiek, byle się zaczepić. Naprawdę potrzebuję pracy. Gadam jak najęty przez minutę czy dwie, on mi nie przerywa, a potem siadam.

Jest zbity z tropu, obgryza paznokieć. Nie potrafię zgadnąć, czy jest zły, czy przejęty.

— Wie pan, co mnie wkurza? — odzywa się w końcu, najwyraźniej niezbyt poruszony.

— Tak, ludzie tacy jak ja, którzy kłamią w recepcji, żeby dostać się tutaj i walczyć o pracę. Dokładnie coś takiego pana wkurza. Trudno pana za to winić. Mnie też by wkurzało, ale później lepiej bym się temu przyjrzał, rozumie pan. Pomyślałbym: ten chłopak niedługo zostanie prawnikiem, ale zamiast płacić mu czterdzieści kawałków, mogę go zatrudnić do brudnej roboty za, powiedzmy, dwadzieścia cztery tysiące.

— Dwadzieścia jeden.

— Zgadzam się — mówię. — Zacznę od jutra za dwadzieścia jeden tysięcy. I będę pracował cały rok za dwadzieścia jeden tysięcy. Obiecuję, że nie odejdę przez dwanaście miesięcy, niezależnie od wyników egzaminu adwokackiego. Będę tyrał sześćdziesiąt, siedemdziesiąt godzin tygodniowo przez rok. Bez urlopu. Ma pan na to moje słowo. Podpiszę umowę.

— Nie rozmawiamy z nikim bez pięcioletniego doświadczenia. Tu wszyscy mają wysokie kwalifikacje.

— Szybko się nauczę. Zeszłego lata pracowałem w kancelarii adwokackiej w śródmieściu, nie robili niczego poza sprawami sądowymi.

W tej chwili dociera do niego, że ta sytuacja jest nie fair. Wszedłem z naładowaną bronią, a on wpadł w zasadzkę. Widzi wyraźnie, że robiłem już coś takiego nieraz, bo mam przygotowane odpowiedzi na wszystko, co powie.

Nie do końca jednak mu współczuję. Zawsze może kazać mi wyjść.

— Skonsultuję to z panem Lakiem — mówi, trochę dając za wygraną. — On prowadzi bardzo sztywną politykę kadrową. Nie mam uprawnień, żeby zatrudnić asystenta, który nie spełnia naszych wymagań.

— Jasne — odpowiadam ze smutkiem. Znów dostałem kopa w twarz. Właściwie można by powiedzieć, że całkiem nieźle to znoszę. Nauczyłem się, że prawnicy, niezależnie od tego, jak bardzo są zajęci, jakby odruchowo współczują absolwentom, którzy nie mogą znaleźć pracy. To współczucie ma jednak granice.

— Może się zgodzi, a jeśli tak się stanie, wtedy ma pan tę pracę. — Stara się łagodnie mnie spacyfikować.

— Jest coś jeszcze — mówię, zbierając się w sobie. — Naprawdę mam sprawę. Bardzo dobrą.

To sprawia, że robi się podejrzliwy.

— Jaką sprawę?

— Ubezpieczenie, działanie w złej wierze.

— Pan jest klientem?

— Nie. Ja jestem adwokatem. Natknąłem się na nią przypadkiem.

— Ile jest warta?

Podaję mu dwustronicowe streszczenie sprawy Blacków, bardzo mocno przepracowane i ubarwione. Pracowałem nad nim od jakiegoś czasu, zmieniając to i owo na lepsze za każdym razem, gdy przeczytał je jakiś prawnik, a potem spuszczał mnie ze schodów.

Barry X. czyta je uważnie, uważniej niż którykolwiek z prawników. Czyta po raz drugi, a ja podziwiam jego ściany z cegieł i marzę o takim gabinecie.

— Niezłe — mówi wreszcie. W jego oku pojawia się błysk i moim zdaniem jest bardziej podekscytowany, niż to okazuje. — Niech zgadnę. Chcesz pracy i pomocy w działaniu?

— Nie. Tylko pracy. Ta sprawa jest pańska. Chciałbym przy niej pracować i to ja będę musiał prowadzić klienta. Ale honorarium jest pana.

— Część honorarium. Pan Lake bierze większą część — informuje, uśmiechając się krzywo.

Wszystko jedno. Naprawdę nie obchodzi mnie, jak podzielą pieniądze. Chcę tylko, żeby mnie zatrudnili. Już sama myśl o pracy dla Jonathana Lake'a w tak nobliwym otoczeniu przyprawia mnie o zawrót głowy.

Postanowiłem, że panią Birdie zatrzymam dla siebie. Jako klientka nie jest tak atrakcyjna, bo nie wydaje centa na prawników. Dożyje prawdopodobnie stu dwudziestu lat, więc nic bym nie zyskał, posługując się nią jak kartą atutową. Jestem pewny, że istnieją bardzo zdolni adwokaci, którzy mogliby pokazać jej wszelkie możliwe sposoby na płacenie im forsy, ale coś takiego nie przemówiłoby do ludzi z firmy Lake'a. Ci faceci wytaczają sprawy. Nie interesują się spisywaniem testamentów i uprawomocnieniem ostatniej woli.

Wstaję. Zabrałem Barry'emu wystarczająco dużo czasu.

139

— Niech pan posłucha — mówię na tyle szczerze, na ile potrafię — wiem, że jest pan zajęty. W niczym pana nie oszukałem. Może pan wszystko sprawdzić na wydziale prawa. Niech pan zadzwoni do Madeline Skinner, jeśli pan chce.

— Szalona Madeline. Nadal tam jest?

— Tak, i teraz to moja najlepsza przyjaciółka. Poręczy za mnie.

— Jasne. Skontaktuję się z tobą tak szybko, jak to będzie możliwe.

Bujać to my, ale nie nas.

Zabłądziłem dwa razy, zanim znalazłem frontowe drzwi. Nikt nie zwraca na mnie uwagi, dlatego wcale się nie śpieszę, podziwiam ogromne biura rozrzucone po całym budynku. W którymś momencie zatrzymuję się koło biblioteki i patrzę do góry na trzy poziomy galerii i wąskich promenad. Każde biuro jest inne. Tu i tam widać sale konferencyjne. Sekretarki, urzędnicy i asystenci chodzą bezszelestnie po sosnowych podłogach.

Pracowałbym tu nawet za mniej niż dwadzieścia jeden tysięcy rocznie.

⋏ ⋏ ⋏

Parkuję po cichu za długim cadillakiem i cicho wysiadam z samochodu. Nie mam nastroju do przesadzania chryzantem. Obchodzę dom i natykam się na wysoką stertę wielkich, białych plastikowych worków. Są ich dziesiątki. Rozdrobniona kora sosnowa, całe tony. Każdy worek waży około pięćdziesięciu kilogramów. Teraz coś sobie przypominam. Kilka dni temu pani Birdie wspomniała o zmianie podściółki na wszystkich grządkach kwiatowych, ale z niczym mi się to nie kojarzyło.

Rzucam się do schodów prowadzących do mojego mieszkania i kiedy jestem już na górze, słyszę, że mnie woła:

— Rudy. Rudy, kochany, chodź, napijemy się kawy! — Stoi przy stosie kory sosnowej i uśmiecha się do mnie szeroko, pokazując szarożółte zęby. Jest naprawdę zadowolona, że wróciłem do domu. Jest już prawie ciemno, a ona lubi sączyć kawę na patio o zachodzie słońca.

— Oczywiście — odpowiadam, przewieszając marynarkę przez poręcz schodów i ściągając krawat.

— Jak się czujesz, kochany? — grucha. Zaczęła z tym „kochanym" jakiś tydzień temu. Kochany to, kochany tamto.

— Świetnie. Zmęczony. Plecy zaczynają mnie martwić. — Od kilku dni robię aluzje do bolących pleców, ale jak do tej pory pani Birdie udaje, że nie rozumie.

Siadam na swoim ulubionym krześle, podczas gdy ona przyrządza w kuchni tę swoją ohydę. Jest późne popołudnie, długie cienie kładą się na trawniku z tyłu domu. Liczę worki z podściółką. Osiem wszerz, cztery wzdłuż, osiem wzwyż. To daje dwieście pięćdziesiąt sześć worków. Każdy po pięćdziesiąt kilo, w sumie to tysiąc dwieście osiemdziesiąt kilogramów. Kory. Do rozrzucenia. Przeze mnie.

Popijamy kawę, w moim przypadku bardzo małymi łykami, a ona chce wiedzieć, co dzisiaj robiłem. Kłamię i mówię, że rozmawiałem ze znajomymi adwokatami o jakichś procesach, a potem uczyłem się do egzaminu adwokackiego. Na jutro mam taki sam plan. Jestem zajęty, bardzo zajęty sprawami prawa. Na pewno nie będę miał czasu na dźwiganie i rozsypywanie ponad tony podściółki.

Oboje siedzimy w mniejszym lub większym stopniu przodem do białych worków, ale żadne z nas nie chce na nie patrzeć. Unikam kontaktu wzrokowego z panią Birdie.

— Kiedy zaczniesz pracę jako prawnik? — pyta.

— Nie jestem pewny. — Wyjaśniam jej po raz dziesiąty, że przez następne kilka tygodni będę się pilnie uczył, obłożony po pachy książkami na wydziale prawa, i mam nadzieję, że nie obleję egzaminu. Dopóki go nie zdam, nie mogę praktykować.

— Jak miło — mówi, odpływając na chwilę myślami. — Naprawdę musimy zabrać się do tej podściółki — dodaje, kiwając głową i wskazując oczami stertę.

W tej chwili nie przychodzi mi do głowy nic, co mógłbym powiedzieć, a potem zauważam:

— Jest tego bardzo dużo.

— Och, nie będzie tak źle. Pomogę ci.

To znaczy, że będzie wskazywała miejsca łopatą i gadała jak najęta.

— Tak, cóż, może jutro. Jest już późno, a ja miałem ciężki dzień.

Zastanawia się nad tym przez sekundę.

— Miałam nadzieję, że zaczniemy dzisiaj po południu — mówi. — Pomogę.

— Ale nie jadłem jeszcze obiadu — odpowiadam.

— Zrobię ci kanapkę — proponuje szybko.

Kanapka oznacza dla pani Birdie przezroczysty plasterek konserwowego indyka między dwoma cienkimi kawałkami dietetycznego białego chleba. Ani odrobiny majonezu czy musztardy. Nawet nie pomyśli o sałacie lub serze. Musiałbym zjeść cztery takie kanapki, żeby zabić lekki głód.

Gdy wstaje i idzie do kuchni, dzwoni telefon. Nie mam jeszcze oddzielnej linii w swoim mieszkaniu, choć pani Birdie obiecuje mi ją od dwóch tygodni. Teraz mam po prostu drugi aparat, co oznacza, że przez telefon nie mam szans na żadną prywatność. Poprosiła mnie, żebym ograniczał telefony, bo cały czas musi mieć telefon dla siebie. A rzadko dzwoni.

— Do ciebie, Rudy! — woła z kuchni. — Jakiś adwokat.

To Barry X. Mówi, że rozmawiał z Jonathanem Lakiem i możemy umówić się na następną rozmowę. Pyta, czy mógłbym przyjść do niego teraz, w tej chwili, bo pracuje wieczorami. I chce, żebym przyniósł papiery. Chce zobaczyć komplet dokumentów w sprawie o działanie w złej wierze przez firmę ubezpieczeniową.

Kiedy z nim rozmawiam, patrzę na panią Birdie, z ogromną uwagą szykującą kanapkę z indykiem. W chwili gdy kroi ją na pół, odkładam słuchawkę.

— Muszę lecieć, proszę pani — mówię, ledwo łapiąc oddech. — Coś się wydarzyło. Muszę spotkać się z tym adwokatem, mamy ważną sprawę.

142

— Co z...

— Przepraszam. Zjem ją jutro. — Zostawiam panią Birdie stojącą w kuchni z połową kanapki w każdej ręce. Twarz jej się wydłużyła, jakby nie mogła uwierzyć, że nie będę z nią jadł.

▲ ▲ ▲

Barry czeka na mnie przy frontowym wejściu, które jest zamknięte, choć w środku pracuje jeszcze wiele osób. Idę za nim do jego gabinetu. Od wielu dni nie szedłem tak szybko. Nie potrafię powstrzymać się od podziwiania dywanów, regałów z książkami i dzieł sztuki i myślę w duchu, że niedługo będę częścią tego wszystkiego. Dołączę do zespołu Lake'a, największej kancelarii adwokackiej w okolicy.

Częstuje mnie sajgonką, która została mu z obiadu. Mówi, że zjada przy biurku trzy posiłki dziennie. Przypominam sobie, że jest rozwiedziony, i teraz rozumiem dlaczego. Nie jestem głodny.

Włącza dyktafon i stawia mikrofon na biurku jak najbliżej mnie.

— Nagramy to. Każę jutro sekretarce wszystko przepisać. Nie masz nic przeciwko?

— No jasne, że nie. Zgodzę się na wszystko.

— Zatrudnię cię jako asystenta na dwanaście miesięcy. Pensja będzie wynosiła dwadzieścia jeden tysięcy rocznie, płatnych w dwunastu równych częściach piętnastego każdego miesiąca. Nie będzie cię obejmowało ubezpieczenie zdrowotne ani inne przywileje socjalne do końca roku pracy. Pod koniec dwunastego miesiąca ocenimy naszą współpracę i wtedy zastanowimy się nad możliwością przyjęcia cię jako prawnika, a nie asystenta.

— Jasne. Świetnie.

— Będziesz miał swój gabinet. Jesteśmy teraz w trakcie zatrudniania sekretarki, która będzie ci pomagała. Minimum sześćdziesiąt godzin tygodniowo, zaczynasz o ósmej rano i pracujesz, aż skończysz. Żaden prawnik w tej kancelarii nie pracuje krócej niż sześćdziesiąt godzin tygodniowo.

— Nie ma problemu. — Mogę pracować i dziewięćdziesiąt,

dzięki temu będę się trzymał z dala od pani Birdie i jej sosnowej podściółki.

Barry X. uważnie sprawdza notatki.

— I będziemy reprezentowali tych państwa od twojej sprawy... hm... jak oni się nazywają?

— Blackowie. Blackowie przeciwko Great Benefit.

— W porządku. Będziemy reprezentowali Blacków przeciwko firmie ubezpieczeniowej Great Benefit. Będziesz pracował przy tej sprawie, ale nie będzie ci się należało żadne honorarium, jeśli jakiekolwiek będzie.

— Zgadzam się.

— Myślisz o czymś jeszcze? — pyta, mówiąc w kierunku mikrofonu.

— Kiedy mam zacząć?

— Od razu. Chciałbym przyjrzeć się tej sprawie dziś wieczorem, jeśli masz czas.

— Jasne.

— Coś jeszcze?

Głośno przełykam ślinę.

— W tym miesiącu złożyłem wniosek o bankructwo. To długa historia.

— A nie wszystkie są takie? Siódemka czy trzynastka?

— Zwykła siódemka.

— W takim razie to nie będzie miało wpływu na twoją pensję. Aha, pamiętaj, że do egzaminu uczysz się w wolnym czasie, w porządku?

— Jasne.

Barry X. wyłącza dyktafon i znów proponuje mi sajgonkę. Odmawiam. Idę za nim po spiralnych schodach do niewielkiej biblioteki.

— Łatwo tu zabłądzić — zauważa.

— To miejsce jest niewiarygodne — odpowiadam, zachwycając się labiryntem pokoi i przejść.

Siadamy przy stole i zaczynamy rozkładać papiery Blacków.

Zrobiony przeze mnie porządek w dokumentach robi na nim wrażenie. Prosi o określone pisma. Mam je wszystkie pod ręką. Chce daty i nazwiska. Znam je na pamięć. Robię kopie wszystkiego — jeden egzemplarz dla niego, jeden dla mnie.

Mam wszystko poza umową z Blackami na usługi prawne. Wydaje się tym zaskoczony, więc wyjaśniam mu, w jaki sposób stałem się ich pełnomocnikiem.

Musimy mieć podpisaną umowę, powtarza wiele razy.

⋏   ⋏   ⋏

Wychodzę po dwudziestej drugiej. Jadąc przez miasto, zauważam we wstecznym lusterku, że się uśmiecham. Pierwsze, co mam zamiar zrobić rano, to zadzwonić z dobrą nowiną do Bookera. Potem zaniosę kwiaty Madeline Skinner i jej podziękuję.

Może to i poślednia praca, ale nie mam przed sobą innej drogi. Dajcie mi rok, a będę zarabiał więcej pieniędzy niż Sara Plankmore i S. Todd, i N. Elizabeth, i F. Franklin, i setka innych palantów, przed którymi ukrywałem się przez ostatni miesiąc. Dajcie mi tylko trochę czasu.

Zatrzymuję się przy Yogi's i piję coś z Prince'em. Dzielę się z nim wspaniałą wiadomością, a on ściska mnie w pijackim niedźwiedziu. Strasznie mu żal, że odchodzę, mówi. Odpowiadam, że będę się tu pokazywał jeszcze przez mniej więcej miesiąc, może popracuję w weekendy, dopóki nie będę miał za sobą egzaminu. Każde rozwiązanie mu pasuje.

Siedzę sam w boksie na tyłach, sączę zimne piwko i przyglądam się nielicznym gościom. Już się nie wstydzę. Po raz pierwszy od wielu tygodni nie przygniata mnie upokorzenie. Jestem teraz gotowy do działania, gotowy rozpoczynać karierę. Marzę o tym, żeby pewnego dnia stanąć naprzeciwko Loyda Becka na sali sądowej.

Rozdział 12

W miarę jak przedzieram się przez akta spraw i materiały, które dostałem od Maxa Leuberga, nie przestaje mnie zdumiewać skala, na jaką wielkie firmy ubezpieczeniowe rżną szarych ludzi. Choćby można zarobić tylko dolara, i tak mataczą. Żaden pomysł nie jest zbyt dużym wyzwaniem, żeby z niego nie skorzystać. Zadziwia mnie także, jak niewielu właścicieli polis decyduje się na pozew sądowy. Większość nawet nie konsultuje się z adwokatem. Pokazuje się im całe strony bełkotu w aneksach i załącznikach i wmawia, że tylko im się wydawało, że byli ubezpieczeni. W jednym z badań szacuje się, że mniej niż pięć procent odmów w złej wierze jest choćby pokazywane adwokatowi. Ludzie, którzy wykupują te polisy, nie są wykształceni. Często boją się prawników tak samo jak firm ubezpieczeniowych. Sama myśl, że będą musieli iść do sądu i zeznawać przed ławą przysięgłych i sędzią wystarcza, żeby ich uciszyć.

Razem z Barrym Lancasterem spędziłem większą część dwóch dni na przekopywaniu się przez dokumenty Blacków. W minionych latach Barry prowadził kilka spraw o działanie w złej wierze i nie zawsze dopisywało mu szczęście. Powtarza często, że sędziowie przysięgli w Memphis są cholernie konserwatywni i dlatego trudno jest uzyskać sprawiedliwy wyrok. Słyszę to od trzech lat. Jak na miasto Południa Memphis jest ośrodkiem silnych związków zawodowych. A w takich miastach zwykle zapadają wyroki korzystne dla powodów. Ale z niewiadomej przyczyny tutaj rzadko się to zdarza. Jonathanowi Lake'owi udało się wygrać w sądzie milionowe odszkodowania tylko dla garstki klientów, dlatego teraz woli prowadzić sprawy w innych stanach.

Jeszcze nie spotkałem się z panem Lakiem. Bierze udział w dużym procesie i nie zależy mu specjalnie na poznaniu nowego pracownika.

Moje tymczasowe miejsce pracy w małej bibliotece jest czymś w rodzaju tarasu z widokiem na drugie piętro. Są tam trzy okrągłe stoły, osiem regałów z książkami, z których wszystkie traktują o błędach lekarskich. Podczas pierwszego pełnego dnia pracy Barry pokazał mi ładny gabinet w głębi korytarza, blisko jego gabinetu, i powiedział, że za kilka tygodni tam się wprowadzę. Trzeba go odmalować i coś niedobrego dzieje się tam z instalacją elektryczną. W końcu czego można oczekiwać po magazynie? — zapytał mnie więcej niż raz.

Jak do tej pory nie poznałem nikogo z pracowników firmy i jestem przekonany, że to dlatego, że przynależę do niższej kasty asystentów, nie prawników. Nie jestem kimś wyjątkowym ani wartym poznania. Asystenci przychodzą i odchodzą.

Zresztą wszyscy tu są bardzo zajęci, nie widać, żeby się specjalnie kolegowali. Barry mówi bardzo niewiele o innych adwokatach z kancelarii, ja zaś mam wrażenie, że każdy zespół procesowy jest zdany na siebie. Wydaje mi się też, że prowadzenie sprawy sądowej pod okiem Jonathana Lake'a to chodzenie po cienkim lodzie.

Każdego ranka Barry przyjeżdża do pracy przed ósmą, a ja muszę czekać na niego przed frontowym wejściem, dopóki nie dostanę własnego klucza do drzwi. Wszystko wskazuje na to, że pan Lake zwraca ogromną uwagę na to, kto ma wstęp do budynku.

To długa historia dotycząca założenia podsłuchów w jego telefonach wiele lat temu, kiedy był zaangażowany w bezwzględną walkę w sądzie z firmą ubezpieczeniową. Barry opowiedział mi ją, gdy pierwszy raz poruszyłem sprawę klucza. Może to potrwać całe tygodnie, odpowiedział. I czekałoby mnie badanie wariografem.

Zaprowadził mnie do mojego kąta, udzielił instrukcji i poszedł do siebie. Przez dwa pierwsze dni sprawdzał mnie co dwie godziny. Skserowałem wszystko z teczki Blacków. Bez jego wiedzy skompletowałem też kopie dla siebie. Zabrałem je do domu drugiego dnia, ukryte bez problemu w nowej eleganckiej dyplomatce, którą dostałem w prezencie od Prince'a.

Zgodnie z zaleceniem Barry'ego napisałem brudnopis raczej ostrego w tonie listu do Great Benefit, w którym przedstawiłem wszystkie ważne fakty i istotne uchybienia w wywiązywaniu się przez firmę ze zobowiązań. Kiedy jego sekretarka skończyła przepisywać list, zapełnił cztery strony. Barry pochlastał go bezlitośnie i odesłał mnie do mojego kąta. Jest bardzo zasadniczy i bardzo dumny z tego, że potrafi być zwięzły.

Podczas przerwy trzeciego dnia zebrałem się w końcu na odwagę, żeby zapytać jego sekretarkę o papiery dotyczące mojego zatrudnienia. Była zajęta, ale obiecała, że sprawdzi.

Pod koniec trzeciego dnia wychodzę z Barrym z jego gabinetu tuż po dwudziestej pierwszej. Skończyliśmy list do Great Benefit, trzystronicowe arcydzieło, które zostanie wysłane listem poleconym z potwierdzeniem odbioru. Barry w ogóle nie rozmawia o życiu poza firmą. Zaproponowałem, żebyśmy poszli na piwo i kanapkę, ale szybko i obcesowo odmówił.

Pojechałem do Yogi's, żeby coś przekąsić. Knajpa była pełna pijanych studencików z różnych bractw, a za barem stał sam Prince. I nie był z tego powodu szczęśliwy. Zająłem jego miejsce i powiedziałem, żeby grał rolę bramkarza. Bardzo się ucieszył.

Zamiast tego jednak poszedł do ulubionego stolika, przy którym jego adwokat Bruiser Stone palił camele jak najęty i przyjmował

148

zakłady na walkę bokserską. O Bruiserze znowu pisali dziś rano w gazetach. Twierdził, że nic nie wie. Dwa lata temu gliniarze znaleźli trupa na śmietniku za barem topless. Nieboszczyk był miejscowym łobuzem, właścicielem kilku pornointeresów w mieście i najwyraźniej chciał poszerzyć działalność o przybytki z podrygującymi cyckami. Wkroczył na zły teren z propozycją nie do przyjęcia i ucięli mu łeb. Bruiser nie zrobiłby czegoś takiego, ale gliniarze wydawali się przekonani, że dobrze wiedział, kto za tym stoi.

Ostatnio bardzo często tu bywał, ostro pił i knuł coś z Prince'em. Dzięki Bogu mam już prawdziwą posadę. Niewiele brakowało, a poprosiłbym Bruisera o pracę.

▲ ▲ ▲

Dziś jest piątek, mój czwarty dzień jako pracownika kancelarii Lake'a. Powiedziałem kilku osobom, że zaczepiłem się u Lake'a, i przyznaję, że doskonale się czułem, mówiąc o tym. Pobrzmiewała w tym satysfakcja. Kancelaria Lake'a. Nikt nie pyta, co to za firma. Wystarczy wymienić to nazwisko i ludzie od razu widzą wspaniały dawny magazyn i wiedzą, że to siedziba wielkiego Jonathana Lake'a i jego bandy wojowniczych prawników.

Booker o mało się nie rozpłakał. Kupił steki i wino bezalkoholowe. Charlene przygotowała jedzenie i świętowaliśmy do północy.

Wcześniej nie planowałem, że wstanę tego ranka przed siódmą, ale ktoś zaczął głośno dobijać się do drzwi mojego mieszkania. To pani Birdie szarpie teraz za gałkę i woła:

— Rudy! Rudy!

Otwieram drzwi, a ona wpada do środka.

— Rudy? Obudziłeś się? — Patrzy na mnie, stojąc w niewielkiej kuchni.

Jestem ubrany w szorty i podkoszulek, nic niestosownego. Oczy mam szeroko otwarte, włosy sterczą mi na wszystkie strony. Obudziłem się, ale nie do końca.

Słońce jeszcze dobrze nie wzeszło, ale ona zdążyła już ubrudzić fartuch ziemią i ubłocić buty.

— Dzień dobry — mówię, bardzo starając się stłumić irytację. Uśmiecha się na szarożółto.

— Obudziłeś się? — ćwierka.

— Nie. Dopiero co wstałem.

— To dobrze. Mamy mnóstwo pracy.

— Pracy? Ale...

— Tak, Rudy. Wystarczająco długo zaniedbywałeś podściółkę, ale czas się do niej zabrać. Zgnije, jeśli się nie pośpieszymy.

Mrugam i usiłuję skupić wzrok.

— Dzisiaj jest piątek — mamroczę niepewnie.

— Nie. Dzisiaj jest sobota — odburkuje.

Wpatrujemy się w siebie nawzajem przez kilka sekund, a potem spoglądam na zegarek, wynik nawyku, jakiego nabrałem już po trzech dniach w pracy.

— Jest piątek, proszę pani. Piątek. Muszę iść do pracy.

— Jest sobota — powtarza uparcie.

Patrzymy na siebie jeszcze przez chwilę. Pani Birdie zerka na moje szorty. Ja wgapiam się w jej ubłocone buty.

— Niech pani posłucha — mówię łagodnie. — Wiem, że dzisiaj jest piątek i za półtorej godziny powinienem stawić się w firmie. Ściółką zajmiemy się w ten weekend. — No pewnie, że próbuję ją uspokoić. Zaplanowałem bowiem, że jutro będę od rana siedział przy biurku.

— Ona zgnije.

— Do jutra nie zdąży. — Czy rozdrobniona kora naprawdę gnije w workach? Nie bardzo chce mi się w to wierzyć.

— Jutro chciałam zająć się różami.

— W takim razie może dzisiaj, kiedy ja będę w pracy, pani zajmie się różami, a jutro weźmiemy się do podściółki.

Zastanawia się nad tym przez chwilę i nagle uchodzi z niej para. Garbi się, twarz jej smutnieje. Trudno powiedzieć, czy jest zawstydzona.

— Obiecujesz? — pyta potulnie.

— Obiecuję.

150

— Powiedziałeś, że będziesz się zajmował podwórzem, jeśli obniżę ci czynsz.

— Tak, pamiętam. — Jak mógłbym zapomnieć? Przypominała mi o tym kilkanaście razy.

— No dobrze — wzdycha, jakby dostała dokładnie to, po co przyszła. Kaczym krokiem wychodzi przez drzwi i schodzi po schodach, cały czas mamrocząc coś pod nosem.

Cicho zamykam drzwi i próbuję zgadnąć, o której zjawi się tu po mnie jutro rano.

Ubieram się i jadę do firmy, gdzie okazuje się, że sześć samochodów stoi już na parkingu, a w części budynku palą się światła. Nie ma jeszcze siódmej. Czekam w samochodzie. Pojawia się kolejny wóz. Udaje mi się idealnie zgrać czasowo podejście do drzwi z mężczyzną w średnim wieku. W ręku trzyma teczkę i stara się nie wylać kawy z wysokiego papierowego kubka, gdy szuka kluczy.

Moja obecność najwyraźniej trochę go wystraszyła. To nie jest okolica o dużym natężeniu przestępczości, ale mimo wszystko to sam środek Memphis i ludzie są tu przewrażliwieni.

— Dzień dobry — mówię spokojnie.

— Dobry — burczy. — Mogę w czymś pomóc?

— Tak, proszę pana. Jestem nowym asystentem Barry'ego Lancastera i właśnie przyszedłem do pracy.

— Nazwisko?

— Rudy Baylor.

Jego ręce zamierają na chwilę i marszczy czoło. Krzywi się i wysuwa do przodu dolną wargę, kręci głową.

— Nic mi to nie mówi. Jestem dyrektorem administracyjnym biura. Nikt mi o panu nie wspominał.

— Zatrudnił mnie cztery dni temu, przysięgam.

Wsuwa klucz w zamek, zerkając bojaźliwie ponad ramieniem. Ten facet myśli, że jestem złodziejem albo mordercą. Mam na sobie garnitur i krawat i wyglądam całkiem przyzwoicie.

— Bardzo mi przykro, ale pan Lake ustalił bardzo surowe

151

reguły dotyczące bezpieczeństwa. Nikt poza pracownikami nie może wejść do kancelarii przed godzinami urzędowania. — Niemal wskakuje do środka. — Niech pan powie Barry'emu, żeby zadzwonił do mnie dziś rano — dodaje i zatrzaskuje mi drzwi przed nosem.

Nie mam zamiaru stać na schodach jak żebrak i czekać, aż zjawi się następny z pracowników. Odjeżdżam kilka przecznic do delikatesów, kupuję gazetę, rogala i kawę. Spędzam godzinę na wdychaniu dymu papierosowego i słuchaniu plotek, a potem wracam na parking, gdzie stoi już znacznie więcej samochodów. Ładnych samochodów. Eleganckich, niemieckich i innych lśniących importowanych bryk. Starannie wybieram miejsce obok chevroleta.

Recepcjonistka przy wejściu widziała mnie kilkakrotnie, jak przychodziłem i wychodziłem, ale udaje, że mnie nie zna. Nie mówię jej, że jestem teraz pracownikiem, tak samo jak ona. Dziewczyna dzwoni po Barry'ego, który wprowadza mnie do labiryntu.

Ma się stawić w sądzie o dziewiątej, proces w sprawie jakiegoś produktu niespełniającego standardów, widać, że się śpieszy. Postanowiłem, że porozmawiam z nim o dodaniu mojego nazwiska do listy płac w kancelarii, ale okoliczności nie są sprzyjające. To może zaczekać dzień lub dwa. Barry X. upycha akta do pękatej teczki, a ja przez chwilę myślę, że będzie chciał, żebym asystował mu w sądzie.

On ma jednak inne plany.

— Chcę, żebyś pojechał do Blacków i wrócił z podpisaną umową. To trzeba zrobić zaraz. — Mocno akcentuje słowo „zaraz", dzięki czemu wiem już dokładnie, jakie jest moje zadanie.

Podaje mi grube akta.

— Umowa jest w środku. Przygotowałem ją wczoraj wieczorem. Przejrzyj ją. Cała trójka Blacków musi ją podpisać — Dot, Buddy i Donny Ray, jako że jest już dorosły.

Pewny siebie kiwam głową, ale wolałbym tłuc kamienie, niż

spędzać ranek z Blackami. W końcu poznam Donny'ego Raya, a myślałem, że mogę odkładać spotkanie z nim w nieskończoność.

— A potem? — pytam.

— Będę w sądzie przez cały dzień. Przyjdź do mnie do sali sędziego Andersona.

Dzwoni jego telefon, a on macha do mnie, jakby chciał pokazać, że mój czas minął.

▲ ▲ ▲

Nie podoba mi się pomysł zebrania wszystkich Blacków przy stole w kuchni, żeby podpisali umowę. Musiałbym siedzieć i patrzeć, jak Dot maszeruje przez tylne podwórze do zdezelowanego forda, klnąc przy każdym kroku, a potem uspokaja i namawia Buddy'ego, żeby zostawił koty i gin. Prawdopodobnie wyciągnęłaby go z samochodu za ucho. Mogłoby się zrobić nieprzyjemnie. Ja zaś musiałbym siedzieć jak na szpilkach, podczas gdy ona zniknęłaby we wnętrzu domu i przygotowała Donny'ego Raya, a potem wstrzymałbym oddech, kiedy chłopak by przyszedł, żeby mnie poznać — mnie, swojego adwokata.

Żeby uniknąć tego wszystkiego, zatrzymuję się przy budce telefonicznej na stacji benzynowej i dzwonię do Dot. Co za paranoja. Kancelaria Lake'a jest wyposażona w najlepsze możliwe gadżety elektroniczne, a ja muszę korzystać z automatu. Dzięki Bogu Dot podnosi słuchawkę. Nie potrafię sobie nawet wyobrazić pogawędki przez telefon z Buddym. Wątpię zresztą, czy ma telefon w swoim fordzie.

Jak zawsze jest podejrzliwa, ale zgadza się ze mną zobaczyć. Nie mówię jej, żeby zebrała rodzinę, ale podkreślam, że umowa musi zostać podpisana przez wszystkich. I jak zawsze dodaję, że bardzo się śpieszę. Muszę być w sądzie, rozumiesz. Sędziowie czekają.

Kiedy parkuję na podjeździe, szczekają na mnie te same psy biegające po posesji sąsiada. Dot stoi na zagraconym ganku, z jej ust sterczy prawie do końca wypalony papieros, a niebieskawy

153

dym unosi się wolno nad jej głową i trawnikiem. Czekała i paliła od jakiegoś czasu.

Zmuszam się do szerokiego uśmiechu i witam się z nią bardzo wylewnie. Zmarszczki wokół jej ust prawie się nie poruszyły. Idę za nią przez ciasną i duszną norę, mijamy kanapę z podartą tapicerką, ustawioną pod kolekcją starych zdjęć rodziny Blacków jako szczęśliwej gromadki, i dalej po wytartej wykładzinie z rzuconymi na nią tu i tam małymi chodnikami, żeby zakryć dziury, aż do kuchni, gdzie nikt na nas nie czeka.

— Kawy? — pyta, wskazując głową moje miejsce przy stole.

— Nie, dziękuję. Tylko trochę wody.

Napełnia plastikową szklankę wodą z kranu, bez lodu, i stawia przede mną. Oboje spoglądamy przez okno.

— Nie mogę go zmusić, żeby przyszedł do domu — mówi Dot bez śladu frustracji. Wnioskuję z tego, że czasem Buddy przychodzi, a w niektóre dni nie.

— Dlaczego? — pytam, jakby jego zachowanie można było racjonalnie wytłumaczyć.

Dot wzrusza ramionami.

— Potrzebujesz też Donny'ego Raya, prawda?

— Tak.

Wychodzi z kuchni, zostawiając mnie ze szklanką letniej wody i widokiem Buddy'ego. Prawdę mówiąc, trudno go dostrzec, bo przednia szyba nie była myta od dziesiątek lat, a na karoserii baraszkowały całe hordy parchatych kotów. Buddy ma na sobie jakąś czapkę, prawdopodobnie z wełnianymi nausznikami, i powoli unosi butelkę do ust. Trzyma ją w brązowej papierowej torbie. Nie śpiesząc się, upija spory łyk.

Słyszę, jak Dot rozmawia łagodnie z synem. Wloką się przez dom i wchodzą do kuchni. Wstaję, żeby poznać Donny'ego Raya Blacka.

Chłopak definitywnie balansuje na granicy śmierci, niezależnie od przyczyny. Jest przeraźliwie chudy i wymizerowany, policzki ma zapadnięte, skórę bladą jak kreda. Zanim się rozchorował,

154

był niewielkiej postury, a teraz chodzi pochylony i wzrostem nie przewyższa matki. Włosy i brwi ma kruczoczarne, co stanowi niemal graficzny kontrast z białą skórą. Uśmiecha się jednak i wyciąga kościstą rękę, którą ściskam na tyle mocno, na ile mam odwagę.

Dot obejmuje go w pasie i delikatnie sadza na krześle. Chłopak ma na sobie luźne dżinsy i biały podkoszulek, które wiszą na nim jak na szkielecie.

— Miło cię poznać — mówię, starając się unikać jego zapadniętych oczu.

— Mama mówiła o panu miłe rzeczy — odpowiada. Głos ma słaby i zachrypnięty, ale słowa wymawia wyraźnie. Nigdy nie przyszłoby mi do głowy, że Dot mogłaby powiedzieć o mnie coś miłego. Podpiera brodę obiema dłońmi, jakby bez tego nie mógł trzymać prosto głowy. — Mówi, że pozwie pan tych drani z Great Benefit i zmusi ich do płacenia. — W jego głosie słychać więcej rozpaczy niż złości.

— To prawda — odpowiadam. Otwieram teczkę i wyciągam kopię listu z żądaniami wysłanego przez Lancastera do Great Benefit. Daję go Dot, która stoi za Donnym Rayem. — Włączyliśmy to do akt — wyjaśniam jak niezwykle skuteczny adwokat. „Włączyliśmy do dokumentacji" brzmi znacznie lepiej niż „wysłaliśmy pocztą", stwarza wrażenie, że już działamy. — Nie spodziewamy się, że odpowiedzą w satysfakcjonujący nas sposób, dlatego za kilka dni złożymy pozew do sądu. I prawdopodobnie będziemy żądali miliona.

Dot zerka na list, po czym odkłada go na stół. Spodziewałem się gradu pytań, dlaczego pozew jeszcze nie został złożony. Bałem się, że dojdzie do awantury. Ale ona tylko głaszcze Donny'ego Raya po ramionach i patrzy w zamyśleniu przez okno. Będzie ważyła słowa, żeby go nie denerwować.

Donny Ray odwraca się do okna.

— Czy tata do nas przyjdzie? — pyta.

— Powiedział, że nie — odpowiada Dot.

Wyjmuję z teczki umowę i podaję ją jej.

— Ten papier musi być podpisany, zanim wytoczymy sprawę. To umowa między wami, klientami, i moją kancelarią. Upoważnia nas do reprezentowania w sądzie waszej rodziny.

Dot bierze umowę i patrzy nieufnie. To tylko dwie strony.

— Co tu jest?

— Och, to co zwykle. Standardowy dokument. Wynajmujecie nas jako waszych adwokatów, my prowadzimy sprawę, pokrywamy koszty i dostajemy jedną trzecią jako honorarium.

— Po co w takim razie aż dwie strony zapisane małym druczkiem? — pyta i wyjmuje papierosa z paczki leżącej na stole.

— Nie pal! — rzuca Donny ponad ramieniem. Patrzy na mnie i mówi: — Nic dziwnego, że umieram.

Dot bez wahania wkłada papierosa do ust i nie odrywa oczu od umowy. Nie zapala go jednak.

— I wszyscy troje musimy się podpisać? — upewnia się.

— Dokładnie tak.

— Cóż, powiedział, że nie przyjdzie do domu — wzdycha.

— No to mu zanieś — mówi Donny Ray ze złością. — Weź po prostu długopis, idź tam i zmuś go, żeby podpisał ten cholerny papier.

— Sama nigdy bym na to nie wpadła — prycha Dot.

— Już to przerabialiśmy. — Donny Ray pochyla głowę i drapie się po niej. Ostre słowa pozbawiły go tchu.

— Chyba mogę to zrobić — mówi Dot, nadal się wahając.

— Idź i tyle, do cholery! — warczy Donny Ray.

Dot grzebie w szufladzie i znajduje długopis. Donny Ray podnosi głowę i znowu opiera ją na rękach. Przedramiona ma chude jak kij od szczotki.

— Wrócę za minutę — mówi Dot, jakby miała wyjść z domu i załatwić coś na mieście, a martwi się o chorego syna. Przechodzi wolno przez patio z cegieł i wkracza między chwasty. Kot na masce spostrzega ją i wskakuje pod samochód.

— Kilka miesięcy temu... — zaczyna Donny Ray i milknie

na długą chwilę. Oddycha z trudem, głowa lekko mu się kiwa. — Kilka miesięcy temu potrzebne było notarialne poświadczenie jego podpisu, ale nie chciał się stamtąd ruszyć. Znalazła notariuszkę, która zgodziła się przyjść do domu za dwadzieścia dolarów, ale i wtedy nie chciał wyjść z samochodu. Mama i notariuszka poszły do niego, musiały przedzierać się przez krzaki. Widzi pan tę wielką rudą kocicę na dachu samochodu?

— Aha.

— Nazywamy ją Pazur. Jest czymś w rodzaju kota podwórzowego. Więc kiedy notariuszka tam doszła, żeby wziąć papiery od Buddy'ego, który rzecz jasna był nachlany i ledwo przytomny, Pazur się na nią rzuciła. Jej wizyta u lekarza kosztowała nas sześćdziesiąt dolców. I nowe rajstopy. Widział pan już wcześniej kogoś z ostrą białaczką?

— Nie. Do dziś nie.

— Ważę pięćdziesiąt kilo. Jedenaście miesięcy temu ważyłem siedemdziesiąt pięć. Białaczkę wykryto u mnie na tyle wcześnie, że spokojnie można ją było leczyć. Szczęście mi dopisało, bo mam bliźniaka, i jego szpik kostny idealnie pasuje. Przeszczep uratowałby mi życie, ale nie było nas na to stać. Mieliśmy ubezpieczenie, ale resztę tej historii pan już zna. Chyba zresztą wszystko to pan wie?

— Tak. Dobrze znam twoją sprawę, Donny Ray.

— Świetnie — odpowiada z ulgą.

Patrzymy, jak Dot uspokaja kotkę siedzącą na dachu samochodu. Pazur nie ma w planach atakowania Dot Black. Drzwi są otwarte, więc Dot wsuwa umowę do środka. Dochodzi nas jej przenikliwy głos.

— Wiem, że pana zdaniem oni są szurnięci — mówi chłopak, jakby czytał w moich myślach. — Ale to poczciwi ludzie, którym życie paskudnie dokopało. Niech pan będzie dla nich wyrozumiały.

— Są bardzo mili.

— Osiemdziesiąt procent mnie już nie istnieje. Osiemdziesiąt. Gdybym, Boże, jeszcze pół roku temu miał zrobiony przeszczep,

157

istniałaby dziewięćdziesięcioprocentowa szansa na wyleczenie. Dziewięćdziesiąt procent. To zabawne, w jaki sposób lekarze posługują się liczbami, żeby nam powiedzieć, czy będziemy żyli, czy umrzemy. Teraz jest za późno. — Nagle traci oddech, zaciska pięści i cały się trzęsie. Jego twarz przybiera lekko różowy odcień, gdy rozpaczliwie walczy o oddech. Przez sekundę mam wrażenie, że powinienem jakoś mu pomóc. Bije się obiema pięściami po piersi, a ja się boję, że jego ciało zapadnie się do środka.

W końcu odzyskuje oddech i prycha gwałtownie przez nos. Dokładnie w tym momencie zaczynam nienawidzić firmy ubezpieczeniowej Great Benefit.

Już się nie wstydzę na niego patrzeć. Jest moim klientem i liczy na mnie. Biorę go pod swoje skrzydła z całym dobrodziejstwem inwentarza.

Oddycha na tyle normalnie, na ile to możliwe, oczy ma zaczerwienione i załzawione. Nie umiem powiedzieć, czy płacze, czy po prostu dochodzi do siebie po ataku.

— Przepraszam — szepcze.

Pazur syczy wystarczająco głośno, żebyśmy ją usłyszeli. W samą porę spoglądamy przez okno, żeby zobaczyć, jak skacze i ląduje w chwastach. Najwyraźniej kocica za bardzo zainteresowała się moją umową, więc Dot posłała ją do wszystkich diabłów. Dot mówi coś nieprzyjemnego mężowi, który zgarbił się jeszcze bardziej za kierownicą. Dot sięga do środka, wyrywa mu papiery, a potem rusza jak burza w naszą stronę. Koty rozpierzchają się na wszystkie strony.

— Osiemdziesiąt procent przepadło, w porządku? — mówi Donny Ray ochryple. — Więc nie pokręcę się tu długo. Cokolwiek uda ci się wycisnąć z tej sprawy, zadbaj, proszę, o nich. Mieli takie ciężkie życie.

Jestem tak poruszony jego słowami, że nie mogę wydobyć głosu.

Dot otwiera drzwi i przesuwa umowę po stole. Pierwsza strona jest trochę podarta na dole, a na drugiej pojawiła się jakaś smuga.

158

— Masz.

Misja zakończona. Buddy rzeczywiście podpisał umowę, ale jego podpis jest nieczytelny.

Wskazuję jedno miejsce, potem drugie. Donny Ray i jego matka składają podpisy. Umowa została zawarta. Gawędzimy przez kilka minut, a ja zerkam na zegarek.

Kiedy ich zostawiam, Dot siedzi obok Donny'ego Raya, delikatnie głaszcze go po ramieniu i zapewnia, że sprawy przybiorą lepszy obrót.

Rozdział 13

Przygotowałem się do wyjaśnienia Barry'emu X., że nie będę mógł pracować w sobotę, bo mam strasznie dużo zajęć przy domu i tak dalej. Chciałem mu zaproponować, że jeśli będzie mnie potrzebował, mogę przyjść na kilka godzin w niedzielę po południu. Tyle że niepotrzebnie się martwiłem. Barry wyjeżdża na weekend z miasta, a ponieważ nie odważyłbym się już nawet próbować wejść do firmy bez jego asysty, sprawa stała się po prostu nieaktualna.

Z jakiegoś powodu pani Birdie nie łomocze do moich drzwi przed świtem. Zamiast tego zaczęła krzątać się przed garażem pod moim oknem, ze wszystkimi szykanami przygotowując narzędzia. Upuszcza grabie i szpadle. Zdrapuje zaschnięte błoto z taczki nieporęcznym oskardem. Ostrzy dwie motyki, przez cały czas śpiewając i pokrzykując. Schodzę w końcu na dół tuż po siódmej, a ona zachowuje się tak, jakby mój widok ją zaskoczył.

— No proszę, dzień dobry, Rudy. Jak się czujesz?

— Dobrze. A pani?

— Cudownie, po prostu cudownie. Mamy piękny dzień, prawda?

Dzień jeszcze się właściwie nie zaczął i nadal jest za wcześnie, żeby oceniać jego urodę. Jeśli już, powiedziałbym raczej, że jest parny jak na tę godzinę. Nieznośny upał panujący latem w Memphis chyba się zbliża.

Zanim pani Birdie zacznie zrzędzić o podściółce, pozwala mi wypić jeden kubek rozpuszczalnej kawy i zjeść grzankę. Ku jej ogromnemu zadowoleniu raźno zabieram się do roboty. Pod jej kierownictwem przenoszę pierwszy pięćdziesięciokilowy worek na taczkę i idę za nią wokół domu i dalej podjazdem i przez trawnik na froncie do mizernie wyglądającej, niewielkiej grządki z kwiatami tuż przy ulicy. Pani Birdie trzyma kubek z kawą, na rękach ma rękawice i pokazuje mi bardzo precyzyjnie miejsce, gdzie kora powinna być wysypana. Solidnie mnie zmęczyła ta wyprawa, szczególnie pokonanie ostatniego odcinka po mokrej trawie, ale z entuzjazmem rozdzieram worek i zaczynam rozsypywać korę widłami.

Kiedy piętnaście minut później kończę pierwszy worek, podkoszulek mam mokry od potu. Pani Birdie idzie za mną na skraj patia, gdzie wrzucam na taczkę kolejny ładunek. Prawdę mówiąc, pokazała mi, który dokładnie worek chce jako następny, po czym zmierzamy do miejsca obok skrzynki na listy.

W pierwszej godzinie rozsypaliśmy pięć worków. Dwieście pięćdziesiąt kilogramów kory. A ja lecę z nóg. Temperatura o dziewiątej rano przekracza trzydzieści stopni. O wpół do dziesiątej udaje mi się namówić ją na przerwę, żeby napić się wody. Po dziesięciu minutach siedzenia okazuje się, że mam problem ze wstaniem. Jak najbardziej uzasadniony ból pleców dopada mnie potem co jakiś czas, ale zagryzam zęby i pozwalam sobie tylko na niewielką dawkę grymaszenia. Pani Birdie i tak nie zwraca na to uwagi.

Nie jestem leniwy i w którymś momencie, jeszcze w trakcie studiów, nie tak dawno temu, byłem w doskonałej kondycji fizycznej. Biegałem, uprawiałem sporty drużynowe, ale potem studia zaczęły się na poważnie i przez ostatnie trzy lata miałem niewiele czasu na podobne rzeczy. Po kilku godzinach ciężkiej pracy czuję się wypruty jak ostatnia oferma.

Na lunch pani Birdie podaje dwie kanapki z indykiem bez smaku i jabłko. Jem bardzo powoli, siedząc na patio pod wiatrakiem. Plecy mnie bolą, nie czuję nóg, ręce mi się trzęsą, gdy wsuwam sandwicze niczym królik.

Kiedy czekam, aż pani Birdie skończy swoje zajęcia w kuchni, patrzę przez niewielką łatę trawnika wokół zwału kory na moje mieszkanie przycupnięte nad garażem. Byłem z siebie taki dumny, kiedy wynegocjowałem śmiesznie mały czynsz wysokości stu pięćdziesięciu dolarów za miesiąc, ale czy naprawdę wykazałem się aż takim sprytem? Kto najlepiej wyszedł na tej umowie? Pamiętam, że świadomość wykorzystania tej uroczej starowinki napełniała mnie lekkim wstydem. Teraz jednak z przyjemnością wsadziłbym tę starowinkę do pustego worka po podściółce.

Zgodnie ze wskazaniami starego jak świat termometru przybitego do garażu o trzynastej temperatura wynosi trzydzieści cztery stopnie. O czternastej plecy ostatecznie mi wysiadają, więc wyjaśniam pani Birdie, że muszę odpocząć. Patrzy na mnie ze smutkiem, a potem wolno odwraca się ode mnie i wpatruje się w niemalejącą górę białych worków. Zrobiliśmy w niej zaledwie maleńki wyłom.

— No cóż, jeśli musisz.

— Tylko godzinkę — błagam ją.

Ustępuje, ale już o piętnastej trzydzieści znów pcham taczkę, z panią Birdie postępującą za mną krok w krok.

Po ośmiu godzinach katorżniczej pracy rozsypałem dokładnie siedemdziesiąt dziewięć worków kory, mniej niż jedną trzecią dostawy, jaką zamówiła.

Tuż po lunchu rzuciłem pierwszą aluzję, że o osiemnastej czekają na mnie w Yogi's. To było oczywiście kłamstwo. Mam zmianę przy barze od dwudziestej do zamknięcia. Ona jednak nie ma o tym pojęcia, a ja jestem zdeterminowany uwolnić się od podściółki przed zmierzchem. O siedemnastej kończę. Mówię pani Birdie, że mam dość, że bolą mnie plecy, że muszę iść do pracy. Wlokę się po schodach na górę, a ona patrzy za mną smutno. Może mnie stąd wyrzucić, wszystko mi jedno.

⅄ ⅄ ⅄

W niedzielny ranek budzi mnie donośny grzmot przetaczającej się burzy. Leżę zesztywniały, podczas gdy ulewny deszcz bębni o dach. Głowę mam w porządku — poprzedniego wieczoru przestałem pić, kiedy zaczęła się moja zmiana. Ale resztę ciała mam jak z betonu, nie mogę się ruszyć. Przy najmniejszym drgnięciu mięśni mam wrażenie, że jestem krzyżowany. Nawet oddychanie boli.

W którymś momencie wczorajszej mozolnej harówy pani Birdie zapytała mnie, czy miałbym ochotę wziąć z nią udział w nabożeństwie. Chodzenie do kościoła nie było uwzględnione w umowie najmu, ale dlaczego nie, pomyślałem. Jeśli ta samotna staruszka chce, żebym poszedł z nią do kościoła, to przynajmniej tyle mogę dla niej zrobić. Na pewno nie stanie mi się przez to żadna krzywda.

Zapytałem ją potem, do jakiego kościoła chodzi. Obfitości Tabernakulum w Dallas, odpowiedziała. W zaciszu własnego domu bierze udział w nabożeństwie nadawanym na żywo przez satelitę, prowadzonym przez wielebnego Kennetha Chandlera.

Odmówiłem. Wydawała się tym urażona, ale szybko przeszła nad tym do porządku dziennego.

Kiedy byłem mały, na długo zanim ojciec zaczął pić i wysłał mnie do szkoły dla kadetów, chodziłem czasami do kościoła z matką. Ojciec poszedł z nami raz czy dwa, ale i tak cały czas narzekał, dlatego matka wolała, żeby zostawał w domu i czytał gazetę. Był to mały kościół metodystów z miłym pastorem, wielebnym Howe'em, który opowiadał zabawne historyjki i sprawiał, że wszyscy czuli się kochani. Pamiętam, jak matka była zadowolona za każdym razem, gdy słuchaliśmy jego kazania. Mnóstwo dzieciaków chodziło do szkółki niedzielnej. Nie przeszkadzało mi, że w niedzielne poranki byłem szorowany, strojony i prowadzony do kościoła.

163

Matka przeszła kiedyś niewielką operację i została w szpitalu na trzy dni. Oczywiście panie z Kościoła znały wszystkie intymne szczegóły tego zabiegu i przez trzy dni nasze mieszkanie zalewała lawina potrawek, ciast, zapiekanek, chleba, garnków i rondli zawierających tyle jedzenia, że obaj z ojcem nie dalibyśmy mu rady przez rok. Panie zorganizowały też dyżury przy nas. Zmieniały się, doglądając jedzenia, sprzątały kuchnię, przyjmowały kolejnych gości przynoszących jeszcze więcej potrawek. Przez trzy dni, kiedy matka leżała w szpitalu, i trzy dni po jej powrocie do domu mieliśmy co najmniej jedną panią, która praktycznie z nami mieszkała, strzegąc jedzenia, jak mi się wydawało.

Ojciec tego nienawidził. Po pierwsze, trudno było mu się wymknąć i napić, bo dom był pełen pań z Kościoła. Myślę, że wiedziały o jego skłonności do butelki, a ponieważ udało im się u nas zainstalować, postanowiły, że go przypilnują. Poza tym oczekiwano od niego, że będzie grał rolę wdzięcznego gospodarza, a na coś takiego ojciec po prostu nie był w stanie się zdobyć. Po pierwszych dwudziestu czterech godzinach większość czasu spędzał w szpitalu, jednak niezupełnie na opiekowaniu się niedomagającą żoną. Przesiadywał w pokoju dla odwiedzających, gdzie oglądał telewizję i popijał colę.

Wspominam to ze wzruszeniem. W naszym domu nigdy wcześniej nie było tyle ciepła, nigdy nie widziałem tak pysznego jedzenia. Panie cackały się ze mną, jakby matka umarła, a nie zachorowała, a ja pławiłem się w ich trosce. Były moimi ciotkami i babciami, których nigdy nie miałem.

Wkrótce po tym, jak matka wyzdrowiała, wielebny Howe pozwolił sobie na pewną niedyskrecję. Nigdy do końca tego nie zrozumiałem, ale wszyscy w kościele zanosili się śmiechem. Ktoś obraził moją matkę i wtedy Kościół się dla nas skończył. Myślę, że ona i Hank, jej nowy mąż, rzadko chodzą na msze.

Przez jakiś czas tęskniłem za Kościołem, ale potem szybko przyzwyczaiłem się do jego braku w moim życiu. Przyjaciele zapraszali mnie czasami, żebym z nimi poszedł, ale bardzo szybko stałem się zbyt obojętny na wszystko, żeby chodzić do kościoła. Dziewczyna ze szkoły średniej zabrała mnie kilka razy na mszę, zawsze w niedzielę wieczorem, ale za dużo było we mnie z protestanta, żebym mógł zrozumieć odprawiane tam rytuały. Pani Birdie nieśmiało napomknęła o możliwości powrotu do pracy na podwórzu po południu. Wyjaśniłem jej, że to sabat, święto ustanowione przez Boga, i nawet by mi do głowy nie przyszło, żeby pracować w niedzielę.

Nie wiedziała, co odpowiedzieć.

Rozdział 14

Deszcz leje nieprzerwanie od trzech dni, skutecznie uniemożliwiając mi pracę ogrodnika. We wtorek po zmierzchu, gdy chowam się w mieszkaniu i uczę do egzaminu, dzwoni telefon. To Dot Black. Wiem od razu, że coś jest nie tak. W innym przypadku by do mnie nie dzwoniła.

— Właśnie miałam telefon — mówi. — Od pana Barry'ego Lancastera. Powiedział, że jest moim adwokatem.

— To prawda, Dot. To znany adwokat z mojej kancelarii. Pracuje ze mną. — Przypuszczam, że Barry chciał uściślić kilka szczegółów.

— Cóż, nie to mówił. Zadzwonił, żeby zapytać, czy ja i Donny moglibyśmy jutro przyjść do niego do biura. Powiedział, że musimy podpisać jeszcze parę rzeczy. Zapytałam o ciebie. Powiedział, że tam nie pracujesz. Chcę wiedzieć, o co chodzi.

Podobnie jak ja. Jąkałem się przez chwilę, powiedziałem, że to jakieś nieporozumienie. Żołądek podszedł mi do gardła.

— To duża firma, Dot, a ja jestem tam nowy, rozumiesz. Pewnie o mnie zapomniał.

— Nie. Wie, kim jesteś. Powiedział, że kiedyś tam pracowałeś, ale już nie pracujesz. Zupełnie się w tym wszystkim gubię, wiesz?

Wiem. Opadłem na fotel i usiłowałem myśleć jasno. Dochodziła dwudziesta pierwsza.

— Posłuchaj, Dot, nic nie rób. Zadzwonię do pana Lancastera i dowiem się, co kombinuje. Za minutę do ciebie oddzwonię.

— Chcę wiedzieć, co się dzieje. Pozwałeś już tych bydlaków?

— Zadzwonię do ciebie za minutę, dobrze? Na razie. — Rozłączam się, a potem szybko wybieram numer kancelarii Lake'a. Mam paskudne przeczucie, że już kiedyś to przerabiałem.

Nocna recepcjonistka przełącza mnie do Barry'ego X. Postanawiam być miły, grać według jego reguł i przekonać się, co powie.

— Barry, mówi Rudy. Widziałeś już wyniki moich poszukiwań?

— Tak, wyglądają doskonale. — Słychać, że jest zmęczony. — Posłuchaj, Rudy, możemy mieć pewien problem z twoją posadą.

Żołądek podchodzi mi do gardła. Serce przestaje bić. Wstrzymuję oddech.

— Och, tak? — udaje mi się wydukać.

— Tak. Źle to wygląda. Dziś późnym popołudniem widziałem się z Jonathanem Lakiem, a on nie chce cię przyjąć.

— Dlaczego?

— Nie podoba mu się pomysł, żeby prawnik zajmował pozycję asystenta. I teraz, gdy o tym myślę, sam nie uważam tego za dobre rozwiązanie. Widzisz, pan Lake jest zdania, a ja się z nim zgadzam, że prawnik na takim stanowisku będzie miał naturalną skłonność do podsuwania swoich koncepcji adwokatowi, z którym pracuje. A my tak nie działamy. To zły sposób pracy.

Zamykam oczy i staram się nie rozpłakać.

— Nie rozumiem — mówię.

— Przepraszam. Robiłem, co mogłem, ale on po prostu nie ustąpi. Rządzi tą firmą żelazną ręką i ma swoje sposoby załatwiania spraw. Szczerze mówiąc, już za to, że w ogóle pomyślałem o przyjęciu cię do nas, nieźle skopał mi tyłek.

— Chcę rozmawiać z Jonathanem Lakiem — mówię na tyle stanowczo, na ile mnie stać.

— To nie wchodzi w grę. Jest zbyt zajęty, a poza tym i tak by się nie zgodził. I na pewno nie zmieni zdania.

— Ty skurwysynu.

— Posłuchaj, Rudy...

— Ty skurwysynu! — krzyczę do słuchawki i dobrze mi to robi.

— Uspokój się, Rudy.

— Czy Lake jest teraz w firmie?

— Prawdopodobnie. Ale on nie...

— Będę tam za piętnaście minut! — wrzeszczę i z hukiem odkładam słuchawkę.

Dziesięć minut później hamuję z piskiem opon i zatrzymuję wóz przed dawnym magazynem. Na parkingu stoją trzy samochody. Budynek jest oświetlony. Barry nie czeka na mnie przy wejściu.

Walę we frontowe drzwi, ale nikt się nie pojawia. Wiem, że słyszą mnie w środku, ale są zbyt tchórzliwi, żeby wyjść. Jeśli nie przestanę, pewnie wezwą gliny.

Ale nie potrafię przestać. Idę na północną stronę i walę w inne drzwi, a potem robię to samo przy drzwiach awaryjnych na tyłach. Staję pod oknem gabinetu Barry'ego i wrzeszczę. Światło się tam pali, ale on mnie ignoruje. Wracam do frontowych drzwi i walę w nie jeszcze przez chwilę.

Z ciemności wyłania się ochroniarz w mundurze i chwyta mnie za ramię. Nogi uginają się pode mną ze strachu. Patrzę na niego, zadzierając głowę. Ma prawie dwa metry wzrostu, jest czarny, w czarnej czapce.

— Powinieneś stąd odejść, synu — mówi łagodnie niskim głosem. — Odejdź, zanim zadzwonię po policję.

Strącam jego rękę z mojego ramienia i odchodzę.

∧ ∧ ∧

Bardzo długo siedzę w ciemności na zdezelowanej kanapie pożyczonej od pani Birdie i usiłuję nadać sprawom jakiś sens. Ale w ogóle mi to nie wychodzi. Wypiłem dwa ciepłe piwa. Klnę i płaczę. Obmyślam zemstę. Biorę nawet pod uwagę zamordowanie Jonathana Lake'a i Barry'ego X. Podstępni dranie zmówili się, żeby ukraść mi sprawę. Co teraz powiem Blackom? Jak im to wytłumaczę?

Chodzę po pokoju i czekam na wschód słońca. Zeszłej nocy śmiałem się na myśl, że znowu wyciągnę listę kancelarii i zacznę chodzić od drzwi do drzwi. Aż się kulę, gdy widzę oczami wyobraźni, jak dzwonię do Madeline Skinner i mówię: „To znowu ja, Madeline. Wróciłem".

Zasypiam w końcu na kanapie i ktoś mnie budzi po dziewiątej. To nie pani Birdie. To dwóch gliniarzy po cywilnemu. Błyskają odznakami w drzwiach, a ja wpuszczam ich do środka. Mam na sobie szorty i podkoszulek. Oczy mnie pieką, dlatego je trę i usiłuję domyślić się, dlaczego nagle policja się mną zainteresowała.

Mogliby uchodzić za bliźniaków, obaj około trzydziestki, niewiele starsi ode mnie. Są ubrani w dżinsy i trampki, mają czarne wąsy i zachowują się jak para drugorzędnych aktorów z serialu.

— Możemy usiąść? — pyta jeden z nich. Odsuwa krzesło od stołu i siada.

Jego partner robi to samo i szybko zajmują dobre pozycje.

— Jasne — odpowiadam jak prawdziwy cwaniak. — Siadajcie.

— Dołącz do nas — mówi jeden.

— Dlaczego nie? — Siadam przy końcu stołu, między nimi. Obaj pochylają się do przodu, nadal jakby odgrywali jakieś role. — A teraz może się dowiem, o co, do cholery, chodzi? — pytam.

— Znasz Jonathana Lake'a?

— Tak.

— Wiesz, gdzie jest jego kancelaria?

— Tak.

— Byłeś tam zeszłego wieczoru?

— Tak.

— O której godzinie?

— Między dwudziestą pierwszą a dwudziestą drugą.

— Po co tam pojechałeś?

— To długa historia.

— Mamy całe godziny.

— Chciałem porozmawiać z Jonathanem Lakiem.

— I udało ci się?

— Nie.

— Dlaczego?

— Drzwi były zamknięte. Nie mogłem dostać się do budynku.

— Próbowałeś się włamać?

— Nic z tych rzeczy.

— Jesteś pewny?

— Tak.

— Wróciłeś tam po północy?

— Nie.

— Jesteś pewny?

— No jasne. Zapytajcie ochroniarza.

Słysząc te słowa, popatrzyli na siebie. Coś jest na rzeczy, pomyślałem.

— Widziałeś ochroniarza?

— Tak. Poprosił, żebym odszedł, no to odszedłem.

— Możesz go opisać?

— Jasne.

— No to opisz.

— Wielki czarny facet, prawdopodobnie dwa metry. Mundur, czapka, spluwa i reszta. Zapytajcie go, powie wam, że odszedłem, kiedy mi kazał.

— Nie możemy go zapytać.

Znów zerkają.

— A to dlaczego? — pytam. Coś paskudnego wisi w powietrzu.

— Bo on nie żyje.

Wpatrują się we mnie, chcąc się przekonać, jak zareaguję. A ja naprawdę jestem zaszokowany, zresztą jak każdy, kto byłby na moim miejscu. Czuję na sobie ich spojrzenia.

170

— Jak... jak umarł?

— Spłonął.

— Jak to — spłonął?

Milczą. Jeden wyciąga z kieszeni notes jak marny dziennikarzyna.

— Ten niewielki samochód, o tam, toyota, należy do ciebie?

— Przecież to wiecie. Macie komputery.

— Czy nim właśnie pojechałeś do kancelarii wczoraj wieczorem?

— Nie, dopchałem go tam. Skąd ogień?

— Nie udawaj cwaniaczka, dobrze?

— Dobrze. Umowa stoi. Nie będę udawał cwaniaczka, jeśli wy nie będziecie udawali cwaniaczków.

— Mamy świadka i możliwe, że widziano twój samochód w pobliżu budynku o drugiej nad ranem — włącza się drugi.

— Nie, nie macie żadnego świadka. To nie był mój samochód. — W tej chwili nie mogę się zorientować, czy ci faceci mówią prawdę. — Skąd ogień? — pytam znów.

— Kancelaria Lake'a wczoraj spłonęła. Jest całkowicie zniszczona.

— Do fundamentów — uzupełnia drugi.

— A wy jesteście z wydziału podpaleń. — Nadal jestem oszołomiony, ale jednocześnie wkurzony, bo myślą, że mam z tym coś wspólnego. — I Barry Lancaster powiedział wam, że jestem idealnym kandydatem na podejrzanego o podpalenie tego miejsca, prawda?

— Zajmujemy się podpaleniami. Ale również zabójstwami.

— Ile osób zginęło?

— Tylko ochroniarz. Pierwsze wezwanie dostaliśmy o trzeciej dziś rano, więc w budynku nikogo nie było. Najwyraźniej ochroniarz znalazł się w pułapce, kiedy dach się zawalił.

Niemal żałowałem, że Jonathana Lake'a nie było w środku z ochroniarzem, a potem pomyślałem o pięknych biurach z obrazami i dywanami.

171

— Tracicie czas — mówię, jeszcze bardziej zły na myśl, że mnie podejrzewają.

— Pan Lancaster twierdzi, że byłeś wściekły, kiedy zjawiłeś się pod firmą wczoraj wieczorem.

— To prawda. Ale nie na tyle szalony, żeby puścić to miejsce z dymem. Tracicie czas, panowie. Przysięgam.

— Mówi, że zostałeś właśnie wylany z pracy i chciałeś konfrontacji z panem Lakiem.

— To prawda, wszystko się zgadza. Ale to jeszcze nie powód, żebym spalił jego firmę. Zejdźcie na ziemię.

— Zabójstwo popełnione na skutek podpalenia może się skończyć wyrokiem śmierci.

— Wolne żarty! Jestem z wami. Idźcie, znajdźcie mordercę i obedrzyjcie go ze skóry. Mnie do tego nie mieszajcie.

Wydaje mi się, że moja złość jest przekonująca, bo zaczęli się wycofywać. Jeden z nich wyjmuje z kieszeni koszuli złożoną kartkę.

— Mam tu zgłoszenie sprzed kilku miesięcy, kiedy poszukiwano cię za zniszczenie prywatnej własności. Chodziło o jakąś stłuczoną szybę w kancelarii prawniczej w śródmieściu.

— Widzę, że wasze komputery pracują.

— Bardzo dziwne zachowanie jak na prawnika.

— Widywałem gorsze. I nie jestem prawnikiem. Pracuję jako asystent adwokata czy coś w tym rodzaju. Dopiero skończyłem prawo. Poza tym oskarżenie wycofano i jestem pewny, że jest to gdzieś wyraźnie napisane na waszym wydruku. A jeśli wam się wydaje, panowie, że stłuczenie szyby w kwietniu jest w jakikolwiek sposób powiązane z wczorajszym pożarem, to prawdziwy podpalacz może się odprężyć. Nigdy nie zostanie złapany.

Słysząc te słowa, jeden z nich się podrywa, a drugi szybko do niego dołącza.

— Radzimy ci, skontaktuj się z adwokatem — mówi jeden z nich, wskazując mnie palcem. — W tej chwili jesteś głównym podejrzanym.

172

— Tak, tak. Jak już powiedziałem, jeśli ja jestem głównym podejrzanym, to prawdziwy morderca ma naprawdę wielkie szczęście. Nie jesteście nawet blisko niego, panowie.

Trzaskają drzwiami i znikają. Czekam pół godziny, a potem wsiadam do samochodu. Mijam kilka przecznic i ostrożnie manewruję, żeby znaleźć się blisko magazynu. Parkuję, przechodzę kilka przecznic i chowam się w sklepie spożywczym. Widać stąd okopcone ruiny oddalone o dwie przecznice. Stoi tylko jedna ściana. Wokół kręcą się dziesiątki osób, prawnicy, sekretarki wskazują tu i tam, strażacy łażą po pogorzelisku w ciężkich buciorach. Policja ogrodziła teren żółtą taśmą. Zapach spalonego drewna jest przenikliwy, nad okolicą wisi szarawa chmura.

Budynek miał drewniane podłogi, sufity i poza paroma wyjątkami również ściany z sosnowego drewna. Biorąc pod uwagę zatrważającą liczbę książek znajdujących się w całym magazynie i tony papierów, które musiały być tam przechowywane, łatwo sobie wyobrazić, jak to płonęło. Zagadkowy jest jednak fakt, że w środku, praktycznie wszędzie, był bardzo rozbudowany system przeciwpożarowy. Pomalowane rury biegły we wszystkich kierunkach, często wkomponowane w dekoracje.

▲ ▲ ▲

Z oczywistych powodów Prince nie jest rannym ptaszkiem. Zwykle zamyka Yogi's koło drugiej, a potem, zataczając się, ładuje się na tylne siedzenie cadillaca. Firestone, jego kierowca od zawsze i podobno jednocześnie ochroniarz, odwozi go do domu. Parę razy Firestone sam był za bardzo pijany, żeby prowadzić, a wtedy to ja odwoziłem ich obu.

Prince zjawia się w biurze zazwyczaj koło jedenastej, bo w Yogi's serwuje się lunche, które doskonale się sprzedają. Odnajduję go tam o dwunastej przekładającego papiery i zmagającego się z codziennym kacem. Połyka tabletki przeciwbólowe i pije wodę mineralną aż do magicznej siedemnastej, bo wtedy pogrąża się w kojącym świecie rumu i toniku.

173

Biuro Prince'a jest pozbawione okien i znajduje się pod kuchnią, doskonale zamaskowane. Można się tam dostać tylko korytarzem przez troje nieoznakowanych drzwi, a potem trzeba jeszcze zejść po ukrytych drewnianych schodach. To idealny kwadrat, gdzie każdy centymetr ścian pokrywają zdjęcia Prince'a ściskającego ręce miejscowych politykierów i innych fotogenicznych typów. Jest tam też mnóstwo oprawionych w ramki i zafoliowanych wycinków prasowych na temat Prince'a — jako podejrzanego, oskarżonego, skazywanego, aresztowanego, postawionego przed sądem i, zawsze, uniewinnianego. Uwielbia, gdy o nim piszą.

Jak zwykle jest w paskudnym nastroju. Przez lata nauczyłem się unikać go, dopóki nie wypije trzeciego drinka, czyli do mniej więcej osiemnastej. Jestem więc sześć godzin za wcześnie. Macha ręką, żebym wszedł, a ja zamykam za sobą drzwi.

— Coś nie tak? — warczy.

Oczy ma przekrwione. Zawsze kojarzył mi się z Wolfmanem Jackiem, z długimi ciemnymi włosami, falującą brodą, rozpiętą koszulą i owłosionym karkiem.

— Mam problem — zaczynam.

— Co znowu?

Opowiadam mu o poprzednim wieczorze — utracie pracy, pożarze, gliniarzach. Wszystko. Kładę szczególny nacisk na to, że istnieje trup, a gliny bardzo się tym przejęły. I słusznie. Nie potrafię sobie nawet wyobrazić, że jestem głównym podejrzanym, ale policjanci najwyraźniej nie mają co do tego wątpliwości.

— Więc Lake'a ktoś usmażył — poinformował Prince. Wydaje się zadowolony. Dobre podpalenie to coś, co go bawi i rozjaśnia ranek. — Nigdy za nim nie przepadałem.

— Ale on żyje. Wypadł z interesu tylko na chwilę. Jednak wróci. — I to mnie najbardziej martwi. Jonathan Lake wydaje góry pieniędzy na bardzo wielu polityków. Podtrzymuje znajomości, żeby móc poprosić o przysługę. Jeśli jest przekonany, że mam coś wspólnego z pożarem, albo jeśli po prostu potrzebny mu tymczasowy kozioł ofiarny, to gliniarze ruszą z zapałem moim tropem.

— Przysięgasz, że tego nie zrobiłeś?

— Daj spokój, Prince.

Zastanawia się nad tym, gładzi brodę, ja zaś natychmiast się domyślam, że to, iż nagle znalazł się w centrum tych wydarzeń, sprawia mu ogromną frajdę. To przestępstwo, śmierć, intryga, polityka — elementy życia w ścieku. Gdyby jeszcze dodać do tego kilka tancerek topless i paru przekupionych policjantów, wtedy Prince żądałby czegoś mocnego do picia, żeby to uczcić.

— Lepiej pogadaj z jakimś adwokatem — radzi, nadal gładząc brodę.

To, ze smutkiem przyznaję, powód, dla którego się tu znalazłem. Pomyślałem, że zadzwonię do Bookera, ale dość już miał przeze mnie problemów. Poza tym ręce wiąże mu ta sama niemożność, która dotyczy i mnie: obaj nie zdaliśmy jeszcze egzaminu adwokackiego, więc nie jesteśmy prawdziwymi adwokatami.

— Nie stać mnie na adwokata — mówię i czekam na następne zdanie z tego scenariusza. Gdyby w tym momencie istniało jakieś inne wyjście, z radością bym się na nie zdecydował.

— Sam się tym zajmę — mówi Prince. — Zadzwonię do Bruisera.

Kiwam głową i odpowiadam:

— Dzięki. Myślisz, że mi pomoże?

Prince krzywi się w uśmiechu i rozkłada szeroko ręce.

— Bruiser zrobi wszystko, o co go poproszę, w porządku?

— Jasne — mówię potulnie.

Prince bierze słuchawkę telefonu i wybiera numer. Słucham, jak warczy na kilka osób, zanim go połączą z Bruiserem. Mówi szybko, urywanymi zdaniami, jak człowiek, który wie, że telefon jest na podsłuchu. Wyrzuca z siebie takie oto słowa:

— Bruise, tu Prince. Tak, tak. Muszę się szybko z tobą zobaczyć... Drobna sprawa dotycząca mojego pracownika... Tak, tak. Nie, u ciebie. Pół godziny. Jasne. — I się rozłącza.

Żal mi biednych techników z FBI, którzy usiłują znaleźć w tym jakieś obciążające go informacje.

Firestone podjeżdża cadillakiem pod tylne wyjście, a ja z Prince'em wskakujemy na tylne siedzenie. Samochód jest czarny, z przyciemnionymi szybami. Prince żyje w ciemności. Przez trzy lata nie widziałem, żeby w ciągu dnia robił cokolwiek na zewnątrz knajpy. Na wakacjach w Las Vegas pewnie nigdy nie wychodzi z kasyna.

Słucham czegoś, co wkrótce okazuje się nużącą listą największych prawniczych triumfów Bruisera, z których niemal wszystkie wiążą się z Prince'em. To dziwne, ale zaczynam się uspokajać. Jestem w dobrych rękach.

Bruiser kończył wieczorowo studia prawnicze i zrobił dyplom w wieku dwudziestu dwóch lat, co nadal jest rekordem, zgodnie z przekonaniem Prince'a. Byli najlepszymi przyjaciółmi już jako dzieci, w szkole średniej trochę bawili się w hazard, chlali jak smoki, uganiali się za dziewczynami i bili z chłopakami. Wychowała ich dzielnica w południowym Memphis, gdzie trzeba być twardym. Mogliby napisać książkę. Bruiser poszedł na studia, Prince kupił ciężarówkę do przewozu piwa. Ich drogi nie mogły się rozejść.

Kancelarie prawnicze mieszczą się w krótkim ciągu niskich ceglanych zabudowań pasażu handlowego, gdzie na jednym krańcu jest firma sprzątająca, a na drugim wypożyczalnia wideo. Bruiser mądrze inwestuje, jak wyjaśnia mi Prince, i jest właścicielem całego kompleksu. Po drugiej stronie ulicy obok całodobowej naleśnikarni jest Club Amber, speluna z toplessem, ozdobiona neonem w stylu Las Vegas. To przemysłowa część miasta, niedaleko lotniska.

Poza słowami „Kancelaria adwokacka" namalowanymi czarną farbą na przeszklonych drzwiach w samym środku pasażu nic nie wskazuje, jaki rodzaj praktyki jest tu wykonywany. Sekretarka w obcisłych dżinsach, z lepkimi ustami pomalowanymi na czerwono, wita nas szerokim uśmiechem, ale nawet nie zwalniamy kroku. Idę za Prince'em przez część frontową.

— Kiedyś pracowała naprzeciwko — mamrocze.

Mam nadzieję, że chodziło mu o naleśnikarnię, choć bardzo w to wątpię.

Gabinet Bruisera jest zadziwiająco podobny do biura Prince'a — bez okien, bez szansy na światło słoneczne, wielki, kwadratowy i paskudny, ze zdjęciami ważnych, ale nieznanych ludzi obejmujących Bruisera i uśmiechających się do nas. Jedna ściana jest przeznaczona na broń, wiszą tam strzelby wszelkiego rodzaju, muszkiety i dyplomy za celność w strzelaniu. Za masywnym, skórzanym obrotowym fotelem Bruisera stoi na podwyższeniu ogromne akwarium z czymś, co kojarzy mi się z miniaturowymi rekinami sunącymi przez mętną wodę.

Bruiser rozmawia przez telefon, dlatego pokazuje nam ręką, żebyśmy usiedli po drugiej stronie długiego i szerokiego biurka. Siadamy, a Prince nie może się doczekać, żeby mnie oświecić: — Tam są prawdziwe rekiny. — Wskazuje ścianę nad głową Bruisera. Żywe rekiny w kancelarii adwokata. Rozumiesz. To dowcip. — Prince rży.

Zerkam na Bruisera, starając się unikać kontaktu wzrokowego. Słuchawka telefonu wydaje się maleńka przy jego wielkiej głowie. Długie szpakowate włosy opadają mu zmierzwionymi pasmami na ramiona. Jego kozia bródka, zupełnie siwa, jest gęsta i długa, telefon niemal w niej niknie. Oczy ma czarne i bystre, otoczone fałdami śniadej skóry. Często myślałem, że jego przodkowie byli z okolic Morza Śródziemnego.

Choć podałem Bruiserowi tysiące drinków, nigdy właściwie z nim nie rozmawiałem. Bo nigdy nie chciałem. I teraz też nie chcę, ale moje zdanie w tej chwili, rzecz jasna, raczej się nie liczy.

Bruiser wywarkuje do słuchawki kilka krótkich uwag i się rozłącza. Prince szybko mnie przedstawia, Bruiser zaś zapewnia nas obu, że zna mnie doskonale.

— No pewnie, znam Rudy'ego od dawna. W czym problem? Prince patrzy na mnie, a ja opowiadam wszystko od początku.

— Widziałem to dziś rano w wiadomościach. — Bruiser włącza się, gdy dochodzę do części o pożarze. — Miałem już w tej sprawie pięć telefonów. Nie trzeba dużo, żeby adwokaci zaczęli plotkować.

Uśmiecham się i kiwam głową, ponieważ mam wrażenie, że

powinienem zrobić coś takiego, a potem przechodzę do spotkania z gliniarzami. Do końca opowieści nikt mi nie przerywa. Czekam na radę od mojego adwokata.

— Asystent? — mówi, najwyraźniej zbity z tropu.

— Byłem w rozpaczliwej sytuacji.

— Więc gdzie teraz pracujesz?

— Nie wiem. W tej chwili bardziej martwię się aresztowaniem.

To wywołuje uśmiech Bruisera.

— Zajmę się tym — mówi zadowolony z siebie. Prince zapewniał mnie wiele razy, że Bruiser zna osobiście więcej gliniarzy niż burmistrz. — Będę musiał wykonać kilka telefonów.

— Chłopak powinien siedzieć cicho, prawda? — pyta Prince, jakbym był zbiegłym więźniem.

— Tak. Bardzo cicho. — Z jakichś powodów mam pewność, że taka rada w tym gabinecie jest udzielana bardzo często. — Jak dużo wiesz o podpaleniu? — pyta mnie.

— Nic. Nie uczą o tym na studiach.

— Cóż, prowadziłem już sprawy kilku podpalaczy. Bywa, że mija kilka dni, zanim ustalą, czy to podpalenie, czy nie. W takich starych budynkach wszystko może się zdarzyć. Jeśli to podpalenie, przez parę dni nie będzie żadnych aresztowań.

— Naprawdę wolałbym uniknąć aresztowania, rozumie pan. Szczególnie że jestem niewinny. Niepotrzebny mi rozgłos. — Popatruję na ścianę zawieszoną wycinkami z gazet.

— Trudno ci się dziwić — mówi szczerze Bruiser. — Kiedy masz egzamin adwokacki?

— W lipcu.

— A potem?

— Nie wiem. Rozglądam się.

Mój kumpel Prince nagle włącza się do rozmowy:

— Nie przydałby ci się tutaj, Bruiser? Cholera, masz całą zgraję adwokatów. Jeden więcej nie zrobi różnicy, prawda? To bardzo dobry student, ciężko pracuje i jest bystry. Mogę za niego ręczyć. Chłopak potrzebuje pracy.

Odwracam się powoli i patrzę na Prince'a, który uśmiecha się do mnie jak Święty Mikołaj.

— To byłoby wspaniałe miejsce do pracy — dodaje, jakby się świetnie bawił. — Nauczyłbyś się tego, co robią prawdziwi adwokaci. — Śmieje się i klepie mnie w kolano.

Obaj patrzymy na Bruisera rozglądającego się nerwowo i rozpaczliwie szukającego jakiejś wymówki.

— Hm, jasne. Cały czas szukam utalentowanych dobrych prawników.

— Widzisz? — mówi Prince.

— Prawdę mówiąc, dwóch moich pracowników odeszło i założyło własną firmę. Więc mam dwa wolne pokoje.

— Widzisz? — powtarza Prince. — Mówiłem ci, że sprawy jakoś się ułożą.

— Ale u mnie nie dostaje się pensji — dodaje Bruiser, powoli się zapalając do tego pomysłu. — O nie, proszę pana. Oczekuję od pracowników, że sami będą sobie płacili, sami zdobędą fundusze na swoje pensje.

Jestem zbyt oszołomiony, żeby coś powiedzieć. Nie rozmawiałem z Prince'em o moim ewentualnym zatrudnieniu. Niepotrzebna mi jego pomoc. Tak naprawdę nie chcę mieć Bruisera Stone'a za szefa. Z drugiej strony nie mogę też urazić tego człowieka, nie wtedy, gdy gliny kręcą się blisko mnie i napomykają o wyroku śmierci. Nie potrafię zdobyć się na odwagę i powiedzieć Bruiserowi, że jest wystarczająco podejrzany, żeby mnie reprezentować, ale zbyt podejrzany, bym u niego pracował.

— Na jakiej zasadzie to działa? — pytam.

— Bardzo prostej i dobrze się sprawdzającej, przynajmniej w moim przypadku. Nie zapominaj, że przez dwadzieścia lat spróbowałem wszystkiego. Miałem hordy wspólników i hordy pracowników. W jedynym systemie, który jest coś wart, pracownik powinien pozyskać wystarczająco dużo pieniędzy, żeby wystarczyło na jego wypłatę. Potrafisz tego dokonać?

179

— Mogę spróbować — odpowiadam i niepewnie wzruszam ramionami.

— Pewnie, że możesz — dodaje Prince.

— Dostajesz tysiąc dolarów zaliczki miesięcznie i zatrzymujesz jedną trzecią z rachunków, które wystawisz. Ten tysiąc jest odliczany z twojej jednej trzeciej. Jedna trzecia idzie na fundusz kancelarii, na koszty ogólne, sekretariat i tym podobne. Pozostała jedna trzecia trafia do mnie. Jeśli nie zarobisz na pokrycie zaliczki, wtedy jesteś mi winien różnicę. Będę cię kredytował, aż trafisz na dobry miesiąc. Rozumiesz?

Przez kilka sekund zastanawiam się nad tą żałosną propozycją. Jedyna rzecz, która jest gorsza od bezrobocia, to znalezienie pracy, w której traci się pieniądze, a długi narastają każdego miesiąca. Przychodzi mi do głowy kilka podchwytliwych pytań, na które nie ma odpowiedzi, i zaczynam zadawać pierwsze z nich, kiedy Prince wchodzi mi w słowo:

— Dla mnie brzmi uczciwie. Wspaniały układ. — Znów klepie mnie w kolano. — Możesz zarobić prawdziwe pieniądze.

— Działam wyłącznie na tej zasadzie — powtarza Bruiser po raz drugi lub trzeci.

— Ile wyciągają pańscy pracownicy? — pytam, nie oczekując, że usłyszę prawdę.

Na jego czole pojawiają się długie zmarszczki. Zastanawia się głęboko.

— Różnie. Zależy od tego, ilu złapiesz klientów. Jeden z gości zarobił w zeszłym roku osiemdziesiąt, inny dwadzieścia.

— A tyś zarobił trzysta tysięcy — mówi Prince z serdecznym śmiechem.

— Chciałbym.

Bruiser uważnie mi się przygląda. Oferuje mi jedyną posadę, jaka została w Memphis, i najwyraźniej wie, że nie jestem nią zachwycony.

— Kiedy mogę zacząć? — pytam, udając zapał.

— Od razu.

— Ale egzamin adwokacki...

— Nie zawracaj sobie nim głowy. Możesz od dzisiaj pozyskiwać fundusze na pensję. Pokażę ci, jak to robić.

— Dużo się tutaj nauczysz. — Prince'a rozpiera satysfakcja.

— Wypłacę ci dzisiaj tysiąc dolców — mówi Bruiser jak ostatni z wielkich rozrzutników. — Pomogę ci zacząć. Pokażę ci twoje biuro i tak jakby wdrożę cię do pracy.

— Doskonale — odpowiadam, zmuszając się do uśmiechu. W tej chwili zrobienie czegokolwiek innego jest zupełnie niemożliwe. Nie powinienem nawet tu być, ale boję się i potrzebuję pomocy. Jak do tej pory nie wspomnieliśmy też jeszcze ani słowem, ile będę winny Bruiserowi za jego usługi. On nie należy do dobrodusznych ludzi, którzy czasami mogą za darmo wyświadczyć przysługę jakiemuś biedakowi.

Nietęgo się czuję. Może to przez brak snu albo szok wywołany pojawieniem się policji. Może z powodu siedzenia w tym pokoju, widoku żywych pływających rekinów i świadomości że dałem się złapać na haczyk dwóm największym kombinatorom w mieście.

Nie tak dawno temu byłem bystrym, uczciwym studentem trzeciego roku, czekającym na obiecującą posadę w prawdziwej kancelarii, niecierpliwie wyglądającym chwili, gdy dołączę do grona zawodowców, zacznę ciężko pracować, działać w miejscowej izbie adwokackiej, rozpocznę karierę i będę robił te wszystkie rzeczy, które będą robili moi przyjaciele. A teraz siedzę tutaj, tak bezbronny i słaby, że godzę się prostituować za nędzne tysiąc dolarów miesięcznie.

Bruiser odbiera jakiś pilny telefon, prawdopodobnie od tancerki topless, która trafiła do aresztu za nagabywanie mężczyzn, a my wstajemy. Bruiser szepcze, zasłaniając słuchawkę, że chce mnie widzieć dziś po południu.

Prince jest tak dumny, że o mało nie pęknie. Ot, tak, uratował mnie przed karą śmierci i znalazł mi pracę. Choć bardzo się staram, nie potrafię się z tego cieszyć, gdy Firestone lawiruje w ruchu ulicznym i wiezie nas z powrotem do Yogi's.

Rozdział 15

Postanawiam ukryć się na wydziale prawa. Przez kilka godzin czaję się między regałami w piwnicy, wyciągam i przeglądam sprawy związane z działaniem w złej wierze przez ubezpieczycieli. Zabijam czas.

Jadę powoli mniej więcej w kierunku lotniska i zjawiam się u Bruisera o piętnastej trzydzieści. Okolica wydaje mi się gorsza, niż sądziłem kilka godzin wcześniej. Ulica ma pięć pasm ruchu, stoją przy niej zakłady z oświetleniem, terminale przeładunkowe, małe ciemne bary i kluby, gdzie robotnicy się odprężają. To bardzo blisko lotniska, bo nad głową słychać ryk odrzutowców.

Pasaż Bruisera nazywa się Greenway Plaza i kiedy siedzę w samochodzie na zaśmieconym parkingu, zauważam obok zakładu sprzątania i wypożyczalni wideo sklep monopolowy i niewielką kawiarenkę. Choć z powodu zaciemnionych okien i zamkniętych drzwi trudno powiedzieć dokładnie, ale wygląda na to, że kancelarie adwokackie zajmują sześć lub siedem stykających się ze sobą pawilonów w samym centrum pasażu. Zagryzam zęby i otwieram drzwi.

Po drugiej stronie wysokiego do piersi przepierzenia widać

oblepioną dżinsami sekretarkę. Ma tlenione włosy i nieziemską figurę — wszystkie krągłości są cudownie wyeksponowane. Wyjaśniam jej powód mojej obecności. Oczekuję, że mnie ochrzani i każe wyjść, ale jest uprzejma. Zmysłowym, inteligentnym głosem, zupełnie niepasującym do wyglądu laluni, prosi, żebym wypełnił formularze konieczne do zatrudnienia. Jestem zaskoczony, że ta firma, kancelaria adwokacka J. Lymana Stone'a, zapewnia pracownikom pełne ubezpieczenie zdrowotne. Uważnie czytam mały druk, bo spodziewam się, że Bruiser ukrył krótkie paragrafy, dzięki którym będzie mógł głębiej zatopić pazury w moim ciele.

Ale nie natrafiam na żadne niespodzianki. Pytam ją, czy mogę zobaczyć się z Bruiserem, a ona prosi, żebym zaczekał. Siadam na jednym z plastikowych krzeseł stojących w rzędzie pod ścianą. Przestrzeń recepcji przypomina siedzibę opieki społecznej — bardzo zniszczona terakotowa posadzka, leżąca na niej cienka warstwa kurzu, tanie krzesła, brudne ściany z lamperiami, zadziwiająca różnorodność podartych magazynów. Dru, sekretarka, pisze coś na komputerze i jednocześnie odbiera telefon. A ten dzwoni prawie bez przerwy, ona jednak jest bardzo sprawna i zdarza się, że jednocześnie wali w klawisze i rozmawia z klientami.

W końcu zawiadamia mnie, że mam iść do szefa. Bruiser siedzi za biurkiem i duma nad moim formularzem zatrudnienia niczym księgowy. Jestem zdumiony jego zainteresowaniem szczegółami. Wita mnie, omawia warunki finansowe naszej umowy, a potem podsuwa mi jej tekst. Jest typowa, z moim nazwiskiem wpisanym w pustym miejscu. Czytam ją, potem podpisuję. Zawiera trzydziestodniowy termin wypowiedzenia, w przypadku gdyby któraś ze stron chciała zerwać umowę. Jestem za to bardzo wdzięczny, ale wyczuwam, że umieścił ten warunek z dobrze uzasadnionego powodu.

Opowiadam mu o moim postępowaniu upadłościowym. Nazajutrz mam się stawić w sądzie na pierwsze spotkanie z wierzycielami. Nazywa się to przesłuchaniem dłużnika, a adwokaci ludzi, których wykiwałem, mogą grzebać nawet w moim koszu z brudną bielizną. Mogą mi też zadać praktycznie każde pytanie dotyczące moich finansów i w ogóle mojego życia. Ale to nie będzie sprawa dużego kalibru. Prawdę mówiąc, istnieje spora szansa, że nie będzie tam nikogo, kto by mnie przyszpilał.

Z powodu tego przesłuchania byłoby dobrze, gdybym pozostał bezrobotny jeszcze przez kilka dni. Proszę Bruisera, żeby zatrzymał formularze i odłożył pierwszą wypłatę do czasu, aż odbędzie się przesłuchanie. Zalatuje to oszustwem, co podoba się Bruiserowi. Nie ma problemu.

Szybko oprowadza mnie po kancelarii. Jest tak, jak sobie wyobrażałem — niewielka firma, gdzie wyciska się z pracowników siódme poty, z gabinetami tu i tam, bo kancelaria powiększa się i zajmuje już drugi pawilon, a ściany są po prostu wybijane w miarę potrzeby. Zagłębiamy się coraz bardziej w labirynt przejść. Przedstawia mnie dwóm zaganianym kobietom w małym pomieszczeniu zapchanym komputerami i drukarkami. Wątpię, by tańczyły na stołach.

— Myślę, że mamy teraz sześć dziewczyn — mówi, gdy idziemy dalej. Sekretarka to po prostu dziewczyna.

Przedstawia mnie też dwóm prawnikom, całkiem przyjemnym facetom, źle ubranym i pracującym w zagraconych gabinetach.

— Mamy już tylko pięciu adwokatów — wyjaśnia Bruiser, kiedy wchodzimy do biblioteki. — Kiedyś było siedmiu, ale to za dużo. Wolę czterech albo pięciu. Im więcej ludzi zatrudniam, tym częściej muszę być arbitrem. Tak samo jest z dziewczynami.

Biblioteka to długi kiszkowaty pokój z książkami od podłogi do sufitu ułożonymi bez wyraźnej koncepcji. Długi stół stojący pośrodku zapełniają pootwierane książki i stosy prawniczych papierzysk.

— Niektórzy z tych facetów to flejtuchy — mamrocze Bruiser pod nosem. — Więc co myślisz o moim niewielkim przybytku?

— Jest super — odpowiadam. I nie kłamię. Czuję ulgę, widząc, że prawo jest tu naprawdę praktykowane. Bruiser może i jest łobuzem, który ma znajomości, robi podejrzane interesy i nielegalnie inwestuje pieniądze, ale to nadal prawnik. W jego kancelarii trwa krzątanina jak w każdej legalnie działającej firmie.

— Nie tak elegancko jak u chłopców ze śródmieścia — mówi bez skrępowania. — Ale to wszystko jest moje. Kupiłem to piętnaście lat temu. Twój gabinet jest tam. — Wskazuje ręką i wychodzimy z biblioteki. Dwoje drzwi dalej, obok automatu z napojami, znajduje się pomieszczenie z biurkiem, paroma krzesłami, szafką na dokumenty i zdjęciami koni na ścianach. Na biurku widać telefon, dyktafon i stertę kartek do notowania. Wszystko jest schludne i czyste. W powietrzu unosi się zapach środka dezynfekcyjnego, jakby sprzątano tu najdalej godzinę temu.

Wręcza mi kółko z dwoma kluczami.

— Ten jest od frontowych drzwi, a ten od twojego gabinetu. Możesz przychodzić i wychodzić o dowolnej godzinie. Bądź ostrożny w nocy, to wszystko. To nie jest najlepsza dzielnica w mieście.

— Musimy porozmawiać — mówię, biorąc klucze.

Spogląda na zegarek.

— Jak długo?

— Poświęć mi pół godziny. To ważne.

Wzrusza ramionami, a ja idę za nim do jego gabinetu, gdzie sadza swoje wielkie dupsko w skórzanym fotelu.

— O co chodzi? — pyta rzeczowo, wyjmując z kieszeni bajeranckie pióro i obowiązkowo otwierając notes. Zaczyna pisać, zanim zdążam otworzyć usta.

Przedstawiam mu skrótowe, ograniczone do suchych faktów streszczenie sprawy Blacków, co zajmuje mi dziesięć minut. Kiedy to robię, wyrównuję rachunki z Lakiem za moje zwolnienie. Wyjaśniam, jak Barry Lancaster wykorzystał mnie, żeby ukraść tę sprawę, co z kolei zmusiło mnie do kombinowania z Bruiserem.

— Musimy jeszcze dzisiaj złożyć pozew — mówię śmiertelnie

poważnie. — Bo technicznie rzecz biorąc, Lancaster położył na tej sprawie łapę. Myślę, że wkrótce sam złoży pozew.

Bruiser wpatruje się we mnie czarnymi oczkami. Myślę, że go zainteresowałem. Pomysł o uprzedzeniu działań kancelarii Lake'a w sądzie do niego przemawia.

— A co z klientami? — pyta. — Podpisali przecież umowę z Lakiem.

— Tak. Ale chcę do nich pojechać. Posłuchają mnie. — Wyciągam z teczki brudnopis powództwa przeciwko Great Benefit, nad którym ja i Barry spędziliśmy całe godziny. Bruiser czyta go bardzo uważnie.

Następnie podaję mu wypowiedzenie umowy adresowane do Barry'ego X. Lancastera, które ma być podpisane przez całą trójkę Blacków. Czyta go powoli.

— Dobra robota, Rudy — stwierdza, a ja czuję się już pełnoprawnym krętaczem. — Niech zgadnę, złożysz pozew dziś po południu i zabierzesz kopię do Blacków. Pokażesz im ją, a wtedy oni podpiszą wypowiedzenie umowy.

— Dokładnie. Potrzebne mi tylko twoje nazwisko i podpis na pozwie. Odwalę całą robotę i będę cię informował na bieżąco.

— To oznacza, że bez mydła wydymamy kancelarię Lake'a, prawda? — Skubie w zamyśleniu brodę. — Podoba mi się. Ile ten pozew jest wart?

— Prawdopodobnie tyle, ile zasądzi ława przysięgłych. Wątpię, żeby udało się załatwić ugodę poza sądem.

— A będziesz tego próbował?

— Może będzie mi potrzebna niewielka pomoc. Myślę, że to potrwa z rok albo dwa.

— Poznam cię z Deckiem Shiffletem, jednym z moich ludzi. Pracował kiedyś dla dużej firmy ubezpieczeniowej i bardzo często ocenia dla mnie polisy.

— Świetnie.

— Jego pokój jest za twoim, w tym samym korytarzu. Przepisz

186

to, dodaj moje nazwisko i złożymy pozew jeszcze dzisiaj. Tylko dopilnuj, do cholery, żeby klienci przeszli do nas.

— Klienci przejdą do nas — zapewniam go, widząc oczami wyobraźni Buddy'ego głaszczącego kota i opędzającego się od gzów w fordzie, Dot siedzącą na frontowym ganku i palącą papierosa, wpatrzoną w skrzynkę pocztową, jakby spodziewała się, że czek od Great Benefit przyjdzie pocztą lada moment. Donny'ego Raya, opierającego głowę na rękach.

— Zmieniając trochę temat — zagajam i odchrząkuję. — Były jakieś wieści od gliniarzy?

— Zupełnie nic — odpowiada Bruiser zadowolony z siebie, jakby mistrz naprawiania świata po raz kolejny dokonał cudu. — Rozmawiałem z kilkoma znajomymi osobami, a one nawet nie są pewne, czy doszło do podpalenia. To może potrwać wiele dni.

— Więc nie aresztują mnie w środku nocy?

— Nie. Obiecali mi, że gdy będą chcieli cię dorwać, najpierw zadzwonią do mnie. Zapewniłem ich, że dobrowolnie oddasz się w ich ręce, że ręczę za ciebie i tak dalej. Ale sprawy nie zajdą tak daleko. Odpręż się.

Prawdę mówiąc, rzeczywiście się uspokajam. Wierzę, że Bruiser Stone może wymusić na policji obietnice.

— Dzięki — mówię.

▲ ▲ ▲

Pięć minut przed zamknięciem wchodzę do biura podawczego Sądu Okręgowego i składam czterostronicowy pozew przeciwko firmie ubezpieczeniowej Great Benefit i Bobby'emu Ottowi, jej zaginionemu przedstawicielowi, który sprzedał polisę. Moi klienci, Blackowie, domagają się odszkodowania za poniesione straty wysokości dwustu tysięcy dolarów i odszkodowania z nawiązką wysokości dziesięciu milionów dolarów. Nie mam pojęcia, ile firma Great Benefit jest warta i minie dużo czasu, zanim się tego dowiem. Sumę dziesięciu milionów wziąłem z sufitu, bo ładnie brzmi. Adwokaci sądowi bez przerwy robią coś takiego.

Oczywiście mojego nazwiska tam nie ma. Oficjalnym pełnomocnikiem powodów jest J. Layman Stone i jego wymyślny podpis zdobi ostatnią stronę, nadając pismu bardzo poważny wygląd. Przekazuję urzędniczce czek na pokrycie opłaty skarbowej. Weszliśmy w to.

Great Benefit została oficjalnie pozwana!

Pędzę przez północne Memphis do Granger, gdzie zastaję moich klientów niemal dokładnie tam, gdzie zostawiłem ich kilka dni wcześniej. Buddy jest na podwórzu. Dot przyprowadza Donny'ego z jego pokoju. Siedzimy przy stole. Podziwiają swój egzemplarz pozwu. Duże sumy robią na nich wrażenie. Dot powtarza bez przerwy, że chodzi o dziesięć milionów, jakby miała w ręku wygrany los na loterię.

W końcu muszę im wyjaśnić, na czym polegało zamieszanie z paskudnymi typami z firmy Lake'a. Konflikt strategii. Ich zbyt powolne działanie mnie nie zadowala. Im zaś nie podoba się moje zdecydowanie i entuzjazm w podejściu do sprawy. I tak dalej, i tak dalej.

Blacków to nie obchodzi. Pozew został złożony i mają na to dowód. Mogą go czytać do woli. Chcą jednak wiedzieć, co będzie się działo dalej, jak szybko pojawi się coś nowego? Jakie są szanse na rychłą ugodę? Te pytania mnie powalają. Wiem, że potrwa to stanowczo za długo i jestem świadomy własnego okrucieństwa, gdy to zatajam.

Namawiam ich, by podpisali list zaadresowany do Barry'ego X. Lancastera, teraz już byłego adwokata Blacków. W krótkich słowach zwalniają go. Są jeszcze papiery z kancelarii J. Lymana Stone'a. Mówię bardzo szybko, gdy wyjaśniam im treść nowej umowy. Z tych samych miejsc patrzymy z Donnym Rayem na Dot znów przedzierającą się przez chwasty i wykłócającą się z mężem o podpis.

Kiedy ich zostawiam, mają lepszy nastrój, niż gdy przyszedłem. Przepełnia ich jak najbardziej uzasadniona satysfakcja, że wreszcie pozwali firmę, której od dawna nienawidzą. W końcu odpowie-

dzieli ciosem: zostali skrzywdzeni i przekonali mnie, że ktoś ich
oszukał. Dołączają teraz do milionów Amerykanów, którzy składają pozwy każdego roku. W jakiś sposób czują się przez to
patriotami.

▲ ▲ ▲

Siedzę w nagrzanym samochodzie, tkwiąc w korku, i myślę
o szaleństwie ostatnich dwudziestu czterech godzin. Podpisałem
właśnie śliską umowę o pracę. Tysiąc dolarów miesięcznie to
śmiesznie mała kwota, mimo to mnie przeraża. To nie pensja,
ale pożyczka, a ja nie mam zielonego pojęcia, co Bruiser wymyśli,
żebym mógł od razu zacząć przynosić firmie dochody i zarabiać
na swoje uposażenie. Jeśli zarobię coś na sprawie Blacków, to
najwcześniej za kilka miesięcy.

Tymczasem będę nadal pracował w Yogi's. Prince płaci mi
gotówką — pięć dolców za godzinę plus obiad i kilka piw.

Są w tym mieście kancelarie, które wymagają od nowych
pracowników, by nosili eleganckie garnitury, jeździli przyzwoitymi
samochodami, mieszkali w porządnych domach, a nawet prze-
siadywali w modnych country clubach. Oczywiście płacą im
dużo, dużo więcej niż Bruiser, ale jednocześnie obciążają ich
mnóstwem niepotrzebnych obowiązków towarzyskich.

To mnie nie dotyczy. Takich zwyczajów w mojej firmie nie ma.
Mogę się ubierać w cokolwiek, jeździć czymkolwiek, przesiadywać
gdziekolwiek i nikt się nie przyczepi. Prawdę mówiąc, zastanawiam
się, co powiem, gdy jeden z facetów z kancelarii zechce wyskoczyć
na chwilę naprzeciwko i obejrzeć jeden czy dwa tańce na stole.

Nagle jestem panem samego siebie. Ogarnia mnie cudowne
poczucie niezależności, podczas gdy samochody posuwają się
w ślimaczym tempie. Przeżyję! Czekają mnie ciężkie chwile
u Bruisera, ale prawdopodobnie nauczę się więcej o prawie, niż
gdybym pracował z chłopaczkami ze śródmiejskich kancelarii.
Jakoś zniosę afronty, docinki i zaczepki innych, prowokowane
tym, że pracuję w takim podejrzanym miejscu. Poradzę sobie.

Dzięki nim stanę się twardy. Nie tak dawno temu zachowywałem się trochę wyniośle, kiedy czułem się bezpieczny i pewny pracy u starego Brodnaxa i Speera, a potem u Lake'a, więc teraz trzeba będzie podkulić ogon.

Kiedy parkuję na Greenway Plaza, jest ciemno. Większość samochodów odjechała. Po drugiej stronie ulicy jasne światła klubu Amber przyciągnęły tłumek typowych klientów, którzy przyjechali furgonetkami i samochodami wypożyczonymi przez firmy. Neon wije się wokół dachu na całym budynku i oświetla okolicę.

Choć trudno to wytłumaczyć w Memphis rozbuchał się handel ciałem. To bardzo konserwatywne miasto z mnóstwem kościołów, gdzie dominują chrześcijanie. Ludzie, którzy ubiegają się tutaj o głosy wyborców, muszą mieć surowe standardy moralne i zwykle są za to nagradzani przez wyborców. Nie potrafię sobie nawet wyobrazić kandydata tolerującego prostytucję, który zostałby wybrany.

Patrzę na biznesmenów wysiadających z samochodu i zataczających się w stronę klubu Amber. To Amerykanin z czterema japońskimi przyjaciółmi, bez wątpienia wieńczący w ten sposób długi dzień zawierania umów. Wypiją kilka drinków i z przyjemnością popatrzą na ostatnie amerykańskie osiągnięcia w technologii zastosowania silikonu.

Muzyka już gra głośno. Parking błyskawicznie się zapełnia.

Podchodzę szybko do frontowych drzwi kancelarii i je otwieram. Biuro jest puste. Cholera, pewnie wszyscy siedzą naprzeciwko. Tego popołudnia miałem nieodparte wrażenie, że firma J. Lymana Stone'a nie jest siedzibą pracoholików.

Wszystkie drzwi są pozamykane. Nikt tu nikomu nie ufa. Postanawiam, że swoje drzwi też na pewno będę zamykał.

Zostanę tu przez kilka godzin. Muszę zadzwonić do Bookera i opowiedzieć o moich najnowszych przygodach. Zaniedbujemy naukę do egzaminu adwokackiego. Przez trzy lata wspieraliśmy się i dodawaliśmy sobie nawzajem ducha. A data egzaminu majaczy przede mną niczym dzień egzekucji.

Rozdział 16

Przetrwałem jakoś tę noc bez aresztowania, ale też prawie bez snu. W którymś momencie, między piątą i szóstą, ulegam ogłupiającym myślom kłębiącym się wściekle w mojej głowie i wstaję. Przez ostatnie dwie doby przespałem niewiele godzin.

Numer telefonu jest w książce telefonicznej. Wybieram go pięć minut przed szóstą. Piję drugi kubek kawy. Telefon dzwoni dziesięć razy, a potem słyszę zaspany głos:

— Halo.

— Chciałbym rozmawiać z Barrym Lancasterem — mówię.

— Przy telefonie.

— Barry, mówi Rudy Taylor.

Barry odchrząkuje, a ja niemal widzę, jak zrywa się z łóżka.

— O co chodzi? — pyta, głos ma już znacznie ostrzejszy.

— Przepraszam, że dzwonię tak wcześnie, ale chciałem ci powiedzieć o paru rzeczach.

— O czym?

— O tym, że Blackowie złożyli wczoraj pozew przeciwko Great Benefit. Prześlę ci kopię, gdy już będziecie w nowej

191

kancelarii, chłopcy. Podpisali też wypowiedzenie umowy, więc cię zwolnili. Nie musisz się już o nich martwić.

— Jakim cudem złożyłeś pozew?

— Nie twój interes.

— Nie mój, do cholery.

— Gdy dostaniesz kopię pozwu, sam się zorientujesz. Jesteś bystrzakiem. Macie już nowy adres czy może stary nadal jest aktualny?

— Skrytka na poczcie nie została zniszczona.

— No jasne. W każdym razie byłbym ci wdzięczny, gdybyś wyłączył mnie z afery z podpaleniem. Nie mam nic wspólnego z tym pożarem, a jeśli będziesz z uporem mnie w to wrabiał, to będę zmuszony was pozwać, złodziejskie nasienie.

— Skamieniałem ze strachu.

— To słychać. Przestań po prostu wycierać sobie gębę moim nazwiskiem.

Rozłączam się, zanim zdąża odpowiedzieć. Przez pięć minut wpatruję się w telefon, ale nie oddzwonił. Co za tchórz.

Z niepokojem czekam, co napiszą o pożarze w porannych gazetach, dlatego biorę prysznic, ubieram się i wychodzę szybko pod osłoną ciemności. Ruch jest niewielki, dlatego kieruję się na południe w stronę lotniska, do Greenway Plaza, przybytku, który zaczynam uważać za dom. Parkuję w tym samym miejscu, które opuściłem siedem godzin wcześniej. Klub Amber jest pogrążony w ciszy i mroku, parking zaśmiecają papiery i puszki po piwie.

Wąski pawilon obok pawilonu, w którym, jak myślę, mieści się mój gabinet, jest wynajmowany przez zwalistą Niemkę o imieniu Trudy prowadzącą tanią kawiarnię. Poznałem ją poprzedniej nocy, kiedy zaszedłem tam zjeść kanapkę. Powiedziała mi wtedy, że otwiera o szóstej rano i zaprasza na kawę i pączki.

Kiedy wchodzę, akurat nalewa kawę. Gawędzimy przez chwilę, podczas gdy ona opieka dla mnie bajgla i podaje mi kawę. Przy małych stolikach siedzi już z pół tuzina facetów, a Trudy ma swoje zmartwienia. Począwszy od tego, że dostawca pączków się spóźnia.

Biorę gazetę i siadam przy stoliku blisko okna, za którym wstaje słońce. Na pierwszej stronie dodatku miejskiego widnieje ogromne zdjęcie ogarniętego płomieniami budynku pana Lake'a. Krótki artykuł przedstawia historię magazynu, podaje informację, że został całkowicie zniszczony i że pan Lake szacuje straty na trzy miliony dolarów. *Remont był pięcioletnim romansem*, cytują jego wypowiedź. *Jestem zdruzgotany.*

Popłacz jeszcze trochę, staruszku. Przebiegam szybko wzrokiem po tekście, ale nie natrafiam na słowo „podpalenie". Potem czytam dokładnie. Policja nabrała wody w usta — w tej sprawie nadal jest prowadzone dochodzenie, zbyt wcześnie, żeby snuć domysły, bez komentarza. Zwykła śpiewka gliniarzy.

Nie spodziewałem się, że moje nazwisko zostanie wymienione jako podejrzanego, niemniej i tak odczuwam ulgę.

᛫ ᛫ ᛫

Jestem w swoim gabinecie, staram się wyglądać na bardzo zajętego i zastanawiam się, jakim cudem przez następne trzydzieści dni mam zarobić tysiąc dolarów. Niespodziewanie wpada Bruiser.

Przesuwa po blacie biurka kartkę. Biorę ją.

— To kopia raportu policji — rzuca krótko gardłowym głosem i zamierza wyjść.

— O mnie? — pytam przerażony.

— Nie, do cholery! To raport o wypadku. Zeszłej nocy na rogu Airways i Shelby zderzyły się samochody, kilka przecznic stąd. Może kierowca był pijany. Wygląda na to, że przejechał na czerwonym świetle. — Urywa i wpatruje się we mnie.

— Czy reprezentujemy któregoś z...

— Jeszcze nie! I to właśnie jest twoje zadanie. Biegnij i przejmij tę sprawę. Sprawdź. Podpisz umowę. Przeanalizuj wszystko. Wygląda na to, że mogą tam być ładne uszkodzenia ciała.

Jestem zdezorientowany. Bruiser zostawia mnie w takim stanie.

193

Drzwi zatrzaskują się i słyszę, jak warczy na kogoś, idąc korytarzem.

Raport z wypadku zawiera mnóstwo informacji: nazwiska kierowców i pasażerów, adresy, numery telefonów, rodzaje zranień, opis uszkodzeń samochodów, zeznania naocznych świadków. Jest nawet rysunek przedstawiający, jak zdaniem policjanta to się stało, i drugi pokazujący położenie samochodów, gdy przybył na miejsce. Obaj kierowcy zostali ranni i zabrani do szpitala, a ten, który przejechał na czerwonym świetle, najwyraźniej prowadził po pijanemu.

Interesująca lektura, ale co mam teraz zrobić? Do wypadku doszło o dwudziestej drugiej dziesięć wczorajszej nocy, a Bruiser w jakiś sposób położył na tej sprawie tłustą łapę już z samego rana. Czytam to jeszcze raz, a potem bardzo długo wpatruję się w kartkę.

Z tego stanu dezorientacji wyrywa mnie pukanie do drzwi.

— Proszę — mówię.

Drzwi uchylają się powoli ze skrzypnięciem i przez szparę wkłada głowę zaniedbany niski mężczyzna.

— Rudy? — pyta. Głos ma piskliwy, zdradzający zdenerwowanie.

— Tak, proszę wejść.

Wślizguje się przez wąską szczelinę w drzwiach i zakrada do krzesła po drugiej stronie biurka.

— Jestem Deck Shifflet — mówi, siadając bez podawania mi ręki, bez uśmiechu. — Bruiser powiedział, że masz sprawę, o której chciałbyś pogadać. — Zerka za siebie, jakby bał się, że ktoś wszedł za nim do pokoju i nas podsłuchuje.

— Miło cię poznać — mówię.

Trudno powiedzieć, czy Deck ma czterdzieści, czy pięćdziesiąt lat. Większość włosów mu wypadła, a kilka pasemek, które zostały, jest czymś natłuszczonych i przylepionych w poprzek czaszki. Kępki, które rosną mu nad uszami, są rzadkie i w większości siwe. Nosi kwadratowe okulary w drucianych oprawkach, bardzo

194

grube i brudne. Trudno też powiedzieć, czy jego głowa jest wyjątkowo duża, czy też ciało wyjątkowo małe, ale te dwie części do siebie nie pasują. Jego czoło jest podzielone na dwie krągłe połówki, spotykające się prawie dokładnie pośrodku, gdzie widać głęboką zmarszczkę biegnącą aż do nasady nosa.

Biedny Deck jest jednym z najbardziej nieatrakcyjnych mężczyzn, jakich w życiu widziałem. Na twarzy ma dzioby po trądziku, który musiał go nękać, gdy był nastolatkiem. Jego broda praktycznie nie istnieje. Kiedy mówi, marszczy nos, a górna warga unosi się, odsłaniając cztery wielkie górne zęby, wszystkie identycznej wielkości.

Kołnierzyk białej poplamionej koszuli z kieszeniami na piersi ma poprzecierany. Węzeł na gładkim czerwonym krawacie jest wielki jak moja pięść.

— Tak, tak — mówię, starając się nie patrzeć w wielkie oczy, przyglądające mi się zza grubych szkieł. — To sprawa o ubezpieczenie. Jesteś jednym z adwokatów?

Nos i usta niemal się dotykają. Zęby pobłyskują w moją stronę.

— Tak jakby. Nie do końca. Widzisz, nie jestem jeszcze prawnikiem. Studiowałem prawo, ale nie zdałem egzaminu adwokackiego.

O, bratnia dusza.

— Och, coś takiego — mówię. — Kiedy skończyłeś studia?

— Pięć lat temu. Widzisz, mam pewien problem z egzaminem adwokackim. Podchodziłem do niego sześć razy.

Te słowa nie napawają mnie otuchą.

— Ach — mamroczę. Szczerze powiedziawszy, nawet nie wiedziałem, że można zdawać ten egzamin tyle razy. — Przykro to słyszeć.

— A ty kiedy zdajesz? — pyta, rozglądając się nerwowo po pokoju. Siedzi na samym brzegu krzesła, gotowy zerwać się w każdej chwili na równe nogi. Kciukiem i palcem wskazującym prawej ręki szczypie skórę na wierzchu lewej dłoni.

— W lipcu. Nie jest łatwy, co?

— Tak, nie jest łatwy. Powiedziałbym. Od roku nie próbowałem. Nie wiem, czy jeszcze kiedyś spróbuję.

— Gdzie studiowałeś? — Pytam go o to, bo trochę wyprowadza mnie z równowagi. Nie jestem pewny, czy chcę rozmawiać o sprawie Blacków. Na jakiej zasadzie ma się w nią włączyć? Jaki będzie jego udział w honorarium?

— W Kalifornii — odpowiada z najbardziej gwałtownym tikiem na twarzy, jaki widziałem. Podnosi i opuszcza powieki. Brwi się poruszają. Usta drżą. — Wieczorowo. Byłem wtedy żonaty, pracowałem pięćdziesiąt godzin tygodniowo. Nie miałem dużo czasu na naukę. Zabrało mi to pięć lat. Żona odeszła. Przeniosłem się. Tutaj. — Jego słowa cichną w miarę, jak zdania stają się coraz krótsze, i przez kilka sekund trwam w zawieszeniu, bo spodziewam się, że doda coś jeszcze.

— No cóż... tak... jak długo pracujesz u Bruisera?

— Prawie trzy lata. Traktuje mnie jak innych prawników. Znajduję sprawy, rozpracowuję je i odpalam mu działkę. Wszyscy są zadowoleni. Zwykle prosi mnie o zaopiniowanie spraw związanych z ubezpieczeniami. Przez osiemnaście lat pracowałem w funduszu otwartym Pacific. Ale miałem tego po dziurki w nosie. Zacząłem studiować prawo. — Słowa znów cichną.

Patrzę na niego i czekam.

— Co się dzieje, kiedy musisz iść do sądu?

Krzywi się, zakłopotany, jakby chciał uchodzić za kogoś dowcipnego.

— Prawdę mówiąc, byłem w sądzie tylko kilka razy. Jak do tej pory mnie nie przyłapali. Tutaj jest tak wielu adwokatów, rozumiesz, zapamiętanie wszystkich jest niemożliwe. Jeśli dojdzie do rozprawy, poproszę Bruisera, żeby poszedł. A może któregoś z prawników.

— Bruiser powiedział, że w firmie jest pięciu prawników.

— Tak. Ja, Bruiser, Nicklass, Toxer i Ridge. Ale nie nazywałbym tego miejsca firmą. Tu każdy jest zdany na siebie. Przekonasz się. Znajdujesz sobie sprawy i klientów i zatrzymujesz jedną trzecią honorarium.

Jego szczerość mnie ujmuje, dlatego naciskam:

— Czy to dobra umowa dla pracowników?

— Zależy, czego chcesz — odpowiada, rozglądając się, jakby się bał, że Bruiser może nas usłyszeć. — Jest olbrzymia konkurencja. Mnie to pasuje, bo wyciągam czterdzieści tysięcy rocznie, praktykując prawo bez licencji. Ale nikomu o tym nie mów.

Nawet by mi to do głowy nie przyszło.

— Na jakiej zasadzie wchodzisz w moją sprawę ubezpieczeniową i współpracę ze mną?

— Ach, to. Bruiser zapłaci mi, jeśli dojdzie do ugody. Pomagam mu przy jego aktach i jestem jedyną osobą, której ufa. Nikomu innemu nie wolno dotykać jego kartoteki. Wywalił adwokata, który próbował wtykać nos w nie swoje sprawy. Ja... ja jestem nieszkodliwy. Muszę tu zostać przynajmniej do czasu, aż zdam egzamin.

— Jacy są pozostali prawnicy?

— Są w porządku. Przychodzą i odchodzą. Bruiser nie zatrudnia prymusów, sam rozumiesz. Zbiera młodych z ulicy. Pracują przez rok albo dwa, zdobywają klientów i kontakty, a potem otwierają własny interes. Prawnicy to ruchliwi ludzie.

Jakbym tego nie wiedział.

— Czy mogę cię o coś zapytać? — Instynkt odradza mi to pytanie.

— Jasne.

Podaję mu raport z wypadku, a on szybko przebiegam po nim wzrokiem.

— Bruiser ci to dał, prawda?

— Tak, kilka minut temu. Co jego zdaniem mam z tym zrobić?

— Zdobyć tę sprawę. Odszukaj faceta, na którego najechano, podpisz z nim umowę w imieniu kancelarii prawniczej J. Lymana Stone'a, a potem pilotuj sprawę.

197

— Jak mam go znaleźć?

— Wygląda na to, że leży w szpitalu. To zwykle najlepsze miejsce na pozyskiwanie klientów.

— Ty też chodzisz do szpitali?

— No pewnie. Cały czas. Widzisz, Bruiser ma kontakty w komendzie głównej. Bardzo dobre kontakty, faceci, z którymi dorastał. Przekazują mu takie raporty z wypadków prawie każdego ranka. On rozdziela je między pracowników i oczekuje, że zdobędziemy sprawy. Nie trzeba do tego doktoratu.

— W którym szpitalu?

Deck przewraca oczami przypominającymi spodki i kręci z niezadowoleniem głową.

— Czego cię uczyli na wydziale prawa?

— Niewielu rzeczy, ale na pewno nie mówili, jak uganiać się za karetkami pogotowia.

— No to lepiej dla ciebie, gdy szybko się tego nauczysz. Jeśli nie, zaczniesz głodować. Popatrz, tu jest domowy numer rannego kierowcy. Zadzwoń, powiedz komukolwiek, kto odbierze, że jesteś z sekcji ratowniczej straży pożarnej Memphis lub coś w tym rodzaju, i musisz rozmawiać z poszkodowanym kierowcą, jakkolwiek się nazywa. On nie będzie mógł podejść do telefonu, bo leży w szpitalu, prawda? W którym szpitalu? Potrzebujesz tych danych do komputera. Powiedzą ci. Działa za każdym razem. Użyj wyobraźni. Ludzie są łatwowierni.

Zbiera mi się na wymioty.

— I co potem?

— Potem idziesz do szpitala i rozmawiasz z nim. Posłuchaj, jesteś przecież debiutantem. Przepraszam. Powiem ci, co ja bym zrobił. Skombinujmy jakieś kanapki i zjemy w samochodzie, kiedy będziemy jechali do szpitala, żeby wpisać tego kolegę na listę naszych klientów.

Nie mam na to najmniejszej ochoty. Chciałbym odejść z tego miejsca i nigdy nie wracać. Ale w tej chwili nie mam wyboru.

— W porządku — mówię z wahaniem.

Deck zrywa się na równe nogi.

— Spotkamy się w recepcji. Zadzwonię i dowiem się, który to szpital.

⋏ ⋏ ⋏

Szpital dobroczynny pod wezwaniem Świętego Piotra to prawdziwe zoo, gdzie przywożą ludzi z najgorszymi urazami. Należy do miasta i zapewnia, między innymi, marną opiekę niezliczonym pacjentom.

Deck bardzo dobrze go zna. Mkniemy przez miasto jego rozklekotanym minivanem, który był wszystkim, co sąd przyznał mu po rozwodzie spowodowanym nadużywaniem przez niego alkoholu całe lata. Teraz Deck jest czysty, to dumny członek Anonimowych Alkoholików, rzucił też palenie. Choć została mu namiętność do hazardu, do czego przyznaje się śmiertelnie poważnym tonem. Niepokoją go nowe kasyna wyrastające jak grzyby po deszczu tuż za granicą stanu w Missisipi.

Jego była żona i dwoje dzieci nadal mieszkają w Kalifornii.

Poznaję te wszystkie szczegóły w niecałe dziesięć minut, kiedy pochłaniam hot doga. Deck prowadzi jedną ręką, je drugą i szarpie się, podryguje, wykrzywia twarz i mówi przez połowę Memphis z kawałkiem sałatki z kurczaka przylepionym do kącika ust. Nie mogę znieść tego widoku.

Parkujemy na miejscu zarezerwowanym dla lekarzy, bo Deck ma kartę parkingową, która identyfikuje go jako internistę. Ochroniarz najwyraźniej go zna, bo macha ręką, żebyśmy wjeżdżali.

Deck prowadzi mnie prosto do okienka informacji w głównym holu zatłoczonym ludźmi. Już po kilku sekundach Deck zna numer pokoju Dana Van Landela, naszego potencjalnego klienta. Deck stawia stopy palcami do środka i lekko kuleje, ale ja mam problem z dotrzymaniem mu kroku, kiedy zmierza do windy.

— Nie zachowuj się jak adwokat — szepcze, gdy czekamy w grupie pielęgniarek.

Jak ktoś mógłby nawet podejrzewać, że Deck jest adwokatem? Jedziemy w milczeniu na ósme piętro. Wysiadamy z tłumem ludzi. To smutne, ale Deck robił to już bardzo wiele razy. Mimo iż ma dziwny kształt głowy, kuśtyka i jego nietypowy wygląd rzuca się w oczy, nikt nie zwraca na Decka uwagi. Wleczemy się korytarzem pełnym ludzi, aż docieramy do skrzyżowania z innym korytarzem przy pełnym krzątaniny pokoju pielęgniarek. Deck wie dokładnie, jak znaleźć pokój osiemset osiemdziesiąt sześć. Skręcamy w lewo, mijamy pielęgniarki, jakichś monterów i lekarza wpatrzonego w kartę pacjenta. Przy jednej ścianie stoją łóżka na kółkach bez prześcieradeł. Kafelkowa posadzka jest zniszczona i wymaga szorowania. Przechodzimy obok czworga drzwi po lewej stronie i wślizgujemy się bez pukania do czegoś w rodzaju półprywatnej sali. Panuje w niej półmrok. Pierwsze łóżko zajmuje mężczyzna z kołdrą zakrywającą go po samą szyję. Ogląda serial na maleńkim telewizorze zawieszonym nad łóżkiem.

Zerka na nas przerażony, jakbyśmy przyszli zabrać mu nerkę, a ja jestem strasznie zły na siebie za to, że tu jestem. Nie mamy prawa zakłócać spokoju tych ludzi w tak obcesowy sposób.

Deck natomiast czuje się jak ryba w wodzie. Aż trudno uwierzyć, że ten bezczelny oszust jest tym samym człowiekiem, który niczym łasica wślizgnął się do mojego pokoju niecałą godzinę temu. Wtedy bał się własnego cienia, teraz sprawia wrażenie, jakby nie wiedział, co to strach.

Idziemy kilka kroków dalej do przerwy w parawanie. Deck waha się przez chwilę, gdy sprawdza, czy ktoś odwiedza Dana Van Landela. Jest sam, więc Deck pcha się za parawan.

— Dzień dobry, panie Van Landel — mówi serdecznie.

Van Landel jest przed trzydziestką, choć trudno ocenić jego wiek, bo ma zabandażowaną twarz. Jedno oko jest spuchnięte, z prawie zupełnie opuszczoną powieką, pod drugim widać ranę szarpaną. Złamana ręka i noga na wyciągu.

Jest przytomny, więc dzięki Bogu nie musimy go dotykać czy do niego krzyczeć. Staję w nogach łóżka, blisko wejścia, i mam nadzieję, że żaden lekarz ani pielęgniarka lub ktoś z rodziny nie zjawią się nagle i nas nie przyłapią.

Deck pochyla się nad chorym.

— Czy pan mnie słyszy? — pyta ze współczuciem jak ksiądz. Van Landel jest przypięty pasami do łóżka, dlatego nie może się ruszać. Nie wątpię, że chętnie by usiadł albo poprawił pozycję, niemniej go przyszpilili. Nawet nie umiem sobie wyobrazić szoku, jaki musi przeżywać. W jednej chwili leży i patrzy w sufit, prawdopodobnie nadal półprzytomny i obolały, a ułamek sekundy później widzi jakąś dziwną twarz.

Gwałtownie mruga, usiłując skupić wzrok.

— Kim jesteście? — mamrocze przez zaciśnięte zęby. Zaciśnięte, bo ma zdrutowaną szczękę.

To nie w porządku.

Deck uśmiecha się na te słowa i odsłania cztery lśniące zęby.

— Deck Shifflet, kancelaria prawnicza Lymana Stone'a — mówi z niezwykłą pewnością siebie, jakby ktoś się go tu spodziewał. — Nie rozmawiał pan jeszcze z żadną firmą ubezpieczeniową, prawda?

Deck ustala w ten sposób, kto jest czarnym charakterem. To z pewnością nie my. To chłopcy z firm ubezpieczeniowych. Robi milowy krok w pozyskiwaniu jego zaufania. My przeciwko nim.

— Nie — mamrocze Van Landel.

— To dobrze. Niech pan z nimi nie rozmawia. Przyjdą tylko po to, żeby pana wycyckać — tłumaczy Deck. — Widzieliśmy raport policyjny z tego wypadku. Niebudzący wątpliwości przypadek przejechania na czerwonym świetle. Wyjdziemy stąd mniej więcej za godzinę — mówi, patrząc z powagą na zegarek — i sfotografujemy miejsce, gdzie doszło do wypadku, porozmawiamy ze świadkami, rozumie pan, praca w terenie. Musimy to zrobić szybko, zanim inspektorzy firmy ubezpieczeniowej dotrą do świadków. Są znani z tego, że ich przekupują, żeby składali fałszywe zeznania, rozumie pan, i temu podobne zagrywki. Musimy działać błyskawicznie, ale potrzebne nam pańskie upoważnienie. Ma pan adwokata?

Wstrzymuję oddech. Jeśli Van Landel powie, że jego brat jest adwokatem, wychodzę.

— Nie — odpowiada.

Deck szykuje się do ostatniego ataku.

— W takim razie, jak już powiedziałem, musimy działać szybko. Moja firma prowadzi więcej spraw związanych z wypadkami samochodowymi niż jakakolwiek inna w Memphis i uzyskujemy ogromne odszkodowania. Firmy ubezpieczeniowe się nas boją. I nie chcemy ani centa z góry. Bierzemy po prostu jedną trzecią odszkodowania. — Jest jeszcze bliżej niego i wyciąga umowę spomiędzy kartek notesu. To skrócona wersja, jedna strona, trzy paragrafy, wystarcza jednak, żeby go złowić. Deck macha nią przed twarzą rannego w taki sposób, że facet musi ją wziąć. Trzyma ją w zdrowej ręce i usiłuje przeczytać.

Bogu niech będą dzięki. Facet ma za sobą najgorszą noc w życiu, szczęście, że w ogóle żyje, a teraz, gdy ledwo widzi na oczy i jest otumaniony, oczekuje się od niego, że dokładnie przestudiuje dokument prawny i podejmie mądrą decyzję.

— Czy możecie zaczekać na moją żonę? — pyta niemal błagalnie.

Czyżby ktoś miał nas tu przyłapać? Chwytam za poręcz łóżka i kiedy to robię, niechcący uderzam linkę, która podtrzymuje wyciąg, przez co jego noga unosi się o kilka centymetrów.

— Och, och, och! — jęczy.

— Przepraszam — mówię szybko, gwałtownie cofając ręce. Deck patrzy na mnie, jakby chciał mnie zaszlachtować, ale szybko się opanowuje.

— Gdzie jest pańska żona? — pyta.

— Och, och, och! — biedak znów jęczy.

— Przepraszam — powtarzam, bo nie wiem, co powiedzieć. Nerwy mam napięte jak postronki.

Van Landel przypatruje mi się ze strachem. Trzymam obie ręce głęboko w kieszeniach.

— Niedługo wróci — mówi, a w każdej sylabie słychać ból.

Zdaje się, że Deck ma odpowiedź na wszystko.

— Porozmawiam z nią później, w kancelarii. Potrzebne mi będą całe tony informacji od niej. — Wsuwa notes pod umowę, żeby podpisanie było łatwiejsze, i zdejmuje skuwkę z długopisu. Van Landel coś mamrocze, a potem bierze długopis i bazgrze swoje nazwisko. Deck wsuwa umowę do notesu i wręcza nowemu klientowi wizytówkę. Widnieje na niej, że jest asystentem w kancelarii prawniczej J. Lymana Stone'a.

— A teraz kilka spraw — mówi. Jego ton jest bardzo autorytatywny. — Niech pan nie rozmawia z nikim poza lekarzami. Zaczną pana nachodzić ludzie z firmy ubezpieczeniowej, prawdę powiedziawszy, zjawią się tu prawdopodobnie jeszcze dzisiaj i będą usiłowali skłonić pana do podpisania jakichś formularzy i dokumentów. Mogą nawet zaproponować panu ugodę. Niech pan pod żadnym pozorem nie mówi do nich ani słowa. Niech pan pod żadnym pozorem niczego nie podpisuje, zanim ja tego nie zobaczę. Ma pan tu numer mojego telefonu. Może pan dzwonić dwadzieścia cztery godziny na dobę. Z tyłu jest numer Rudy'ego Baylora, który tu jest ze mną, i do niego też może pan dzwonić o dowolnej porze. Razem będziemy prowadzili tę sprawę. Jakieś pytania? To dobrze — sapnął Deck, zanim ranny zdążył jęknąć czy chrząknąć. — Rudy będzie tu rano z resztą papierów. Niech pan powie żonie, żeby do nas zadzwoniła dziś po południu. Musimy z nią porozmawiać, to bardzo ważne. — Klepie Van Landela po zdrowej nodze. Powinniśmy już iść, zanim facet zmieni zdanie. — Załatwimy panu mnóstwo kasy — zapewnia go Deck.

Żegnamy się, cofamy i szybko wychodzimy. Już na korytarzu Deck mówi z dumą:

— Tak się to właśnie robi, Rudy. Bułka z masłem.

Musimy przepuścić kobietę na wózku inwalidzkim, przystajemy, bo wiozą jakiegoś pacjenta na łóżku na kółkach. W holu jest pełno ludzi.

— A jeśli ten facet ma adwokata? — pytam, odzyskując oddech.

— Nie mamy nic do stracenia, Rudy. Nie wolno ci o tym zapominać. Przyszliśmy tu z pustymi rękami. Gdyby wyrzucił nas z sali z jakiegokolwiek powodu, co byśmy stracili?

Trochę godności i szacunku dla samego siebie. Jego rozumowanie jest ze wszech miar logiczne. Nic nie mówię. Stawiam długie, szybkie kroki i staram się nie patrzeć na jego kuśtykanie i tiki.

— Widzisz, Rudy, na prawie nie uczą tego, co powinno się wiedzieć. Tam są tylko książki i teorie, wzniosłe zdania o praktykowaniu prawa, coś jak wskazówki dla dżentelmenów. To honorowe powołanie, w którym trzeba się kierować regułami etyki spisanymi na tysiącach stron.

. — Co złego jest w etyce?

— Och, nic, jak myślę. To znaczy uważam, że prawnik powinien walczyć w imieniu klienta, powstrzymywać się od okradania go, starać się nie kłamać, rozumiesz, ważne są podstawowe zasady.

Deck jako ekspert od etyki. Całymi godzinami roztrząsaliśmy etyczne i moralne dylematy, ale oto bach, Deck sprowadził zasady etyki do wielkiej trójki: walcz w imieniu klienta, nie kradnij, staraj się nie kłamać.

Nagle skręcamy w lewo i wchodzimy do nowszego korytarza. Szpital Świętego Piotra to labirynt aneksów i dobudówek. Deck jest w nastroju do pouczania.

— Ale to, czego nie uczą na prawie, może się dla ciebie źle skończyć. Wróćmy chociażby do tego faceta, Van Landela. Miałem wrażenie, że denerwowałeś się, gdy byliśmy w jego sali.

— Denerwowałem. To prawda.

— A nie powinieneś.

— Zabieganie o sprawę jest nieetyczne. To aż rażące uganianie się za karetkami pogotowia.

— Racja. Kogo to jednak obchodzi? Lepiej, że to my niż ktoś inny. Masz moje słowo, że w ciągu następnych dwudziestu czterech godzin inny adwokat dotrze do Van Landela i będzie próbował podpisać z nim umowę. Tak to się po prostu robi, Rudy. Konkurencja czuwa. To rynek. I jest na nim bardzo wielu prawników. Jakbym tego nie wiedział.

— Czy ten facet będzie się nas trzymał?

— Prawdopodobnie. Jak do tej pory mieliśmy szczęście. Dopadliśmy go w idealnym czasie. Zwykle samo złapanie klienta to szansa pięćdziesiąt na pięćdziesiąt, ale kiedy już podpiszą się na wykropkowanym miejscu, osiemdziesiąt procent zostaje z nami. Powinieneś do niego zadzwonić za kilka godzin, porozmawiać z jego żoną, zaoferować, że wpadniesz do niego wieczorem, żeby przedyskutować sprawę.

— Ja?

— No pewnie. To łatwe. Mam kilka teczek, które mógłbyś przejrzeć. Nie potrzeba do tego noblisty.

— Ale nie jestem pewny...

— Posłuchaj, Rudy, spokojnie. Nie bój się tego miejsca. Teraz to nasz klient, w porządku? Masz prawo go odwiedzać i nikt nie może ci w tym przeszkodzić. Nie mogą cię wyrzucić. Odpręż się.

⋏ ⋏ ⋏

Pijemy kawę z plastikowych kubków w bufecie na trzecim piętrze. Deck woli tę małą kafejkę, bo jest blisko skrzydła ortopedycznego, poza tym niedawno ją odremontowano i bardzo niewielu adwokatów wie o jej istnieniu. Adwokaci, jak wyjaśnia mi ściszonym głosem, przypatrując się każdemu pacjentowi, są znani z tego, że przesiadują w szpitalnych kafeteriach, gdzie polują na ludzi poszkodowanych na zdrowiu. Mówi to z pewną pogardą. W przypadku Decka ironia nie ma sensu.

Jednym z moich obowiązków jako adwokata z kancelarii adwokackiej J. Lymana Stone'a będzie zatem wysiadywanie tutaj i żerowanie na tych pastwiskach. W szpitalu Cumberland na parterze również jest duża kafeteria, dwie przecznice stąd. A w szpitalu związku weteranów wojennych są aż trzy. Deck rzecz jasna wie, gdzie są wszystkie, i dzieli się ze mną tą wiedzą.

205

Radzi mi, żebym zaczął od Świętego Piotra, bo ma największy oddział urazowy. Na serwetce rysuje mi rozmieszczenie innych potencjalnych miejsc dobrych na łowy — główna kawiarnia, bufet przy oddziale położniczym na drugim piętrze, kawiarnia przy frontowym lobby. Późne wieczory są dobre, mówi, nie spuszczając oczu z pacjentów, bo chorzy często nudzą się w salach, zakładając, że są w stanie wybrać się na przykład na wózku inwalidzkim po coś do przegryzienia. Nie tak wiele lat temu jeden z adwokatów Bruisera kręcił się pewnego ranka po głównej kafeterii i podpisał umowę z poparzonym dzieciakiem. Sprawa zakończyła się rok później odszkodowaniem wysokości dwóch milionów. Problem polegał jednak na tym, że dzieciak zwolnił Bruisera i wynajął innego adwokata.

— Urwał się nam — mówi Deck głosem pokonanego wędkarza.

Rozdział 17

Pani Birdie idzie spać o dwudziestej trzeciej, kiedy kończy się powtórka kolejnego odcinka M*A*S*H. Zapraszała mnie kilka razy, żebym posiedział u niej i oglądał z nią telewizję po obiedzie, ale jak do tej pory zawsze udawało mi się znaleźć jakąś wymówkę.

Siedzę na schodach przed moim lokum i czekam, aż w jej domu zgasną światła. Widzę postać przemieszczającą się od jednych drzwi do następnych, sprawdzającą zamki, opuszczającą rolety.

Przypuszczam, że starzy ludzie przyzwyczajają się do samotności, choć nikt przecież nie spodziewa się, że przyjdzie mu spędzić ostatnie lata samotnie, bez kogoś bliskiego. Jestem przekonany, że kiedy była młodsza, patrzyła z ufnością w przyszłość i miała pewność, że te lata przeżyje otoczona wnukami, że jej własne dzieci będą blisko i wpadną codziennie, żeby sprawdzić, jak mama się czuje, będą przynosiły kwiaty, ciastka i prezenty. Pani Birdie nie przewidziała, że na koniec życia zostanie sama w starym domu z zacierającymi się wspomnieniami.

Rzadko mówi o synach albo wnukach. W domu stoi w ramkach

tylko kilka zdjęć, a sądząc po modzie, są dość stare. Jestem tu od kilku tygodni i nie zauważyłem, żeby choć raz kontaktowała się z rodziną.

Dręczą mnie wyrzuty sumienia, że nie przesiaduję z nią wieczorami, ale mam swoje powody. Ona ogląda jeden kretyński serial po drugim, a ja ich nie znoszę. Wiem, bo bez przerwy o nich opowiada. Poza tym powinienem uczyć się do egzaminu.

Jest jeszcze inna ważna przyczyna, dla której zachowuję dystans. Pani Birdie dawała mi do zrozumienia, i to raczej dość natarczywie, że dom wymaga pomalowania i że kiedy skończy z podściółką, będzie miała czas, żeby zająć się następnym zadaniem.

Dzisiaj napisałem i wysłałem list do adwokata z Atlanty. Podpisałem się własnym nazwiskiem, jako asystent z kancelarii J. Lymana Stone'a. Zadałem mu w nim kilka pytań dotyczących masy spadkowej Anthony'ego L. Murdine'a, ostatniego męża pani Birdie. Przekopuję się przez to bardzo powoli, a szczęcie niezbyt mi dopisuje.

Światło w jej sypialni wreszcie gaśnie, więc schodzę po chybotliwych schodach i boso, na palcach, idę po mokrej trawie do postrzępionego hamaka zawieszonego między dwoma niskimi drzewami. Bujałem się na nim któregoś wieczoru przez godzinę i niczego sobie nie uszkodziłem. Z hamaka jest przepiękny widok na księżyc w pełni, widoczny między drzewami. Kołyszę się łagodnie. Noc jest ciepła.

Od dzisiejszego epizodu z Van Landelem w szpitalu mam pietra. Studia prawnicze zacząłem niespełna trzy lata temu, mając typowe szlachetne pragnienie, że któregoś dnia za pomocą zdobytych uprawnień choćby w niewielkim stopniu przyczynię się do polepszenia życia społeczeństwa, zacznę wykonywać szanowany zawód, kierujący się zasadami etyki, której w moim przekonaniu wszyscy prawnicy starają się przestrzegać. Naprawdę w to wierzyłem. Wiedziałem, że nie uda mi się naprawić świata, ale marzyłem o pracy w dużym napięciu z wściekle inteligentnymi ludźmi, którzy trzymają się idealistycznych reguł. Chciałem ciężko pracować i doskonalić się w zawodzie, a robiąc to, pragnąłem przyciągać klientów nie kłamliwymi ogłoszeniami, ale reputacją. I przez cały czas, gdy moje umiejętności i honoraria by rosły, brałbym sprawy i klientów, których nikt nie chce, nie zawracając sobie głowy pieniędzmi. Takie marzenia nie są czymś niezwykłym dla studentów prawa zaczynających naukę.

Muszę przyznać, że na wydziale prawa wiele godzin poświęciliśmy na studiowanie etyki i dyskutowanie o niej. Przywiązuje się tam do tego ogromną wagę, tak dużą, że wszyscy przyjęliśmy za pewnik, iż w tym zawodzie gorliwie wciela się w życie jej surowe zasady. Poznana teraz prawda wpędza mnie w depresję. Przez ostatni miesiąc jeden adwokat po drugim rozwiewali moje złudzenia. Zostałem zdegradowany do roli kłusownika w szpitalnych kafeteriach, pracującego za tysiąc dolarów miesięcznie. Niedobrze mi się robi na myśl o tym, kim się stałem, smuci mnie to, a jednocześnie dobija, że tak prędko do tego doszło.

Moim najlepszym przyjacielem w college'u był Craig Balter. Przez dwa lata mieszkaliśmy w jednym pokoju. W zeszłym roku pojechałem na jego ślub. Craig miał jeden cel, kiedy zaczynał college: chciał uczyć historii w szkole średniej. Był bardzo mądry i nauka przychodziła mu zbyt łatwo. Prowadziliśmy długie dyskusje o tym, co zrobimy z naszym życiem. Wydawało mi się, że Craig zaniża własne możliwości, marząc jedynie o posadzie nauczyciela. Zezłościł się, kiedy porównałem mój przyszły zawód z jego zawodem. Ja zmierzałem ku wielkim pieniądzom i sukcesom, on podążał do klasy, a jego pensja będzie zależała od czynników, na które nie będzie miał wpływu.

Craig zrobił dyplom i ożenił się z przedszkolanką. Uczy teraz historii i nauki o społeczeństwie w dziewiątej klasie. Ona zaszła w ciążę i jest wychowawczynią w przedszkolu. Mają ładny dom na wsi z kilkoma hektarami ziemi i ogrodem i nie znam szczęśliwszych ludzi. Ich wspólne dochody, jak przypuszczam, nie przekraczają pięćdziesięciu tysięcy rocznie.

Ale Craigowi nie zależy na pieniądzach. Zajmuje się dokładnie tym, co zawsze chciał robić. Ja natomiast nie mam bladego pojęcia, co robię. Praca Craiga jest niesamowicie satysfakcjonująca, bo kształtuje młode umysły. Craig może przewidzieć skutki swojej harówki. Ja pójdę jutro do firmy, mając nadzieję, że dzięki jakiemuś szwindlowi lub haczykowi osaczę niczego się niespodziewającego klienta przygniecionego nieszczęściem. Gdyby prawnicy zarabiali takie same pieniądze jak nauczyciele, natychmiast zamknięto by dziewięć z dziesięciu wydziałów prawa.

Sprawy muszą przybrać lepszy obrót. Zanim to się jednak stanie, mogę się spodziewać co najmniej dwóch nieszczęść: mogę zostać aresztowany lub w inny sposób skompromitowany w związku z pożarem u Lake'a, mogę też oblać egzamin adwokacki.

Myśli o obu sprawiają, że bujam się w hamaku aż do wczesnych godzin porannych.

⋏ ⋏ ⋏

Bruiser przychodzi bardzo rano do firmy, ma przekrwione oczy i jest na kacu, ale ubiera się w najlepsze adwokackie ciuchy — drogi wełniany garnitur, wykrochmaloną białą koszulę z bawełny, elegancki jedwabny krawat. Jego falująca grzywa została najwyraźniej tego ranka umyta. Lśni czystością.

Wybiera się do sądu na rozprawę wstępną w sprawie o handel narkotykami, dlatego jest zdenerwowany i pobudzony. Zostałem wezwany przed jego oblicze i wysłuchałem poleceń.

— Dobra robota z Van Landelem — mówi zatopiony w papierach i teczkach. Dru krząta się za nim w bezpiecznej odległości. Rekiny patrzą na nią łakomie. — Kilka minut temu rozmawiałem z firmą ubezpieczeniową. Prawie pełne pokrycie ubezpieczeniowe. Wina nie budzi wątpliwości. Jak bardzo chłopak ucierpiał?

Poprzedniego wieczoru, chory ze zdenerwowania, spędziłem godzinę w szpitalu z Danem Van Landelem i jego żoną. Zasypali mnie pytaniami, interesując się przede wszystkim, ile mogą dostać. Miałem niewiele konkretnych odpowiedzi, ale poradziłem sobie bardzo dobrze z pomocą prawniczego bełkotu. Jak do tej pory, są z nami.

210

— Ma złamaną nogę, rękę, żebra, bardzo dużo ran szarpanych. Lekarz mówi, że wypuści go ze szpitala za dziesięć dni.

Bruiser uśmiecha się na te słowa.

— Trzymaj się tej sprawy. Przeprowadź dochodzenie. Słuchaj Decka. To może być milusia ugoda.

Milusia dla Bruisera, ale ja nie wezmę udziału w podziale łupu. Ta sprawa nie będzie miała wpływu na moją wypłatę.

— Gliniarze chcą, żebyś złożył zeznanie w sprawie pożaru — rzuca Bruiser, sięgając po teczkę. — Rozmawiałem z nimi wczoraj wieczorem. Złożysz je tutaj, w tym gabinecie, w mojej obecności.

Mówi tak, jakby zostało to już dawno zaplanowane, a ja nie mam wyboru.

— A jeśli odmówię?

— Wtedy prawdopodobnie zabiorą cię do śródmieścia na przesłuchanie. Jeśli nie masz nic do ukrycia, radziłbym złożyć to zeznanie. Będę tu. Wszystko możesz ze mną skonsultować. Pogadaj z nimi, a potem zostawią cię w spokoju.

— Więc myślą, że to podpalenie?

— Są o tym przekonani. W granicach rozsądku.

— Czego chcą ode mnie?

— Chcą wiedzieć, gdzie byłeś, co robiłeś, chcą znać godziny, miejsca, alibi i tego typu rzeczy.

— Nie będę umiał odpowiedzieć na wszystko, ale powiem prawdę.

Bruiser się uśmiecha.

— W takim razie prawda cię wyzwoli.

— Może to napiszę.

— Dobrze, ale o czternastej.

Kiwam głową, ale nic nie mówię. To dziwne, że choć jestem taki bezbronny, bezwarunkowo ufam Bruiserowi, człowiekowi, któremu w innych okolicznościach nigdy bym nie uwierzył.

— Potrzebuję trochę wolnego, Bruiser — mówię.

Jego ręce zastygają w powietrzu, wpatruje się we mnie. Dru,

przeglądająca w rogu zawartość szafki z kartotekami, zamiera i też patrzy. Jeden z rekinów też najwyraźniej mnie usłyszał.

— Dopiero zacząłeś — przypomina Bruiser.

— Tak, wiem. Ale egzamin adwokacki jest tuż-tuż. Naprawdę bardzo zaniedbałem naukę.

Przekrzywia głowę na jedną stronę i gładzi bródkę. Bruiser ma naprawdę surowe spojrzenie, kiedy pije i się bawi. Teraz jego oczy przypominają lasery.

— Ile czasu?

— Przychodziłbym codziennie rano i pracował, powiedzmy, do południa. A potem, w zależności od terminów spraw w sądzie i umówionych spotkań, wymykałbym się do biblioteki i uczył. — Moja próba, żeby zabrzmiało to dowcipnie, spala na panewce.

— Możesz się uczyć z Deckiem — proponuje Bruiser z niespodziewanym uśmiechem. To żart, więc śmieję się głupkowato. — Powiem ci, co będziesz robił — poważnieje. — Będziesz pracował do dwunastej, potem spakujesz książki i będziesz siedział w kafeterii u Świętego Piotra. Ucz się jak cholera, w porządku, ale jednocześnie miej oczy szeroko otwarte. Chcę, żebyś zdał ten egzamin, ale bardziej martwię się teraz o zdobywanie nowych spraw. Weź komórkę, żebym mógł cię złapać o każdej porze. W porządku?

Po co to zrobiłem? Kopię się w myślach w tyłek za wspominanie o egzaminie.

— Jasne — odpowiadam, marszcząc czoło.

Poprzedniej nocy w hamaku myślałem, że szczęście trochę się do mnie uśmiechnie i uniknę wizyt w Szpitalu Świętego Piotra. Teraz dostałem tam przydział.

▲   ▲   ▲

Tych samych dwóch gliniarzy, którzy przyszli do mojego mieszkania, przedstawia się Bruiserowi i prosi go o zgodę na przesłuchanie. Siedzimy we czterech przy niewielkim okrągłym stole w rogu jego gabinetu. Dwa magnetofony są ustawione pośrodku blatu, oba włączone.

Szybko się tym nudzę. Opowiadam tę samą historię, którą przedstawiłem tym dwóch pajacom podczas naszego pierwszego spotkania, a oni marnują straszliwie dużo czasu, grzebiąc się w każdym, najdrobniejszym szczególe. Usiłują przyłapać mnie na rozbieżnościach w zupełnie nieistotnych detalach — „chyba mówił pan, że miał wtedy na sobie granatową koszulę, teraz twierdzi pan, że była niebieska" — ale przedstawiam im prawdę. Nie kłamię, żeby coś zataić, i po godzinie najwyraźniej dociera do nich, że to nie mnie szukają.

Bruiser zaczyna się irytować i mówi im więcej niż raz, żeby przechodzili do następnych pytań. Słuchają go, ale tylko przez chwilę. Myślę, że ci gliniarze się go boją.

Wreszcie wychodzą, a Bruiser mówi, że to zamyka sprawę. Nie jestem już podejrzanym, sprawdzali po prostu wszystkie poszlaki. Rano ma zamiar porozmawiać z ich porucznikiem i sprawić, żeby zamknęli dochodzenie w mojej sprawie.

Dziękuję mu. Wręcza mi niewielki telefon, który z łatwością chowa mi się w zamkniętej dłoni.

— Trzymaj go przy sobie przez cały czas — poleca. — Zwłaszcza wtedy, gdy uczysz się do egzaminu. Mogę cię nagle potrzebować.

Maleńkie urządzenie nagle staje się dużo cięższe. Dzięki niemu będę jego poddanym przez dwadzieścia cztery godziny na dobę.

Odsyła mnie do mojego pokoju.

⋏ ⋏ ⋏

Wracam do bufetu przy skrzydle ortopedii z solennym postanowieniem, że zaszyję się w rogu, będę czytał materiały, które mam ze sobą, trzymał ten cholerny telefon komórkowy pod ręką, ale ignorował otaczających mnie ludzi.

Jedzenie nie jest takie złe. Po siedmiu latach stołówkowego żarcia wszystko dobrze smakuje. Jem kanapkę z serem pimento i chipsy. Rozkładam na stole w rogu materiał powtórzeniowy do egzaminu i siadam plecami do ściany.

213

Najpierw rozkoszuję się kanapką i przyglądam innym, którzy też tu jedzą. W większości to personel medyczny — lekarze ubrani na zielono, pielęgniarki w białych fartuchach, technicy w laboratoryjnych uniformach. Siedzą w małych grupach i rozmawiają o dolegliwościach i sposobach leczenia, o jakich nigdy nie słyszałem. Jak na ludzi, którzy powinni znać zasady zdrowego odżywiania, napychają się najgorszym możliwym świństwem. Frytki, burgery, nachos, pizze. Obserwuję grupkę młodych lekarzy pochylonych nad obiadem i zastanawiam się, co by pomyśleli, gdyby wiedzieli, że w ich mateczniku przesiaduje prawnik i uczy się do egzaminu adwokackiego, żeby pewnego dnia móc ich pozwać do sądu.

Wątpię, żeby się tym przejęli. Mam takie samo prawo do przebywania w tym miejscu jak oni.

Nikt nie zwraca na mnie uwagi. Od czasu do czasu pojawia się tu jakiś pacjent, wchodzi o kulach albo jest pchany na wózku przez sanitariusza. Nigdzie w pobliżu nie widzę żadnego innego adwokata gotowego do działania.

O osiemnastej płacę za pierwszą kawę i wkrótce zatracam się w nudnym jak flaki z olejem zgłębianiu tajników umów i prawa o nieruchomościach, dwóch zagadnieniach, które przerażały mnie na pierwszym roku studiów. Brnę dalej. Odkładałem to aż do tej pory i teraz już się nie wymigam. Mija godzina, zanim idę po dolewkę kawy. Tłum się przerzedził. Spostrzegam dwóch poszkodowanych w wypadkach, siedzących obok siebie pod drugiej stronie sali. Obaj są oblepieni plastrami i obandażowani. Deck od razu by ich zaczepił, ale nie ja.

Po jakimś czasie ku własnemu zaskoczeniu dochodzę do wniosku, że nawet mi się podoba w tej kafeterii. Cicho tu i nikt mnie nie zna. Idealne miejsce do nauki. Kawa nie jest taka zła i dolewki są za pół ceny. Przebywam z dala od pani Birdie i dzięki temu nie muszę tyrać w ogrodzie. Mój szef chce, żebym tu był, i choć powinienem polować na ofiary, on i tak o niczym się nie dowie. Przecież nie mam żadnej normy do wyrobienia. Nie można ode mnie oczekiwać, że podpiszę x umów tygodniowo.

Nagle telefon wydaje ohydny dźwięk. To Bruiser. Po prostu mnie sprawdza. Dopisuje ci szczęście? Nie, odpowiadam, patrząc na drugą stronę bufetu, gdzie dwóch idealnych kandydatów na powodów siedzi na wózkach inwalidzkich i porównuje odniesione rany. Mówi, że rozmawiał z porucznikiem i wszystko dobrze wygląda. Jest przekonany, że podążą innym tropem, za innymi podejrzanymi. „Powodzenia w wędkowaniu!" — kończy ze śmiechem i się rozłącza, bez wątpienia zmierzając do Yogi's, żeby spotkać się z Prince'em i kilkoma innymi pijaczkami.

Uczę się przez następną godzinę, a potem wstaję od stolika i idę na ósme piętro, żeby zajrzeć do Dana Van Landela. Jest bardzo obolały, ale chce rozmawiać. Przynoszę mu dobrą wiadomość, że skontaktowaliśmy się z firmą ubezpieczeniową drugiego kierowcy i czeka na nas bardzo ładna polisa. Jego przypadek spełnia wszelkie warunki, wyjaśniam, powtarzając słowa usłyszane wcześniej od Decka. Niewątpliwa wina (tamten kierowca był pijany!), bardzo dobra polisa ubezpieczeniowa i odpowiednie urazy u ofiary. Odpowiednie oznacza parę poważnie zgruchotanych kości, których stan może łatwo przejść w magiczne trwałe uszkodzenie.

Dan zdobywa się na miły uśmiech. Już liczy pieniądze. W odpowiednim czasie będzie musiał jednak podzielić się tym tortem z Bruiserem.

Żegnam się z nim i obiecuję, że wpadnę jutro. Ponieważ mam przydział do tego szpitala, będę mógł odwiedzać wszystkich moich klientów. To się nazywa obsługa!

▴ ▴ ▴

Kiedy wracam i zajmuję miejsce w rogu, w bufecie znów robi się tłoczno. Zostawiłem książki rozłożone na stoliku. Tytuł jednej z nich rzuca się w oczy: *Przygotowanie do egzaminu adwokackiego*. Zwróciła na niego uwagę grupa młodych lekarzy siedzących przy sąsiednim stoliku. Patrzą na mnie podejrzliwie, gdy siadam na krześle. Od razu umilkli, dlatego domyślam się, że rozmawiali o moich materiałach. Wkrótce jednak wychodzą. Biorę następną kawę i pogrążam się w osobliwościach federalnego prawa procesowego. Tłum zmniejsza się do garstki gości. Piję teraz bezkofeinową i jestem zdumiony ilością materiału, przez który się przegryzłem w ciągu ostatnich czterech godzin. Bruiser dzwoni o dwudziestej pierwszej czterdzieści pięć. Wszystko wskazuje na to, że jest w jakimś barze. Mówi, żebym stawił się w jego gabinecie jutro o dziewiątej, bo chce porozmawiać o pewnych prawnych kwestiach. Jest mu to potrzebne do toczącego się procesu o narkotyki, jego procesu miesiąca. Przyjdę, odpowiadam.

Nienawidzę samej myśli, że mój adwokat wymyśla prawnicze teorie, których mógłby użyć w mojej obronie, kiedy chla na umór w barze topless.

Ale Bruiser jest moim adwokatem.

O dwudziestej drugiej siedzę w bufecie sam. Jest otwarty przez całą noc, dlatego kasjerka mnie ignoruje. Tkwię głęboko zakopany w języku, który rządzi rozprawami wstępnymi, gdy słyszę ciche kichnięcie młodej kobiety. Podnoszę wzrok i widzę, że dwa stoliki dalej na wózku inwalidzkim siedzi pacjentka, jedyna poza mną osoba w kafeterii. Prawą nogę ma w gipsie od kolana w dół i trzyma ją wyciągniętą tak, że widzę podeszwę. Z tego, co wiem o gipsie na tym etapie mojej kariery, wygląda na świeży.

Jest bardzo młoda i wyjątkowo piękna. Przez kilka sekund, zanim wracam do lektury, nie mogę oderwać od niej oczu. Potem jednak znowu na nią zerkam. Ma ciemne rozpuszczone włosy, jej oczy są brązowe i błyszczące. Wyraziste rysy twarzy robią duże wrażenie mimo siniaka na lewej szczęce. Paskudnego siniaka z rodzaju, jaki zwykle zostaje po pięści. Ubrana w standardową szpitalną koszulę nocną wygląda na bardzo kruchą.

Starszy pan w różowej kurtce, jeden z niezliczonych poczciwców wolontariuszy pracujących u Świętego Piotra, ostrożnie stawia przed nią na stoliku plastikowy kubek z sokiem pomarańczowym.

— Proszę, Kelly — mówi niczym dziadek ideał.

— Dziękuję — odpowiada dziewczyna i na krótko się uśmiecha.

— Pół godziny, dobrze? — pyta starszy pan.

Ona kiwa głową i zagryza dolną wargę.

— Pół godziny — odpowiada.

— Coś jeszcze mogę dla ciebie zrobić?

— Nie, dziękuję.

Klepie ją po ramieniu i wychodzi z kafeterii.

Jesteśmy sami. Bardzo się staram na nią nie gapić, ale to niemożliwe. Wpatruję się w książkę tak długo, jak długo daję radę, a potem powoli podnoszę wzrok, żeby znowu na nią popatrzeć. Nie siedzi do mnie przodem, jest odwrócona o mniej więcej dziewięćdziesiąt stopni. Bierze szklankę z sokiem, a ja zauważam bandaże na obu nadgarstkach. Jeszcze mnie nie zauważyła. Prawdę mówiąc, dociera do mnie, że nie widziałaby nikogo, nawet gdyby to pomieszczenie było pełne ludzi. Kelly przebywa we własnym świecie.

Wygląda to na złamaną kostkę u nogi. Siniak na twarzy ucieszyłby Decka, bo wskazywałby na karambol, choć brak jakichkolwiek ran szarpanych. Obandażowane nadgarstki są dla mnie zagadką. Mimo że jest taka śliczna, nie mam pokusy, by wypróbować na niej adwokackie techniki zdobywania klienta. Robi wrażenie bardzo smutnej, a ja nie chciałbym pogłębiać jej przygnębienia. Na serdecznym palcu widać cienką obrączkę. Nie może mieć więcej jak osiemnaście lat.

Próbuję skupić się na prawie choćby przez pięć minut, ale widzę, że dziewczyna ociera oczy papierową serwetką. Lekko przechyla głowę w prawo, a łzy płyną. Cicho pociąga nosem.

Bardzo szybko zdaję sobie sprawę, że jej płacz nie ma nic wspólnego z bólem złamanej kostki. Nie wywołały go obrażenia fizyczne.

Moja wynaturzona prawnicza wyobraźnia zaczyna szaleć. Może doszło do wypadku samochodowego i jej mąż został zabity, a ona ranna? Jest za młoda, żeby mieć dzieci, jej rodzina mieszka gdzieś daleko, więc tkwi tutaj sama i opłakuje zmarłego męża. Może z tego być kapitalna sprawa.

Otrząsam się z tych strasznych myśli i usiłuję skoncentrować na książce leżącej przede mną. Dziewczyna nie przestaje płakać i cicho pociągać nosem. Kilka osób przychodzi i wychodzi, ale nikt nie dołącza do Kelly i do mnie, nikt nie zajmuje stolika. Dopijam kawę, bezszelestnie wstaję z krzesła i przechodzę dokładnie przed nią w drodze do lady. Zerkam na nią, ona spogląda na mnie, nasze oczy spotykają się na długą sekundę, a ja o mało nie wpadam na metalowe krzesełko. Ręce trochę za bardzo mi drżą, kiedy płacę za kawę. Oddycham głęboko i przystaję obok jej stolika.

Kelly powoli unosi przepiękne, mokre od łez oczy. Głośno przełykam ślinę i mówię:

— Posłuchaj, nie chciałbym się wtrącać, ale może mógłbym coś dla ciebie zrobić? Czy coś cię boli? — pytam i wskazuję głową gips.

— Nie — odpowiada ledwie słyszalnie. A potem posyła mi uśmiech, od którego może się zakręcić w głowie. — Ale dziękuję.

— Jasne — mówię. Patrzę na swój stolik oddalony o mniej niż sześć metrów. — Gdybyś czegoś potrzebowała, to siedzę tam i uczę się do egzaminu. — Wzruszam ramionami, jakbym nie wiedział, co robić, niemniej i tak prezentuję się jako wręcz modelowy zatroskany palant, dlatego, wybacz proszę, jeśli przekroczyłem jakąś granicę. Niemniej się przejmuję. I jestem pod ręką.

— Dziękuję — powtarza Kelly.

Siadam przy moim stoliku. Teraz przynajmniej już wie, że jestem w miarę przyzwoitym facetem, który uczy się z grubych książek w nadziei, że wkrótce dołączy do grona ludzi wykonujących szanowany zawód. Na pewno zrobiło to na niej wrażenie, choćby minimalne. Zagłębiam się w nauce, nie myślę o jej cierpieniu.

Mijają minuty. Przewracam stronę i jednocześnie spoglądam na dziewczynę. Ona na mnie patrzy. Serce mi przyśpiesza. Ignoruję ją tak długo, jak długo jestem w stanie wytrzymać, a potem podnoszę wzrok. Znów zatraciła się w swoim świecie, głęboko we własnym bólu. W ręku mnie serwetkę. Po jej policzkach płyną łzy. Serce mi pęka, kiedy patrzę, jak cierpi. Chciałbym usiąść obok niej, może objąć ją ramieniem i porozmawiać o różnych rzeczach. Jeśli jest mężatką, to gdzie, do cholery, jest jej mąż? Patrzy w moją stronę, ale wątpię, żeby mnie widziała.

Jej opiekun w różowej kurtce zjawia się dokładnie o dwudziestej drugiej trzydzieści, a ona próbuje szybko wziąć się w garść. Starszy pan głaszcze ją delikatnie po głowie, mówi słowa pociechy, których nie słyszę, i zaczyna ostrożnie pchać wózek. Kiedy opuszczają bufet, dziewczyna bardzo świadomie patrzy na mnie. I posyła mi długi załzawiony uśmiech.

Mam pokusę, żeby iść za nimi w pewnej odległości, zobaczyć, w której sali leży, ale odzyskuję panowanie nad sobą. Postanawiam, że odszukam jej opiekuna i wypytam go o szczegóły. Tyle że tego nie robię. Próbuję o niej zapomnieć. Właściwie jest jeszcze dzieckiem.

ᴧ   ᴧ   ᴧ

Następnego wieczoru zjawiam się w bufecie i siadam przy tym samym stoliku. Słucham takich samych zdawkowych rozmów prowadzonych przez tych samych zabieganych ludzi. Odwiedzam Van Landelów i pokrętnie odpowiadam na ich niezliczone pytania. Wypatruję innych rekinów żerujących w tej mętnej wodzie, ignoruję też kilku wyraźnie potencjalnych klientów, którzy aż się proszą, żeby ich zgarnąć. Uczę się przez całe godziny. Uwagę mam bardzo skupioną, a takiej motywacji nie miałem jeszcze nigdy w życiu.

I spoglądam na zegar. Kiedy zbliża się dwudziesta druga, tracę spokój i zaczynam się rozglądać. Usiłuję nad sobą panować i nadal się uczyć, ale aż podskakuję, gdy ktoś wchodzi do kafeterii. Dwie pielęgniarki jedzą przy jednym ze stolików, samotny laborant czyta książkę przy innym.

Kelly wjeżdża pięć minut po dwudziestej drugiej. Ten sam starszy pan pcha ostrożnie jej wózek do miejsca, które wybierze. Decyduje się na ten sam stolik co wczoraj i uśmiecha do mnie, gdy on manewruje wózkiem.

— Sok pomarańczowy — mówi. Włosy nadal ma przerzucone na plecy, ale jeśli się nie mylę, ma na rzęsach trochę tuszu i delikatne kreski na powiekach. Umalowała też usta bladoróżową szminką, a efekt tego jest bardzo dramatyczny. Poprzedniego wieczoru nie zwróciłem uwagi, że ma nieskazitelną cerę. Dzisiaj, przy odrobinie makijażu, wygląda wyjątkowo pięknie. Oczy ma czyste, promieniejące, już nie takie smutne.

Opiekun stawia przed nią sok pomarańczowy i mówi dokładnie to samo co wczoraj:

— Proszę, Kelly. Pół godziny, dobrze?

— Może czterdzieści pięć minut — prosi.

— Jak sobie życzysz — mówi opiekun i odchodzi.

Kelly wolno pije sok i patrzy nieobecnym wzrokiem na blat stołu. Bardzo dużo czasu poświęciłem dzisiaj na myślenie o niej i już dawno temu zdecydowałem, co zrobię. Odczekuję kilka minut, udając, że jej tu nie ma, i męczę się nad podręcznikiem, potem wstaję powoli, jakby nadeszła pora na przerwę na kawę.

Zatrzymuję się przy jej stoliku i mówię:

— Jesteś dzisiaj w znacznie lepszym stanie.

Spodziewała się, że powiem właśnie coś takiego.

— Lepiej się czuję — odpowiada, uśmiechając się i pokazując idealne zęby. Przepiękna twarz nawet z tak paskudnym siniakiem.

— Może coś ci przynieść?

— Chciałabym colę. Ten sok jest gorzki.

— Nie ma sprawy. — Odchodzę, przejęty tak bardzo, że słowa nie są w stanie tego oddać. Przy automacie nalewam dwa duże napoje, płacę za nie i stawiam kubki na stoliku. Patrzę na puste krzesło naprzeciwko niej, jakbym był zdezorientowany.

— Usiądź, proszę.

— Jesteś pewna?

— Proszę. Mam już dość rozmów z pielęgniarkami.

Siadam na krześle i opieram łokcie na blacie.

— Nazywam się Rudy Baylor — mówię. — A ty jesteś Kelly.

— Kelly Riker. Miło cię poznać.

— Mnie również. — Wystarczająco przyjemnie wyglądała z odległości sześciu metrów, ale teraz, gdy mogę wgapiać się w nią bez skrępowania z odległości półtora metra, nie sposób oderwać od niej wzroku. Oczy ma jasnobrązowe z figlarnymi ognikami. Jest cudowna.

— Przepraszam, jeśli wczoraj cię speszyłem — zagajam, nie mogąc się doczekać, kiedy zaczniemy rozmawiać. Jest tyle rzeczy, których chciałbym się dowiedzieć.

— Nie speszyłeś mnie. To ja przepraszam za widowisko, które z siebie zrobiłam.

— Dlaczego tu przychodzisz? — pytam, jakby to ona była tu obca, a ja należałbym do tego miejsca.

— Wymówka, żeby uciec z sali. A ty?

— Uczę się do egzaminu adwokackiego, a to bardzo spokojne miejsce.

— Więc będziesz adwokatem?

— Tak. Kilka tygodni temu skończyłem prawo, mam pracę w kancelarii. W chwili gdy zdam ten egzamin, będę gotów rozwinąć skrzydła.

Pije przez słomkę i krzywi się lekko, gdy zmienia trochę pozycję.

— Paskudne złamanie? — pytam, wskazują głową jej nogę.

— To kostka. Spięli mi ją gwoździem.

— Jak to się stało? — To następne samonasuwające się pytanie i zakładam, że odpowiedź nie powinna być dla niej problemem.

Tak jednak nie jest. Kelly waha się i jej oczy natychmiast wypełniają się łzami.

— Wypadek w domu — mówi, jakby nauczyła się na pamięć tego niejasnego wyjaśnienia.

Co to, do cholery, ma znaczyć? Wypadek w domu? Spadła ze schodów?

221

— Och — mówię, jakby wszystko było jasne. Martwię się nadgarstkami, bo na obu są bandaże, a nie plastry. Nie wyglądają na zwichnięte lub złamane. Ma na nich rany?

— To długa historia — mamrocze między jednym łykiem a drugim i odwraca wzrok.

— Od kiedy tu jesteś? — pytam.

— Parę dni. Czekają, bo chcą mieć pewność, że gwóźdź się trzyma. Jeśli nie, będą musieli powtórzyć zabieg. — Milknie na chwilę i bawi się słomką. — Czy to nie dziwne miejsce do nauki? — pyta.

— Dlaczego? Spokojnie tu i cicho. Jest mnóstwo kawy. Otwarte w nocy. Masz na palcu obrączkę. — Ten fakt nurtuje mnie bardziej niż cokolwiek innego.

Patrzy na nią, jakby nie była pewna, że nadal ma ją na palcu.

— Tak — odpowiada, a potem wpatruje się w słomkę.

Obrączka tkwi na palcu samotnie, bez żadnego pierścionka z brylantem.

— Gdzie jest twój mąż?

— Zadajesz bardzo dużo pytań.

— Jestem adwokatem. No, prawie. Tego nas uczą.

— Po co chcesz wiedzieć?

— Bo to dziwne, że jesteś tu sama w szpitalu, bez wątpienia masz takie czy inne obrażenia, a przy tobie jego nie ma.

— Był wcześniej.

— Teraz jest w domu z dziećmi?

— Nie mamy dzieci. A ty?

— Nie. Nie mam żony ani dzieci.

— Ile masz lat?

— Zadajesz bardzo dużo pytań — mówię i się uśmiecham. W jej oczach pojawiają się iskierki. — Dwadzieścia pięć. A ty ile?

Zastanawia się nad tym przez chwilę.

— Dziewiętnaście.

— To bardzo mało jak na mężatkę.

— Zdecydowała konieczność.

222

— Och, przepraszam.

— To nie twoja wina. Miałam zaledwie osiemnaście lat, kiedy zaszłam w ciążę, zaraz potem wyszłam za mąż, poroniłam tydzień po ślubie i od tamtej pory życie się ze mną nie cacka. Więc już wiesz. Czy to zaspokoiło twoją ciekawość?

— Nie. Tak. O czym chciałabyś porozmawiać?

— O studiach. Gdzie studiowałeś?

— Na wydziale prawa uniwersytetu stanowego w Memphis.

— Zawsze chciałam iść na studia, ale się nie udało. Jesteś z Memphis?

— Tutaj się urodziłem, ale dorastałem w Knoxville. A ty?

— Jestem z małego miasteczka godzinę drogi stąd. Wyjechaliśmy, kiedy zaszłam w ciążę. Moja rodzina czuła się upokorzona, bo jego rodzina to szumowiny. Nadeszła pora, żeby wyjechać.

Z jej słów wynika, że tkwi w tym jakaś poważna sprawa rodzinna, a od takich rzeczy wolę się trzymać z daleka. Dwukrotnie wspomniała o ciąży i w obu przypadkach można było tego uniknąć. Ale jest samotna i ma ochotę rozmawiać.

— Więc przeprowadziliście się do Memphis?

— Uciekliśmy do Memphis, ślubu udzielił nam sędzia pokoju, to była naprawdę bardzo ładna ceremonia, a potem straciłam dziecko.

— Co robi twój mąż?

— Jest operatorem wózka widłowego. Bardzo dużo pije. To sportowiec, który niczego już nie dokona, ale nadal marzy o zagraniu w pierwszej lidze softballowej.

Nie pytałem o to wszystko. Przyjmuję, że grał w drużynie jakiegoś liceum, ona była najgorętszą cheerleaderką, stanowili idealną wszechamerykańską parę, Mister i Miss Pipidówka, najprzystojniejszy i najładniejsza, najbardziej wysportowani, ze świetlanymi perspektywami do chwili, gdy pewnej nocy zrobili to bez prezerwatywy. I przytrafiło się im nieszczęście. Z jakiegoś powodu nie chcieli skrobanki. Może skończyli szkołę średnią, może nie. Okryci hańbą uciekli z Pipidówka, szukając anonimowości w wielkim mieście. Po poronieniu miłość się skończyła i obudzili się w rzeczywistym świecie.

On nadal marzy o sławie i fortunie w pierwszej lidze. Ona tęskni za beztroskimi latami, które tak niedawno się skończyły, i marzy o studiach, których nigdy nie zacznie.

— Przepraszam — mówi. — Nie powinnam o tym opowiadać.

— Jesteś jeszcze wystarczająco młoda, żeby studiować — mówię.

Chichocze z mojego optymizmu, jakby to marzenie rozwiało się już dawno temu.

— Nie skończyłam liceum.

I co mam powiedzieć? Jakiś wyświechtany banał, zapisz się na kursy dokształcające, zacznij chodzić do szkoły wieczorowej, możesz to zrobić, jeśli naprawdę chcesz.

— Pracujesz? — pytam zamiast tego.

— Dorywczo. Jakim rodzajem prawnika chcesz być?

— Podoba mi się praca w sądzie. Chciałbym pracować na sali sądowej.

— I bronić przestępców?

— Może. Mają prawo do swojego dnia w sądzie i mają prawo do dobrej obrony.

— Mordercy?

— Tak, ale większości nie stać na prywatnego adwokata.

— Gwałcicieli i pedofilów?

Marszczę czoło i milczę przez sekundę.

— Nie.

— Mężczyzn, którzy biją żony?

— Nie, nigdy. — W tym przypadku odpowiadam bardzo poważnie, poza tym mam podejrzenia dotyczące jej obrażeń. Mój wybór klientów spotyka się z jej aprobatą.

— Procesy kryminalne to rzadka specjalizacja — wyjaśniam. — Prawdopodobnie częściej będę się zajmował prawem cywilnym.

— Pozwy i tak dalej?

— Tak. Dokładnie. Procesy niezwiązane z przestępstwami kryminalnymi.

— Rozwody?

— Wolałbym ich unikać. To naprawdę paskudna robota.

Kelly naprawdę się stara, żeby podtrzymać rozmowę o mnie, z dala od jej przeszłości i na pewno od jej obecnego położenia. Mnie to nie przeszkadza. Jej łzy mogą pojawić się w każdej chwili, a ja nie chcę przerywać tej pogawędki. Wolę, żeby trwała.

Chce dowiedzieć się czegoś o moich doświadczeniach ze studiów — nauce, imprezowaniu, rzeczach takich jak bractwa, życie w akademiku, egzaminy, profesorowie, wycieczki. Widziała bardzo dużo filmów i ma wyidealizowany obraz czterech lat spędzonych w malowniczym kampusie, gdzie liście jesienią stają się żółte i czerwone, studenci ubrani w bluzy z nazwami drużyn futbolowych zawierają przyjaźnie, które trwają potem przez resztę życia. To biedne dziecko dopiero co wyrwało się z Pipidówka, ale ma cudowne marzenia. Jej język jest bez zarzutu, jej zasób słów jest znacznie większy od mojego. Niechętnie przyznaje, że skończyłaby szkołę z pierwszą lub drugą lokatą, gdyby nie nastoletnia miłość z Cliffem, panem Rikerem.

Bez większego trudu koloryzuję czas nauki, teraz to wspaniałe dni, bo pomijam tak ważne fakty jak czterdzieści godzin pracy tygodniowo jako dostawca pizzy, żebym mógł się utrzymać.

Chce się czegoś dowiedzieć o kancelarii, w której pracuję i jestem w połowie niesamowitego wprost przekłamywania wizerunku J. Lymana i jego firmy, kiedy dwa stoliki od nas zaczyna dzwonić telefon. Przepraszam ją i mówię, że to telefon z pracy.

To Bruiser, z Yogi's, jest pijany, z Prince'em. Bawi ich to, że jestem, gdzie jestem, podczas gdy oni piją i robią zakłady na cokolwiek, co pokazują w telewizji. W tle słychać coś jakby odgłosy zamieszek.

— Jak idzie wędkowanie? — wrzeszczy Bruiser do mikrofonu.

Uśmiecham się do Kelly, na której ten telefon zrobił wrażenie, i wyjaśniam mu tak cicho, jak to możliwe, że właśnie w tej chwili rozmawiam z potencjalną klientką. Bruiser ryczy ze śmiechu, a potem oddaje telefon Prince'owi, który jest bardziej pijany.

Opowiada mi dowcip o prawnikach pozbawiony pointy, coś o uganianiu się za karetkami. Później przechodzi do gadki typu „a nie mówiłem ci" o zaczepieniu mnie u Bruisera, który nauczy mnie więcej o prawie niż pięćdziesięciu profesorów. Trwa to jakiś czas i wkrótce pojawia się opiekun Kelly, żeby odwieźć ją na salę.

Robię kilka kroków w stronę jej stolika, zakrywam mikrofon ręką i mówię:

— Spotkanie z tobą sprawiło mi dużą przyjemność.

Ona się uśmiecha i odpowiada:

— Dzięki za colę i rozmowę.

— Jutro wieczorem? — pytam, podczas gdy Prince wrzeszczy mi do ucha.

— Może. — Puszcza do mnie oko, a pode mną uginają się kolana.

Najwyraźniej jej opiekun jest tu wystarczająco długo, żeby rozpoznać adwokacką hienę. Marszczy czoło, patrząc na mnie, i ją odwozi. Ale ona tu wróci.

Rozłączam się z Prince'em w połowie zdania. Jeżeli zadzwonią jeszcze raz, nie odbiorę. Jeśli będą o tym później pamiętali, w co wątpię, zrzucę winę na firmę Sony.

Rozdział 18

Deck uwielbia wyzwania, zwłaszcza gdy trzeba zasięgać języka o czyichś brudach i dzwonić ukradkiem do anonimowych informatorów. Podałem mu suche fakty dotyczące Kelly i Cliffa Rikerów, a już po niecałej godzinie wślizgnął się do mojego pokoju z uśmiechem dumy.

Czyta z notatek:

— Kelly Riker została przyjęta do Świętego Piotra trzy dni temu, dodam, że o północy, z najróżniejszymi obrażeniami. Sąsiad, który nie podał nazwiska, wezwał policję do jej mieszkania, bo, jak twierdził, odbywała się tam bardzo głośna kłótnia. Gliniarze znaleźli ją na kanapie w ich norze, dotkliwie pobitą. Cliff Riker, bez wątpienia pijany i bardzo pobudzony, chciał początkowo potraktować gliniarzy tak samo jak wcześniej potraktował żonę. Wymachiwał aluminiowym kijem do softballu, najwyraźniej jego ulubioną bronią. Został szybko obezwładniony, aresztowany, postawiono mu zarzut napaści i zabrano. Ją karetka przywiozła do szpitala. Policji powiedziała w kilku słowach, że mąż wrócił do domu pijany po meczu softballowym, wybuchła między nimi kłótnia o jakieś głupstwo, zaczęli się bić, on okazał się zwycięzcą.

Powiedziała, że uderzył ją w kostkę u nogi kijem dwa razy i dwa razy dostała pięścią w twarz.

Poprzedniej nocy nie mogłem spać z powodu Kelly Riker, jej brązowych oczu, uszkodzonej nogi, i na samą myśl, że została zaatakowana w taki sposób, robi mi się niedobrze. Deck obserwuje moją reakcję, dlatego staram się zachować twarz pokerzysty.

— Ma zabandażowane nadgarstki — mówię, a Deck z satysfakcją przewraca kartkę w notesie. Ma inny raport z innego źródła, tym razem zakopanego głęboko w kartotece służb ratownictwa straży pożarnej.

— Trochę to niejasno opisane z tymi nadgarstkami. W którymś momencie napaści przyszpilił jej nadgarstki do podłogi i usiłował zmusić do stosunku. Najwyraźniej skończyło się na chęciach, nie był w nastroju, bo pewnie wypił za dużo piwa. Kiedy policja ją znalazła, była naga, przykryta kocem. Nie mogła uciec, bo miała zgruchotaną kostkę.

— Co się z nim stało?

— Tamtą noc spędził w areszcie. Rodzina wpłaciła kaucję. Za tydzień ma wyznaczony termin rozprawy w sądzie, ale w ogóle do niej nie dojdzie.

— Dlaczego?

— To dziwne, ale ona wycofała oskarżenie. Pocałują się i pogodzą, a potem będzie spokój, dopóki znowu jej tego nie zrobi.

— Skąd wiesz...

— Bo zdarzało się to już wcześniej. Osiem miesięcy temu gliniarze odebrali takie samo zgłoszenie, tak samo była awantura, wszystko tak samo poza tym, że miała więcej szczęścia. Tylko kilka siniaków. Najwyraźniej nie miał pod ręką kija. Gliniarze rozdzielili ich, dali kilka dobrych rad, uznali, że są jeszcze właściwie dziećmi, dopiero co się pobrali, prawda? Oni się pocałowali i pogodzili. Potem, trzy miesiące temu, kij został wprowadzony do akcji, a ona spędziła tydzień u Świętego Piotra z połamanymi żebrami. Sprawa trafia do wydziału spraw rodzinnych, który mocno naciska i chce dla niego surowej kary. Ale ona kocha mężusia i nie chce zeznawać przeciwko niemu. I tak przez cały czas.

Potrzebuję dłuższej chwili, żeby to ogarnąć. Podejrzewałem, że miała problemy w domu, ale nie coś tak strasznego. Jak mężczyzna może wziąć aluminiowy kij i bić żonę? Jak Cliff Riker mógł uderzyć tak piękną twarz?

— I tak przez cały czas. — Deck powtarza własne słowa, jakby czytał w moich myślach.

— Coś jeszcze? — pytam.

— Nie. Nie zbliżaj się za bardzo i tyle.

— Dzięki — odpowiadam, w głowie mi się kręci, robi mi się słabo. — Dzięki.

Deck wstaje z krzesła.

— Nie ma za co.

＾　＾　＾

W tym, że Booker uczy się znacznie więcej do egzaminu niż ja, nie ma niczego dziwnego. I co dla niego typowe — martwi się o mnie. Umówiliśmy się na maraton powtórkowy tego popołudnia w sali konferencyjnej kancelarii Shankle'a.

Przyjechałem tam, poinstruowany przez Bookera, dokładnie o dwunastej w południe. Biuro jest nowoczesne i pełne krzątaniny, ale najdziwniejsze w tym miejscu jest to, że wszyscy są czarni. W ostatnim miesiącu widziałem tyle kancelarii, że wystarczy mi do końca życia, ale mogę sobie przypomnieć tylko jedną czarną sekretarkę i ani jednego czarnego adwokata. Tu nie widać ani jednej białej twarzy.

Booker szybko mnie oprowadza. Choć jest pora lunchu, to miejsce aż wrze. Komputery, kserokopiarki, faksy, telefony, głosy — w korytarzach panuje harmider. Sekretarki jedzą w pośpiechu przy biurkach, na których piętrzą się stosy spraw do załatwienia. Adwokaci i asystenci są uprzejmi, ale chcą, żeby zostawić ich w spokoju, bo są zajęci. I ściśle przestrzega się tu zasad dotyczących ubrania, obowiązują wszystkich — ciemne garnitury i białe koszule dla mężczyzn, proste sukienki i żadnych spodni dla kobiet. Ani żadnych jaskrawych kolorów.

Oczami wyobraźni natychmiast zaczynam porównywać to z firmą J. Lymana Stone'a, ale szybko przestaję.

Booker wyjaśnia, że Marvin Shakle trzyma firmę żelazną ręką. Sam ubiera się nienagannie, jest profesjonalistą pod każdym względem i haruje jak wół. Tego samego oczekuje od prawników i pozostałego personelu.

Sala konferencyjna znajduje się w zacisznym kącie. Obiecałem, że przyniosę lunch, dlatego wypakowuję teraz kanapki wzięte z Yogi's. Za friko. Gadamy przez pięć minut, najwięcej o rodzinie i przyjaciołach z wydziału prawa. Booker zadaje mi kilka pytań o pracę, ale wie, jak zachować dystans. Zresztą i tak wszystko mu już wcześniej opowiedziałem. Prawie wszystko. Wolę, żeby nie wiedział o moim nowym przydziale u Świętego Piotra i o tym, co tam robię.

Z Bookera będzie cholernie dobry adwokat! Gdy mija czas przewidziany na rozmowę, zerka na zegarek, a potem zaczynamy urocze popołudnie, jakie dla nas zaplanował. Uczymy się bez przerwy przez sześć godzin z przerwami na kawę i ubikację, a o osiemnastej zero zero będziemy musieli stąd wyjść, bo ktoś inny potrzebuje tej sali.

Od dwunastej piętnaście do trzynastej trzydzieści powtarzamy federalne przepisy podatkowe. Mówi głównie Booker, bo zawsze miał dryg do podatków. Korzystamy z podręczników z materiałami do egzaminu, a część o podatkach jest tak samo ogromna i treściwa, jak widziałem ją jesienią zeszłego roku.

O trzynastej trzydzieści Booker pozwala mi iść do łazienki. Wracając, przynoszę świeżą kawę i od tej chwili do czternastej trzydzieści przejmuję pałeczkę i omawiam federalne reguły dowodowe. Fascynujące. Wysokooktanowy zapał Bookera jest zaraźliwy i obaj przedzieramy się przez nudny materiał.

Dla każdego młodego prawnika, który znalazł już pracę, oblanie egzaminu adwokackiego jest koszmarem spędzającym sen z powiek. Wyczuwam, że dla Bookera byłaby to prawdziwa klęska. Szczerze mówiąc, dla mnie nie byłby to koniec świata. Moje ego by ucierpiało, ale jakoś bym się pozbierał. Zacząłbym się więcej uczyć i spróbował za pół roku. Bruiserowi nie robiłoby to różnicy, dopóki pozyskiwałbym co miesiąc klientów. Jedna porządna sprawa z odszkodowaniem za pożar i Bruiser nie oczekiwałby po mnie kolejnego podejścia do egzaminu.

Ale dla Bookera mogłoby to oznaczać problemy. Podejrzewam, że gdyby nie zdał za pierwszym razem, pan Marvin Shankle strasznie uprzykrzałby mu życie. Gdyby oblał za drugim razem, prawdopodobnie firma by się z nim pożegnała.

Dokładnie o czternastej trzydzieści do sali konferencyjnej wchodzi Marvin Shankle. Booker mnie przedstawia. Shankle jest trochę po pięćdziesiątce, w doskonałej formie, wysportowany. Włosy na skroniach ma lekko przyprószone siwizną. Mówi łagodnym głosem, ale spojrzenie ma niezwykle przenikliwe. Myślę, że Marvin Shankle potrafi widzieć przez ściany. Jest legendą w środowisku prawników na Południu i poznanie go to prawdziwy zaszczyt.

Booker namówił go na krótki wykład. Przez prawie godzinę słuchamy uważnie Shankle'a wyłuszczającego podstawowe formy łamania praw obywatelskich i dyskryminacji w miejscach pracy. Notujemy, zadajemy kilka pytań, ale przede wszystkim słuchamy.

Potem Shankle wychodzi na jakieś spotkanie i następne pół godziny spędzamy sami, przedzierając się przez prawo antytrustowe i monopole. O szesnastej kolejny wykład.

Naszym wykładowcą jest Tyrone Kipler, wspólnik po Harvardzie, specjalizujący się w prawie konstytucyjnym. Zaczyna powoli i nabiera tempa, dopiero kiedy Booker zasypuje go pytaniami. Przyłapuję się na tym, że widzę, jak chowam się nocą w krzakach i wyskakuję z nich jak szaleniec z ogromnym kijem baseballowym i tłukę Cliffa Rikera na kwaśne jabłko. Żeby nie zasnąć, chodzę wokół stołu, pochłaniam kawę, usiłuję się skupić.

Po godzinie Kiper jest wyraźnie ożywiony i nawet zaczepny,

a my zamęczamy go pytaniami. Przerywa w pół zdania, patrzy gorączkowo na zegarek i mówi, że musi iść. Czeka na niego jakiś sędzia. Dziękujemy mu za poświęcony nam czas, a on wybiega.

— Mamy jeszcze godzinę — mówi Booker. Jest pięć po piątej. — Co robimy?

— Chodźmy na piwo.

— Darujmy sobie. Prawo własności czy etyka?

Wolałbym etykę, ale jestem zmęczony i nie mam ochoty przypominać sobie, jak poważne grzechy na mnie ciążą.

— No to prawo własności.

Booker idzie przez pokój i przynosi książki.

⋏ ⋏ ⋏

Dochodzi dwudziesta, gdy wlokę się labiryntem korytarzy w Świętym Piotrze i zastaję mój ulubiony stolik zajęty przez lekarza i pielęgniarkę. Kupuję kawę i siadam w pobliżu. Pielęgniarka jest bardzo atrakcyjna i lekko roztargniona, a sądząc po ich szeptach, łączy ich coś więcej niż sprawy zawodowe. On ma sześćdziesiąt lat, przeszczepione włosy i brodę. Ona ma trzydziestkę i na pewno nie zostanie wyniesiona do pozycji żony. Tymczasowa kochanka. Bardzo poważne szepty.

Nie jestem w nastroju do nauki. Mam dość jak na jeden dzień, ale motywuje mnie świadomość, że Booker nadal jest w kancelarii, tyra i przygotowuje się do egzaminu.

Po kilku minutach zakochani niespodziewanie wychodzą. Kobieta płacze. On jest zimny i bez serca. Wślizguję się na swoje krzesło, rozkładam notatki i próbuję się uczyć.

I czekam.

Kelly pojawia się kilka minut po dwudziestej drugiej, ale jej wózek pcha jakiś nowy facet. Zerka na mnie chłodno i wskazuje stolik pośrodku sali. On ustawia tam wózek. Patrzę na niego. On patrzy na mnie.

Domyślam się, że to Cliff. Jest mniej więcej mojego wzrostu, około metra osiemdziesięciu, o zwalistej sylwetce i początkach

232

piwnego brzucha. Ma jednak szerokie ramiona, a bicepsy wybrzuszają rękawy podkoszulka stanowczo zbyt opiętego i noszonego tylko po to, żeby jego ramiona lepiej się prezentowały. Obcisłe dżinsy. Kręcone brązowe włosy są stanowczo za długie, żeby uchodzić za celową fryzurę. Mocny zarost i owłosione przedramiona. Cliff na pewno zaczął się golić już w ósmej klasie. Jego oczy są zielonkawe, twarz przystojna, ale wygląda znacznie poważniej niż na dziewiętnastolatka. Obchodzi nogę Kelly, którą złamał kijem softballowym, i staje przy ladzie, żeby kupić coś do picia. Ona wie, że nie odrywam od niej wzroku. Celowo rozgląda się po całym pomieszczeniu i w ostatnim momencie szybko mruga do mnie. O mało nie rozlewam kawy.

Nie trzeba zbyt bujnej wyobraźni, żeby wiedzieć, jakie słowa padły między nimi. Groźby, przeprosiny, błagania, więcej gróźb. Wygląda na to, że oboje tego wieczoru przechodzą gehennę. Obie twarze są zacięte. Piją w milczeniu. Czasami któreś rzuci jakieś słowo. Przypominają parę zakochanych szczeniaków, którzy są akurat w trakcie cotygodniowych dąsów. Krótkie zdanie z jednej strony, jeszcze krótsze z drugiej. Patrzą na siebie tylko wtedy, gdy to konieczne, zamiast tego długo wpatrują się w podłogę albo ściany. Chowam się za książką.

Kelly tak ustawiła wózek, że może na mnie zerkać bez obawy, że zostanie przyłapana. On siedzi plecami do mnie. Rozgląda się co jakiś czas, ale jego ruchy zapowiada układ ciała. Mogę drapać się po głowie i pochylić nad książką na długo, zanim spocznie na mnie jego wzrok.

Po dziesięciu minutach milczenia Kelly mówi coś, co wywołuje gwałtowną reakcję. Szkoda, że tego nie słyszę. Cliff nagle drży i coś odburkuje. Ona nie pozostaje mu dłużna. Mówią coraz głośniej i szybko orientuję się, że kłócą się o to, czy ona będzie zeznawała w sądzie przeciwko niemu, czy nie. Wygląda na to, że nie podjęła jeszcze decyzji. To bez wątpienia nurtuje Cliffa. Jest bardzo niecierpliwy, co w sumie nie zaskakuje u macho z wiochy. Ona mówi mu, żeby nie krzyczał. Cliff znowu się rozgląda i ścisza głos. Nie słyszę, co odpowiedział.

Najpierw go sprowokowała, a teraz go uspokaja, choć on nadal jest bardzo niezadowolony. Szepcze pod nosem, gdy przez jakiś czas się ignorują.

A potem ona znowu to robi. Mamrocze coś, a jego plecy sztywnieją. Ręce mu się trzęsą, nie przebiera w słowach, przeklina. Kłócą się przez minutę, zanim ona milknie i udaje, że go nie widzi. Cliff nie należy do ludzi, których można lekceważyć, dlatego mówi jeszcze głośniej. Kelly każe mu zniżyć głos, są w miejscu publicznym. On odzywa się jeszcze głośniej i mówi o tym, co zrobi, jeśli ona nie wycofa zarzutów, o tym, że może wylądować w więzieniu i tak dalej, i tak dalej.

Kelly odpowiada, ale nie słyszę jej słów, na co on uderzeniem ręki zmiata ze stolika styropianowy kubek i zrywa się na równe nogi. Spieniona struga rozpryskuje się po całej sali, oblewa inne stoliki i podłogę. Kelly też jest mokra. Zachłystuje się powietrzem, zamyka oczy i zaczyna płakać. Słychać, jak on chodzi, tupiąc, i przeklina.

Zrywam się z miejsca, ale ona ma wystarczająco dobry refleks, żeby pokręcić głową. Siadam. Kasjerka wszystko widziała i pojawia się z papierowymi ręcznikami. Podaje Kelly ręcznik, żeby mogła wytrzeć colę z twarzy i ramion.

— Przepraszam — mówi Kelly do kasjerki.

Koszulę nocną ma przemoczoną. Wycierając nogi i gips, tłumi łzy. Jestem obok, ale nie mogę jej pomóc. Pewnie Kelly boi się, że on mógłby wrócić i przyłapać nas na rozmowie.

W tym szpitalu jest wiele miejsc, gdzie można usiąść i napić się kawy albo coli, ale ona przyprowadziła go tutaj, bo chciała, żebym go zobaczył. Jestem niemal pewny, że sprowokowała go, żebym przekonał się o jego porywczości.

Przez długą chwilę patrzymy na siebie, podczas gdy ona metodycznie osusza twarz i ramiona. Po jej policzkach płyną łzy, więc je też wyciera. Ma tę niewytłumaczalną zdolność kobiet do zalewania się łzami, choć nie wyglądają przy tym, jakby płakały. Nie zachłystuje się powietrzem, nie drżą jej ramiona ani usta.

Ręce się nie trzęsą. Siedzi tylko, wpatruje się we mnie szklistymi oczami i dotyka skóry białym ręcznikiem.

Czas płynie. Sprzątacz kaleka zjawia się i mopem wyciera podłogę wokół niej. Szybkim krokiem wchodzą trzy pielęgniarki pochłonięte głośną rozmową. Śmieją się do chwili, gdy ją spostrzegają, i nagle cichną. Gapią się na nią, szepczą i od czasu do czasu spoglądają na mnie.

Cliff wyszedł już tak dawno, że pewnie nie wróci. Pomysł na odgrywanie roli dżentelmena jest ekscytujący. Pielęgniarki wychodzą, a Kelly wolno kiwa na mnie palcem. Teraz mogę już do niej podejść.

— Przepraszam — mówi, kiedy kucam obok niej.

— Nie ma sprawy.

A potem ona wypowiada słowa, których nigdy nie zapomnę.

— Odwieziesz mnie do mojej sali?

W innych okolicznościach te słowa mogłyby mieć daleko idące konsekwencje i w jednej chwili oczami wyobraźni znalazłem się na egzotycznej plaży, gdzie dwoje młodych zakochanych decyduje się w końcu to zrobić.

Jej sala oczywiście nie zapewnia żadnej prywatności, bo to klitka, do której każdy może wejść. Nawet adwokaci mogą się tam zapuszczać.

Ostrożnie przetaczam wózek wokół stolika i ruszamy korytarzem.

— Piąte piętro — rzuca ponad ramieniem.

Nigdzie się nie śpieszę. Jestem bardzo dumny ze swojej szarmanckości. Podobało mi się, że dwaj mężczyźni spoglądali na nią, gdy jechaliśmy korytarzem.

Przez kilka sekund jesteśmy sami w windzie. Przyklękam obok niej.

— Dobrze się czujesz? — pytam.

Już nie płacze. Oczy nadal ma załzawione i czerwone, ale nad sobą panuje.

— Dziękuję. — Bierze mnie za rękę i lekko ją ściska. — Bardzo ci dziękuję.

Winda zatrzymuje się z szarpnięciem. Wsiada lekarz, a Kelly szybko puszcza moją rękę. Stoję za wózkiem inwalidzkim niczym oddany mąż. Chcę, żebyśmy znowu trzymali się za ręce.

Zgodnie z tym, co pokazuje zegar w holu na piątym piętrze, dochodzi dwudziesta trzecia. Poza kilkoma pielęgniarkami i sanitariuszami korytarz jest cichy i pusty. Pielęgniarka w dyżurce zerka na mnie dwa razy, kiedy ją mijamy. Pani Riker opuściła oddział z jednym mężczyzną, a wraca z innym.

Skręcamy w lewo, gdy Kelly pokazuje drzwi swojej sali. Ku mojemu zaskoczeniu i radości ma jednoosobowy pokój z oknem i łazienką. Światło jest zapalone.

Nie mam pojęcia, jak bardzo jest unieruchomiona, ale w tej chwili wydaje mi się zupełnie bezradna.

— Musisz mi pomóc — mówi. I wypowiada te słowa tylko raz.

Pochylam się nad nią ostrożnie, a ona otacza moją szyję ramionami. Ściska mnie bardziej niż to konieczne, ale nie narzekam. Koszula nocna jest poplamiona colą, ale nie ma powodu, dla którego miałbym się tym przejmować. Kelly jest ciepła i mam ją blisko siebie. Natychmiast spostrzegam, że nie ma na sobie stanika. Przyciskam ją mocniej.

Delikatnie podnoszę ją z wózka, co jest bardzo łatwe, bo nie waży więcej niż pięćdziesiąt kilo mimo gipsu i tak dalej. Manewrujemy w stronę łóżka, starając się, żeby trwało to jak najdłużej, szczególnie uważamy na jej bolącą nogę. Kładę ją ostrożnie. Niechętnie odrywamy się od siebie. Nasze twarze są oddalone zaledwie o kilka centymetrów, kiedy ta sama pielęgniarka ładuje się do pokoju, a jej gumowe podeszwy piszczą na płytkach posadzki.

— Co się stało? — pyta zasadniczym tonem, wskazując poplamioną koszulę nocną.

Nadal jesteśmy spleceni ramionami i próbujemy się rozdzielić.

— Och, to. Wypadek — wyjaśnia Kelly.

Pielęgniarka nie przestaje się krzątać. Sięga do szuflady pod telewizorem i wyjmuje złożoną koszulę.

— Cóż, będziesz musiała się przebrać. — Rzuca koszulę na łóżko obok Kelly. — I przydałoby ci się mycie. — Zatrzymuje się na sekundę, kiwa głową w moją stronę i dodaje: — Niech on ci pomoże. Oddycham głęboko i jestem bliski zemdlenia.

— Poradzę sobie — zapewnia Kelly, kładąc czystą koszulę na nocnej szafce obok łóżka.

— Godziny odwiedzin dawno minęły, skarbie — zwraca się do mnie pielęgniarka. — Ach, wy, dzieciaki, jedno nie może się oderwać od drugiego. — Wychodzi, piszcząc podeszwami.

Zamykam drzwi i wracam w pobliże łóżka. Wpatrujemy się w siebie.

— Gdzie jest gąbka? — pytam i oboje zaczynamy się śmiać.

Kiedy Kelly się uśmiecha, w jej policzkach robią się idealne dołeczki.

— Usiądź tutaj — mówi, klepiąc brzeg łóżka.

Siadam obok niej, stopy zwisają mi nad podłogą. Nie dotykamy się. Kelly podciąga pościel do wysokości pach, jakby chciała zasłonić plamy.

Jestem zupełnie świadomy tego, jak wygląda sytuacja. Bita żona jest zamężną kobietą, dopóki się nie rozwiedzie. Albo dopóki nie zabije łobuza.

— I co myślisz o Cliffie? — pyta.

— Chciałaś, żebym go zobaczył, prawda?

— Chyba tak.

— Powinno się go zastrzelić.

— To trochę surowa kara za napad złości, nie uważasz?

Milczę przez chwilę i odwracam wzrok. Postanowiłem, że nie będę bawił się z nią w gierki. Ponieważ rozmawiamy, powinniśmy być ze sobą szczerzy.

Co ja tutaj robię?

— Nie, Kelly, wcale nie jest surowa. Każdego mężczyznę, który bije żonę aluminiowym kijem, powinno się zastrzelić.

Obserwuję ją uważnie, gdy to mówię, a ona nawet nie mruga okiem.

237

— Skąd to wiesz? — pyta.

— Został ślad w papierach. Raporty policyjne, raport z karetki pogotowia, rejestr szpitalny. Jak długo masz zamiar czekać, zanim przyłoży ci tym kijem w głowę? To mogłoby cię zabić. Wystarczy kilka porządnych uderzeń w czaszkę.

— Przestań! I nie mów mi, co się wtedy czuje. — Patrzy na ścianę, a kiedy znów się do mnie odwraca, po jej twarzy płyną łzy. — Nie masz pojęcia, o czym mówisz.

— No to mi powiedz.

— Gdybym chciała o tym rozmawiać, sama bym zaczęła. Nie masz prawa grzebać w moim życiu.

— Złóż wniosek o rozwód. Jutro przyniosę papiery. Zrób to od razu, kiedy jeszcze jesteś w szpitalu i leczą cię po ostatnim pobiciu. Jaki może być lepszy dowód? Przejdzie bez problemów. Za trzy miesiące będziesz wolną kobietą.

Kelly kręci głową, jakbym był idiotą. I prawdopodobnie jestem.

— Nic nie rozumiesz.

— No pewnie, że nie rozumiem. Ale obraz sytuacji jest dla mnie bardzo jasny. Jeśli nie pozbędziesz się tego dupka, za miesiąc możesz już nie żyć. Mam nazwiska i numery telefonów ludzi z grup pomocy dla kobiet maltretowanych przez mężów.

— Maltretowanych?

— Dokładnie. Maltretowanych. Jesteś maltretowana, Kelly. Nie wiesz o tym? Ten gwóźdź w twojej kostce oznacza, że jesteś maltretowana. Siniak na policzku to wyraźny dowód, że mąż cię bije. Wystąp o rozwód i pozwól sobie pomóc.

Zastanawia się nad tym przez sekundę. W pokoju jest zupełnie cicho.

— Z rozwodu nic nie wyjdzie. Już próbowałam.

— Kiedy?

— Kilka miesięcy temu. Nie wiesz o tym? Jestem pewna, że zostały jakieś papiery w sądzie. Co się stało z tym śladem w papierach?

— Co się stało z rozwodem?

238

— Wycofałam wniosek.

— Dlaczego?

— Bo miałam dość bicia. Gdybym go nie wycofała, on by mnie zabił. Mówi, że mnie kocha.

— Tak, to widać gołym okiem. Mogę cię o coś zapytać? Masz ojca albo brata?

— Dlaczego chcesz to wiedzieć?

— Gdyby moja córka została pobita przez męża, skręciłbym mu kark.

— Ojciec nic nie wie. Rodzice ciągle są wściekli na mnie za ciążę. Nigdy się z tym nie pogodzą. Gardzą Cliffem od chwili, gdy przekroczył próg naszego domu, a kiedy wybuchł skandal, odcięli się od świata. Nie rozmawiałam z nimi od chwili, gdy wyjechałam.

— Nie masz brata?

— Nie. Nikt się mną nie opiekował. Aż do tej chwili.

To mocne słowa i potrzebuję kilku chwil, żeby się z nimi oswoić.

— Zrobię, co będziesz chciała — mówię. — Ale musisz złożyć wniosek o rozwód.

Ociera łzy palcami, a ja podaję jej chusteczkę higieniczną wziętą z szafki.

— Nie mogę wystąpić o rozwód.

— Dlaczego?

— On mnie zabije. Ciągle mi to powtarza. Widzisz, kiedy zrobiłam to wcześniej, miałam naprawdę popapranego adwokata, znalazłam go w książce telefonicznej czy w czymś takim. Wydawało mi się, że oni wszyscy są tacy sami. Ale on wpadł na genialny pomysł, żeby woźny zaniósł Cliffowi papiery rozwodowe, kiedy Cliff był w pracy. Dał mu je przy wszystkich jego kumplach, jego kolesiach od chlania i z drużyny softballowej. Cliff oczywiście poczuł się upokorzony. Wtedy po raz pierwszy wylądowałam w szpitalu. Tydzień później wycofałam wniosek o rozwód, ale i tak cały czas mi grozi. On mnie zabije.

W jej oczach widać przerażenie. Lekko przesuwa się po łóżku, marszczy czoło, jakby jej kostkę przeszył ostry ból. Jęczy i mówi: — Mógłbyś podsunąć pod nią poduszkę?

Zrywam się z łóżka.

— Jasne.

Kelly wskazuje na dwie grube poduszki leżące na krześle.

— Jedną z tych.

To oczywiście oznacza, że będzie musiała się odkryć. Pomagam jej.

Milczy przez chwilę, rozgląda się i mówi:

— Podasz mi koszulę nocną?

Na miękkich nogach podchodzę do szafki i podaję jej koszulę.

— Pomóc ci jakoś? — pytam.

— Nie, wystarczy, że się odwrócisz. — Zaczęła już ściągać przez głowę poplamioną koszulę.

Odwracam się bardzo powoli.

Nie śpieszy się. Jakby tego było mało, rzuca poplamioną koszulę na podłogę obok mnie. I jest tam, oddalona o mniej niż półtora metra, naga, jeśli nie liczyć majtek i gipsu. Jestem święcie przekonany, że gdybym się odwrócił i na nią gapił, wcale by jej to nie przeszkadzało. Na samą myśl o tym kręci mi się w głowie.

Zamykam oczy i pytam się w myślach: Co ja tu robię?

— Podasz mi gąbkę, Rudy? — grucha pieszczotliwie. — Jest w łazience. Namocz ją w gorącej wodzie. I ręcznik, bardzo proszę.

Obracam się. Siedzi pośrodku łóżka i przyciska do piersi cienkie prześcieradło. Czystej koszuli nawet nie ruszyła.

Nie potrafię się powstrzymać i gapię się na nią.

— To tam. — Wskazuje głową.

Idę do łazienki i znajduję gąbkę. Kiedy ją moczę, patrzę na odbicie Kelly w lustrze. Przez szparę w drzwiach widzę jej plecy. Całe. Skórę ma gładką i opaloną, choć szpeci ją paskudny siniak między łopatkami.

Postanawiam, że zajmę się tą kąpielą. Widzę, że ona tego chce. Jest skrzywdzona i bezbronna. Lubi flirtować i chce, żebym zobaczył jej ciało. Trzęsę się jak galareta.

240

I nagle jakieś głosy. Zjawiła się pielęgniarka. Gdy tam wracam, krząta się po pokoju. Przystaje i krzywo się do mnie uśmiecha, jakby na czymś nas przyłapała.

— Czas minął — mówi. — Już prawie wpół do dwunastej. To nie hotel. — Wyjmuje mi gąbkę z ręki. — Ja to zrobię. A ty zmykaj.

Stoję, uśmiecham się do Kelly i marzę o dotykaniu jej nóg. Pielęgniarka chwyta mnie mocno za łokieć i prowadzi do drzwi.

— Idź już — fuka rozzłoszczona.

⋏ ⋏ ⋏

O trzeciej nad ranem przekradam się do hamaka i bujam w nim bezmyślnie w ciszy nocy, patrzę na gwiazdy przeświecające przez gałęzie i liście, przypominam sobie każdy rozkoszny ruch Kelly, słyszę jej smutny głos, marzę o jej nogach.

Spadł na mnie obowiązek zadbania o nią, nie ma nikogo innego. Ona oczekuje po mnie, że ją uratuję i pomogę jakoś się pozbierać. Oboje doskonale wiemy, co stanie się potem.

Czuję jej dotyk na karku, jak przytula się do mnie na kilka bezcennych sekund. Czuję jej śmiesznie mały ciężar, gdy spoczywa ufnie w moich ramionach.

Chce, żebym ją widział, pocierał jej ciało ciepłą gąbką. Wiem, że tego chce. I dziś wieczorem mam zamiar to zrobić.

Obserwuję słońce wschodzące między drzewami, a potem zasypiam, licząc godziny dzielące mnie od chwili, kiedy znowu ją zobaczę.

Rozdział 19

Siedzę w swoim gabinecie w firmie i uczę się do egzaminu, bo nie mam nic innego do roboty. Zdaję sobie sprawę, że nie oczekuje się po mnie robienia czegokolwiek innego, bo jeszcze nie jestem adwokatem i nie będę, dopóki nie zdam egzaminu adwokackiego.

Trudno mi się skupić. Dlaczego zakochuję się w zamężnej kobiecie tuż przed tak ważnym egzaminem? Umysł powinienem mieć teraz sprawny jak nigdy, wolny od myśli rozpraszających uwagę, skoncentrowany wyłącznie na jednym celu.

Wmawiam sobie, że Kelly jest ofiarą losu. To skrzywdzona dziewczyna z bliznami, z których wiele może zostać na zawsze. A on jest niebezpieczny. Świadomość, że inny mężczyzna dotyka jego śliczniutkiej cheerleaderki, na pewno wyprowadzi go z równowagi.

Rozmyślam o tym, trzymając nogi na biurku, z rękami założonymi za głowę, i wpatruję się trochę nieprzytomny w mgłę, gdy nagle drzwi gwałtownie się otwierają i do środka jak burza wpada Bruiser.

— Co ty tu robisz? — warczy.

— Uczę się — odpowiadam, siadając prosto.

— Wydawało mi się, że miałeś się uczyć popołudniami. — Jest wpół do jedenastej. Bruiser chodzi przed moim biurkiem w tę i z powrotem.

— Posłuchaj, Bruiser, dzisiaj jest piątek. Egzamin zaczyna się w przyszłą środę. Jestem nieźle wystraszony.

— To idź się uczyć do szpitala. I znajdź jakiegoś klienta. Od trzech dni nie widziałem nikogo nowego.

— Trudno się uczyć i jednocześnie polować.

— Deckowi to się udaje.

— Tak, Deck, wieczny student.

— Właśnie dzwonił do mnie Leo F. Drummond. Coś ci to mówi?

— Nie. A powinno?

— To starszy wspólnik u Tinleya Britta. Fantastyczny adwokat procesowy, powództwa cywilne to jego specjalność. Rzadko przegrywa. Naprawdę doskonały prawnik z wielkiej firmy.

— Wiem wszystko o Trencie i Brencie.

— Cóż, niedługo będziesz wiedział jeszcze więcej. Reprezentują Great Benefit. Drummond będzie prowadził tę sprawę.

Domyślam się, że jest co najmniej sto kancelarii prawniczych w tym mieście, które reprezentują firmy ubezpieczeniowe. A tych firm ubezpieczeniowych muszą być tysiące. Jakie jest prawdopodobieństwo, że firma, której nienawidzę najbardziej, Great Benefit, wynajmie kancelarię, którą przeklinam każdego dnia, Trenta i Brenta?

Dziwne, ale przyjmuję to spokojnie. Tak naprawdę nie jestem zaskoczony.

Nagle rozumiem, dlaczego Bruiser chodzi nerwowo po pokoju i mówi tak szybko. Przeze mnie pozwał wielką firmę i zażądał dziesięciu milionów dolarów odszkodowania, a teraz okazało się, że będzie ją reprezentował adwokat, który go onieśmiela. To zabawne. Do głowy by mi nie przyszło, że Bruiser Stone może się czegoś bać.

— Co powiedział?

— Cześć. Melduję się. Po prostu. Powiedział, że ta sprawa została powierzona Harvey'owi Hale'owi, który, kurna jego mać, był jego współlokatorem w akademiku w Yale trzydzieści lat temu, kiedy razem studiowali prawo, i który przy okazji, gdybyś o tym nie wiedział, był przed zawałem serca wybitnym adwokatem specjalizującym się w obronie firm ubezpieczeniowych, ale potem lekarze kazali mu zmienić zawód. Został wybrany na sędziego i wyznaje zasadę, że naprawdę sprawiedliwy i uzasadniony werdykt nie może przekraczać dziesięciu tysięcy dolarów.

— Przepraszam, że pytałem.

— Mamy więc Leo F. Drummonda i jego licznych pomocników, a oni mają sędziego, który już jest po ich stronie. Masz piwo, którego nawarzyłeś, i musisz je wypić.

— Ja? A ty?

— Och, będę w pobliżu. Ale to twoje dzieło. Zginiesz pod papierami, którymi cię zasypią. — Podchodzi do drzwi. — Pamiętaj, im płacą od godziny. Im więcej papierów wyprodukują, za tym więcej godzin wystawią rachunek. — Śmieje się i trzaska drzwiami, najwyraźniej zadowolony, że będę miał tyłek złojony przez chłopców z wielkiej kancelarii.

Czuję się osamotniony. U Tretna i Brenta jest ponad stu adwokatów, a ja nagle mam wrażenie, że nikt nie stoi po mojej stronie.

▲ ▲ ▲

Zjadamy z Deckiem po talerzu zupy u Trudy. Niewielki tłumek, który jada u niej lunche, składa się wyłącznie z robotników. Pachnie tu tłuszczem, potem i smażonym mięsem. To ulubione miejsce Decka na lunch, bo wyrwał stąd kilku klientów, w większości ofiary wypadków w pracy. Jedna sprawa skończyła się ugodą na trzydzieści tysięcy dolarów. Dostał jedną trzecią z dwudziestu pięciu procent albo dwa i pół tysiąca dolarów.

W tej okolicy działa kilka barów, do których również często zagląda, jak mi wyznaje, pochylony nad talerzem zupy. Zdejmuje wtedy krawat, stara się wyglądać jak jeden z typowych klientów i pije wodę sodową. Słucha robotników żłopiących po pracy. Mógłby mi powiedzieć, gdzie są dobre bary, dobre miejsca połowu, jak lubi je nazywać. Deck ma tysiące rad dotyczących szukania spraw i łapania klientów.

I tak, czasami chodzi nawet do lokali ze striptizem, ale tylko z klientami. Trzeba bywać i tyle, powtarza co rusz. Lubi odwiedzać kasyna w Missisipi i jest dalekowzrocznie przekonany, że w zasadzie nie powinny istnieć, bo chodzą do nich biedni ludzie i stawiają nędzne centy. Ale zaczną się tam pojawiać nowe możliwości. Wzrośnie liczba przestępstw. Rozwody i bankructwa nasilą się w miarę, jak coraz więcej ludzi da się złapać w pułapkę hazardu. Ci ludzie będą potrzebowali adwokatów. To miejsca potencjalnego cierpienia i on o tym wie. Coś przeczuwa.

Będzie mnie informował na bieżąco.

⋏　⋏　⋏

Jem kolejny całkiem dobry posiłek u Świętego Piotra, w Gauze Grill, bo tak nazywa się to miejsce. Usłyszałem, jak grupa stażystów tak je właśnie nazywała. Sałatka z makaronu z plastikowego pojemnika. Uczę się, ale niezbyt intensywnie, i obserwuję zegar.

O dwudziestej drugiej zjawia się starszy pan w różowej kurtce, ale jest sam. Zatrzymuje się, rozgląda, spostrzega mnie i podchodzi. Twarz ma surową i najwyraźniej nie jest zachwycony tym, co robi.

— Czy pan Baylor? — pyta uprzejmie. Trzyma kopertę, a kiedy potwierdzam skinieniem głowy, kładzie ją na stoliku. — To od pani Riker — mówi, kłania się i odchodzi.

Koperta jest typowa, zwykła, biała. Otwieram ją i wyjmuję kartkę z nadrukowanymi życzeniami powodzenia. W pustym miejscu jest napisane:

Drogi Rudy!

Lekarz wypisał mnie dziś rano ze szpitala, wróciłam więc do domu. Dzięki za wszystko. Pomódl się za nas. Jesteś cudowny.

Podpisała się imieniem i dodała postscriptum: *Nie dzwoń ani nie pisz, proszę, nie próbuj się ze mną zobaczyć. Byłyby z tego tylko kłopoty. Jeszcze raz dzięki.*

Wiedziała, że będę tu wiernie czekał. Kiedy przez ostatnie dwadzieścia cztery godziny miałem głowę wypełnioną pożądaniem, nawet przez chwilę nie brałem pod uwagę, że zostanie wypisana. Byłem święcie przekonany, że zobaczymy się tego wieczoru.

Idę bez celu niekończącymi się korytarzami i usiłuję jakoś się pozbierać. Jestem zdeterminowany zobaczyć się z nią ponownie. Ona mnie potrzebuje, bo nie ma nikogo innego, kto mógłby jej pomóc.

Przy telefonie dla pacjentów znajduję książkę telefoniczną i odszukuję Cliffa Rikera. Wybieram numer. Słyszę wiadomość nagraną na automacie, że linia została odłączona.

Rozdział 20

Wczesnym rankiem w środę zjawiamy się na pół-piętrze hotelu i jesteśmy bardzo sprawnie kierowani do sali balowej, większej od boiska do futbolu. Rejestruje się nas, a ponieważ opłaty już dawno uiściliśmy, wszystko idzie jak po maśle. Słychać trochę nerwowych rozmów, ale większość nie jest w nastroju do pogawędek. Wszyscy są śmiertelnie przerażeni.

Z mniej więcej dwustu osób podchodzących do egzaminu w tym terminie co najmniej połowa miesiąc temu skończyła wydział prawa uniwersytetu stanowego w Memphis. To moi przyjaciele i wrogowie. Booker siada przy stoliku daleko ode mnie. Postanowiliśmy, że nie będziemy siedzieli razem. Sara Plankmore Wilcox i S. Todd zajęli miejsca w rogu po drugiej stronie sali. Pobrali się w zeszłą sobotę. Miły miesiąc miodowy. On jest przystojnym facetem o lalusiowatym wyglądzie i aurze pewnego siebie potomka arystokracji. Mam nadzieję, że nie zda. I Sara też.

Czuję atmosferę rywalizacji, zupełnie jak w pierwszych kilku tygodniach na pierwszym roku studiów, kiedy wszyscy bardzo uważnie obserwowali postępy innych. Kiwam głową kilkorgu

247

znajomym, łudząc się nadzieją, że obleją egzamin, bo wiem, że życzą mi tego samego. Taka już jest natura tego zawodu. Kiedy wszyscy zajęli miejsca przy składanych stołach, ustawionych daleko jeden od drugiego, przez dziesięć minut słuchamy regulaminu obowiązującego na egzaminie. Potem dokładnie o ósmej testy zostają rozdane.

Egzamin zaczyna się od części zatytułowanej *Prawo międzystanowe*. To niemająca końca seria podchwytliwych pytań dotyczących rozwiązań prawnych obowiązujących we wszystkich stanach. Nie potrafię ocenić, na ile dobrze się przygotowałem. Ranek wlecze się niemiłosiernie. Jem lunch z Bookerem przy hotelowym bufecie, ale nie zamieniany nawet słowa o egzaminie.

Na obiad mam kanapki z indykiem podane na patio przez panią Birdie. O dwudziestej pierwszej jestem już w łóżku.

▲ ▲ ▲

Egzamin kończy się w piątek o siedemnastej. Jesteśmy zbyt zmęczeni, żeby to świętować. Zabrali nasze testy i powiedzieli, że możemy już wyjść. Ktoś proponuje, żeby czegoś się napić za stare czasy, dlatego spotykamy się w szóstkę w Yogi's na kilka kolejek. Dziś wieczorem Prince'a nie ma, dlatego czuję ulgę, bo nie chciałbym, żeby przyjaciele widzieli mnie w towarzystwie szefa. Padłoby bardzo dużo pytań o moją praktykę zawodową. W porządku, ale najpierw daj mi rok, żebym znalazł lepszą pracę.

Już po pierwszym semestrze na prawie wszyscy nauczyliśmy się nigdy nie rozmawiać o egzaminach. Bo później, kiedy porównuje się oceny, człowiek boleśnie uświadamia sobie, jak dużo nie wiedział.

Jemy pizzę, wypijamy po kilka piw, ale jesteśmy zbyt wykończeni, żeby rozrabiać. W drodze do domu Booker mówi mi, że czuje się fizycznie chory. Jest pewny, że oblał.

▲ ▲ ▲

Śpię dwanaście godzin. Obiecałem pani Birdie, że tego dnia wrócę do swoich obowiązków, zakładając, że nie będzie padało.

Kiedy się budzę, mieszkanie wypełnia jasne światło słońca. Jest upalnie, duszno i parno jak zwykle w lipcu w Memphis. Po trzech dniach wysilania oczu, wyobraźni i pamięci w sali pozbawionej okien jestem gotów na trochę potu i kontakt z ziemią. Wcześniej jednak wychodzę cichcem z domu i dwadzieścia minut później parkuję na podjeździe Blacków.

Donny Ray czeka na ganku od frontu, ubrany w dżinsy, trampki, ciemne skarpetki, biały podkoszulek, ma na głowie bejsbolówkę, która przy jego wymizerowanej twarzy wygląda na stanowczo za dużą. Porusza się o lasce, ale potrzebuje silnego ramienia, na którym mógłby się wesprzeć, żeby zachować równowagę. Razem z Dot prowadzimy go wąskim chodnikiem i ostrożnie sadzamy na przednim siedzeniu mojego samochodu. Dot jest zadowolona, że chłopaka nie będzie w domu przez kilka godzin, po raz pierwszy od miesięcy, jak mówi. Zostanie sama, tylko z Buddym i kotami.

Donny Ray siedzi, trzymając laskę między nogami. Opiera na niej brodę, gdy jedziemy przez miasto. Podziękował mi raz i jest raczej milczący.

Trzy lata temu skończył naukę w szkole średniej, mając dziewiętnaście lat. Jego bliźniak, Ron, zrobił to rok wcześniej. Nigdy nie próbował dostać się na studia. Przez dwa lata pracował jako sprzedawca w sklepie spożywczym, ale rzucił tę robotę po napadzie rabunkowym. Historia jego zatrudnienia jest bardzo mglista, ale jedno jest pewne: nigdy nie wyprowadził się z domu. Z dokumentów, które przeczytałem do tej pory, wynika, że Donny Ray nigdy nie zarabiał więcej, niż wynosi pensja minimalna.

Ron jednak dał sobie radę na uniwersytecie teksańskim w El Paso, a teraz jest na studiach podyplomowych w Houston. Kawaler, nigdy się nie ożenił i rzadko przyjeżdża do Memphis. Chłopcy nigdy nie byli ze sobą blisko, powiedziała Dot. Donny Ray przesiadywał w domu, czytał książki i budował modele samolotów. Ron jeździł na rowerze i jako dwunastolatek przystąpił nawet go ulicznego gangu. Byli dobrymi dziećmi, zapewniała mnie Dot.

W dokumentacji jest wystarczająco dużo jednoznacznych dowodów na to, że szpik kostny Rona będzie się idealnie nadawał, by przeszczepić go Donny'emu Rayowi.

Obaj podskakujemy na wybojach w moim małym wozie. Donny Ray patrzy przed siebie, daszek czapki ma zsunięty nisko na czoło, odzywa się tylko wtedy, gdy go o coś pytam. Parkujemy obok cadillaca pani Birdie. Wyjaśniam mu, że ten nawet ładny stary dom w tej części miasta to miejsce, gdzie mieszkam. Nie potrafię powiedzieć, czy jest pod wrażeniem, ale raczej wątpię. Prowadzę go wokół worków z podściółką do ocienionego miejsca na patio.

Pani Birdie wiedziała, że go przywiozę, dlatego czeka na nas niecierpliwie z lemoniadą. Przedstawiam ich sobie, a ona szybko przejmuje kontrolę nad gościem. Ciastko? Herbatnika? Coś do czytania? Układa poduszki wokół niego na ławce i przez cały czas radośnie świergocze. Ma złote serce. Powiedziałem jej, że rodziców Donny'ego Raya poznałem w „Cyprysowych Ogrodach", dlatego czuje do niego szczególną sympatię. To jeden z jej gromadki.

Kiedy tylko chłopak jest usadowiony w chłodnym miejscu, z dala od promieni słońca, które poparzyłyby jego białą skórę, pani Birdie oznajmia, że czas brać się do pracy. Teatralnie zawiesza głos, rozgląda się po podwórzu i drapie po brodzie, jakby głęboko się zamyśliła, a potem powoli kieruje wzrok na stertę worków z korą. Wydaje kilka poleceń, oszczędzając, rzecz jasna, Donny'ego Raya, a ja ochoczo je wypełniam.

Wkrótce cały jestem zlany potem, ale tym razem każda minuta sprawia mi prawdziwą przyjemność. Przez pierwszą godzinę pani Birdie narzeka, że jest parno, ale potem postanawia podlać kwiaty na patio, gdzie jest chłodniej. Słyszę, jak cały czas mówi do Donny'ego Raya, który prawie się nie odzywa, ale widać, że świeże powietrze sprawia mu frajdę. Podczas jednej z wypraw z taczką spostrzegam, że grają w szachy. Podczas innej widzę panią Birdie siedzącą obok niego i pokazującą mu zdjęcia w albumie.

Wiele razy zastanawiałem się nad tym, czy spytać panią Birdie, czy chciałaby pomóc Donny'emu Rayowi. Naprawdę wierzę, że ta kochana staruszka wypisałaby czek na koszty przeszczepu, gdyby naprawdę miała pieniądze. Ale nigdy jej o to nie zapytałem z dwóch powodów. Po pierwsze, jest za późno na przeszczep. Po drugie, pani Birdie poczułaby się upokorzona, gdyby nie miała pieniędzy. Zresztą moje zainteresowanie jej forsą i bez tego wydaje się jej podejrzane.

Niedługo po tym, jak zdiagnozowano u Donny'ego Raya ostrą białaczkę, została podjęta żałosna próba zebrania funduszy na jego leczenie. Dot skrzyknęła kilkoro przyjaciół i zdołali umieścić zdjęcia chłopaka na opakowaniach mleka w kawiarniach i w sklepach spożywczych w całym północnym Memphis. Niewiele zebrali, jak powiedziała. Wynajęli miejscowy Klub Łosi i zorganizowali dużą imprezę, podawano suma, lokalny DJ, spec od muzyki country, puszczał płyty. Wielkie przyjęcie skończyło się stratą dwudziestu ośmiu dolarów.

Pierwsza seria chemii kosztowała cztery tysiące, z czego dwie trzecie pokrył Szpital Świętego Piotra. Rodzina uzbierała jakoś resztę. Pięć miesięcy później nastąpił nawrót choroby.

Kiedy kopię, rozrzucam korę i oblewają mnie siódme poty, całym sobą nienawidzę Great Benefit. Samej pracy będzie niewiele, ale będę musiał wykrzesać w sobie i utrzymać mnóstwo zapału i pewności siebie, kiedy już zacznie się wojna z Tinleyem Brittem.

Lunch okazuje się miłą niespodzianką. Pani Birdie ugotowała rosół z kurczaka i choć może nie do końca tego bym chciał w tak upalny dzień, cieszę się tą miłą odmianą po kanapkach z indykiem. Donny Ray zjada pół talerza, a potem mówi, że chciałby się zdrzemnąć. Ma ochotę poleżeć na hamaku. Prowadzimy go przez trawnik i układamy na nim. Choć temperatura sięga sporo powyżej trzydziestu stopni, prosi o koc.

⋏ ⋏ ⋏

Siedzimy w cieniu, sączymy lemoniadę i mówimy o tym, jaki chłopak jest smutny. W kilku słowach opowiadam pani Birdie o sprawie przeciwko Great Benefit, podkreślam przy tym fakt,

251

że pozwałem ich i zażądałem odszkodowania wysokości dziesięciu milionów dolarów. Ona z kolei zadaje mi kilka pytań o egzamin, a potem znika w domu.

Kiedy wraca, podaje mi kopertę od adwokata z Atlanty. Rozpoznaję nazwę kancelarii.

— Możesz mi to wyjaśnić? — pyta, stojąc przede mną z rękami na biodrach.

Adwokat napisał list do pani Birdie, a do listu dołączył kopię pisma, które do niego wysłałem. Napisałem w nim, że reprezentuję panią Birdie Birdsong, że poprosiła mnie o napisanie nowego testamentu, dlatego potrzebne mi są informacje o masie spadkowej po jej zmarłym mężu. On z kolei w swoim liście do niej pyta, najzwyczajniej w świecie, czy może udzielić mi takich informacji. Ton listu jest obojętny, jakby po prostu stosował się do poleceń.

— Jest tu wszystko czarno na białym — odpowiadam. — Jestem pani adwokatem. Usiłuję zebrać informacje.

— Nie powiedziałeś mi, że będziesz węszył w Atlancie.

— A co w tym złego? Co jest tam ukryte? Dlaczego tak zależy pani na zachowaniu tajemnicy?

— Sędzia uznał akta za poufne — mówi, wzruszając ramionami, jakby to wszystko wyjaśniało.

— Co jest w tych aktach sądowych?

— Sterta śmieci.

— Dotyczą pani?

— Na Boga, nie!

— W porządku. Więc kogo?

— Rodziny Tony'ego. Jego brat był obrzydliwie bogaty, wiesz, ten z Florydy, miał kilka żon i dzieci z różnymi kobietami. Cała ta rodzina miała hysia. Strasznie się pokłócili przy jego testamentach, bo chyba było ich ze cztery. Niewiele o tym wiem, ale słyszałam przy jakiejś okazji, że kiedy wszystko się skończyło, zapłacili adwokatom sześć milionów dolarów. Część z tych pieniędzy przypadła Tony'emu, który żył wystarczająco długo, żeby je odziedziczyć zgodnie z prawem obowiązującym na

Florydzie. Tony nawet się o tym nie dowiedział, bo za szybko umarł. Zostawił tylko żonę. Mnie. To wszystko, co wiem.

To, w jaki sposób weszła w posiadanie tych pieniędzy, nie ma znaczenia. Ale dobrze byłoby wiedzieć, ile odziedziczyła.

— Chce pani porozmawiać o testamencie? — pytam.

— Nie. Później. — Sięga po rękawiczki ogrodnicze. — Wracajmy do pracy.

⋏　⋏　⋏

Kilka godzin później siedzę z Dot i Donnym Rayem na zachwaszczonym patio przed ich kuchnią. Dzięki Bogu, Buddy jest w łóżku. Donny Ray wygląda na bardzo zmęczonego po całym dniu u pani Birdie.

To sobotni wieczór na przedmieściach, duszne powietrze wypełnia zapach dymu z węgla drzewnego i grillowania. Przez drewniane ogrodzenia i żywopłoty przenikają głosy podwórkowych szefów kuchni i ich gości.

Łatwiej jest siedzieć i słuchać niż siedzieć i rozmawiać. Dot woli palić i pić rozpuszczalną kawę bezkofeinową, z rzadka opowiadając jakąś zupełnie pozbawioną znaczenia plotkę o którymś z sąsiadów. Albo jednym z psów sąsiada. Emeryt mieszkający obok w zeszłym tygodniu uciął sobie palec piłą. Wspomniała o tym co najmniej trzy razy.

Mnie jest wszystko jedno. Mogę tak siedzieć i słuchać godzinami. Umysł mam ciągle odrętwiały po egzaminie. Nie trzeba wiele, żebym dobrze się czuł. Kiedy udaje mi się zapominać o prawie, zajmuję się myśleniem o Kelly. Nie wykombinowałem jeszcze bezpiecznego sposobu skontaktowania się z nią, ale wykombinuję. Potrzebuję trochę czasu.

Rozdział 21

Centrum Sądownicze Okręgu Shelby mieści się w dwunastopiętrowym nowoczesnym wieżowcu w śródmieściu. Pomysł polega na skupieniu w jednym miejscu wszystkich instytucji. Mieści się tam wiele sal rozpraw i biur zarówno sądowych, jak administracyjnych. Siedziby mają tam prokurator okręgowy i szeryf. Jest tam nawet areszt.

Sąd ma dziesięć wydziałów karnych, dziesięciu sędziów, z których każdy ma swojego protokolanta, i salę sądową. Na środkowych piętrach jest tłoczno od adwokatów, gliniarzy i oskarżonych z rodzinami. Dla prawnika nowicjusza to prawdziwa dżungla, ale Deck zna tu każdą ścieżkę. Zdążył już zadzwonić tu i tam.

Wskazuje drzwi Wydziału IV i mówi, że spotka się tam ze mną za godzinę. Przechodzę przez podwójne drzwi i siadam w ławce na tyłach. Podłoga jest pokryta wykładziną, wyposażenie przygnębiająco nowoczesne. Na przodzie sali prawnicy tłoczą się niby mrówki w mrowisku. Po prawej stronie znajduje się oddzielona przestrzeń, gdzie kilkunastu aresztantów w pomarańczowych kombinezonach czeka na pierwsze spotkanie z sędzią. Prokuratorka przekłada stertę akt i wybiera te, które dotyczą kolejnego oskarżonego.

W drugim rzędzie na przodzie widzę Cliffa Rikera. Jest pochylony razem z adwokatem nad jakimiś papierami. Jego żony nie ma na sali sądowej.

Sędzia wyłania się z zaplecza i wszyscy wstają. Kilka spraw jest oddalonych, kaucje obniżone albo zdjęte, ustalone późniejsze daty. Adwokaci podchodzą w małych grupach, kiwają głowami i szepczą coś do sędziego.

Nazwisko Rikera zostaje wywołane. Cliff podchodzi kołyszącym się krokiem do podium przed ławkami. Adwokat staje za nim z papierami. Pani prokurator oznajmia sądowi, że oskarżenie przeciwko Cliffowi Rikerowi zostało wycofane z powodu braku dowodów.

— Gdzie jest ofiara? — wchodzi jej w słowo sędzia.

— Nie ma jej tutaj — odpowiada prokuratorka.

— Dlaczego? — pyta sędzia.

Bo porusza się na wózku inwalidzkim, mam ochotę krzyknąć.

Oskarżycielka wzrusza ramionami, jakby nie wiedziała, i co więcej, jakby w ogóle jej to nie obchodziło. Adwokat Cliffa też wzrusza ramionami, udając, że jest zdziwiony nieobecnością młodej kobiety, która powinna pokazać obrażenia.

Prokuratorka jest bardzo zajętą osobą i musi jeszcze przed dwunastą załatwić kilkanaście spraw. Szybko streszcza fakty, mówi o aresztowaniu i braku dowodów, ponieważ ofiara nie będzie zeznawała.

— To już drugi raz — zauważa sędzia, wpatrując się w Cliffa. — Dlaczego się pan z nią nie rozwiedzie, zanim ją pan zabije?

— Staramy się teraz o jakąś pomoc, Wysoki Sądzie — odpowiada Cliff z wyuczoną pokorą.

— Cóż, lepiej szybko ją zdobądźcie. Jeśli jeszcze raz zobaczę te zarzuty, nie oddalę ich. Czy pan mnie zrozumiał?

— Tak, Wysoki Sądzie — odpowiada Cliff, jakby naprawdę przepraszał, że narobił tyle kłopotu.

Papiery zostają przekazane sędziemu, który składa na nich podpis, kręcąc głową. Sprawa spada z wokandy.

Znów nie usłyszano tu głosu ofiary. Ona siedzi w domu ze złamaną kostką, ale nie to ją zatrzymało. Ukrywa się, bo nie chce znowu być bita. Zastanawiam się, ile ją kosztowało wycofanie zarzutów.

Cliff wymienia uścisk dłoni z adwokatem, idzie nadęty przejściem między ławkami, mija mnie i wychodzi. Jest wolny i może robić, co dusza zapragnie, nietykalny dla prokuratorki, bo nikt nie chce jej pomóc.

W tej procedurze sądowej jest jakaś frustrująca logika. Nie tak daleko ode mnie siedzą gwałciciele, mordercy, handlarze narkotyków, w pomarańczowych kombinezonach i skuci kajdankami. System ledwo się wyrabia z zajmowaniem się takimi łajdakami i wymierzeniem sprawiedliwości. Jak więc można oczekiwać, że ten sam system będzie się przejmował prawami jednej maltretowanej żony?

Kiedy w zeszłym tygodniu zdawałem egzamin, Deck zadzwonił do paru osób. Znalazł nowy adres Rikerów i ich nowy numer telefonu. Przeprowadzili się do dużego kompleksu mieszkaniowego w południowo-wschodnim Memphis. Jedna sypialnia, czterysta dolarów miesięcznie. Cliff pracuje dla firmy frachtowej, niedaleko naszej kancelarii, w magazynie, który nie zatrudnia członków związków zawodowych. Deck przypuszcza, że Cliff dostaje około siedmiu dolarów na godzinę. Jego adwokat to kolejny sęp, jeden z miliona w tym mieście.

Powiedziałem Deckowi prawdę o Kelly, bo gdyby Cliff rozwalił mi łeb, on, Deck, powiedziałby wszystkim, dlaczego się to stało.

Deck radził mi również, żebym o niej zapomniał. Oznacza same kłopoty.

⋏ ⋏ ⋏

Na biurku zastaję wiadomość, żebym natychmiast poszedł do Bruisera. Jest sam, siedzi za olbrzymim biurkiem, rozmawia przez telefon stojący po jego prawej stronie. Inny aparat stoi po lewej, a trzy kolejne są rozmieszczone w całym gabinecie. Jeszcze jeden ma w samochodzie. I następny w teczce. No i jest jeszcze ten, który od niego dostałem, żebym był dla niego osiągalny dwadzieścia cztery godziny na dobę.

Daje mi znak ręką, żebym usiadł, przewraca czarnymi przekrwionymi oczami, jakby rozmawiał z jakimś wariatem, i pomrukuje co jakiś czas do słuchawki. Rekiny albo śpią, albo schowały się za kamieniami. Filtr akwarium szumi i bulgocze.

Deck szepnął mi, że Bruiser wyciąga z kancelarii od trzystu tysięcy do pół miliona dolarów rocznie. Trudno w to uwierzyć, kiedy popatrzy się na ten zagracony pokój. Zatrudnia czterech pracowników, żeby uganiali się po ulicach i nagabywali ofiary wypadków. (A teraz ma także mnie). Deckowi udało się załapać w zeszłym roku pięć spraw, za które Bruiser zgarnął sto pięćdziesiąt tysięcy. Zarabia kupę kasy na sprawach o narkotyki i zyskał mir w narkotykowej branży jako adwokat, któremu można zaufać. Ale, zgodnie z tym, co mówi Deck, prawdziwe dochody Bruiser Stone czerpie z inwestycji. Ma, choć nikt nie wie, jak duże, udziały w barach topless w Memphis i Nashville. Nawet organom rządu federalnego nie udało się ustalić jakie, choć rozpaczliwie próbowały. To branża obracająca ogromną gotówką, więc łatwo zataić każdy przychód.

Przy paskudnie tłustym sandwiczu u Trudy Deck zdradził mi, że Bruiser rozwodził się trzy razy, ma trójkę nastoletnich dzieci, które mieszkają ze swoimi matkami, lubi towarzystwo młodych tancerek erotycznych, za dużo pije, za dużo wydaje na hazard i niezależnie od tego, ile pieniędzy wpada mu w łapy, nigdy nie jest usatysfakcjonowany.

Siedem lat temu został aresztowany pod zarzutem wymuszania okupu, ale wymiar sprawiedliwości nie wykorzystał tej szansy. Zarzuty po roku oddalono. Deck przyznał mi się, że niepokoi go śledztwo FBI prowadzone teraz w półświatku Memphis, dochodzenie, w którym nazwiska Bruisera Stone'a i jego najlepszego przyjaciela Prince'a Thomasa pojawiają się raz po raz. Deck powiedział, że Bruiser zachowuje się trochę inaczej niż zwykle —

jeszcze więcej pije, szybciej wpada w złość, tupie i warczy w kancelarii częściej niż zwykle.

A mówiąc o telefonach, Deck jest święcie przekonany, że FBI założyło podsłuchy na wszystkich aparatach w naszej firmie, w tym i moim. Uważa też, że ściany są pełne pluskiew. Robili tak już wcześniej, powiedział ze śmiertelną powagą. I w Yogi's też należałoby zachowywać ostrożność.

Zostawił mnie wytrąconego z równowagi tymi informacjami wczoraj po południu. Jeśli zdam egzamin adwokacki i zdobędę trochę kasy, zmywam się stąd.

Bruiser odkłada w końcu słuchawkę. Przeciera zmęczone oczy.

— Popatrz na to — mówi, przesuwając w moją stronę gruby plik papierów.

— Co to jest?

— Odpowiedź Great Benefit. Dowiesz się teraz, dlaczego pozywanie wielkich korporacji jest takie męczące. Mają mnóstwo pieniędzy na wynajmowanie mnóstwa adwokatów, którzy produkują mnóstwo papierzysk. Leo F. Drummond kasuje pewnie Great Benefit na dwieście pięćdziesiąt dolców za godzinę.

To odpowiedź na pozew Blacków z dołączonym uzasadnieniem na sześćdziesięciu trzech stronach. Jest tam też pismo, że mamy się stawić przed sędzią Harveyem Hale'em, by wysłuchać uzasadnienia tego wniosku.

Bruiser przygląda mi się spokojnie.

— Witaj na polu bitwy.

Mam w gardle gulę. Napisanie odpowiedzi w podobnym stylu zajmie wiele dni.

— Robi wrażenie — mówię, mam sucho w ustach. Nie wiem, od czego zacząć.

— Przeczytaj uważnie każdy punkt. Odpowiedz na wniosek. Napisz uzasadnienie. Zrób to szybko. Nie jest tak źle, jak można by pomyśleć.

— Nie jest?

— Nie, Rudy. To papierkowa robota. Nauczysz się. Te bydlaki

wypełnią każdy istniejący wniosek, a jeszcze więcej wymyślą sami, i każdy będzie miał opasłe uzasadnienie. I będą chcieli ganiać do sądu za każdym razem, żeby ich ukochane wnioseczki zostały rozpatrzone. Tak naprawdę mają w nosie, czy coś osiągną, niezależnie od wyniku, i tak tłuką kasę. Poza tym to opóźnia rozprawę. Zrobili z tego sztukę, a ich klienci płacą rachunki. Problem polega na tym, że w trakcie tego działania mogą cię zajeździć.

— Ja już jestem zajeżdżony.

— To sukinsyny. Drummond pstryka palcami i mówi „Chcę, żeby pozew został oddalony", a trzech adwokatów zakopuje się w bibliotece, dwóch asystentów siada do komputerów i wyciąga stare uzasadnienia. *Presto!* Nie wiedzieć kiedy mają już długaśne uzasadnienie, bardzo starannie przygotowane. Potem Drummond musi je kilka razy przeczytać, przedzierać się przez nie za dwieście pięćdziesiąt dolców za godzinę, może poprosi też któregoś ze wspólników, żeby rzucił na to okiem. Potem musi to zredagować, skrócić, pozmieniać, adwokaci wracają do biblioteki, asystenci do komputerów. To obdzieranie ze skóry, ale Great Benefit ma kupę forsy i nie ma oporów przed płaceniem ludziom takim jak prawnicy Tinleya Britta.

Mam wrażenie, że rzuciłem wyzwanie armii. Dwa telefony dzwonią jednocześnie. Bruiser chwyta słuchawkę najbliższego.

— Bierz się do roboty — zwraca się do mnie, a potem mówi do słuchawki: — Tak?

Niosę tę stertę papierów w obu rękach do mojego pokoju i zamykam drzwi. Czytam wniosek o oddalenie pozwu razem z jego ładnie skomponowanym i idealnie wydrukowanym uzasadnieniem. Bardzo szybko orientuję się, że pełno tam przekonujących argumentów, podważających niemal wszystko, co napisałem w pozwie. Język jest bogaty i klarowny, pozbawiony jakiegokolwiek żargonu prawniczego. Tekst jest naprawdę dobrze napisany. Przytaczane kontrargumenty są bardzo mocno poparte opiniami znanych autorytetów i trafiają w samo sedno. Większość stron ma nawet na dole finezyjne przypisy. Nie zapomnieli o spisie treści, indeksie i bibliografii.

Brakuje tylko gotowego orzeczenia, które sędzia miałby podpisać, godząc się tym samym na wszystko, czego Great Benefit sobie życzy.

Po trzecim czytaniu zbieram się w sobie i zaczynam robić notatki. Może znajdę w tym jakąś lukę, która będzie punktem zaczepienia. Szok i strach powoli mijają. Podsycam w sobie ogromną niechęć, jaką czuję do Great Benefit, przypominam sobie, co ta firma zrobiła mojemu klientowi, i zakasuję rękawy.

Pan Leo F. Drummon może i jest sądowym czarodziejem i może mieć niezliczonych pomagierów na każde zawołanie, ale ja, Rudy Baylor, nie mam nic innego do roboty. Jestem bystry i nie boję się pracy. Chce prowadzić ze mną papierkową wojnę, proszę bardzo. Zasypię go lawiną papierów, pod którą się udusi.

▲   ▲   ▲

Deck podchodził do egzaminu adwokackiego już sześć razy. Prawie zdał przy trzeciej próbie w Kalifornii, ale w ogólnej ocenie zabrakło mu dwóch punktów. Trzy razy przymierzał się w Tennessee, ale, jak wyznał mi z zaskakującą szczerością, nawet nie zbliżył się do wymaganej liczby punktów. Zaczynam wątpić, czy Deck rzeczywiście chce zdać ten egzamin. Zarabia czterdzieści tysięcy rocznie, łapiąc klientów dla Bruisera, i nie ma żadnych obciążeń natury etycznej. (Z drugiej strony Bruiser na pewno nie zawraca sobie głowy czymś takim jak etyka). Deck nie musi płacić składek na izbę adwokacką, przejmować się stałym pogłębianiem wiedzy, brać udziału w seminariach, stawiać przed sędziami, czuć wyrzuty sumienia z powodu pracy *pro bono*, nie wspominając o kosztach ogólnych.

Deck jest jak pijawka. Dopóki ma adwokata, z którego nazwiska może korzystać, i pokój, w którym może pracować, tkwi w interesie.

Wie, że nie jestem zbytnio zajęty, dlatego wpadanie do mnie

do pokoju około jedenastej weszło mu w nawyk. Plotkujemy przez jakieś pół godziny, a potem idziemy na tani lunch do Trudy. Przyzwyczaiłem się do niego. To po prostu Deck, pozbawiony pretensji mały facecik, który chce być moim przyjacielem.

Siedzimy w rogu i jemy lunch u Trudy między robotnikami z firmy przewozowej, a Deck mówi tak cicho, że ledwo go słyszę. Czasami, zwłaszcza w szpitalnych poczekalniach, potrafi być tak krzykliwy, że jest to krępujące, innym razem siedzi cicho jak mysz pod miotłą. Mamrocze o czymś, co rozpaczliwie chce mi przekazać, i jednocześnie się rozgląda, jakby spodziewał się ataku.

— Kiedyś pracował w firmie gość o nazwisku David Roy, bardzo się zbliżył do Bruisera. Razem liczyli kasę, mieli sztamę jak złodzieje, rozumiesz. Roy stracił uprawnienia adwokackie za jakieś machlojki z funduszami, więc nie mógł już być prawnikiem. — Deck wyciera z ust sos z sałatki z tuńczykiem. — Żadna wielka sprawa. Roy odchodzi z firmy, idzie na drugą stronę ulicy i otwiera klub topless. Klub się pali. Otwiera następny. Tam też jest pożar. Potem następny. A później w cyckowym biznesie wybucha wojna. Bruiser jest za cwany, żeby się pakować w sam jej środek, ale tkwi na obrzeżach. Podobnie jak twój kumpel Prince Thomas. Wojna trwa parę lat. Co jakiś czas pojawia się jakiś trup. Jeszcze więcej pożarów. Roy i Bruiser dostają mocno po dupach. W zeszłym roku federalni przyszpilili Roya i chodzą plotki, że będzie śpiewał. Wiesz, o czym mówię?

Kiwam głową i pochylam ją równie nisko jak Deck. Nikt nie może nas słyszeć, ale kilka osób przygląda się nam, bo siedzimy nienaturalnie zgarbieni nad jedzeniem.

— No i wczoraj David Roy zeznawał przed ławą przysięgłych. Wygląda na to, że się dogadał!

Mówiąc to, niczym morał opowieści, Deck prostuje się i przewraca oczami, jakbym teraz mógł sam domyślić się reszty.

— I co? — rzucam, nadal szeptem.

Deck marszczy czoło, rozgląda się trwożliwie, a potem znów pochyla.

— Jest spora szansa, że sypnie Bruisera. Może Prince'a Thomasa. Słyszałem wariacką pogłoskę, że wyznaczono cenę za jego głowę.

— Chcą go załatwić?

— Tak. Cicho.

— Ale kto? — Na pewno nie mój pracodawca.

— Spróbuj się domyślić.

— Bruiser chyba nie.

Deck uśmiecha się z zaciśniętymi ustami, jakby wstydliwie, i mówi:

— Nie byłby to pierwszy raz. — Odgryza ogromny kęs kanapki i żuje powoli, kiwając głową. Czekam, aż przełknie.

— Co chcesz przez to powiedzieć? — pytam.

— Nie zamykaj sobie innych furtek.

— Nie mam żadnych innych furtek.

— Niewykluczone, że będziesz musiał się wynieść.

— Dopiero co się zaczepiłem.

— Może zrobić się gorąco.

— A co z tobą? — pytam.

— Może ja też będę musiał odejść.

— Co z innymi facetami?

— O nich się nie martw, bo oni nie martwią się o ciebie. Jestem twoim jedynym przyjacielem.

Te słowa mnie prześladują. Deck wie więcej, niż mówi, ale po kilku następnych lunchach będę wiedział wszystko. Podejrzewam, że rozgląda się za miejscem, gdzie mógłby wylądować, kiedy nastąpi katastrofa. Poznałem pozostałych prawników z firmy — Nicklassa, Toxera i Ridge'a — ale oni zajmują się swoimi sprawami i mają niewiele do powiedzenia. Ich drzwi są zawsze zamknięte. Deck ich nie lubi, a tego, co oni czują do niego, mogę się jedynie domyślać. Zgodnie z opinią Decka Toxer i Ridge są przyjaciółmi i mogą myśleć o wspólnym otworzeniu małej kancelarii. Nicklass jest alkoholikiem, który balansuje na krawędzi.

Najgorszy scenariusz przewidywałby postawienie Bruisera w stan oskarżenia, aresztowanie go i proces przed sądem. Potrwałoby to co najmniej rok. Nadal mógłby pracować i prowadzić kancelarię. Tak mi się wydaje. Nie mogą pozbawić go prawa wykonywania zawodu, dopóki nie zapadnie prawomocny wyrok. Odpręż się, powtarzam w myślach.

Nawet jeśli znajdę się na ulicy, to nie będzie dla mnie pierwszyzna. Potrafię wylądować na czterech łapach.

⋏ ⋏ ⋏

Jadę w kierunku domu pani Birdie, mijam miejski park. W świetle latarni są tam rozgrywane co najmniej trzy mecze softballowe.

Zatrzymuję się przy budce telefonicznej obok myjni samochodowej i wybieram numer. Odbiera po trzecim dzwonku.

— Halo?

Jej głos przenika całe moje ciało.

— Zastałem Cliffa? — pytam o oktawę niżej niż normalnie. Jeśli odpowie, że tak, po prostu się rozłączę.

— Nie. A kto dzwoni?

— Rudy — odpowiadam normalnym głosem. Wstrzymuję oddech, spodziewając się, że usłyszę kliknięcie, po którym w słuchawce rozlegnie się ciągły sygnał, a jednocześnie mam nadzieję, że usłyszę ciche słowa pełne tęsknoty. Cholera, sam nie wiem, czego oczekuję.

Zapada cisza, ale Kelly się nie rozłącza.

— Prosiłam, żebyś nie dzwonił — mówi bez cienia złości czy frustracji.

— Przepraszam. Nie mogłem się powstrzymać. Martwię się o ciebie.

— Nie możemy tego robić.

— Czego?

— Do widzenia.

Teraz słyszę kliknięcie, a potem ciągły sygnał.

Trzeba było nie lada tupetu, żeby zadzwonić, a teraz tego

żałuję. Niektórzy ludzie mają więcej czelności niż mózgu. Wiem, że jej mąż jest porywczym despotą, ale nie wiem, jak daleko może się posunąć. Jeśli to typ zazdrośnika, a na pewno tak jest, bo to dziewiętnastoletni zapalony sportowiec, wychowany na konserwatywnym Południu, który ożenił się z piękną dziewczyną, to jak się domyślam, jest strasznie podejrzliwy. Czy posunąłby się jednak do założenia podsłuchu w telefonie?

To strzał w ciemno, ale daje mi do myślenia.

ʌ ʌ ʌ

Spałem niecałą godzinę, kiedy zadzwonił telefon. Dochodzi czwarta nad ranem, przynajmniej taka godzina widnieje na cyfrowym zegarze. Po omacku szukam telefonu.

Dzwoni Deck, bardzo podekscytowany, mówi szybko. Jedzie do mnie niemal na sygnale, jest o trzy przecznice. To coś ważnego, coś pilnego, jakieś spektakularne nieszczęście. Pośpiesz się! Ubierz się! Każe mi czekać przy krawężniku za mniej niż minutę.

To on czeka na mnie w zdezelowanym minivanie. Wskakuję do środka, a on dociska pedał gazu i odjeżdżamy. Nie miałem nawet szansy umyć zębów.

— Co się, do diabła, dzieje?

— Wielka katastrofa na rzece — oświadcza poważnym głosem, nagle ogarnięty prawdziwym głębokim smutkiem. Jak każdego dnia w firmie. — W nocy, tuż po jedenastej, barka z ropą oderwała się od holownika i popłynęła w dół rzeki. Wpadła na statek wycieczkowy, na którym odbywał się bal maturalny. Jakieś trzysta dzieciaków na pokładzie. Statek zatonął niedaleko Mud Island, tuż przy brzegu.

— To okropne, Deck, ale, do jasnej cholery, co my mamy z tym wspólnego?

— Musimy sprawdzić, co i jak. Bruiser dostał wiadomość i zadzwonił do mnie. I oto jedziemy. To ogromna katastrofa, może nawet największa, do jakiej doszło w Memphis.

— Mamy być z tego dumni czy jak?

— Nie rozumiesz? Bruiser nie przepuści takiej okazji.

— Świetnie. Niech sam naciągnie na tłuste dupsko kombinezon płetwonurka i szuka w wodzie ciał.

— To może być żyła złota.

Deck pędzi jak wariat przez miasto. Zbliżając się do śródmieścia, nie odzywamy się do siebie. Mija nas karetka pogotowia. Puls mi przyśpiesza. Kolejna karetka pojawia się przed nami, zajeżdżając nam drogę.

Riverside Drive jest zablokowana przez dziesiątki policyjnych radiowozów, których światła i koguty rozpraszają mrok. Wozy straży pożarnej i ambulanse stoją zaparkowane zderzak w zderzak. Nad rzeką unosi się helikopter. Grupy ludzi stoją nieruchomo, podczas gdy inni biegają, pokrzykują, coś wskazując. Blisko brzegu widać ramię dźwigu.

Obchodzimy szybko żółtą taśmę i dołączamy do tłumu gapiów na brzegu. Do wypadku doszło kilka godzin temu, dlatego emocje już opadły. Ludzie teraz po prostu czekają. Wielu z nich zbiło się w małe przerażone grupki, kucają na kamiennym brzegu, patrzą i płaczą, gdy nurkowie i sanitariusze szukają ciał. Kapłani klęczą i modlą się z rodzinami. Dziesiątki nastolatków w mokrych smokingach i porwanych sukniach balowych siedzą razem, trzymają się za ręce i wpatrują w rzekę. Jedna z burt statku wystaje jakieś trzy metry nad powierzchnię wody, a ratownicy, z których wielu ma na sobie niebieskie piankowe kombinezony i akwalungi, trzyma się jej. Inni działają z trzech pontonów związanych liną.

Odbywa się tu jakiś rytuał, ale trzeba trochę czasu, żeby go zrozumieć. Porucznik policji idzie wolno wzdłuż pomostu prowadzącego z pływającej przystani i wchodzi na kocie łby nabrzeża. Tłum, już bardzo wyciszony, zamiera w bezruchu. Porucznik podchodzi do radiowozu. Tymczasem zbiera się wokół niego kilku dziennikarzy. Większość ludzi nadal siedzi, owinięta kocami, pochyla głowy i modli się żarliwie. To rodzice, krewni, przyjaciele. Porucznik mówi:

— Bardzo mi przykro, ale zidentyfikowaliśmy ciało Melanie Dobbins.

Jego słowa rozbrzmiewają w ciszy, przerwanej niemal natychmiast jękiem i płaczem jej rodziny. Ściskają się i obejmują. Przyjaciele klękają i ich przytulają. Wtedy jakaś kobieta krzyczy. Pozostali odwracają się i patrzą, a jednocześnie wydają zbiorowe westchnienie ulgi. Zła wiadomość dla nich jest nieunikniona, ale przynajmniej została przesunięta w czasie. Nadal jest nadzieja. Dowiedziałem się później, że dwadzieścioro ośmioro dzieciaków przeżyło, bo zassało ich do komory z powietrzem.

Porucznik policji odchodzi, wraca na pomost, gdzie właśnie wyciągane jest z wody kolejne ciało.

Potem zaczyna się drugi rytuał, nie tak tragiczny, ale znacznie obrzydliwszy. Mężczyźni o surowych twarzach podchodzą, a czasem podkradają się do rozpaczających rodzin. Trzymają białe wizytówki, które próbują wciskać członkom rodziny i przyjaciołom zmarłych. W ciemności przemieszczają się centymetr po centymetrze i obserwują nawzajem z niechęcią. Są gotowi zabić, byle zdobyć klienta. I chcą tylko jednej trzeciej.

Deck zauważa znacznie wcześniej ode mnie, co się tu dzieje. Wskazuje głową miejsce bliżej rodzin, ale ja nie chcę tam iść. Sam wślizguje się w tłum i szybko znika w ciemności, podążając do żyły złota.

Odwracam się plecami do rzeki i po chwili biegnę ulicami śródmieścia Memphis.

Rozdział 22

Komisja egzaminacyjna wysyła wyniki egzaminu listami poleconymi. Na wydziale prawa słyszało się historie o nowicjuszach czekających przy drzwiach, a potem mdlejących w obecności listonosza. Albo biegnących jak wariaci po ulicy i machających listem. Mnóstwo opowieści, które wtedy wydawały się śmieszne, ale teraz wcale nie są wesołe.

Minęło trzydzieści dni, a ja nie dostałem żadnego listu. Podałem adres domowy, bo nie chciałem, żeby kopertę otworzył ktoś u Bruisera.

Trzydziesty pierwszy dzień to była sobota. To dzień, kiedy wolno mi spać do dziewiątej, zanim moja brygadzistka zacznie łomotać do drzwi wielkim pędzlem. Garaż pod moim mieszkaniem nagle wymaga pomalowania, przynajmniej tak postanowiła, choć moim zdaniem wygląda całkiem dobrze. Wyciąga mnie z łóżka, kusząc śniadaniem. Mówi, że usmażyła jajka i bekon, które wystygną, jeśli się nie pospieszę.

Praca idzie mi dobrze. Malowanie daje natychmiastowe rezultaty, które sprawiają satysfakcję. Widzę postępy. Słońce schowało się za chmurami, a ja nieśpiesznie macham pędzlem.

O osiemnastej pani Birdie oznajmia, że na dzisiaj koniec pracy, że wystarczająco się urobiłem i ma dla mnie cudowną wiadomość dotyczącą obiadu — zrobi dla nas wegetariańską pizzę!

Tej nocy pracowałem do pierwszej nad ranem w Yogi's i na razie nie mam ochoty tam wracać. Zatem, jak zawsze, nie wiem, co ze sobą począć w sobotni wieczór. Co gorsza, nawet przez chwilę nie zastanawiałem się nad tym, czym mógłbym się zająć. Smutne, ale pomysł zjedzenia wegetariańskiej pizzy z osiemdziesięcioletnią staruszką nawet mi się podoba.

Biorę prysznic, wkładam spodnie khaki i trampki. Gdy wchodzę do domu, z kuchni rozchodzi się jakiś dziwny zapach. Pani Birdie krząta się tam bardzo energicznie. Nigdy wcześniej nie piekła pizzy, jak mi powiedziała, jakby ta wiedza miała mi sprawić przyjemność.

Nie jest źle. Cukinia i żółta papryka są trochę za bardzo spieczone, ale nakładła za to dużo koziego sera i grzybów. A ja umieram z głodu. Jemy w mieszkaniu i oglądamy film z Carym Grantem i Audrey Hepburn, w czasie którego pani Birdie niemal bez przerwy płacze.

Drugi film jest z Bogartem i Bacall. Zaczynają mnie boleć mięśnie. Robię się śpiący. Tymczasem pani Birdie siedzi na brzegu kanapy i z zapartym tchem chłonie każde słowo padające z ekranu, choć ogląda ten film od pięćdziesięciu lat.

Nagle zrywa się na równe nogi.

— O czymś zapomniałam! — wykrzykuje i biegnie do kuchni, skąd dochodzą odgłosy szukania w papierach. Wraca szybko z kartką, zatrzymuje się teatralnie przede mną i oświadcza:

— Rudy! Zdałeś egzamin adwokacki!

Dzierży w dłoni pojedynczą białą kartkę papieru, na którą tak długo czekałem. To od komisji egzaminacyjnej z Tennessee, list jest zaadresowany do mnie, rzecz jasna. Drukowanymi literami pośrodku strony widać doniosłe słowa: *Gratulujemy. Zdał Pan egzamin.*

Obracam się wokół własnej osi, patrzę na panią Birdie i przez ułamek sekundy mam ochotę spoliczkować ją za tak bezczelne wtargnięcie w moje prywatne życie. Powinna mi powiedzieć o tym wcześniej i na pewno nie miała prawa otwierać listu do mnie. Ale w tej chwili widać jej wszystkie szarożółte zęby. Ma łzy w oczach, trzyma dłonie przy twarzy i jest prawie tak przejęta jak ja. Moja złość szybko mija i przechodzi w euforię.

— Kiedy to przyszło? — pytam.

— Dzisiaj, kiedy malowałeś. Listonosz zapukał do mnie, zapytał o ciebie, to mu powiedziałam, że jesteś zajęty, i dlatego podpisałam za ciebie.

Podpisanie za kogoś to jedno. Otwieranie cudzego listu to zupełnie inna sprawa.

— Nie powinna go pani otwierać — mówię, ale tak naprawdę nie jestem zły. W takiej chwili nie sposób się wściekać.

— Przepraszam. Pomyślałam, że chciałbyś, żebym go otworzyła. Czy to nie ekscytujące?

W rzeczy samej. Pomykam do kuchni uśmiechnięty jak idiota, wdycham powietrze, czując, jak wielki ciężar spada mi z serca. Wszystko jest cudowne! Świat jest wspaniały.

— Uczcijmy to — mówi pani Birdie z szelmowskim uśmieszkiem.

— Cokolwiek pani zechce — odpowiadam. Mam ochotę biegać po podwórzu i krzyczeć do gwiazd.

Pani Birdie sięga w czeluście szafki, szuka czegoś po omacku, uśmiecha się i powoli wyjmuje butelkę w dziwnym kształcie.

— Trzymałam to na specjalną okazję.

— Co to jest? — pytam, biorąc od niej butelkę. Nigdy takiej nie widziałem w Yogi's.

— Brandy z melona. Całkiem mocny trunek. — Pozwala sobie na chichot.

W tej chwili napiłbym się czegokolwiek. Pani Birdie znajduje dwie filiżanki do kawy od kompletu — w tym domu nie pija się alkoholu — i napełnia je do połowy. Ciecz wydaje się gęsta i lepka. Zapach kojarzy mi się z gabinetem dentystycznym.

Wznosimy toast za pomyślną przyszłość, stukamy się filiżankami z logo Banku Tennessee i upijamy po łyku. Smakuje jak syrop na kaszel dla dzieci i piecze jak czysta wódka. Pani Birdie oblizuje usta.

— Lepiej usiądźmy — mówi.

Po kilku łykach pani Birdie chrapie na sofie. Wyciszam dźwięk w telewizorze i nalewam sobie następną filiżankę. To mocny napitek. W pierwszej chwili pali żywym ogniem, ale potem kubki smakowe już się zbytnio nie buntują. Piję na patio pod księżycem, nadal uśmiechnięty i wdzięczny losowi za tę boską nowinę.

▲ ▲ ▲

Skutki działania melonowej brandy trwają jeszcze długo po wschodzie słońca. Biorę prysznic, wychodzę z mieszkania, przekradam się do samochodu i na wstecznym pędzę podjazdem aż do ulicy.

Jadę do baru kawowego dla japiszonów, gdzie podają bajgle i naprawdę dobrą kawę. Płacę za grube wydanie niedzielnej gazety i rozkładam ją na stoliku na tyłach lokalu. Kilka nagłówków brzmi znajomo.

Czwarty dzień z rzędu na pierwszej stronie są artykuły o katastrofie statku wycieczkowego. Zginęło czterdzieścioro jeden nastolatków. Adwokaci już zaczęli składać pozwy.

Druga ważna informacja znajduje się w dodatku miejskim i dotyczy najnowszych wyników serii dochodzeń w sprawie korupcji w policji, a mówiąc bardziej szczegółowo, powiązań między branżą striptizową a przedstawicielami prawa. Kilka razy wymieniono nazwisko Bruisera jako adwokata Williego McSwane'a, lokalnego bonzy. Nazwisko Bruisera jako adwokata jest również wspominane, gdy chodzi o Benniego Thomasa, znanego jako Prince, właściciela baru, który stawał już przed sądem federalnym. Piszą też, że sam Bruiser znalazł się najprawdopodobniej pod lupą agentów federalnych.

Chyba wiem, co się święci. Ława przysięgłych w sądzie

federalnym zbiera się od miesiąca praktycznie bez przerwy. W tej gazecie piszą o tym właściwie codziennie. Deck robi się coraz bardziej nerwowy.

Trzecia rzecz jest dla mnie zaskoczeniem. Na ostatniej stronie sekcji o gospodarce umieszczono niewielki artykuł z niewielkim tytułem *161 osób zdało egzamin adwokacki*. To trzyzdaniowa informacja dla prasy przekazana przez komisję egzaminacyjną. Po niej następuje lista nazwisk absolwentów, którym się poszczęściło, w porządku alfabetycznym, bardzo małą czcionką.

Przysuwam gazetę do oczu i czytam gorączkowo. Jestem tam! To prawda. Żaden urzędnik się nie pomylił. Zdałem egzamin adwokacki! Przebiegam wzrokiem po nazwiskach, z których wiele znam od trzech lat.

Szukam Bookera Kane'a, ale go nie widzę. Sprawdzam drugi raz i trzeci. Garbię się z wrażenia. Odkładam gazetę na stolik i czytam na głos każde nazwisko. Nie ma wśród nich Bookera Kane'a!

Wczoraj wieczorem niewiele brakowało, a zadzwoniłbym do niego zaraz po tym, jak pani Birdie odzyskała pamięć i przekazała mi cudowną wiadomość, ale po prostu nie potrafiłem się na to zdobyć. Ponieważ zdałem, postanowiłem zaczekać, aż to Booker do mnie zadzwoni. Uznałem, że jeśli nie odezwie się w ciągu kilku następnych dni, będę wiedział, że oblał.

Teraz z kolei nie bardzo wiem, jak postąpić. Widzę go w tej chwili, jak pomaga Charlene ubierać dzieciaki do kościoła, usiłuje się uśmiechać i robi dobrą minę, starając się przekonać ich oboje, że to tymczasowa komplikacja, że następnym razem na pewno mu się uda.

Ale wiem, że jest zdruzgotany. Jest zły na siebie i rozżalony, bo poniósł porażkę. Martwi się reakcją Marvina Shankle'a i drży na myśl o jutrzejszym wejściu do kancelarii.

Booker jest bardzo dumnym facetem, który zawsze wierzył, że może osiągnąć wszystko. Bardzo chciałbym pojechać do niego i smucić się razem z nim, ale to nie miałoby sensu.

Zadzwoni jutro i złoży mi gratulacje. Z pozoru będzie zachowywał się zwyczajnie i zaklinał, że następnym razem pójdzie mu lepiej.

Jeszcze raz czytam tę listę i nagle uderza mnie, że nie ma na niej Sary Plankmore. Nie ma jej też pod nazwiskiem Sara Plankmore Wilcox. Pan S. Todd Wilcox zdał egzamin, ale jego świeżo poślubiona żoneczka nie.

Śmieję się głośno. To małostkowe, mściwe, złośliwe, infantylne, a nawet podłe. Ale nie umiem się powstrzymać. Zaszła w ciążę, żeby wyjść za mąż, dlatego gotów jestem się założyć, że stres był dla niej zbyt duży. Przez ostatnie trzy miesiące coś ciągle rozpraszało jej uwagę, planowała wesele, wybierała kolory do pokoju dziecięcego. Musiała zaniedbać naukę.

Ha, ha, ha. Ten się śmieje, kto się śmieje ostatni.

⋏　⋏　⋏

Ubezpieczenie pijanego kierowcy, który wpadł na Dana Van Landela, było ograniczone do stu tysięcy dolarów. Deck przekonał pracodawcę pijaka, że uzasadnione roszczenia Van Landela znacznie przekraczają tę sumę i nie ma co do tego wątpliwości. Przewoźnik zgodził się podnieść limit. Bruiser włączył się dopiero w ostatniej chwili, grożąc procesem i tak dalej. Deck odwalił osiemdziesiąt procent roboty przy tej sprawie. Ja, w najlepszym razie, piętnaście. Bez słowa uznaliśmy, że resztę zrobił Bruiser. Niemniej zgodnie z przyjętymi w kancelarii Bruisera zasadami wynagradzania ani Deck, ani ja nie zobaczyliśmy ani centa honorarium. To dlatego, że Bruiser ma bardzo jasno sprecyzowaną definicję podziału zarobku. Van Landel jest jego klientem, bo usłyszał o nim pierwszy. Deck i ja poszliśmy do szpitala, żeby podpisać umowę z ofiarą wypadku, ale to należy do naszych obowiązków jak pracowników firmy. Gdybyśmy pierwsi wyczaili tę sprawę i podpisali z klientem umowę, wtedy coś byśmy dostali.

Bruiser wzywa nas obu do swojego gabinetu i zamyka drzwi. Gratuluje mi zdanego egzaminu. On również zaliczył go przy pierwszym podejściu. Jestem pewny, że przez te słowa Deck poczuł się jeszcze większym głupkiem. Ale Deck niczego po sobie nie pokazuje, siedzi, oblizuje zęby, głowę trzyma pochyloną na jedną stronę. Bruiser opowiada przez chwilę o ugodzie Van Landela. Dziś rano dostał czek na sto tysięcy dolarów, a Van Landelowie przyjdą po południu po odbiór odszkodowania. Jego zdaniem może powinniśmy jednak coś z tego dostać.

Wymieniamy z Deckiem nerwowe spojrzenia.

Bruiser mówi, że ten rok jest dla niego bardzo dobry, że do tej pory zarobił więcej niż przez cały poprzedni rok, a chciałby, żeby pracownicy byli zadowoleni. Poza tym do ugody doszło bardzo szybko. Sam zajmował się tą sprawą przez niecałe sześć godzin.

Obaj z Deckiem zastanawiamy się, co mógł w tym czasie robić.

A zatem, z czystej dobroci serca, chce nas nagrodzić. Jego działka to jedna trzecia, czyli trzydzieści trzy tysiące dolarów, ale nie ma zamiaru zatrzymać wszystkiego dla siebie. Podzieli się z nami.

— Chciałbym dać wam, chłopcy, jedną trzecią mojego honorarium, do równego podziału.

Deck i ja szybko liczymy w myślach. Jedna trzecia z trzydziestu trzech tysięcy to jedenaście tysięcy, a połowa tego to pięć i pół tysiąca.

Udaje mi się zachować obojętny wyraz twarzy, gdy mówię:

— Dzięki, Bruiser, to bardzo wspaniałomyślnie z twojej strony.

— Nie ma za co — odpowiada, jakby przez całe życie tak traktował ludzi. — Nazwijmy to prezentem z okazji zdania egzaminu.

— Dzięki.

— Tak, dziękuję — dołącza Deck.

Obaj jesteśmy oszołomieni, choć jednocześnie nie zapominamy, że Bruiser zarobił dwadzieścia dwa tysiące dolarów za sześć godzin pracy. To mniej więcej trzy i pół tysiąca dolarów za godzinę.

Jednak ponieważ nie spodziewałem się ani centa, nagle czuję się bogaty.

— Dobra robota, chłopcy. Spróbujcie znaleźć więcej takich klientów.

Deck i ja jednocześnie kiwamy głowami. Liczę i już wydaję w myślach moją fortunę. Deck bez wątpienia robi to samo.

— Jesteśmy gotowi na jutro? — Bruiser zwraca się z tym pytaniem do mnie.

O dziewiątej rano mamy przedstawić sędziemu Harveyowi Hale'owi nasze argumenty przeciwko wnioskowi adwokata Great Benefit o oddalenie pozwu. Bruiser odbył wcześniej dość nieprzyjemną rozmowę z tym sędzią o naszym pozwie, dlatego nie palimy się specjalnie do tego spotkania.

— Tak mi się wydaje — odpowiadam trochę podenerwowany.

Opracowałem i napisałem trzydziestostronicowe uzasadnienie braku podstaw wniosku Great Benefit, na co Drummond i spółka odpowiedzieli kontratakiem i zanegowali wszystko, co przedstawiłem w swoim piśmie. Bruiser zadzwonił do Hale'a, żeby wyrazić swój sprzeciw, ale ich rozmowa nie poszła dobrze.

— Mogą cię prosić, żebyś przedstawił niektóre argumenty, więc bądź na to przygotowany — uprzedza Bruiser.

Przełykam głośno ślinę, zdenerwowanie przechodzi w panikę.

— To bierz się do pracy — dodaje Bruiser. — Byłoby wstyd stracić sprawę z powodu wniosku o jej oddalenie.

— Ja też nad tym pracuję — zapewnia Deck gorliwie.

— To dobrze. Wszyscy trzej pójdziemy do sądu. Tamtych jak nic będzie ze dwudziestu.

▲ ▲ ▲

Nagły przypływ gotówki budzi we mnie pragnienie czegoś lepszego. Decydujemy z Deckiem, że rezygnujemy tego dnia z zupy i kanapki na lunch u Trudy i zamiast tego jemy w pobliskiej restauracji specjalizującej się w stekach. Zamawiamy żeberka.

— Nigdy wcześniej nie dzielił się pieniędzmi w taki sposób — mówi Deck. Dygocze i rozgląda się nerwowo.

Siedzimy w loży na tyłach mrocznej sali. Nikt nie może nas słyszeć, ale Deck sprawia wrażenie bardzo zaniepokojonego.

— Coś jest na rzeczy, Rudy, tego jestem pewny. Toxer i Ridge szykują się do odejścia. Federalni mają oko na Bruisera. A on oddaje pieniądze. Naprawdę się tym denerwuję, i to bardzo.

— No dobrze, ale dlaczego? Nie mogą nas aresztować.

— Nie martwię się o to, że będę aresztowany. Martwię się o pracę.

— Nie rozumiem. Jeśli przedstawią Bruiserowi jakieś zarzuty i zostanie aresztowany, wyjdzie za kaucją, zanim zdążą zamknąć za nim drzwi. Kancelaria nadal będzie działała.

To go irytuje.

— Posłuchaj, a jeżeli przyjdą z nakazem rewizji? Mogą to zrobić, dobrze wiesz. Zdarzało się to już wcześniej przy sprawach o wymuszanie pieniędzy. Federalni uwielbiają naloty na kancelarie prawnicze, kochają przejmować akta i wynosić komputery. Nie przejmą się ani twoim, ani moim losem.

Szczerze mówiąc, myśl o tym nawet nie przyszła mi do głowy. Pewnie wyglądam na zaskoczonego.

— Oczywiście, że mogą wysadzić go z siodła — mówi, wciąż bardzo spięty. — I zrobią to z prawdziwą przyjemnością. My z kolei znajdziemy się na linii ognia i nikt, absolutnie nikt nawet nie zwróci na to uwagi.

— Co z tego wynika?

— Trzeba wiać!

Chciałem zapytać, co konkretnie ma na myśli, ale to raczej oczywiste. Deck jest teraz moim przyjacielem, ale marzy mu się coś więcej. Zdałem egzamin adwokacki, więc mogę stać się dla niego kołem ratunkowym. Deck chce, żebyśmy zostali wspólnikami! Zanim wydobywam choćby słowo, Deck przystępuje do ataku:

— Ile masz pieniędzy? — pyta.

— Hm, pięć i pół tysiąca dolarów.

— Ja też. To razem jedenaście tysięcy. Jeśli obaj wyłożymy po dwa tysiące, to da cztery tysiące. Możemy wynająć niewielkie

275

biuro za pięć stów miesięcznie, telefon i inne urządzenia to kolejne pięć stów. Możemy kupić trochę mebli, nic drogiego. Przez sześć miesięcy będziemy balansowali na krawędzi i przekonamy się, jak nam idzie. Ja będę zdobywał sprawy, ty będziesz chodził do sądu, zyskami podzielimy się po połowie. Wszystko po połowie — koszty, honoraria, opłaty, praca, godziny.

Nie mam zbyt wielkiego wyboru, ale szybko myślę.

— A sekretarka?

— Nie będzie potrzebna — odpowiada od razu. Deck dobrze wszystko przemyślał. — Przynajmniej na początku. Obaj możemy odbierać telefon i włączać automatyczną sekretarkę. Umiesz pisać na maszynie. Ja umiem pisać na maszynie. To się uda. Gdy zarobimy jakieś pieniądze, zatrudnimy dziewczynę.

— Jakie będą koszty ogólne?

— Niecałe dwa tysiące. Czynsz, telefon, urządzenia, materiały i sto innych rzeczy. Ale możemy zaciskać pasa i działać za psie pieniądze. Pilnując kosztów, będziemy mieli więcej pieniędzy dla siebie. To proste. — Wpatruje się we mnie, sącząc mrożoną herbatę, a potem znowu pochyla się do przodu. — Posłuchaj, Rudy, widzę to w ten sposób, że zostawiliśmy właśnie na stole dwadzieścia dwa tysiące dolarów. Powinniśmy odejść z całym honorarium, co pokryłoby nasze roczne koszty. Zacznijmy samodzielnie i zgarniajmy wszystkie pieniądze.

Istnieje coś takiego jak etyczny zakaz tworzenia spółek przez prawników z nieprawnikami. Chcę o tym powiedzieć, ale zaraz uświadamiam sobie daremność mojego wysiłku. Deck wymyśliłby dziesiątki sposobów obejścia tej zasady.

— Czynsz nie wydaje się wysoki — mówię, żeby coś powiedzieć, ale też wybadać, na ile już się we wszystkim zorientował.

Mruży oczy i uśmiecha się, błyskając zębami bobra.

— Mam nawet upatrzone miejsce. W starej kamienicy przy Madison nad sklepem z antykami. Cztery pokoje, łazienka, dokładnie w połowie drogi między więzieniem a Świętym Piotrem. Idealna lokalizacja! Każdy adwokat marzy o czymś takim.

— To trochę niebezpieczna dzielnica — zauważam.

— A jak myślisz, dlaczego czynsz nie jest duży?

— W jakim jest stanie?

— Całkiem dobrym. Trzeba tylko odmalować.

— Znam się dość dobrze na malowaniu.

Przynoszą nam sałatki. Wkładam do ust listek rzymskiej sałaty. Deck grzebie w swoim talerzu, ale je niewiele. Ma zbyt dużą gonitwę myśli, żeby skupić się na jedzeniu.

— Muszę coś zrobić, Rudy. Wiem o rzeczach, o których nie mogę ci powiedzieć. Rozumiesz. Więc zaufaj mi, kiedy mówię, że Bruiser spadnie z dużej wysokości. Szczęście przestało mu dopisywać. — Przerywa i nadziewa na widelec kawałek orzecha. — Jeśli nie chcesz iść ze mną, to jeszcze dziś po południu pogadam z Nicklassem.

Nicklass jako jedyny zostanie po odejściu Toxera i Ridge'a, a wiem, że Deck go nie lubi. Podejrzewam też, że Deck mówi prawdę o Bruiserze. Pobieżne przejrzenie gazet dwa razy w tygodniu i już się wie, że facet jest w poważnych tarapatach. Deck jest od kilku lat jego najbardziej zaufanym pracownikiem, dlatego to, że chce uciec, mnie przeraża.

Jemy powoli w milczeniu i obaj zastanawiamy się nad następnym posunięciem. Cztery miesiące wcześniej sam pomysł o praktykowaniu prawa z kimś takim jak Deck byłby nie do pomyślenia, może nawet śmiałbym się z tego, ale tu i teraz nie jestem w stanie wykombinować wymówek, żeby zniechęcić go do roli mojego wspólnika.

— Nie chcesz mnie na wspólnika? — mówi żałośnie.

— Po prostu się zastanawiam, Deck. Daj mi chwilę. Wyskoczyłeś z tym jak diabeł z pudełka.

— Przepraszam. Ale musimy działać szybko.

— Jak dużo wiesz?

— Wystarczająco dużo, żebym przestał mieć wątpliwości. Nie zadawaj więcej pytań.

— Proszę o kilka godzin. Muszę się z tym przespać.

— To uczciwe potraktowanie sprawy. Jutro obaj idziemy do sądu, więc spotkajmy się wcześniej. U Trudy. W kancelarii nie możemy rozmawiać. Prześpisz się z tym i rano dasz mi odpowiedź.

— Umowa stoi.

— Ile spraw prowadzisz?

Zastanawiam się przez sekundę. Mam grube akta sprawy Blacków, raczej cienkie sprawy testamentu pani Birdie i bezużyteczny przypadek odszkodowania dla jakiegoś robotnika, którego papiery Bruiser rzucił mi na biurko w zeszłym tygodniu.

— Trzy.

— Wynieś je z firmy i zabierz do domu.

— Już teraz?

— Teraz. Dziś po południu. A jeśli jeszcze coś może ci się przydać, lepiej szybko to wynieś. Tylko nie daj się na tym przyłapać, dobrze?

— Czy ktoś nas obserwuje?

Deck rozgląda się, a potem wolno kiwa głową i przewraca oczami za przekrzywioną oprawką okularów.

— Kto?

— Myślę, że federalni. Kancelaria jest pod obserwacją.

Rozdział 23

Słowa wypowiedziane przez Bruisera od niechcenia o tym, że może prosić mnie w sądzie o przedstawienie niektórych argumentów, nie pozwalają mi zasnąć przez większą część nocy. Nie wiem, czy był to zwykły blef mądrego mentora, ale denerwuję się tym bardziej niż wchodzeniem w spółkę z Deckiem.

Kiedy docieram do Trudy, jest jeszcze ciemno. Nie ma żadnych klientów. Kawa się parzy, pączki są jeszcze gorące. Gadamy przez chwilę, ale Trudy ma jeszcze dużo roboty.

Podobnie jak ja. Nie zwracam uwagi na gazety, od razu zagłębiam się w notatkach. Od czasu do czasu zerkam przez okno na pusty parking i wyciągam szyję, żeby sprawdzić, czy są tam agenci w nieoznakowanym samochodzie, palący papierosy bez filtra i pijący zimną kawę, jak na filmie. Czasami Deck jest bardzo przekonujący, a czasem jest tak szurnięty, jak na to wygląda.

On też zjawia się wcześnie. Zamawia kawę kilka minut przed siódmą i siada naprzeciwko mnie. Kafejka jest już na wpół zapełniona.

— I co? — pyta i są to jego pierwsze słowa.

— Spróbujmy przez rok — odpowiadam. Postanowiłem, że

podpiszemy umowę, która będzie obowiązywała tylko przez rok i będzie zawierała klauzulę miesięcznego wypowiedzenia, gdy któryś z nas nie będzie zadowolony ze współpracy.

Deck odsłania połyskujące zęby i nie potrafi ukryć ekscytacji. Wyciąga nad stolikiem rękę, żebym ją uścisnął. Dla Decka to wielka chwila. Szkoda, że nie dla mnie.

Doszedłem też do wniosku, że spróbuję jakoś nad nim zapanować, oduczyć go pędzenia do każdej katastrofy. Ciężko pracując i obsługując klientów, możemy całkiem nieźle zarabiać na życie i, mam nadzieję, powiększyć firmę. Będę zachęcał Decka, by uczył się do egzaminu adwokackiego, zdobył licencję i traktował nasz zawód z większym szacunkiem.

To, rzecz jasna, będzie musiało dokonywać się stopniowo.

I nie jestem naiwny. Oczekując, że Deck będzie się trzymał z dala od szpitali, równie dobrze mógłbym wierzyć, że pijaka można zmusić do omijania barów. Ale przynajmniej spróbuję.

— Wyniosłeś swoje papiery? — pyta szeptem, spoglądając na drzwi, przez które weszło właśnie dwóch kierowców ciężarówek.

— Tak. A ty?

— Od tygodnia wynoszę je cichcem.

Wolałbym nie dowiadywać się już niczego więcej. Kieruję rozmowę na sprawę Blacków, ale Deck szybko wraca do naszego nowego przedsięwzięcia. O ósmej idziemy do kancelarii. Deck przygląda się uważnie samochodom stojącym na parkingu, jakby w każdym siedzieli agenci.

O ósmej piętnaście Bruisera jeszcze nie ma. Deck i ja obalamy zarzuty z wniosku Drummonda. Tu, gdzie ściany i telefony są na podsłuchu, rozmawiamy wyłącznie o prawie.

Jest wpół do dziewiątej, a Bruiser wciąż się nie pojawia. Bardzo wyraźnie powiedział, że przyjdzie o ósmej, żeby przejrzeć akta. Sala sędziego Hale'a mieści się w Sądzie Okręgowym okręgu Shelby w śródmieściu, dwadzieścia minut jazdy przy nieprzewidywalnej sytuacji na ulicach. Deck niechętnie dzwoni do mieszkania Bruisera, ale nikt nie odpowiada. Dru powiedziała, że spodziewała się go o ósmej. Próbuje połączyć się z telefonem w samochodzie, ale też nikt nie odbiera. Może spotka się z nami w sądzie, mówi Dru.

Pakujemy z Deckiem akta do mojej teczki i wychodzimy z kancelarii kwadrans przed dziewiątą. Deck zna najszybszą trasę, jak mówi, więc on prowadzi, a ja się pocę. Ręce mam lepkie, w gardle mi zaschło. Jeśli Bruiser wystawi mnie do wiatru i nie przyjdzie do sądu, nigdy mu tego nie wybaczę.

— Odpręż się — mówi Deck, zgarbiony nad kierownicą, lawirujący między samochodami, przejeżdżając na czerwonym świetle. Nawet on widzi, że jestem przerażony. — Bruiser na pewno tam będzie — dodaje bez przekonania. — A jeśli go nie będzie, to sam doskonale sobie poradzisz. To tylko odpowiedź na pozew. To znaczy, nie będzie ławy przysięgłych.

— Zamknij się i jedź, Deck, dobra? I postaraj się nas nie zabić.

— Jaki drażliwy.

Jesteśmy w śródmieściu, wszędzie korki, a ja przerażony patrzę na zegarek. Punkt dziewiąta. Deck zmusza dwóch przechodniów do uskoczenia z chodnika, a potem przejeżdża meandrami przez niewielki parking.

— Widzisz te drzwi, o tam? — Pokazuje róg siedziby sądu, masywnej budowli zajmującej całą przecznicę.

— Tak.

— Wejdź przez nie, potem po schodach na pierwsze piętro, sala sądowa to trzecie drzwi po prawej.

— Myślisz, że Bruiser już tam jest? — pytam łamiącym się głosem.

— No jasne — kłamie. Wciska hamulce, uderza o krawężnik, a ja wyskakuję jak najgorszy niezguła. — Przyjdę, gdy tylko zaparkuję! — woła.

Wbiegam po betonowych schodach, wpadam przez drzwi, gnam po następnych schodach i nagle jestem w sądzie.

Sąd Okręgowy okręgu Shelby jest stary, majestatyczny i doskonale zachowany. Posadzki i ściany są z marmuru, podwójne drzwi wykonano z polerowanego mahoniu. Korytarz jest szeroki, mroczny i cichy, pod ścianami stoją drewniane ławy, wiszą portrety wybitnych prawników.

Zwalniam do truchtu i zatrzymuję się przed salą sędziego Harveya Hale'a. Zgodnie z tym, co napisano na mosiężnej tabliczce obok drzwi, to Wydział VIII Sądu Okręgowego.

Przed salą nie ma śladu po Bruiserze, więc powoli otwieram drzwi i zaglądam do środka. Pierwsze, czego nie widzę, to jego zwalistej sylwetki. Nie ma go.

Ale sala sądowa nie jest pusta. Zerkam na wyłożone czerwonym dywanem przejście między rzędami lśniących tapicerowanych ławek, nad niską barierką z wahadłowymi drzwiczkami i widzę, że czeka na mnie całkiem sporo osób. Wyżej, w czarnej todze, na wielkim fotelu obitym ciemnoczerwoną skórą, siedzi nieprzyjemnie wyglądający mężczyzna, który patrzy na mnie z przyganą. Zakładam, że to sędzia Harvey Hale. Zegar wiszący nad nim na ścianie pokazuje godzinę dziewiątą dwanaście. Sędzia jedną ręką podpiera brodę, palcami drugiej bębni niecierpliwie.

Po mojej lewej stronie, za barierką oddzielającą widzów od sędziego, ławy przysięgłych i stołów adwokatów spostrzegam grupę mężczyzn wyciągających szyje, żeby mnie zobaczyć. To zdumiewające, ale wszyscy wyglądają tak samo i są identycznie ubrani — krótkie włosy, ciemne garnitury, białe koszule, krawaty w paski, surowe twarze, uśmieszki pogardy.

Na sali panuje cisza. Czuję się jak intruz. Nawet protokolantka sądowa i woźny mają już o mnie zdanie.

Na ołowianych nogach o miękkich kolanach idę do wahadłowych drzwiczek w barierce. Zero pewności siebie. Gardło mam suche jak wiór, głos cichy i zachrypnięty.

— Przepraszam, Wysoki Sądzie, ale przyszedłem na rozpatrzenie wniosku w sprawie Blacków.

Wyraz twarzy sędziego się nie zmienia. Palce nadal bębnią.

— A kim pan jest?

— Nazywam się Rudy Baylor. Pracuję dla Bruisera Stone'a.

— Gdzie jest pan Stone? — pyta.

— Nie jestem pewny. Miał się tu ze mną spotkać.

Po lewej słyszę szmer poruszenia wśród grupy adwokatów, ale nie patrzę na nich. Sędzia Hale przestaje bębnić palcami, unosi brodę znad dłoni i kręci głową sfrustrowany.

— Dlaczego nie jestem tym zaskoczony? — rzuca do mikrofonu.

Jestem zdeterminowany uciec ze sprawą Blacków schowaną bezpiecznie w teczce. Bo jest moja! Nikt inny nie może jej mieć. Nie ma takiego sposobu, żeby sędzia Hale wiedział w tej chwili, że jestem adwokatem, który złożył pozew, ponieważ przecież Bruiser tego nie zrobił. Choć śmiertelnie się boję, dochodzę do wniosku, że to odpowiednia chwila, żebym ugruntował swoją pozycję.

— Zakładam, że chce pan prosić o odroczenie — mówi sędzia.

— Nie, Wysoki Sądzie. Jestem przygotowany do podważenia wniosku o oddalenie pozwu — odzywam się tak pewnie, jak tylko mogę. Przechodzę przez drzwiczki i stawiam teczkę na stole z prawej strony.

— Jest pan adwokatem? — pyta sędzia.

— Cóż, właśnie zdałem egzamin adwokacki.

— Ale nie dostał pan jeszcze licencji?

Nie mam pojęcia, dlaczego aż do tej pory nie zdawałem sobie sprawy z tego rozróżnienia. Przypuszczam, że byłem tak dumny z siebie, że wyleciało mi to z głowy. Poza tym to Bruiser miał dzisiaj występować, a ja najwyżej wtrącałbym się od czasu do czasu, żeby nabierać doświadczenia.

— Nie, Wysoki Sądzie. Przysięgę składamy w przyszłym tygodniu.

Jeden z moich wrogów odchrząkuje głośno i sędzia przenosi na niego spojrzenie. Odwracam się i widzę eleganckiego dżentelmena w granatowym garniturze, który teatralnie długo wstaje z krzesła.

— Za pozwoleniem Wysokiego Sądu — odzywa się tonem,

jakby wypowiadał te słowa milion razy. — Do protokołu, nazywam się Leo F. Drummond od Tinleya Britta, reprezentuję Great Benefit. — Wypowiada to rzeczowym tonem do starego przyjaciela i współlokatora z akademika Yale.

Strażniczka zapisu, protokolantka, wróciła do piłowania paznokci.

— Sprzeciwiamy się występowaniu tego młodego człowieka w tej sprawie. — Wskazuje mnie ramieniem. Wymawia słowa wolno i poważnie. Natychmiast budzi we mnie nienawiść. — Dlaczego? Bo nawet nie ma licencji.

Nienawidzę go za ten protekcjonalny ton i za głupawe dzielenie włosa na czworo. To tylko rozpatrywanie wniosku, a nie rozprawa.

— Wysoki Sądzie, będę miał licencję w przyszłym tygodniu — mówię. W moim głosie wyraźnie słychać złość.

— To nie wystarczy, Wysoki Sądzie — odpowiada Drummond, rozkładając szeroko ręce, jakby to był żałosny pomysł. Ale bezczelny!

— Zdałem egzamin adwokacki, Wysoki Sądzie.

— Wielka mi rzecz — rzuca Drummond w moją stronę.

Patrzę prosto na niego. Znajduje się między czterema innymi mężczyznami, z których trzech siedzi przy jego stole i ma przed sobą notesy. Czwarty stoi za nimi. Czuję na sobie wzrok ich wszystkich.

— To jest wielka rzecz, panie Drummond. Niech pan zapyta Shella Boykina — mówię. Twarz Drummonda tężeje i widać wyraźnie, że się wzdrygnął. Prawdę mówiąc, wszyscy przy jego stole się wzdrygnęli.

To naprawdę cios poniżej pasa, ale nie mogłem się powstrzymać. Shell Boykin jest jednym z dwóch studentów z mojego roku, na tyle uprzywilejowanym, że został zatrudniony przez Trenta i Brenta. Nie znosiliśmy się z nim przez całe trzy lata i razem zdawaliśmy egzamin w zeszłym miesiącu. Jego nazwiska nie znalazłem w gazecie w ostatnią niedzielę. Jestem przekonany, że ta wielka kancelaria jest trochę skrępowana tym, iż bystry, młody nowy pracownik oblał egzamin.

Niezadowolenie Drummonda rośnie, a ja uśmiecham się do niego. Przez te kilka krótkich sekund, kiedy stoimy i patrzymy na siebie, zyskuję niesłychanie cenną wiedzę. To tylko człowiek. Może i jest legendarnym adwokatem z mnóstwem przeciwników pokonanych na salach sądowych, ale nadal to po prostu zwykły człowiek. Nie wyjdzie zza stołu, żeby mnie spoliczkować za to, że przykopałem mu w tyłek. Nie może mi zrobić krzywdy, podobnie jak nikt z grupki jego pomagierów.

Na sali sądowej panuje równość od jednej ściany do drugiej. Mój stół jest równie duży jak jego.

— Proszę usiąść! — warczy sędzia do mikrofonu. — Obaj. — Ręką wymacuję krzesło i siadam. — Jedno pytanie, panie Baylor: kto będzie prowadził tę sprawę w imieniu pańskiej kancelarii?

— Ja, Wysoki Sądzie.

— A co z panem Stone'em?

— Nie potrafię powiedzieć. Ale to moja sprawa i moi klienci. Pan Stone złożył pozew w moim zastępstwie, bo nie miałem jeszcze zdanego egzaminu.

— Bardzo dobrze. Przystąpmy zatem do rzeczy. Proszę o protokołowanie. — Patrzy na protokolantkę, która siedzi w gotowości przy maszynie. — Ponieważ to wniosek strony pozwanej, jako pierwszemu udzielam głosu panu Drummondowi. Daję każdej ze stron piętnaście minut na przedstawienie argumentów, a potem je rozpatrzę. Nie chcę tu spędzić całego ranka. Czy strony się na to zgadzają?

Wszyscy kiwają głowami. Stół strony pozwanej przypomina rząd drewnianych kaczek na strzelnicy w czasie festynu, bo poruszają głowami idealnie zestrojeni. Leo Drummond podchodzi energicznie do przenośnego podium ustawionego pośrodku sali sądowej i zaczyna przedstawiać swoje racje. Jest bardzo skrupulatny i powoli wypowiada słowa, co po kilku minutach robi się nudne. Podsumowuje główne punkty przedstawione już w długim uzasadnieniu, których sedno polega na tym, że firma Great Benefit jest niesłusznie pozwana, bo jej polisa nie pokrywa przeszczepu szpiku kostnego. Następnie przechodzi do tego, czy Donny Ray Black w ogóle może być nią objęty jako człowiek pełnoletni, niebędący już pod opieką rodziców.

Szczerze powiem, że po Leo F. Drummondzie spodziewałem się czegoś więcej. Myślałem, że będę świadkiem czegoś co najmniej magicznego. Przedwczoraj przyłapałem się na zniecierpliwieniu, chciałem jak najszybciej wziąć udział w tej pierwszej potyczce. Chciałem zobaczyć przyzwoite starcie między Drummondem, rasowym adwokatem, i Bruiserem, sądowym awanturnikiem.

Ale gdybym nie był tak zdenerwowany, pewnie bym zasnął. Drummond mówi przez piętnaście minut bez przerwy. Sędzia Hale ma opuszczony wzrok, coś czyta, pewnie jakiś magazyn. Dwadzieścia minut. Deck dowiedział się skądś, że Drummond liczy dwieście pięćdziesiąt dolarów za godzinę za pracę w kancelarii, a trzysta pięćdziesiąt za występowanie w sądzie. To dużo poniżej stawek w Nowym Jorku i Waszyngtonie, ale jak na Memphis to bardzo wysoka stawka. Ma powody, żeby mówić powoli i się powtarzać. Opłaca się być pedantem, nawet nudziarzem, kiedy bije licznik.

Jego trzech asystentów bazgrze gorliwie w notesach, zapisując najwyraźniej wszystko, co mówi szef. To niemal komiczne i w bardziej sprzyjających okolicznościach pewnie wybuchnąłbym śmiechem. Najpierw szukali materiałów, potem napisali uzasadnienie, potem przepisywali je kilkakrotnie, następnie odpowiedzieli na moje argumenty, a teraz zapisują słowa Drummonda, które pochodzą z przygotowanego wniosku. Ale im za to zapłacą. Deck przypuszcza, że adwokaci u Tinleya Britta dostają sto pięćdziesiąt dolarów za godzinę pracy w biurze i prawdopodobnie trochę więcej za obecność w sądzie. Jeżeli Deck ma rację, to te trzy młode klony mażą bez sensu w notesach za mniej więcej dwieście dolarów za godzinę. Sześćset dolarów. Plus trzysta pięćdziesiąt dla Drummonda. To prawie tysiąc dolarów za godzinę czegoś, na co patrzę.

Czwarty mężczyzna, ten, który siedzi za adwokatami, jest starszy, prawie w wieku Drummonda. Niczego nie zapisuje, więc nie jest prawnikiem. To prawdopodobnie przedstawiciel Great Benefit, może jeden z ich etatowych radców prawnych.

Dopiero kiedy Deck uderza mnie lekko notesem w ramię, przypominam sobie o jego istnieniu. Stoi za mną i sięga ręką ponad barierką. Ma ochotę na korespondowanie. W notesie zapisał wiadomość: *Ten facet jest nudny jak flaki z olejem. Trzymaj się uzasadnienia. Nie przekrocz dziesięciu minut. Jakieś wieści od Bruisera?*

Kręcę głową, nie odwracając się. Jakby Bruiser mógł być na sali sądowej, ale niewidoczny.

Po trzydziestu jeden minutach Drummond kończy monolog. Na końcu nosa ma okulary do czytania. Jest profesorem wygłaszającym wykład. Wraca energicznie na miejsce, niesłychanie usatysfakcjonowany swoją genialną logiką i zadziwiającą umiejętnością podsumowywania. Jego klony kiwają unisono głowami i szeptem chwalą jego fantastyczne wystąpienie. Banda wazeliniarzy! Teraz już wiem, skąd u Drummonda tak wypaczone ego.

Kładę notes na podium i patrzę na sędziego Hale'a, który wydaje się w tej chwili bardzo zainteresowany tym, co mam do powiedzenia. Jestem śmiertelnie przerażony, ale nie mam innego wyjścia i muszę brnąć naprzód.

Pozew jest prosty. Odmowa Great Benefit pozbawiła mojego klienta jedynego sposobu leczenia, które mogło uratować mu życie. Decyzje firmy ubezpieczeniowej zabiją Donny'ego Raya Blacka. Racja jest po naszej stronie, to oni się mylą. Przywołuję w myślach obraz wymizerowanej twarzy i wyniszczonego ciała. To wywołuje moją wściekłość.

Adwokatom Great Benefit zapłaci się tony pieniędzy, żeby zagmatwać tę sprawę, poprzeinaczać fakty, ogłupić sędziego, a potem ławę przysięgłych zawiłymi argumentami. Na tym polega ich praca. To dlatego Drummond głędził przed trzydzieści jeden minut i w sumie nic nie powiedział.

Moja wersja faktów i ich prawny wymiar zawsze będą krótsze. Moje wnioski i argumenty pozostaną klarowne i skupione na sednie sprawy. Na pewno ktoś z obecnych na sali to doceni. Zdenerwowany zaczynam od kilku podstawowych informacji dotyczących wniosku o oddalenie powództwa jako takiego. Sędzia Hale patrzy na mnie z niedowierzaniem, jakbym był największym idiotą, jakiego kiedykolwiek słyszał. Na jego twarzy maluje się sceptycyzm, ale przynajmniej mi nie przerywa. Staram się unikać jego wzroku.

Wnioski o oddalenie pozwu rzadko są pozytywnie rozpatrywane w sprawach, w których przedmiot sporu między stronami jest wyraźnie zarysowany.

To nic, że jestem zdenerwowany i nieporadny, ponieważ mam pewność, że będziemy górą.

Przedzieram się przez notatki, nie odkrywając niczego nowego. Sędziego szybko nudzi moje wystąpienie, podobnie jak było w przypadku Drummonda, i wraca do lektury. Kiedy kończę, Drummond prosi o pięć minut, bo chce obalić moje argumenty. Sędzia wskazuje mu podium.

Drummond smęci przez następne jedenaście cennych minut, objaśnia swój tok rozumowania, ale w taki sposób, że nikt z nas nadal nie wie, o co chodzi, a potem siada.

— Chciałbym się spotkać z adwokatami obu stron w moim gabinecie — mówi Hale, wstając, i szybko znika na zapleczu.

Ponieważ nie mam pojęcia, gdzie znajduje się jego gabinet, podnoszę się i czekam, aż Drummond pójdzie pierwszy. Jest dla mnie uprzejmy, gdy spotykamy się przy podium, obejmuje mnie nawet ramieniem i mówi, jak wspaniałą robotę zrobiłem.

Kiedy wchodzimy do gabinetu sędziego, toga została już zdjęta. Hale stoi za biurkiem i gestem wskazuje nam dwa fotele.

— Wchodźcie, proszę. Siadajcie.

Pokój jest mroczny, ciężkie zasłony są zaciągnięte, na podłodze leży ciemnoczerwony dywan, regały od podłogi do sufitu zapełniają rzędy grubych książek.

Siadamy. Sędzia nad czymś się zastanawia.

— Ten pozew mnie martwi, panie Baylor. Nie nazwałbym go lekkomyślnym, ale mówiąc szczerze, jego przedmiot nie robi na mnie wrażenia. Jestem już doprawdy zmęczony tego typu sprawami.

Przerywa i patrzy na mnie, jakby oczekiwał odpowiedzi. Ale ja nie mam pojęcia, o co mu chodzi.

— Mam ochotę przychylić się do wniosku o oddalenie pańskiego pozwu — ciągnie, otwierając szufladę i wyjmując z niej kilka buteleczek z tabletkami. Ostrożnie stawia je w rzędzie na biurku, a my nie spuszczamy z niego oczu. Przerywa to zajęcie i spogląda na mnie. — Może powinien pan złożyć go w sądzie federalnym, sam nie wiem. Przenieść sprawę gdzie indziej. Po prostu nie chcę, żeby ten pozew blokował mi terminarz. — Odlicza pigułki. Wysypuje ich co najmniej dwanaście z czterech plastikowych pojemniczków. — Przepraszam panów na chwilę. — Podchodzi do niewielkich drzwi po drugiej stronie pokoju po jego prawej stronie i je za sobą zatrzaskuje.

Siedzę nieruchomo, oszołomiony, wpatruję się bezmyślnie w buteleczki z tabletkami, mając nadzieję, że sędzia udławi się jedną z nich. Drummond nie odzywa się słowem, ale jakby na dany znak sadowi tyłek na skraju biurka. Patrzy na mnie z góry jak uosobienie uprzejmości i się uśmiecha.

— Posłuchaj, Rudy, jestem bardzo drogim adwokatem z bardzo drogiej kancelarii prawniczej — mówi niskim głosem budzącym zaufanie, jakby dzielił się ze mną tajną informacją. — Kiedy dostajemy taką sprawę, liczymy wszystko i szacujemy koszty obrony. Przedstawiamy tę kalkulację klientowi i dzieje się to, zanim ruszymy palcem. Prowadziłem bardzo dużo spraw i mam blisko sto procent wygranych. — Zmienia trochę pozycję, szykując się do pointy. — Powiedziałem ludziom z Great Benefit, że koszt obrony firmy w tej sprawie, zakładając, że odbędzie się regularny proces, zamknie się sumą pomiędzy pięćdziesiąt a siedemdziesiąt tysięcy dolarów.

Czeka, żebym powiedział, jak duże wrażenie robi na mnie ta suma, ale ja tylko wpatruję się w jego krawat. Słychać cichy odgłos spuszczanej wody i bulgotania w rurach.

— Zatem Great Benefit upoważniło mnie do zaproponowania tobie i twojemu klientowi ugody. Są gotowi zapłacić siedemdziesiąt pięć tysięcy dolarów.

Oddycham głęboko. Tysiące myśli kłębi mi się w głowie, a najbardziej poruszająca z nich dotyczy dwudziestu pięciu tysięcy dolarów. Moje honorarium! Już prawie je widzę.

Zaraz, zaraz. Jeśli jego kumpel Hale ma oddalić pozew, to dlaczego on proponuje mi te pieniądze?

I dopiero wtedy zaczynam rozumieć — stara gierka w dobrego i złego gliniarza. Harvey przykręca śrubę, wystrasza mnie tak, że ledwo żyję, a potem Leo przejmuje pałeczkę i jest dla mnie jak dobry przyjaciel. Nie potrafię powstrzymać się od zastanawiania, ile razy wykorzystali tę sztuczkę w tym gabinecie.

— Nie będzie przyznania się do odpowiedzialności — zaznacza. — To jednorazowa oferta, ważna przez czterdzieści osiem godzin, bierz albo nie, teraz, dopóki jest na stole. Jeśli odmówisz, wybuchnie trzecia wojna światowa.

— Ale dlaczego?

— Rachunek jest prosty. Great Benefit zaoszczędzi trochę pieniędzy, poza tym nie będą ryzykowali jakiegoś wariackiego wyroku. Nie lubią, gdy się ich pozywa, rozumiesz? Szefostwo firmy nie chce marnować czasu na zeznawanie i wizyty w sądzie. To spokojni ludzie. Wolą uniknąć rozgłosu. Ubezpieczenia to branża, gdzie się walczy na noże, a oni nie chcą, żeby konkurencja na tym zyskała. Mają bardzo wiele ważnych powodów, żeby załatwić tę sprawę po cichu. I jest bardzo wiele powodów, dla których twoi klienci powinni wziąć te pieniądze i zniknąć. Większość tej sumy będzie bez podatku, rozumiesz?

Jest sprytny. Mógłbym spierać się o meritum sprawy, mówić o tym, jak bardzo jego klient jest zdemoralizowany, ale on po prostu uśmiechnąłby się i kiwaniem głowy przyznawał mi rację.

Wszystko spłynęłoby po nim jak po kaczce. W tej chwili Leo Drummond chce, żebym wziął pieniądze, i nawet gdybym powiedział coś bardzo brzydkiego o jego żonie, w ogóle by się tym nie przejął.

Drzwi się otwierają i sędzia wyłania się z prywatnej niewielkiej łazienki. Teraz to Leo ma pełny pęcherz, dlatego przeprasza na chwilę i wychodzi. Kolejne posunięcie. Duet gra dalej.

— Wysokie ciśnienie — mamrocze Hale, gdy siada za biurkiem i zgarnia buteleczki.

Niewystarczająco wysokie, mam ochotę powiedzieć.

— Obawiam się, synu, że ten pozew jest bardzo słabiutki. Może spróbuję przekonać Leo, żeby zaproponował ugodę. To część mojej pracy. Wielu sędziów podchodzi do tego inaczej, ale nie ja. Lubię już pierwszego dnia nakłaniać strony do porozumienia. Wszystko idzie wtedy łatwiej. Chłopcy od ubezpieczeń mogą dać ci jakieś pieniądze, żeby nie płacić Leo tysiąc dolców za minutę. — Śmieje się, jakby to rzeczywiście było zabawne. Twarz mu czerwienieje i zaczyna kasłać.

Niemal widzę Leo w łazience, podsłuchującego, z uchem przytkniętym do drzwi. Wcale bym się nie zdziwił, gdyby mieli tu mikrofon.

Patrzę, jak się sędzia krztusi, aż do oczu napływają mu łzy. Kiedy przestaje, mówię:

— Właśnie zaproponował mi sumę równą kosztom obrony.

Hale jest bardzo kiepskim aktorem. Próbuje wyglądać na zaskoczonego.

— Ile?

— Siedemdziesiąt pięć tysięcy.

Szczęka mu opada.

— Jezu! Byłbyś szalony, synu, gdybyś tego nie przyjął.

— Naprawdę pan tak myśli? — pytam, bo włączyłem się do gry.

— Siedemdziesiąt pięć tysięcy. Boże, to mnóstwo forsy. To zupełnie nie w stylu Leo.

— Jest wspaniałym facetem.

— Weź te pieniądze, synu. Zajmuję się podobnymi sprawami od bardzo dawna i radzę ci, posłuchaj mnie.

Drzwi się otwierają i Leo dołącza do nas. Sędzia wpatruje się w niego i mówi:

— Siedemdziesiąt pięć tysięcy!

Można by pomyśleć, że Hale wykłada je z własnej kieszeni.

— Tak powiedział mój klient — wyjaśnia Leo. Ma związane ręce. Jest bezradny.

Jeszcze przez jakiś czas przerzucają się piłeczką. Nie myślę racjonalnie, dlatego prawie się nie odzywam. Wychodzę z gabinetu otoczony ramieniem Leo.

Odszukuję Decka na korytarzu, ale akurat rozmawia przez telefon, więc siadam na ławce i próbuję jakoś się pozbierać. Spodziewali się Bruisera. Czy z nim też pograliby w takim duecie? Nie, bardzo wątpię. Jakim cudem udało im się zastawić na mnie zasadzkę tak szybko? Dla niego mieli prawdopodobnie w zanadrzu inną sztuczkę, równie często wykorzystywaną.

Jestem przekonany o dwóch rzeczach: po pierwsze, Hale poważnie zastanawia się nad oddaleniem pozwu. To chory stary człowiek, który już za długo sprawuje urząd sędziego i zatracił zdolność oceny. Wszystko mu jedno, czy ma rację, czy się myli. A złożenie nowego pozwu w innym sądzie może się okazać bardzo trudne. Pozew jest poważnie zagrożony. Po drugie, Drummond za bardzo wyrywa się do ugody. Jest wystraszony, ponieważ jego klient został przyłapany na gorącym uczynku w bardzo nieprzyjemnej sprawie.

⋏ ⋏ ⋏

Deck wykonał w ciągu dwudziestu minut jedenaście telefonów i nie natrafił nawet na ślad Bruisera. Kiedy pędziliśmy z powrotem do kancelarii, opowiedziałem mu o dziwacznym zachowaniu Hale'a i Drummonda w gabinecie sędziego. Deck, jak zawsze błyskawicznie dostosowujący się do sytuacji, chce wziąć pieniądze i zamknąć sprawę. Bardzo słusznie dowodzi, że w tej chwili żadna suma nie uratuje już życia Donny'ego Raya, więc powinniśmy wyrwać, ile się da, i ułatwić przynajmniej trochę życie Dot i Buddy'emu.

Deck twierdzi, że słyszał wiele paskudnych opowieści o bardzo źle prowadzonych rozprawach w sali sądowej Hayle'a. Zresztą Harvey Hale bardzo gorąco opowiada się za reformą prawa, co w przypadku urzędującego sędziego jest dość niezwykłe. Deck powtarza parę razy, że Hale nienawidzi powodów. Trudno będzie u niego o uczciwy proces. Bierzmy forsę i zmywajmy się, radzi Deck.

⋏ ⋏ ⋏

Kiedy wchodzimy, Dru płacze w lobby. Dostała histerii, bo wszyscy szukają Bruisera. Szlocha i przeklina, a tusz do rzęs spływa jej po policzkach. To do niego niepodobne, powtarza raz po raz. Musiało stać się coś złego.

Bruiser, sam będąc niezłym łobuzem, prowadzał się z niebezpiecznymi ludźmi o podejrzanej opinii. Znalezienie jego tłustego cielska w bagażniku jakiegoś samochodu na lotniskowym parkingu wcale by mnie nie zdziwiło, a Deck wręcz dopuszcza taką możliwość, bo naszego szefa szukają bandziory.

Ja też go szukam. Dzwonię go Yogi's, żeby porozmawiać z Prince'em. On na pewno będzie wiedział, gdzie podziewa się Bruiser. Rozmawiam z Billym, kierownikiem, facetem, którego dobrze znam, i po kilku minutach dowiaduję się, że Prince również zniknął. Dzwonili wszędzie, ale bez powodzenia. Billy jest zdenerwowany i się martwi. Federalni właśnie stamtąd wyszli. Co się dzieje?

Deck chodzi od pokoju do pokoju, mobilizuje ludzi. Spotykamy się w sali konferencyjnej — ja, Deck, Toxer i Ridge, cztery sekretarki i dwóch pomagierów, których nigdy wcześniej nie widziałem. Nicklass, kolejny adwokat, wyjechał z miasta. Wszyscy porównują wspomnienia z ostatniego spotkania z Bruiserem: czy było w nich coś podejrzanego? Co miał dzisiaj zrobić? Z kim się spotkać? Kto rozmawiał z nim ostatni? W pokoju panuje panika, dezorientacja, co potęguje szloch Dru. Ona ma pewność, że stało się coś złego.

Spotkanie kończy się, a my wracamy do swoich gabinetów i zamykamy drzwi. Deck, rzecz jasna, idzie za mną. Przez chwilę rozmawiamy o niczym, bardzo uważając, żeby nie powiedzieć czegoś istotnego, na wypadek gdyby to miejsce rzeczywiście było na podsłuchu. O jedenastej trzydzieści wychodzimy tylnymi drzwiami na lunch.

Nigdy tu nie wrócimy.

Rozdział 24

Pewnie już się nie dowiem, czy Deck wiedział, co się zbliża, czy też jest obdarzony zadziwiającym talentem przewidywania przyszłości. To nieskomplikowany człowiek, niespecjalnie głęboki, i większość jego myśli świadczy o tym, że jest prostolinijny. Niemniej ma w sobie coś dziwnego, poza wyglądem, co łączy się z jego skłonnością do trzymania wszystkiego w tajemnicy. Podejrzewam, że był z Bruiserem w znacznie bliższych stosunkach, niż większość z nas sądziła, i że wielkoduszność Bruisera po ugodzie w sprawie Van Landela wynikała z nacisków Decka, i że Bruiser uprzedzał go w ten sposób po cichu o swoim zniknięciu.

Jakkolwiek było, kiedy mój telefon zadzwonił o trzeciej dwadzieścia nad ranem, nie jestem tym zaskoczony. To Deck z dwoma wiadomościami. Tuż po północy federalni zrobili nalot na naszą kancelarię, a poza tym Bruiser uciekł z miasta. I jeszcze coś. Nasze byłe gabinety są teraz opieczętowane na polecenie sądu, a federalni będą prawdopodobnie chcieli rozmawiać ze wszystkimi, którzy tam pracowali. Najbardziej zdumiewające jest jednak to, że Prince Thomas zniknął razem ze swoim adwokatem i przyjacielem.

Wyobraź sobie, Deck chichocze do słuchawki, jak te dwa wieprze o długich siwiejących włosach i ze szczeciną na twarzach usiłują zachować incognito na lotniskach.

Nakazy aresztowania mają zostać wydane później tego dnia, gdy tylko wstanie słońce. Deck proponuje, żebyśmy spotkali się w okolicy naszego nowego biura około południa, a ponieważ i tak nie mam co ze sobą zrobić, zgadzam się.

Przez pół godziny wpatruję się w ciemny sufit, a potem się poddaję. Idę na bosaka przez mokrą zimną trawę i opadam na hamak. Ktoś taki jak Prince jest tematem bardzo wielu najróżniejszych plotek. Kochał pieniądze i już pierwszego dnia w Yogi's dowiedziałem się od kelnerki, że zataja osiemdziesiąt procent dochodów. Jego pracownicy uwielbiali spekulować i gadać o tym, ile kasy jest w stanie ukryć.

Nieobce były mu i inne ryzykowne posunięcia. Jeden ze świadków na procesie o wymuszenie kilka lat wcześniej zeznał, że dziewięćdziesiąt procent zysków z pewnego baru topless było w gotówce i sześćdziesiąt procent tej sumy nigdy nie zostało zgłoszone do urzędu skarbowego. Jeśli Bruiser i Prince mieli jeden lub więcej takich przybytków, to trafiła im się kopalnia złota.

Chodziły pogłoski, że Prince ma dom w Meksyku, konto w banku na Karaibach, czarną kochankę na Jamajce, farmę w Argentynie i już nie pamiętam, co jeszcze. Istniały podobno tajemnicze drzwi w jego gabinecie, za którymi był niewielki pokój wypełniony pudłami z dwudziesto- i studolarowymi banknotami.

Jeśli ucieka, to mam nadzieję, że jest bezpieczny. Chcę, żeby zwiał z ogromną sumą w gotówce i żeby nigdy go nie złapali. Nie obchodzi mnie, jakich przestępstw rzekomo się dopuścił, jest moim przyjacielem i tyle.

⋏ ⋏ ⋏

Dot sadza mnie przy stole w kuchni, na tym samym krześle co zwykle, i podaje rozpuszczalną kawę w tym samym kubku.

296

Jest wcześnie, ciasną kuchnię wypełnia zapach smażonego bekonu. „Buddy jest tam", mówi i pokazuje machnięciem ręki. Nawet nie patrzę.

Donny Ray szybko gaśnie, informuje mnie, od dwóch dni nie wstaje z łóżka.

— Wczoraj po raz pierwszy byliśmy w sądzie — wyjaśniam.

— Tak szybko?

— To nie była rozprawa ani nic w tym rodzaju. Chodziło o wniosek przedprocesowy. Firma ubezpieczeniowa próbuje doprowadzić do oddalenia pozwu i doszło do ostrej walki. — Staram się mówić prostymi słowami, ale nie jestem pewny, czy Dot mnie rozumie. Wpatruje się przez brudne okno w podwórze, jednak na pewno nie w forda. Dot chyba guzik to obchodzi.

To dziwnie uspokajające. Jeśli sędzia Hale zrobi to, co moim zdaniem zamierza, a nam nie uda się złożyć pozwu w innym sądzie, ta sprawa przepadnie. Może cała rodzina już się poddała? Może nie będą na mnie wrzeszczeli, kiedy wszystko spali na panewce?

Kiedy tu jechałem, postanowiłem, że nie będę wspominał o sędzim Hale'u i jego groźbach. To tylko skomplikowałoby rozmowę. Będzie jeszcze mnóstwo czasu na dyskutowanie o tym, gdy nie zostanie już nic innego do omawiania.

— Firma ubezpieczeniowa zaproponowała ugodę.

— Jaką ugodę?

— Chcą dać pieniądze.

— Ile?

— Siedemdziesiąt pięć tysięcy dolarów. Ich zdaniem tyle właśnie musieliby zapłacić adwokatowi za prowadzenie sprawy w sądzie, dlatego chcą się dogadać.

Jej twarz czerwienieje, usta się zaciskają.

— Sukinsyny myślą, że mogą nas teraz przekupić, prawda?

— Tak, dokładnie tak myślą.

— Donny Ray nie potrzebuje pieniędzy. Przeszczep szpiku był konieczny w zeszłym roku. Teraz jest już za późno.

— Zgadzam się z tobą.

Dot bierze paczkę papierosów ze stołu i zapala jednego. Oczy ma zaczerwienione i pełne łez. Myliłem się. Ta matka się nie poddała. Ona chce krwi.

— Co takiego mielibyśmy zrobić z siedemdziesięcioma pięcioma tysiącami dolarów? Donny Ray umrze, zostanę tylko ja i on. — Wskazuje głową forda na podwórzu. — A to sukinsyny.

— Święta racja.

— Pewnie powiedziałeś, że je weźmiemy, prawda?

— Oczywiście, że nie. Nie mogę zamknąć sprawy bez twojej zgody. Na podjęcie decyzji mamy czas do jutra rana. — Problem oddalenia pozwu znowu majaczy mi przed oczami. Będziemy mieli prawo odwołać się od każdego niekorzystnego dla nas rozstrzygnięcia sędziego Hale'a. Zajmie to rok lub więcej, ale będę miał okazję walczyć. I znowu to nie jest problem, o którym chcę w tej chwili rozmawiać.

Przez długi czas siedzimy w milczeniu, zadowoleni, że każde z nas może się zająć własnymi myślami. Usiłuję jakoś sobie to wszystko poukładać. Jeden Pan Bóg wie, co tłucze się w jej głowie. Biedna kobieta.

Gasi peta w popielniczce i mówi:

— Powinniśmy porozmawiać z Donnym Rayem.

Idę za nią w głąb ciemnego domu i przez krótki korytarz. Drzwi pokoju Donny'ego Raya są zamknięte, wisi na nich tabliczka „Zakaz palenia". Dot puka cicho i wchodzimy. Pokój jest czysty i schludny, pachnie w nim środkami dezynfekującymi. W rogu kręci się wiatrak. Zasłonięte okno jest otwarte. W nogach łóżka stoi telewizor. Blat nocnej szafki blisko poduszki jest zapełniony buteleczkami z tabletkami i płynami.

Donny Ray leży nieruchomo, płasko jak deska. Jego kruche ciało jest szczelnie owinięte kołdrą. Uśmiecha się szeroko na mój widok i klepie dłonią miejsce obok siebie. Tam właśnie siadam. Dot przycupnęła po drugiej stronie łóżka.

Chłopak stara się uśmiechać, bo bardzo mu zależy, żeby mnie

przekonać, iż dobrze się czuje, że dzisiaj wszystko wygląda lepiej. Jest po prostu trochę zmęczony i tyle. Głos ma niski i wyraźnie zmusza się do mówienia, czasem ledwo można go zrozumieć. Słucha uważnie mojej relacji z wczorajszego spotkania w sądzie i wyjaśnień dotyczących proponowanej ugody. Dot trzyma go za prawą rękę.

— Dadzą więcej? — pyta Donny Ray.

To kwestia, o której rozmawialiśmy z Deckiem wczoraj przy lunchu. Great Benefit dokonała ogromnego postępu, przechodząc od zera do siedemdziesięciu pięciu tysięcy. Obaj przypuszczamy, że sto tysięcy nie wydaje się nieosiągalną sumą, ale nie pozwalam, żeby ponosił mnie zbytni optymizm, gdy mam przed sobą klientów.

— Wątpię — odpowiadam. — Ale zawsze można spróbować. Mogą tylko odpowiedzieć, że nie.

— Ile ty z tego dostaniesz?

Wyjaśniam mu warunki naszej umowy i od jakiej sumy biorę jedną trzecią.

Chłopak patrzy na matkę i mówi:

— To pięćdziesiąt tysięcy dla ciebie i taty.

— I co my zrobimy z pięćdziesięcioma tysiącami dolarów? — pyta Dot.

— Spłacicie dom. Kupicie nowy samochód. Odłożycie trochę na starość.

— Nie chcę ich przeklętych pieniędzy.

Donny Ray zamyka oczy i krótko drzemie. Wpatruję się w buteleczki z lekami. Kiedy się budzi, dotyka mojego ramienia, próbuje je ścisnąć i mówi:

— Chcesz tej ugody, Rudy? Część tych pieniędzy jest twoja.

— Nie, nie chcę ugody — odpowiadam z przekonaniem. Patrzę na niego, a potem na nią. Słuchają mnie bardzo uważnie: — Nie oferowaliby tych pieniędzy, gdyby nie byli zaniepokojeni. Chcę pokazać światu prawdziwe oblicze tych ludzi.

Adwokat ma obowiązek doradzać klientowi najlepsze rozwiązanie, bez oglądania się na własne korzyści finansowe. Jednocześnie nie mam najmniejszych wątpliwości, że gdybym chciał, bez trudu namówiłbym Blacków, by przyjęli ofertę Great Benefit. Przy odrobinie wysiłku przekonałbym ich, że sędzia Hale ma zamiar wytrącić nam broń z ręki, że pieniądze są teraz do wzięcia, ale wkrótce przepadną na zawsze. Mógłbym odmalować obraz dnia sądu ostatecznego, a ponieważ ci ludzie tak dużo przeszli, na pewno by mi uwierzyli.

To byłoby takie proste. Sam odszedłbym z dwudziestoma pięcioma tysiącami dolarów z honorarium, którego w tej chwili nie umiem objąć rozumem. Ale zwalczam w sobie tę pokusę. Zmagałem się z nią wcześniej tego ranka, na hamaku, i doszedłem ze sobą do porozumienia.

W tym momencie bardzo łatwo byłoby odwieść mnie od uprawiania zawodu adwokata. Zrobię następny krok i rzucę to, zanim sprzedam własnych klientów.

Zostawiam Dot i Donny'ego Raya, mając szczerą nadzieję, że nie wrócę tu jutro z wiadomością, że nasz pozew został oddalony.

⋏ ⋏ ⋏

W odległości spaceru od Szpitala Świętego Piotra znajdują się co najmniej cztery inne szpitale. W sąsiedztwie jest też akademia medyczna, akademia stomatologiczna i działa niezliczona liczba gabinetów lekarskich. Społeczność lekarska skupiała się w Memphis na obszarze sześciu przecznic pomiędzy Union i Madison. Na samej Madison, dokładnie naprzeciwko Świętego Piotra, stoi ośmiopiętrowy wieżowiec znany jako Peabody Medical Arts Building. Ze szpitalem łączy go przeszklony rękaw, którym lekarze biegają ze swoich gabinetów do lecznicy i z powrotem. Budynek zajmują wyłącznie lekarze, a jednym z nich jest doktor Eric Craggdale, chirurg ortopeda. Ma gabinet na trzecim piętrze.

Wczoraj wykonałem do niego całą serię anonimowych telefonów i zdobyłem potrzebne mi informacje. Czekam w ogromnym lobby Świętego Piotra, jedno piętro nad ulicą, i przyglądam się parkingowi wokół Peabody Medical Arts Building. Dwadzieścia

minut przed jedenastą widzę starego volkswagena golfa zjeż-
dżającego z Madison i zatrzymującego się na zatłoczonym parkingu. Wysiada z niego Kelly.

Jest sama, tak jak się spodziewałem. Dzwoniłem godzinę
wcześniej do jej męża do pracy, poprosiłem go do telefonu,
a kiedy podszedł, rozłączyłem się. Ledwo widzę czubek jej głowy,
gdy gramoli się z wozu. Ma kule, na których przemieszcza się
niezdarnie między rzędami samochodów, kierując się do wieżowca.

Ruchomymi schodami jadę piętro wyżej, a potem przechodzę
rękawem nad Madison. Jestem zdenerwowany, ale zachowuję
spokój.

Poczekalnia jest pełna ludzi. Kelly siedzi tyłem do ściany,
przerzuca kartki magazynu, na złamanej kostce ma opatrunek
usztywniający. Krzesło po jej prawej stronie jest wolne. Siadam,
zanim zdążyła się zorientować, że to ja.

Na jej twarzy najpierw pojawia się szok, który w jednej chwili
zmienia się w uśmiech powitania. Rozgląda się nerwowo. Nikt
na nas nie patrzy.

— Nie przerywaj czytania magazynu — szepczę i otwieram
„National Geographic".

Kelly bierze „Vogue'a", unosi go niemal do oczu i pyta:

— Co ty tu robisz?

— Mam kłopot z kręgosłupem.

Znów kręci głową i się rozgląda. Kobieta siedząca obok niej
chętnie by się nam przyjrzała, ale szyję ma unieruchomioną
kołnierzem. Żadne z nas nie zna nikogo w tym pomieszczeniu,
więc dlaczego mielibyśmy czegoś się obawiać?

— Do którego lekarza chodzisz?

— Craggdale'a — odpowiadam.

— Bardzo zabawne. — Kelly była piękna, gdy miała na sobie
prostą szpitalną koszulę nocną, siniaka na policzku i żadnego
makijażu. Teraz po prostu nie potrafię oderwać wzroku od jej
twarzy. Ma na sobie białą bawełnianą koszulę zapinaną na guziki,
lekko wykrochmaloną, z rodzaju, jaki dziewczyna z koedukacyj-

nego akademika pożyczyłaby od swojego chłopaka, i szorty khaki z podwiniętymi nogawkami. Ciemne włosy opadają dużo poniżej ramion.

— Jest dobry? — pytam.

— Lekarz jak lekarz.

— Byłaś już u niego?

— Nie zaczynaj, Rudy. Nie będę o tym rozmawiała. Myślę, że powinieneś odejść — mówi cicho, ale stanowczo.

— Wiesz, zastanawiałem się nad tym. Bardzo dużo myślałem o tobie i o tym, co powinienem zrobić. — Milknę na chwilę, gdy mija nas mężczyzna na wózku inwalidzkim.

— I?

— I nadal nie wiem.

— Myślę, że powinieneś odejść.

— Tak naprawdę nie chcesz, żebym odszedł.

— Chcę.

— Nie, nie chcesz. Chcesz, żebym się kręcił w pobliżu, był w kontakcie, dzwonił co jakiś czas, bo kiedy następnym razem połamie ci jakieś kości, będziesz miała kogoś, kogo to obejdzie. Tego właśnie chcesz.

— Nie będzie następnego razu.

— Dlaczego?

— Bo on się zmienił. Stara się nie pić. Obiecał, że już nigdy mnie nie uderzy.

— A ty mu wierzysz?

— Tak, wierzę.

— Wcześniej też obiecywał.

— Odejdź, dobrze? I nie dzwoń. To tylko pogarsza sprawę.

— Dlaczego? Dlaczego to pogarsza sprawę?

Waha się przez chwilę, opuszcza magazyn na kolana i patrzy na mnie.

— Bo w miarę upływu dni coraz mniej o tobie myślę.

Rzecz jasna przyjemnie jest usłyszeć, że o mnie myślała. Sięgam do kieszeni i wyjmuję wizytówkę ze starym adresem kancelarii, która jest teraz opieczętowana i zajęta przez najróżniejsze agencje rządowe. Piszę z tyłu numer telefonu i podaję ją Kelly.

— Umowa stoi. Nie będę już dzwonił. Jeśli będziesz mnie potrzebowała, to mój numer telefonu. Gdyby znowu cię skrzywdził, chcę o tym wiedzieć.

Bierze wizytówkę. Szybko całuję ją w policzek i wychodzę z poczekalni.

▲ ▲ ▲

Na szóstym piętrze tego samego budynku pracuje duża grupa onkologów. Doktor Walter Kord jest lekarzem prowadzącym Donny'ego Raya, co oznacza, że to on przepisuje mu leki i środki przeciwbólowe i czeka na jego śmierć. Kord zapisał mu pierwszą chemoterapię i wykonał badania potwierdzające, że Ron Black byłby idealnym dawcą szpiku. Będzie najważniejszym świadkiem na procesie, zakładając, że sprawa zajdzie tak daleko.

U jego sekretarki zostawiam trzystronicowy list. Chciałbym z nim porozmawiać w dogodnym dla niego terminie i byłoby miło, gdybym nie musiał płacić za jego czas. Lekarze generalnie nie znoszą adwokatów, a jeśli już z nami rozmawiają, wystawiają słone rachunki. Ale tym razem Kord i ja jesteśmy po tej samej stronie. Nie mam nic do stracenia, próbując nawiązać z nim kontakt.

▲ ▲ ▲

Z ogromnym niepokojem tłukę się swoim gruchotem po ulicy w tej nieprzyjaznej części miasta, nieświadom obecności innych samochodów, ponieważ uwagę mam skupioną na czytaniu wyblakłych, obłażących numerów nad drzwiami. Najbliższa okolica wygląda tak, jakby ją opuszczono dawno temu z jakiegoś ważnego powodu, a teraz ludzie zaczęli tu wracać. Wszystkie domy są jedno- lub dwupiętrowe, zajmują działki na głębokość połowy przecznicy, fronty mają z cegły i szkła. Większość wybudowano w tym samym czasie, pomiędzy kilkoma z nich biegną wąskie uliczki. Wiele nadal jest zabitych deskami, kilka spłonęło lata temu. Mijam dwie restauracje, w jednej z nich stoliki wystawiono pod markizą na ulicę, ale nie widać żadnych gości, potem jest pralnia chemiczna i kwiaciarnia.

Sklep z antykami Ukryty Skarb mieści się na rogu, w dość przyzwoicie wyglądającym budynku, z fasadą otynkowaną na ciemnoszaro i z czerwonymi framugami okien. Ma dwa poziomy, a kiedy podnoszę wzrok do pierwszego piętra, podejrzewam, że znalazłem właściwy dom.

Ponieważ nie ma tu innych drzwi, wchodzę do antykwariatu. W maleńkim przedsionku spostrzegam schody z nikłym światłem na górze.

Deck już czeka i uśmiecha się z dumą.

— I co myślisz? — pyta, zanim zdążyłem przyjrzeć się czemukolwiek. — Cztery pokoje, trochę ponad dziewięćdziesiąt metrów, plus łazienka. Nieźle. — Klepie mnie po ramieniu. A potem rzuca się naprzód, obraca i rozkłada ramiona. — Myślę, że tu urządzimy recepcję, może kiedy zatrudnimy sekretarkę będzie tu siedziała. Lokal wymaga tylko pomalowania. Wszystkie podłogi są z porządnego drewna — mówi i tupie, jakbym nie widział podłogi. — Pokoje są wysokie na trzy metry sześćdziesiąt. Ściany mają tynk, więc łatwo będzie je pomalować. — Daje mi znak, żebym szedł za nim. Przez otwarte drzwi wchodzimy do krótkiego korytarza. — Po jednym pokoju z każdej strony. Ten tutaj jest największy, więc pomyślałem, że będzie dla ciebie.

Wkraczam do mojego nowego gabinetu i jestem przyjemnie zaskoczony. Ma mniej więcej cztery i pół na cztery i pół metra, okno wychodzi na ulicę. Jest pusty, czysty, ma ładną podłogę.

— A tutaj jest trzeci pokój. Pomyślałem, że moglibyśmy z niego zrobić salę konferencyjną. Będę tu pracował, ale nie narobię bałaganu.

Bardzo się stara, żebym był zadowolony, a ja niemal go żałuję. Odpręż się, Deck, podoba mi się tutaj. Dobra robota.

— Tam jest kibelek. Będziemy musieli go wyszorować i pomalować, może nawet wezwać hydraulika. — Wraca do pokoju na froncie. — I co myślisz?

— Nada się, Deck. Kto jest właścicielem?

— Handlarz rupieciami z dołu. Staruszek i jego żona. Przy okazji, mają trochę towaru, który mógłby nam się przydać: stoły, fotele, lampy, a nawet stare szafki na kartoteki. Tanio, nieźle to wygląda, nawet pasowałoby do tych wnętrz, no i pozwoliliby nam spłacać to w miesięcznych ratach. Chyba bardzo się ucieszyli, że ktoś jeszcze będzie w tym domu. Myślę, że parę razy zostali obrabowani.

— To pocieszające.

— Tak. Będziemy musieli bardzo uważać. — Wręcza mi kartoniki z próbkami kolorów farb. — Myślę, że najlepiej byłoby trzymać się jakiegoś odcienia bieli. Mniej roboty przy malowaniu i taniej wychodzi. Telefon założą jutro. Prąd jest już podłączony. Zobacz jeszcze to. — Obok okna widać stolik do gry w karty, na którym leżą jakieś papiery, a pośrodku stoi niewielki czarno-biały telewizor.

Deck zdążył już odwiedzić drukarza. Pokazuje mi najróżniejsze projekty papieru firmowego. Na każdym moje nazwisko jest wytłuszczone na samej górze, a jego widnieje w rogu, jako asystenta.

— Załatwiłem je w drukarni, która jest trochę dalej przy tej ulicy. Bardzo rozsądne ceny. Potrzebują około dwóch dni na wykonanie zamówienia. Proponowałbym pięćset papierów i kopert. Podoba ci się któryś?

— Obejrzę je dokładnie wieczorem.

— Kiedy chcesz malować?

— Myślę, że moglibyśmy...

— Przypuszczam, że gdyby ostro wziąć się do roboty, moglibyśmy to załatwić jednego dnia, to znaczy, jeśli wystarczy jedna warstwa, rozumiesz. Farby i resztę potrzebnych rzeczy załatwię dziś po południu i spróbuję zacząć. Możesz mi jutro pomóc?

305

— Jasne.

— Musimy podjąć kilka decyzji. Co z faksem? Kupujemy od razu czy odczekamy? Faceci od telefonu przychodzą jutro, pamiętasz? I ksero? Wolałbym nie, nie tak od razu, możemy gromadzić oryginały, a ja raz dziennie będę chodził do punktu ksero. Potrzebna będzie automatyczna sekretarka. Dobra kosztuje około osiemdziesięciu dolarów. Mogę się tym zająć, jeśli chcesz. Trzeba będzie otworzyć konto w banku. Znam kierownika oddziału w First Trust. Zapewnił mnie, że da nam trzydzieści czeków miesięcznie bez opłat i dwa procent od sumy na koncie. Coś lepszego trudno będzie znaleźć. Musimy zamówić czeki, bo trzeba będzie zapłacić kilka rachunków. — Nagle spogląda na zegarek. — O rany, na śmierć zapomniałem.

Naciska włącznik telewizora.

— Godzinę temu w stań oskarżenia postawiono Bruisera Stone'a, Benniego „Prince'a" Thomasa, Williego McSwane'a i innych, którym zarzuca się popełnienie ponad stu różnych przestępstw.

Wiadomości w południe trwają od jakiegoś czasu, a pierwsze, co widzimy, to obraz naszej kancelarii pokazywany na żywo. Agenci pilnują wejścia, które nie jest w tej chwili opieczętowane. Dziennikarz wyjaśnia, że pracownikom wolno wchodzić i wychodzić, ale nie mogą niczego wynieść. Następne ujęcie zrobiono przed Vixens, klubem topless, również okupowanym przez federalnych.

— W akcie oskarżenia wspomniano, że Bruiser i Prince mieli udziały w trzech takich klubach — mówi Deck.

Dziennikarz powtarza za nim jak echo. Potem następują ujęcia przedstawiające naszego byłego szefa, dąsającego się na korytarzu w sądzie podczas jakiegoś dawnego procesu. Wydano nakazy aresztowania, ale pan Stone i pan Thomas przepadli bez śladu. Agent odpowiedzialny za prowadzenie śledztwa udziela wywiadu i jego zdaniem obaj dżentelmeni uciekli z miasta. Prowadzone są intensywne poszukiwania.

— Zwiewaj, Bruiser, zwiewaj — szepcze Deck.

Historia jest pieprzna, ponieważ dotyczy lokalnych opry-chów, rozwydrzonego prawnika, kilku policjantów z Memphis i handlu seksem. Ucieczka dodatkowo ją uatrakcyjnia. Dzien-nikarze nie mogą znieść, że Prince i Bruiser najwyraźniej wymknęli się w ostatniej chwili. Następuje relacja z aresz-towania policjantów, potem kolejny klub topless, tym razem z nagimi tancerkami, ale pokazują je tylko od pasa w dół, i następnie wystąpienie przed kamerami prokuratora odczytują-cego akty oskarżenia.

A później pojawia się migawka, która łamie mi serce. Zamknęli Yogi's, opieczętowali drzwi i postawili przy wejściu strażnika. Określają to miejsce jako kwaterę główną Prince'a Thomasa, przestępczego bossa. Agenci federalni wydają się zaskoczeni, bo kiedy wdarli się tam poprzedniej nocy, nie znaleźli żadnej gotówki.

Uciekaj, Prince, uciekaj, powtarzam w duchu.

Łączące się z tym historie wypełniają prawie całe wiadomości.

— Ciekawe, gdzie teraz są — zastanawia się Deck, wyłączając telewizor.

Przez kilka sekund rozmyślamy o tym w milczeniu.

— A co tam jest? — pytam, wskazując pudło stojące obok karcianego stolika.

— Moje sprawy.

— Coś dobrego?

— Wystarczy na zapłacenie rachunków za dwa miesiące. Niewielkie wypadki samochodowe. Uszkodzenia ciała w pracy. Jest też przypadek śmierci, który wziąłem od Bruisera. Właściwie nie wziąłem. Dał mi te akta w zeszłym tygodniu i prosił, żebym zaopiniował dołączone tam polisy ubezpieczeniowe. Tak jakby zostały w moim pokoju, a teraz są tutaj.

Podejrzewam, że w tym pudle są też inne akta, które Deck mógł podprowadzić z kancelarii Bruisera, ale nie powinienem o to pytać.

— Myślisz, że federalni będą chcieli z nami pogadać? — pytam.

— Zastanawiałem się nad tym. Niczego nie wiemy i nie wynieśliśmy żadnych akt, które mogłyby ich zainteresować, więc po co zawracać sobie tym głowę?

— Ja się tego boję.

— Ja też.

Rozdział 25

Wiem, że w tych dniach Deck z trudem panuje nad ekscytacją. Sama myśl, że będzie miał własną kancelarię i zatrzyma połowę honorarium, choć nie ma licencji na wykonywanie zawodu adwokata, przejmuje go dreszczem emocji. Gdybym nie stał mu na drodze, już po tygodniu wszystkie pomieszczenia byłyby odszykowane na tip-top. W życiu nie widziałem takiego wulkanu energii. Może jest trochę za bardzo napalony, ale nie czepiam się go.

Niemniej kiedy telefon dzwoni przed wschodem słońca w drugi ranek z rzędu, a ja słyszę jego głos, trudno mi zmusić się do uprzejmości.

— Czytałeś już gazetę? — pyta bardzo zadowolony.

— Spałem.

— Przepraszam. Nie uwierzysz. Całą pierwszą stronę poświęcili Bruiserowi i Prince'owi.

— Czy to nie może poczekać godzinę lub coś koło tego, Deck? — jęczę. Mam zamiar przerwać ten jego nawyk dzwonienia, i to od razu. — Jeśli lubisz wstawać o czwartej rano, to świetnie. Ale nie dzwoń do mnie przed siódmą, nie, powiedzmy, przed ósmą, dobrze?

— Przepraszam. Tylko że jest coś jeszcze.

— Co?

— Zgadnij, kto umarł zeszłej nocy?

Na rany, skąd, u diabła, mam wiedzieć, kto z całego Memphis umarł zeszłej nocy?

— Poddaję się.

— Harvey Hale.

— Harvey Hale!

— Tak. Powalił go atak serca. Umarł przy własnym basenie.

— Sędzia Hale?

— Ten sam. Twój kumpel.

Siadam na brzegu łóżka i usiłuję oprzytomnieć.

— Aż trudno w to uwierzyć.

— Aha. Domyślam się, że szalejesz z rozpaczy. W miejskim dodatku napisali o nim ładny artykuł na pierwszej stronie, z wielkim zdjęciem, upozowany w czarnej todze, naprawdę wybitny człowiek. Co za kutas.

— Ile miał lat? — pytam, jakby to miało jakieś znaczenie.

— Sześćdziesiąt dwa. Był sędzią przez jedenaście lat. Facet z klasą. Wszystko jest w gazecie. Musisz to przeczytać.

— Dobra, przeczytam, Deck. Do zobaczenia.

▲ ▲ ▲

Tego ranka gazeta wydaje mi się trochę cięższa. Pewnie dlatego, że co najmniej połowa jej zawartości dotyczy Bruisera Stone'a i Prince'a Thomasa. Jeden artykuł za drugim. Nigdzie ich nie znaleziono.

Przerzucam początek i przechodzę do dodatku miejskiego, w którym rzuca się w oczy bardzo aktualne zdjęcie sędziego Harveya Hale'a. Czytam smutne wspomnienia jego kolegów, w tym przyjaciela i współlokatora z Yale, Leo F. Drummonda.

Szczególnie ważne są spekulacje, kto może zająć jego miejsce. Gubernator powoła jego następcę, który będzie pełnił obowiązki sędziego do następnych wyborów. Okręg jest w połowie biały

310

i w połowie czarny, a tylko siedmiu z dziewiętnastu sędziów okręgowych to Afroamerykanie. Niektórym ludziom ta proporcja bardzo się nie podoba. W poprzednim roku, gdy stary biały sędzia przeszedł na emeryturę, wywierane były mocne naciski, żeby jego miejsce zajął czarny. Tyle że tak się nie stało.

To niesamowite, ale najbardziej popieranym kandydatem w zeszłym roku był mój nowy przyjaciel Tyrone Kipler, absolwent Harvardu i wspólnik w firmie Bookera, ten sam, który zrobił nam wykład o prawie konstytucyjnym, kiedy przygotowywaliśmy się do egzaminu adwokackiego. Choć sędzia Hale umarł przed niecałymi dwunastoma godzinami, zdrowy rozsądek mówi, jak pisano w artykule, że Kipler ma największe szanse na objęcie jego stanowiska. Zacytowano burmistrza Memphis, który jest czarny i nie boi się mówić, co myśli, oświadczającego, że on i inni wpływowi ludzie będą mocno popierali kandydaturę Kiplera.

Gubernator wyjechał z miasta, więc dziennikarze nie mogli uzyskać jego komentarza, ale to demokrata, który będzie zabiegał o powtórny wybór w następnym roku. Tym razem pójdzie wszystkim na rękę.

⋏ ⋏ ⋏

Dokładnie o dziewiątej stawiam się w kancelarii Sądu Okręgowego i przeglądam akta sprawy Blackowie przeciwko Great Benefit. Oddycham z ulgą. Przed nagłym zejściem sędzia Hale nie podpisał wniosku o oddalenie naszego pozwu. Piłka nadal jest w grze.

Na drzwiach jego sali sądowej wisi wieniec. Jakie to wzruszające.

Dzwonię z automatu do Tinleya Britta i proszę o połączenie z Leo F. Drummondem. Jestem naprawdę zaskoczony, słysząc jego głos po kilku minutach. Przekazuję mu kondolencje z powodu straty przyjaciela i mówię, że moi klienci nie przyjmują propozycji ugody. Wydaje się tym zdziwiony, ale jego komentarz jest bardzo krótki. Nic dziwnego, ma teraz na głowie mnóstwo spraw.

— Moim zdaniem to błąd, Rudy — mówi spokojnie, jakby stał po mojej stronie.

— Możliwe, ale to moi klienci podjęli decyzję, nie ja.

— Och, cóż, no to będzie wojna — dodaje smutnym monotonnym głosem. Nie proponuje większej sumy.

▲ ▲ ▲

Od chwili ogłoszenia wyników egzaminu rozmawiałem z Bookerem przez telefon dwa razy. Jak można się było spodziewać, Booker robi dobrą minę do złej gry i twierdzi, że to nieważna, chwilowa przeszkoda na drodze jego kariery. I jak się można było spodziewać, szczerze się cieszy, że zdałem.

Siedzi już na tyłach niewielkiej knajpki, kiedy tam wchodzę. Witamy się, jakbyśmy nie widzieli się od miesięcy. Nawet nie patrząc w kartę, zamawiamy herbatę i zupę z ketmii. Dzieciaki są zdrowe. Charlene ma się świetnie.

Booker pociesza się myślą, że ma jeszcze szansę zdać egzamin. Nie wiedziałem, jak bliski był celu, bo do zaliczenia zabrakło mu tylko jednego punktu. Odwołał się i teraz komisja egzaminacyjna jeszcze raz sprawdza jego test.

Marvin Shankle źle przyjął wiadomość o jego porażce. Jeśli nie zda następnym razem, kancelaria poszuka kogoś innego na jego miejsce. Booker nie potrafi ukryć zdenerwowania, gdy opowiada o Shankle'u.

— A jak się miewa Tyrone Kipler?

Zdaniem Bookera facet ma tę nominację w kieszeni. Kipler rozmawiał dziś rano z gubernatorem i wszystko układa się tak, jak powinno. Jedyny szkopuł tkwi w finansach. Jako wspólnik w kancelarii Shankle'a zarabia od stu dwudziestu pięciu do stu pięćdziesięciu tysięcy dolarów rocznie. Pensja sędziego to tylko dziewięćdziesiąt tysięcy. Kipler ma żonę i dzieci, ale Marvin Shankle chce, żeby został sędzią.

Booker nie zapomniał o sprawie Blacków. Pamięta Dot i Buddy'ego z naszego pierwszego spotkania w Domu Seniora „Cyprysowe Ogrody". Opowiadam mu o wszystkim, co się do tej pory wydarzyło. Głośno się śmieje, kiedy mówię, że w tej chwili pozew jest w Wydziale VIII Sądu Okręgowego i czeka, aż zajmie się nim następny sędzia. Relacjonuję mu sceny z gabinetu zmarłego Hale'a sprzed zaledwie trzech dni, kiedy dawni współlokatorzy z Yale, Hale i Drummond, sobie ze mną pogrywali. Booker słucha uważnie, gdy streszczam mu sytuację Donny'ego Raya i jego brata bliźniaka i mówię o przeszczepie, do którego nie doszło z winy Great Benefit.

Słucha z uśmiechem.

— Nie ma problemu — powtarza kilka razy. — Jeśli Tyrone zostanie nominowany, będzie wiedział wszystko o sprawie Blacków.

— Więc pogadasz z nim?

— Czy pogadam? Wygłoszę kazanie. Nie cierpi Trenta i Brenta i nie znosi firm ubezpieczeniowych, pozywa je przez cały czas. Z kogo te firmy żyją, jak myślisz? Z białych ze średniej klasy?

— Ze wszystkich.

— Masz rację. Z przyjemnością pogadam z Tyronem. A on mnie wysłucha.

Przynoszą nam zupę, dodajemy do niej tabasco — Booker więcej niż ja. Opowiadam mu o nowej siedzibie, ale nie wspominam o nowym wspólniku. Booker zadaje mi mnóstwo pytań o stare miejsce pracy. Całe miasto aż huczy od plotek o Bruiserze i Thomasie.

Mówię mu wszystko, co wiem, i tylko trochę koloryzuję.

Rozdział 26

W czasach zatłoczonych sal sądowych i przepracowanych sędziów zmarły Harvey Hale zostawił po sobie niezwykły porządek i żadnych zaległości. Istnieje kilka ważnych powodów takiego stanu rzeczy. Po pierwsze, był leniwy i wolał grać w golfa. Po drugie, bez wahania oddalał pozwy, które uchybiały jego poglądom — ochraniał firmy ubezpieczeniowe i wielkie korporacje. Dlatego większość adwokatów stron skarżących unikała go jak ognia.

Są sposoby na unikanie określonych sędziów, niewielkie sztuczki wykorzystywane przez doświadczonych adwokatów, którzy są zaprzyjaźnieni z urzędniczkami sądowymi. Nie rozumiem, dlaczego Bruiser, prawnik z dwudziestoletnim stażem, który znał w sądach wszystkie ścieżki, pozwolił mi złożyć pozew i nie zrobił nic, żeby sprawa nie trafiła do sędziego Harveya Hale'a. To kolejna rzecz, o której chciałbym z nim porozmawiać, jeśli kiedykolwiek wróci do domu.

Ale Hale'a już nie ma i życie staje się łatwiejsze. Niedługo Tyrone Kipler odziedziczy rejestr spraw w toku, którymi trzeba się zająć.

Nie tak dawno temu, żeby przyśpieszyć działanie wymiaru sprawiedliwości, prawo procesowe zostało zmienione. Było to skutkiem krytycznych opinii laików i samych prawników, którzy mówili o tym od lat. Sankcje za nieuzasadnione pozywanie stały się surowsze. Ustalono obligatoryjne, nieprzekraczalne terminy działań przedprocesowych. Sędziom przyznano większe uprawnienia w rozpatrywaniu pozwów i zachęcano jednocześnie do bardziej aktywnego namawiania do negocjowania ugody. Wprowadzono wiele przepisów i wytycznych, a wszystko po to, żeby udrożnić system wymiaru sprawiedliwości w ramach prawa cywilnego.

Wśród całej masy nowych uregulowań znalazła się procedura określana jako tryb przyśpieszony, której celem było rozpatrzenie danej sprawy na wokandzie szybciej od innych. Termin „tryb przyśpieszony" natychmiast zadomowił się w prawniczym żargonie. Strony procesowe mogą zażądać, by ich sprawę rozpatrywano w trybie przyśpieszonym werdyktu, ale to rzadko się zdarza. Chyba nie ma takiego pozwanego, który zgodziłby się na jak najszybszą wizytę w sądzie, dlatego sędziowie mogą sami narzucić takie rozwiązanie. Dzieje się tak zwykle, kiedy sprawa jest jasna, fakty nie budzą najmniejszych wątpliwości, mimo żywiołowej dyskusji adwokatów, i do rozstrzygnięcia wystarcza jedynie decyzja ławy przysięgłych.

Ponieważ Blackowie przeciwko Great Benefit to moja jedyna sprawa, chciałbym, żeby rozpatrywano ją w trybie przyśpieszonym. Któregoś ranka wyjaśniam to Bookerowi przy kawie. Booker przekaże to potem Kiplerowi. Wymiar sprawiedliwości zacznie działać.

⋏ ⋏ ⋏

W dniu, w którym Tyrone Kipler zostaje mianowany przez gubernatora, wzywa mnie do swojego gabinetu, tego samego, który odwiedziłem nie tak dawno temu, gdy zajmował go Harvey Hale. Książki i rzeczy Hale'a są właśnie pakowane do pudeł.

Zakurzone półki świecą pustkami. Zasłony rozsunięto. Biurko Hale'a wyniesiono. Rozmawiamy, siedząc na składanych krzesełkach.

Kipler nie ma jeszcze czterdziestki, mówi cicho, prawie nie mruga. Jest niesamowicie inteligentny. Panuje powszechne przekonanie, że podąża prostą drogą do zaszczytu objęcia gdzieś stanowiska sędziego federalnego. Dziękuję mu za pomoc w zdaniu egzaminu adwokackiego.

Gadamy o tym i owym. Mówi kilka miłych rzeczy o Harveyu Hale'u, ale jest zaskoczony pustkami w jego rejestrze spraw w toku. Zapoznał się już zresztą ze wszystkimi aktami i wybrał kilka do szybkiego rozpatrzenia. Jest gotów do działania.

— Myślisz, że sprawa Blacków powinna być skierowana do trybu przyśpieszonego?

— Tak, proszę pana. Jest bardzo prosta. Nie będzie wielu świadków.

— Ile osób miałoby zeznawać pod przysięgą?

Jeszcze nawet nie zacząłem zbierać zeznań.

— Nie jestem pewny. Mniej niż dziesięć.

— Będziesz miał kłopoty z dokumentacją — ostrzega. — Zdarza się tak za każdym razem w przypadku firm ubezpieczeniowych. Pozywałem całkiem sporo z nich i nigdy nie dostałem wszystkich papierów. Minie trochę czasu, zanim dostaniemy do ręki dokumenty, które mamy prawo poznać.

Podoba mi się, że używa liczby mnogiej. I nie ma w tym nic złego. Wśród ról, jakie sędzia musi odgrywać, jest również egzekutor. Do jego obowiązków należy pomaganie obu stronom w uzyskaniu jeszcze przed procesem dostępu do materiałów, z którymi powinny się zapoznać. Choć w głębi ducha wydaje mi się, że Kipler jest do pewnego stopnia po mojej stronie barykady. Ale w tym też chyba nie ma nic złego — Drummond przez wiele lat miał na smyczy Harveya Hale'a.

— Złóż wniosek o rozpatrywanie sprawy w trybie przyśpieszonym — mówi, zapisując coś w notesie. — Obrona się sprzeciwi.

Odbędzie się spotkanie. Jeżeli nie usłyszę od nich czegoś bardzo przekonującego, zgodzę się na tryb przyśpieszony. Dam wam cztery miesiące na przygotowania, to powinno wystarczyć na skompletowanie zeznań, wymianę dokumentów i tak dalej. Kiedy przygotowania zostaną zakończone, wyznaczę termin rozprawy. Wciągam głęboko powietrze i głośno przełykam ślinę. Dla mnie oznacza to zawrotne tempo. Perspektywa starcia z Leo F. Drummondem i jego świtą na sali sądowej w obecności sędziów przysięgłych jest przerażająca.

— Będziemy gotowi — zapewniam, nie mając pojęcia, co powinienem robić. Mam tylko nadzieję, że mój głos nie zdradza, jak bardzo brakuje mi pewności siebie.

Gadamy jeszcze przez chwilę, a potem wychodzę. Sędzia prosi, żebym zadzwonił, gdyby pojawiły się jakieś pytania.

▲ ▲ ▲

Godzinę później niewiele brakuje, abym do niego zadzwonił. Kiedy wracam do firmy, na biurku czeka na mnie pękata szara koperta od Tinleya Britta. Leo F. Drummond, mimo iż opłakuje przyjaciela, nie zasypia gruszek w popiele. Maszyna składania wniosków pracuje pełną parą.

Złożył wniosek o zabezpieczenie kosztów, co jest łagodnym policzkiem wymierzonym mnie i moim klientom. Ponieważ jesteśmy biedni, Drummond stwierdza, że boi się o naszą zdolność pokrycia kosztów procesowych. Taki scenariusz może być realny któregoś dnia, jeśli ostatecznie przegramy sprawę i sędzia każe nam zapłacić koszty sądowe za obie strony. Wniósł również wniosek o nałożenie sankcji finansowych na mnie i moich klientów za złożenie nieuzasadnionego pozwu.

Pierwszy wniosek to mydlenie oczu. Drugi jest jawnie bez-czelny. Oba zaopatrzono w długie, ślicznie napisane uzasadnienia z przypisami, indeksami i bibliografią.

Kiedy czytam je uważnie drugi raz, uświadamiam sobie, że zgłaszając je, Drummond coś udowodnił. W przypadku wniosków takiego rodzaju sędziowie bardzo rzadko się do nich przychylają, więc myślę, że ich celem jest wyłącznie pokazanie mi, jak dużo papierków popychadła z Trenta i Brenta są w stanie wyprodukować w krótkim czasie, właściwie zupełnie niepotrzebnie. Ponieważ każda ze stron musi ustosunkować się do wszystkich wniosków i ponieważ nie mam zamiaru iść na ugodę, Drummond daje mi w ten sposób do zrozumienia, że zawali mnie papierami, pod którymi zginę.

Telefony nie zaczęły jeszcze dzwonić. Deck jest gdzieś w mieście. Aż się boję zgadywać, gdzie poluje na klientów. Mam mnóstwo czasu na zabawę z wnioskami. Motywują mnie myśli o biednym młodziutkim kliencie i świństwie, jakie mu zrobiono. Jestem jedynym adwokatem Donny'ego Raya i trzeba będzie czegoś więcej niż papieru, żebym stracił impet.

▲ ▲ ▲

Nabrałem nawyku dzwonienia popołudniami do Donny'ego Raya, zwykle koło siedemnastej. Po pierwszym telefonie kilka tygodni temu Dot wspomniała, jak wiele ten gest dla niego znaczył, dlatego od tamtej pory staram się rozmawiać z nim codziennie. Mówimy o najróżniejszych rzeczach, ale nigdy o chorobie czy pozwie. Staram się zapamiętywać dla niego śmieszne zdarzenia z całego dnia. Wiem, że te telefony stały się ważnym elementem jego gasnącego życia.

Tego popołudnia ma silny głos, mówi, że wstał z łóżka i siedzi na ganku, że strasznie chciałby wyrwać się stamtąd na kilka godzin, byle dalej od domu i rodziców.

Zabieram go o dziewiętnastej. Jemy obiad w pobliskiej knajpie z grillem. Parę osób przygląda mu się natarczywie, ale wydaje się, że on nie zwraca na to uwagi. Rozmawiamy o jego dzieciństwie, opowiada śmieszne historie z dawnego Granger, kiedy po ulicach wałęsały się dziecięce gangi. Trochę się śmiejemy. Donny Ray śmieje się prawdopodobnie pierwszy raz od wielu miesięcy. Ale rozmowa go męczy. Prawie nie tknął jedzenia.

Tuż po zmierzchu przyjeżdżamy do parku niedaleko dwóch sąsiadujących ze sobą boisk, na których trwają właśnie mecze softballowe. Kiedy jadę przez parking, przypatruję się obu. Szukam drużyny w żółtych koszulkach.

Parkuję pod drzewem na porośniętym trawą, lekko spadzistym miejscu, daleko od prawego boku jednego z boisk. W pobliżu nie ma nikogo. Wyjmuję z bagażnika dwa leżaki wzięte z garażu pani Birdie i pomagam Donny'emu Rayowi dojść do nich. Może iść sam i jest zdeterminowany korzystać tylko z niezbędnej pomocy.

Jest późne lato, temperatura po zmierzchu to nadal około trzydziestu stopni. Wilgotność niemal widać w powietrzu. Koszula lepi mi się do pleców. Mocno podniszczona flaga na maszcie pośrodku boiska zwisa nieruchomo. Boisko jest ładne i płaskie, murawa na zapolu gruba i świeżo skoszona. Sama płyta boiska to goła ziemia, bez żadnej trawy. Widać stąd ławki rezerwowych, odkryte trybuny, sędziów, podświetloną tablicę z wynikami, pomiędzy boiskami stoi budka z napojami i przekąskami. To liga amatorska, gdzie panuje ostra rywalizacja między drużynami złożonymi z bardzo dobrych zawodników. W każdym razie oni się za takich uważają.

To spotkanie pomiędzy drużynami PFX Przewoźnicy, w żółtych koszulkach, i Demobilem w zielonych koszulkach z napisem „Artylerzyści". Sprawa jest bardzo poważna. Biegają i pokrzykują jak szaleńcy, wrzeszczą do siebie słowa dopingu, od czasu do czasu wpadają na zawodników z drużyny przeciwnej, kłócą się z sędziami, rzucają kijami, kiedy wybiją piłeczkę na out.

Grałem w softball w college'u, ale jakoś nigdy nie przekonałem się do tej gry. Bo chyba najważniejsze w niej jest wybicie piłeczki poza boisko i nie liczy się nic więcej. Zdarza się to stosunkowo rzadko, a jeśli już, to bieg zawodnika do bazy jest śmiechu wart. Niemal wszyscy zawodnicy są trochę po dwudziestce, w całkiem dobrej kondycji, wyjątkowo pewni siebie, zadziorni i noszą na sobie znacznie więcej niż zawodowcy — mają rękawice na obu rękach, szerokie opaski na nadgarstkach, policzki z krechami namalowanymi kredkami do oczu, inne rękawice do łapania piłeczki.

Większość tych facetów nadal marzy, że ktoś ich odkryje. Jest wśród nich kilku starszych graczy, o większych brzuchach i wolniejszych nogach. Usiłują biegać między bazami i łapać piłki, ale robią z siebie pośmiewisko. Niemal słychać, jak wysiadają im mięśnie. Niemniej są chyba jeszcze bardziej zaangażowani w grę niż ci młodsi. Oni naprawdę muszą coś udowodnić.

Niewiele mówimy z Donnym Rayem. Kupuję mu na straganie popcorn i wodę sodową. Dziękuje mi. Dziękuje też jeszcze raz za to, że go tutaj przywiozłem.

Zwracam szczególną uwagę na zawodnika Przewoźników grającego na trzeciej bazie, muskularnego faceta o szybkich ruchach. Jest zwinny i uważny, bardzo często obrzuca wyzwiskami przeciwników. Runda się kończy, a ja patrzę, jak podchodzi do ogrodzenia obok ławki rezerwowych i mówi coś do swojej dziewczyny. Kelly się uśmiecha, widzę stąd dołeczki w jej policzkach i zęby. Cliff się śmieje. Cmoka ją w usta i wraca powolnym krokiem do drużyny, która szykuje się do wybicia piłki.

Wyglądają na zakochanych. On na pewno jest w niej szaleńczo zakochany, a całowanie jej na oczach kumpli sprawia mu przyjemność. Jakby nigdy nie mieli siebie dość.

Kelly opiera się o ogrodzenie, kule stoją obok niej, nadal ma na nodze opatrunek usztywniający. Jest sama, z dala od trybun i innych fanów. Nie może mnie tu dojrzeć, bo jestem wyżej i po drugiej stronie boiska. Na wszelki wypadek jednak założyłem czapkę.

Zastanawiam się, co by zrobiła, gdyby się zorientowała, że to ja. Prawdopodobnie nic, poza zignorowaniem mnie.

Powinienem być zadowolony, że wygląda na szczęśliwą, zdrową i że dogaduje się jakoś z mężem. Bicie najwyraźniej ustało i za to dziękuję Bogu. Obraz Cliffa okładającego ją kijem softballowym sprawia, że zbiera mi się na wymioty. Z drugiej strony, jak na

320

ironię, będę mógł z nią być tylko wtedy, gdy mąż nadal będzie ją maltretował.

Nienawidzę siebie za tę myśl.

Cliff staje na miejscu pałkarza. Trzecią piłkę wybija daleko w lewą stronę nad reflektory, poza zasięg wzroku. To naprawdę zadziwiające uderzenie, a on chodzi teraz wokół baz, kołysząc biodrami i krzyczy coś do Kelly, gdy staje na trzeciej bazie. To utalentowany sportowiec, znacznie lepszy od pozostałych zawodników na boisku. Nie potrafię nawet wyobrazić sobie horroru, jaki nastąpiłby, gdyby zamachnął się na mnie kijem.

Może przestał pić i może, gdy jest trzeźwy, po prostu jej nie katuje? Może to pora, żebym się od niej odwalił?

Po godzinie Donny Ray chce wracać do łóżka. Jedziemy i rozmawiamy o jego zeznaniu. Złożyłem dzisiaj wniosek o zgodę na jak najszybsze dołączenie jego zeznań do materiału dowodowego, który zostanie wykorzystany podczas procesu. Mój klient niedługo będzie zbyt słaby, żeby wytrzymać dwugodzinną sesję pytań i odpowiedzi przed grupą prawników, dlatego czas jest tak cenny.

— Powinniśmy to zrobić bardzo niedługo — mówi cicho, gdy zjeżdżam na podjazd przed jego domem.

Rozdział 27

Gdybym nie był tak zdenerwowany, ta scena mogłaby wydawać się komiczna. Jestem przekonany, że postronny obserwator dostrzegłby w niej mnóstwo humoru, ale nikt na sali sądowej się nie uśmiechał. Szczególnie ja.

Jestem sam przy stole dla adwokatów, mam przed sobą równo ułożone stosy wniosków i uzasadnień. Notatki i odnośniki są w dwóch notesach leżących tuż przy moich dłoniach, bym miał do nich dostęp. Deck siedzi za mną, nie przy stole, gdzie mógłby mi się przydać, ale na krześle tuż za barierką, w odległości co najmniej trzech metrów, więc wyglądam na samotnego.

I czuję się bardzo wyizolowany.

Po drugiej stronie wąskiego przejścia przy stole obrony siedzi całkiem sporo osób. Leo F. Drummond zajmuje rzecz jasna miejsce pośrodku, twarzą do ławy przysięgłych, otaczają go współpracownicy. Po dwóch z każdej strony. Drummond ma sześćdziesiąt lat, jest absolwentem wydziału prawa na Yale, ma trzydzieści sześć lat doświadczenia procesowego. T. Pierce Morehouse ma trzydzieści dziewięć lat, skończył wydział prawa na Yale i od czternastu lat występuje w sądach. B. Dewey Clay Hill III ma trzydzieści jeden lat, kończył uniwersytet Columbia, nie jest jeszcze wspólnikiem, ma sześć lat doświadczenia w zawodzie. M. Alec Plunk junior ma dwadzieścia osiem lat, dwuletnie doświadczenie i stawia pierwsze kroki przy tej sprawie, ale pewnie tylko dlatego, że skończył Harvard. Sędzia Tyrone Kipler, teraz przewodniczący składu sędziowskiego, również kończył Harvard. Kipler jest czarny. Plunk również. Czarnoskórzy absolwenci Harvardu nie są zbyt liczni w Memphis. U Trenta i Brenta trafił się akurat ktoś taki, więc go tu przysłali, żeby swoją obecnością wywoływał u sędziego poczucie solidarności. I jeśli wszystko pójdzie zgodnie z planem, pewnego dnia będziemy mieli tu jeszcze ławę przysięgłych. Połowa wyborców w tym kraju jest czarna, dlatego można bezpiecznie założyć, że skład ławy będzie w połowie czarny, a w połowie biały. M. Alec Plunk junior zostanie wykorzystany, jak przypuszczam, do wzbudzenia zaufania i poczucia wspólnoty u niektórych sędziów.

Jeśli w skład ławy przysięgłych wejdzie przypadkiem kobieta pochodząca z Kambodży, nie wątpię, że u Trenta i Brenta poszukają wśród młodych pracowników kogoś takiego i wyślą ją do sądu.

Piątym członkiem zespołu prawniczego Great Benefit jest Brandon Fuller Grone, niestety pozbawiony numeru przy nazwisku i nie wiedzieć dlaczego bez inicjału. Nie rozumiem, dlaczego nie przedstawia się jako B. Fuller Grone, jak rasowy adwokat z dużej kancelarii. Ma dwadzieścia siedem lat, dwa lata wcześniej skończył stanowy uniwersytet w Memphis z pierwszą lokatą na swoim roku i zostawił tam po sobie mnóstwo wspomnień. Kiedy zaczynałem studia, był już postacią legendarną, zakuwałem do egzaminów na pierwszym roku, korzystając z jego notatek.

Pomijając dwuletnie doświadczenie, jakie M. Alec Plunk junior zdobył, pracując jako asystent u sędziego federalnego, przy stole obrony siedzi ciasno upakowanych pięćdziesiąt osiem lat doświadczenia.

Ja odebrałem licencję adwokacką przed niecałym miesiącem. Mój współpracownik oblewał egzamin sześć razy.

Te wszystkie wiadomości znalazłem poprzedniego wieczoru, gdy grzebałem w bibliotece uniwersyteckiej, w miejscu, od którego najwyraźniej nie mogę się oderwać. Kancelaria adwokacka Rudy'ego Baylora posiada siedemnaście książek prawniczych, wszystkie pozostałość po studiach, praktycznie nieprzydatne.

Za prawnikami siedzi dwóch gości wyglądających na twardych biznesmenów. Podejrzewam, że są z kierownictwa Great Benefit. Jeden z nich wygląda znajomo. Wydaje mi się, że tu był, kiedy uzasadniałem bezpodstawność wniosku o oddalenie pozwu. Wtedy nie zwróciłem na niego uwagi i teraz też niespecjalnie przejmuję się obecnością tych facetów. I bez tego mam dość na głowie.

Jestem bardzo spięty, ale gdyby to Harvey Hale siedział na podium, byłbym kłębkiem nerwów. I prawdopodobnie w ogóle by mnie tu nie było.

Niemniej teraz przewodniczy sędzia Tyrone Kipler. Powiedział mi wczoraj przez telefon, w czasie jednej z wielu naszych rozmów, jakie ostatnio odbyliśmy, że to będzie jego pierwszy dzień pracy jako sędziego. Podpisał już rzecz jasna jakieś polecenia i wykonał inne rutynowe prace, ale to będzie pierwsza sprawa, w jakiej będzie orzekał.

Nazajutrz po zaprzysiężeniu Kiplera Drummond złożył wniosek o przeniesienie sprawy do sądu federalnego. Napisał w uzasadnieniu, że Bobby Ott, agent, który sprzedał Blackom polisę, został włączony do sprawy jako pozwany z niewłaściwych powodów. Ott, jak uważamy, nadal jest mieszkańcem Tennessee. Jest pozwany. Blackowie mieszkają w Tennessee i są powodami. Żeby sprawa mogła być rozpatrywana w sądzie federalnym, strony muszą mieszkać w różnych stanach. Ott zatem nie spełnia tego warunku, bo jak przypuszczamy, nadal tu mieszka i już z tej przyczyny sprawa nie może być uznana za właściwą dla sądu federalnego. Drummond napisał bardzo długie uzasadnienie, dlaczego Ott nie powinien w ogóle być uznany za pozwanego.

Dopóki przewodniczył Harvey Hale, sąd okręgowy wydawał się idealnym miejscem do szukania sprawiedliwości. Jednak w chwili gdy sprawę przejął Kipler, prawdę i uczciwość można znaleźć jedynie w sądzie federalnym. Zadziwiające w tym było to, że na złożenie takiego wniosku Drummond wybrał akurat ten moment. Kipler odebrał go jako afront. Zgadzam się z nim, bo trudno odebrać to inaczej.

Wszyscy przygotowujemy się do uzasadniania i podważania nierozstrzygniętych jeszcze wniosków przedprocesowych. Ze strony Drummonda to wnioski o zabezpieczenie kosztów i ukaranie. Zdenerwował mnie tym wnioskiem o sankcję, więc wystąpiłem z wnioskiem o sankcję dla niego za złożenie bezpodstawnego i niegodziwego wniosku. Zgodnie z opinią Decka bitwa na sankcje stała się osobną wojną w przypadku większości pozwów i najlepiej jest w ogóle jej nie zaczynać. Nie do końca ufam radom Decka dotyczącym procesów. W końcu ma swoje ograniczenia. Jak sam lubi powtarzać: „Każdy potrafi usmażyć pstrąga. Prawdziwa sztuka, to złapać go na haczyk".

Drummond podchodzi zdecydowanym krokiem do podium. Obowiązuje nas porządek chronologiczny, dlatego omawia najpierw wniosek o zabezpieczenie kosztów, praktycznie pozbawiony znaczenia. Szacuje, że koszty wyniosą około tysiąca dolarów, jeśli odbędzie się proces i, no cóż, martwi się, że ani ja, ani moi klienci nie będziemy w stanie zapłacić w przypadku, gdy przegramy i na nas spadnie obowiązek ich pokrycia.

— Chciałbym przerwać panu na sekundę — mówi sędzia Kipler w zamyśleniu. Jego słowa są wyważone, głos stanowczy. — Mam pański wniosek i uzasadnienie tego wniosku. — Podnosi papiery i macha nimi w kierunku Drummonda. — Mówi pan od czterech minut, powtarzając dokładnie to, co jest tu napisane czarno na białym. Czy ma pan coś do dodania?

— Cóż, Wysoki Sądzie, jestem upoważniony do...

— Tak czy nie, panie Drummond? Umiem czytać i jestem w stanie zrozumieć, co czytam, a pan bardzo dobrze pisze, muszę przyznać. Ale jeśli nie ma pan nic do dodania, to co pan tu robi? Jestem pewny, że coś takiego jeszcze nigdy nie spotkało wielkiego Leo F. Drummonda, ale zareagował, jakby codziennie słyszał podobne słowa.

— Staram się po prostu pomóc Wysokiemu Sądowi, to wszystko — wyjaśnia z uśmiechem.

— Oddalam wniosek — mówi Kiper obojętnym tonem. — Proszę dalej.

Drummond kontynuuje, nie tracąc rezonu.

— No cóż, nasz następny wniosek dotyczy ukarania. Zawarliśmy...

— Oddalam wniosek — mówi Kipler.

— Słucham?

— Wniosek oddalony.

Deck za mną rży. Wszystkie cztery głowy przy sąsiednim stole pochylają się jednocześnie, prawnicy gorliwie wszystko notują. Domyślam się, że piszą jedno słowo dużymi literami „oddalony".

— Obie strony wniosły o ukaranie, a ja oba te wnioski oddalam — ciągnie Kipler, patrząc na Drummonda. Czuję, że też dostałem po nosie.

Przerwanie adwokatowi, który bierze trzysta pięćdziesiąt dolarów za godzinę, to poważna sprawa. Drummond wpatruje się w Kiplera, któremu taka chwila sprawia ogromną frajdę.

Ale Drummond to zawodowiec o grubej skórze. Nigdy nie pozwoliłby sobie, żeby byle sędzia z sądu okręgowego go zirytował.

— Bardzo dobrze. Przechodzę dalej. Chciałem zwrócić się z prośbą o przeniesienie naszej sprawy do sądu federalnego.

— Dobrze, zajmijmy się tym. Po pierwsze, dlaczego nie starał się pan o przeniesienie tej sprawy, kiedy urzędował sędzia Hale?

Drummond jest przygotowany na to pytanie.

— Wysoki Sądzie, sprawa była zupełnie nowa i nadal sprawdzaliśmy stopień zaangażowania w nią pozwanego Bobby'ego Otta. Teraz, gdy mieliśmy trochę czasu, uznaliśmy, że Ott został włączony do sprawy tylko po to, żeby uniknąć sądu federalnego.

— Więc planował pan przeniesienie tej sprawy do sądu federalnego?

— Tak, Wysoki Sądzie.

— Już wtedy, gdy rozpatrywał ją sędzia Hale?

— Właśnie tak, Wysoki Sądzie — mówi Drummond z zapałem. Wyraz twarzy Kiplera jednoznacznie świadczy o tym, że nie wierzy w ani jedno jego słowo. Zresztą nikt z obecnych na sali sądowej mu nie wierzy. Ale to drobny szczegół, a Kipler osiągnął cel.

Drummond prze dalej ze swoim rozumowaniem, zupełnie niezbity z tropu. Widział, jak setki sędziów przychodzą i odchodzą, i nie bał się żadnego z nich. Potrzeba będzie wielu lat, wielu procesów na wielu salach sądowych, zanim przestanę czuć się onieśmielony samą obecnością tych facetów w czarnych togach siedzących na podwyższeniu.

Drummond mówi przez mniej więcej dziesięć minut i jest w trakcie wyszczególniania punkt po punkcie zawartości swojego uzasadnienia, kiedy Kipler wchodzi mu w słowo:

— Przepraszam, panie Drummond, czy przypomina pan sobie, że kilka minut temu zapytałem pana, czy ma pan coś nowego do przedstawienia sądowi?

Ręce Drummonda zamierają w połowie ruchu, szczęka mu opada, wpatruje się w sędziego.

— Czy przypomina pan to sobie? — powtarza Kipler. — To było niecałe piętnaście minut temu.

— Wydaje mi się, że jesteśmy tu po to, żeby uzasadnić nasze wnioski — odpowiada Drummond cierpko. Jego spokojny ton ma już kilka rys.

— Och, to oczywiste. Jeśli ma pan coś nowego do dodania albo na przykład jeden z punktów uznał pan za niejasny i chce go pan omówić, z przyjemnością pana wysłucham. Ale pan po prostu powtarza słowo w słowo to, co trzymam w ręku.

Zerkam w lewo i widzę strasznie poważne twarze. Ich bohater został zniszczony. Nieładnie.

Uderza mnie, że faceci po drugiej stronie przejścia podchodzą do tego trochę poważniej niż zwykle. Zeszłego lata kręciłem się w pobliżu bardzo wielu adwokatów z kancelarii specjalizującej się w obronie pozywanych i wszystkie ich sprawy były do siebie bardzo podobne. Pracowali ciężko, wystawiali słone rachunki, ale brali forsę i szli dalej. Zawsze jest kilkanaście nowych spraw, które czekają, żeby się nimi zająć.

Wyczuwam u nich panikę i jestem pewny, że to nie ja jestem jej przyczyną. W przypadku pozywania firmy ubezpieczeniowej standardem jest wyznaczanie przez kancelarie dwóch adwokatów do sprawy. Zawsze działają parami. Niezależnie od sprawy, faktów, przedmiotu sporu, sedna procesu, pracują we dwóch.

Ale pięciu? Dla mnie wygląda to na przesadę. Coś się tam dzieje. Ci faceci są wystraszeni.

— Pańska prośba o przeniesienie sprawy do sądu federalnego zostaje odrzucona, panie Drummond. Sprawa będzie rozpatrzona tutaj — oznajmia Kipler stanowczo, od razu podpisując decyzję. Nie zostaje to dobrze przyjęte przy drugim stole adwokackim, choć starają się tego nie okazywać.

— Coś jeszcze? — pyta Kipler.

— Nie, Wysoki Sądzie. — Drummond zbiera papiery i schodzi z podium.

Obserwuję go kątem oka. Kiedy podchodzi do stołu obrony, przez sekundę patrzy na dwóch przedstawicieli firmy ubezpieczeniowej i spostrzegam trudny do pomylenia z czymkolwiek wyraz strachu w jego oczach. Mam gęsią skórkę na ramionach i nogach.

Kipler zmienia bieg.

— Pozostały dwa wnioski powoda. Pierwszy dotyczy trybu przyśpieszonego, drugi przyśpieszenia składania zeznań przez Donny'ego Raya Blacka. Oba są ze sobą powiązane, zatem, panie Baylor, może zajmiemy się nimi jednocześnie?

Wstaję.

— Oczywiście, Wysoki Sądzie. — Jakbym mógł zaproponować coś innego.

— Może je pan streścić w dziesięć minut?

W świetle masakry, której świadkiem byłem przed chwilą, wybieram inną strategię.

— Zatem Wysoki Sądzie, moje uzasadnienia mówią same za siebie. Tak naprawdę nie ma nic do dodania.

Kipler uśmiecha się do mnie ciepło, jak do młodego bystrego prawnika, a potem od razu atakuje obronę:

— Panie Drummond, sprzeciwia się pan trybowi przyśpieszonemu. W czym problem?

Przy stole obrony następuje gwałtowne poruszenie. W końcu T. Pierce Morehouse wstaje powoli i poprawia krawat.

— Wysoki Sądzie, jeśli mogę odpowiedzieć na to pytanie. Naszym zdaniem przygotowania do procesu wymagają trochę czasu. Uważamy, że tryb przyśpieszony nadmiernie obciąży pracą obie strony. — Morehouse mówi wolno i ostrożnie dobiera słowa.

— Nonsens — odpowiada Kipler, nie spuszczając z niego wzroku.

— Że co, proszę?

— Powiedziałem „nonsens". Pozwolę sobie o coś pana zapytać. Czy jako adwokat obrony zgodził się pan kiedykolwiek na rozpatrywanie sprawy w trybie przyśpieszonym?

Morehouse mruga i przestępuje z nogi na nogę.

— No cóż, hm, oczywiście, Wysoki Sądzie.

— Świetnie. Proszę podać nazwę sprawy i sąd, w którym to się działo.

T. Pierce zerka rozpaczliwie na B. Deweya Claya Hilla III, który w odpowiedzi spogląda na M. Aleca Plunka juniora. Pan Drummond nie podnosi wzroku, bo woli zgłębiać jakieś istotne dokumenty.

— A więc, Wysoki Sądzie, odpowiedzi będę mógł udzielić w innym terminie.

— Proszę zadzwonić do mnie po południu, do piętnastej, a jeśli do tego czasu nie będzie żadnej wiadomości od pana, wtedy ja zadzwonię. Naprawdę bardzo chcę wiedzieć, kiedy i gdzie zgodził się pan na tryb przyśpieszony.

T. Pierce gnie się w pasie i wydycha głośno powietrze, jakby został kopnięty w brzuch. Niemal słyszę, jak komputery Trenta i Brenta wyją do północy, na próżno szukając takiej sprawy.

— Tak, Wysoki Sądzie — odpowiada cicho.

— Jak panowie wiecie, tryb przyśpieszony zależy od mojej decyzji. A zatem wniosek powoda zostaje przyjęty. Strona pozwana ma siedem dni na odpowiedź. Potem nastąpi faza przygotowania rozprawy, która zakończy się sto dwadzieścia dni od dzisiejszej daty.

Przy stole obrony znów panuje poruszenie. Adwokaci podają sobie papiery, przesuwają je do siebie po blacie. Drummond i spółka szepczą między sobą i marszczą czoła. Chłopcy z korporacji pochylają się do siebie za barierką. To niemal zabawne.

T. Pierce Morehouse zawisa tyłkiem kilka centymetrów nad skórzanym fotelem, trzyma łokcie na stole, gotowy do omawiania następnego wniosku.

— Ostatni wniosek dotyczy przyśpieszenia zeznań Donny'ego Roya Blacka — mówi Wysoki Sąd, patrząc na stół obrony. — Temu na pewno nie możecie się sprzeciwić, panowie — dodaje. — Który z panów zechce coś powiedzieć?

Do tego wniosku dołączyłem dwie strony pisemnego oświadczenia złożonego pod przysięgą, podpisanego przez doktora Waltera Korda, w którym stwierdza przy użyciu prostych terminów, że Donny Ray nie będzie żył długo. Odpowiedź Drummonda składała się z mętnych zagmatwanych zdań, z których niemal jednoznacznie wynika, że jest po prostu zbyt zajęty, żeby zawracać sobie tym głowę.

T. Pierce prostuje się powoli, rozkłada ramiona i zaczyna coś mówić, ale Kipler ucisza go machnięciem ręki.

— Tylko niech mi pan nie mówi, że zna pan lepiej stan zdrowia chłopaka niż jego lekarz.

— Nie, Wysoki Sądzie — mówi T. Pierce.

— I niech mi pan nie mówi, że poważnie myślicie o sprzeciwianiu się temu wnioskowi.

Widać wyraźnie, w jaki sposób Wysoki Sąd zamierza prowadzić tę sprawę, dlatego T. Pierce milcząco zajmuje neutralne stanowisko.

— Chodzi jedynie o terminy, Wysoki Sądzie. Nie złożyliśmy jeszcze nawet naszej odpowiedzi.

— Wiem dokładnie, co odpowiecie, zgoda? Żadnych niespodzianek. Z drugiej strony mieliście dość czasu, żeby zająć się wszystkim innym. Teraz proszę podać datę. — Nagle patrzy na mnie. — Panie Baylor?

— Kiedykolwiek, Wysoki Sądzie. O każdej porze — mówię z uśmiechem. Ach, jak dobrze i miło jest nie mieć nic innego do powiedzenia.

Cała piątka adwokatów przy stole obrony zaczyna szukać czarnych terminarzy, jakby istniała szansa, że znajdzie się dzień, kiedy można się będzie z nimi spotkać.

— Terminarz procesowy mam zapełniony, Wysoki Sądzie — informuje Drummond, nawet nie wstając. Życie naprawdę ważnego prawnika kręci się wokół jednej rzeczy: terminarza procesowego. Drummond mówi arogancko Kiplerowi i mnie, że w najbliższej przyszłości będzie bardzo zajęty i nie da rady przyjmować zeznań.

Jego czterech pomagierów marszczy czoła, kiwa głowami i pociera brody w synchronicznej pantomimie, bo oni też mają terminarze procesowe, które, co znaczące, są zapełnione i nie do zmiany.

— Czy macie, panowie, kopię oświadczenia doktora Korda? — pyta Kipler.

— Mamy — odpowiada Drummond.

— Czytaliście je?

— Ja czytałem.

— Czy kwestionuje pan jego wiarygodność?

— Cóż, ja... hm...

— Proste tak lub nie, panie Drummond. Czy kwestionuje pan jego wiarygodność?

— Nie.

— Ten młody człowiek niedługo umrze. Czy zgodzi się pan ze mną, że potrzebne jest nam nagranie jego zeznania tak, by pewnego dnia ława przysięgłych mogła usłyszeć, co ma do powiedzenia?

— Oczywiście, Wysoki Sądzie. Chodzi o to... no cóż... w tej chwili, mój terminarz...

— Co pan powie na przyszły czwartek? — Kipler wchodzi mu w słowo.

Po drugiej stronie przejścia zapada martwa cisza.

— Dla mnie to bardzo dobry termin — mówię głośno. Ignorują mnie.

— Za tydzień od dzisiaj — oznajmia Kipler, przypatrując im się podejrzliwie.

Drummond znajduje to, czego szukał w aktach i studiuje jakiś dokument.

— W poniedziałek zaczynam proces w sądzie federalnym, Wysoki Sądzie. To wezwanie na rozprawę wstępną, jeśli chciałby pan rzucić okiem. Przypuszczam, że potrwa to dwa tygodnie.

— Gdzie?

— Tu, w Memphis.

— Szanse na ugodę?

— Niewielkie.

Kipler analizuje przez chwilę swój terminarz.

— A co pan powie na następną sobotę?

— Dla mnie to bardzo dobry termin — powtarzam. Nikt nie zwraca na mnie uwagi.

— Sobota?

— Tak, dwudziestego dziewiątego.

Drummond spogląda na T. Pierce'a i staje się jasne, że następna wymówka należy do niego. T. Pierce wstaje powoli, trzyma czarny terminarz, jakby był ze złota, i mówi:

— Bardzo mi przykro, Wysoki Sądzie, ale w ten weekend nie będzie mnie w mieście.

— Z jakiego powodu?

— Ślubu.

— Pańskiego ślubu?

— Nie, mojej siostry.

Ze strategicznego punktu widzenia opóźnianie składania zeznań, aż Donny Ray umrze, jest dla nich korzystne, bo wtedy ława przysięgłych nie zobaczy jego wymizerowanej twarzy i nie usłyszy jego zbolałego głosu. Jest jasne, że tych pięciu facetów potrafi wynaleźć tyle wymówek, że dadzą radę to odłożyć, aż umrę ze starości.

Sędzia Kipler o tym wie.

— Składanie zeznań zostaje wyznaczone na sobotę dwudziestego dziewiątego — mówi. — Przepraszam, jeśli to jakaś niedogodność dla obrony, ale jest panów tylu, że na pewno sobie poradzicie. Nieobecność jednego czy dwóch nawet nie zostanie zauważona. — Zamyka akta, pochyla się, oparty na łokciach, uśmiecha krzywo do adwokatów Great Benefit i dodaje: — Czy coś jeszcze?

Złośliwy uśmieszek, jakim ich częstuje, graniczy z okrucieństwem, ale Kipler nie jest złym człowiekiem. Oddalił właśnie ich pięć lub sześć wniosków, ale przekonująco uzasadnił swoje decyzje. Moim zdaniem jest doskonały. I wiem, że będą jeszcze inne dni na tej sali sądowej, inne wnioski przedprocesowe i ich uzasadnianie, i na pewno dostanę swój przydział batów.

Drummond już stoi, wzrusza ramionami, gdy przygląda się papierom rozłożonym przed nim na stole. Jestem pewny, że chce powiedzieć coś w rodzaju: „Nie bardzo mam za co dziękować, sędzio" albo: „Dlaczego się pan powstrzymuje, niech pan od razu zasądzi milion dolców na rzecz powoda". Ale jak zwykle jest na to zbyt wytrawnym adwokatem.

— Nie, Wysoki Sądzie, to na razie wszystko — mówi, jakby Kipler w rzeczywistości nie wiedzieć jak bardzo mu pomógł.

— Panie Baylor? — sędzia zwraca się do mnie.

— Nie, Wysoki Sądzie — odpowiadam z uśmiechem. Na ten dzień to dla mnie dość. Schlastaliśmy tych ważniaków podczas mojej pierwszej sądowej potyczki i nie mam zamiaru kusić losu. Razem ze staruszkiem Tyronem skopaliśmy kilka tyłków.

— Bardzo dobrze — mówi sędzia, stukając cicho młotkiem. — Posiedzenie zakończone. Niech pan nie zapomni, panie Morehouse, zadzwonić do mnie i podać nazwę sprawy, przy której zgodził się pan na tryb przyśpieszony.

T. Pierce jęczy, jakby go coś bolało.

Rozdział 28

Pierwszy miesiąc wspólnej pracy z Deckiem przyniósł rozczarowanie. Zarobiliśmy tysiąc dwieście dolarów — czterysta od Jimmy'ego Monka, złodzieja sklepowego, którego Deck namierzył w sądzie okręgowym, dwieście od kierowcy, który prowadził po pijaku, którego Deck podłapał w jakiś podejrzany i do tej pory niewyjaśniony sposób, i pięćset z odszkodowania wywalczonego dla robotnika za uszkodzenie ciała ze sprawy, którą Deck ukradł z kancelarii Bruisera w dniu, kiedy się stamtąd zwinęliśmy. Pozostałe sto dolców wpłynęło za przygotowanie przeze mnie testamentu pary w średnim wieku, która przypadkiem weszła do naszej kancelarii. Szukali antyków, źle skręcili na schodach i zaskoczyli mnie drzemiącego przy biurku. To była bardzo przyjemna wizyta, zgadaliśmy się i od słowa do słowa skończyło się na tym, że zaczekali, aż napiszę ich ostatnią wolę. Zapłacili gotówką, co uczciwie zgłosiłem Deckowi, naszemu księgowemu. Moje pierwsze honorarium zostało zarobione zgodnie z etyką.

Pięćset dolarów wydaliśmy na czynsz, czterysta na papiery firmowe i wizytówki, około pięciuset pięćdziesięciu na podłączenie urządzeń i kaucje, osiemset kosztowało wydzierżawienie centralki telefonicznej i opłata za pierwszy miesiąc, trzysta poszło na raty za biurka i kilka innych mebli pochodzących ze sklepu na dole, dwieście na opłaty w izbie adwokackiej, a trzysta na ważne, ale trudne do wyszczególnienia wydatki, siedemdziesiąt pięć daliśmy za faks, czterysta dolarów wyniosła opłata za złożenie taniego komputera łącznie z pierwszą ratą oraz pięćdziesiąt za ogłoszenie w lokalnym przewodniku po restauracjach.

W sumie wydaliśmy cztery tysiące dwieście pięćdziesiąt dolarów, na szczęście większość wydatków miała charakter jednorazowy. Deck wyliczył zresztą wszystko, co do centa. Zakłada, że miesięczne koszty będą wynosiły później około tysiąca dziewięciuset dolarów. Udaje, że jest podekscytowany rozwojem wydarzeń.

Bardzo trudno ignorować jego entuzjazm. Praktycznie mieszka w kancelarii. Jest sam, z dala od dzieci, i trafił do miasta, które jest mu obce. Nie wyobrażam go sobie w roli imprezowicza, który biega po barach w całym Memphis. Wspomniał przy okazji, że jego jedyną rozrywką są wizyty w kasynach w Missisipi.

Zjawia się w pracy zazwyczaj godzinę po mnie. Większość poranków spędza w swoim gabinecie i wydzwania, diabli wiedzą do kogo. Pewnie nagabuje ludzi albo sprawdza informacje o wypadkach lub po prostu podtrzymuje znajomości ze swoimi kontaktami. Każdego ranka pyta mnie, czy mam dla niego coś do przepisania na komputerze. Okazało się, że pisze znacznie szybciej niż ja i zawsze chętnie przepisuje moje listy i dokumenty. Żeby odebrać telefon, leci na złamanie karku, biega po kawę, zamiata kancelarię, zanosi dokumenty do kserowania. Deck nie jest próżny i chce, żebym był zadowolony.

Nie uczy się do egzaminu adwokackiego. Raz o tym rozmawialiśmy, ale Deck szybko zmienił temat.

Późnymi rankami odwiedza zwykle bliżej nieokreślone miejsca i zajmuje się jakimiś tajemniczymi interesami. Jestem przekonany, że roi się tam od prawników. Może chodzi o bankructwa albo sprawy w sądzie miejskim, gdzie wynajduje ludzi potrzebujących pomocy adwokata. Nie poruszamy tego tematu. Wieczorami obchodzi szpitale.

Wystarczyło nam zaledwie kilka dni, by podzielić nasze niewielkie biuro i ustalić obowiązki. Deck uważa, że większość dnia powinienem spędzać na patrolowaniu niezliczonych korytarzy sądowych i polowaniu na klientów. Wyczuwam jego frustrację, bo nie stałem się ani trochę bardziej agresywny. Ma dość moich pytań o etykę i taktykę. Otaczający nas świat jest brutalny, nie przebiera w środkach, krąży po nim mnóstwo wygłodniałych adwokatów, którzy wiedzą, na czym polega mordercza walka o klienta. Jeśli ktoś będzie siedział cały dzień na tyłku, umrze z głodu. Dobre sprawy same do nas nie trafią.

Z drugiej strony Deck mnie potrzebuje. Mam licencję na wykonywanie zawodu. Możemy dzielić się równo pieniędzmi, ale nie jesteśmy równymi sobie wspólnikami. Deck zdaje sobie sprawę, że nie jest niezbędny, i dlatego wykonuje na ochotnika całą ciężką robotę. Bez słowa sprzeciwu będzie uganiał się za karetkami, szwendał po instytucjach federalnych i ukrywał w szpitalach na ostrym dyżurze, bo jest zadowolony z układu, który zapewnia mu pięćdziesiąt procent udziału w zyskach. Nigdzie nie miałby lepszych warunków.

Wystarczyłaby jedna sprawa, powtarza bez przerwy. W tym interesie słyszy się to przez cały czas. Jedna duża sprawa i można przejść na emeryturę. To jeden z powodów, dla którego adwokaci uciekają się do mało chwalebnych chwytów, jak kolorowe ogłoszenia w książkach telefonicznych i na billboardach, afisze w miejskich autobusach i nagabywanie przez telefon. Kładzie się uszy po sobie, nie zwraca uwagi na brudy, w których trzeba się grzebać, ignoruje złośliwe uśmieszki snobistycznych prawników z wielkich kancelarii, bo wystarczy tylko ta jedna. Jedna sprawa.

Deck jest zdeterminowany znaleźć taką dużą sprawę dla naszej małej firmy.

Gdy on przetrząsa Memphis, mnie udaje się zająć pracą. Wokół miasta jest pięć miasteczek włączonych w system administracyjny miasta. Każde z nich ma sąd miejski i każde rekrutuje młodych adwokatów do reprezentowania biednych jak myszy kościelne sprawców wykroczeń. Sędziowie i oskarżyciele są tam młodzi i pracują na część etatu, większość to absolwenci uniwersytetu stanowego w Memphis i pracują za niecałe pięćset dolarów miesięcznie. Prowadzą na przedmieściach praktyki i przez kilka godzin w tygodniu zajmują się sprawami kryminalnym w sądach. Spotykałem się z tymi ludźmi, uśmiechałem do nich i podawałem im rękę, przedstawiałem swoją sytuację i prosiłem o jakieś zajęcie w ich sądach, ale ze zmiennym szczęściem. Teraz jednak dostałem do obrony sześciu biedaków oskarżonych o najróżniejsze przestępstwa, począwszy od posiadania narkotyków przez drobne kradzieże po publiczną profanację. Za każdą sprawę dostanę maksymalnie sto dolarów, a wszystko powinno się zakończyć w ciągu dwóch miesięcy. Kiedy już spotkam się z tymi klientami, przedyskutuję z nimi przyznanie się do winy, zakończę negocjacje z prokuratorami i pojadę do sądu na przedmieścia na rozprawy, nad każdą z tych spraw spędzę co najmniej cztery godziny. To dwadzieścia pięć dolców za godzinę przed odliczeniem kosztów i podatkiem.

Ale przynajmniej mam co robić i coś zarabiam. Spotykam się z ludźmi, rozdaję wizytówki, proszę klientów, żeby polecali mnie znajomym, i mówię, że ja, Rudy Baylor, potrafię rozwiązać ich problemy z prawem. Choć wzdragam się na samą myśl o tym, jakie problemy z prawem mogą mieć ich przyjaciele. Bo w grę wchodzi tylko jeszcze większa bieda. Rozwód, bankructwo, kolejne przestępstwa. Oto życie adwokata.

Deck chce, żebyśmy się reklamowali, kiedy już będzie nas na to stać. Uważa, że powinniśmy specjalizować się w odszkodowaniach za uszkodzenia ciała i koniecznie pokazywać się z tym w kablówce, puszczać nasze spoty rano, żeby dotrzeć do prostych robotników, kiedy jedzą śniadanie przed wyjściem do pracy, zanim staną się ofiarami wypadków. Słucha też ostatnio w radiu czarnego rapu, nie dlatego, że podoba mu się ta muzyka, ale dlatego, że

338

ta stacja ma wysoką słuchalność i co zaskakujące, żaden prawnik jeszcze się w niej nie reklamował. Znalazł niszę. Rapujący adwokaci!

Boże, miej nas w opiece.

▲ ▲ ▲

Lubię kręcić się po kancelarii sądu okręgowego, flirtować z urzędniczkami, bo znam tam już wszystkie ścieżki. Akta sądowe są ogólnodostępne, ich indeks został niedawno wprowadzony do systemu komputerowego. Kiedy tylko wyczaiłem komputer, znalazłem kilka starych spraw prowadzonych przez Leo F. Drummonda. Najświeższa odbyła się półtora roku temu, najstarsza przed ośmioma laty. Żadna nie dotyczyła Great Benefit, niemniej we wszystkich bronił różnych firm ubezpieczeniowych. Wszystkie też trafiły na wokandę i wszystkie skończyły się werdyktami na korzyść jego klientów.

Przez ostatnie trzy tygodnie spędziłem sporo czasu na studiowaniu tych spraw, robieniu notatek, kserowaniu setek stron. Mając te materiały, przygotowałem długą i wyczerpującą listę pytań, jakie jedna strona zadaje drugiej, żeby odpowiedziała na nie na piśmie i pod przysięgą. Są niezliczone sposoby zdobywania informacji, ale okazało się, że ja wzoruję się na nim. Po swojemu przedarłem się przez wszystkie akta i sporządziłem pokaźny wykaz dokumentów, których mam zamiar domagać się od Great Benefit. W niektórych przypadkach przeciwnik Drummonda był całkiem dobry, w innych raczej żałosny. Niemniej Drummond zawsze nad nimi górował.

Czytam uważnie pisma procesowe, wnioski, uzasadnienia, ujawniane dokumenty i jego odpowiedzi na działania pełnomocnika powoda. Wieczorami w łóżku moją lekturą są jego zeznania pod przysięgą. Uczę się na pamięć jego żądań przedprocesowych. Czytam nawet jego listy do sądu.

▲ ▲ ▲

Po miesiącu subtelnych aluzji i delikatnego przekonywania w końcu udało mi się namówić Decka na krótką podróż do Atlanty. Spędził tam dwa dni na węszeniu. Przespał dwie noce w tanim motelu. To była podróż służbowa. Wrócił dzisiaj z wiadomościami, jakich się spodziewałem. Majątek pani Birdie to trochę powyżej czterdziestu dwóch tysięcy dolarów. Jej drugi mąż rzeczywiście odziedziczył pieniądze po bracie z Florydy, z którym nie utrzymywał kontaktów, ale jego udział w masie spadkowej wyniósł mniej niż milion dolarów. Zanim Anthony Murdine ożenił się z panią Birdie, miał dwie żony, które urodziły mu szóstkę dzieci. Dzieci, adwokaci i urząd skarbowy zagarnęli prawie cały spadek. Pani Birdie dostała czterdzieści tysięcy i z jakiegoś powodu ulokowała je w funduszu inwestycyjnym dużego banku w Georgii. Po pięciu latach ryzykownego inwestowania suma podstawowa zwiększyła się o jakieś dwa tysiące dolarów.

Tylko część akt sądowych została utajniona, więc Deck mógł w nich pogrzebać, poza tym wypytał wystarczająco wiele osób, żeby znaleźć to, czego szukaliśmy.

— Przepraszam — mówi po podsumowaniu swoich odkryć i podaje mi kserokopie orzeczeń sądowych.

Jestem rozczarowany, ale nie zaskoczony.

⋏ ⋏ ⋏

Donny Ray miał początkowo złożyć zeznanie w naszej nowej kancelarii, co przyprawiało mnie o ból głowy. Nie pracujemy z Deckiem w jakiejś norze, ale pokoje są małe i praktycznie puste. W oknach nie ma zasłon. Spłuczka muszli klozetowej w zagraconej łazience uruchamia się sama z siebie od czasu do czasu.

Nie wstydzę się tego miejsca, bo jest właściwie bardzo przytulne. Skromne pierwsze biuro rozpoczynającego karierę młodego prawniczego orła. Ale aż się prosi o szydercze uśmieszki chłopców od Trenta i Brenta. Są w końcu przyzwyczajeni do luksusów, a ja

340

nienawidzę samej myśli o tym, że będę musiał znosić ich pogardliwe spojrzenia, gdy wejdą do tego slumsu. Nie mamy nawet wystarczająco dużo krzeseł przy wąskim stole konferencyjnym. W piątek, w przeddzień przesłuchania, Dot mówi mi, że Donny Ray nie może wstać z łóżka i opuścić domu. Bardzo się przejął tym wydarzeniem i to go jeszcze bardziej osłabiło. Skoro Donny Ray nie może ruszyć się z domu, to tylko tam będzie mógł zeznawać. Dzwonię do Drummonda, ale słyszę, że nie mogę zmienić miejsca z mojego biura na dom klienta. Mówi, że zasady są, jakie są, i będę musiał odłożyć przesłuchanie, a potem formalnie ich o tym zawiadomić. Bardzo mu przykro z tego powodu. On rzecz jasna odkładałby wszystko aż do pogrzebu. Rozłączam się, a potem dzwonię do sędziego Kiplera. Kilka minut później sędzia Kipler telefonuje do Drummonda i po paru krótkich uwagach składanie zeznań zostaje przeniesione do domu Dot i Buddy'ego Blacków. To dziwne, ale Kipler chce być przy tym obecny. To rzeczywiście bardzo niezwykłe, ale pewnie ma swoje powody. Donny Ray jest śmiertelnie chory i może to być nasza ostatnia szansa na przesłuchanie go. Dlatego czas ma tu zasadnicze znaczenie. Bywa, że w trakcie przyjmowania zeznań między pełnomocnikami stron dochodzi do ostrych spięć. Często konieczne jest wtedy bieganie do telefonu i łapanie sędziego, który powinien rozstrzygnąć spór. Jeśli sędziego nie można nigdzie znaleźć, a różnicy zdań nie daje się zniwelować, wtedy przesłuchanie zostaje odwołane i wyznacza się nowy termin. Kipler myśli pewnie, że Drummond i spółka będą próbowali zakłócić procedurę, wszczynając bezpodstawne kłótnie, by potem wyjść z przesłuchania z naburmuszoną miną.

Jeżeli jednak Kipler będzie obecny, złożenie zeznań powinno przebiec bez zakłóceń. Rozsądzi sprzeciwy i będzie trzymał Drummonda w ryzach. Poza tym, jak twierdzi, to sobota, więc nie ma nic lepszego do roboty.

Myślę też, że trochę martwi się o moje zachowanie w trakcie pierwszego w życiu przesłuchania. I nie bez powodu.

W piątkową noc nie mogłem zasnąć, bo usiłowałem zaplanować, jak dokładnie mamy zorganizować przesłuchanie w domu Blacków. Ciemno tam, wilgotno, a oświetlenie jest straszne, co ma znaczenie o tyle, że zeznanie Donny'ego Raya będzie rejestrowane kamerą wideo. Sędziowie przysięgli muszą zobaczyć, jak tragiczny jest jego stan. W domu praktycznie nie ma wentylacji i temperatura sięga trzydziestu paru stopni. Trudno sobie wyobrazić jakiekolwiek miejsce w tej norze, gdzie pięciu lub sześciu adwokatów, sędzia, protokolantka sądowa, operator kamery i Donny Ray mogliby się zmieścić.

Śniły mi się koszmary, w których Dot dusiła nas kłębami niebieskawego dymu, a Buddy rzucał w okno pustymi butelkami po ginie z podwórza na tyłach. Przespałem niecałe trzy godziny.

Przyjeżdżam do Blacków godzinę przed przesłuchaniem. Dom wydaje mi się mniejszy niż zwykle, bardziej duszny. Donny Ray siedzi na łóżku, jest w lepszym stanie ducha, twierdzi, że podoła temu wyzwaniu. Wcześniej rozmawialiśmy o tym całymi godzinami, a przed tygodniem dałem mu szczegółową listę moich pytań i tych, których spodziewam się po Drummondzie. Donny Ray mówi, że jest gotowy, ale wyczuwam, że trochę się denerwuje. Dot parzy kawę i myje ściany. Ma ich przecież odwiedzić grupa adwokatów i sędzia. Donny Ray zdradza mi, że Dot sprzątała całą noc. Buddy przechodzi przez pokój, gdy przesuwam kanapę. On też szorował i skrobał. Ma na sobie białą koszulę idealnie wetkniętą w spodnie. Nawet nie umiem sobie wyobrazić, jak wyklinała i wrzeszczała Dot, żeby doprowadzić go do takiego stanu.

Moi klienci próbują jakoś wyglądać przed światem. Jestem z nich dumny.

Deck przyjeżdża ze sprzętem. Od jakiegoś przyjaciela pożyczył przestarzałą kamerę wideo. Jest co najmniej trzy razy większa od najnowszych modeli. Zapewnia mnie jednak, że działa bez zarzutu. Blacków widzi po raz pierwszy. Przypatrują mu się podejrzliwie, zwłaszcza Buddy, który został odesłany, by starł kurz ze stolika do kawy. Deck ogląda mieszkanie, salon i kuchnię, a potem zwierza mi się cicho, że po prostu nie ma tu wystarczająco dużo miejsca. Wnosi statyw do domu, przewraca stojak z gazetami i ściąga na siebie nieprzyjazne spojrzenie Buddy'ego.

Dom jest zagracony małymi stolikami, podnóżkami i innymi meblami z wczesnych lat sześćdziesiątych, wszędzie stoją tanie bibeloty i pamiątki z podróży. Z każdą minutą robi się goręcej.

Przyjeżdża sędzia Kipler, poznaje się ze wszystkimi i po mniej więcej minucie mówi:

— Rozejrzyjmy się na zewnątrz. — Wychodzi za mną kuchennymi drzwiami na niewielkie ceglane patio. Przy płocie w rogu naprzeciwko forda Buddy'ego rośnie dąb, zasadzony prawdopodobnie w czasie budowy domu. Daje przyjemny cień. Razem z Deckiem idziemy za sędzią przez świeżo skoszony, ale niezgrabiony, trawnik. Kipler spostrzega samochód z kotami leżącymi na masce z przodu.

— Czy temu miejscu czegoś brakuje? — pyta pod drzewem. Przy płocie rośnie tak gęsty żywopłot, że zasłania przyległą działkę. Pośrodku tych chaszczy rosną też cztery wysokie sosny. Zasłaniają słońce na wschodzie, sprawiając, że miejsce pod dębem wydaje się do zaakceptowania, przynajmniej w tej chwili. I jest tu dużo światła.

— Dla mnie wygląda dobrze — mówię, choć z mojego bardzo ubogiego doświadczenia wiem, że nikt nigdy nie zeznawał wcześniej pod gołym niebem. W myślach szybko zanoszę dziękczynne modły, że Tyron Kipler jest tu ze mną.

— Mamy dodatkowy przedłużacz? — pyta.

— Tak, przywiozłem — odpowiada Deck i od razu wędruje przez trawnik. — Ma trzydzieści metrów.

Cała działka to mniej niż dwadzieścia cztery metry szerokości i może trzydzieści metrów długości. Podwórze od frontu jest większe niż to na tyłach, więc patio nie jest daleko. Podobnie jak zdezelowany ford. Prawdę mówiąc, stoi na widoku, całkiem blisko. Pazur, kot podwórzowy, siedzi majestatycznie na dachu i przygląda nam się nieufnie.

— Przynieśmy kilka krzeseł — mówi Kipler, przejmując dowodzenie. Podwija rękawy. Dot, sędzia i ja przynosimy cztery krzesła z kuchni, podczas gdy Deck szarpie się z przedłużaczem i sprzętem. Buddy gdzieś zniknął. Dot pozwala nam wziąć meble z patio, a potem znajduje w szopie trzy poplamione i zapleśniałe leżaki.

Po kilku minutach noszenia i przestawiania obaj z Kiplerem jesteśmy mokrzy od potu. I zwracamy na siebie uwagę. Ni stąd, ni zowąd pojawiło się kilku sąsiadów i przyglądają nam się z zaciekawieniem. Czarny mężczyzna w dżinsach targa krzesła pod dąb Blacków? Dziwny kurdupel o wielkiej głowie walczy z kablem, który udało mu się oplątać wokół kostek u nóg? Co tu się dzieje?

Kilka minut przed dziewiątą zjawiają się dwie protokolantki i na nieszczęście to Buddy otwiera im drzwi. Niewiele brakuje, aby odeszły, gdyby nie Dot, która śpieszy im na ratunek, a potem prowadzi przez dom na podwórze. Dobrze się składa, że włożyły spodnie, a nie spódnice. Zaczynają rozmawiać z Deckiem o sprzęcie i podłączeniu do prądu.

Dokładnie o dziewiątej przyjeżdża Drummond ze swoją drużyną. Ani minuty wcześniej. Przywiózł ze sobą tylko dwóch adwokatów, B. Deweya Claya Hilla III i Brandona Fullera Grone'a. Są ubrani jak bliźniacy: granatowe blezery, białe bawełniane koszule, spodnie khaki i mokasyny. Różnią się tylko krawatami. Drummond jest w ogóle bez krawata.

Odszukują nas na podwórzu z tyłu domu i wydają się oszołomieni otoczeniem. Do tego czasu ja, Kipler i Deck zgrzaliśmy się i spociliśmy, i guzik nas obchodzi, co sobie pomyślą.

— Tylko trzech? — pytam, licząc zespół obrony, ale wcale ich tym nie rozbawiłem.

— Panowie usiądziecie tutaj — mówi sędzia, wskazując trzy kuchenne krzesła. — Uważajcie na kable. — Deck porozkładał kable i przewody wokół drzewa, a Grone wydaje się szczególnie nieufny wobec urządzeń elektrycznych.

Dot i ja pomagamy Donny'emu wstać z łóżka i przejść przez dom na podwórko. Jest bardzo słaby, ale dzielnie usiłuje iść sam. Kiedy zbliżamy się do dębu, przyglądam się uważnie Leo F. Drummondowi, bo widzi Donny'ego Raya po raz pierwszy. Jego samozadowolenie pozostaje niezmącone. Mam ochotę wyrwać się z czymś takim, jak: „Dobrze mu się przyjrzyj, Drummond. Zobacz robotę swojego klienta". Ale to nie wina Drummonda. Decyzja o odrzuceniu roszczeń została podjęta przez osobę z Great Benefit, której tożsamości nadal nie udało się ustalić, na długo zanim Drummond wiedział o czymkolwiek. Tyle że teraz jest blisko i dzięki temu mam na kim skupić nienawiść.

Sadzamy Donny'ego Raya na patio na bujanym fotelu wyłożonym poduszkami. Dot strzepuje je, przesuwa, poklepuje, nie śpieszy się, bo chce mieć pewność, że będzie mu wygodnie. Chłopak z trudem oddycha, twarz ma mokrą od potu. Wygląda gorzej niż zwykle.

Spokojnie przedstawiam go wszystkim uczestnikom naszego spotkania: sędziemu Kiplerowi, obu protokolantkom, Deckowi, Drummondowi i pozostałym dwóm adwokatom od Trenta i Brenta. Jest zbyt słaby, żeby wymieniać uścisk dłoni, dlatego tylko kiwa głową i bardzo się stara uśmiechać.

Umieszczamy kamerę dokładnie naprzeciwko jego twarzy. Obiektyw znajduje się nie dalej niż metr dwadzieścia od niego. Deck próbuje ustawić ostrość. Jedna z protokolantek jest licencjonowanym operatorem kamery i stara się usunąć go z drogi. Na nagraniu będzie widać wyłącznie Donny'ego Raya. Nagrają się oczywiście głosy innych osób spoza planu, ale sędziowie przysięgli zobaczą tylko jego twarz.

Kipler wskazuje mi miejsce po prawej stronie Donny'ego Raya, Drummondowi po lewej. Sam siada obok mnie. Robimy, co każe, przesuwając krzesła do świadka. Dot stoi niecały metr za kamerą i obserwuje każdy ruch syna.

Sąsiedzi wyłażą ze skóry z ciekawości i opierają się o płot nie dalej niż sześć metrów od nas. Z głośno nastawionego radia gdzieś przy ulicy drze się Conway Twitty, ale jak na razie nikogo to nie rozprasza. Jest sobotni ranek i warkot odległych kosiarek do trawy i przycinarek do żywopłotów niesie się echem po okolicy.

Donny Ray wypija łyk wody i stara się nie zwracać uwagi na czterech adwokatów i sędziego, którzy nie spuszczają z niego wzroku. Cel tego przesłuchania jest oczywisty: ława przysięgłych musi usłyszeć jego słowa, bo kiedy zacznie się proces, on nie będzie już żył. Powinien wzbudzać współczucie. Nie tak wiele lat temu zeznawałby w normalny sposób. Protokolantka sądowa zapisywałaby pytania i odpowiedzi, przepisała ładnie na maszynie i na procesie przeczytalibyśmy to przysięgłym. Ale technika poszła do przodu. Dzisiaj bardzo wiele zeznań, zwłaszcza w przypadku umierających świadków, jest nagrywanych na wideo i odtwarzanych sędziom. To również zostanie zapisane na maszynie stenogramującej w standardowej procedurze, zgodnie z sugestią Kiplera. Dzięki temu strony i sędziowie będą mogli szybko coś sprawdzić bez konieczności oglądania całej taśmy.

Koszt takiego przesłuchania bywa różny i zależy od jego długości. Protokolantkom sądowym płaci się od strony, dlatego Deck poradził mi, żebym się streszczał, zadając pytania. To nasze przesłuchanie i my musimy za nie zapłacić. Jego zdaniem wszystko powinno zamknąć się w sumie około czterystu dolarów. Pozywanie jest drogie.

Kipler pyta Donny'ego Raya, czy możemy zaczynać, a potem wydaje polecenie protokolantce, żeby zaprzysięgła chłopaka. Donny Ray przysięga mówić prawdę. Ponieważ to mój świadek i celem przesłuchania jest zebranie materiału dowodowego, a nie wyciągnięcie od niego informacji metodą podstępnych pytań, muszę stosować się do reguł postępowania dowodowego. Jestem bardzo stremowany, ale obecność Kiplera dodaje mi otuchy.

Pytam Donny'ego Raya o imię i nazwisko, adres, datę urodzenia, kilka rzeczy dotyczących rodziców i rodziny. Podstawowe sprawy, łatwe dla niego i dla mnie. Odpowiada powoli i do kamery, dokładnie tak, jak go poinstruowałem. Zna wszystkie pytania, które mu zadam, i większość tych, z którymi wyjedzie Drummond. W tle ma pień dębu, który tworzy ładną scenografię. Od czasu do czasu wyciera czoło chusteczką i ignoruje zaciekawione spojrzenia naszej niewielkiej grupy.

Choć nie prosiłem go, żeby zachowywał się jak chory człowiek, on najwyraźniej stara się o taki efekt. A może Donny'emu Rayowi zostało już tylko parę dni życia?

Naprzeciwko mnie, bardzo blisko, Drummond, Grone i Hill trzymają na kolanach notesy i usiłują notować każde słowo wypowiedziane przez Donny'ego Raya. Zastanawiam się, jaki rachunek wystawią za udział w przesłuchaniu w sobotę. Nie minęło dużo czasu, a granatowe blezery zostały zdjęte, krawaty poluzowane.

W trakcie długiej pauzy nagle trzasnęły kuchenne drzwi i na patio, głośno tupiąc, wyszedł Buddy. Przebrał się i teraz ma na sobie dobrze mi znany czerwony pulower z ciemnymi plamami i niesie złowieszczo wyglądającą papierową torbę. Usiłuję skupić uwagę na moim świadku, ale kątem oka obserwuję, jak Buddy idzie przez trawnik, przyglądając nam się podejrzliwie. Bardzo dobrze wiem, dokąd zmierza.

Drzwi forda od strony kierowcy zostają otwarte, Buddy gramoli się na fotel, koty wyskakują przez wszystkie okna. Twarz Dot tężeje, posyła mi nerwowe spojrzenie. Szybko kręcę głową, jakbym chciał powiedzieć: „Zostaw go w spokoju. Jest niegroźny". Widzę, że ma ochotę go zamordować.

Rozmawiamy z Donnym Rayem o jego wykształceniu, pracy zawodowej, o tym, że nigdy nie wyprowadził się z domu, nie zarejestrował jako wyborca i nigdy nie miał kłopotów z prawem. Nie jest to takie trudne, jak wyobrażałem sobie poprzedniej nocy, kiedy bujałem się w hamaku. Zachowuję się jak prawdziwy adwokat.

Zadaję Donny'emu Rayowi serię pytań, które dobrze prze-ćwiczyliśmy, o chorobę i leczenie, na które nie było ich stać. Staram się być bardzo ostrożny, bo chłopak nie może powtórzyć niczego, co powiedział mu lekarz, ani spekulować czy wygłaszać opinii. To byłyby domysły. Mam nadzieję, że na procesie będą inni świadkowie, którzy zabiorą głos w tych sprawach. Drummondowi zaświeciły się oczy. Chłonie każde słowo, analizuje je szybko i czeka na następne. Zachowuje niewzruszony spokój.

Wytrzymałość Donny'ego Raya zarówno psychiczna, jak i fizyczna ma granice i jest też pytanie, ile z tego sędziowie przysięgli będą chcieli obejrzeć. Kończę w dwadzieścia minut bez ani jednego sprzeciwu drugiej strony. Deck puszcza do mnie oko, jest w tym pełna aprobata dla moich poczynań.

Leo Drummond przedstawia się do protokołu i wyjaśnia Donny'emu Rayowi, kogo reprezentuje. Mówi, że bardzo mu przykro z powodu tej wizyty. Nie zwraca się do chłopca, a raczej do sędziego. Głos ma urokliwy i protekcjonalny, to człowiek, który potrafi szczerze współczuć.

Tylko kilka pytań. Delikatnie porusza kwestię, czy Donny Ray kiedykolwiek opuścił dom, nawet na tydzień lub miesiąc, żeby mieszkać gdzieś indziej. Ponieważ Donny Ray ma już skończone osiemnaście lat, bardzo chciałby ustalić, że się wyprowadził, i dlatego polisa wykupiona przez rodziców go nie obejmuje.

Donny Ray odpowiada uprzejmie, słabym głosem:

— Nie, proszę pana.

Drummond przez chwilę zajmuje się innym tematem. Czy Donny Ray wykupił kiedykolwiek dla siebie inną polisę na ubezpieczenie kosztów leczenia? Czy kiedykolwiek pracował w firmie, która zapewniała ubezpieczenie zdrowotne? Na kilka dalszych pytań w tej sprawie cicha odpowiedź brzmi:

— Nie, proszę pana.

Choć sceneria jest trochę dziwna, Drummond zna tę procedurę na wylot. Przyjmował prawdopodobnie tysiące zeznań i wie, że musi bardzo uważać. Sędziowie przysięgli będą mieli mu za złe jakiekolwiek brutalne potraktowanie tego młodego człowieka. W rzeczywistości to cudowna okazja dla Drummonda na zdobycie paru punktów u przysięgłych, pokazanie im prawdziwego współczucia dla biednego chłopca. Poza tym wie, że usłyszy od tego świadka niewiele niepodważalnych informacji, po co więc go męczyć?

Drummond próbuje swoich sił przez niecałe dziesięć minut. Ja zaś nie mam następnych pytań, które wynikałyby z przepytywania Donny'ego Raya. Zeznanie dobiegło końca. Dot szybko wyciera twarz syna wilgotnym ręcznikiem. Chłopak patrzy na mnie, szukając aprobaty, więc pokazuję mu uniesiony kciuk. Adwokaci obrony w ciszy biorą blezery i teczki. Wymyślają jakąś wymówkę. Nie mogą się doczekać chwili, gdy stąd wyjdą. Podobnie jak ja.

Sędzia Kipler zaczyna wnosić krzesła do domu i spogląda na Buddy'ego, gdy mija forda. Pazur przycupnęła pośrodku maski, gotowa do ataku. Mam nadzieję, że nie poleje się krew. Dot i ja pomagamy Donny'emu Rayowi wrócić do łóżka. Kiedy wchodzimy do domu, patrzę w lewo. Deck obrabia tłumek przy płocie i rozdaje moje wizytówki. Nie marnuje czasu.

Rozdział 29

Kiedy otwieram drzwi do mieszkania, widzę jakąś kobietę stojącą na środku pokoju z gazetą w ręku. Aż podskakuje i na mój widok upuszcza gazetę. Otwiera usta.

— Kim pan jest? — niemal krzyczy.

Nie wygląda na przestępczynię.

— Mieszkam tu. A kim pani jest, do diabła?

— Och, Boże jedyny. — Oddycha głośno i łapie się za serce.

— Co pani tu robi? — pytam naprawdę zły.

— Jestem żoną Delberta.

— A kim, do cholery, jest Delbert? I jak się pani tu dostała?

— A kim pan jest?

— Nazywam się Rudy. Mieszkam tu. To prywatne mieszkanie.

Omiata szybko wzrokiem cały pokój, jakby chciała powiedzieć: „A tak, rzeczywiście".

— Birdie dała mi klucz i powiedziała, że mogę się tu rozejrzeć.

— Nie dała!

— Właśnie że dała! — Wyciąga klucz z kieszeni obcisłych szortów i macha nim przede mną. Zamykam oczy i zamierzam udusić panią Birdie. — Nazywam się Vera. Jestem z Florydy. Wpadłam do Birdie na kilka dni z wizytą.

Teraz sobie przypominam. Delbert jest najmłodszym synem pani Birdie, tym, którego nie widziała od trzech lat, który do niej nie dzwoni i nie pisze. Nie pamiętam, czy pani Birdie nazywała Verę wywłoką, ale to określenie na pewno bardzo by do niej pasowało. Ma około pięćdziesiątki i brązową spieczoną skórę prawdziwej wielbicielki słońca z Florydy. Pomarańczowe usta jaśnieją pośrodku wąskiej twarzy miedzianego koloru. Nosi obcisłe szorty, odsłaniające fatalnie pomarszczone, ale cudownie opalone patykowate nogi. I paskudne żółte sandały.

— Nie ma pani prawa tu być — mówię, starając się uspokoić.

— O co tyle szumu? — Przechodzi obok mnie. Czuję zapach tanich perfum z silną nutą kokosa. — Birdie chce pana widzieć — mówi, wychodząc. Słucham, jak jej sandały kłapią na schodach.

Pani Birdie siedzi na kanapie z rękami skrzyżowanymi na piersi i ogląda kolejny idiotyczny serial, nie zwracając uwagi na resztę świata. Vera grzebie w lodówce. Przy kuchennym stole widzę kolejne brązowe stworzenie, wielkiego mężczyznę z trwałą na włosach, które są fatalnie ufarbowane i siwieją. Ma też baki godne Elvisa. Okulary w złotych oprawkach. Złote bransoletki na obu nadgarstkach. Prawdziwy alfons.

— Ty pewnie jesteś tym adwokatem — mówi, kiedy zamykam za sobą drzwi. Na stole przed nim leżą jakieś papiery, które przegląda.

— Nazywam się Rudy Baylor — odpowiadam, stając przy drugim końcu stołu.

— A ja Delbert Birdsong. Najmłodszy Birdie. — Ma pod sześćdziesiątkę, ale rozpaczliwie stara się wyglądać na czterdziestolatka.

— Miło poznać.

— Tak, prawdziwa przyjemność. — Macha ręką w stronę krzesła. — Niech pan siada.

— Po co? — pytam. Ci ludzie są tu od wielu godzin. W kuchni

i przyległym pokoju panuje atmosfera konfliktu. Widzę tył głowy pani Birdie. Nie umiem powiedzieć, czy słucha nas, czy telewizji. Telewizor nie jest nastawiony głośno.

— Staram się być miły — mówi Delbert, jakby był właścicielem tego miejsca.

Vera nie może niczego znaleźć w lodówce, dlatego postanawia do nas dołączyć.

— Wrzeszczał na mnie — skarży się Delbertowi nadąsana. — Kazał mi wyjść z mieszkania. Zachowywał się bardzo nieuprzejmie.

— Naprawdę tak było? — pyta Delbert.

— Tak było jak cholera. Ja tam mieszkam i proszę, żebyście oboje trzymali się z daleka. To prywatna posesja.

Delbert odrzuca do tyłu ramiona. Ten facet ma na swoim koncie wiele bójek w barach.

— Należy do mojej matki — mówi.

— A tak się składa, że ona mi je wynajęła. Co miesiąc płacę czynsz.

— Ile?

— To nie pańska sprawa. Pańskiego nazwiska nie ma na akcie własności tego domu.

— Powiedziałbym, że jest warte czterysta, może pięćset dolarów miesięcznie.

— I dobrze. Ma pan jeszcze jakieś opinie?

— I owszem. Jesteś naprawdę wygadanym dupkiem.

— Super. Coś jeszcze? Pańska żona powiedziała, że pani Birdie chce, żebym do niej przyszedł — mówię tak głośno, żeby pani Birdie mnie usłyszała, ale ona trwa nieruchomo na miejscu.

Vera siada na krześle i przysuwa je blisko Delberta. Patrzą na siebie znacząco. Delbert bierze jedną z kartek. Poprawia okulary, spogląda na mnie i mówi:

— Grzebał pan przy testamencie mamy?

— To sprawa między mną i panią Birdie. — Ledwo widzę kartkę leżącą na wierzchu. Rozpoznaję ją jednak jako jej testament, najświeższą wersję, jak myślę, przygotowaną przez jej ostatniego prawnika. Sytuacja jest okropnie niezręczna, bo przecież pani Birdie cały czas twierdziła, że żaden z jej synów, ani Delbert, ani Randolph, nic nie wie o jej pieniądzach. Niemniej z testamentu jasno wynika, że starsza pani dysponuje sumą mniej więcej dwudziestu milionów dolarów. Teraz Delbert o tym wie. Czyta ten testament od kilku godzin. O ile dobrze pamiętam, w paragrafie trzecim matka daje mu dwa miliony.

Jeszcze bardziej niepokojący jest fakt, w jaki sposób ten dokument znalazł się w rękach Delberta. Pani Birdie na pewno nie dałaby mu go z własnej woli.

— Prawdziwy cwaniaczek — prycha Delbert. — Nic dziwnego, że ludzie nienawidzą prawników. Przyjeżdżam, żeby sprawdzić, jak mama się czuje i, cholera jasna, okazuje się, że mieszka u niej jakiś adwokat. Czy to by pana nie zaniepokoiło?

Prawdopodobnie.

— Mieszkam nad garażem. Mam osobne wejście zamykane na klucz. Jeśli wejdziecie tam państwo jeszcze raz, wezwę policję.

Robi mi się gorąco, bo przypominam sobie, że egzemplarz testamentu pani Birdie trzymam w teczce pod łóżkiem. Ale tam pewnie by go nie znaleźli. Nagle zbiera mi się na wymioty i ledwo stoję na nogach, bo uświadamiam sobie, że to przez moją nieostrożność, a nie pani Birdie, jej prywatne sprawy zostały ujawnione.

Nic dziwnego, że mnie ignoruje.

Nie mam pojęcia, co było napisane w jej poprzednich testamentach, więc nie potrafię się domyślić, czy Delbert i Vera podniecają się wizją zostania milionerami, czy też są wściekli, bo nie dostaną więcej. A nie ma takiego sposobu na niebie i ziemi, który zmusiłbym mnie do powiedzenia im prawdy. I, mówiąc szczerze, nie chcę tego robić.

Delbert znów prycha, słysząc moją groźbę wezwania policji.

— Spytam jeszcze raz — mówi, z kiepskim skutkiem próbując naśladować Brando z *Ojca chrzestnego* — napisałeś nowy testament mojej matki?

— Jest pańską matką. Niech ją pan o to zapyta.

— Ona nie powie ani słowa — włącza się Vera.

— To dobrze. Ja też nic nie powiem. To poufne.

Delbert nie do końca to pojmuje, a brak mu rozumu, żeby zaatakować z innej strony. Z tego, co wie, może złamać prawo.

— Mam nadzieję, że nie wtrącasz się do tego, chłopcze — mówi z wściekłością.

Jestem gotów wyjść.

— Pani Birdie! — wołam. Przez sekundę nawet nie drgnie, ale potem unosi wolno pilota i podkręca głośność telewizora.

Dla mnie sprawa jest jasna. Wskazuję palcem Delberta i Verę.

— Jeśli znowu zbliżycie się do mojego mieszkania, zadzwonię po policję. Rozumiecie?

Delbert zmusza się do śmiechu, a za chwilę Vera chichocze mu do wtóru. Trzaskam drzwiami.

Nie umiem powiedzieć, czy ktoś grzebał w moich papierach pod łóżkiem. Ostatnia wola pani Birdie jest na swoim miejscu, tak jak ją zostawiłem, przynajmniej takie mam wrażenie. Minęło kilka tygodni, od kiedy miałem ją w ręku. Wszystko wydaje się w najlepszym porządku.

Zamykam drzwi na klucz i podstawiam pod klamkę krzesło.

▲　▲　▲

Nabrałem nawyku przychodzenia do firmy stosunkowo wcześnie, około wpół do ósmej, nie dlatego, że jestem zawalony robotą, i nie dlatego, że całymi dniami muszę przesiadywać w sądzie i na umówionych spotkaniach, ale dlatego, że sprawia mi przyjemność wypicie kawy w samotności i ciszy. Codziennie spędzam co najmniej godzinę na porządkowaniu i planowaniu sprawy Blacków. Deck i ja staramy się unikać wzajemnie w kancelarii, choć czasem nie jest to łatwe. Telefon zaczyna dzwonić coraz częściej.

Lubię spokój panujący w tym miejscu, zanim zacznie się dzień. W poniedziałek Deck zjawia się późno, prawie o dziesiątej.

Gadamy przez kilka minut. Chce wyjść na wcześniejszy lunch, mówi, że to ważne.

Wychodzimy więc o jedenastej i idziemy dwie przecznice dalej do wegetariańskiej knajpki z małą salą na tyłach. Zamawiamy bezmięsne pizze i herbatę z kwiatem pomarańczy. Deck jest bardzo zdenerwowany, twarz mu się wykrzywia częściej niż zwykle, trzęsie głową przy byle dźwięku.

— Muszę ci coś powiedzieć — odzywa się prawie niesłyszalnym szeptem.

Siedzimy w loży. Przy sześciu pozostałych stolikach nie ma żywej duszy.

— Jesteśmy bezpieczni, Deck — mówię, starając się dodać mu otuchy. — O co chodzi?

— W sobotę wyjechałem z miasta tuż po przesłuchaniu. Poleciałem do Dallas, potem do Las Vegas, zatrzymałem się w hotelu Pacific Hotel.

No nieźle. Znowu poszedł w tango, pije i gra w kasynach. Jest stracony.

— Wstałem wczoraj rano, pogadałem z Bruiserem przez telefon i to on kazał mi wyjechać z Vegas. Powiedział, że federalni mnie śledzą od Memphis i że powinienem znikać. Powiedział, żeby ci przekazać, że federalni obserwują każdy twój ruch, bo jesteś jedynym prawnikiem, który pracował dla nich obu, dla Bruisera i Prince'a.

Upijam spory łyk herbaty, bo zaschło mi w gardle.

— Wiesz gdzie jest... Bruiser? — pytam głośniej, niż zamierzałem, ale i tak nikt nas nie słucha.

— Nie, nie wiem — odpowiada Deck, omiatając salę spojrzeniem.

— Zatem pewnie jest w Vegas?

— Bardzo wątpię. Pewnie wysłał mnie do Vegas, żeby federalni myśleli, że tam właśnie jest. To miejsce wydaje się bardzo prawdopodobne dla Bruisera, dlatego tam nie pojechał.

Nie mogę skupić wzroku, a moje myśli nie chcą przestać się

kotłować. Mam dziesiątki pytań, ale nie potrafię znaleźć na nie
odpowiedzi. Jest wiele rzeczy, które chciałbym wiedzieć, ale
o wielu z nich nie powinienem nawet słyszeć. Przez chwilę
wpatrujemy się w siebie nawzajem.

Naprawdę wydawało mi się, że Bruiser i Prince są w Singapurze
albo w Australii i nikt nigdy więcej o nich nie usłyszy.

— Po co się z tobą skontaktował? — pytam ostrożnie.

Deck zagryza usta, jakby za chwilę miał się rozpłakać. Widać
dolne krawędzie czterech bobrowych zębów. Drapie się po głowie,
a minuty mijają. Z drugiej strony czas jakby się zatrzymał.

— No cóż — mówi chyba jeszcze ciszej — mam wrażenie,
że zostawili tu jakieś pieniądze. I teraz chcą je odzyskać.

— Oni?

— Chyba nadal trzymają się razem, jak myślisz?

— Na to wygląda. I co masz dla nich zrobić?

— Nie rozmawialiśmy o szczegółach. Ale brzmiało to tak,
jakby chcieli, żebyśmy to my pomogli im wydostać te pieniądze.

— My?

— Aha.

— Ty i ja?

— Tak.

— Ile tych pieniędzy jest?

— Tego się nie dowiedziałem, ale chyba cała fura, bo inaczej
nie zawracaliby sobie nimi głowy.

— I gdzie one są?

— Nie podał szczegółów. Powiedział tylko, że to gotówka
i jest gdzieś zamknięta.

— I chce, żebyśmy ją wydostali?

— No właśnie. Dlatego uważam, że wygląda to mniej więcej
następująco: pieniądze są ukryte gdzieś w mieście, prawdopodobnie blisko nas. Skoro federalni ich nie znaleźli, to pewnie już
nigdy nie znajdą. Bruiser i Prince ufają tobie i mnie, poza tym
działamy teraz w zasadzie legalnie, no wiesz, kancelaria prawnicza,
a nie jak para ulicznych złodziejaszków, którzy ukradną te

356

pieniądze w chwili, gdy je zobaczą. Pewnie myślą, że możemy załadować forsę na ciężarówkę, zawieźć ją im i wszyscy będą szczęśliwi.

Nie sposób domyślić się, ile z tego to wytwory wyobraźni Decka, a ile powiedział mu Bruiser. Ale nie chcę tego wiedzieć. Niemniej jestem zwyczajnie ciekawy.

— A co dostaniemy za fatygę?

— Aż tak daleko nasza rozmowa nie zaszła. Ale na pewno mnóstwo. Moglibyśmy wziąć zapłatę z góry.

Deck zdążył już wszystko obmyślić.

— Nie ma mowy, Deck. Zapomnij o sprawie.

— Tak, wiem — mówi ze smutkiem, wycofując się po pierwszej próbie.

— To zbyt ryzykowne.

— Wiem.

— W tej chwili to brzmi świetnie, ale moglibyśmy za to trafić do więzienia.

— Pewnie, pewnie, ale musiałem ci o tym powiedzieć, no wiesz. — Macha ręką, jakby w ogóle nie śmiał brać takiej możliwości pod uwagę.

Zjawia się przed nami talerz z chipsami kukurydzianymi i hummusem. Czekamy, aż kelner odejdzie.

Wcześniej myślałem o tym, że jestem jedyną osobą, która pracowała dla obu uciekinierów, ale szczerze mówiąc, nawet w snach nie wpadłbym na to, że federalni mnie śledzą. Straciłem apetyt. Najcichszy dźwięk powoduje, że podrywam się z miejsca.

Obaj zamyślamy się i wpatrujemy w różne rzeczy na stoliku. Nie rozmawiamy aż do chwili, gdy kelner przynosi pizzę, a i potem jemy w milczeniu. Chciałbym poznać szczegóły. Jak Bruiser skontaktował się z Deckiem? Kto zapłacił za jego lot do Vegas? Czy to był pierwszy raz, kiedy rozmawiał z Bruiserem od chwili jego zniknięcia? Czy będzie ostatni? Dlaczego Bruiser nadal zaprząta sobie mną głowę?

Z tego galimatiasu wyłoniły się dwie myśli. Pierwsza: jeśli

Bruiser miał pomoc, dzięki której śledził ruchy Decka do Las Vegas i dowiedział się, że przez całą drogę federalni siedzieli mu na ogonie, to na pewno byłby w stanie wynająć ludzi, którzy przywieźliby mu pieniądze z Memphis. Z jakiego powodu brał nas pod uwagę? Bo guzik go obchodzi, czy zostaniemy złapani, oto powód. Po drugie: federalni jeszcze ze mną nie rozmawiali, bo nie chcą mnie spłoszyć. O wiele prościej jest mieć mnie na oku, gdy ja w ogóle się nimi nie przejmuję.

Jeszcze jedna myśl. Mój niski kumpel siedzący po drugiej stronie stolika chce bez wątpienia bardzo poważnie porozmawiać o tych pieniądzach. Deck wie więcej, niż mi powiedział, i zaczął to spotkanie zgodnie z przygotowanym planem.

Nie jestem na tyle głupi, by uwierzyć, że naprawdę z nich zrezygnował.

▲ ▲ ▲

Codzienna poczta jest wydarzeniem, którego zaczynam się bać. Deck odbiera ją zwykle po lunchu i przynosi do kancelarii. Jest wśród niej duża gruba szara koperta nadana przez poczciwców od Tinleya Britta, a ja wstrzymuję oddech, gdy ją rozdzieram. To prośba o pisemne ustosunkowanie się do serii pytań, potem jest prośba o przekazanie wszystkich dokumentów znanych powodowi lub jego prawnikowi i lista potwierdzonych faktów, do których muszę się ustosunkować. Ta lista to sprytne posunięcie, zmuszające stronę przeciwną do potwierdzenia określonych faktów lub zaprzeczenia im w ciągu trzydziestu dni na piśmie. Jeśli teraz czemuś nie zaprzeczę, to już na zawsze wejdzie w skład materiału dowodowego i nie można będzie tego zmienić. W przesyłce jest również wiadomość, że Dot i Buddy powinni złożyć zeznania za dwa tygodnie w mojej kancelarii. O ile wiem, zazwyczaj adwokaci stron rozmawiają o tym przez telefon i razem uzgadniają datę, godzinę i miejsce przesłuchania. Należy to do dobrych obyczajów, zajmuje pięć minut i sprawia, że sprawa toczy się znacznie prościej. Najwyraźniej Drummond zapomniał o dobrych obyczajach albo zdecydował się iść po trupach. Jakkolwiek było, jestem zdeterminowany zmienić tę datę i miejsce. Termin nawet mi pasuje, ale chodzi o zasady.

Znamienne jest to, że w kopercie nie ma żadnego wniosku! Poczekam zatem do jutra.

Na pisemne pytania trzeba odpowiedzieć w ciągu miesiąca i może to być robione równocześnie przez obie strony. Moja lista jest już prawie gotowa, a przesyłka od Drummonda mobilizuje mnie jeszcze bardziej do działania. Postanowiłem udowodnić temu ważniakowi, że umiem prowadzić wojnę na dokumenty. Albo zrobię na nim wrażenie, albo wreszcie zrozumie, że rywalizuje z adwokatem, który nie ma nic innego do roboty.

▲ ▲ ▲

Kiedy wjeżdżam cicho na podjazd, jest prawie ciemno. Obok cadillaca pani Birdie stoją dwa nieznane mi samochody, lśniące pontiaki z nalepkami Avisu na zderzakach. Kiedy obchodzę na palcach dom, słyszę głosy, ale mam nadzieję, że dotrę do siebie, nie zwracając niczyjej uwagi.

Zostałem do późna w kancelarii przede wszystkim dlatego, że chciałem uniknąć ponownego spotkania z Delbertem i Verą. Szczęście jednak mi nie dopisuje. Siedzą na patio z panią Birdie i piją herbatę. Jest z nimi ktoś jeszcze.

— A oto i on — mówi Delbert głośno, gdy mnie spostrzega. Przystaję i patrzę w stronę patio. — Chodź tutaj, Rudy. — To bardziej rozkaz niż zaproszenie.

Podnosi się wolno, gdy podchodzę, a nieznany mężczyzna też wstaje z miejsca. Delbert wskazuje nowego faceta.

— Rudy, to mój brat Randolph.

Wymieniamy z Randolphem uścisk dłoni.

— Moja żona June. — Pokazuje następną spaloną słońcem podstarzałą lafiryndę, w rodzaju Very, ale o tlenionych włosach. Kiwam jej głową. Ona posyła mi spojrzenie, które stopiłoby lód.

— Dobry wieczór, pani Birdie — odzywam się grzecznie.

— Cześć, Rudy — odpowiada ciepło. Siedzi na wiklinowej kanapie z Delbertem.

— Dołącz do nas — prosi Randolph, wskazując puste krzesło.

— Nie, dzięki — odpowiadam. — Muszę iść do siebie i sprawdzić, czy nikt nie grzebał w moich rzeczach. — Gdy to mówię, patrzę na Verę, która siedzi za kanapą, izolując się trochę od reszty, prawdopodobnie dlatego, że chce być jak najdalej od June.

June ma od czterdziestu do czterdziestu pięciu lat. Jej mąż, jak sobie przypominam, ma prawie sześćdziesiątkę. Teraz już wiem na pewno, że to ją pani Birdie nazwała wywłoką. To trzecia żona Randolpha, która bez przerwy pyta o pieniądze.

— Nie byliśmy w twoim mieszkaniu — zapewnia Delbert.

W odróżnieniu od szmirowatego brata Randolph starzeje się z godnością. Nie jest gruby, nie ma trwałej, nie farbuje włosów ani nie obwiesza się złotem. Ma na sobie koszulkę polo, bermudy, białe skarpetki i białe tenisówki. I jak wszyscy pozostali jest opalony. Bez trudu uchodziłby za emerytowanego dyrektora jakiejś korporacji, w komplecie z plastikową żoneczką.

— Jak długo masz zamiar tu mieszkać, Rudy? — pyta.

— A co, mam się wyprowadzić?

— Nie powiedziałem, że masz się wyprowadzać. Jestem po prostu ciekawy. Matka mówi, że nie ma umowy wynajmu, więc po prostu pytam.

— A dlaczego pytasz? — Atmosfera zmienia się bardzo szybko. Jeszcze wczoraj wieczorem pani Birdie nie wspominała słowem o umowie.

— Bo od tej pory będę pomagał mamie w jej sprawach. Czynsz jest bardzo niski.

— Naprawdę bardzo niski — dodaje June.

— Nie narzekała pani, prawda? — pytam panią Birdie.

— No, nie — mówi wymijająco, jakby zamierzała narzekać, ale nie znajdowała na to czasu.

Mógłbym powiedzieć o rozrzucaniu podściółki, malowaniu, pieleniu, ale postanowiłem, że nie będę się kłócił z tymi głupkami.

— Zatem, skoro właścicielka jest zadowolona, nie ma się czym przejmować, prawda? — odpowiadam.

— Nie chcemy, żeby ktoś wykorzystywał mamę — wtrąca się Delbert.

— Daj spokój, Delbert — prycha Randolph.

— Kto niby ją wykorzystuje? — pytam.

— Cóż, nikt, ale...

— On chciał przez to powiedzieć — wchodzi mu w słowo Randolph — że od teraz pewne rzeczy się zmienią. Jesteśmy tu, żeby pomóc matce i zadbać o jej interesy. To wszystko.

Kiedy Randolph mówi, przyglądam się pani Birdie, która aż jaśnieje. Jej synowie są tutaj, martwią się o nią, wypytują, wysuwają żądania, chronią swoją mamusię. I choć nie znosi swoich synowych, jestem pewny, że w tej chwili jest bardzo zadowoloną kobietą.

— Fantastycznie — mówię. — Odczepcie się ode mnie i tyle. I trzymajcie się z daleka od mojego mieszkania. — Odwracam się i szybko odchodzę, zostawiając za sobą wiele niewypowiedzianych słów i pytań, które zamierzali mi zadać. Zamykam drzwi na klucz, zjadam kanapkę i w ciemności słyszę dochodzącą przez okno rozmowę.

Przez kilka minut próbuję odtworzyć to spotkanie. Wczoraj Delbert i Vera przyjechali z Florydy, ale w jakim celu, tego pewnie nigdy się nie dowiem. W jakiś sposób wpadł im w ręce testament pani Birdie, dowiedzieli się, że staruszka ma do zostawienia w spadku około dwudziestu milionów i bardzo przejęli się jej losem. Powiedziała im, że mieszka u niej prawnik i tym też bardzo się przejęli. Delbert zadzwonił do Randolpha, który też mieszka na Florydzie, a Randolph natychmiast wyruszył w drogę do rodzinnego domu, ciągnąc ze sobą żoneczkę. Dzisiejszy dzień spędzili na drobiazgowym wypytywaniu matki o wszystkie możliwe sprawy i dotarli do punktu, w którym stali się jej obrońcami.

Tak naprawdę guzik mnie to obchodzi. Nie potrafię powstrzymać śmiechu, gdy myślę o tym zjeździe rodzinnym. Ciekawe, ile czasu zajmie im poznanie prawdy.

Tymczasem pani Birdie jest szczęśliwa. A ja cieszę się jej szczęściem.

Rozdział 30

O dziewiątej rano mam umówione spotkanie z doktorem Walterem Kordem, ale przyjeżdżam wcześniej. Wynika z tego wiele dobrego. Czekam przez godzinę, czytając wyniki badań Donny'ego Raya, których zdążyłem nauczyć się na pamięć. Poczekalnia zapełnia się chorymi na raka. Staram się na nich nie patrzeć. O dziesiątej przychodzi po mnie pielęgniarka. Idę za nią długim korytarzem do pokoju badań pozbawionego okien. Ze wszystkich możliwych specjalizacji lekarskich dlaczego ktoś wybiera onkologię? Chyba dlatego, że ktoś musi.

Dlaczego ludzie decydują się na studiowanie prawa?

Siedzę na krześle, trzymając w ręku akta, i czekam kolejne piętnaście minut. Jakieś głosy na korytarzu, a potem drzwi się otwierają. Do pokoju wchodzi energicznie młody mężczyzna w wieku około trzydziestu pięciu lat.

— Pan Baylor? — pyta, wyciągając rękę.

Wstaję i wymieniamy uścisk dłoni.

— Tak.

— Walter Kord. Bardzo się śpieszę. Możemy to załatwić w pięć minut?

— Chyba tak.

— No to nie marnujmy czasu. Mam mnóstwo pacjentów. — Zdobywa się na uśmiech. Wiem bardzo dobrze, jak lekarze nienawidzą prawników. I z jakichś powodów wcale ich za to nie winię.

— Dziękuję za zaświadczenie. Przydało się. Donny Ray złożył już zeznania.

— To doskonale. — Jest wyższy ode mnie o jakieś dziesięć centymetrów i patrzy na mnie jak na głupka.

Zagryzam zęby i mówię:

— Bardzo bym chciał, żeby zeznawał pan w sądzie.

Jego reakcja jest typowa dla lekarzy. Nie znoszą sal sądowych. I żeby ich uniknąć, czasami zgadzają się na przesłuchanie przed rozpoczęciem sądowego postępowania dowodowego, które może być użyte zamiast zeznawania na żywo. Ale generalnie mogą odmówić. A kiedy odmawiają, prawnicy uciekają się czasami do ostatecznego środka: wezwania ich na świadków. Adwokaci dysponują władzą, która pozwala im wezwać do sądu na świadka niemal każdego, także lekarzy. I w tym ograniczonym wymiarze górują nad nimi. Przez to lekarze jeszcze bardziej nimi pogardzają.

— Jestem bardzo zajęty — odpowiada.

— Wiem. Ale zrobiłby to pan dla Donny'ego Raya, nie dla mnie.

Marszczy czoło i oddycha głośno, jakby źle się czuł.

— Biorę pięćset dolarów za godzinę zeznań pod przysięgą.

To mnie wcale nie szokuje, bo spodziewałem się czegoś takiego. Na wydziale prawa słyszałem historie o lekarzach biorących jeszcze więcej. Jestem tu, żeby żebrać.

— Na to mnie nie stać, doktorze Kord. Otworzyłem kancelarię sześć tygodni temu i jestem na granicy głodowania. To jedyna duża sprawa, jaką mam.

Zadziwiające, co może zdziałać prawda. Ten facet zarabia prawdopodobnie milion dolców rocznie. Moja szczerość go rozbraja. Widzę w jego oczach współczucie. Waha się przez sekundę, może myśli o Donnym Rayu i frustracji, jaką przeżywał, gdy nie mógł mu pomóc, a może lituje się nade mną. Kto wie?

— Wyślę panu rachunek, dobrze? A zapłaci pan, kiedy będzie pan mógł.

— Dziękuję, doktorze.

— Niech się pan porozumie z moją sekretarką i ustali datę. Możemy to zrobić tutaj?

— Oczywiście.

— Dobrze. Muszę lecieć.

⋏ ⋏ ⋏

Kiedy wracam, Deck ma klientkę. To kobieta w średnim wieku, krępa, ładnie ubrana. Deck zaprasza mnie do środka, gdy mijam jego drzwi. Przedstawia mnie pani Madge Dresser, która chce się rozwieść. Płacze, a gdy pochylam się nad biurkiem Decka, on podsuwa mi swój notes, w którym widzę słowa: „Ma pieniądze".

Poświęcamy Madge godzinę i wysłuchujemy jej okropnej historii. Wóda, bicie, inne kobiety, hazard, złe dzieci, a ona nie zrobiła nic złego. Złożyła pozew rozwodowy dwa lata temu. Mąż strzelał potem do okien kancelarii jej adwokata. Bawi się bronią i jest niebezpieczny. Gdy ona mówi, zerkam na Decka. Deck nie podnosi wzroku.

Płaci sześćset dolarów gotówką i obiecuje więcej. Jutro wypełnimy jej papiery rozwodowe. Deck zapewnia ją, że przychodząc do kancelarii prawniczej Rudy'ego Baylora, trafiła w dobre ręce.

W chwilę po jej wyjściu dzwoni telefon. Męski głos chce rozmawiać ze mną. Przedstawiam się.

— Cześć, Rudy, mówi mecenas Roger Rice. Chyba się nie znamy.

Poznałem prawie wszystkich prawników w Memphis, kiedy szukałem pracy, ale nie przypominam sobie Rogera Rice'a.

— Nie, chyba nie. Jestem nowy w branży.

— Aha. Musiałem dzwonić do informacji, żeby dostać twój numer. Posłuchaj, jestem w trakcie spotkania z dwoma braćmi,

Randolphem i Delbertem Birdsongami i ich mamą Birdie. O ile wiem, znasz tych ludzi.

Oczami wyobraźni widzę ją siedzącą między synami, uśmiechającą się durnie i powtarzającą „Jak miło".

— Oczywiście, że bardzo dobrze znam panią Birdie — odpowiadam, jakbym od rana spodziewał się tego telefonu.

— Właściwie to są w moim gabinecie, a ja wymknąłem się do sali konferencyjnej, żebyśmy mogli pogadać. Pracuję nad jej testamentem i co tu ukrywać, pula jest spora. Wiem od nich, że próbowałeś napisać jej testament.

— To prawda. Kilka miesięcy temu zrobiłem coś w rodzaju brudnopisu, ale szczerze mówiąc, nie miała zamiaru go podpisywać.

— Dlaczego? — Jest wystarczająco przyjacielski, wykonuje po prostu swoją pracę i to nie jego wina, że tam teraz siedzą. Dlatego przedstawiam mu skróconą wersję jej planów przekazania majątku wielebnemu Kennethowi Chandlerowi.

— Czy ona ma te pieniądze? — pyta.

Najzwyczajniej w świecie nie mogę powiedzieć mu prawdy. Ujawnienie jakichkolwiek informacji o pani Birdie bez jej formalnej zgody byłoby z mojej strony straszliwie nieetyczne. A informacja, którą Rice chce uzyskać, została zdobyta przeze mnie w sposób budzący wątpliwości, choć zgodny z prawem. Mam związane ręce.

— Co sama powiedziała? — pytam.

— Niewiele. Coś o jakiejś fortunie w Atlancie, pieniądzach zostawionych u kogoś postronnego, ale kiedy próbuję dowiedzieć się czegoś konkretnego, strasznie się ślizga.

Skądś to znam.

— Dlaczego chce spisać nowy testament? — pytam.

— Bo chciałaby zostawić wszystko rodzinie — dzieciom i wnukom. Muszę po prostu wiedzieć, czy ma pieniądze.

— Nie jestem pewny w sprawie tych pieniędzy. W Atlancie są akta z zatwierdzeniem innego testamentu, ale zostały utajnione i do tego miejsca dobrnąłem.

Nadal nie jest usatysfakcjonowany, a ja nie mam już prawie nic do powiedzenia. Obiecuję wysłać mu faksem nazwisko i numer telefonu adwokata z Atlanty.

▲   ▲   ▲

Gdy wracam do siebie po dwudziestej pierwszej, przed domem stoi jeszcze więcej samochodów z wypożyczalni. Muszę zaparkować na ulicy, a to naprawdę mnie wkurza. Przekradam się w mroku, niezauważony przez ludzi siedzących na patio.

To muszą być wnuki. Przez okno mojej klitki, gdzie siedzę po ciemku i jem zapiekankę z kurczakiem, słyszę ich głosy. Rozróżniam Delberta i Randolpha. Od czasu do czasu pani Birdie wtrąca coś swoim świergotem. Pozostałe głosy są młodsze.

To musiało zadziałać jak telefon po karetkę pogotowia. Przyjeżdżajcie szybko! Ma forsy jak lodu! Myśleliśmy, że stara ma jakieś marne centy, a nie prawdziwą fortunę. Jeden telefon prowadził do drugiego i cała rodzina się porozumiała. Przyjeżdżajcie szybko! Wasze imiona są w testamencie, a obok nich jest wpisana suma miliona dolarów. A ona zamierza go zmienić. Zacieśnić okrążenie. Nadeszła pora kochania babci.

Rozdział 31

Zgodnie z radą sędziego Kiplera i mając jego błogosławieństwo, zbieramy się w jego sali sądowej, żeby przesłuchać Dot. Po tym, jak Drummond wyznaczył je w mojej kancelarii bez konsultowania tego ze mną, nie zgodziłem się ani na termin, ani na miejsce. Do akcji wkroczył Kipler, zadzwonił do Drummonda i wszystko zostało postanowione w kilka sekund.

Kiedy nagrywaliśmy zeznanie Donny'ego Raya, wszyscy mieliśmy niczym niezasłonięty widok na Buddy'ego siedzącego w fordzie. Wyjaśniłem Kiplerowi i Drummondowi, że moim zdaniem nie powinniśmy przesłuchiwać Buddy'ego. Z nim nie wszystko jest w porządku, jak określiła to Dot. Biedny facet jest nieszkodliwy i nie ma pojęcia o zamieszaniu z polisą. W całej dokumentacji nie ma niczego, co świadczyłoby o tym, że choćby pośrednio jest w to zaangażowany. Nigdy nie słyszałem, żeby powiedział choć jedno sensowne zdanie. Nie potrafię nawet sobie wyobrazić, że wytrzymałby stres towarzyszący przedłużającemu się przesłuchaniu. Buddy mógłby wybuchnąć i poturbować kilku adwokatów.

Dot zostawia go w domu. Spędziłem z nią wczoraj dwie godziny na przygotowaniach do pytań Drummonda. Będzie zeznawała na procesie, dlatego teraz przesłuchamy ją w ramach procedury przygotowawczej, a nie zbierania materiału dowodowego. Drummond będzie pierwszy, zada jej pytania dotyczące praktycznie wszystkiego i przez większość czasu będzie miał wolną rękę. To potrwa wiele godzin.

Kipler chce być obecny również na tym przesłuchaniu. Zbieramy się wokół jednego ze stołów dla adwokatów przed podium sędziowskim. Sam zajął się instruowaniem operatora kamery i protokolantki. To jego grunt i chce, żeby wszystko odbyło się jak należy.

Jestem święcie przekonany, że Kipler sądzi, iż jeśli zostawi mnie samego, Drummond rozniesie mnie w proch. Tarcia między nimi są tak ostre, że właściwie nie mogą na siebie patrzeć. Myślę, że to wspaniałe.

Kiedy biedna Dot siada samotnie przy końcu stołu, trzęsą jej się ręce. Jestem w pobliżu, a to prawdopodobnie sprawia, że denerwuje się jeszcze bardziej. Ma na sobie swoją najlepszą bawełnianą bluzkę i najlepsze dżinsy. Wyjaśniłem jej, że nie musi ubierać się jakoś specjalnie, bo nagranie nie będzie pokazywane ławie przysięgłych. Niemniej w czasie rozprawy powinna mieć na sobie sukienkę i to jest ważne. Bóg wie, co zrobimy z Buddym.

Kipler siedzi po mojej stronie stołu, ale tak daleko ode mnie, jak to możliwe, tuż obok kamery. Naprzeciwko mamy Drummonda, któremu towarzyszy tylko trzech pomocników: B. Dewey Clay Hill III, M. Alec Plunk junior i Brandon Fuller Grone.

Deck jest w budynku sądu na którymś z korytarzy i poluje na niczego się niespodziewających klientów. Powiedział, że może później wpadnie.

Mamy zatem pięciu adwokatów i sędziego wpatrujących się w Dot Black, gdy unosi prawą rękę i przysięga mówić prawdę. Mnie też trzęsłyby się ręce. Drummond pokazuje zęby w uśmiechu, przedstawia się Dot, do protokołu, i przez pierwsze pięć minut wyjaśnia jej w miłych słowach cel tego przesłuchania. Chcemy ustalić prawdę. Nie będzie próbował wprowadzać jej w błąd lub wprawiać w zakłopotanie. Może swobodnie konsultować się ze swoim adwokatem i tak dalej. Nie śpieszy się. Zegar tyka. Pierwsza godzina jest poświęcona historii rodziny. W sposób dla siebie typowy Drummond jest doskonale przygotowany. Przechodzi wolno od jednego tematu do drugiego — wykształcenie, praca zawodowa, domy, hobby — i zadaje pytania, które nigdy nie przyszłyby mi do głowy. Większość z tego to pozbawione znaczenia brednie, ale tak właśnie postępują dobrzy adwokaci w trakcie procedur przygotowawczych. Pytaj, drąż, odwracaj uwagę, drąż jeszcze bardziej i kto wie, czego się dowiesz. A gdyby znalazł coś smakowitego, jak powiedzmy ciąża nastolatki, nic by mu z tego nie przyszło. Nie mógłby wykorzystać tego podczas procesu. Zupełnie pozbawione związku ze sprawą. Niemniej zasady dopuszczają takie nonsensy, a jego klient płaci mu furę pieniędzy za błądzenie w ciemności.

Kiper ogłasza przerwę, a Dot wypada na korytarz. W chwili gdy dotyka drzwi, ma już w ustach papierosa. Stajemy przy dozowniku wody.

— Świetnie sobie radzisz — mówię jej, bo naprawdę dobrze jej idzie.

— Ten sukinsyn będzie mnie pytał o życie seksualne? — warczy.

— Prawdopodobnie. — Wyobrażam sobie Dot i jej męża, jak robią to w łóżku, i niewiele brakuje, a wymówiłbym się czymś i uciekł.

Dot pali łapczywie, jakby ten papieros miał być ostatnim w jej życiu.

— Nie możesz go powstrzymać?

— Jeśli odejdzie od sprawy, to mogę. Ale w praktyce ma prawo pytać cię prawie o wszystko.

— Wścibski bydlak.

Druga godzina wlecze się tak jak pierwsza. Drummond przechodzi do sytuacji finansowej Blacków i dowiadujemy się o zakupie domu, kupowanych samochodach, łącznie z fordem z podwórka, i nabywaniu najważniejszych urządzeń i sprzętów domo-

370

wych. W tym momencie Kipler ma dość i każe Drummondowi przejść dalej. Dowiadujemy się bardzo dużo o Buddym, jego ranach wojennych, pracy i emeryturze. I jego hobby, i o tym, jak spędza dni. Kipler cierpko mówi Drummondowi, żeby spróbował pytać o coś, co łączy się ze sprawą.

Dot informuje nas, że musi iść do toalety. Poradziłem jej, żeby o to prosiła za każdym razem, gdy czuje się zmęczona. Na korytarzu, gdy z nią rozmawiam i rozpędzam ręką dym, wypala trzy papierosy jednego po drugim.

W połowie trzeciej godziny dochodzimy wreszcie do jej roszczenia. Przygotowałem kserokopie wszystkich dokumentów wiążących się ze sprawą, nie zapominając o wynikach badań Donny'ego Raya. Leżą na stole obok mnie w równej stercie. Kipler już je przejrzał. Jesteśmy w rzadko spotykanej i bardzo dogodnej sytuacji braku tak zwanych trefnych dokumentów. Nie ma niczego, co chcielibyśmy zataić. Drummond może obejrzeć wszystko.

Zgodnie z opinią Kiplera, ale i Decka, w przypadku firm ubezpieczeniowych bardzo często dochodzi do ukrywania dokumentów nawet przed ich własnymi adwokatami. Prawdę mówiąc, to powszechna praktyka, zwłaszcza gdy firma dopuszcza się machlojek i najchętniej schowałaby wszystko głęboko pod ziemią.

W trakcie zajęć z prawa procesowego w zeszłym roku z niedowierzaniem studiowaliśmy sprawy, w których korporacje dopuszczające się łamania prawa przegrywały z powodu ukrywania dokumentów przed własnymi adwokatami.

Kiedy przechodzimy do papierów, jestem podekscytowany. Kipler też. Drummond zdążył już poprosić o te wszystkie dokumenty w piśmie przedprocesowym, ale na odpisanie mu mam jeszcze cały tydzień. Chcę patrzeć na jego twarz, kiedy zobaczy „głupi list". Podobnie Kipler.

Zakładamy, że zapoznał się z większością dokumentów, jeśli nie ze wszystkimi, które leżą teraz na stole przed Dot. Wziął dokumenty od swojego klienta, ja wziąłem od Blacków. Jednak naszym zdaniem wiele z nich się pokrywa. W rzeczywistości napisałem do niego prośbę o przesłanie dokumentów identycznych, jak te z jego żądania. Kiedy mi odpowie, dostarczy mi kserokopie papierów, które mam od trzech miesięcy. Świadectwa na papierze.

Później, jeśli wszystko pójdzie zgodnie z planem, zapoznam się ze stosem nowych dokumentów w siedzibie Great Benefit w Cleveland.

Zaczynamy od podania o ubezpieczenie i polisy. Dot wręcza je Drummondowi, który szybko przebiega je wzrokiem, a później przekazuje Hillowi. Następnie trafiają do Plunka i na koniec do Grone'a. Czas płynie, a ci pajace wpatrują się w każdą stronę. Mają przecież, do cholery, polisę i podanie od miesięcy. Ale czas to pieniądz. Potem ogląda je protokolantka i dołącza jako dowód do zeznań Dot.

Następnym dokumentem jest pierwszy odmowny list, który znowu jest podawany z rąk do rąk. Ta sama procedura powtarza się przy kolejnych listach z odmowami. Desperacko staram się nie zasnąć.

Przychodzi kolej na „głupi list". Poprosiłem Dot, żeby po prostu dała go Drummondowi bez komentowania treści. Nie chciałem dawać mu forów na wypadek, gdyby go wcześniej nie widział. Przychodzi jej to z ogromnym trudem, bo list jest okropny.

Drummond bierze go i czyta:

Szanowna Pani Black!
Przy siedmiu wcześniejszych okazjach nasza firma od-rzuciła na piśmie Pani zażalenie. Teraz odrzucamy je po raz ósmy i ostateczny. Pani musi być głupia, głupia, głupia!

Po spędzeniu trzydziestu lat na sali sądowej Drummond nabrał szlifów doskonałego aktora. Mimo to od razu orientuję się, że nigdy tego listu nie widział. Jego klient nie dołączył go do akt. To dla Drummonda mocny cios. Lekko rozchyla usta. Trzy głębokie zmarszczki na czole nagle się łączą. Mruga gwałtownie. Czyta go po raz drugi.

A potem robi coś, czego potem będzie żałował. Podnosi oczy i wpatruje się we mnie. Ja, rzecz jasna, nie uciekam spojrzeniem. Właściwie to patrzę na niego z czymś w rodzaju szyderstwa, jakbym chciał powiedzieć: „Tu cię mam, ważniaku".

Pogarsza jeszcze swoją agonię, bo spogląda na Kiplera. Sędzia obserwuje każdy grymas jego twarzy, każde mrugnięcie oka i skrzywienie ust, i dostrzega oczywistość: Drummond osłupiał na widok tego, co trzyma w ręku.

Szybko dochodzi do siebie, ale mleko już się rozlało. Przekazuje list Hillowi, który przysypia i nie ma pojęcia, że jego szef podaje mu bombę. Obaj patrzymy przez kilka sekund na Hilla i widzimy, jak facet natychmiast trzeźwieje.

— Porozmawiajmy poza protokołem — proponuje Kipler. Protokolantka odsuwa ręce od maszyny, operator kamery wyłącza sprzęt. — Mecenasie Drummond, nie ulega wątpliwości, że nigdy wcześniej nie widział pan tego listu. Mam też przeczucie, że nie będzie to pierwszy ani ostatni dokument, który pański klient będzie próbował zataić. Sam pozywałem firmy ubezpieczeniowe wystarczająco wiele razy, żeby wiedzieć, iż dokumenty giną. — Kipler pochyla się i wskazuje Drummonda palcem. — Jeśli przyłapię pana albo pańskiego klienta na ukrywaniu dokumentów przed powodem, będą sankcje dla was obu. Nałożę bardzo surowe kary, zasądzę pokrycie kosztów sądowych i pokrycie honorarium adwokata strony przeciwnej według godzinowej stawki, jaką płaci panu klient. Czy pan mnie zrozumiał?

Szczerze mówiąc, tylko na drodze sankcji mam szansę dostać honorarium wysokości dwustu pięćdziesięciu dolarów za godzinę.

Drummond i jego drużyna nadal są w szoku. Mogę się tylko domyślać, jakie wrażenie ten list zrobi na ławie przysięgłych, i jestem pewny, że tamci myślą o tym samym.

— Czy Wysoki Sąd oskarża mnie o zatajanie dokumentów?

— Jeszcze nie. — Kipler nadal wskazuje go palcem. — W tej chwili tylko pana ostrzegam.

— Myślę, że Wysoki Sąd powinien wycofać się z prowadzenia tej sprawy, Wysoki Sądzie.

— Czy to formalny wniosek?

— Tak, Wysoki Sądzie.

— Wniosek oddalony. Coś jeszcze?

Drummond przekłada papiery, zyskując kilka sekund. Napięcie maleje. Biedna Dot skamieniała, myśli prawdopodobnie, że zrobiła coś, co wywołało tę awanturę. Sam jestem trochę wystraszony.

— Wracajmy do protokołowania — mówi Kipler, nie odrywając wzroku od Drummonda.

Kilka pytań i kilka odpowiedzi. Więcej dokumentów jest przekazywanych z rąk do rąk. O dwunastej trzydzieści robimy przerwę na lunch i godzinę później jesteśmy z powrotem na popołudniowej sesji. Dot jest wykończona.

Kipler poucza Drummonda, raczej surowo, żeby przyśpieszył. Adwokat próbuje, ale to niełatwe zadanie. Robi to od tak dawna i zarobi na tym procesie takie pieniądze, że mógłby zadawać pytania w nieskończoność.

Moja klientka obiera strategię, za którą ją podziwiam. Poza protokołem wyjaśnia grupie adwokatów pozwanego, że ma problemy z pęcherzem, nic poważnego, niemniej to zrozumiałe, przecież ma prawie sześćdziesiąt lat. W każdym razie z upływem dnia musi coraz częściej chodzić do ubikacji. Drummond oczywiście ma do niej dziesiątki pytań związanych z pęcherzem, ale ostatecznie Kipler mu przerywa. I tak co piętnaście minut Dot przeprasza i wychodzi z sali sądowej. Nie śpieszy się.

Jestem przekonany, że jej pęcherz jest zupełnie zdrowy, i jestem też pewny, że chowa się w kabinie i kopci jak komin. Ta strategia pozwala jej jednak się uspokoić i w końcu męczy Drummonda.

O piętnastej trzydzieści, po sześciu i pół godzinach, Kipler oświadcza, że przesłuchanie zostało zakończone.

⋏ ⋏ ⋏

Po raz pierwszy od ponad dwóch tygodni nie widać samochodów z wypożyczalni. Cadillac pani Birdie stoi samotnie. Parkuję za nim na dawnym miejscu i obchodzę dom. Nie ma nikogo.

Nareszcie wyjechali. Nie rozmawiałem z panią Birdie od dnia przyjazdu Delberta, a powinniśmy omówić kilka spraw. Nie jestem zły, chcę po prostu z nią pogadać.

Idę do schodów prowadzących do mojej klitki, kiedy słyszę głos. To jednak nie pani Birdie.

— Masz minutę, Rudy? — pyta Randolph, podnosząc się z bujanego fotela na patio.

Stawiam teczkę i kładę marynarkę na schodach, a potem podchodzę do niego.

— Siadaj — mówi. — Musimy pogadać. — Chyba jest w doskonałym nastroju.

— Gdzie jest pani Birdie? — pytam. W domu światła są pogaszone.

— Ona, hm, wyjechała na jakiś czas. Chce pobyć z nami na Florydzie. Poleciała samolotem dziś rano.

— Kiedy wróci? — dopytuję się. To tak naprawdę nie moja sprawa, ale nie potrafię się powstrzymać.

— Nie wiem. Może w ogóle nie wróci. Posłuchaj, razem z Delbertem będziemy od tej chwili pilnowali jej interesów. Chyba ostatnio trochę ją zaniedbywaliśmy, ale teraz chce, żebyśmy zajęli się jej sprawami. A my chcemy, żebyś tu został. Prawdę mówiąc, mamy dla ciebie propozycję. Zostajesz tutaj, opiekujesz się domem, dbasz o to miejsce i nie płacisz ani centa czynszu.

— Co rozumiesz przez dbanie o to miejsce?

— Ogólne zajmowanie się wszystkim. Żadnej ciężkiej pracy. Mama mówi, że doskonale spisałeś się tego lata w roli ogrodnika, rób po prostu to, co robiłeś do tej pory. Załatwiliśmy, że poczta będzie przekierowywana, więc z tym nie będziesz miał problemu. Jeśli stanie się coś ważnego, dzwoń do mnie. To doskonały układ, Rudy.

Tak jest naprawdę.

— W takim razie zgadzam się — mówię.

— Bardzo dobrze. Mama naprawdę cię lubi, mówi, że jesteś

375

przyzwoitym młodym człowiekiem, któremu można zaufać. Choć jesteś prawnikiem, ha, ha, ha.

— A co z jej samochodem?

— Wracam nim jutro rano na Florydę. — Podaje mi wielką kopertę. — Tu są klucze do domu, numer telefonu agenta ubezpieczeniowego, firmy ochroniarskiej i tak dalej. Plus mój adres i telefon.

— Gdzie będzie mieszkała?

— Z nami, niedaleko Tampy. Mamy ładny nieduży dom z pokojem gościnnym. Będzie miała dobrą opiekę. Dwoje moich dzieci mieszka w pobliżu, więc nie będzie mogła narzekać na brak towarzystwa.

Niemal widzę ich wszystkich, jak zbiegają się, żeby doglądać babci. Z największą radością będą jej dogadzali przez jakiś czas, ale mają nadzieję, że nie pożyje długo. Nie mogą się bowiem doczekać jej śmierci, bo wtedy wszyscy będą bogaci. Bardzo trudno mi stłumić uśmiech.

— To wspaniale — mówię. — Była bardzo samotną staruszką.

— Naprawdę cię polubiła, Rudy. Byłeś dla niej dobry. — Jego głos jest łagodny i szczery, a ja czuję ukłucie smutku.

Wymieniamy uścisk dłoni. Żegnam się.

▲ ▲ ▲

Bujam się w hamaku, opędzam od komarów i wpatruję w księżyc. Naprawdę wątpię, czy zobaczę jeszcze panią Birdie, i czuję się dziwnie samotny, jak po stracie przyjaciela. Ci ludzie będą trzymali ją pod kloszem, aż umrze, bo chcą mieć cholerną pewność, że nie będzie miała okazji wygłupiać się z testamentem. Mam lekkie wyrzuty sumienia, bo znam prawdę o jej majątku, ale to tajemnica, którą nie mogę się dzielić.

Jednak myśląc o jej losie, nie umiem powstrzymać uśmiechu. Wyjechała z tego pustego starego domu i teraz otacza ją rodzina. Pani Birdie nagle znalazła się w centrum zainteresowania, a zawsze o tym marzyła. Przypominam sobie, jak chodziła do Domu Seniora „Cyprysowe Ogrody", o tym, jak panowała nad tłumem, dyrygowała śpiewem, wygłaszała pogadanki, cackała się z Bosco i innymi staruszkami. Ma złote serce, ale też bardzo potrzebuje uwagi.

Mam nadzieję, że dużo słońca dobrze jej zrobi. Modlę się, żeby była szczęśliwa. I zastanawiam, kto zajmie jej miejsce w „Cyprysowych Ogrodach".

Rozdział 32

Podejrzewam, że Booker dlatego wybrał tę szykowną restaurację, bo ma dla mnie dobre wiadomości. Na stoliku leżą srebrne sztućce, serwetki są lniane. Musiał dorwać klienta, który za to wszystko płaci.

Przychodzi spóźniony piętnaście minut, co zazwyczaj mu się nie zdarza, ale ostatnio bywa bardzo zajęty. Na powitanie rzuca jedno słowo: „zdałem". Sączymy wodę, a on z ożywieniem opowiada o swoim odwołaniu od decyzji komisji egzaminacyjnej. W rezultacie jego pracę egzaminacyjną oceniono ponownie, wynik poprawiono o trzy punkty i jest już pełnoprawnym adwokatem. Nigdy go nie widziałem tak rozradowanego. Jeszcze tylko dwa inne odwołania aplikantów z naszej grupy zostały rozpatrzone pozytywnie i Sara Plankmore nie była jednym z nich. Booker słyszał, że osiągnęła żałosny wynik i jej praca w prokuraturze okręgowej zawisła na włosku.

Pomimo jego protestów zamawiam butelkę szampana i każę kelnerowi dać sobie za nią rachunek. Człowiek nie umie ukryć forsy.

Kelner przynosi nam przystawki, niewiarygodnie maciupkie,

378

ale pięknie podane plasterki łososia, i przed zabraniem się do jedzenia przez chwilę je podziwiamy. Shankle pędzi Bookera do
roboty i każe mu przez piętnaście godzin dziennie zajmować się
trzydziestoma sprawami naraz, ale Charlene wykazuje świętą
cierpliwość. Zdaje sobie sprawę, że na tym etapie kariery zawodowej musi się poświęcić, by później móc zbierać tego owoce.
Przez chwilę jestem wdzięczny losowi, że nie mam żony ani dzieci.

Rozmawiamy o Kiplerze, który rozmawiał z Shankle'em i co
nieco z tego wyciekło. Prawnicy mają duże trudności z do-
trzymywaniem tajemnic. Shankle przekazał Bookerowi, że Kipler
mu powiedział, że jego protegowany — czyli ja — zajmuje się
sprawą, która może przynieść miliony. Najwyraźniej Kipler jest
przekonany, że przyparłem Great Benefit do muru i nie wiadomo
tylko, jak dużo ława przysięgłych nam zasądzi. Chce mnie ustawić
przed nią w korzystnym świetle.

To wspaniała wiadomość.

Booker chce wiedzieć, czym jeszcze się zajmuję. Niewykluczone, że Kipler bąknął coś o tym, że poza tym nie uskarżam
się na nadmiar zajęć.

Przy deserze, serniku, Booker napomyka, że jest pewna sprawa,
która mogłaby mnie zainteresować, po czym mówi o szczegółach.
Druga co do wielkości firma meblarska w Memphis nazywa się
Ruffin's, należy do czarnych i ma kilka sklepów w różnych
częściach miasta. Wszyscy znają Ruffin's głównie z tego, że
późnowieczorna telewizja jest pełna ich krzykliwych reklam,
w których obiecują różnego rodzaju okazje płatne w całości na
raty. Ich roczny dochód sięga ośmiu milionów, mówi Booker,
a Marvin Shankle jest ich prawnikiem. Udzielają własnych kre-
dytów i mają mnóstwo złych długów. Ale na tym polega ich
biznes. W rezultacie w firmie Shankle'a zalegają setki spraw
windykacyjnych klientów Ruffin's.

Czy byłbym zainteresowany przejęciem części z nich?

Windykacja nie jest tym, dla czego inteligenta młodzież garnie
się do szkół prawniczych. Dłużnikami są z reguły ludzie, którzy

zalegają ze spłatami za tanie meble, a wierzyciel nie chce odzyskać mebli, tylko forsę. Dłużnicy na ogół nie odpowiadają na listy i nie stawiają się na wezwania, więc prawnik musi próbować zająć im majątek lub wejść na zarobki. A to może być niebezpieczne. Trzy lata temu prawnik z Memphis został postrzelony przez rozwścieczonego młodzieńca, któremu wstrzymano wypłatę.

Żeby to miało sens, prawnik musi mieć w garści całą stertę takich spraw, bo każda dotyczy zaledwie kilkuset dolarów. Prawo zezwala na doliczenie do długu kosztów prawnika i jego honorarium.

To brudna i niewdzięczna robota, ale — i dlatego Booker mi to proponuje — da się z tego wycisnąć trochę forsy w postaci honorariów. Skromnych, ale mnogość spraw powoduje, że da się z tego opłacić koszty ogólne i jeszcze wystarczy na jedzenie.

— Mogę ci podesłać z pięćdziesiąt takich spraw, łącznie z odpowiednimi formularzami. I pomogę ci złożyć pierwsze pozwy. Istnieje do tego odpowiedni system.

— Ile wynosi przeciętne honorarium?

— Trudno powiedzieć, bo z niektórych spraw nie wyciśniesz ani grosza. Dłużnicy albo się wynieśli z miasta, albo ogłosili bankructwo. Ale powiedziałbym, że średnio sto dolarów od sprawy.

Sto razy pięćdziesiąt to pięć tysięcy.

— Średnio jedna sprawa trwa cztery miesiące — wyjaśnia — i jeśli chcesz, mogę ci podsyłać około dwudziestu miesięcznie. Trzeba je składać jednocześnie w jednym sądzie u jednego sędziego i uzyskiwać jeden termin rozprawy. Wtedy idziesz do sądu tylko raz. Zacznij od odmów zapłaty. W dziewięćdziesięciu procentach to papierkowa robota.

— Dobra, wchodzę w to — mówię. — Chcecie się jeszcze czegoś pozbyć?

— Może. Zawsze mam otwarte oczy.

Kelner przynosi kawę i oddajemy się temu, co prawnicy robią najlepiej: plotkowaniu o innych prawnikach. Tym razem obgadujemy naszych kolegów ze studiów i to, jak im się wiedzie w prawdziwym świecie.

Booker wyraźnie odżył.

⋏ ⋏ ⋏

Deck potrafi bezszelestnie wślizgnąć się przez najmniejszą szparę w uchylonych drzwiach i wciąż mnie tym zaskakuje. Siedzę zamyślony przy biurku, dumając o jednej z moich nielicznych spraw, a tu trach! — i Deck stoi przede mną. Chciałbym go nauczyć pukać, ale wolę z nim nie zadzierać.

Tym razem stoi nade mną z naręczem poczty. Dostrzega na biurku stertę nowych teczek ze sprawami windykacyjnymi i pyta:

— A to co?

— Robota — odpowiadam.

Bierze do ręki jedną z teczek.

— Ruffin's?

— Tak jest, proszę pana. Zajmujemy się teraz obsługą prawną drugiej największej firmy meblarskiej w Memphis.

— Sprawa windykacyjna — stwierdza z odrazą, jakby ubrudził sobie ręce. I mówi to ktoś, komu marzą się kolejne katastrofy statków rzecznych.

— To uczciwa praca, Deck.

— To walenie głową w ścianę.

— Więc uganiaj się za ambulansami.

Rzuca na biurko pocztę i znika równie cicho, jak się pojawił. Nabieram powietrza i otwieram grubą kopertę z nadrukiem Trent i Brent. W środku jest plik papierów o grubości co najmniej pięciu centymetrów.

Drummond odpowiedział na moje pytania, odrzucił moje wnioski o potwierdzenie faktów i dołączył część dokumentów, o które prosiłem. Przekopanie się przez to wszystko zajmie mi wiele godzin, jeszcze dłużej potrwa próba ustalenia, czego mi nie dostarczył.

Najważniejsze są jego odpowiedzi na moje pytania. Muszę uzyskać stanowisko przedstawiciela firmy i Drummond wyznaczył faceta nazwiskiem Jack Underhall z centrali w Cleveland. Pytałem również o funkcje i adresy kilku pracowników Great Benefit, których nazwiska stale się przewijają w korespondencji Dot.

Posługując się formularzem od sędziego Kiplera, przygotowuję wniosek o wstępne przesłuchanie sześciu osób. Wybieram termin za tydzień, wiedząc doskonale, że Drummond będzie miał z tym problem. Ale on postąpił tak samo wobec mnie w sprawie terminu przesłuchania Dot i tak się to w tej branży robi. Poleci na skargę do Kiplera, a ten nie okaże zrozumienia.

Czeka mnie kilkudniowy wyjazd do Cleveland, do centrali Great Benefit. Nie palę się do tego, ale nie mam wyboru. To będzie droga eskapada: podróż, zakwaterowanie, wyżywienie, protokolanci. Deck i ja jeszcze tego nie omówiliśmy. Szczerze mówiąc, czekam, aż wpadnie mu w ręce jakiś smaczny wypadek samochodowy.

Sprawa Blacka rozrosła się już na trzy segregatory harmonijkowe i trzymam je teraz w kartonie na podłodze obok biurka. Zerkam na nie wielokrotnie w ciągu dnia i zadaję sobie pytanie, czy na pewno wiem, co robię. Kim jestem, żeby marzyć o wielkim zwycięstwie na sali sądowej? O doprowadzeniu do upokarzającej porażki wielkiego Leo F. Drummonda?

Jeszcze nigdy w życiu nie powiedziałem słowa do ławy przysięgłych.

⋏ ⋏ ⋏

Godzinę temu Donny Ray był zbyt słaby, by rozmawiać przez telefon, jadę więc do nich do domu. Jest koniec września (dokładnej daty nie pamiętam) i minął już ponad rok od pierwszego zdiagnozowania Donny'ego Raya. Drzwi otwiera Dot z oczami zapuchniętymi od płaczu.

— Chyba już odchodzi — mówi, pociągając nosem.

Nie sądziłem, że może wyglądać jeszcze gorzej, ale tak właśnie jest. Twarz ma bledszą i jeszcze mizerniejszą. Śpi w pokoju ze zgaszonym światłem, słońce wisi nisko na zachodzie i idealnie

382

prostokątne cienie układają się na białej pościeli jego wąskiego łóżka. Telewizor jest wyłączony, w pokoju panuje cisza.

— Dziś nie przełknął ani kęsa — szepce Dot, gdy oboje się nad nim pochylamy.

— Bardzo go boli?

— Nie tak bardzo. Zrobiłam mu dwa zastrzyki.

— Usiądę na chwilę — mówię szeptem, siadając na składanym krzesełku. Dot wychodzi i słyszę, jak pociąga nosem w przedpokoju. Na moje oko może już nie żyć. Skupiam wzrok na jego klatce piersiowej i czekam, aż się poruszy, ale niczego takiego nie dostrzegam. W pokoju robi się coraz mroczniej, zapalam lampkę na stoliku przy drzwiach i wtedy Donny Ray lekko się porusza. Jego powieki się unoszą i znów opadają.

Więc tak umierają nieubezpieczeni. Wydaje się to oburzające, że w społeczeństwie pełnym zamożnych lekarzy, lśniących czystością szpitali i najnowocześniejszej aparatury medycznej, w kraju zamieszkanym przez większość laureatów Nagrody Nobla można dopuścić do tego, że taki Donny Ray Black umiera z braku właściwej opieki lekarskiej.

Można go było uratować. Zgodnie z prawem od chwili zapadnięcia na tę straszną chorobę znalazł się pod ochronnym parasolem — nawet jeśli dziurawym — firmy Great Benefit. Od chwili zdiagnozowania objęła go polisa, za którą jego rodzice zapłacili niemałe pieniądze. Z mocy prawa Great Benefit było zobowiązane zapewnić mu opiekę lekarską i pokryć koszty leczenia.

Mam nadzieję niedługo stanąć twarzą w twarz z osobą odpowiedzialną za jego śmierć. Może to być urzędnik lub urzędniczka niskiego szczebla, która tylko wykonywała polecenia. Ale może to też być wiceprezes czy wiceprezeska, która te polecenia wydała. Chciałbym zrobić zdjęcie Donny'emu Rayowi i wręczyć je temu komuś, gdy wreszcie się spotkamy.

Donny krztusi się, znów się porusza i odnoszę wrażenie, że próbuje dać mi znać, że jeszcze żyje. Gaszę lampkę i siedzimy po ciemku.

Jestem w tym wszystkim sam i czuję się stłamszony, wy-straszony i niedoświadczony, ale wiem, że mam rację. Jeśli Blackowie nie wygrają przed sądem, to cały system okaże się niesprawiedliwy.

Gdzieś daleko zapalają się latarnie i przez okno wdziera się smuga światła i pada na pierś Donny'ego Raya, która miarowo unosi się i opada. Chyba chce się obudzić.

Wiem, że zostało mi już niewiele wizyt w tym pokoju. Patrzę na jego ledwo widoczną kościstą sylwetkę pod prześcieradłem i przysięgam w duchu zemstę.

Rozdział 33

Widać, że podchodzący do ławy i powiewający połami czarnej togi sędzia jest nieźle wkurzony. Dziś jest dzień wniosków — czas wyznaczony na przerzucanie się argumentami w kilkudziesięciu różnych sprawach. Sala jest pełna prawników. My idziemy na pierwszy ogień, bo sędzia Kipler jest zaniepokojony. Złożyłem wniosek o przesłuchanie w Cleveland sześciu pracowników Great Benefit, począwszy od najbliższego poniedziałku, i Drummond zgłosił sprzeciw. Twierdzi oczywiście, że jego sławetny kalendarz procesowy na to nie pozwala, bo w tym czasie będzie zajęty gdzie indziej. I nie tylko on, ponieważ cała szóstka ewentualnych świadków też jest zbyt zajęta. Wszyscy jak jeden mąż!

Kipler zwołał telekonferencję z udziałem Drummonda i mnie i sprawy źle się potoczyły, przynajmniej dla strony pozwanej. Drummond rzeczywiście ma wcześniejsze zobowiązania sądowe i na dowód przefaksował wezwanie przedprocesowe w innej sprawie. Sędziego rozzłościło jego stwierdzenie, że nie wygospodaruje trzech dni na wyjazd do Cleveland wcześniej niż za dwa miesiące. Co więcej, sześcioro wyznaczonych pracowników firmy to niezwykle zajęci ludzie i mogą minąć całe miesiące, nim uda się ich wszystkich zebrać w jednym miejscu.

Kipler zarządził dzisiejsze spotkanie, by formalnie wyżyć się na Drummondzie i wpisać to do protokołu. Ponieważ przez ostatnie cztery dni sam codziennie konferowałem z panem sędzią, mam dość dobre rozeznanie, co zamierza mu powiedzieć. Wiem, że nie będzie to dla Drummonda miłe, a ja nie będę musiał dużo mówić.

— Do protokołu — prycha Kipler na protokolantkę. Fagasy Drummonda pochylają się nad notatnikami i zaczynają pilnie notować. Dziś przyszło ich czterech. — W sprawie numer dwa jeden cztery sześć sześć osiem, Black przeciwko Great Benefit, strona powodowa wystąpiła o przesłuchanie wyznaczonego rzecznika firmy oraz pięciu innych pracowników pozwanego, które ma się rozpocząć w poniedziałek piątego października w siedzibie pozwanego w Cleveland, Ohio. Jak było do przewidzenia, pełnomocnik pozwanego zgłosił sprzeciw, uzasadniając go wcześniejszymi zobowiązaniami. Czy tak, mecenasie Drummond?

Drummond wolno podnosi się z miejsca.

— Tak, Wysoki Sądzie. Wcześniej dostarczyłem sądowi kopię wezwania na rozprawę przedprocesową w sądzie federalnym, która rozpoczyna się w ten poniedziałek. Jestem w tej sprawie głównym pełnomocnikiem pozwanego.

W tej kwestii odbyły się już co najmniej dwie burzliwe awantury między Kiplerem a Drummondem, ale dziś trzeba to powtórzyć do protokołu.

— I kiedy będzie pan mógł wcisnąć to do harmonogramu zajęć? — pyta Kipler głosem ociekającym sarkazmem. Siedzę samotnie przy stoliku i nie ma ze mną nawet Decka. Na miejscach dla publiczności siedzi co najmniej czterdziestu prawników, przysłuchujących się, jak wielki Leo F. Drummond dostaje opieprz. Pewnie zachodzą w głowę, kim jest ten nikomu nieznany smarkacz, który jest na tyle dobry, że sędzia walczy w jego sprawie.

Drummond ciężko przestępuje z nogi na nogę.

— No cóż, Wysoki Sądzie, jestem doprawdy bardzo zajęty. Może uda mi się...

— O ile wiem, wspomniał pan o dwóch miesiącach. Czy dobrze usłyszałem? — Kipler mówi to tak, jakby nie wierzył własnym uszom, że jakiś prawnik może być aż tak zajęty.

— Tak, Wysoki Sądzie. Dwa miesiące.

— I to wszystko ze względu na sprawy sądowe?

— Rozprawy, przesłuchania, wnioski, składanie wniosków odwoławczych. Chętnie przedstawię sądowi mój kalendarz.

— Akurat w tej chwili trudno mi sobie wyobrazić gorszą lekturę, mecenasie Drummond — burczy Kipler. — Zrobimy tak, i proszę uważnie słuchać, bo to, co teraz powiem, przybierze formę pisemną w postaci wezwania. Przypominam, że tę sprawę rozpatrujemy w trybie przyśpieszonym, a w moim sądzie oznacza to brak jakichkolwiek opóźnień. Przesłuchanie sześciu świadków rozpocznie się w Cleveland z samego rana w poniedziałek. — Drummond opada na krzesło i zaczyna coś pisać. — Jeśli nie będzie pan mógł być obecny, trudno. Z moich ostatnich obserwacji wynika, że ma pan jeszcze czterech prawników, którzy zajmują się tą sprawą — mecenasów Morehouse'a, Plunka, Hilla i Grone'a. Warto dodać, że wszyscy oni są o wiele bardziej doświadczeni od mecenasa Baylora, który licencję adwokacką uzyskał dopiero latem tego roku. Cóż, zdaję sobie sprawę, że panowie nie możecie wysłać do Cleveland tylko jednego prawnika, i że musi was być co najmniej dwóch, ale jestem pewny, że uda wam się tak to zorganizować, żeby wasz klient miał zapewnioną odpowiednią obsługę prawną.

Słowa sędziego przeszywają powietrze niczym rozpalone żelazo. Wśród siedzących za mną prawników zapada nienaturalna cisza. Czuję, że wielu z nich od lat czekało na tę chwilę.

— Ponadto wszystkie sześć osób wymienionych we wniosku będzie do dyspozycji w poniedziałek rano i pozostaną takimi do chwili, aż mecenas Baylor je zwolni. Firma Great Benefit ma uprawnienia do prowadzenia działalności w stanie Tennessee i z tego tytułu podlega mojej jurysdykcji. Zarządzam więc, że sześć wyznaczonych osób ma być do dyspozycji.

Drummond i jego ludzie pochylają się jeszcze niżej i jeszcze szybciej piszą.

— Ponadto strona powodowa wystąpiła o udostępnienie odnośnej dokumentacji. — Kipler na moment zawiesza głos i wlepia wzrok w stół strony pozwanej. — Uprzedzam, panie Drummond, żadnego kręcenia z dokumentacją. Żądam pełnego dostępu do akt i pełnej współpracy. W poniedziałek i wtorek będę tu pod telefonem, i jeśli pan Baylor zadzwoni i powie, że nie udostępniono mu dokumentów, do których ma prawo, to ja też zadzwonię i osobiście dopilnuję, żeby miał do nich wgląd. Czy pan mnie dobrze zrozumiał?

— Tak, panie sędzio — mówi Drummond.

— Czy uda się panu przekonać klienta?

— Myślę, że tak.

Kipler nieco się odpręża i głębiej oddycha. Na sali panuje głucha cisza.

— Po zastanowieniu, mecenasie Drummond, chciałbym jednak rzucić okiem na pański kalendarz sądowy. Oczywiście jeśli nie ma pan nic przeciwko temu.

Drummond sam to przed chwilą zaproponował i teraz nie może odmówić. To gruby, oprawiony w czarną skórę terminarz spotkań bardzo zajętego człowieka. Sądzę, że są w nim także jego prywatne sprawy i Drummond tak naprawdę nie miał zamiaru go pokazywać. Z wyniosłą miną niesie go do ławy sędziowskiej, podaje sędziemu i czeka. Kipler szybko przerzuca kartki, nie zagłębiając się w szczegóły. Zapewne szuka tylko wolnych dni. Drummond sterczy na środku sali przed ławą sędziowską.

— Widzę, że tydzień od ósmego lutego ma pan wolny.

Drummond podchodzi do ławy i zagląda do terminarza, którego Kipler nie wypuszcza z rąk. W milczeniu kiwa głową, Kipler oddaje mu terminarz i Drummond wraca na miejsce.

— Termin pierwszej rozprawy wyznaczam na poniedziałek ósmego lutego — oznajmia sędzia. Przełykam głośno ślinę, oddycham głęboko i staram się robić dobrą minę do złej gry. Cztery miesiące to kupa czasu na przygotowanie, ale dla kogoś, kto nigdy nie stawał przed sądem choćby w sprawie wgniecionego zderzaka, brzmi to przerażająco. Kilkanaście razy czytałem akta i znam je niemal na pamięć. Znam też na pamięć zasady postępowania procesowego i procedurę przedsądowego ujawniania dowodów. Przeczytałem nie wiem ile książek o obchodzeniu się z wiedzą procesową i o wyborze składu ławy przysięgłych, o przepytywaniu świadków i o wygrywaniu procesów, ale i tak nie mam zielonego pojęcia, co się będzie działo na tej sali ósmego lutego.

Kipler nas zwalnia, a ja szybko zbieram swoje klamoty i wychodzę. Idąc do wyjścia, widzę spojrzenia, jakimi obrzucają mnie czekający na swoją kolej prawnicy.

Co to za jeden?

▲   ▲   ▲

Deck nigdy głośno się do tego nie przyznał, ale teraz już wiem, że jego najbliższymi współpracownikami są dwaj szmatławi prywatni detektywi, których poznał przy sprawie Bruisera. Jednym z nich jest Butch, były gliniarz, który dzieli z Deckiem miłość do hazardu. Raz lub dwa razy w tygodniu jeżdżą do Tuniki na sesję pokera lub blackjacka.

Butchowi jakimś cudem udało się zlokalizować Bobby'ego Otta, agenta, który sprzedał polisę Blackom. Odnalazł go w okręgowym zakładzie karnym, gdzie odsiaduje dziesięciomiesięczny wyrok za wystawianie czeków bez pokrycia. Uzyskał też informację, że Ott niedawno się rozwiódł i jest bankrutem.

Deck jest niepocieszony, że uciekł mu tak smakowity kąsek. Wygląda na to, że Ott ma potężne kłopoty z prawem i dałoby się na nim nieźle zarobić.

▲   ▲   ▲

Młody pracownik administracji zakładu karnego odbiera mnie z wartowni, gdzie barczysty strażnik z łapami jak łopaty dokładnie przeszukał moją teczkę i moje kieszenie. Chłopak prowadzi mnie do pomieszczenia w pobliżu wejścia do głównego pawilonu. Kwadratowa salka jest naszpikowana kamerami patrzącymi z każdego narożnika pod sufitem. Salka jest przedzielona przepierzeniem, które oddziela skazanych od ich gości. Będziemy rozmawiali przez siatkę, ale mnie nie przeszkadza. Mam nadzieję, że wizyta będzie krótka. Po pięciu minutach Otto zostaje wprowadzony z drugiej strony przepierzenia. Ma około czterdziestki, nosi okulary w drucianych oprawkach, jest ostrzyżony po wojskowemu, jego mizerną posturę okrywa granatowy więzienny drelich. Siada za siatką i uważnie mi się przygląda. Strażnik odchodzi i zostajemy sami.

Przesuwam wizytówkę przez szparę pod siatką.

— Nazywam się Rudy Baylor i jestem adwokatem. — Dlaczego moje słowa brzmią tak złowieszczo?

On jednak nie sprawia wrażenia zaniepokojonego i nawet się uśmiecha. Kiedyś zarabiał na życie, chodząc od drzwi do drzwi i sprzedając tanie ubezpieczenia biedakom, więc choć popadł w tarapaty, w głębi serca musi umieć być na tyle przyjacielski, by zdobywać zaufanie i zostać wpuszczony do domu.

— Miło mi pana poznać — mówi odruchowo. — Co pana do mnie sprowadza?

— To. — Wyciągam z teczki egzemplarz pozwu i przesuwam go przez szparę pod siatką. — To pozew, jaki złożyłem w imieniu pańskich byłych klientów.

— Których? — pyta, biorąc do ręki dokument i zerkając na pierwszą stronę z listą pozwanych.

— Dot i Buddy'ego Blacków i ich syna Donny'ego Raya.

— Aa, Great Benefit, tak? — Deck mnie uprzedził, że wielu domokrążnych agentów reprezentuje więcej niż jedną firmę ubezpieczeniową. — Mogę przeczytać?

— Oczywiście. Występuje pan tu jako pozwany. Proszę czytać.

Jego ruchy są bardzo oszczędne. Nie traci energii. Czyta bardzo wolno, z namysłem przerzucając strony. Biedaczysko. Rozwiódł się, stracił wszystko i ogłosił bankructwo, siedzi w więzieniu za oszustwa, a ja bezczelnie wręczam mu nowy pozew, w którym domagam się kolejnych dziesięciu milionów.

Ale on nie wygląda na przejętego. Kończy czytać i odkłada pozew na blat pod siatką.

— Pan wie, że chroni mnie wyrok sądu upadłościowego? — mówi.

— Tak, wiem. — No, niezupełnie tak. Według akt sądowych o ogłoszenie upadłości wystąpił w marcu, dwa miesiące przed moim pozwem, i oficjalnie jest teraz bankrutem. Decyzja o upadłości nie zawsze chroni przed dalszymi procesami, to jednak kwestia czysto akademicka. Facet jest bez grosza jak bezdomny uchodźca i jest nie do ugryzienia. — Musieliśmy pana pozwać, bo to pan sprzedał tę polisę.

— Tak, wiem. Po prostu wykonuje pan swoją pracę.

— Właśnie. Kiedy pan stąd wychodzi?

— Za osiemnaście dni. A bo co?

— Bo może będziemy chcieli pana przesłuchać.

— Gdzie, tu?

— Może.

— Po co ten pośpiech? Dajcie mi najpierw wyjść, potem możecie mnie przesłuchiwać.

— Zastanowię się.

Ta krótka rozmowa jest dla niego jak urlop i wcale mu nie śpieszno ją kończyć. Przez chwilę gawędzimy o życiu w więzieniu, ale w końcu zaczynam zerkać na drzwi.

⋏ ⋏ ⋏

Nigdy przedtem nie byłem na górze domu pani Birdie i teraz okazuje się, że piętro jest tak samo zatęchłe i zakurzone jak parter. Otwieram drzwi do kolejnych pokoi, zapalam światło i szybko się rozglądam, potem gaszę światło i zamykam drzwi. Podłoga w korytarzu skrzypi. Wąskie schody prowadzą na drugie piętro, ale nie mam ochoty tam wchodzić.

Dom jest dużo większy, niż mi się zdawało. I dużo bardziej zapuszczony. Aż trudno sobie wyobrazić, że mogła tu mieszkać sama. Czuję wyrzuty sumienia, że nie poświęciłem jej więcej czasu, że nie pooglądałem z nią sitcomów i powtórek starych programów, że nie zjadłem więcej kanapek z indykiem i nie wypiłem więcej kubków rozpuszczalnej kawy.

Dół wygląda na równie nietknięty przez włamywaczy jak góra, i wychodząc, zamykam za sobą drzwi od patio na klucz. Trochę tu dziwnie bez niej. Nie pamiętam, żeby jej obecność w czymś mi pomagała, ale fajnie było mieć świadomość, że jest w tym wielkim domu i że w razie czego mogę się do niej zwrócić. Teraz nagle czuję się strasznie osamotniony.

W kuchni gapię się na telefon. Jest starego typu z obrotową tarczą i niewiele brakuje, a wykręciłbym numer Kelly. Jeśli odbierze ona, coś wymyślę. Jeśli odbierze on, odłożę słuchawkę. Mogą dojść, że dzwoniono z tego domu, ale ja w nim nie mieszkam.

Dziś myślałem o niej więcej niż wczoraj. W tym tygodniu więcej niż w zeszłym.

Muszę się z nią zobaczyć.

Rozdział 34

Jadę z Deckiem jego minivanem na dworzec autobusowy. Jest wczesny niedzielny poranek, świeci słońce, w powietrzu czuje się pierwszy powiew nadchodzącej jesieni. Na szczęście na kilka najbliższych miesięcy mamy z głowy męczącą wilgotną duchotę. Memphis w październiku to urocze miejsce.

Lotniczy bilet powrotny do Cleveland kosztuje niecałe siedemset dolarów. Liczymy, że pokój w niedrogim, ale przyzwoitym motelu będzie kosztować czterdzieści dolców za dobę, na jedzenie dużo nie wydam, bo dużo mi nie potrzeba. To my wystąpiliśmy o przesłuchanie świadków, więc związane z tym koszty obciążają nas. Najtańsza protokolantka sądowa, jaką udało mi się znaleźć w Cleveland, bierze sto dolarów dziennie za samą obecność plus dwa dolary za stronę spisanego i przepisanego zeznania. Zeznania liczące po sto i więcej stron nie są niczym niezwykłym. Chętnie nagralibyśmy wszystko na wideo, ale to nie wchodzi w rachubę.

Podobnie jak podróż samolotem. Kancelarii prawniczej Rudy'ego Baylora po prostu nie stać na wysłanie mnie do Cleveland samolotem. Nie ma mowy, bym zaryzykował jazdę toyotą po szosie, bo gdyby się rozkraczyła, nie zdążyłbym na czas i przesłuchania świadków trzeba by przesunąć. Deck bez entuzjazmu zaoferował mi swojego minivana, ale nim też nie mam ochoty wyruszać w tak daleką drogę.

Autobus linii Greyhound jest pewnym środkiem lokomocji, tyle że strasznie wolnym. Ale mam gwarancję, że dojadę na miejsce. Nie robię tego z wyboru, ale mówi się trudno. W końcu aż tak bardzo mi się nie śpieszy, a przy okazji pooglądam sobie widoki. I zaoszczędzimy kupę forsy. To wystarczająco dużo powodów.

Deck prowadzi i prawie nic nie mówi. Chyba jest trochę zawstydzony, że nie stać nas na coś lepszego. I zdaje sobie sprawę, że powinien mi towarzyszyć. Będę musiał stawić czoło gromadzie wrogo nastawionych świadków i przetrawić stosy dokumentów, do których będę musiał od razu się ustosunkować. Byłoby miło mieć pod bokiem bratnią duszę.

Żegnamy się na parkingu przed dworcem. Deck obiecuje pilnować interesu i rozejrzeć się za nowymi klientami. Nie wątpię, że się postara. Zostawia mnie i zawraca w stronę Szpitala Świętego Piotra.

Jeszcze nigdy nie jechałem greyhoundem. Dworzec jest nieduży, ale czysty, i roi się tu od niedzielnych podróżników, w większości starych i czarnych. Odnajduję właściwą kasę i wykupuję zarezerwowany bilet. Firmę kosztuje to sto trzydzieści dziewięć dolarów.

Autobus odjeżdża punktualnie o ósmej i kieruje się na zachód do Arkansas, potem skręca na północ do St. Louis. Mam szczęście, bo fotel obok mnie pozostaje pusty.

Autobus jest niemal pełny i zostały tylko trzy czy cztery wolne miejsca. Według rozkładu w St. Louis będziemy za sześć godzin, w Indianapolis o dziewiętnastej, w Cleveland o dwudziestej trzeciej. To oznacza piętnaście godzin w autobusie. Przesłuchania zaczynają się jutro o dziewiątej rano.

Jestem pewny, że moi oponenci z Trent i Brent jeszcze śpią. Potem zjedzą pyszne niedzielne śniadanie, w towarzystwie żon przejrzą na patio niedzielne gazety, może niektórzy wybiorą się do kościoła, potem zjedzą pyszny niedzielny obiad i pojadą

394

rozegrać partyjkę golfa. Około siedemnastej żony odwiozą ich na lotnisko, pocałują na pożegnanie i odprowadzą do poczekalni pierwszej klasy. Po godzinie prawnicy wylądują w Cleveland, gdzie zapewne będzie na nich czekał ktoś z Great Benefit, kto zawiezie ich do najlepszego hotelu w mieście. Po pysznej kolacji z aperitifami i winem usiądą w sali konferencyjnej w dyrekcji, gdzie do późna będą spiskowali przeciwko mnie. Mniej więcej gdy ja dotrę do Motelu 6 czy czegoś w tym rodzaju, oni już będą kładli się spać, wypoczęci i gotowi do walki.

∧　∧　∧

Centrala Great Benefit mieści się na zamożnym przedmieściu, zamieszkanym przez białych zbiegów z centrum Cleveland. Mówię taksówkarzowi, że szukam niedrogiego motelu w sąsiedztwie, a on od razu wie, dokąd mnie zawieźć. Zatrzymujemy się przed motelem Plaza Inn, obok mieści się McDonald's, po drugiej stronie ulicy wypożyczalnia wideo Blockbuster. Cała okolica jest taka — ulica pełna sklepów, fast foodów, migających tablic świetlnych, supermarketów, tanich moteli. Niedaleko musi też być jakieś centrum handlowe. Dzielnica wydaje się bezpieczna.

W motelu jest mnóstwo wolnych pokoi, płacę gotówką trzydzieści dwa dolary za jedną dobę i proszę o rachunek, bo tak mi polecił Deck.

Kładę się do łóżka dwie minuty po północy i wpatrzony w sufit zdaję sobie nagle sprawę, że poza recepcjonistą w motelu nikt na świecie nie wie, gdzie jestem i co się ze mną dzieje. Nie ma też nikogo, do kogo mógłbym zadzwonić i go o tym zawiadomić. Oczywiście nie mogę zasnąć.

∧　∧　∧

Od chwili gdy zacząłem nienawidzić Great Benefit, miałem też w głowie obraz ich siedziby. Oczami duszy widziałem wysoki nowoczesny budynek z mnóstwem szkła, fontanną przed wejściem, masztami na flagi i wielką brązową tablicą z logo i nazwą firmy. Wszędzie oznaki bogactwa i korporacyjnej potęgi.

No więc, niezupełnie. Sam budynek łatwo znaleźć, bo na betonowym wejściu widnieje wypisany wielkimi czarnymi literami adres: 5550 Baker Gap Road, nigdzie natomiast nie ma nazwy Great Benefit. Prawdę powiedziawszy, budynek jest prawie niezauważalny z ulicy. Żadnych fontann ani masztów i tylko czteropiętrowe gmaszysko z betonowych klocków, które na siebie zachodzą. Całość wygląda bardzo nowocześnie i bardzo brzydko. Zewnętrzne ściany pokrywa biały tynk i przyciemnione szyby.

Na szczęście wejście jest oznaczone i wkraczam do niewielkiego holu z kilkoma roślinami w plastikowych donicach pod jedną ścianą i atrakcyjną recepcjonistką za kontuarem pod drugą. Ma na głowie zgrabny zestaw ze słuchawkami i cienkim drutem z pokrytą filcem główką mikrofonu. Na ścianie za nią widnieją nazwy trzech firm: PinnConn Group, Green Lakes Marine i Great Benefit Ubezpieczenia na Życie. Która należy do której? Przy każdej widnieje logo wytrawione w brązie.

— Nazywam się Rudy Baylor. Jestem umówiony z Paulem Moyerem — mówię grzecznie.

— Chwileczkę, proszę. — Naciska jakiś guzik, czeka chwilę. — Pan Baylor do pana Moyera. — Mówiąc to, ani przez moment nie przestaje się uśmiechać.

Jego biuro musi być blisko wejścia, bo po niecałej minucie tonę w powodzi jego uścisków dłoni i serdecznych powitań. Podążam za nim w głąb holu i wsiadamy do windy. Jest mniej więcej w moim wieku i nie przestaje trajkotać o niczym. Wysiadamy na trzecim piętrze i od razu czuję się zagubiony w tym architektonicznym horrorze. Na trzecim piętrze podłogi są pokryte wykładziną dywanową, światła przyćmione, na ścianach wiszą obrazy. Moyer ciągle gada, wreszcie otwiera ciężkie podwoje i wpuszcza mnie do środka.

Witamy w pierwszej pięćsetce „Fortune". Znajduję się w dyrekcyjnej sali konferencyjnej z ogromnym, podłużnym, lśniącym stołem pośrodku i co najmniej pięćdziesięcioma krzesłami wokół. Nie, nie krzesłami — skórzanymi fotelami. Dwa metry nad środkiem stołu zwisa kryształowy żyrandol, w narożniku po lewej znajduje się barek, po mojej prawej stronie stoi taca z herbatnikami i bajglami. Wokół tacy siedzi grono spiskowców — ośmiu facetów w ciemnych garniturach, białych koszulach, krawatach w paski i czarnych butach. Ośmiu na jednego. Nerwowa dygotka w moich głównych organach przybiera rozmiary trzęsienia ziemi. Gdzie jest Tyrone Kipler, gdy go najbardziej potrzebuję? W tej chwili nawet obecność Decka byłaby kojąca.

Czterech z nich to fagasy z Trent i Brent — jednego pamiętam z przesłuchań w Memphis, trzej są mi zupełnie obcy. Na mój widok wszyscy od razu się stroszą. Przestają pić, przestają jeść, przestają rozmawiać i tylko świdrują mnie spojrzeniami. Chyba przerwałem im bardzo ważną naradę.

Pierwszy dochodzi do siebie T. Pierce Morehouse.

— Rudy, proszę, wchodź — mówi, ale tylko dlatego, że musi. Kiwam głową panom B. Deweyowi Clayowi Hillowi Trzeciemu, M. Allecowi Plunkowi juniorowi i Brandonowi Fullerowi Grone'owi, potem ściskam dłonie czterem nieznanym. Morehouse w tym czasie strzela ich nazwiskami, a ja po sekundzie je zapominam. Znajomy z potyczek w sali sądowej Kiplera nazywa się Jack Underhall, jest prawnikiem zatrudnionym w Great Benefit i pełni funkcję oficjalnego rzecznika firmy.

Moi oponenci wyglądają na świeżych i wypoczętych. Po trwającym godzinę locie i wykwintnej kolacji zdążyli się dobrze wyspać. Wszyscy są jak spod igły, jakby ich garnitury wyjęto z szaf, a nie podróżnych toreb. Ja mam oczy zmęczone i zaczerwienione, a moja koszula i ubranie są wygniecione. Ale mam na głowie ważniejsze sprawy.

Zjawia się protokolantka i T. Pierce gromadzi wszystkich przy stole. Po chwili namysłu wskazuje nam miejsca, zostawiając fotel u szczytu dla przesłuchiwanego świadka. Posłusznie siadam na wyznaczonym miejscu i próbuję przysunąć się bliżej stołu. Nie jest to łatwe, bo cholerny fotel waży chyba z tonę. Naprzeciwko mnie i co najmniej trzy metry dalej siedzi czterech fagasów z Trent i Brent. Hałaśliwie otwierają aktówki, robiąc przy tym maksymalnie dużo zamieszania. Zamki szczękają, suwaki bzyczą, papiery szeleszczą. W ciągu paru sekund stół aż się ugina pod stertami papierzysk.

Czterej miejscowi garniturowcy kręcą się niepewnie za plecami protokolantki i czekają na sygnał T. Pierce'a. Jego papiery i notatniki zostają wreszcie rozłożone i Pierce zwraca się do mnie:

— Proponuję, Rudy, żebyśmy zaczęli od wysłuchania rzecznika firmy Jacka Underhalla.

Spodziewałem się tego ruchu i postanowiłem do niego nie dopuścić.

— Nie, raczej nie — mówię nieco gardłowo. Ze wszystkich sił staram się zachować spokój w tej nierównej walce na boisku przeciwnika i przy wrogiej publiczności. Z kilku powodów nie chcę zaczynać przesłuchań od ich rzecznika, z których niebagatelną rolę odgrywa to, że oni tego chcą. To na mój wniosek prowadzone są te przesłuchania, powtarzam sobie w duchu.

— Słucham? — prycha T. Pierce.

— Słyszałeś, co powiedziałem. Chcę zacząć od Jackie Lemancyzk, likwidatorki szkód. Ale najpierw chciałbym dostać akta.

Klucz do każdej sprawy w złej wierze znajduje się w teczce z roszczeniami — dokumentacji, którą pracownik do spraw roszczeń trzyma w biurze. W dobrej sprawie w złej wierze taka dokumentacja stanowi zdumiewający chronologiczny zapis kolejnych wykrętów. Mam prawo do nich zajrzeć i powinienem był je otrzymać dziesięć dni temu. Drummond próbował zrzucić z siebie odpowiedzialność, twierdząc, że to jego klient się spóźnia. Kipler w swoim nakazie sądowym wyraźnie stwierdził, że akta mają na mnie czekać w poniedziałek od rana.

— Uważamy, że najlepiej będzie zacząć od pana Underhalla — upiera się T. Pierce, nie mając do tego żadnych uprawnień.

— Nie obchodzi mnie, co uważacie — mówię oburzony. Mogę sobie pozwolić na taką bezczelność, bo mam oparcie w Kiplerze. — Mam zadzwonić do sędziego? — dodaję, jak pewny swego zarozumiały gnojek.

Wprawdzie Kiplera tu nie ma, ale jego obecność wisi w powietrzu. Zgodnie z jego jednoznacznie sformułowanym nakazem, sześcioro świadków, o których wystąpiłem, ma być do mojej dyspozycji dziś od dziewiątej rano, i to ja decyduję o kolejności składania zeznań. Wszyscy mają pozostawać pod ręką aż do chwili, gdy ich zwolnię. Nakaz sędziego zawiera także furtkę do rozszerzenia listy świadków, gdybym w miarę zadawania pytań i wchodzenia głębiej uznał to za konieczne. Nie mogę sobie odmówić przyjemności postraszenia ich telefonem do Wysokiego Sądu.

— Tak... hm, no cóż, mamy... hm... problem z Jackie Lemancyzk — duka T. Pierce, obrzucając nerwowym spojrzeniem czterech garniturowców, którzy przesunęli się bliżej drzwi. Wszyscy wpatrują się w swoje buty, szurają i przestępują z nogi na nogę. T. Pierce siedzi dokładnie naprzeciwko mnie i widać, jak się wije.

— Co za problem? — pytam.

— Już tu nie pracuje.

Czuję, jak mi opada szczęka, i o mało nie rozdziawiam ust. Jestem zbity z tropu i przez dobrą chwilę nie wiem, co powiedzieć. Wlepiam w niego wzrok i pośpiesznie zbieram myśli.

— Kiedy odeszła? — pytam.

— Pod koniec ubiegłego tygodnia.

— To znaczy kiedy? W czwartek spotkaliśmy się w sądzie. Już wtedy o tym wiedzieliście?

— Nie. Odeszła w sobotę.

— Została zwolniona?

— Złożyła wymówienie.

— I co się z nią dzieje?

— Nie jest już naszą pracownicą i tyle. Nie możemy jej udostępnić jako świadka.

Przez chwilę przebiegam wzrokiem notatki w poszukiwaniu dalszych nazwisk.

— No dobrze, wobec tego Tony Krick, młodszy inspektor w dziale roszczeń.

Kolejna porcja szurania, przestępowania i wicia.

— Jego też już nie ma — odpowiada T. Pierce. — Został zwolniony w ramach redukcji etatów.

Jakby ktoś walnął mnie prosto w nos. Jestem lekko oszołomiony i nie bardzo wiem, co robić.

Great Benefit pozbyło się ludzi, żeby nie mogli mi nic powiedzieć.

— Co za zbieg okoliczności — mówię głucho. Plunk, Hill i Grone nie podnoszą wzroku znad notatników. Nie wyobrażam sobie, co mogą w nich pisać.

— Nasz klient przechodzi okresową redukcję etatów — wyjaśnia T. Pierce i udaje mu się zachować poważną minę.

— A co z Richardem Pellrodem, starszym inspektorem od roszczeń? Niech zgadnę, też został zredukowany.

— Nie, on nadal pracuje.

— A Russell Krokit?

— Pan Krokit opuścił nas, by dołączyć do innej firmy.

— A więc nie został zredukowany?

— Nie.

— Sam zrezygnował, tak jak Jackie Lemancyzk.

— Właśnie.

Russell Krokit był kierownikiem działu roszczeń i to on podpisał „głupi list". O ile wyjazd do Cleveland wywoływał we mnie nerwowość i przestrach, o tyle na przesłuchanie Krokita wręcz się cieszyłem.

— A Everett Lufkin, wiceprezes do spraw roszczeń? Też zredukowany?

— Nie. Pracuje.

Zapada bardzo długa cisza, podczas której wszyscy udają, że coś robią, a tak naprawdę czekają, aż opadnie bitewny kurz. Mój pozew doprowadził do krwawej jatki w firmie. Piszę wolno w notatniku, robiąc listę następnych kroków.

— Gdzie jest dokumentacja? — pytam.

T. Pierce sięga za siebie, bierze stertę papierów i przesuwa po stole w moją stronę. Kserokopie akt obciągnięte grubymi gumowymi opaskami.

— Ułożone chronologicznie? — upewniam się. W nakazie Kiplera było to wyraźnie zaznaczone.

— Chyba tak — odpowiada T. Pierce i obrzuca czterech garniturowców z Great Benefit takim spojrzeniem, jakby chciał ich udusić. Sterta kopii ma co najmniej dziesięć centymetrów grubości. Nie zdejmując gumowych opasek, mówię:

— Potrzebuję godziny. Potem będziemy kontynuowali.

— Oczywiście — odpowiada T. Pierce. — Mamy tam niewielką salkę konferencyjną. — Wstaje i wyciąga rękę w stronę ściany za moimi plecami.

Idę za nim i Jackiem Garniturowcem do sąsiedniego pomieszczenia, gdzie mnie zostawiają. Siadam przy stole i natychmiast zabieram się do studiowania dokumentacji.

Po godzinie wracam do głównej sali. Wszyscy piją kawę i męczą się rozmową o niczym.

— Muszę zadzwonić do sędziego — oświadczam i T. Pierce obrzuca mnie niespokojnym spojrzeniem. — Stamtąd — dodaję, wskazując sąsiednie pomieszczenie.

T. Pierce bierze jedną słuchawkę, ja drugą, i dzwonię do biura Kiplera. Odbiera po drugim dzwonku. Pierce i ja się przedstawiamy i mówimy „dzień dobry".

— Natknąłem się na pewne problemy, panie sędzio — zaczynam, starając się utrafić we właściwy ton.

— Jakie problemy? — burczy. T. Pierce w milczeniu wpatruje się w podłogę.

— Spośród sześciorga świadków wymienionych w moim wniosku i pańskim nakazie, troje nagle zniknęło. Albo złożyli wymówienie, albo zostali zredukowani, albo padli ofiarą innego, równie zgubnego wydarzenia. W każdym razie ich nie ma. Wszystko stało się w końcu ubiegłego tygodnia.

— Kto taki?

Jestem pewny, że sędzia ma przed sobą nakaz i patrzy na listę nazwisk.

— Jackie Lemancyzk, Tony Krick i Russel Krokit już tu nie pracują. Pellrod, Lufkin i Underhall, rzecznik firmy, jakimś cudem przeżyli pogrom.

— A co z dokumentacją?

— Dostałem kopie akt dotyczących roszczenia i je przejrzałem.

— No i?

— Brakuje co najmniej jednego dokumentu. — Nie spuszczam wzroku z Pierce'a. Marszczy groźnie czoło, jakby nie mógł uwierzyć w to, co słyszy.

— Mianowicie?

— „Głupiego listu". W aktach go nie ma. Niczego więcej nie zdążyłem sprawdzić.

Adwokaci reprezentujący Great Benefit ujrzeli „głupi list" po raz pierwszy w zeszłym tygodniu. Egzemplarz, który Dot wręczyła Drummondowi podczas przesłuchania, był w trzech miejscach ostemplowany stemplem „kopia". Zrobiłem to celowo po to, że jeśli list pojawi się później, będzie wiadomo, skąd pochodzi. Oryginał tkwi bezpiecznie pod kluczem w moim biurze. W tej sytuacji Drummond i jego banda za bardzo by ryzykowali, gdyby chcieli teraz wysłać swoją kopię do Great Benefit w celu dołączenia do dokumentacji.

— To prawda, Pierce? — prycha Kipler.

Pierce wygląda na autentycznie zagubionego.

— Przykro mi, Wysoki Sądzie, ale nie wiem. Przejrzałem dokumentację, ale, no cóż, jak pan się domyśla, nie sposób wszystkiego sprawdzić.

— Siedzicie obaj w jednym pomieszczeniu?

— Tak, panie sędzio — odpowiadamy chórem.

— Dobrze. Pierce, wyjdź z pokoju. Rudy, zostań przy telefonie.

T. Pierce otwiera usta, żeby coś powiedzieć, ale się reflektuje. Jest zdezorientowany. Bez słowa odkłada słuchawkę i wychodzi z sali.

— Tak, panie sędzio. Jestem już sam — mówię.

— W jakim są nastroju? — pyta sędzia.

— Dość spięci.

— Nie dziwię się, bo wiedzą, co teraz zrobię. Pozbywając się świadków i ukrywając dokumenty, umożliwili mi wydanie nakazu przeprowadzenia wszystkich przesłuchań tu na miejscu. To leży w mojej gestii, a oni zasługują na ukaranie. Myślę, że powinieneś teraz przesłuchać Underhalla i nikogo więcej. Pytaj, o co chcesz, ale spróbuj go przyskrzynić w sprawie pozbycia się trojga świadków. Zwal na niego wszystko, co się da. Kiedy z nim skończysz, wracaj do domu. Wyznaczę przesłuchanie na koniec tego tygodnia i dotrzemy do sedna. Weź też od nich akta ubezpieczeniowe.

Notuję najszybciej jak mogę.

— Zawołaj teraz Pierce'a — mówi na koniec. — Wystaw mi go na strzał.

▲   ▲   ▲

Jack Underhall to korpulentny niski jegomość z przyciętym krótko wąsikiem i oszczędnym sposobem mówienia. Rzuca nieco światła na status firmy. Great Benefit należy do PinnConn, prywatnej spółki, której udziałowców trudno zidentyfikować. Wypytuję go o szczegóły powiązań między trzema firmami, które mają tu siedzibę, i szybko się w tym wszystkim gubię. Przez godzinę rozmawiamy o strukturze organizacyjnej. Zaczynamy od prezesa i kolejno posuwamy się w dół. Rozmawiamy o produktach, wynikach sprzedaży, rynkach, oddziałach, personelu. Wszystko jest na swój sposób interesujące, ale kompletnie bez związku ze sprawą. Pokazuje mi podania o rozwiązanie stosunku służbowego od dwojga brakujących świadków i zapewnia, że ich odejście nie miało nic wspólnego ze sprawą Blacka.

Przypiekam go przez trzy godziny i wreszcie daję spokój. Pogodziłem się z myślą, że mój pobyt w Cleveland potrwa co najmniej trzy dni, podczas których będę siedział w sali w towarzystwie trzech fagasów z Trent i Brent i użerał się z kolejnymi wrogo nastawionymi świadkami, spędzając noce na przekopywaniu się przez stery dokumentacji.

Okazuje się, że opuszczam siedzibę Great Benefit przed czternastą, by już nigdy do niej nie wrócić. Wynoszę całe naręcze dokumentów do przejrzenia przez Decka i czuję się podniesiony na duchu myślą, że teraz ci zasrańcy będą musieli grać na moim boisku i składać zeznania w moim sądzie, a mój sędzia będzie cały czas w pobliżu.

Powrotna podróż autobusem do Memphis wydaje się o wiele krótsza.

Rozdział 35

Deck posługuje się wizytówką, na której nazywa się „paraprawnikiem", co dla mnie jest zupełnie nowym tworem. Kręci się po korytarzach sądu miejskiego i poluje na drobnych przestępców, którzy czekają na wezwanie przed oblicze któregoś z sędziów. Wybiera kogoś wyglądającego na wystraszonego i trzymającego w garści kawałek papieru i przypuszcza atak. Nazywa to dwuetapową strategią sępa, która polega na szybkim upolowaniu ofiary metodą doprowadzoną do perfekcji przez ulicznych prawników kręcących się koło sądu miejskiego. Kiedyś nawet mnie zaprosił, żebym mu towarzyszył i poznał arkana tej sztuki, ale odmówiłem.

▲   ▲   ▲

Derrick Dogan został namierzony jako ofiara dwuetapowej strategii sępa, ale sprawa się posypała, gdy spytał Decka: „Co to, u diabła, jest paraprawnik?". Deck, mający zawsze na podorędziu gotowe formułki, tym razem nie był w stanie udzielić zadowalającej odpowiedzi i szybko się zmył. Ale Dogan zachował jego wizytówkę, po czym tak się złożyło, że tego samego dnia

405

został potrącony przez nastolatka za kierownicą. W rezultacie niecałą dobę po tym, jak pogonił Decka przed budynkiem sądu miejskiego, leżąc w kilkuosobowej sali w Szpitalu Świętego Piotra, zadzwonił pod numer z wizytówki. Deck odebrał telefon w biurze, gdzie akurat ślęczałem nad stosem dokumentów tworzących nieprzeniknioną sieć zależności ubezpieczeniowych. Chwilę potem obaj biegliśmy w kierunku szpitala. Dogan chciał rozmawiać, ale nie z żadnym paraprawnikiem, tylko z prawdziwym adwokatem.

▲ ▲ ▲

To półlegalna wizyta w szpitalu, moja pierwsza. Dogan ma złamaną nogę, połamane żebra i złamany nadgarstek, jego twarz jest poraniona i posiniaczona. Jest młody, ma około dwudziestki, na palcu brak obrączki. Przejmuję inicjatywę jak na prawdziwego adwokata przystało i serwuję dobrze przećwiczone teksty o unikaniu firm ubezpieczeniowych i niemówieniu nic nikomu. Sprawa będzie między nami a nimi, a moja kancelaria prowadzi więcej spraw w związku z wypadkami drogowymi niż ktokolwiek inny w mieście. Deck słucha i się uśmiecha. Dobrze mnie wyćwiczył.

Dogan podpisuje umowę i upoważnienie, które da nam dostęp do jego karty szpitalnej. Jest strasznie obolały, więc długo nie siedzimy. Mamy na umowie jego nazwisko. Żegnamy się i obiecujemy odezwać się jutro.

Już w południe Deck dysponuje kopią protokołu miejsca wypadku i jest po rozmowie z ojcem nastolatka. Są ubezpieczeni w State Farm. Ojciec nie jest pewny, ale mówi Deckowi, że o ile mu wiadomo, polisa ma odpowiedzialność ograniczoną do dwudziestu pięciu tysięcy dolarów. Zarówno jemu, jak i chłopakowi jest bardzo przykro, że do tego doszło. Nie ma problemu, zapewnia go Deck, wdzięczny za wypadek.

Jedna trzecia z dwudziestu pięciu tysięcy to osiem tysięcy z groszami. Na lunch idziemy do Duxa, cudownej restauracji w hotelu Peabody. Zamawiam wino, Deck zjada deser. To naj-wznioślejsza chwila w historii naszej firmy. Przez trzy godziny liczymy i wydajemy nasze pieniądze.

▲ ▲ ▲

O siedemnastej trzydzieści w czwartek, po poniedziałku spę-dzonym w Cleveland, spotykamy się w sali sądowej sędziego Kiplera. Wysoki Sąd wybrał porę tak, żeby wielki Leo F. Drum-mond zdążył przybiec z wywieszonym językiem po całym dniu spędzonym w innym sądzie i dostać następny opieprz. Jego zjawienie się uzupełnia skład strony pozwanej i od tej chwili cała piątka stara się zachować pozory spokoju i pewności siebie, choć wszyscy wiedzą, że czekają ich trudne chwile. Na sali jest też Jack Underhall, prawnik zatrudniony w Great Benefit, natomiast pozostali trzej garniturowcy woleli zostać w Cleveland. Wcale im się nie dziwię.

— Uprzedzałem pana w kwestii dokumentów, mecenasie Drum-mond — karci go sędzia z wysokości ławy sędziowskiej. Rozpoczął spotkanie niecałe pięć minut temu, a Drummond już broczy krwią. — Sądziłem, że wyrażam się jasno, ale na wszelki wypadek powtórzyłem wszystko w pisemnym nakazie sądowym, prawda? No i co z tego wyszło?

To zapewne nie wina Drummonda. To jego klient robi uniki i nie mówi mu całej prawdy. Wcale bym się nie zdziwił, gdyby Drummond ze swej strony też zrobił awanturę facetom z Cleveland. Leo Drummond to wcielone ego, które nie lubi być upokarzane. Jest mi go prawie żal. Tkwi w samym środku gigantycznego procesu w sądzie federalnym, gdzie gra toczy się o miliardy dolarów, i pewnie śpi po trzy godziny na dobę, myśląc o setkach rzeczy naraz, a tu jeszcze ciągają go po sądzie miejskim, gdzie musi bronić wątpliwych poczynań krnąbrnego klienta.

Prawie mi go żal.

— Nie ma żadnego usprawiedliwienia, Wysoki Sądzie — mówi i zatroskanie w jego głosie brzmi przekonująco.

— Kiedy się pan dowiedział, że tych troje świadków już nie pracuje?

— W niedzielę po południu.

— Czy próbował pan zawiadomić pełnomocnika powoda?

— Próbowałem, ale nie udało nam się go zlokalizować. Dzwoniliśmy nawet do linii lotniczych, ale bez rezultatu. Trzeba było do Greyhounda.

Kipler ostentacyjnie kręci głową i marszczy z niezadowoleniem czoło.

— Niech pan siada, panie Drummond — burczy. Na razie nie otworzyłem jeszcze ust. — Oto plan działania, panowie — mówi sędzia. — Za tydzień od najbliższego poniedziałku spotkamy się tu wszyscy w celu wysłuchania zeznań. Z ramienia pozwanego stawią się następujące osoby: Richard Pellrod, starszy inspektor do spraw roszczeń, Everett Lufkin, wiceprezes do spraw roszczeń, Kermit Aldy, wiceprezes do spraw ubezpieczeń, Bradford Barnes, wiceprezes administracyjny, i M. Wilfred Keeley, dyrektor naczelny. — Kipler kazał mi sporządzić listę wszystkich, których chciałbym przepytać.

Niemal słyszę, jak powietrze na sali zostaje zassane do płuc fagasów siedzących na ławie po drugiej stronie sali.

— Żadnych wymówek, żadnych opóźnień, żadnych przesunięć terminu. Oczywiście przyjeżdżają na własny koszt. Wszyscy mają być gotowi do składania wyjaśnień według życzeń pełnomocnika powódki i będą mogli oddalić się tylko za jego zgodą. Wszystkie koszty związane z tą procedurą, w tym także honorarium stenotypistki i koszt kopiowania protokołów, zostaną pokryte przez firmę Great Benefit. Zaplanujmy wstępnie, że wszystko potrwa trzy dni. Ponadto kopie wszystkich dokumentów mają być doręczone stronie powodowej najpóźniej do środy przyszłego tygodnia, pięć dni przed rozpoczęciem przesłuchań. Wszystkie kopie mają być czytelne i ułożone w porządku chronologicznym. Niespełnienie tego warunku pociągnie za sobą surowe sankcje. A skoro mowa o sankcjach, nakazuję pozwanemu, firmie Great Benefit, wypłacenie mecenasowi Baylorowi odszkodowania na pokrycie kosztu zbędnego wyjazdu do Cleveland. Panie Baylor, ile kosztuje powrotny bilet lotniczy do Cleveland?

— Siedemset dolarów — odpowiadam zgodnie z prawdą.

— W klasie pierwszej czy turystycznej?

— Turystycznej.

— Panie Drummond, wasza kancelaria delegowała do Cleveland czterech prawników. Polecieli tam pierwszą czy turystyczną? Drummond obrzuca spojrzeniem T. Pierce'a, a ten kuli się jak dziecko przyłapane na kradzieży.

— Pierwszą — bąka.

— Tak myślałem. Ile kosztuje bilet pierwszej klasy?

— Tysiąc trzysta.

— Ile pan wydał na zakwaterowanie i jedzenie, panie Baylor?

W rzeczywistości niecałe czterdzieści dolarów, ale byłoby głupio przyznać się do tego w tym gronie. Żałuję, że nie wynająłem apartamentu.

— Około sześćdziesięciu dolarów — mówię, trochę naciągając, ale nie wykazując nadmiernej chciwości.

Kipler wszystko skrupulatnie notuje i widać, że w jego głowie furczy maszynka do liczenia.

— Ile zajęła panu podróż? Sądzę, że co najmniej po dwie godziny w każdą stronę.

— Co najmniej — potwierdzam.

— Licząc po dwieście dolarów za godzinę, to osiemset dolarów. Jeszcze jakieś wydatki?

— Dwieście pięćdziesiąt za protokolantkę.

Kipler zapisuje, wszystko sumuje, sprawdza wynik i oświadcza:

— Nakazuję pozwanemu wypłacenie panu Baylorowi kwoty dwóch tysięcy czterystu dziesięciu dolarów w charakterze sankcji i zrobienie tego w ciągu pięciu dni. W przypadku gdyby pan Baylor nie otrzymał tej kwoty do końca piątego dnia, jej wysokość będzie ulegała automatycznemu podwojeniu za każdy dzień zwłoki, aż do otrzymania przez niego czeku. Czy pan mnie zrozumiał, panie Drummond?

Nie mogę opanować uśmiechu.

Drummond podnosi się wolno i staje lekko pochylony, z rozłożonymi na boki rękami.

— Zgłaszam sprzeciw — mówi cicho. Widać, że w środku kipi, ale panuje nad sobą.

— Sprzeciw zostaje odnotowany. Pański klient ma pięć dni na zapłacenie.

— Nie ma dowodów na to, że pan Baylor leciał pierwszą klasą.

W naturze pełnomocnika pozwanego leży sprzeciwianie się wszystkiemu. Czepianie się drobiazgów daje mu satysfakcję i przynosi korzyści. Ale jego klientowi nie zależy na takich pieniądzach i Drummond powinien wiedzieć, że daleko tak nie zajedzie.

— Najwyraźniej podróż do Cleveland i z powrotem warta jest tysiąc trzysta dolarów, panie Drummond. I tyle pański klient ma zapłacić.

— Pan Baylor nie ma stawki godzinowej.

— Chce pan przez to powiedzieć, że jego czas jest bezwartościowy?

— Nie.

Chce przez to powiedzieć, że jestem tylko początkującym ulicznym kauzyperdą i mój czas nie jest nawet w przybliżeniu tyle wart co czas jego i jego ludzi.

— Zatem należy mu się po dwieście dolarów za godzinę. I niech się pan cieszy, bo przez chwilę zastanawiałem się nad obciążeniem pańskiego klienta za wszystkie godziny spędzone przez niego w Cleveland.

No nie!

Drummond nerwowo macha rękami i siada, Kipler wlepia w niego spojrzenie. W ciągu zaledwie paru miesięcy pracy na stanowisku sędziego zdążył już zdobyć reputację niechętnego wielkim korporacjom. Wielokrotnie korzystał już z sankcji karnych i w kręgach prawniczych aż huczy na ten temat. Dużo nie potrzeba.

— Coś jeszcze? — burczy w stronę ławy strony pozwanej.

— Nie, Wysoki Sądzie — odpowiadam głośno, głównie po to, by wszystkim przypomnieć, że tu jestem.

Spiskowcy po drugiej stronie sali zgodnie kręcą głowami i Kipler wali drewnianym młotkiem. Szybko zbieram papiery i wychodzę z sali.

▲ ▲ ▲

Na kolację jem u Dot kanapkę z bekonem. Słońce powoli chowa się za drzewami rosnącymi za domem i fordem, w którym siedzi Buddy i odmawia przyjścia na kolację. Dot mówi, że ze względu na Donny'ego spędza w nim ostatnio coraz więcej czasu. Donny'emu zostało już tylko kilka dni życia i Buddy radzi sobie z tym, chowając się w samochodzie i pijąc. Co rano siedzi przez kilka minut przy łóżku syna, zwykle wychodzi zapłakany i przez resztę dnia wszystkich unika.

Nie mówiąc o tym, że z reguły nie wchodzi do domu, jeśli jest w nim ktoś obcy. Mnie to nie przeszkadza, Dot zresztą też nie. Rozmawiamy o procesie, o krętactwach Great Benefit i niezwykłym poczuciu sprawiedliwości sędziego Tyrone'a Kiplera, ale Dot straciła już wolę walki. Wygląda na to, że ta pełna energii kobieta, którą poznałem pół roku temu w „Cyprysowych Ogrodach", już się poddała. Wtedy myślała, że adwokat — każdy adwokat, nawet ja — potrafi na tyle wystraszyć Great Benefit, że staną na wysokości zadania. Wtedy był jeszcze czas na cud. Teraz straciła resztki nadziei.

Dot będzie się zawsze obwiniała o śmierć Donny'ego Raya. Wielokrotnie powtórzyła, że gdy Great Benefit po raz pierwszy odmówiło uznania roszczenia, powinna od razu zwrócić się do prawnika. A ona wdała się z nimi w korespondencję. Jestem prawie pewny, że Great Benefit pod groźbą sprawy sądowej szybko by się ugięło i pokryło koszty leczenia. Sądzę tak z dwóch powodów. Po pierwsze, nie mają racji i wiedzą o tym. Po drugie, wkrótce po tym, jak ja, żółtodziób, wniosłem pozew do sądu, zaproponowali wypłacenie siedemdziesięciu pięciu tysięcy dolarów. Boją się. Ich prawnicy się boją. Ich ludzie w Cleveland też się boją.

Dot robi mi kubek rozpuszczalnej bezkofeinowej i idzie zajrzeć do męża. Zabieram kawę i przechodzę na tył domu, do pokoju Donny'ego Raya. Śpi przykryty prześcieradłem, skulony na prawym boku. Jedyne światło w pokoju pochodzi od małej lampki w rogu. Siadam blisko niej, zwrócony plecami do otwartego okna, by złapać chłodny powiew. Na dworze i w pokoju panują cisza i spokój.

Testament Donny'ego jest krótki i prosty. W dwóch akapitach przekazuje wszystko swojej matce. Przygotowałem go dla niego tydzień temu. Nie jest nic nikomu winien i niczego nie posiada, więc testament jest właściwie zbędny. Ale sporządzenie go dało mu satysfakcję. Zaplanował też swój pogrzeb. Dot zajęła się przygotowaniami, ja mam być jednym z niosących trumnę.

Biorę do ręki tę samą książkę, którą czytam z przerwami od dwóch miesięcy. To krótkie bryki czterech powieści. Książka ma ze trzydzieści lat i jest jedną z nielicznych w domu. Zostawiam ją zawsze w tym samym miejscu i za każdym razie czytam po kilka stron.

Donny Ray stęka i lekko się rzuca. Zastanawiam się, jak to będzie, gdy któregoś ranka Dot do niego wejdzie, a on się nie obudzi.

Kiedy przy nim siedzę, zawsze zostawia nas samych. Słyszę przez ścianę, jak zmywa naczynia. Domyślam się, że Buddy pewnie wrócił już do domu. Czytam przez godzinę i od czasu do czasu zerkam na Donny'ego Raya. Jeśli się obudzi, chwilę pogawędzimy albo może włączę telewizor. Co będzie chciał.

Nagle słyszę za ścianą obcy głos i pukanie do drzwi. Drzwi wolno się otwierają i chwilę trwa, nim rozpoznaję młodego człowieka, który w nich staje. To doktor Kord z wizytą domową. Podajemy sobie ręce i przez chwilę szepczemy w nogach łóżka, potem podchodzimy parę kroków bliżej okna.

412

— Właśnie byłem w okolicy — mówi szeptem, jakby regularnie tędy przejeżdżał.

— Siadaj — zapraszam, wskazując drugie krzesło w pokoju. Siedzimy plecami do okna, stykając się kolanami i nie spuszczając wzroku z umierającego chłopaka, który leży na łóżku dwa metry od nas.

— Od jak dawna tu jesteś? — pyta.

— Ze dwie godziny. Zjadłem z Dot kolację.

— Obudził się w tym czasie?

— Nie.

Siedzimy w półmroku, czując na plecach łagodny powiew wiatru. Zegary rządzą naszym życiem, ale w tej chwili czas utracił sens.

— Tak się zastanawiałem — mówi Kord tak cicho, że ledwo go słyszę — nad tym procesem. Wiadomo już, kiedy się rozpocznie?

— Ósmego lutego.

— To pewne?

— Na to wygląda.

— Nie sądzisz, że byłoby lepiej, gdybym zeznawał przed ławą przysięgłych na żywo, a nie tylko z taśmy wideo czy w postaci pisemnego oświadczenia?

— Oczywiście, że byłoby lepiej.

Kord praktykuje już od kilku lat i ma doświadczenie z sądami i składaniem zeznań do protokołu. Pochyla się do przodu i opiera łokcie na kolanach.

— No to zapomnijmy o pisemnej opinii. Zrobię to na żywo i w kolorze, i nie wystawię rachunku.

— To bardzo szlachetnie z twojej strony.

— Nie ma o czym mówić. Przynajmniej tyle mogę zrobić.

Przez dłuższą chwilę obaj o tym myślimy. Z kuchni dobiegają sporadyczne dźwięki, ale poza tym w domu panuje cisza. Kord należy do rozmówców, którym nie wadzą długie przerwy w rozmowie.

— Wiesz, na czym polega moja praca? — pyta w końcu.

— Na czym?

— Na diagnozowaniu ludzi i szykowaniu ich na śmierć.

— Dlaczego wybrałeś onkologię?

— Chcesz znać prawdę?

— Jasne.

— Bo jest duży popyt na onkologów. To proste, nie? Mniejszy tłok niż w większości innych specjalności.

— Pewnie ktoś musi to robić.

— Nie jest aż tak źle, naprawdę. Kocham swoją pracę. — Przerywa i przez chwilę patrzy na pacjenta. — Ale ten to trudny przypadek, kiedy trzeba patrzeć, jak pacjent umiera z braku leczenia. Gdyby przeszczepy szpiku nie były tak piekielnie drogie, może udałoby się coś zrobić. Byłem gotów bezpłatnie poświęcić swój czas i pracę, ale to nadal łączyłoby się z wydatkiem rzędu dwustu tysięcy dolarów. Żaden szpital i żadna klinika w kraju nie zrezygnuje z takich pieniędzy.

— Człowiek zaczyna nienawidzić firmy ubezpieczeniowe, prawda?

— Tak, i to szczerze. — Milknie na dłuższą chwilę, a potem dodaje: — Dajmy im popalić.

— Cały czas próbuję.

— Jesteś żonaty? — pyta, prostując plecy i zerkając na zegarek.

— Nie. A ty?

— Nie. Rozwiedziony. Chodźmy gdzieś na piwo.

— Dobra. Gdzie?

— Znasz bar ostrygowy Murphy'ego?

— Oczywiście.

— Spotkajmy się tam.

Przechodzimy na palcach obok łóżka Donny'ego Raya i żegnamy się z Dot, która siedzi na ganku, huśtając się i paląc.

ᐱ ᐱ ᐱ

Telefon dzwoni o trzeciej dwadzieścia rano i wyrywa mnie ze snu. Albo zmarł Donny Ray, albo spadł jakiś samolot i Deck jest w ogniu walki. Bo któż inny może dzwonić o tej porze?

— Rudy? — Słyszę znajomy głos.

— Pani Birdie! — wykrzykuję i sięgam do kontaktu.

— Przepraszam, że dzwonię o tak okropnej porze.

— Nie szkodzi. Co u pani?

— Strasznie źle mnie traktują.

Przymykam oczy, oddycham głęboko i opadam na łóżko. Dlaczego mnie to nie dziwi?

— Kto panią źle traktuje? — pytam, ale tylko dlatego, że tak wypada. Na tym etapie trudno mi się tym przejmować.

— Najgorsza jest June — mówi pani Birdie, jakby miała swój prywatny ranking. — Nie chce mnie tutaj.

— Mieszka pani z Randolphem i June?

— Tak, i jest strasznie. Po prostu strasznie. Boję się cokolwiek zjeść.

— Dlaczego?

— Bo może być zatrute.

— Niech pani nie przesadza, pani Birdie.

— Mówię poważnie. Wszyscy tylko czekają, aż umrę. Podpisałam nowy testament. Zapisałam im wszystko, co chcieli, wiesz, podpisałam w Memphis i gdy wróciliśmy do Tampy, przez parę dni byli słodcy jak cukierki. Wnuki wciąż do mnie wpadały. Przynosili mi kwiaty i czekoladki. A potem Delbert zawiózł mnie do lekarza na badanie. Lekarz mnie zbadał i powiedział, że jestem w dobrej kondycji. Myślę, że liczyli na coś innego. Wyglądali na bardzo rozczarowanych i z dnia na dzień się zmienili. June znów się stała wstrętną przybłędą, którą naprawdę jest. Randolph zaczął grać w golfa i nigdy nie ma go w domu. Delbert siedzi na psich wyścigach. Vera nienawidzi June, June nienawidzi Very. Większość wnuków nigdzie nie pracuje i nagle wszyscy gdzieś się rozpierzchli.

— Dlaczego pani dzwoni o tej porze, pani Birdie?

— Bo muszę się zakradać, żeby zadzwonić. Wczoraj June oświadczyła, że nie wolno mi korzystać z telefonu. Poszłam z tym do Randolpha, a on powiedział, że wolno mi dzwonić dwa razy

415

dziennie. Tęsknię za swoim domem, Rudy. Wszystko z nim w porządku?

— W porządku, pani Birdie.

— Nie mogę tu dłużej siedzieć. Umieścili mnie w małym pokoiku z małą łazienką na tyłach domu. Wiesz, że przywykłam do wielu pokoi.

— Tak, pani Birdie. — Wyraźnie czeka na moją deklarację, że po nią przyjadę, ale nie mam zamiaru tego robić. Przeniosła się niecały miesiąc temu i tak jest dla niej lepiej.

— A Randolph namawia mnie do podpisania pełnomocnictwa, w którym upoważnię go do występowania w moim imieniu. Co o tym myślisz?

— Nigdy nie zalecam moim klientom, żeby coś takiego podpisywali. To nie jest dobry pomysł, panie Birdie. — Nigdy nie zetknąłem się z taką sytuacją, ale w jej przypadku to złe rozwiązanie.

Biedny Randolph. Robi, co może, żeby dobrać się do jej dwudziestomilionowej fortuny. Ciekawe, jak się zachowa, kiedy się dowie prawdy? Pani Birdie narzeka, że źle ją traktują. Dopiero wtedy się przekona.

— No cóż, sama nie wiem. — Jej głos lekko zanika.

— Niech pani niczego nie podpisuje.

— I jeszcze coś. Wczoraj Delbert, oj... ktoś idzie. Muszę kończyć. — Słychać pyknięcie odkładanej słuchawki. Oczami duszy widzę June ze skórzanym pasem w ręku, która idzie spuścić lanie pani Birdie za bezprawne skorzystanie z telefonu.

Nie traktuję tej rozmowy jako czegoś ważnego. Raczej jako coś zabawnego. Jeśli pani Birdie chce wrócić do domu, to po nią pojadę.

Udaje mi się na nowo zasnąć.

Rozdział 36

Wybieram numer zakładu karnego i proszę o połączenie z tą samą kobietą, z którą rozmawiałem przed pierwszą wizytą u Otta. Zgodnie z przepisami musi wyrazić zgodę na każde widzenie. Zanim wezwiemy go do złożenia zeznań, chcę jeszcze raz z nim porozmawiać.

W słuchawce słyszę, jak stuka w klawiaturę.

— Bobby'ego Otta już tu nie ma — mówi po chwili.

— Co?

— Wyszedł trzy dni temu.

— Powiedział, że zostało mu osiemnaście dni. A było to tydzień temu.

— No to pech. Tu go już nie ma.

— I dokąd poszedł? — pytam, nie wierząc własnym uszom.

— Chyba pan żartuje — odpowiada kobieta i się rozłącza.

Ott jest na wolności. Okłamał mnie. Udało nam się go znaleźć, a teraz znów będzie się ukrywał.

⋏ ⋏ ⋏

Telefon, którego od dawna się obawiam, dzwoni w końcu w niedzielę rano. Siedzę na patio domu pani Birdie, jakbym był

417

u siebie, czytam niedzielną gazetę, sączę kawę i rozkoszuję się piękną pogodą. Dzwoni Dot z wiadomością, że godzinę temu znalazła syna martwego. Wieczorem usnął jak zwykle i już się nie obudził.

Jej głos trochę drży, ale w zasadzie panuje nad emocjami. Rozmawiamy przez chwilę i nagle zdaję sobie sprawę, że zasycha mi w gardle, a pod powiekami czuję łzy. W jej głosie słyszę coś na kształt ulgi. „Teraz jest mu już lepiej", powtarza kilkakrotnie. Mówię, że jej współczuję, i obiecuję przyjechać po południu.

Przechodzę przez podwórko do hamaka, opieram się plecami o dąb i ocieram łzy. Przysiadam na hamaku z nogami na ziemi, zwieszam głowę i odmawiam ostatnią z moich wielu modlitw za Donny'ego Raya.

⋏ ⋏ ⋏

Dzwonię do sędziego Kiplera z wiadomością o śmierci Blacka. Pogrzeb wyznaczono na jutro na czternastą, co stanowi pewien problem. Składanie zeznań ma się rozpocząć jutro o dziewiątej rano i trwać niemal do końca tygodnia. Jestem pewny, że garniturowcy z Cleveland są już w mieście i pewnie ćwiczą odpowiedzi przed kamerą pod okiem Drummonda. Wiem, jak bywa skrupulatny.

Kipler prosi, żebym mimo wszystko przyszedł do sądu na dziewiątą, a on zajmie się resztą. Zapewniam go, że jestem przygotowany. W każdym razie powinienem być. Spisałem na maszynie wszystkie pytania do wszystkich świadków, a Wysoki Sąd podpowiedział mi parę rzeczy. Listę pytań przejrzał również Deck.

Kipler przebąkuje, że być może będzie musiał przełożyć jutrzejsze przesłuchania, bo ma jutro dwie inne ważne sesje.

Wszystko mi jedno. W tej chwili jest mi to praktycznie obojętne.

⋏ ⋏ ⋏

Gdy docieram do domu Blacków, cała okolica wydaje się pogrążona w żałobie. Ulica i podjazd są oblepione samochodami, które stoją zderzak przy zderzaku. Mężczyźni kręcą się przed domem i siedzą na ganku. Uśmiecham się i przepycham przez żałobników do domu, gdzie znajduję Dot w kuchni obok lodówki. Dom jest pełen ludzi. Na stole i kuchennych blatach stoją zapiekanki, jakieś potrawy w żaroodpornych naczyniach i półmiski z kawałkami pieczonego kurczaka.

Obejmujemy się z Dot i delikatnie ściskamy. Wyrażam swój żal, mówiąc po prostu, że jest mi przykro, a ona dziękuje mi za przyjście. Oczy ma zaczerwienione, ale czuję, że jest już zmęczona płaczem. Pokazuje jedzenie i prosi, żebym się częstował. Zostawiam ją w gronie sąsiadek.

Nagle czuję głód. Nakładam na duży papierowy talerz porcję kurczaka, pieczonej fasolki i surówki coleslaw i wychodzę na patio, gdzie w samotności zabieram się do jedzenia. Buddy na szczęście nie siedzi w swoim samochodzie. Pewnie Dot zamknęła go w sypialni, żeby nie narobił jej wstydu. Jem powoli, wsłuchując się w cichy gwar rozmów dobiegających przez otwarte okna z kuchni i pokoju. Opróżniam talerz, napełniam ponownie i wracam na patio.

Po chwili dołącza do mnie młody człowiek, którego twarz wydaje mi się dziwnie znajoma.

— Jestem Ron Black — mówi, siadając na sąsiednim krzesełku. — Brat bliźniak.

Jest szczupły, umięśniony i niezbyt wysoki.

— Miło cię poznać — mówię.

— Więc to pan jest tym prawnikiem. — W ręku trzyma puszkę z jakimś napojem.

— Tak, jestem Rudy Baylor. Przykro mi z powodu twojego brata.

— Dzięki.

Mam świadomość, że Dot i Donny Ray prawie o nim nie wspominają. Ron opuścił dom rodzinny zaraz po skończeniu liceum, dokądś pojechał i trzymał się z daleka. Do pewnego stopnia to rozumiem.

419

Nie jest zbyt rozmowny. Jego zdania są krótkie i wypowiadane jakby z wysiłkiem, w końcu zaczynamy jednak rozmawiać o prze- szczepie szpiku. Potwierdza to, o czym wcześniej byłem przeko- nany: że był gotów zostać dawcą szpiku, by ratować brata, i że doktor Kord zapewnił go o idealnej zgodności szpiku ich obu. Uprzedzam go, że za parę miesięcy będzie musiał stawić się w sądzie i powtórzyć to przed ławą przysięgłych, a on mnie zapewnia, że zrobi to z radością. Ma kilka pytań odnośnie do procesu, ale żadne z nich nie dotyczy wysokości ewentualnego odszkodowania.

Nie mam wątpliwości, że jest przybity, ale nad sobą panuje. Próbuję uchylić drzwi do ich dzieciństwa w nadziei, że usłyszę kilka ciepłych wspomnień, jakie wszyscy bliźniacy muszą mieć o wspólnych wygłupach i przygodach. Nic z tego. Dorastał w tym domu i w tej okolicy, ale najwyraźniej nie chce niczego pamiętać.

Pogrzeb odbędzie się jutro o drugiej i jestem gotów się założyć, że o piątej będzie siedział w samolocie lecącym z powrotem do Houston.

Tłum się przerzedza, by po chwili znów zgęstnieć, ale jedzenia wciąż jest w bród. Zjadam dwa kawałki tortu czekoladowego, Ron sączy nieschłodzony napój gazowany. Po dwóch godzinach mam dość. Żegnam się i wychodzę.

▲ ▲ ▲

W poniedziałek Leo F. Drummonda otacza jak zwykle gromadka mężczyzn w ciemnych garniturach, którzy z posępnymi minami siedzą z nim w ławach po drugiej stronie sali.

Jestem gotów. Wystraszony, rozedrgany i zmęczony, ale wszyst- kie pytania mam spisane i czekam. Nawet jeśli mnie zatka, będę mógł odczytywać pytania i słuchać odpowiedzi.

To zabawne widzieć, jak te korporacyjne szychy kulą się ze strachu. Wyobrażam sobie epitety, jakimi obrzucili Drummonda, mnie, Kiplera i wszystkich prawników świata, a szczególnie tę sprawę, kiedy usłyszeli, że muszą się tu stawić. Nie tylko stawić i nie tylko składać zeznania, ale jeszcze całymi godzinami lub dniami sterczeć i czekać, aż łaskawie ich zwolnię.

Kipler zasiada w ławie i wywołuje naszą sprawę jako pierwszą. Przesłuchania odbywają się w sąsiedniej sali sądowej, która jest w tym tygodniu wolna. Pozwala mu to co jakiś czas wpadać i trzymać Drummonda w ryzach. Teraz nas wywołuje, ponieważ ma nam coś do zakomunikowania.

Zajmuję miejsce po prawej, czterech fagasów z Trent i Brent siada po lewej stronie sali.

— Nie trzeba tego protokołować — zwraca się Kipler do protokolantki. To pozaplanowe przesłuchanie. — Mecenasie Drummond, czy wiadomo panu, że Donny Ray Black zmarł wczoraj rano?

— Nie, panie sędzio — odpowiada Drummond zbolałym głosem. — Bardzo mi przykro.

— Pogrzeb odbędzie się dziś po południu i stwarza to problem. Mecenas Baylor będzie jednym z niosących trumnę i właściwie już teraz powinien być z rodziną zmarłego.

Drummond stoi i wpatruje się we mnie, potem w Kiplera.

— W tej sytuacji przesuwam termin wstępnych przesłuchań. Proszę się stawić w tym samym składzie w następny poniedziałek, w tym samym miejscu i o tej samej porze — mówi Kipler, nie spuszczając wzroku z Drummonda. Tylko czeka na jego niestosowną reakcję.

Pięć szych z Great Benefit będzie musiało zmienić swoje napięte plany i zjawić się w Memphis znów za tydzień.

— A nie moglibyśmy zacząć jutro? — pyta zaskoczony Drummond. To całkiem logiczne pytanie.

— To ja przewodniczę temu sądowi, panie Drummond. To ja nadzoruję procedurę przedsądowego ujawniania dowodów przez strony i mam też zamiar nadzorować przebieg postępowania.

— Proszę mi wybaczyć, Wysoki Sądzie, w żadnym razie nie próbuję tego kwestionować, ale pańska obecność podczas wstępnych przesłuchań świadków nie jest niezbędna. Tym pięciu panom udało się z wielkim trudem wygospodarować czas na dzisiejszy przyjazd. W przyszłym tygodniu może się to nie udać.

Właśnie na to Kipler czekał.

— Och, na pewno im się uda, panie Drummond. Zapewniam pana, że zjawią się tu w następny poniedziałek punktualnie o dziewiątej.

— No cóż, z całym szacunkiem, Wysoki Sądzie, ale myślę, że to nie w porządku.

— Nie w porządku? Te przesłuchania mogły się odbyć w Cleveland dwa tygodnie temu, panie Drummond, ale pańskiemu klientowi zachciało się sztuczek.

Sędzia ma w tych sprawach niepodważalną swobodę decyzji i nie można się od niej odwołać. Sędzia karze w ten sposób Drummonda i Great Benefit i moim skromnym zdaniem nieco przesadza. Ale za parę krótkich miesięcy rozpocznie się tu proces i sędzia pozwala stronom się poznać. Daje zadufanemu adwokatowi do zrozumienia, że to on, Wysoki Sąd, będzie grał pierwsze skrzypce.

Nie mam nic przeciwko temu.

⋏ ⋏ ⋏

Na cmentarzu za małym wiejskim kościółkiem, kilka kilometrów na północ od Memphis, Donny Ray Black zostaje złożony na wieczny spoczynek. Ponieważ jestem jednym z ośmiu niosących trumnę, każą mi się ustawić tuż za krzesłami, na których siedzi rodzina. Niebo jest zasnute szarymi chmurami i jest chłodno — w sam raz na pogrzeb.

Poprzednim moim pogrzebem był pogrzeb ojca i staram się, jak mogę, żeby o tym nie myśleć.

Tłum gromadzi się pod krwistoczerwonym baldachimem, pod którym młody pastor czyta Biblię. Patrzymy na szarą trumnę tonącą w kwiatach i słyszę cichy szloch Dot. Widzę, że Buddy siedzi obok Rona. Odwracam wzrok i staram się myśleć o czymś przyjemnym.

⅄ ⅄ ⅄

Po powrocie do biura znajduję Decka w stanie najwyższego wzburzenia. Jego koleżka Butch, prywatny detektyw, siedzi na stole w golfie ciasno opinającym jego potężną klatę. To prostacki typ z rumianymi policzkami, w spiczastych kowbojkach, o spojrzeniu zabijaki, który szuka zwady. Przedstawiając nas sobie, Deck nazywa Butcha swoim klientem, potem wręcza mi notatnik z napisanym czarnym flamastrem poleceniem: „Mów o niczym".

— Jak tam pogrzeb? — rzuca, chwytając mnie za łokieć i prowadząc do stołu, na którym siedzi Butch.

— Jak to pogrzeb — mówię, przypatrując się obu.

— A jak rodzina?

— Chyba dają sobie radę. — Butch szybko odkręca osłonkę mikrofonu na słuchawce i pokazuje palcem jej wnętrze.

— Pewnie chłopakowi jest teraz lepiej, nie sądzisz? — mówi Deck, obserwując moją minę, gdy zaglądam do środka. Butch wyciąga palec w stronę małego czarnego guziczka przyczepionego pod osłonką. Patrzę na niego w milczeniu.

— Nie sądzisz, że chłopakowi jest teraz lepiej? — powtarza głośno Deck i szturcha mnie w żebra.

— Pewnie, jasne, oczywiście. Na pewno jest mu teraz lepiej. Ale to i tak bardzo smutne.

Przyglądamy się, jak Butch wprawnym ruchem skręca słuchawkę, po czym wzrusza ramionami, jakbym wiedział, co mam teraz zrobić.

— Wyskoczmy na dół na kawę — proponuje Deck.

— Świetny pomysł — potwierdzam ochoczo, czując, jak w żołądku rośnie mi twarda gula.

Zatrzymuję się na chodniku i wlepiam w nich spojrzenie.

— Co jest, u diabła? — pytam.

— Chodźmy tam. — Deck wskazuje w dół ulicy. Kilkaset

metrów dalej jest artystowski bar kawowy i przebywamy tę odległość, nie zamieniając ani słowa. W środku kulimy się w narożniku, jakby ścigali nas bandyci.

Sprawa szybko się wyjaśnia. Od zniknięcia Bruisera i Prince'a obaj z Deckiem boimy się zainteresowania federalnych. Spodziewaliśmy się, że co najmniej do nas wpadną i zasypią pytaniami. Rozmawialiśmy o tym wielokrotnie, ale bez mojej wiedzy Deck podzielił się tymi obawami z Butchem. Ja na pewno bym tego nie zrobił, bo mu nie ufam.

Butch godzinę temu wpadł do biura i Deck poprosił go, żeby sprawdził nasze telefony. Butch przyznaje, że nie jest specjalistą od podsłuchu, ale trochę się na tym zna. Pluskwy okazały się łatwe do namierzenia i wszystkie nasze trzy telefony zostały w nie wyposażone. Deck i Butch mieli zamiar przeszukać całe biuro, ale postanowili zaczekać z tym do mojego powrotu.

— Podejrzewacie więcej pluskiew?

— Tak, malutkich mikrofonów poutykanych w różnych miejscach, które usłyszą to, czego nie wychwycą pluskwy w telefonach — wyjaśnia Butch. — To nie takie trudne. Musimy tylko wszystko przepatrzeć centymetr po centymetrze ze szkłem powiększającym.

Ręce Decka dosłownie dygocą. Ciekawe, czy rozmawiał z Bruiserem z naszych telefonów.

— I co zrobimy, jeśli coś znajdziemy? — pytam. Żaden z nas nawet nie umoczył ust w kawie.

— Zgodnie z prawem możecie je usunąć albo zostawić i uważać, co mówicie. Rozmawiać tak, żeby nic nie powiedzieć.

— A jeśli je usuniemy?

— To federalni się dowiedzą, że je znaleźliście. Zrobią się jeszcze bardziej podejrzliwi i mogą nasilić inwigilację. Moim zdaniem najlepiej jest postępować tak, jakby nic się nie stało.

— Łatwo ci mówić.

Deck wyciera czoło i unika mojego wzroku. Bardzo się o niego niepokoję.

— Znasz Bruisera Stone'a? — zwracam się do Butcha.

— Oczywiście. Kilka razy dla niego pracowałem.
W ogóle mnie to nie dziwi.

— To dobrze — mówię i przenoszę wzrok na Decka. — Rozmawiałeś z Bruiserem z naszych telefonów?

— Nie. Nie rozmawiałem z Bruiserem od dnia jego zniknięcia.

Za pomocą tego kłamstwa mi mówi, żebym się zamknął w obecności Butcha.

— Chętnie bym się dowiedział, czy są u nas jakieś inne pluskwy — zwracam się do Butcha. — Byłoby dobrze wiedzieć, ile słyszą z tego, co się u nas dzieje.

— Trzeba przeczesać całe biuro.

— No to chodźmy.

— Możemy. Zaczniemy od stołów, biurka i krzeseł. Zajrzymy do koszy na śmieci, książek, zegarów, zszywaczy, wszystkiego. Pluskwy bywają mniejsze od rodzynków.

— Zorientują się, że ich szukamy? — pyta Deck. Widać, że jest przerażony.

— Nie. Powinniście rozmawiać, jakby nigdy nic o sprawach biurowych. Ja się nie odezwę ani słowem, to nie będą wiedzieli, że tam jestem. Jak coś znajdziecie, porozumiewajcie się na migi.

Zabieramy kawy do biura, które nagle wygląda obco i nieprzyjaźnie. Zaczynamy z Deckiem banalną rozmowę o sprawie Derricka Dogana, jednocześnie cicho odwracając stoły i krzesła do góry nogami. Jeśli podsłuchujący ma odrobinę oleju w głowie, od razu się zorientuje, że coś kombinujemy.

Łazimy po biurze na czworakach. Grzebiemy w koszach na śmieci i przeglądamy segregatory. Sprawdzamy wywietrzniki. Obmacujemy listwy przypodłogowe. Po raz pierwszy jestem wdzięczny losowi, że mamy takie skromne umeblowanie i wyposażenie.

Szukamy przez cztery godziny i niczego nie znajdujemy. Zbezcześcili tylko nasze telefony. Deck i ja zapraszamy Butcha na spaghetti do knajpki parę domów dalej.

▲   ▲   ▲

Jest północ i leżę w łóżku, zupełnie wybity ze snu. Czytam poranne wydanie gazety i od czasu do czasu zerkam na telefon. Chyba nie zawracaliby sobie głowy zakładaniem podsłuchu u mnie w domu? Chyba nie. Przez całe popołudnie i wieczór widziałem jakieś cienie, łowiłem uchem jakieś szmery i aż podskakiwałem, słysząc wyimaginowane dźwięki. Miałem gęsią skórkę. Nie mogłem nic przełknąć. Wiem, że mnie śledzą. Pytanie tylko, jak blisko są?

I jak blisko mają zamiar podejść?

Poza drobnymi ogłoszeniami czytam od deski do deski całą gazetę. Sara Plankmore Wilcox urodziła wczoraj dziewczynkę ważącą trzy dwadzieścia. No i dobrze. Już jej tak nie nienawidzę. Od śmierci Donny'ego Raya trochę złagodniałem. Oczywiście nie dotyczy to Drummonda i jego łajdackiego klienta.

PFX Przewoźnicy są wciąż niepokonani w rozgrywkach zimowych.

Ciekawe, czy każe jej chodzić na wszystkie mecze.

Codziennie zaglądam do kroniki miejskiej. Ze szczególną uwagą czytam powiadomienia o rozwodach, choć nie jestem optymistą. Śledzę też informacje o aresztowaniach, bo jestem ciekawy, czy capnęli Cliffa Rikera za kolejne pobicie żony.

Rozdział 37

Rozłożona dokumentacja zajmuje w naszym biurze dwa ustawione jeden za drugim składane stoły. Wszystko jest posegregowane na kupki i ułożone w chronologicznym porządku, oznakowane, ponumerowane i zindeksowane, a nawet skomputeryzowane.

I zapamiętane. Tyle razy przestudiowałem każdy skrawek papieru, że znam na pamięć ich zawartość. Dokumentacja przekazana przez Dot liczy dwieście dwadzieścia jeden stron. Na przykład sama polisa, która na rozprawie będzie traktowana jako jedna pozycja, ma trzydzieści stron. Dokumentacja dostarczona przez Great Benefit siedemset czterdzieści osiem stron, tyle że niektóre są duplikatami dokumentów od Dot.

Deck też prześlęczał mnóstwo godzin nad papierami i opracował szczegółową analizę dokumentacji roszczenia. Na niego też spadła lwia część pracy przy komputerze. Będzie mi towarzyszył podczas wstępnych przesłuchań. To na nim spoczywa obowiązek utrzymania dokumentów w porządku i szybkiego wynajdywania tych, które są w danej chwili potrzebne.

Nie jest tym specjalnie zachwycony, ale zależy mu, żebym był z niego zadowolony. Jest przekonany, że przyłapaliśmy Great Benefit ze spuszczonymi gaciami, ale jednocześnie uważa, że sprawa nie jest warta wysiłku, jaki w nią wkładam. Czuję, że Deck ma wątpliwości co do moich zdolności procesowych. Wie, że każdy z dwunastki przysięgłych uzna pięćdziesiąt tysięcy dolarów za fortunę.

W niedzielę wieczorem siedzę w biurze, sączę piwo i kolejny raz obchodzę stoły z dokumentacją. Czegoś mi tu brakuje. Deck jest przekonany, że Jackie Lemancyzk jako prosta likwidatorka szkód nie byłaby upoważniona do odrzucenia roszczenia. Zrobiła, co do niej należało, i przesłała akta do działu ubezpieczeń. Między działem roszczeń i działem ubezpieczeń istnieje współzależność. Krążą między nimi notatki służbowe i to właśnie na tej drodze ślady ulegają zatarciu.

Musiały istnieć wytyczne do odrzucenia roszczenia Donny'ego Raya i zapewne tysięcy jemu podobnych. Musimy się do nich dobrać.

▲ ▲ ▲

Po długim zastanawianiu i dyskusji z jednoosobowym personelem mojej kancelarii postanawiam jako pierwszego przesłuchać M. Wilfreda Keeleya, dyrektora naczelnego. Uznaję, że dobrze będzie zacząć od najgrubszej ryby i stopniowo posuwać się w dół. Keeley ma pięćdziesiąt sześć lat i jest typem energicznego i pogodnego faceta z ciepłym uśmiechem, którym obdarza nawet mnie. Wręcz dziękuje mi za to, że zechciałem od niego zacząć, bo chce jak najszybciej wracać do biura.

Przez pierwszą godzinę krążę wokół tematu. Siedzę ubrany w dżinsy, flanelową koszulę, miękkie mokasyny i białe skarpetki. Pomyślałem, że będzie fajnie kontrastować z posępną czernią przy drugim stole. Deck był temu przeciwny. Twierdził, że okażę w ten sposób brak szacunku.

W drugiej godzinie przesłuchania Keeley wręcza mi sprawozdanie finansowe i przez chwilę rozmawiamy o pieniądzach. Deck w tym czasie wgryza się w sprawozdanie i podsuwa mi kolejne pytania. Drummond i jego trzech fagasów wymieniają się jakimiś notatkami, ale wyglądają na śmiertelnie znudzonych. Kipler jest w sąsiedniej sali, gdzie prowadzi cotygodniową sesję składania wniosków.

Keeleyowi wiadomo o kilku innych procesach, jakie wytoczono Great Benefit w różnych miejscach kraju. Przez chwilę o tym rozmawiamy i wypytuję o nazwiska, adresy sądów, adwokatów reprezentujących powodów i podobieństwa w pozwach. Keeley oświadcza, że w żadnej z tych spraw nie był przesłuchiwany. Aż nie mogę się doczekać rozmowy z innymi prawnikami, którzy wystąpili przeciwko Great Benefit. Będziemy mogli porównać dokumenty i strategię procesową.

Oczywiście prawdziwą atrakcją wynikającą z prowadzenia firmy ubezpieczeniowej nie jest banalna sprzedaż polis i rozpatrywanie roszczeń. Istotą działalności jest właściwe inwestowanie pieniędzy ze składek i Keeley wie dużo więcej o tej stronie biznesu ubezpieczeniowego. Twierdzi, że od tego zaczynał i stopniowo piął się w górę. Na roszczeniach nie bardzo się zna.

To nie ja płacę za czas tych przesłuchań, więc mi się nie śpieszy. Zadaję tysiące bezużytecznych pytań, strzelając na oślep. Drummond wygląda na znudzonego i chwilami poirytowanego, ale jest autorem książki o technice całodziennych przesłuchań i jego licznik również bije. Czuję, że chciałby oprotestować niektóre moje pytania, ale nie robi tego, bo wie, że od razu pobiegnę na skargę do sędziego Kiplera, a ten rozsądzi spór na moją korzyść i jeszcze go opieprzy.

Po przerwie na lunch zadaję kolejny tysiąc pytań i gdy wreszcie o siedemnastej trzydzieści odraczamy sesję, jestem wyczerpany. Uśmiech zniknął z twarzy Keeleya wkrótce po lunchu, ale najwyraźniej postanowił odpowiadać tak długo, jak długo będę go pytał. Na koniec jeszcze raz mi dziękuje za rozpoczęcie od niego i zwolnienie od dalszych pytań. Oświadcza, że od razu wraca do Cleveland.

▲ ▲ ▲

Przesłuchanie nieco się ożywia we wtorek — po części dlatego, że jestem znużony traceniem czasu, po części, ponieważ świadkowie niewiele wiedzą lub pamiętają. Zaczynam od Everetta Lufkina, wiceprezesa do spraw roszczeń, który nie mówi od siebie ani jednego słowa i odpowiada wyłącznie na bezpośrednio stawiane pytania. Każę mu się przyjrzeć pewnym dokumentom i po paru godzinach maglowania zmuszam wreszcie do przyznania, że firma stosuje tak zwane doubezpieczanie poroszczeniowe, co jest praktyką naganną, ale nie nielegalną. Polega to na tym, że gdy ubezpieczony występuje z roszczeniem, likwidator szkody żąda dostarczenia kompletnej dokumentacji medycznej za ostatnie pięć lat. W naszym przypadku Great Benefit uzyskało od lekarza rodzinnego Blacków kartę choroby Donny'ego Raya sprzed pięciu lat, kiedy leczono go na wyjątkowo paskudną grypę. Dot nie wspomniała o tym we wniosku ubezpieczeniowym. Oczywiście grypa nie miała żadnego związku z późniejszą białaczką, ale jedna z pierwszych odmów uznania roszczenia bazowała na stwierdzeniu, że grypa wpłynęła na ogólny stan zdrowia chorego.

W tym momencie mam ochotę rozjechać go walcem i wiem, że byłoby to łatwe. Ale także nierozsądne. Lufkin będzie zeznawał na procesie i korzystniej będzie przycisnąć go w obecności przysięgłych. Niektórzy adwokaci lubią wygrywać już na etapie wstępnego przesłuchania, ale przy moim ogromnym doświadczeniu lepiej będzie poczekać do procesu. Czytałem o tym w jakiejś książce prawniczej. A ponadto taką strategię stosuje Jonathan Lake.

Kermit Aldy, wiceprezes do spraw ubezpieczeń, jest równie małomówny i niechętny jak Lufkin. Do działu ubezpieczeń trafiają wnioski dostarczane przez agentów i to tam zapada decyzja o wystawieniu lub odmowie wystawienia polisy. Oznacza to mnóstwo pracy papierkowej przy niewielkich efektach i Aldy jest idealnym kandydatem do kierowania tym działem. Kończę z nim po niespełna dwóch godzinach, nie zadając mu żadnych ran.

Bradford Barnes jest wiceprezesem do spraw administracyjnych i potrzebuję blisko godziny, żeby się dowiedzieć, czym tak naprawdę się zajmuje. Jest środa rano i mam tych ludzi serdecznie dosyć. Robi mi się niedobrze na widok wciąż tych samych fagasów z Trent i Brent, którzy siedzą dwa metry ode mnie, wiecznie w tych samych cholernych garniturach i z tymi samymi pogardliwymi uśmieszkami, jakie im od dwóch miesięcy nie schodzą z twarzy. Mam już nawet dosyć protokolantki. Barnes nie wie nic o niczym. Wyprowadzam kolejne ciosy, on robi kolejne uniki i moja rękawica nawet go nie muska. Nie powołam go na świadka, bo jego zeznanie niczego nie wniesie.

W środę po południu wzywam ostatniego świadka, Richarda Pellroda, starszego inspektora do spraw roszczeń, który podpisał co najmniej dwa pisma odmowne do Blacka. Siedzi w poczekalni od poniedziałku rano, więc serdecznie mnie nienawidzi. Kilka razy warczy na mnie w odpowiedzi na moje pytania i to dodaje mi animuszu. Pokazuję mu jego odmowne pisma i robi się nieświeżo. Potwierdza, że on osobiście i firma Great Benefit są zdania, iż przeszczep szpiku kostnego jest metodą zbyt eksperymentalną, aby można ją było uznać za sprawdzoną metodę leczenia. Wytykam mu, że w pierwszej odmowie powoływał się na to, iż Donny Ray nie ujawnił we wniosku wcześniejszej choroby. Zrzuca winę na kogoś innego, twierdząc, że to było nieporozumienie. Kłamie skurwiel i postanawiam go za to ukarać. Przesuwam bliżej stertę dokumentów i zaczynamy je po kolei omawiać. Każę mu wszystkie objaśniać i przyjmować na siebie odpowiedzialność za podejmowane decyzje. W końcu to on był zwierzchnikiem Jackie Lemancyzk, której niestety nie ma już w firmie. Mówi, że o ile mu wiadomo, Lemancyzk wróciła do rodzinnego miasta gdzieś w południowej Indianie. Od czasu do czasu wtrącam podchwytliwe pytania na temat jej odejścia i to go wyraźnie irytuje. Kolejne dokumenty i kolejne próby zrzucania odpowiedzialności na kogoś innego. Jestem niezmordowany. Mogę

431

go spytać o cokolwiek w dowolnym momencie i Pellrod naprawdę nie wie, czego ma się spodziewać. Po czterech godzinach nieustającej kanonady prosi o przerwę.

▲ ▲ ▲

Kończę maglowanie Pellroda o dziewiętnastej trzydzieści i to wyczerpuje listę naszych kandydatów na świadków z firmy Great Benefit. Przesłuchania trwały siedemnaście godzin w ciągu trzech dni i przyniosły plon w postaci co najmniej tysiąca stron pytań i odpowiedzi. Protokoły, tak jak wcześniej dokumentację, trzeba będzie przeczytać kilkanaście razy.

Fagasy Leo F. Drummonda pakują teczki, a on podchodzi i odciąga mnie na bok.

— Świetna robota, Rudy — mówi cicho, jakby był pod wrażeniem mojego występu, ale wolał zachować to dla siebie.

— Dzięki.

Ciężko oddycha. Obaj jesteśmy wyczerpani i zmęczeni swoim widokiem.

— To co nam jeszcze zostało? — pyta.

— Ja już skończyłem — odpowiadam. Naprawdę nie przychodzi mi do głowy nikt, kogo chciałbym wstępnie przesłuchać.

— A co z doktorem Kordem?

— Będzie zeznawał na procesie.

To go zaskakuje. Przygląda mi się uważnie, zapewne zastanawiając się, jak mogę sobie pozwolić na postawienie go na żywo przed ławą przysięgłych.

— I co powie?

— Że Ron Black był idealnym dawcą dla swojego brata bliźniaka. Przeszczep szpiku kostnego jest zabiegiem rutynowym. Można było chłopaka uratować. Pański klient go zabił.

Przyjmuje to spokojnie i widać, że go to nie zaskakuje.

— Pewnie wezwiemy go na wstępne przesłuchanie.

— Kosztuje pięćset za godzinę.

432

— Tak, wiem. Słuchaj, Rudy, może byśmy wyskoczyli na drinka? Chciałem o czymś z tobą pogadać.

— O czym? — Trudno mi sobie wyobrazić coś gorszego niż drink z Drummondem.

— O interesach. O możliwości ugody. Mógłbyś wpaść do mnie do biura, powiedzmy, za piętnaście minut? Wiesz, mieścimy się tuż za rogiem.

Słowo „ugoda" brzmi zachęcająco. Nie mówiąc o tym, że zawsze chciałem zobaczyć ich biura.

— Ale tylko na chwilę — zastrzegam, jakby czekały na mnie piękne i ważne kobiety.

— Oczywiście. To chodźmy od razu.

Każę Deckowi poczekać i razem z Drummondem maszerujemy trzy przecznice do najwyższego wieżowca w Memphis. Podczas jazdy windą na trzydzieste dziewiąte piętro gawędzimy o pogodzie. W wykończonym marmurem i szkłem biurze jest tłum ludzi, jakby to był środek dnia. Przypomina gustownie urządzoną fabrykę. Rozglądam się za Loydem Beckiem, oprychem od Broadnaxa i Speera, w nadziei, że go tu nie zobaczę.

Gabinet Drummonda jest elegancko urządzony, ale niezbyt przestronny. Czynsz w tym budynku jest najwyższy w mieście i powierzchnią gospodaruje się bardzo oszczędnie.

— Czego się napijesz? — pyta Drummond, rzucając aktówkę i marynarkę na biurko.

Nie lubię mocnych alkoholi, poza tym jestem tak zmęczony, że boję się, iż nawet jeden drink może mnie zwalić z nóg.

— Tylko coli — mówię i Drummond wygląda na zawiedzionego. Podchodzi do barku w rogu i nalewa sobie szkocką whisky z wodą.

Rozlega się pukanie, drzwi się otwierają i ku memu zaskoczeniu staje w nich pan M. Wilfred Keeley. Nie widzieliśmy się od poniedziałku, kiedy to maglowałem go przez osiem godzin. Zachowuje się tak, jakby mój widok sprawił mu ogromną przyjemność. Podajemy sobie ręce i witamy się jak starzy znajomi.

Nie czekając na zaproszenie, idzie do barku i nalewa sobie whisky.

Siadamy przy niedużym okrągłym stoliku w rogu i obaj powoli sączą drinki. To, że Keeley tak szybko się tu zjawił, może oznaczać tylko jedno: chcą się dogadać. Zamieniam się w słuch.

W ostatnim miesiącu z mojej kulejącej praktyki adwokackiej wyciągnąłem sześćset dolców. Drummond zarabia co najmniej milion rocznie, Keeley kieruje firmą o miliardowych obrotach i przypuszczalnie zarabia jeszcze więcej. A teraz obaj chcą rozmawiać ze mną o interesach.

— Bardzo mnie niepokoi postępowanie sędziego Kiplera — wypala Drummond.

— Nigdy nie spotkałem się z czymś takim — dorzuca szybko Keeley.

Drummond słynie z precyzyjnie przygotowanych wystąpień i jestem pewny, że występ tego duetu został dobrze przećwiczony.

— Powiem ci szczerze, Rudy, że boję się, z czym może wyskoczyć na rozprawie — dodaje.

— Traktuje nas jak smarkaczy — dorzuca Keeley i kręci z niedowierzaniem głową.

Kipler rzeczywiście im nie sprzyja, ale prawdziwą przyczyną ich zmartwień jest to, że zostali przyłapani. Doprowadzili do śmierci młodego człowieka i teraz ich zbrodnicze postępowanie ma wyjść na jaw. Postanawiam być dla nich miły i dać im się wygadać.

Przez chwilę sączą w milczeniu drinki, w końcu odzywa się Drummond:

— Chcielibyśmy zawrzeć w tej sprawie ugodę, Rudy. Jesteśmy pewni swojej pozycji i mówię to szczerze. Jeśli zapewnią nam równe traktowanie, jesteśmy gotowi przystąpić do procesu choćby jutro. Od jedenastu lat nie przegrałem żadnej sprawy. Kocham dobrą kłótnię na sali sądowej. Ale ten sędzia jest tak stronniczy, że budzi to nasze przerażenie.

— Ile? — pytam, żeby skrócić tę gadaninę.

Wiercą się tak, jakby cierpieli na hemoroidy. Zapada bolesne milczenie, po czym Drummond mówi:

— Podwajamy naszą ofertę. Sto pięćdziesiąt tysięcy. Dostaniesz z tego jakieś pięćdziesiąt, twój klient dostanie...

— Umiem liczyć — przerywam mu. Gówno go obchodzi, ile wyniesie moje honorarium. Wie, że jestem spłukany i pięćdziesiąt kawałków to dla mnie majątek.

Pięćdziesiąt tysięcy dolarów!

— I co ja mam z tym zrobić? — pytam.

Wymieniają zdumione spojrzenia.

— Mój klient nie żyje. W zeszłym tygodniu matka go pochowała, a wy chcecie, żebym do niej poszedł i powiedział, że dostanie więcej forsy?

— Z etycznego punktu widzenia masz obowiązek ją o tym zawiadomić.

— Niech mnie pan nie poucza w sprawach etyki, Leo. Ale tak, poinformuję ją. Przekażę jej panów ofertę. I mogę się założyć, że ją odrzuci.

— Bardzo nam przykro z powodu jego śmierci — mówi Keeley grobowym głosem.

— Właśnie widzę, panie Keeley, że jest pan wstrząśnięty. Przekażę rodzinie pańskie kondolencje.

— Słuchaj, Rudy, to, że chcemy się dogadać, to tylko akt dobrej woli z naszej strony — tłumaczy Drummond.

— Wasze wyczucie czasu jest druzgocące.

Wszyscy trzej pijemy w milczeniu. Pierwszy zaczyna się uśmiechać Drummond.

— Czego chce pani Black? Powiedz nam, Rudy, co ją naprawdę uszczęśliwi?

— Nic.

— Nic?

— Nic z tego, co możecie zrobić. Bo jej syn nie żyje, a w tej sprawie nie możecie zrobić nic.

— To po co idziemy do sądu?

— Żeby cały świat się dowiedział, co zrobiliście.

Znowu obaj się wiercą. Znowu robią zbolałe miny. Znowu sączą whisky.

— Najpierw chcę was zdemaskować, a potem doprowadzić do ruiny.

— Jesteśmy na to za wielcy — obrusza się z godnością Keeley.

— Jeszcze zobaczymy. — Wstaję i biorę aktówkę. — Trafię do wyjścia — rzucam i zostawiam ich przy stoliku.

Rozdział 38

Nasze biuro powoli obrasta śladami naszej wytężonej działalności zawodowej, choć może nadal dość skromnej i niezbyt lukratywnej. W różnych miejscach leżą teczki z aktami, ale zawsze tak, by odwiedzający nasze biuro klient je dostrzegł. Obecnie prowadzę blisko tuzin spraw sądowych i wszystkie dotyczą poważnych wykroczeń lub drobnych przestępstw. Deck twierdzi, że ma aż trzydzieści spraw sądowych na tapecie, choć na moje oko chyba trochę przesadza.

Telefon dzwoni teraz częściej, ale rozmowa ze świadomością, że jest się na podsłuchu, wymaga ogromnej dyscypliny i codziennie się z tym borykam. Tłumaczę sobie, że zanim nam założono ten podsłuch, sąd musiał wydać decyzję zezwalającą na tego rodzaju naruszenie prywatności. Jakiś sędzia to podpisał, więc jest w tym jakiś element praworządności.

W pierwszym pokoju nadal stoją pożyczone stoły zawalone dokumentacją w sprawie Blacka. Dzięki nim biuro sprawia wrażenie, że aż ugina się pod nawałem pracy.

W każdym razie panuje w nim teraz większy ruch. Po kilku miesiącach obecności na rynku nasze średnie miesięczne koszty wynoszą żałosne tysiąc siedemset dolarów, średnie miesięczne przychody sięgają trzech tysięcy dwustu, a to oznacza, że na papierze Deck i ja dzielimy się zyskiem (przed opodatkowaniem i potrąceniami) po tysiąc pięćset dolarów na głowę. Da się przeżyć. Naszym najlepszym klientem jest Derrick Dogan i jeśli uda nam się wyciągnąć z jego polisy dwadzieścia pięć tysięcy dolarów, odetchniemy z ulgą. Liczymy, że sprawa zakończy się jeszcze przed Bożym Narodzeniem, choć nie bardzo wiem, dlaczego nam na tym zależy. Ani Deck, ani ja nie mamy nikogo, komu moglibyśmy kupować prezenty.

Co do mnie, to spędzę święta, ślęcząc nad sprawą Blacka. Luty już blisko.

⋏ ⋏ ⋏

Dzisiejsza poczta wygląda zwyczajnie, z dwoma wyjątkami. Nie ma nic od Trent i Brent i jest to tak niezwykłe, że aż podniecające. Drugi wyjątek tak mną porusza, że muszę pochodzić po biurze, żeby się uspokoić.

Koperta jest duża i kwadratowa i adresowana do mnie. Wewnątrz znajduje się zaproszenie do odwiedzenia fantastycznego przedświątecznego kiermaszu złotych łańcuszków, bransoletek i biżuterii, który organizuje sklep jubilerski w miejscowym centrum handlowym. To typowy śmieć reklamowy, który bez zastanowienia wyrzuciłbym do kosza, zwłaszcza gdyby był maszynowo zaadresowany na firmę.

Ale tuż pod godzinami otwarcia sklepu widnieje dopisek nakreślony pięknym charakterem pisma: Kelly Riker. Nic więcej. Żadnej wiadomości. Tylko imię i nazwisko.

⋏ ⋏ ⋏

Kręcę się po centrum przez godzinę. Przyglądam się dzieciom szalejącym na lodowisku, patrzę na tabuny nastolatków przemieszczających się z jednego końca centrum na drugi. Kupuję porcję odgrzewanej chińszczyzny i zjadam na galerii nad lodowiskiem.

Sklep jubilerski jest jednym z ponad setki punktów handlowych w centrum. Od razu przy pierwszym przejściu widzę ją, jak stoi przy kasie i nabija sprzedaż.

Wchodzę do sklepu za parą młodych ludzi i wolno podchodzę do długiej szklanej gabloty, przy której Kelly Riker obsługuje klientkę. Podnosi głowę, dostrzega mnie i się uśmiecha. Robię kilka kroków w bok, opieram się łokciami o szkło i wpatruję w oszałamiający wybór złotych łańcuchów o grubości powrozów. Sklep jest pełen ludzi, których obsługuje tabun sprzedawców zachwalających towar i wyjmujących biżuterię z gablot.

— Czym mogę panu służyć? — pyta Kelly, przesuwając się bliżej i stając zaledwie pół metra ode mnie. Patrzę na nią i cały się w środku rozpuszczam.

Uśmiechamy się do siebie tak długo, na ile wystarcza nam odwagi.

— Tylko oglądam — bąkam wreszcie. Mam nadzieję, że nikt nas nie obserwuje. — Co u ciebie?

— W porządku. A u ciebie?

— Świetnie.

— Mogę ci coś pokazać? Mamy je w specjalnej ofercie.

Wyciąga rękę i oboje patrzymy na kłąb łańcuszków w sam raz dla alfonsa.

— Piękne — mówię na tyle głośno, by mnie dosłyszała. — Możemy pogadać?

— Nie tutaj — odpowiada i przysuwa się tak blisko, że czuję zapach jej perfum. Otwiera kluczykiem gablotę, odsuwa szklane drzwiczki i wyjmuje ćwierćmetrowy złoty łańcuch. Rozkłada go przede mną i mówi cicho:

— W centrum jest kino. Kup bilet na film z Eddiem Murphym. W środkowym sektorze, w ostatnim rzędzie. Będę tam za pół godziny.

— Z Eddiem Murphym? — powtarzam. Biorę do ręki łańcuch i oglądam z podziwem.

— Ładny, prawda?

— Mój ulubiony wzór. Naprawdę śliczny. Ale jeszcze trochę się rozejrzę.

Kelly odbiera ode mnie łańcuch i wkłada do gabloty.

— Proszę do nas szybko wrócić — mówi jak rasowa ekspedientka.

Oddalam się w głąb centrum na miękkich nogach. Wiedziała, że przyjdę, i wszystko zaplanowała: kino, film, sektor i rząd. Piję kawę obok zapracowanego Świętego Mikołaja i próbuję sobie wyobrazić, co mi powie. By uniknąć siedzenia na głupawym filmie, z kupieniem biletu czekam do ostatniej chwili.

Na sali jest mniej niż pięćdziesiąt osób. Paru smarkaczy za młodych jak na film od szesnastu lat, siedzi w jednym z pierwszych rzędów i głośno reaguje na każdy wulgaryzm padający z ekranu. W różnych miejscach sali siedzą pojedynczy nieszczęśnicy i smętnie wyglądające grupki. Cały ostatni rząd jest pusty.

Kelly przychodzi spóźniona kilka minut i siada obok mnie. Zakłada nogę na nogę i spódniczka podjeżdża jej nad kolana. Nie mogę tego nie zauważyć.

— Często tu bywasz? — pyta, a ja parskam śmiechem. Nie wygląda na spiętą. Odwrotnie niż ja.

— Jesteśmy tu bezpieczni? — upewniam się.

— Bezpieczni przed kim?

— Przed twoim mężem.

— Tak, ma dziś wychodne z chłopakami.

— Znowu pije?

— Tak.

To może mieć bardzo istotne znaczenie.

— Ale nie aż tyle — reflektuje się po chwili.

— A więc nie...

— Nie. Ale mówmy o czymś innym.

— Przepraszam. Po prostu się o ciebie martwię i tyle.

— Dlaczego się o mnie martwisz?

— Bo wciąż o tobie myślę. A ty myślisz czasem o mnie?

Oboje patrzymy na ekran, ale nic nie widzimy.

— Ciągle — mówi Kelly, a mnie serce podchodzi do gardła.

Na ekranie chłopak i dziewczyna zaczynają zdzierać z siebie

440

ubranie. Rzucają się na łóżko, poduszki i części ich bielizny fruwają w powietrzu, a oni namiętnie się obejmują i łóżko zaczyna podrygiwać. Kochankowie na ekranie się kochają, a Kelly wkłada mi rękę pod ramię i przysuwa się jeszcze bliżej. Do końca sceny żadne z nas nic nie mówi, potem znów zaczynam oddychać.

— Kiedy zaczęłaś pracować? — pytam.

— Dwa tygodnie temu. Musimy zarobić trochę na święta. Pewnie w okresie przedświątecznym zarobi więcej ode mnie.

— I on pozwala ci pracować?

— Wolałabym o nim nie rozmawiać.

— To o czym chcesz rozmawiać?

— Jak ci idzie jako ważnemu adwokatowi?

— Mam mnóstwo pracy. W lutym szykuje się wielki proces.

— A więc dobrze ci się wiedzie?

— Walczę, ale interes się rozwija. Prawnicy przymierają głodem, ale jeśli im się poszczęści, to zarabiają kupę forsy.

— A jeśli się nie poszczęści?

— To nadal przymierają. Wolę nie rozmawiać o prawnikach.

— W porządku. Cliff chce mieć dziecko.

— I co to załatwi?

— Nie wiem.

— Nie rób tego, Kelly — mówię tak żarliwie, że samego mnie to zaskakuje. Spoglądamy na siebie i ściskamy swoje dłonie.

Dlaczego siedzę w ciemnym kinie i trzymam za rękę mężatkę? Oto pytanie za sto punktów. A jakby tak zjawił się Cliff i przyłapał mnie na obściskiwaniu jego żony? Ciekawe, kogo pierwszego by zabił?

— Kazał mi przestać łykać tabletki.

— I przestałaś?

— Nie. Ale boję się, co się stanie, jeśli nie zajdę w ciążę. Jak pamiętasz, kiedyś to nie było takie trudne.

— To twoje ciało.

— Tak, a on cały czas go pragnie. Dostał jakiejś obsesji na punkcie seksu.

— Słuchaj... hm... wolałbym mówić o czymś innym, dobrze?

— Dobrze. Tylko że zaczyna nam brakować tematów.

— To prawda.

Puszczamy ręce i przez chwilę patrzymy na ekran. Potem Kelly wolno się odwraca i opiera na łokciu. Jej twarz jest parę centymetrów od mojej.

— Chciałam cię tylko zobaczyć, Rudy — mówi szeptem.

— Jesteś szczęśliwa? — pytam i muskam jej twarz wierzchem dłoni. Jak może być szczęśliwa?

Kręci głową.

— Nie, nie bardzo.

— Co mogę zrobić?

— Nic. — Przygryza wargę i wydaje mi się, że w jej oczach lśni wilgoć.

— Możesz zdecydować — mówię.

— Tak?

— Albo dajmy sobie spokój, albo wystąp o rozwód.

— Myślałam, że jesteś przyjacielem.

— Też tak myślałem. Ale nie jestem. To coś więcej niż przyjaźń i oboje o tym wiemy.

Przez chwilę patrzymy na film.

— Muszę już iść — mówi Kelly. — Moja przerwa dobiega końca. Przepraszam, że ci zawracam głowę.

— Nie zawracasz mi głowy, Kelly. Cieszę się, że cię zobaczyłem. Ale nie mogę przemykać się ukradkiem. Albo wystąp o rozwód, albo o mnie zapomnij.

— Nie mogę o tobie zapomnieć.

— No to wystąpmy o rozwód. Możemy to zrobić choćby jutro. Pomogę ci pozbyć się tego garbu, a potem zaczniemy cieszyć się życiem.

Nachyla się, cmoka mnie w policzek i po chwili już jej nie ma.

∧ ∧ ∧

Bez porozumienia ze mną Deck zabiera swój telefon z biura i zanosi do Butcha, potem razem odwiedzają jego znajomego,

442

który podobno kiedyś miał do czynienia z wywiadem wojskowym. Według znajomego pluskwa podsłuchowa w telefonie nie przypomina urządzeń stosowanych zwykle przez FBI i inne organa porządku publicznego. Jest wyprodukowanym w Czechosłowacji urządzeniem podsłuchowym średniej klasy i jakości i współpracuje z nadajnikiem umieszczonym gdzieś niedaleko. Znajomy Butcha jest niemal pewny, że nie zostało zainstalowane ani przez policję, ani przez FBI.

Słyszę tę wiadomość przy kawie tydzień przed Świętem Dziękczynienia.

— Podsłuchuje nas ktoś inny — konkluduje zdenerwowany Deck.

Jestem tym zbyt oszołomiony, żeby zareagować.

— I kto to może być? — pyta Butch.

— Skąd, do cholery, mogę wiedzieć — warczę wściekle. Facet w ogóle nie ma prawa zadawać takich pytań. Gdy tylko sobie pójdzie, to opieprzę Decka za to, że wtajemnicza go w nasze sprawy. Wlepiam we wspólnika rozeźlony wzrok, a on odwraca głowę i rozgląda się lękliwie, jakby oczekiwał, że lada chwila dopadną go jacyś obcy.

— W każdym razie to nie federalni — oznajmia pewnym siebie głosem Butch.

— Dzięki.

Płacimy za kawę i wracamy do biura. Butch dla pewności jeszcze raz sprawdza wszystkie telefony. We wszystkich tkwią identyczne okrągłe pluskwy.

Pytanie, kto nas podsłuchuje?

Idę do siebie, zamykam się na klucz i czekając, aż Butch wyjdzie, obmyślam genialny plan. Wreszcie Deck głośno puka do drzwi.

Przedstawiam mu mój plan i przez chwilę go omawiamy. Potem Deck wychodzi i jedzie do sądu. Po półgodzinie dzwoni z informacjami na temat kilku zmyślonych klientów. Mówi, że przy okazji chciał spytać, czy potrzebuję coś z miasta.

Przez chwilę rozmawiamy o duperelach, po czym nagle wtrącam:

— Zgadnij, kto jest gotów pójść na ugodę?

— Kto?

— Dot Black.

— Dot Black? — powtarza z udawanym niedowierzaniem. Deck nie ma szczególnych zdolności aktorskich.

— No. Byłem u niej rano, żeby sprawdzić, co u niej. Zawiozłem jej keks z owocami. Oświadczyła, że nie ma siły przechodzić przez całą gehennę procesu sądowego i chce się dogadać.

— Za ile?

— Powiedziała, że zaakceptuje sto sześćdziesiąt. Mówi, że wszystko przemyślała i że skoro oni proponują sto pięćdziesiąt, to jeśli wymusi trochę więcej, to odniesie nad nimi zwycięstwo. Uważa się za dobrą negocjatorkę. Próbowałem ją od tego odwieść, ale wiesz, jaka potrafi być uparta.

— Nie rób tego, Rudy. Ta sprawa jest warta fortunę.

— Wiem. Kipler uważa, że dostaniemy ogromne odszkodowanie, ale wiesz, z etycznego punktu widzenia mam obowiązek przekazać to Drummondowi i spróbować się dogadać. Tego chce klientka.

— Nie rób tego. Sto sześćdziesiąt to marne grosze. — Deck mówi przekonująco, ale ja nie mogę opanować uśmiechu. Kalkulator w jego głowie aż się grzeje od obliczania naszego i jego udziału w stu sześćdziesięciu tysiącach dolarów. — A myślisz, że zapłaciliby sto sześćdziesiąt? — pyta.

— Nie wiem. Odniosłem wrażenie, że sto pięćdziesiąt to góra. Ale nie próbowałem się targować. — Jeśli firma Great Benefit jest gotowa zapłacić sto pięćdziesiąt za ugodę, to pewnie sto sześćdziesiąt też łykną.

— Porozmawiamy o tym, gdy wrócę — mówi Deck.

— Jasne.

Rozłączamy się i po półgodzinie Deck siedzi przy moim biurku.

▲ ▲ ▲

Za pięć dziewiąta następnego dnia dzwoni telefon. Deck podnosi słuchawkę u siebie, po czym wparowuje do mnie.

— To Drummond — sapie podniecony.

Nasza firma zainwestowała w kupioną w Radio Shack za czterdzieści dolarów nagrywarkę, która jest podłączona do mojego aparatu. Mam tylko nadzieję, że to nie zakłóciło działania podsłuchu. Butch zapewnił nas, że jego zdaniem nie powinno być problemu.

— Halo — mówię, próbując opanować ogarniające mnie podniecenie.

— Rudy, mówi Leo Drummond — odzywa się ciepłym tonem. — Co u ciebie?

Zgodnie z zasadami etycznymi powinienem go w tym momencie uprzedzić, że nasza rozmowa jest nagrywana, i dać mu szansę na zareagowanie. Ustaliliśmy z Deckiem, że z oczywistych powodów tego nie zrobimy. Nie miałoby to sensu. Czym jest etyka między partnerami?

— W porządku, panie mecenasie. A u pana?

— Wszystko dobrze. Słuchaj, musimy ustalić datę wstępnego przesłuchania doktora Korda. Rozmawiałem z jego sekretarką. Co sądzisz o dwunastym grudnia? Dziesiąta rano, oczywiście u niego w gabinecie.

Myślę że przesłuchanie Korda będzie ostatnim z listy, chyba że Drummond wymyśli jeszcze kogoś mającego jakiś związek ze sprawą. To dziwne, że chce mu się do mnie dzwonić i pytać, czy odpowiada mi termin.

— Nie mam nic przeciwko temu — odpowiadam. Deck wisi nade mną i aż promieniuje napięciem.

— Świetnie. To nie powinno zająć dużo czasu. Przynajmniej taką mam nadzieję, zważywszy te pięćset dolców za godzinę. To aż nieprzyzwoite, nie sądzisz?

Po prostu kumple. My, adwokaci, przeciwko tym wstrętnym lekarzom.

— Zdecydowanie nieprzyzwoite.

445

— Właśnie tak, no więc, Rudy, wiesz, czego mój klient tak naprawdę nie chce?

— Czego?

— Nie chce przez tydzień siedzieć w Memphis i tracić czasu w sądzie. Ich ludzie to poważni biznesmeni. Wiesz, obracają wielkimi pieniędzmi, mają o sobie wysokie mniemanie i ważne kariery, które muszą chronić. Naprawdę chcą się dogadać, Rudy, i kazali mi ci to przekazać. Oczywiście rozumiesz, że to oznacza tylko polubowne załatwienie sprawy, a nie przyznanie się do odpowiedzialności.

— Jasne — bąkam i puszczam oko do Decka.

— Twój ekspert twierdzi, że koszt przeszczepu szpiku kostnego wyniósłby od stu pięćdziesięciu do dwustu tysięcy dolarów i tych liczb nie kwestionujemy. Załóżmy, i jest to założenie tylko na użytek tej rozmowy, że mój klient rzeczywiście powinien pokryć koszt przeszczepu. Gdyby to zrobił — robimy tylko takie założenie, prawda? — to musiałby na to wydać około stu siedemdziesięciu pięciu tysięcy.

— Skoro pan tak twierdzi.

— Jesteśmy gotowi zaoferować tyle samo, by polubownie zakończyć sprawę. Sto siedemdziesiąt pięć tysięcy dolarów! Żadnych więcej przesłuchań, w ciągu siedmiu dni dostajesz czek.

— Nie sądzę.

— Słuchaj, Rudy, nawet miliard dolarów nie wróci życia temu chłopcu. Musisz to wytłumaczyć swojej klientce. Myślę, że ona jest gotowa się dogadać. Są chwile, kiedy prawnik musi zacząć zachowywać się jak prawnik i wziąć sprawy w swoje ręce. Ta biedna kobieta nie ma pojęcia, co się będzie działo na procesie.

— Porozmawiam z nią.

— Zadzwoń do niej zaraz. Będę tu jeszcze godzinę, potem muszę wyjść, więc dzwoń. — Podstępny łajdak ma pewnie naszą pluskwę podłączoną do swojego telefonu. Chciałby, żebym od razu zadzwonił, bo wtedy mógłby podsłuchać naszą rozmowę.

— Oddzwonię do pana. Kłaniam się.

Odkładam słuchawkę, przewijam taśmę w nagrywarce i odsłuchujemy całą rozmowę.

Deck opada na krzesło z rozdziawionymi ze zdumienia ustami, w których połyskują cztery zęby.

— Naprawdę założyli nam podsłuch — mówi z niedowierzaniem. Wpatrujemy się w nagrywarkę, jakby mogła nam coś wyjaśnić. Przez chwilę siedzę jak sparaliżowany, nie mogąc wydusić słowa. Nic się nie rusza. Nic się nie dzieje. Telefon po chwili dzwoni, ale żaden z nas nie sięga po słuchawkę, jakbyśmy się bali.

— Chyba powinniśmy powiadomić Kiplera — mówię zamyślony.

— Chyba nie — odpowiada Deck. Zdejmuje okulary i przeciera oczy.

— Dlaczego nie?

— Zastanówmy się. Wiemy, lub przynajmniej wydaje nam się że wiemy, że Drummond i/lub jego klient podsłuchują nasze rozmowy telefoniczne. Tak czy owak, Drummond na pewno wie o podsłuchu, bo właśnie go przyłapaliśmy, ale nie możemy tego udowodnić. W żaden sposób nie przyłapiemy go na gorącym uczynku.

— Prędzej padnie trupem, niż się przyzna.

— Właśnie. Więc co Kipler może zrobić? Oskarży go, nie mając niepodważalnego dowodu w ręku? Jeszcze bardziej się na nim powyżywa?

— Drummond już do tego przywykł.

— Nie będzie to miało żadnego wpływu na przebieg rozprawy. Przysięgłym nie można powiedzieć, że na etapie ustaleń mecenas Drummond i jego klient stosowali drańskie metody.

Nadal wpatrujemy się w nagrywarkę, próbując oswoić się z tą sytuacją i dojrzeć jakąś ścieżkę we mgle. Nie dalej jak rok temu na wykładach z etyki zawodowej opowiadano nam o adwokacie, którego ukarano ostrą naganą za potajemne nagranie rozmowy z innym adwokatem. Popełniłem wykroczenie, ale jego ciężar

447

gatunkowy niknie w porównaniu z oburzającym postępkiem Drummonda. Problem jednak w tym, że jeśli przedstawię tę taśmę jako dowód, mogą mnie wziąć za dupę. A Drummondowi nic nie zrobią, bo zawsze się wyłga. Zresztą nie wiadomo, do jakiego stopnia jest w tym umoczony. Czy założenie podsłuchu było jego pomysłem, czy tylko wykorzystuje informacje ukradzione przez jego klienta?

Tego też nigdy się nie dowiemy. Tyle że właściwie nie ma to większego znaczenia. Ważne jest to, że wie.

— Możemy tę jego wiedzę wykorzystać dla naszego dobra — mówię.

— Właśnie o tym pomyślałem.

— Tylko musimy być bardzo ostrożni, bo inaczej nabiorą podejrzeń.

— Tak, zostawmy to do czasu rozprawy. Poczekajmy na moment, kiedy będzie nam na rękę wpuścić tych palantów w maliny.

Obaj zaczynamy się uśmiechać.

ᴧ ᴧ ᴧ

Odczekuję dwa dni i dzwonię do Drummonda ze złą wiadomością, iż moja klientka nie tknie jego brudnych pieniędzy. Zwierzam mu się w zaufaniu, że zachowuje się trochę dziwnie. Jednego dnia drży ze strachu na myśl o stanięciu przed sądem, drugiego nie może się doczekać początku rozprawy. W tej chwili jest w bojowym nastroju i chce walczyć.

Nie budzi to w nim ani śladu podejrzeń. Płynnie przechodzi na pozycję twardziela i zaczyna mnie straszyć, że propozycja ugody zostanie raz na zawsze wycofana i czeka nas paskudny proces, którego wynik jest z góry przesądzony. Sądzę, że jego słowa będą dobrze odebrane przez ludzi w Cleveland. Ciekawe tylko, jak długo potrwa, zanim do nich dotrą.

Ofertę należałoby przyjąć. Dot i Buddy dostaliby grubo ponad sto tysięcy dolarów — więcej, niż udałoby im się wydać do końca

448

życia. Ich pełnomocnik zainkasowałby blisko sześćdziesiąt tysięcy, czyli całkiem przyzwoitą sumkę. Tylko że dla Blacków pieniądze nic nie znaczą. Nigdy ich nie mieli i nie marzą o nagłym wzbogaceniu się. Dot chce, żeby cały świat się dowiedział, jak potraktowano jej syna. Chce, żeby zapadł oficjalny wyrok, że to ona miała rację i Donny Ray umarł, bo firma Great Benefit go zabiła.

Co do mnie, to gotowość machnięcia ręką na taką forsę zaskakuje mnie samego. Oczywiście, że kwota jest nęcąca, ale nie jest dla mnie wszystkim. Nie przymieram głodem, jestem młody i trafią mi się jeszcze inne sprawy.

I jednego jestem pewny: jeśli firma Great Benefit jest tak wystraszona, że ucieka się do zakładania podsłuchu, to znaczy, że mają dużo za uszami. Mimo dręczącego mnie niepokoju łapię się na tym, że zaczynam z utęsknieniem myśleć o rozprawie.

▲ ▲ ▲

Booker i Charlene zapraszają mnie w Dniu Dziękczynienia na świąteczny obiad. Babcia Bookera mieszka w niedużym domku w południowym Memphis i wygląda na to, że przygotowania do obiadu trwały już od tygodnia. Na dworze jest zimno i mokro i musimy całe popołudnie spędzić pod dachem. W uroczystości bierze udział co najmniej pięćdziesiąt osób w wieku od sześciu miesięcy do osiemdziesięciu lat, wśród których jestem jedynym białym. Godzinami jemy, przy czym mężczyźni nie ruszają się od telewizora, oglądając jeden mecz za drugim. Booker i ja zjadamy po kawałku tortu orzechowego i wypijamy kawę na masce samochodu w garażu, dygocąc z zimna i wymieniając się plotkami. Wypytuje mnie o miłosne podboje, a ja go zapewniam, że w tej chwili w ogóle o nich nie myślę. Za to interesy idą dobrze, zapewniam go. On sam pracuje na okrągło. Charlene chciałaby mieć drugie dziecko, ale zajście w ciążę może być problemem, bo nigdy nie ma go w domu.

Ot, życie wziętego prawnika.

Rozdział 39

Wiedzieliśmy, że to nadejdzie pocztą, ale po radosnym tupaniu Decka poznaję, że właśnie się to stało. Wpada do mnie jak burza, wymachując kopertą.

— Przysłali! Przysłali! Jesteśmy bogaci!

Rozrywa kopertę, ostrożnie wyjmuje czek i z namaszczeniem kładzie go na moim biurku. Dwadzieścia pięć tysięcy dolarów od State Farm! Prezent gwiazdkowy.

Ponieważ Derrick Dogan wciąż porusza się o kulach, pędzimy do niego do domu z wszystkimi papierami. Podpisuje, gdzie ma podpisać, i dzielimy się pieniędzmi. Jemu przypada dokładnie szesnaście tysięcy sześćset sześćdziesiąt siedem dolarów, nasza działka wynosi osiem tysięcy trzysta trzydzieści trzy. Deck chciał go jeszcze ustrzelić na zwrot dodatkowych kosztów: kserowanie dokumentów, znaczki pocztowe, rozmowy telefoniczne — drobiazgi, które większość prawników zwykle przerzuca na klienta w chwili ostatecznego rozliczenia — ale się nie zgodziłem.

Żegnamy się, życzymy mu szybkiego powrotu do zdrowia i próbujemy sprawiać wrażenie zatroskanych całym incydentem, ale nie bardzo nam to wychodzi.

Postanowiliśmy podzielić naszą działkę po trzy kawałki na głowę i zostawić resztę na koncie firmy. Wiemy, że na pewno czekają nas chudsze czasy. Firma stawia nam elegancki lunch w modnej restauracji we wschodnim Memphis. Dysponujemy teraz firmową złotą kartą kredytową zaoferowaną nam przez zdesperowany bank, na którym zrobił wrażenie mój status adwokata. We wniosku o wydanie karty musiałem się trochę pogimnastykować w punkcie dotyczącym wcześniejszych bankructw. Deck i ja zawarliśmy umowę, że będziemy korzystali z karty tylko za obopólną zgodą.

Zabieram moje trzy tysiące i kupuję samochód. Oczywiście nie jest nowy, ale stanowi spełnienie moich marzeń od chwili, gdy uzyskanie odszkodowania w sprawie Dogana stało się realne. Kupuję niebieskie volvo DL z 1984 roku z czterobiegową skrzynią z nadbiegiem. Samochód jest w doskonałym stanie i ma na liczniku zaledwie sto osiemdziesiąt tysięcy kilometrów. Jak na volvo to wcale niedużo. Pierwszym i jedynym właścicielem był bankowiec, który osobiście pilnował jego serwisowania.

Przez chwilę zastanawiałem się nad kupnem czegoś nowego, ale myśl o braniu kredytu jest dla mnie odrażająca.

To mój pierwszy adwokacki samochód. Za starą toyotę dostaję trzysta dolców i za te pieniądze kupuję sobie samochodowy telefon. Rudy Baylor powoli staje na nogi.

▲ ▲ ▲

Już kilka miesięcy temu podjąłem decyzję, że nie zostanę w mieście na Boże Narodzenie. Zeszłoroczne wspomnienia są dla mnie zbyt bolesne. Byłbym sam i lepiej będzie, jeśli stąd wyjadę. Deck napomknął coś o spędzeniu świąt razem, ale była to tylko mglista wzmianka bez żadnych konkretów. Odpowiedziałem, że pewnie pojadę do matki.

Gdy matka i Hank nie włóczą się po kraju swoim winnebago, parkują to cholerstwo na podwórzu za jego domkiem w Toledo. Nigdy nie byłem ani w jednym, ani w drugim i nie mam zamiaru spędzać Bożego Narodzenia w towarzystwie Hanka. Matka zadzwoniła wprawdzie po Dniu Dziękczynienia i przekazała dość zdawkowe zaproszenie na święta, ale ja podziękowałem, mówiąc, że jestem zbyt zajęty, żeby ruszyć się z miasta. Wyślę im kartkę świąteczną. To nie to, że nie lubię matki. Po prostu przestaliśmy ze sobą rozmawiać. Oddalanie się od siebie następowało stopniowo. Nie było gwałtownej kłótni — kiedy padają raniące słowa, które pamięta się latami.

Deck twierdzi, że cały system prawny robi sobie przerwę świąteczną od piętnastego grudnia i zaczyna funkcjonować dopiero po Nowym Roku. W tym czasie sędziowie nie wyznaczają terminów rozpraw ani przesłuchań, adwokaci zajmują się organizowaniem świątecznych przyjęć i lunchów dla personelu. To dla mnie doskonała okazja, by wyjechać z miasta.

Do bagażnika lśniącego czystością volvo pakuję dokumentację sprawy Blacka, torbę z paroma rzeczami osobistymi i wyruszam w drogę. Jadę bez pośpiechu zwykłymi szosami, kierując się generalnie na północny zachód tak długo, aż wjeżdżam w śniegi Kansas i Nebraski. Śpię w tanich motelach, żywię się w fast foodach, podziwiam po drodze wszystko, co jest do podziwiania. Po północnych równinach przeszła burza śnieżna i na poboczach ciągną się zaspy. Preria jest tak biała i tak spokojna, jakby otuliły ją spadłe z nieba cumulusy.

Szosa ciągnie się w zupełnej pustce i działa to na mnie odświeżająco.

▲ ▲ ▲

Do Madison w Wisconsin docieram dwudziestego trzeciego grudnia. Znajduję mały hotelik i przytulną knajpkę i łażę po mieście wmieszany w tłum zwykłych mieszkańców, którzy gonią od sklepu do sklepu. Pewnych aspektów świątecznej tradycji w ogóle mi nie żal.

Siadam na oblodzonej ławce w parku, pod nogami mam śnieg i słucham koncertu kolęd, które z zapałem wyśpiewuje jakiś chór.

Nikt nie wie, gdzie teraz jestem. Ani w jakim mieście, ani nawet w jakim stanie. Rozkoszuję się tym poczuciem wolności.

Po kolacji i paru drinkach w barze hotelowym dzwonię do Maxa Leuberga. Wrócił na dawne stanowisko profesora prawa na tutejszym uniwersytecie i zdarza mi się dzwonić do niego mniej więcej raz w miesiącu z prośbą o radę, a on zawsze zaprasza, żeby go odwiedzić. Wysłałem mu kopie wszystkich istotnych dokumentów, kopie stanowisk stron, ustaleń i większości protokołów przesłuchań. Wysłana FedExem paczka ważyła ponad sześć kilo i kosztowała prawie trzydzieści dolców. Deck zaakceptował wydatek.

Max wygląda na szczerze uradowanego moim przyjazdem do Madison. Ponieważ jest Żydem, atmosfera świąteczna raczej go nie dotyczy i gdy zadzwoniłem, zapewnił mnie, że to doskonała okazja, żeby trochę popracować. Daje mi wskazówki, jak do niego dojechać.

Gdy następnego dnia o dziewiątej rano wchodzę do budynku wydziału prawa, na dworze jest minus jedenaście stopni. Drzwi są otwarte, ale w środku panuje głucha cisza. Leuberg czeka na mnie w swoim gabinecie z gorącą kawą. Przez godzinę gawędzimy o różnych sprawach w Memphis, za którymi tęskni, choć praca na tamtejszym wydziale prawa nie jest jedną z nich. Gabinet bardzo przypomina jego tamtejsze biuro. Wszystko w nim jest stłoczone i porozrzucane, na ścianach oklejonych nalepkami na zderzaki wiszą politycznie niepoprawne plakaty. Sam też wygląda tak samo — rozwichrzona szopa włosów, dżinsy i białe tenisówki. Ma na nogach skarpetki, ale tylko dlatego, że na ziemi leży trzydziestocentymetrowa warstwa śniegu. I rozpiera go energia.

Podążam za nim korytarzem do niewielkiej salki seminaryjnej, której środek zajmuje długi stół i którą otwiera własnym kluczem. Stół zawalony jest moją dokumentacją. Siadamy naprzeciwko siebie i Max nalewa kawę z termosu. Wie, że do rozprawy zostało sześć tygodni.

— Były jakieś propozycje ugody? — pyta.

— Tak, kilka. Doszli do stu siedemdziesięciu pięciu tysięcy, ale klientka powiedziała „nie".

— To dość nietypowe, ale się nie dziwię.

— Dlaczego?

— Bo masz ich na widelcu. Mogą się na tym nieźle przejechać. Rudy, to jeden z najjaskrawszych przykładów działania w złej wierze, z jakim kiedykolwiek się spotkałem, a zetknąłem się z tysiącami.

— Ale to nie wszystko — dodaję i opowiadam o podsłuchu założonym na naszych telefonach i o uzasadnionych podejrzeniach, że to Drummond nas podsłuchuje.

— Już się kiedyś z tym spotkałem — mówi Max. — To było na Florydzie, tyle że pełnomocnik powoda dowiedział się o tym dopiero po rozprawie. Nabrał podejrzeń, ponieważ wydawało się, że pozwany z góry wie, co jego oponent ma zamiar zrobić. No, ale kurczę, to coś zupełnie innego.

— Muszą być bardzo wystraszeni — mówię.

— Są przerażeni, ale zbytnio się tym nie podniecajmy. Poruszają się po przyjaznym terenie. Twoja ojczyzna nie wierzy w przyznawanie karnych odszkodowań.

— Co chcesz przez to powiedzieć?

— Bierz forsę i w krzaki.

— Nie mogę tego zrobić. Nie chcę. Moja klientka też nie.

— I dobrze. Pora uświadomić tym ludziom, że żyją w dwudziestym wieku. Gdzie masz magnetofon?

Zrywa się z krzesła i zaczyna krążyć po salce. Na ścianie wisi szkolna tablica i pan profesor szykuje się do wygłoszenia wykładu. Wyjmuję z teczki kaseciaka i kładę na stole. Do ręki biorę długopis, przed sobą kładę notatnik.

Max zaczyna mówić, a ja przez godzinę robię pośpieszne notatki i zarzucam go pytaniami. Mówi o moich świadkach, ich świadkach, dokumentach, różnych strategiach postępowania. Dokładnie przestudiował przysłane mu materiały i cieszy się na myśl o przyskrzynieniu tych drani.

454

— Najlepsze zostaw sobie na koniec. Odtwórz nagrane zeznanie tego biedaka, które złożył tuż przed śmiercią. Domyślam się, że brzmi na nim żałośnie.

— Gorzej niż żałośnie.

— Świetnie. To najlepsze, czym możesz pożegnać przysięgłych. Jeśli dobrze pójdzie, uwiniesz się z tym w trzy dni.

— I co dalej?

— Siadasz wygodnie i obserwujesz, jak próbują się tłumaczyć. — Nagle przerywa, sięga po coś na stole i przesuwa w moją stronę.

— Co to jest?

— To nowa polisa ubezpieczeniowa Great Benefit, którą w zeszłym miesiącu wystawili jednemu z moich studentów. Opłaciłem mu ją i za miesiąc się z tego wycofamy. Chciałem tylko sprawdzić aktualną treść. Zgadnij, co zostało z niej wyłączone, i to tłustym drukiem.

— Przeszczepy szpiku kostnego.

— Wszelkie przeszczepy, w tym szpiku kostnego. Zatrzymaj to i użyj podczas procesu. Myślę, że powinieneś zapytać dyrektora, dlaczego zmienili warunki ubezpieczenia zaledwie parę miesięcy po pozwaniu ich do sądu przez rodzinę Blacka. Dlaczego teraz wyłączają przeszczepy szpiku kostnego. I skoro takiego wyłączenia nie było w polisie Blacka, to dlaczego odrzucili jego roszczenie? To doskonały materiał, Rudy. Kurczę, może przyjadę na proces, żeby tego posłuchać.

— Proszę, przyjedź. — Byłoby cudownie mieć go pod ręką i móc się konsultować z kimś innym niż Deck.

Max ma pewne zastrzeżenia do naszej analizy dokumentacji roszczenia i wkrótce obaj toniemy w papierach. Targam cztery kartony z bagażnika samochodu i wkrótce salka seminaryjna przypomina wysypisko śmieci.

Entuzjazm Maxa jest zaraźliwy. Podczas lunchu wysłuchuję jego pierwszego wykładu o księgowości w firmach ubezpieczeniowych. Ponieważ branża jest wyłączona spod federalnej kontroli

455

antytrustowej, stosują w niej własne metody księgowania. W rezultacie praktycznie żaden biegły księgowy spoza branży nie jest w stanie połapać się w dokumentacji księgowej firmy ubezpieczeniowej. I o to chodzi, bo żadna firma ubezpieczeniowa nie życzy sobie, żeby świat dowiadywał się o jej machinacjach. Ale Max ma dla mnie kilka wskazówek.

Wartość Great Benefit wynosi od czterystu do pięciuset milionów dolarów, z czego mniej więcej połowa ukryta jest w rezerwie i nadwyżkach. I właśnie to trzeba uzmysłowić przysięgłym.

Nie śmiem sugerować niewyobrażalnego — pracy w dzień Bożego Narodzenia — ale Max sam to proponuje. Jego żona jest w Nowym Jorku u swojej rodziny, a on nie ma nic lepszego do roboty i z radością poświęci czas na przekopanie się przez pozostałe dwa kartony z dokumentacją.

Zapełniam trzy notatniki zapiskami i pół tuzina kaset nagraniami jego komentarzy na każdy temat. Gdy w końcu oznajmia, że skończyliśmy, jest dwudziesty piąty grudnia i zmierzcha. Pomaga mi spakować kartony i zanosimy je razem do samochodu. Na dworze znów pada gęsty śnieg.

Żegnamy się przed drzwiami prowadzącymi na wydział prawa. Nie wiem, jak dziękować Maxowi. Życzy mi powodzenia i wymaga na mnie przyrzeczenie, że będę dzwonił przynajmniej raz na tydzień przed rozprawą i raz dziennie podczas. Powtarza, że jest szansa, i że może uda mu się wyrwać i przyjechać.

Macham do niego na pożegnanie w sypiącym śniegu.

▲ ▲ ▲

Potrzebuję aż trzech dni, aby się dotelepać do Spartanburga w Karolinie Południowej. Volvo na szosie zachowuje się bez zarzutu, zwłaszcza na śniegu i lodzie północnych obszarów Środkowego Zachodu. Dzwonię z samochodu do Decka, który zapewnia mnie, że w biurze panuje spokój i nikt mnie nie szuka.

Ostatnie trzy i pół roku studiów upłynęły mi na codziennym wielogodzinnym ślęczeniu nad książkami i — kiedy tylko mogłem — na pracy w Yogi's. Prawie nie miałem wolnego czasu. Ta rajza po kraju z liczeniem się z każdym groszem wielu mogłaby się wydać nużąca, ale dla mnie to luksusowe wakacje, które pozwalają przewietrzyć ciało i duszę i myśleć o czymś innym niż prawo. Pozwalają też zrzucić zbędny bagaż, jak choćby myśli o Sarze Plankmore. Stare urazy idą w niepamięć. Życie jest za krótkie na wściekanie się na ludzi za to, że zrobili coś, co było od nich silniejsze. Grzechy Loyda Becka i Barry'ego X. Lancastera zostają wybaczone gdzieś po drodze w Wirginii Zachodniej. Przyrzekam sobie nie myśleć i nie przejmować się panią Birdie i jej żałosną rodzinką. Niech sobie rozwiązują swoje problemy bez mojego udziału.

Całymi kilometrami marzę o Kelly Riker — jej idealnie równych zębach, opalonych nogach i słodkim głosie.

Myśląc o sprawach zawodowych, skupiam uwagę na zbliżającym się procesie. W biurze mam tylko jedną sprawę, która może się skończyć w sądzie, więc jest tylko jeden proces, o którym warto myśleć. Ćwiczę mowę początkową do ławy przysięgłych. Przypiekam drani z Great Benefit. Podczas wniosków końcowych niemal płaczę.

Ludzie z innych samochodów przyglądają mi się podejrzliwie, ale co tam, nikt mnie tu przecież nie zna.

Przeprowadziłem rozmowy z czterema adwokatami, którzy się procesują lub procesowali w przeszłości z Great Benefit. Od pierwszych trzech nie dowiedziałem się niczego ciekawego. Czwarty mieszka w Spartanburgu, nazywa się Cooper Jackson i w jego sprawie było coś dziwnego, o czym nie chciał rozmawiać przez telefon (mój prywatny w mieszkaniu). Powiedział jednak, że chętnie mnie powita u siebie w biurze i pozwoli zajrzeć do akt.

Jego kancelaria mieści się w budynku banku w śródmieściu, zatrudnia sześciu prawników i zajmuje nowoczesny lokal biurowy. Zadzwoniłem do niego wczoraj z drogi z Karoliny Północnej i usłyszałem, że jest dziś dla mnie osiągalny. Są święta i niewiele się dzieje, wyjaśnił.

457

Okazuje się krzepkim facetem z potężną klatą i masywnymi kończynami, ciemną brodą i jeszcze ciemniejszymi oczami, które błyszczą i ożywiają jego twarz. Ma czterdzieści sześć lat i twierdzi, że zbił majątek na pozywaniu producentów za wadliwe produkty. Przed przystąpieniem do rozmowy zamyka drzwi gabinetu na klucz.

Większości z tego, co ma zamiar mi powiedzieć, nie powinien ujawniać. Zawarł z Great Benefit ugodę, w której ramach on i jego klient zobowiązali się do zachowania jej warunków w ścisłej tajemnicy, a zobowiązanie jest obwarowane surowymi sankcjami za jej złamanie. Nie podobają mu się tego rodzaju porozumienia, ale nie są niczym niezwykłym. Rok temu wystąpił z pozwem w imieniu klientki, która zachorowała na zatoki, a jej stan okazał się na tyle poważny, że wymagał zabiegu chirurgicznego. Great Benefit odmówiło uznania roszczenia, tłumacząc decyzję tym, że ubezpieczona zataiła, iż pięć lat wcześniej usunięto jej torbiel jajnika, co wpłynęło na stan zdrowia kobiety przed wystawieniem polisy. Wartość roszczenia wynosiła jedenaście tysięcy dolarów. Nastąpiła wymiana korespondencji, firma trwała przy odmowie uznania roszczenia, aż wreszcie kobieta zwróciła się o pomoc do Coopera Jacksona, który następnie odbył cztery podróże do Cleveland własnym samolotem i przesłuchał na miejscu ośmiu świadków.

— Banda najbardziej tępych i wrednych łajdaków, z jakimi kiedykolwiek miałem do czynienia — ocenia Jackson pracowników firmy w Cleveland. Sam należy do tych prawników, którzy kochają awantury na sali sądowej i uciekają się do różnych sztuczek, by osiągnąć cel. Zawziął się, że się spotkają w sądzie, i wtedy nagle Great Benefit wystąpiło z propozycją cichej ugody. — I tu dochodzimy do części poufnej — mówi, wyraźnie rozkoszując się myślą o pogwałceniu warunków umowy i wyjawieniu mi wszystkich sekretów. Jestem gotów się założyć, że zrobił to już ze sto razy. — Zapłacili nam te jedenaście tysięcy, po czym dorzucili dodatkowe dwieście, żebyśmy się tylko odczepili. — Wytrzeszcza oczy i mruga w oczekiwaniu na moją reakcję. To rzeczywiście niesłychana opowieść, bo Great Benefit praktycznie samo wymierzyło sobie karne odszkodowanie. Nic dziwnego, że tak im zależało na dyskrecji.

— Niesłychane.

— Prawda? Osobiście byłem przeciwny zawarciu ugody, ale moja biedna klientka potrzebowała forsy. Jestem pewny, że w sądzie moglibyśmy uzyskać dużo więcej. — Opowiada mi jeszcze parę historyjek z pola walki, żeby pokazać, iż zarobił na nich góry forsy, potem przechodzimy do małego pomieszczenia bez okien, którego ściany pokryte są półkami pełnymi identycznie wyglądających pudeł. Wskazuje palcem trzy z nich, po czym opiera swe masywne cielsko o półki. — Oto ich system. — Mówi to takim tonem, jakby pudła zawierały jakieś supertajne informacje. — Dostają roszczenie i przydzielają je jednemu z likwidatorów, jakiemuś zwykłemu gryzipiórkowi. Likwidatorzy z działu roszczeń należą do najgorzej wyszkolonych i opłacanych w całej firmie. Tak jest zresztą we wszystkich firmach ubezpieczeniowych. Śmietanka urzędnicza pracuje w inwestycjach, nie w ubezpieczeniach i roszczeniach. Likwidator szkód zapoznaje się z roszczeniem i natychmiast uruchamia procedurę „doubezpieczenia poroszczeniowego". Wysyła pismo do ubezpieczonego, w którym odmawia uznania jego roszczenia. Na pewno ma pan takie pismo w swojej dokumentacji. Potem likwidator ściąga dokumentację zdrowotną klienta za ostatnie pięć lat. Dokumentacja zostaje poddana dokładnej analizie i ubezpieczony dostaje kolejne pismo, w którym dział roszczeń informuje, że „roszczenie pozostaje odrzucone do czasu zakończenia analizy wszystkich okoliczności". I w tym momencie robi się naprawdę śmiesznie. Likwidator przekazuje dokumentację do działu ubezpieczeń, a ubezpieczenia odpowiadają notatką służbową, w której piszą coś w rodzaju: „Nie uznawać roszczenia bez naszej zgody". Między roszczeniami i ubezpieczeniami zaczyna się korespondencja, krążą pisemka i notatki służbowe, stos papierów rośnie, wynikają różne rozbieżności, punkty i podpunkty warunków ubezpieczenia stają się przedmiotem gorących dysput i oba działy toczą ze sobą wojnę. Niech pan pamięta, że ci ludzie pracują w jednej firmie ubezpieczeniowej i w tym samym budynku, ale rzadko się znają. A także nie bardzo wiedzą, co robi ten drugi. Wszystko to jest celowe. W tym czasie klient siedzi w swojej przyczepie i dostaje kolejne pisma, a to z działu roszczeń, a to z działu ubezpieczeń. Większość na tym etapie się poddaje i firmie oczywiście o to chodzi. Nie więcej jak jeden na dwudziestu pięciu ubezpieczonych zwraca się o pomoc do prawnika.

Słuchając Jacksona, przypominam sobie dokumenty i fragmenty zeznań świadków i nagle elementy układanki wskakują na swoje miejsca.

— Jak można tego dowieść? — pytam.

— Wszystko jest tu. — Jackson klepie pudło. — Większości pan nie potrzebuje, ale są tu egzemplarze instrukcji postępowania.

— Też je mam.

— Może pan sobie w tym grzebać do woli. Wszystko jest idealnie posegregowane. Mam doskonałego asystenta, a nawet dwóch.

A ja, Rudy Baylor, mam paraprawnika!

Zostawia mnie z pudłami, a ja od razu sięgam po instrukcje w ciemnozielonych okładkach. Jedna jest dla działu roszczeń, druga ubezpieczeń. Na pierwszy rzut oka wydają się identyczne jak te, które uzyskałem w ramach ustaleń. Procedury są podzielone na rozdziały, na początku znajduje się schemat postępowania, na końcu glosariusz terminów. W sumie stanowią przewodniki dla gryzipiórków.

Ale potem dostrzegam pewną rozbieżność. Na końcu instrukcji dla działu roszczeń znajduje się rozdział U, którego nie ma w moim egzemplarzu. Czytam go uważnie i cała machinacja wychodzi na jaw. W instrukcji dla ubezpieczeń też jest rozdział U i w nim opisano tę samą procedurę, tyle że z ich punktu widzenia — dokładnie tak, jak to powiedział Cooper Jackson. Czytane

razem stanowią pouczenie dla obu działów, by odrzucać roszczenia — oczywiście tylko „do czasu zakończenia analizy wszystkich
okoliczności" — i przekazywać dokumentację do drugiego działu
z notatką służbową, że do chwili zmiany decyzji wypłata ma być
wstrzymana.

Zmiana decyzji nigdy nie następuje, a żaden z dwóch działów
nie może skierować roszczenia do wypłaty bez akceptacji drugiego.

Oba rozdziały U zawierają mnóstwo pouczeń, jak dokumen-
tować każdy krok, czyli jak tworzyć dokumentację, którą — jeśli
zajdzie taka potrzeba — będzie można posłużyć się do wykazania,
z jakim zaangażowaniem i sumiennością roszczenie było rozpatrywane, zanim ostatecznie je odrzucono.

W moich egzemplarzach instrukcji brak rozdziałów U. Zostały
z nich usunięte przed ich przekazaniem. Dranie z Cleveland, być
może za zgodą prawników z Memphis, próbowali świadomie
ukryć przede mną ich treść. Mówiąc oględnie, to bulwersujące
odkrycie.

Szybko się otrząsam i zaczynam chichotać na myśl o tym, jak
na rozprawie wyciągnę z rękawa rozdziały U i zamacham nimi
przed ławą przysięgłych.

Jeszcze przez parę godzin grzebię w zawartości kartonów, ale
nie mogę oderwać wzroku od obu instrukcji.

▲   ▲   ▲

Cooper lubi sobie łyknąć wódki w biurze, ale dopiero po
osiemnastej. Zaprasza mnie, żebym do niego dołączył. Butelkę
trzyma w małej lodówce w szafie służącej za podręczny barek.
Pije wódkę bez niczego — bez wody i bez lodu — a ja idę
w jego ślady. Wystarczają dwa niewielkie łyki, by poczuć żar
w całym ciele.

Po wypiciu pierwszego kieliszka Cooper mówi:

— Na pewno ma pan kopie akt z państwowych dochodzeń
w sprawie Great Benefit?

461

Nie mam zielonego pojęcia, o czym mówi, i nie ma sensu kłamać.

— Nie, tak naprawdę to nie.

— Powinien pan do nich zajrzeć. Złożyłem na nich doniesienie do biura prokuratora generalnego stanu Karolina Południowa, mojego kolegi ze studiów, i śledztwo trwa. To samo w Georgii. Szef Komisji Nadzoru Ubezpieczeń na Florydzie wszczął w ich sprawie oficjalne dochodzenie. Wygląda na to, że w krótkim czasie odrzucili niepokojąco dużo roszczeń.

Kilka miesięcy temu, gdy byłem jeszcze na studiach, Max Leuberg wspominał coś o złożeniu skargi w stanowym Departamencie Ubezpieczeń. Powiedział wtedy, że pewnie i tak nic z tego nie będzie, bo branża ubezpieczeniowa zwykle żyje w doskonałej komitywie z tymi, którzy mają ją nadzorować.

Nie mogę pozbyć się wrażenia, że coś mi umknęło. Ale to moja pierwsza sprawa w kwestii działania w złej wierze.

— Mówi się nawet o pozwie zbiorowym — dodaje Cooper, a jego oczy błyszczą i podejrzliwie mrugają. Chyba jest pewny, że nic nie wiem o żadnym pozwie zbiorowym.

— Gdzie?

— Kilku adwokatów w Raleigh. W paru sprawach mają w ręku dowody działania Great Benefit w złej wierze, ale jeszcze czekają. Firma nic o tym nie wie. Podejrzewam, że starają się po cichu zawierać ugody w sprawach, które leżą im na sercu.

— Ile mają sprzedanych polis? — pytam. Już zadałem to pytanie w ramach ustaleń, ale wciąż czekam na odpowiedź.

— Blisko sto tysięcy. Jeśli przyjąć dziesięcioprocentowy odsetek roszczeń, to mówimy o dziesięciu tysiącach roszczeń rocznie, co odpowiada średniej statystycznej dla tej branży. Przyjmijmy, że połowę z nich odrzucą. Zostaje pięć tysięcy roszczeń do wypłaty. Przeciętne roszczenie opiewa na dziesięć tysięcy dolarów. Pięć tysięcy razy dziesięć tysięcy daje pięćdziesiąt milionów dolców. Powiedzmy, że tych parę spraw sądowych, jakie im wytaczamy, kosztuje ich — to liczba wzięta z sufitu — dziesięć milionów w postaci zasądzonych odszkodowań. Na swoich machinacjach zyskują więc czterdzieści milionów na czysto. W kolejnym roku mogą solidnie uznawać uzasadnione roszczenia, by rok później wrócić do ich odrzucania. Uknuć kolejny spisek. Zarabiają taką kupę forsy, że mogą sobie pozwolić na robienie wszystkich w konia.

Wpatruję się w niego w milczeniu, po czym pytam:

— Potrafi pan to udowodnić?

— Nie. To tylko moje domysły. Jest to tak obciążające, że pewnie nie do udowodnienia. Ta firma robi różne idiotyczne numery, ale nie sądzę, aby byli aż tak głupi, żeby coś takiego rzucili na papier.

Zastanawiam się, czy mu opowiedzieć o „głupim liście", ale daję spokój. Facet jest na fali i może przebić wszystkich.

— Działa pan w jakiejś grupie prawników procesowych? — pyta.

— Nie. Dopiero kilka miesięcy temu rozpocząłem praktykę adwokacką.

— Bo ja działam. Istnieje nieformalne stowarzyszenie adwokatów, którzy lubią się użerać z firmami ubezpieczeniowymi. Utrzymujemy ze sobą kontakt, wymieniamy się ploteczkami. Od kolegów słyszę, że Great Benefit to, Great Benefit tamto. Myślę, że odrzucili zbyt wiele roszczeń i wszyscy tylko czekają na pierwszą wielką sprawę sądową, podczas której zdrowo przytrą im uszu. Zasądzenie dużego odszkodowania uruchomi całą lawinę.

— Nie wiem, jaki będzie werdykt, ale mogę obiecać, że doprowadzę ich przed sąd.

Mówi, że chyba podzwoni po kolegach, skrzyknie całą sitwę, porozumie się z innymi, pozbiera plotki i zorientuje się, co się dzieje w innych częściach kraju. I być może wpadnie do Memphis w lutym, żeby przyjrzeć się rozprawie. Powtarza, że jeden duży wyrok skazujący uruchomi lawinę.

⋏ ⋏ ⋏

Połowę następnego dnia spędzam na przeglądaniu dokumentacji Jacksona, potem mu dziękuję i żegnam się. Nalega, żebym pozostawał z nim w kontakcie. Mówi, że czuje przez skórę, iż wielu prawników w kraju będzie z uwagą śledziło przebieg mojego procesu.

Dlaczego mnie to nie zachwyca, ale wręcz przeraża?

Dotarcie do Memphis zajmuje mi dwanaście godzin. Gdy na tyłach domu pani Birdie zabieram się do rozładowania bagażnika volvo, zaczyna prószyć śnieg. Jutro jest Nowy Rok.

Rozdział 40

Konferencja przedprocesowa w gabinecie sędziego Kiplera odbywa się w połowie stycznia. Sędzia sadza wszystkich przy stole strony pozwanej. Przy drzwiach stawia woźnego sądowego, by zapobiec wymykaniu się prawników. Sam, bez togi sędziowskiej, siada u szczytu stołu, mając po jednej ręce sekretarkę, po drugiej protokolantkę. Siedzę po jego prawej stronie, plecami do sali sądowej, i mam przed sobą całą czeredę pełnomocników pozwanego. To moje pierwsze spotkanie z Drummondem od czasu wstępnego przesłuchania Korda dwunastego grudnia i jest mi trudno być dla niego uprzejmym. Ilekroć biorę do ręki telefon, tylekroć widzę, jak ten elegancki mężczyzna o wytwornych manierach i nieskazitelnej reputacji podsłuchuje moje rozmowy.

Obie strony złożyły swoje propozycje i dziś naszym zadaniem będzie wygładzenie wszelkich zadziorów. W rezultacie powstanie dokument, który posłuży jako ostateczny plan procesowy.

Kipler był tylko trochę zdziwiony, kiedy przedstawiłem mu egzemplarze instrukcji pożyczone od Coopera Jacksona. Skrupulatnie porównał je z egzemplarzami dostarczonymi przez Drummonda i zawyrokował, że nie mam obowiązku powiadamiać go, że wiem, iż próbowano wprowadzić mnie w błąd co do treści instrukcji. Mam prawo poczekać z tym do rozprawy i zaskoczyć drugą stronę w obecności ławy przysięgłych.

Powinno to zrobić piorunujące wrażenie. Obnażę ich machinacje przed przysięgłymi i wszyscy będziemy patrzyli, jak w popłochu rejterują.

Przechodzimy do listy świadków. Na mojej liście są praktycznie wszyscy, którzy mają jakikolwiek związek ze sprawą.

— Jackie Lemancyzk już u mojego klienta nie pracuje — przypomina Drummond.

— Wie pan, gdzie ona jest? — pyta mnie Kipler.

— Nie — odpowiadam zgodnie z prawdą. Wykonałem setki telefonów do różnych miejsc w okolicach Cleveland i nigdzie nie natrafiłem na ślad Jackie Lemancyzk. Posunąłem się nawet do tego, że zwróciłem się do Butcha, by wyśledził ją przez telefon, ale jemu też się nie udało.

— A pan? — zwraca się do Drummonda.

— Nie.

— A więc stawiamy przy niej znak zapytania.

— Tak jest.

Drummond i Morehouse nie są tym zachwyceni i wymieniają zawiedzione spojrzenia. Jeśli uda nam się ją znaleźć i namówić do składania zeznań, będą ugotowani. Ale to mało prawdopodobne.

— A co z Bobbym Ottem? — pyta Kipler.

— Kolejny znak zapytania — odpowiadam. Obie strony mają prawo zgłosić świadków, o których sądzą, że uda im się ściągnąć ich na rozprawę. Ściągnięcie Otta jest wątpliwe, ale jeśli uda nam się go odnaleźć, chcę mieć prawo wezwania go na świadka. W tej sprawie też zwróciłem się do Butcha, który już się za nim rozgląda.

Przechodzimy do rzeczoznawców. Ze swej strony proponuję tylko dwóch: doktora Waltera Korda i Randalla Baskina, kierownika kliniki onkologicznej. Drummond zgłasza jednego, niejakiego doktora Miltona Jiffy'ego z Syracuse. Postanowiłem wstępnie go nie przesłuchiwać z dwóch powodów. Po pierwsze, wyjazd do Syracuse i przesłuchanie byłoby zbyt kosztowne; po drugie i ważniejsze: i tak wiem, co powie. Oświadczy, że przeszczep szpiku kostnego jest zabiegiem zbyt eksperymentalnym, żeby można go było uznać za właściwą i uzasadnioną metodę leczenia. Waltera Korda oburzyło takie stanowisko i obiecał pomóc mi przygotować pytania do niego jako rzeczoznawcy strony pozwanej. Kipler wątpi, czy Jiffy będzie chciał zeznawać.

Przez godzinę spieramy się o dostarczoną dokumentację. Drummond zapewnia sędziego, że zrobili, co do nich należało, i dostarczyli wszystkie żądane dokumenty. Być może jego słowa brzmiałyby przekonująco dla innych, ale ja czuję, że kłamie. Kipler zresztą też.

— A co z prośbą sądu o dane dotyczące liczby zawartych polis za ostatnie dwa lata? A także łącznej liczby roszczeń zgłoszonych w tym okresie i odmów wypłaty odszkodowania?

Drummond wzdycha ciężko i zmieszany spuszcza wzrok.

— Pracujemy nad tym, Wysoki Sądzie, przysięgam, że się tym zajmujemy. Dane są rozproszone w poszczególnych oddziałach w całym kraju. Mój klient ma trzydzieści jeden oddziałów stanowych, siedemnaście oddziałów okręgowych, pięć biur regionalnych i jest mu bardzo trudno...

— Czy pański klient ma też komputery?

Drummond jest coraz bardziej zmieszany.

— Oczywiście. Ale nie da się nacisnąć paru klawiszy na paru klawiaturach i trach, mamy gotowy wydruk.

— Rozprawa rozpoczyna się za trzy tygodnie, mecenasie Drummond. Chcę wcześniej dostać te informacje.

— Staramy się, Wysoki Sądzie. Codziennie przypominam o tym mojemu klientowi.

— Proszę się nie starać, tylko je zdobyć! — prycha Kipler i nawet wyciąga palec w stronę wielkiego Leo F. Drummonda. Jak na dany sygnał Morehouse, Hill, Plunk i Grone kulą się i ani na moment nie przestają notować.

Przechodzimy do mniej drażliwych tematów. Uzgadniamy, że rozprawę planujemy na dwa tygodnie, choć Kipler w rozmowie w cztery oczy wyznał, że ma zamiar zamknąć się w pięciu dniach. Po dwóch godzinach konferencja dobiega końca.

— A teraz, panowie, co z negocjacjami w kwestii ugody? — pyta Kipler. Oczywiście poinformowałem go, że ich ostatnia propozycja wynosiła sto siedemdziesiąt pięć tysięcy. Wie też, że Dot Black nie chce słyszeć o ugodzie. Nie chce ani grosza. Chce krwi.

— Ile wynosi wasza ostatnia propozycja, mecenasie Drummond?

Cała piątka strzyże uszami i rozpogadza się, jakby za chwilę miało się wydarzyć coś niezwykle pomyślnego.

— Cóż, Wysoki Sądzie. Dziś rano zostałem upoważniony przez mojego klienta do zaoferowania dwustu tysięcy dolarów za polubowne załatwienie sporu. — Drummond stara się, by zabrzmiało to odpowiednio dramatycznie, ale nie bardzo mu wychodzi.

— Mecenasie Baylor?

— Przykro mi. Moja klientka poinstruowała mnie, że nie chce ugody.

— Za żadną cenę?

— Tak jest. Chce, żeby na sali zasiedli sędziowie przysięgli i żeby cały świat dowiedział się, co zrobiono jej synowi.

Szok i zdumienie po drugiej stronie stołu są wręcz namacalne. Jeszcze nigdy nie widziałem tylu kręcących z niedowierzaniem głów. Nawet sędzia wygląda na zaskoczonego.

Od pogrzebu prawie z Dot nie rozmawiałem, a kilka podjętych przeze mnie prób nie poszło za dobrze. Jest przybita i zła i trudno się temu dziwić. Za swoje nieszczęście wini Great Benefit, ustrój, lekarzy, prawników — w tym czasami nawet mnie. I to też rozumiem. Ani nie chce, ani nie potrzebuje ich pieniędzy. Chce sprawiedliwości. Jak mi powiedziała podczas naszej ostatniej rozmowy na ganku jej domu: „Chcę, żeby te gadziny poszły z torbami".

468

— To niesłychane — oburza się Drummond.

— Rozprawa się odbędzie, Leo — mówię. — Lepiej się z tym pogódźcie.

Kipler wskazuje teczkę z aktami i sekretarka mu ją podaje. Wyjmuje z niej dwie listy nazwisk i adresów i wręcza po jednej mnie i Drummondowi.

— To lista kandydatów na przysięgłych — mówi. — Dziewięćdziesiąt dwie osoby. Ale nie jestem pewny, czy część z nich się nie wyprowadziła lub nie zniknęła w inny sposób.

Biorę listę do ręki i od razu zaczynam czytać. W tym kraju mieszkają miliony ludzi. Czy naprawdę oczekuję, że znajdę na liście jakichś znajomych? Oczywiście są na niej same obce nazwiska.

— Wybierzemy ławę przysięgłych tydzień przed rozprawą, tak że bądźcie gotowi ze swoimi typami na pierwszego lutego. Wolno wam grzebać w ich przeszłości, natomiast jakakolwiek próba bezpośredniego kontaktu stanowi poważne wykroczenie.

— Gdzie są ich ankiety? — pyta Drummond. Każdy kandydat na przysięgłego wypełnia ankietę personalną, w której odpowiada na podstawowe pytania o wiek, rasę, płeć, miejsce zatrudnienia, rodzaj wykonywanej pracy, wykształcenie. Często jest to jedyne źródło informacji, jakim dysponuje prawnik w chwili przystąpienia do procedury wyboru przysięgłych.

— Kompletujemy je. Zostaną do was wysłane pocztą. Jutro. Coś jeszcze?

— Nie, panie sędzio — odpowiadam.

Drummond w milczeniu kręci głową.

— Oczekuję jak najszybszego dostarczenia danych odnośnie do liczby polis i odmów, mecenasie Drummond.

— Staramy się, Wysoki Sądzie.

▲ ▲ ▲

Lunch jem samotnie w garmażerii koło naszego biura. Czarna fasola, risotto i ziołowa herbata. Gdy tu przychodzę, od razu czuję się zdrowszy. Jem wolno, grzebiąc w fasolce i wpatrując się w dziewięćdziesiąt dwa nazwiska na liście kandydatów. Dysponując nieograniczonymi środkami, Drummond będzie mógł zorganizować grupę szperaczy, którzy zidentyfikują kandydatów i dokładnie ich prześwietlą. Będą z ukrycia fotografowali ich domy i samochody, sprawdzą, czy kiedykolwiek byli stronami w sporach sądowych, zdobędą informacje o ich wiarygodności kredytowej i historii zatrudnienia, zdobędą haczyki w rodzaju rozwodów, ogłoszonych upadłości czy zarzutów kryminalnych. Przekopią się przez miejskie księgi i sprawdzą, ile zapłacili za swoje domy. Jedynym ograniczeniem w tym względzie jest zakaz nawiązywania osobistego kontaktu — samemu lub przez osoby trzecie.

Gdy zbierzemy się ponownie w sali sądowej, aby wybrać dwunastkę przysięgłych, Drummond i jego banda będą dysponowali szczególnym dossier każdego z kandydatów. Zawartość dossier zostanie skrupulatnie przeanalizowana nie tylko przez Drummonda i jego ludzi, ale także przez zespół profesjonalnych konsultantów do sprawy doboru przysięgłych. W historii amerykańskiego wymiaru sprawiedliwości konsultanci ci stanowią pewne novum. Rekrutują się zwykle spośród prawników mających doświadczenie i umiejętność analizowania ludzkiej natury. Wielu jest z wykształcenia psychiatrami lub psychologami. Jeżdżą po kraju i oferują swoje niebotycznie drogie usługi adwokatom, których na to stać.

Na wydziale prawa opowiadano o konsultancie, którego Jonathan Lake zatrudnił za honorarium wysokości osiemdziesięciu tysięcy dolarów. Ława przysięgłych przyznała paromilionowe odszkodowanie, więc takie honorarium okazało się drobiazgiem.

Konsultanci Drummonda będą obecni na sali podczas wyboru przysięgłych. Tyle że będą się trzymali na uboczu, by lepiej obserwować niczego niepodejrzewających kandydatów. Będą analizowali ich mimikę, język ciała, ubiór, maniery i Bóg wie co jeszcze.

Ja natomiast będę miał Decka, który sam mógłby być przedmiotem głębszej analizy ludzkich zachowań. Przekażemy listy Butchowi i Bookerowi, i wszystkim, którzy mogliby coś wiedzieć o którymś z kandydatów. Wykonamy parę telefonów, może sprawdzimy parę adresów, ale nasze zadanie będzie dużo trudniejsze. W dużej mierze będziemy skazani na intuicyjny wybór przysięgłych na podstawie ich wyglądu, kiedy ujrzymy ich po raz pierwszy w sądzie.

Rozdział 41

Bywam teraz w centrum handlowym co najmniej trzy razy w tygodniu. Właściwie mam swój stały stolik przy balustradzie na galerii, za którą w dole rozciąga się lodowisko. Jadam przy nim chow mein z kurczakiem z knajpki Wonga i obserwuję ślizgające się dzieci. Mam też dobry widok na kręcących się po galerii ludzi, więc nie grozi mi przyłapanie. Kelly przeszła obok tylko raz, była sama i wyglądało na to, że się snuje trochę bez celu. Tak bardzo chciałem do niej podejść, wziąć ją za rękę i pociągnąć do małego eleganckiego butiku, gdzie moglibyśmy się ukryć między regałami i pogadać.

To największe centrum handlowe w promieniu wielu kilometrów i czasami robi się tu tłoczno. Patrzę na mrowie ludzi i zastanawiam się, czy jest wśród nich ktoś z mojej listy kandydatów na przysięgłych. Jak odnaleźć dziewięćdziesiąt dwie osoby z miliona?

Po prostu niemożliwe. Staram się maksymalnie wykorzystać to, czym dysponuję. Razem z Deckiem przepisaliśmy dane z ankiet na pojedyncze fiszki i cały czas mam je przy sobie.

Dziś wieczorem siedzę na galerii, przyglądam się ludziom kręcącym się po centrum i wyciągam kolejną fiszkę z mojej talii:

R.C. Badley brzmi nazwisko wypisane tłustym drukiem. Lat czterdzieści siedem, biały mężczyzna, hydraulik, średnie wykształcenie, mieszka na południowo-wschodnim przedmieściu Memphis. Zakrywam fiszkę i upewniam się, że pamięć mnie nie zawodzi. Wszystko pamiętam. Tyle razy przekładałem te fiszki, że zaczynam nienawidzić tych ludzi. Cała lista wisi na ścianie w moim biurze i co najmniej przez godzinę dziennie stoję przed nią i uczę się wszystkich nazwisk na pamięć. Następna fiszka: Lionel Barton, lat dwadzieścia cztery, czarny mężczyzna, studiuje zaocznie w college'u i pracuje jako sprzedawca w magazynie części samochodowych, mieszka w południowym Memphis w wynajętym mieszkaniu.

Moim wymarzonym kandydatem jest młody czarnoskóry mężczyzna z co najmniej średnim wykształceniem. To prawda stara jak świat, że czarni są sędziami przychylniejszymi dla skarżącego. Identyfikują się z pokrzywdzonym i nie darzą sympatią białej korporacyjnej Ameryki. I trudno im się dziwić.

Co do płci przysięgłych mam mieszane uczucia. Zgodnie z sądową mądrością kobiety są bardziej skąpe, bo to na nich spoczywa ciężar rodzinnych finansów. Rzadziej decydują się na zasądzenie dużego odszkodowania, bo nic z tych pieniędzy nie trafi na ich osobiste konto. Z kolei wydaje się, że Max Leuberg w naszej sprawie preferuje kobiety, bo są matkami. Bardziej cierpią po utracie dziecka. Będą się identyfikowały z Dot i jeśli dobrze wykonam swoje zadanie i odpowiednio je podburzę, będą skłonne puścić Great Benefit z torbami. Myślę, że ma rację.

Zatem gdybym mógł decydować, wybrałbym dwanaście czarnoskórych kobiet, najlepiej matek.

Oczywiście Deck widzi to zupełnie inaczej. Boi się czarnych, bo Memphis jest bardzo spolaryzowane rasowo. Biały pełnomocnik powódki, biały pełnomocnik pozwanego, wszyscy biali z wyjątkiem sędziego. Więc dlaczego czarnym miałoby zależeć?

To doskonały przykład stereotypowego mitologizowania sędziów przysięgłych z uwagi na ich rasę, przynależność klasową,

473

wiek i wykształcenie. Bo prawda jest taka, że nikt nie potrafi przewidzieć, co ktoś zrobi lub powie podczas obrad ławy przysięgłych. Przeczytałem wszystkie książki na temat doboru przysięgłych, jakie znalazłem w bibliotece prawniczej, i wciąż mam takie same wątpliwości jak przed wzięciem ich do ręki.

Właściwie powinienem unikać tylko jednego typu przysięgłego: białego mężczyzny na kierowniczym stanowisku w wielkiej korporacji. Ci faceci stanowią śmiertelne zagrożenie przy ustalaniu wysokości karnego odszkodowania. Mają skłonność do zawłaszczania dyskusji i narzucania wszystkim swojego zdania. Są wykształceni, pewni siebie, dobrze zorganizowani i nie przepadają za adwokatami. Na szczęście są zwykle zbyt zajęci, by zasiadać na ławie przysięgłych. Na liście znalazłem tylko pięciu pasujących do tej kategorii i jestem pewny, że wszyscy będą mieli tysiące powodów uniemożliwiających im podjęcie się tego zadania. W innych okolicznościach Kipler mógłby ich ostro przećwiczyć, ale coś mi się widzi, że on też nie chciałby w tej sprawie mieć ich na ławie przysięgłych. Jestem gotów postawić cały mój ogromny majątek, że Wysoki Sąd wolałby widzieć na ławie jak najwięcej czarnych twarzy.

▲　▲　▲

Jestem pewny, że jeśli utrzymam się w tym biznesie, to z czasem powymyślam jakieś brudne sztuczki, ale w tej chwili trudno mi to sobie wyobrazić. Zastanawiałem się nad tym od paru tygodni i kilka dni temu zwierzyłem się z tego Deckowi. Strasznie się wkurzył.

Jeśli Drummond i jego banda chcą podsłuchiwać mój telefon, to należy im zdrowo nakłaść do uszu. Czekamy na koniec dnia pracy. Zostaję w biurze, Deck wychodzi na róg do automatu i dzwoni. Przećwiczyliśmy to kilkakrotnie i nawet spisaliśmy scenariusz na kartce.

— Rudy, tu Deck. Wreszcie udało mi się namierzyć Deana Goodlowa.

Goodlow to biały mężczyzna lat trzydzieści dziewięć, skończył college i prowadzi franszyzowy punkt czyszczenia dywanów. W naszej skali ma zero punktów i na pewno nie chcemy go na przysięgłego. Za to Drummond na pewno chętnie by go łyknął.

— Gdzie?

— Złapałem go u niego w biurze. Od tygodnia nie było go w mieście. Cholernie fajny koleś. Myliliśmy się co do niego. Wcale nie kocha firm ubezpieczeniowych. Mówi, że wciąż się z nimi wykłóca i uważa, że należy im się dobra nauczka. Opowiedziałem mu o naszej sprawie, a on się wkurwił jak cholera. Będzie z niego świetny przysięgły. — Deck mówi to wszystko troszkę teatralnym tonem, ale dla niewtajemniczonego może to brzmieć całkiem wiarygodnie. Podejrzewam, że czyta wszystko z kartki.

— Cóż za niespodzianka — mówię głośno i dobitnie. Chcę, żeby do Drummonda dotarła każda sylaba.

Wdawanie się przez prawników w rozmowy z potencjalnymi przysięgłymi przed przystąpieniem do selekcji kandydatów jest wręcz nie do pomyślenia i praktycznie nie do uwierzenia. Deck i ja martwiliśmy się nawet, że nasza podpucha jest szyta tak grubymi nićmi, iż Drummond się domyśli, że to lipa. Ale kto by pomyślał, że prawnik jednej strony może się posunąć do założenia nielegalnego podsłuchu na telefonie swojego oponenta? Doszliśmy też do wniosku, że Drummond da się podejść, bo jestem tylko nieopierzonym żółtodziobem, a Deck... no cóż... Deck to tylko skromny paraprawnik. Więc obaj na niczym się nie znamy.

— Miał opory przed rozmową z tobą? — pytam.

— Trochę. Ale powiedziałem mu to, co innym. Że jestem tylko ankieterem, a nie adwokatem. I że jeśli nie wygada się komuś o naszej rozmowie, to nikomu nic nie grozi.

— Świetnie. I myślisz, że Goodlow jest po naszej stronie?

— Nie mam wątpliwości. Musimy go przeforsować.

Szeleszczę papierami blisko słuchawki.

— Kogo jeszcze masz na liście?

475

— Czekaj, sprawdzę. — Słyszę, jak Deck szeleści na swoim końcu drutu. Niezły z nas zespół. — Rozmawiałem już z Dermontem Kingiem, Jan DeCell, Lawrence'em Perottim, Hildą Hinds i RaTildą Browning.

Z wyjątkiem RaTildy Browning to sami biali, których nie chcemy na ławie przysięgłych. Jeśli uda nam się ich odpowiednio obsmarować, Drummond zrobi wszystko, żeby ich na nią nie wpuścić.

— A co z Dermontem Kingiem? — pytam.

— Można na niego liczyć. Kiedyś wyrzucił za drzwi rzeczoznawcę ubezpieczeniowego. Dałbym mu dziewiątkę.

— A Perotti?

— Świetny gość. Nie chciał uwierzyć, że firma ubezpieczeniowa może kogoś zabić. Jest z nami.

— Jan DeCell?

Znów szeleści papierami.

— Czekaj, sprawdzę. Bardzo sympatyczna pani, ale nie chciała za dużo mówić. Chyba się bała, że to niezgodne z przepisami czy coś w tym rodzaju. Ale porozmawialiśmy trochę o firmach ubezpieczeniowych i powiedziałem jej, że Great Benefit jest warta czterysta milionów. Myślę, że będzie po naszej stronie. Dałbym jej piątkę.

Trudno mi utrzymać powagę i wciskam słuchawkę w policzek.

— RaTilda Browning?

— Radykalna czarnucha, nie znosi białych. Kazała mi wyjść z biura. Pracuje w banku dla czarnych. Nie wydusimy z niej ani centa.

Deck jeszcze przez chwilę szeleści papierami, po czym pyta:

— A co u ciebie?

— Jakąś godzinę temu dopadłem Esther Samuelson w domu. Bardzo miła pani, trochę po sześćdziesiątce. Dużo rozmawialiśmy o Dot i o tym, jakie to straszne stracić dziecko. Będzie po naszej stronie.

Nieżyjący mąż Esther Samuelson był przez wiele lat pracow-

476

nikiem Izby Handlowej. Wiem to od Marvina Shankle'a. Nawet trudno mi sobie wyobrazić rodzaj rozprawy, przy której chciałbym ją mieć na ławie przysięgłych. Zrobi wszystko, co Drummond jej każe.

— Potem rozmawiałem z Nathanem Buttsem w jego biurze. Trochę się nastroszył, że to ja prowadzę tę sprawę, ale go ułagodziłem. Nienawidzi firm ubezpieczeniowych.

Jeśli serce Drummonda wciąż jeszcze bije, to pewnie ledwo, ledwo. To że ja sam — adwokat w sprawie, a nie mój ankieter — chodzę po ludziach i omawiam szczegóły procesu z kandydatami na sędziów przysięgłych, powinno przyprawić go o zawał. Tyle że zdaje już sobie sprawę, że nie może nic w tej sprawie zrobić. Jakakolwiek reakcja z jego strony będzie dowodem, że podsłuchuje moje rozmowy telefoniczne, a to wystarczy, by natychmiast pozbawić go prawa wykonywania zawodu adwokata. Może nawet postawić w stan oskarżenia.

Jedyne, co mu pozostało, to siedzieć cicho i starać się nie dopuścić do wybrania tych konkretnych kandydatów.

— Mam jeszcze paru do obskoczenia — mówię. — Pociągnijmy to do dziesiątej, potem spotkajmy się tu.

— Dobra — mówi zniechęcony Deck. Jego umiejętności aktorskie bardzo się poprawiły.

Rozłączamy się i piętnaście minut później telefon znów dzwoni.

— Z panem Rudym Baylorem, proszę — mówi męski znajomy głos.

— Przy telefonie.

— Mówi Billy Porter. Był pan dziś u mnie w sklepie.

Billy Porter jest białym mężczyzną, przychodzi do pracy w krawacie i kieruje firmą Western Auto. Plasuje się nisko na naszej skali od jednego do dziesięciu i nie chcemy go.

— Witam pana. Dzięki, że pan dzwoni.

Tak naprawdę to Butch, który zgodził się pomóc nam w naszej mistyfikacji. Są razem z Deckiem i pewnie gniotą się w budce, żeby się trochę ogrzać. Butch to profesjonalista. Naprawdę od-

477

wiedził Western Auto i porozmawiał z Porterem o zakupie kompletu nowych opon. Teraz stara się jak może naśladować jego głos. Nigdy więcej się nie spotkają.

— Czego pan chciał? — pyta Billy/Butch. Kazaliśmy mu zacząć opryskliwie, a potem dać się ugłaskać.

— Tak, no więc wie pan, chodzi o tę rozprawę, na którą pana wzywają. Jestem adwokatem jednej ze stron.

— A to zgodne z prawem?

— Oczywiście, że zgodne. Wystarczy nikomu o tym nie mówić. Pan posłucha, reprezentuję biedną staruszkę, której syna zabiła firma ubezpieczeniowa Great Benefit Ubezpieczenia na Życie.

— Zabiła?

— Mhm. Chłopakowi potrzebna była operacja, ale firma wbrew prawu odmówiła pokrycia kosztów leczenia. Trzy miesiące temu zmarł na białaczkę. Dlatego podaliśmy ich do sądu. Potrzebna nam pańska pomoc, panie Porter.

— To straszne.

— Najgorszy przypadek, z jakim kiedykolwiek się zetknąłem, a stykałem się z wieloma. Są winni jak cholera, jeśli mi pan wybaczy grubiański język. Już zaoferowali dwieście tysięcy dolarów za odstąpienie od pozwu, ale chcemy wyciągnąć z nich dużo więcej. Występujemy o karne odszkodowanie i do tego potrzebna nam jest pańska pomoc.

— A wybiorą mnie? Bo naprawdę nie powinienem opuszczać pracy.

— Mamy do wybrania dwunastu spośród około siedemdziesięciu, tylko tyle mogę panu powiedzieć. Proszę, żeby pan nam pomógł.

— W porządku. Zrobię, co się da. Ale naprawdę wolałbym nie zasiadać na ławie, rozumie pan.

— Tak, proszę pana. I dziękuję.

▲ ▲ ▲

Deck wraca do biura i zjadamy po kanapce. W ciągu wieczoru wychodzi jeszcze dwukrotnie i dwukrotnie do mnie dzwoni.

Żonglujemy nazwiskami kandydatów, z którymi rzekomo rozmawiamy. Wszyscy pałają żądzą zemsty na Great Benefit za ich niecne uczynki. Rozmawiamy tak, jakbyśmy obaj włóczyli się po mieście, pukali do różnych drzwi i wygłaszali apele o pomoc, co stanowi złamanie tak wielu kanonów etyki zawodowej, że zasługuję na dożywotnie pozbawienie mnie prawa do uprawiania zawodu adwokata. I te okropieństwa dzieją się w wieczór poprzedzający selekcję sędziów przysięgłych!

Spośród sześćdziesięciu kilku osób, które przeszły pierwsze sito i stawią się jutro w celu przepytania i wybrania dwunastu przysięgłych, udało nam się rzucić poważny cień na mniej więcej jedną trzecią. W tej grupie znaleźli się wszyscy, których najbardziej się obawiamy.

Jestem gotów się założyć, że Leo Drummond nie zmruży dziś oka.

Rozdział 42

Pierwsze wrażenie jest zawsze najważniejsze. Kandydaci na przysięgłych schodzą się między ósmą trzydzieści a dziewiątą. Nerwowo przeciskają się przez podwójne drewniane drzwi i idą środkiem, rozglądając się spłoszonym wzrokiem. Dla wielu z nich to pierwsza w życiu wizyta na sali rozpraw. Dot i ja siedzimy we dwójkę przy końcu naszego stołu, twarzami do ławek dla publiczności, które wolno wypełniają się kandydatami. Plecami jesteśmy zwróceni do ławy sędziowskiej. Na stole leży tylko jeden notatnik i nic poza tym. Deck siedzi na krześle obok ławy przysięgłych, z dala od nas. Szepczemy z Dot i nawet próbujemy się uśmiechać. W żołądku szaleje mi rój motyli.

Kontrastuje z tym stół strony pozwanej, przy którym siedzi pięciu posępnych facetów w czarnych garniturach. Przed każdym leży sterta papierzysk, które pokrywają powierzchnię stołu.

Ogarnia mnie nieodparte poczucie, że uczestniczę w walce Dawida z Goliatem. Pierwsza runda właśnie się zaczyna. Pierwsze, na co kandydaci na przysięgłych muszą zwrócić uwagę, to to, że moi oponenci biją mnie na głowę liczebnością, siłą ognia i zapewne funduszami. Moja klientka sprawia wrażenie kruchej i słabej i tak naprawdę nie wyglądamy na groźnych przeciwników.

Mamy już za sobą etap przedsądowego ujawniania dowodów przez strony i jest oczywiste, że niepotrzebne jest angażowanie po stronie pozwanej aż pięciu prawników. Pięciu bardzo dobrych adwokatów. Jestem zdumiony, że Drummond nie zdaje sobie sprawy, jak to jest odbierane przez przysięgłych. Jego klient musi mieć nieczyste sumienie, inaczej po co by zatrudniał pięciu adwokatów przeciwko mnie jednemu?

Dziś rano odmówili rozmowy ze mną. Trzymaliśmy się z daleka od siebie, ale ich miny i pogardliwe prychnięcia musiały oznaczać, że są poruszeni moimi próbami kontaktów z kandydatami. Są zaszokowani i oburzeni i nie bardzo wiedzą, co z tym fantem zrobić. Poza okradaniem klienta, dogadywanie się z kandydatami na przysięgłych jest największym grzechem, jaki adwokat może popełnić. Mieści się to na tej samej półce, co zakładanie nielegalnego podsłuchu na telefonie przeciwnika procesowego. Starają się wyglądać na zgorszonych i zupełnie im to nie wychodzi.

Woźny sądowy zbiera kandydatów po jednej stronie sali, potem sadza wszystkich w przypadkowej kolejności po drugiej stronie, tuż przed nami. Z dziewięćdziesięciu dwóch na liście stawiło się sześćdziesiąt jeden osób. Niektórych nie udało się znaleźć. Dwóch nie żyje. Kilku wymówiło się rzekomą chorobą. Trzech powołało się na podeszły wiek. Kilku innych Kipler zwolnił z różnych przyczyn osobistych. Woźny wyczytuje kolejne nazwiska, a ja robię notatki. Mam uczucie, jakbym znał ich wszystkich od miesięcy. Szóstym wyczytanym jest Billy Porter, szef Western Auto, który rzekomo dzwonił do mnie wczoraj wieczorem. Jestem ciekaw, jak Drummond go potraktuje.

Great Benefit reprezentują Jack Underhall i Kermit Aldy. Siedzą tuż za Drummondem i jego drużyną. W sumie daje to siedmiu garniturowców — siedem poważnych i zaciętych twarzy, które z napięciem wpatrują się w grupę kandydatów. Wyluzujcie, chłopcy! Przecież ja mam pogodny wyraz twarzy.

481

Na salę wchodzi Kipler i wszyscy wstają. Sesja sądu się rozpoczyna. Wita grupę kandydatów i wygłasza krótką mowę na temat roli sędziów przysięgłych i właściwego potraktowania obowiązku obywatelskiego. Pyta, czy ktoś z obecnych ma istotne przyczyny uniemożliwiające mu podjęcie obowiązków sędziego przysięgłego, i unosi się kilka rąk. Poleca kandydatom podejść pojedynczo do ławy sędziowskiej, gdzie ściszonym głosem kolejno wyłuszczają swoje problemy. Czterech z pięciu dyrektorów na mojej liście szepcze z sędzią. Nie dziwię się, kiedy ich zwalnia. Zajmuje to trochę czasu, ale jednocześnie pozwala nam przyjrzeć się kandydatom. Sądząc po ich rozmieszczeniu, pewnie nie wyjdziemy nawet poza trzy pierwsze rzędy. Siedzi w nich trzydzieści sześć osób, a nam wystarczy dwanaście plus dwie rezerwowe.

Na ławkach tuż za stołem pozwanych siedzą dwaj elegancko ubrani nieznajomi. Zapewne konsultanci od wyboru przysięgłych. Obaj uważnie przyglądają się całej grupie. Ciekawe, jak nasza mała mistyfikacja namieszała w ich psychologicznym profilowaniu kandydatów. Cha, cha, cha! Założę się, że nigdy wcześniej nie zetknęli się z takimi wyczynami dwóch szaleńców ze strony przeciwnej, i to w wieczór poprzedzający selekcję kandydatów.

Wysoki Sąd zwalnia jeszcze siedmiu i zostaje nam równo pięćdziesięciu. Następnie sędzia w skrócie prezentuje sprawę i przedstawia strony i ich pełnomocników. Buddy'ego nie ma na sali. Siedzi w samochodzie.

Rozpoczyna się wstępne przesłuchanie. Sędzia każe kandydatom podnieść rękę, jeśli chcą się w jakikolwiek sposób ustosunkować do treści pytania. Czy ktoś z obecnych zna osobiście którąś ze stron, któregoś z pełnomocników lub któregoś ze świadków? Czy ktoś ma polisę wystawioną przez Great Benefit? Czy ktoś jest stroną w innej sprawie sądowej? Czy ktoś wcześniej występował na drogę sądową przeciwko jakiejś innej firmie ubezpieczeniowej?

Kilka osób podnosi ręce, wstaje i dzieli się z Wysokim Sądem swoimi wątpliwościami. Początkowo wyglądają na speszonych, potem lody puszczają, sędzia rzuca żartobliwe uwagi i wszyscy się trochę rozluźniają. Chwilami — choć bardzo krótkimi — czuję się tu na swoim miejscu. Dam radę. Jestem adwokatem. Oczywiście jeszcze ani razu nie otworzyłem ust.

Kipler dał mi listę swoich pytań i wiem, że zapyta o wszystko, na czym mi zależy. Nie ma w tym niczego nagannego. Identyczną listę przekazał Drummondowi.

Robię notatki, przyglądam się ludziom, uważnie słucham każdego słowa. Deck robi to samo. To wstrętne, co powiem, ale cieszę się, że kandydaci nie zdają sobie sprawy, że pracujemy razem.

Kipler zasypuje kandydatów pytaniami i sesja się wlecze. Wreszcie, po blisko dwóch godzinach, kończy przesłuchanie i do żołądka powraca mi twarda gula. Czas, aby Rudy Baylor zabrał po raz pierwszy głos na prawdziwej rozprawie sądowej. Mój występ będzie krótki.

Podchodzę do barierki, uśmiecham się szeroko i wypowiadam słowa, które przećwiczyłem tysiąc razy.

— Dzień dobry państwu. Nazywam się Rudy Baylor i reprezentuję rodzinę Blacków.

Jak dotąd całkiem nieźle. Po dwugodzinnej kanonadzie z ławy sędziowskiej są gotowi na coś nowego. Obdarzam ich ciepłym, szczerym spojrzeniem.

— Sędzia Kipler zadał państwu mnóstwo pytań i były to bardzo ważne pytania. Zapytał praktycznie o wszystko, o co miałem zamiar pytać, więc nie będę niepotrzebnie tracił czasu. Właściwie mam tylko jedno pytanie. Czy ktokolwiek z państwa zna jakiś powód, dla którego nie powinien zasiąść w ławie przysięgłych i być sędzią w tej sprawie?

Nie oczekuję żadnej odpowiedzi i żadnej nie otrzymuję. Od dwóch godzin patrzą na mnie i tak naprawdę chcę się tylko z nimi przywitać, obdarzyć jeszcze jednym ciepłym uśmiechem i nie zabierać im czasu. W życiu jest niewiele rzeczy gorszych od gadatliwego prawnika. A poza tym coś mi mówi, że Drummond nieźle ich przemagluje.

— Dziękuję państwu — mówię z uśmiechem, zwracam się do ławy sędziowskiej i głośno oświadczam: — Nie mam zastrzeżeń do kandydatów, Wysoki Sądzie. — Wracam na miejsce i siadając, klepię Dot po ramieniu.

Drummond od razu się zrywa. Stara się sprawiać wrażenie spokojnego i sympatycznego, ale widzę, że w środku aż kipi. Przedstawia się i zaczyna wystąpienie od prezentacji swojego klienta. Podkreśla, że Great Benefit to wielka firma w bardzo dobrej kondycji finansowej i sami rozumieją, że nie wolno dopuścić, by to zagrało na ich niekorzyść. Czy to może wpłynąć na nastawienie któregoś z was? Mówiąc to, praktycznie wypowiada się już w sprawie, a to niedopuszczalne. Ale tak balansuje na linie, żeby z niej nie spaść. Nie jestem pewny, czy powinienem zgłosić sprzeciw. Przyrzekłem sobie, że będę to robił tylko wtedy, gdy nie będę miał wątpliwości co do swojej racji. Ten sposób przepytywania kandydatów jest bardzo efektywny. Elokwencja Drummonda budzi zaufanie. Siwiejące włosy dowodzą mądrości i doświadczenia.

Zajmuje się jeszcze kilkoma aspektami, nie uzyskując ani jednej reakcji. Sieje ziarno. A potem wali z grubej rury:

— A teraz chcę wam zadać najważniejsze pytanie dnia — mówi pełnym napięcia głosem. — Proszę wszystkich o uwagę, bo to kluczowa sprawa. — Robi długą dramatyczną przerwę i nabiera powietrza. — Czy z którymś z was próbowano nawiązać kontakt w tej sprawie?

Na sali zapada cisza i jego słowa przez chwilę wiszą w powietrzu. To bardziej oskarżenie niż pytanie. Spoglądam na ich stół. Hill i Plunk siedzą ze wzrokiem wbitym we mnie, Morehouse i Grone przyglądają się kandydatom.

Drummond zamiera na kilka na sekund, gotowy rzucić się na pierwszego odważnego, który podniesie rękę i przyzna: „Tak! Prawnik powódki odwiedził mnie wczoraj wieczorem w domu!". Drummond czuje, że ktoś się odważy. Jest tego pewny. Wtedy wydusi z niego prawdę, ujawni brudne machinacje moje i mojego paraprawnika i zgłosi wniosek o ukaranie mnie, odsunięcie od sprawy i w konsekwencji pozbawienie prawa wykonywania zawodu. Sprawa spadnie z wokandy i będzie się wlec latami. Już to widzi!

Potem jednak jego ramiona lekko opadają i wzdycha ciężko. Banda tchórzliwych oszustów!

— To bardzo ważne. Musimy znać prawdę — mówi z naciskiem, a w jego głosie pobrzmiewa niedowierzanie.

Nic, cisza. Nikt się nawet nie wierci. Ale wszyscy uważnie mu się przypatrują i widać, że jego zachowanie ich niepokoi. Dalej, no dalej, staruszku!

— Zapytam inaczej — mówi chłodno. — Czy ktoś z was rozmawiał wczoraj z panem Baylorem lub z panem Deckiem Shiffletem, który siedzi tam?

Zrywam się na równe nogi.

— Sprzeciw, Wysoki Sądzie. To absurdalne pomówienie.

Kipler o mało nie wyskakuje z ławy sędziowskiej.

— Podtrzymuję! Co pan wyprawia, mecenasie Drummond? — wrzeszczy do mikrofonu i od natężenia jego głosu aż mury drżą.

Drummond odwraca twarz do sędziego.

— Wysoki Sądzie, mam powody przypuszczać, że próbowano ustawiać kandydatów.

— I oskarża o to mnie — wtrącam ze złością.

— Nie rozumiem, do czego pan zmierza, mecenasie Drummond — mówi Kipler.

— Może powinniśmy porozmawiać o tym poza salą — rzuca Drummond i wlepia we mnie wściekłe spojrzenie.

— Proszę bardzo, chodźmy — odwarkuję, jakbym tylko czekał na okazję do bijatyki.

— Ogłaszam krótką przerwę — oznajmia Kipler.

▲ ▲ ▲

Drummond i ja siadamy po drugiej stronie biurka sędziego. Pozostała czwórka z Trent i Brent stoi za naszymi plecami. Kipler wygląda na bardzo wzburzonego.

— Mam nadzieję, że istnieje ważny powód pańskiego zachowania — zwraca się do Drummonda.

485

— Kandydaci zostali poddani niedopuszczalnym naciskom — odpowiada Drummond.

— Skąd pan to wie?

— Nie mogę powiedzieć. Ale wiem to na pewno.

— Nie pogrywaj ze mną, Leo, interesują mnie dowody.

— Nie mogę powiedzieć, Wysoki Sądzie. Musiałbym ujawnić poufne informacje.

— Bzdura. Słucham, jakie masz dowody?

— Wiem, że tak było, Wysoki Sądzie.

— Oskarża mnie pan? — wtrącam.

— Tak.

— Chyba pan oszalał.

— Leo, dość dziwnie się zachowujesz — zauważa sędzia.

— Myślę, że będę mógł to udowodnić — mówi stanowczo Drummond.

— Jak?

— Proszę pozwolić mi dokończyć przepytywanie kandydatów. Prawda wyjdzie na jaw.

— Jak dotąd nie wyszła.

— Jeszcze nawet nie zacząłem.

Kipler zastanawia się przez chwilę. Po procesie wyjawię mu całą prawdę.

— Chciałbym się zwrócić imiennie do kilku kandydatów — oświadcza Drummond. Zwykle się tego nie praktykuje, ale sędzia może wyrazić zgodę.

— Co ty na to, Rudy?

— Nie mam zastrzeżeń. — Nie mogę się doczekać, kiedy Drummond zaczął przypiekać tych, z którymi rzekomo jesteśmy w zmowie. — Nie mam nic do ukrycia. — Fagasi za moimi plecami znacząco pokasłują.

— Doskonale, Leo. Sam sobie kopiesz ten grób. Tylko trzymaj się zasad.

▲ ▲ ▲

— Co wyście tam robili? — pyta Dot, gdy wracam do stołu.

— Takie tam prawnicze pogaduszki — szepczę. Drummond opiera się o barierkę, obecni na sali nieufnie mu się przyglądają.

— Więc, jak już mówiłem, to ważne, żebyście nas poinformowali o jakichkolwiek próbach kontaktu i wywierania nacisku w tej sprawie. Proszę podnieść rękę, jeśli komuś się to przytrafiło — mówi tonem nauczyciela w pierwszej klasie.

Nie podnosi się żadna ręka.

— To bardzo poważna sprawa, jeśli do kandydata na sędziego przysięgłego zwraca się bezpośrednio lub pośrednio przedstawiciel którejś ze stron procesowych. Może to prowadzić do bardzo poważnych konsekwencji zarówno dla osoby podejmującej próbę kontaktu, jak i dla kandydata, jeśli ten kandydat nie złoży w tej sprawie doniesienia. — To już brzmi groźnie.

Nie ma rąk w górze, nikt się nie rusza. To tylko grupa ludzi, których łatwo rozzłościć.

Drummond przestępuje z nogi na nogę, pociera podbródek i kieruje wzrok na Billy'ego Portera.

— Panie Porter — mówi donośnym głosem i Porter aż się kuli, wręcz podskakuje i kiwa głową. Policzki mu płoną. — Panie Porter, zadam panu bezpośrednie pytanie i liczę na pańską szczerą odpowiedź.

— Jak pan zadasz szczere pytanie, to dam szczerą odpowiedź — odpowiada Porter. Widać, że ma krótki lont, i na miejscu Drummonda dałbym mu spokój.

Drummond przez moment się waha, brnie jednak dalej:

— Tak, no więc, panie Porter, czy wczoraj wieczorem przeprowadził pan rozmowę telefoniczną z panem Rudym Baylorem? Tak czy nie?

Wstaję, rozkładam ręce i patrzę na Drummonda wzrokiem niewinnego człowieka, który ma przed sobą szaleńca, ale nic nie mówię.

— Cholera, jasne, że nie. — Policzki Portera pokrywa coraz ciemniejszy rumieniec.

Drummond kładzie obie ręce na mahoniowej barierce, pochyla się do przodu i wlepia wzrok w Portera, który siedzi w pierwszym rzędzie, niewiele ponad metr od niego.

— Jest pan pewny, panie Porter? — mówi z naciskiem.

— Jak cholera! — wykrzykuje Porter.

— A ja myślę, że jednak pan przeprowadził. — Drummond daje się ponieść emocjom i przekracza dopuszczalną granicę.

Nie zdążam zaprotestować, a Kipler przerwać tej rozmowy, ponieważ Billy Porter zrywa się i rzuca na wielkiego Leo F. Drummonda.

— Nie waż się mnie nazywać kłamcą, ty sukinsynu! — wrzeszczy i łapie Drummonda za gardło. Drummond leci przez barierkę i jego ozdobione frędzlami mokasyny zataczają łuk w powietrzu. Kobiety krzyczą, kandydaci zrywają się z miejsc. Porter leży na rozciągniętym na podłodze Drummondzie, który próbuje się bronić, wierzgając nogami i na oślep zadając ciosy.

T. Pierce Morehouse i M. Alec Plunk junior zrywają się z miejsc i jako pierwsi dopadają uczestników kotłowaniny, za nimi biegną inni. Szybko włącza się woźny sądowy, dwóch mężczyzn z sali próbuje rozdzielić walczących.

Nie ruszam się z miejsca i z lubością obserwuję całe to pandemonium. Kipler podbiega do barierki w chwili, gdy odrywają Portera. Drummond gramoli się na nogi i obaj walczący zostają bezpiecznie rozdzieleni. Znajdują mokasyn z frędzlem pod drugim rzędem siedzeń i oddają Drummondowi, który otrzepuje się z kurzu i łypie niespokojnie na Portera, którego siłą sadzają na miejscu, a on szybko się uspokaja.

Konsultanci są w szoku, bo szlag trafia ich komputerowe modelowanie osobowości. Ich zmyślne teorie nie są warte funta kłaków i od tej chwili są bezużyteczni.

▲ ▲ ▲

Po krótkiej przerwie Drummond zgłasza wniosek o zmianę wszystkich kandydatów na przysięgłych. Kipler nie wyraża zgody.

Billy Porter zostaje poproszony o opuszczenie sali, co robi, sapiąc ze złości. Myślę, że liczył na więcej, jeśli chodzi o Drummonda. Mam nadzieję, że zaczeka na niego przed wyjściem i dokończy dzieło.

⋏ ⋏ ⋏

Popołudnie upływa na żmudnej procedurze doboru przysięgłych. Drummond i jego fagasi kategorycznie nie godzą się na kandydatów wymienianych przez Decka i mnie we wczorajszych rozmowach telefonicznych. Są przekonani, że nie tylko dotarliśmy do tych ludzi, ale jakimś cudem wymogliśmy na nich milczenie. Są tak wściekli, że w ogóle nie patrzą w moją stronę.

W rezultacie powołujemy ławę przysięgłych moich marzeń. Sześć czarnych kobiet, z których wszystkie są matkami. Dwóch czarnych mężczyzn — jednego absolwenta college'u i jednego byłego kierowcę ciężarówki, teraz niepełnosprawnego. Trzech białych mężczyzn, z których dwaj są działaczami związkowymi, trzeci mieszka cztery przecznice od czarnych. Jedną białą kobietę, żonę znanego agenta nieruchomości. Nie mogłem jej przyblokować, ale mnie to nie martwi. Do uzgodnienia werdyktu wystarczy dziewięcioro z dwunastki.

Kipler sadza ich na ławie przysięgłych i wszyscy po kolei składają przysięgę. Sędzia wyjaśnia, że rozprawa zacznie się za tydzień i w tym czasie nie wolno im rozmawiać z kimkolwiek o sprawie. A potem robi coś, co w pierwszej chwili budzi moje przerażenie, szybko jednak dochodzę do wniosku, że to doskonały pomysł. Prosi pełnomocników stron — mnie i Drummonda — o powiedzenie paru słów do ławy przysięgłych. Oczywiście poza protokołem i nieformalnie. Mamy im powiedzieć coś o sprawie, ale bez wdawania się w szczegóły.

Oczywiście nie spodziewałem się tego głównie dlatego, że nigdy wcześniej o czymś takim nie słyszałem. Otrząsam się jednak i staję przed ławą przysięgłych. Mówię im trochę o Donnym Rayu, o jego polisie i o tym, dlaczego uważamy, że firma Great Benefit nie miała racji. Wszystko trwa pięć minut.

Drummond podchodzi do ławy i nawet ślepy by zauważył, że przysięgli patrzą na niego wrogo. Przeprasza za niefortunny incydent, ale popełnia kolejny fatalny błąd, bo próbuje zrzucić winę na Portera. Cóż za niebywała pycha! Przedstawia swoją wersję wydarzeń, podkreśla, że jest mu bardzo przykro z powodu śmierci Donny'ego Raya, ale twierdzenie powódki, że winę za to ponosi jego klient, to absurd.

Obserwuję jego drużynę i facetów z Great Benefit i widzę, że wszyscy są spłoszeni. Fakty świadczą przeciwko nim, ława przysięgłych będzie po stronie powódki, sędzia jest wrogo wobec nich nastawiony. A ich gwiazdor nie tylko stracił wiarygodność w oczach przysięgłych, ale jeszcze skopano mu tyłek.

Kipler zamyka posiedzenie i przysięgli wracają do domów.

Rozdział 43

Sześć dni po wybraniu ławy przysięgłych i cztery dni przed rozpoczęciem rozprawy Deck odbiera w biurze telefon od adwokata z Cleveland, który chce rozmawiać ze mną. Wzbudza to moją podejrzliwość, bo nie znam w Cleveland żadnych adwokatów, więc proszę go tylko o nazwisko i w połowie zdania naciskam przycisk, jakbyśmy zostali rozłączeni. Ostatnio dość często się to zdarza, mówię głośno do Decka, żeby moje słowa zostały odebrane przez pluskwę w słuchawce. Zdejmujemy słuchawki z wszystkich trzech aparatów i wybiegam na ulicę, gdzie stoi moje volvo. Butch sprawdził mój samochodowy telefon i, ku mojemu zaskoczeniu, nie ma w nim podsłuchu. Przez biuro numerów znajduję telefon adwokata w Cleveland i dzwonię.

Okazuje się, że ma do mnie naprawdę ważną sprawę.

Nazywa się Peter Corsa, specjalizuje w prawie pracy i wszelkiego typu dyskryminacji ze strony pracodawców. Reprezentuje interesy młodej kobiety nazwiskiem Jackie Lemancyzk. Trafiła do niego po tym, jak nagle i bez żadnego powodu zwolniono ją z Great Benefit i teraz chce w jej imieniu dochodzić zadośćuczynienia za szereg uchybień wobec prawa pracy. Wbrew temu, co mi powiedziano, Lemancyzk wcale nie wyjechała z Cleveland. Mieszka w nowym mieszkaniu i ma zastrzeżony numer telefonu.

Mówię Corsie, że wykonaliśmy dziesiątki telefonów i nie natrafiliśmy na żaden ślad Jackie Lemancyzk, natomiast członek kierownictwa Great Benefit, starszy inspektor Richard Pellrod, poinformował mnie, że wróciła w rodzinne strony gdzieś w południowej Indianie.

To nieprawda, zaprzecza Corsa. Nie ruszyła się na krok z Cleveland, choć istotnie się ukrywa.

Wysłuchuję przydługiej opowieści o jej losach. Corsa nie szczędzi szczegółów.

Jego klientka utrzymywała stosunki seksualne z kilkoma zwierzchnikami w Great Benefit. (Corsa zapewnia mnie, że jest bardzo atrakcyjną kobietą). Awanse i podwyżki były uzależnione od jej gotowości do wskakiwania do kolejnych łóżek. W rezultacie doszła nawet do stanowiska starszej inspektorki w dziale roszczeń, stając się jedyną kobietą w firmie na tak eksponowanym stanowisku, potem jednak przestała sypiać z wiceprezesem do spraw roszczeń Everettem Lufkinem i została zdegradowana. Wydaje się, że to typowa menda, która dodatkowo gustuje w perwersyjnym seksie.

Podzielam zdanie Corsy co do mendy. Przepytywałem Lufkina przez cztery godziny w trakcie wstępnego przesłuchania i w przyszłym tygodniu mam zamiar przejechać się po nim, gdy będzie świadkiem.

Występują na drogę sądową z oskarżeniem o wykorzystywanie seksualne i inne naganne postępki, ale Lemancyzk wie też dużo o różnych brudach, z jakimi zetknęła się podczas pracy w roszczeniach. Sypiała z wiceprezydentem od roszczeń i Corsa przewiduje, że czeka ich kilka oddzielnych spraw sądowych.

Na koniec zadaję najważniejsze pytanie:

— Czy zgodzi się zeznawać w mojej sprawie?

Tego Corsa nie wie. Możliwe, choć jest bardzo wystraszona. To okropni ludzie z wielkimi pieniędzmi. Chodzi teraz na terapię i jest bardzo rozstrojona.

492

Corsa zgadza się, żebym porozmawiał z nią przez telefon, i umawiamy się, że zatelefonuję do niego późno wieczorem z mieszkania. Informuję go, że dzwonienie do mnie do biura nie jest wskazane.

▲ ▲ ▲

Nie potrafię myśleć o niczym innym poza czekającą mnie rozprawą. Gdy Decka nie ma w biurze, krążę po pokojach i głośno ze sobą rozmawiam. Opowiadam ławie przysięgłych, jaką okropną firmą jest Great Benefit, przesłuchuję pracowników w roli świadków, delikatnie przepytuję Dot, Rona i doktora Korda, dramatycznym tonem apeluję w końcowej mowie do ławy przysięgłych. Nadal jest mi trudno wykrztusić prośbę o zasądzenie odszkodowania wysokości dziesięciu milionów i zrobić to z poważną miną. Może gdybym miał pięćdziesiąt lat i sto tego typu spraw za sobą, i gdybym wiedział, jak to się robi, może wtedy miałbym prawo prosić przysięgłych o dziesięć milionów. Ale w ustach żółtodzioba, który jeszcze dziewięć miesięcy temu był studentem, brzmi to absurdalnie.

Ale i tak to robię. Wygłaszam ten apel w biurze, w samochodzie, a zwłaszcza w domu — często o drugiej w nocy, kiedy nie mogę spać. Przemawiam do dwunastu twarzy, którym potrafię już przypisać nazwiska; do tych cudownie sprawiedliwych ludzi słuchających mnie ze zrozumieniem. Kiwają głowami i nie mogą się doczekać, kiedy pójdą do pokoju obrad i wymierzą sprawiedliwość.

Za chwilę natrafię na żyłę złota i rozwalę Great Benefit na oczach wszystkich. Muszę walczyć ze sobą, żeby trzymać emocje na wodzy. Cholera, to nie takie proste. Fakty, przysięgli, sędzia, spłoszeni prawnicy przy drugim stole. A wszystko razem oznacza kupę forsy.

Coś musi pójść nie tak.

▲ ▲ ▲

493

Przez godzinę konferuję przez telefon z Jackie Lemancyzk. Chwilami sprawia wrażenie osoby silnej i zdecydowanej, w innym momencie z trudem nad sobą panuje. Powtarza, że nie chciała sypiać z tymi facetami, ale była to jedyna droga awansu. Jest rozwiedziona i ma dwójkę dzieci.

Zgadza się przyjechać do Memphis. Proponuję, że zarezerwuję jej lot i pokryję koszty i udaje mi się to powiedzieć tak, żeby stworzyć pozory, iż moja firma śpi na pieniądzach. Ona z kolei wymusza na mnie obietnicę, że jej pojawienie się w sądzie zostanie do końca utrzymane w tajemnicy przed Great Benefit.

Śmiertelnie się ich boi. Sądzę, że będą strasznie zaskoczeni.

▲   ▲   ▲

Przez weekend praktycznie mieszkamy w biurze. Wpadamy do domów na kilka godzin, żeby się zdrzemnąć, i jak zagubione owieczki wracamy do biura, by powrócić do przygotowań.

Nieliczne momenty odprężenia zawdzięczam Kiplerowi. Już tysiąc razy podziękowałem mu w duchu za wybranie ławy przysięgłych tydzień przed rozprawą i za umożliwienie mi powiedzenia do tych ludzi kilku słów. Początkowo stanowili dla mnie anonimową masę, której panicznie się bałem. Teraz znam już ich nazwiska i twarze i mam za sobą mówienie do nich bez pomocy kartki. Czuję, że mnie lubią. I że nie lubią mojego oponenta.

Niezależnie od tego, w jakie pułapki wpadnę z racji mojego braku doświadczenia, wierzę, że sędzia Kipler mnie z nich wyciągnie.

Deck i ja rozstajemy się koło północy w niedzielę. Gdy wychodzę z biura, prószy lekki śnieżek. Nawet niewielki opad śniegu w Memphis oznacza zwykle zamknięcie szkół na tydzień i przerwę w pracy wszystkich instytucji stanowych. Władze miasta nie kupiły ani jednego pługu do odśnieżania. Połowa mnie by chciała, żeby jutro była zadymka i termin rozprawy został przesunięty, jednak druga połowa chce mieć to z głowy.

Zanim docieram do domu, śnieg przestaje już padać. Wypijam dwa grzane piwa i modlę się w duchu, żeby udało mi się zasnąć.

▲   ▲   ▲

— Mamy jakieś sprawy do omówienia? — zwraca się Kipler do gromadki spiętych prawników, którzy zebrali się w jego gabinecie. Siedzę obok Drummonda i obaj wpatrujemy się w sędziego. Mam zaczerwienione oczy po niespokojnej nocy, boli mnie głowa, a mózg próbuje myśleć o dwudziestu rzeczach naraz.

Jestem zaskoczony, że Drummond też wygląda na wykończonego. Jak na kogoś, kto zjadł zęby w salach rozpraw, wygląda wyjątkowo mizernie. I bardzo dobrze. Mam nadzieję, że ma za sobą równie pracowity weekend.

— Nic mi nie przychodzi do głowy — odpowiadam. Nikogo to nie zaskakuje, bo na roboczych posiedzeniach rzadko się odzywam.

Drummond kręci głową.

— Czy możemy ustalić koszt przeszczepu szpiku kostnego? — pyta Kipler. — Bo jeśli tak, to moglibyśmy zrezygnować z Gaskina jako świadka. Według moich informacji to kwota rzędu stu siedemdziesięciu pięciu tysięcy dolarów.

— Nie zgłaszam zastrzeżeń — mówię.

Pełnomocnicy pozwanego zwykle zarabiają więcej, jeśli zaniżą koszt, ale Drummond nie ma w tym żadnego interesu.

— Brzmi rozsądnie — bąka obojętnie.

— Czy to znaczy tak? — pyta ostro Kipler.

— Tak.

— Dziękuję. A co z innymi kosztami? Wygląda na to, że mieszczą się w dwudziestu pięciu tysiącach. Czy możemy uzgodnić, że całkowita wartość roszczenia powoda to równe dwieście tysięcy dolarów? Czy jesteśmy w tej sprawie zgodni? — Kipler nie spuszcza wzroku z Drummonda.

— Mnie to odpowiada. — Nie mam wątpliwości, że Drummonda to zirytuje.

— Tak — rzuca Drummond.

Kipler zapisuje coś w notatniku.

— Dziękuję panom. Czy mamy coś jeszcze, zanim zaczniemy? Co z możliwością zawarcia ugody?

— Wysoki Sądzie — zaczynam twardo. Ten fragment został dokładnie przez nas zaplanowany. — W imieniu mojej klientki oświadczam, że jesteśmy gotowi zawrzeć ugodę za milion dwieście tysięcy dolarów.

Adwokatów strony pozwanej uczy się, że na wszelkie propozycje ugody ze strony pełnomocnika strony powodowej mają reagować zdumieniem i niedowierzaniem i zgodnie z oczekiwaniem moja propozycja wywołuje kręcenie głowami, odchrząkiwanie i nawet pojedyncze chichoty za moimi plecami.

— Akurat — parska Drummond. Wydaje mi się, że Leo przestaje nad tym wszystkim panować. Z początku był na sali sądowej i poza nią prawdziwym dżentelmenem i gładkim profesjonalistą. Teraz zaczyna się zachowywać jak nadąsany student drugiego roku.

— Ma pan kontrpropozycję, mecenasie Drummond? — pyta Kipler.

— Podtrzymujemy naszą ofertę dwustu tysięcy.

— Doskonale. A więc przystąpimy do dzieła. Obie strony mają po piętnaście minut na prezentację swoich stanowisk, choć oczywiście nie muszą ich wykorzystywać.

Czas moich uwag wstępnych wielokrotnie zmierzyłem na zegarku, za każdym razem uzyskując ten sam wynik: sześć i pół minuty. Wracamy na salę, przysięgli zajmują miejsca i zostają powitani przez sędziego, który wygłasza kilka uwag porządkowych, i oddaje mi głos.

Jeśli będę to robił odpowiednio często, to może po jakimś czasie wykształcę w sobie zdolności dramaturgiczne. Ale teraz chcę tylko jak najszybciej powiedzieć to, co mam do powiedzenia, i usiąść. Trzymam w ręku notatnik, kilka razy do niego zerkam i opowiadam przysięgłym o sprawie. Stoję przy pulpicie i mam

496

nadzieję, że w nowym szarym garniturze prezentuję się odpowiednio adwokacko. Fakty tak bardzo przemawiają na moją korzyść, że nie chcę przeszarżować. Wykupiono polisę i co tydzień w terminie płacono składki. Donny Ray, którego polisa dotyczyła, zachorował, został oszukany i umarł z oczywistych przyczyn. Zobaczycie, panie i panowie przysięgli, Donny'ego Raya, ale niestety już tylko na taśmie wideo. Biedak nie żyje. Celem tego powództwa nie jest wyduszenie z Great Benefit tego, co mu się prawnie należało, ale ukaranie firmy za niedopuszczalne praktyki. To bardzo bogata firma. Zbili majątek na pobieraniu składek i unikaniu płacenia należnych roszczeń. Gdy wysłuchacie wszystkich świadków, panie i panowie przysięgli, stanę przed wami znowu i poproszę o zasądzenie odpowiednio wysokiego odszkodowania, by ukarać Great Benefit.

To ważne, by odpowiednio wcześnie zasiać to ziarno w umysłach przysięgłych. Chcę, żeby wiedzieli, iż będziemy się ubiegali o naprawdę duże pieniądze, i że Great Benefit należy ukarać. Moją wstępną prezentację wygłaszam płynnie, nie jąkam się, nie zacinam i ani razu nie nadziewam na sprzeciw ze strony Drummonda. Czuję, że przez większość rozprawy wielki Leo nie uniesie tyłka z krzesła. Nie będzie chciał się narażać na odrzucanie jego sprzeciwów przez Kiplera — nie przed tą ławą przysięgłych.

Wracam na miejsce obok Dot. Siedzimy przy naszym długim stole tylko we dwoje.

Drummond zamaszystym krokiem podchodzi do ławy przysięgłych, w ręku trzyma egzemplarz polisy. Rozpoczyna dramatycznym rzutem na taśmę.

— Oto polisa wykupiona przez pana Blacka — mówi, trzymając ją w górze, żeby wszyscy dobrze widzieli. — W polisie nie ma ani słowa o tym, że Great Benefit zobowiązuje się pokryć koszty przeszczepu. — Robi długą przerwę, żeby jego słowa dobrze zapadły im w pamięć. Przysięgli go nie lubią, ale jego słowa przyciągają ich uwagę. — Ta polisa kosztowała osiemnaście dolarów tygodniowo i nie obejmowała przeszczepów szpiku

497

kostnego, a mimo to powódka oczekiwała, że mój klient zapłaci dwieście tysięcy dolarów — tak, zgadliście — za przeszczep szpiku. Mój klient odmówił nie z uwagi na złe zamiary wobec Donny'ego Raya Blacka. Dla mojego klienta to nie była kwestia życia i śmierci, to była sprawa zakresu odpowiedzialności wynikającej z tej polisy. — Dramatycznym gestem macha polisą i robi to całkiem efektownie. — Nie tylko żądają dwustu tysięcy dolarów, do czego nie mają prawa, ale ubiegają się o wypłacenie przez mojego klienta dziesięciu milionów dolarów w formie odszkodowania. Nazywają to karnym odszkodowaniem. Ja to nazywam idiotyzmem. Nazywam to chciwością.

Do sędziów przysięgłych to trafia, ale to ryzykowne posunięcie. W polisie jest mowa o wyłączeniu przeszczepów różnych organów, ale o przeszczepie szpiku kostnego nie ma ani słowa. Autorzy treści polisy zawalili sprawę i nie poprawili swojego niedopatrzenia. W nowej polisie od Maxa Leuberga jest już sformułowanie wyłączające przeszczep szpiku kostnego.

Strategia strony pozwanej staje się jasna. Zamiast się przyznać, że nieznani bliżej i ukryci w trybach wielkiej firmy dyletanci popełnili błąd, Drummond nie przyznaje się do niczego. Będzie się upierał, że przeszczepy szpiku kostnego są zbyt niepewne i stanowią przykład złych praktyk medycznych, a już na pewno nie można ich uznać za rutynową metodę leczenia ostrej białaczki.

Gdy mówi o niewielkich szansach na znalezienie odpowiedniego dawcy, które niekiedy są jak jeden do miliona, i o szansach na powodzenie przeszczepu, robi to jak pewny siebie lekarz. I raz po raz powtarza, że „tego po prostu nie ma w polisie".

Chce mnie sprowokować i mu się udaje. Gdy po raz drugi wspomina o „chciwości", zrywam się od stołu i zgłaszam sprzeciw. Uwagi wstępne to nie miejsce na argumenty merytoryczne. Zostawia się je do uwag końcowych. W uwagach wstępnych strony mają tylko powiedzieć przysięgłym, co według nich udowodnią zeznania świadków.

Mój niezawodny Kipler bez namysłu oświadcza: „Podtrzymuję".

To pierwsza utoczona przeze mnie krew Drummonda.

— Przepraszam, Wysoki Sądzie — sumituje się szczerze Drummond i zaczyna mówić o świadkach, których ma zamiar powołać. Kim są i co powiedzą. Uszła z niego para i powinien skończyć po dziesięciu minutach. Po piętnastu Kipler odbiera mu głos i Drummond kończy słowami podziękowania pod adresem przysięgłych.

— Proszę wezwać pierwszego świadka, mecenasie Baylor — rzuca Kipler i robi to tak nagle, że nie mam czasu się zestresować.

Dot Black nerwowym krokiem rusza na stanowisko dla świadków, składa przysięgę, siada i patrzy na przysięgłych. Ma na sobie starą bawełnianą sukienkę, ale wygląda czysto i schludnie.

Mamy z Dot ustalony scenariusz. Dałem go jej na kartce już tydzień temu i od tamtej pory przećwiczyliśmy go z dziesięć razy. Zadaję jej pytania, a ona na nie odpowiada. Jest śmiertelnie przerażona, to zrozumiałe, a jej wypowiadane drewnianym głosem odpowiedzi brzmią jak wykute na pamięć. Wytłumaczyłem jej, że ma prawo być zdenerwowana, a sędziowie przysięgli są tylko ludźmi. Imiona, mąż, rodzina, praca, polisa, życie z Donnym Rayem pod jednym dachem przed chorobą, podczas choroby, od czasu jego śmierci. Parę razy ociera oczy, ale trzyma się dzielnie. Uprzedziłem ją, że powinna unikać łez, bo i bez tego wszyscy wyczują, że cierpi.

Mówi o rozpaczy matki, która nie może zapewnić swojemu umierającemu synowi odpowiedniej opieki lekarskiej. O tym, jak wielokrotnie pisała i dzwoniła do Great Benefit. Jak szukając pomocy, pisała i dzwoniła do kongresmanów, senatorów i burmistrzów. I jak jej wszystkie wysiłki spełzły na niczym. Jak nachodziła miejscowe szpitale, domagając się bezpłatnego leczenia. Jak skrzyknęła grupę przyjaciół i sąsiadów, aby podjęli próbę zbiórki pieniędzy i jak poniosła totalną klęskę. Identyfikuje egzemplarz polisy i swojego wniosku o jej wystawienie. Odpowiada na moje pytania dotyczące procedury zakupu i cotygodniowych wizyt Bobby'ego Otta, któremu płaciła składki.

A potem przechodzimy do najsmaczniejszych kąsków. Wręczam jej kopie pierwszych siedmiu listów z odmową uznania roszczenia i Dot odczytuje je głośno. Brzmią nawet gorzej, niż zakładałem. Bezduszne odmowy bez podania przyczyn. Odmowy wysyłane przez dział roszczeń, do potwierdzenia przez dział ubezpieczeń. Odmowa z działu ubezpieczeń uzasadniona tym, że od osiągnięcia pełnoletności Donny Ray jako dorosły nie należy już do gospodarstwa domowego rodziców. Odmowa z działu roszczeń uzasadniona stwierdzeniem, że polisa nie obejmuje przeszczepów szpiku kostnego. Odmowa z działu roszczeń uzasadniona tym, że przeszczep szpiku kostnego jest zabiegiem eksperymentalnym i jako taki nie stanowi powszechnie akceptowanej metody leczenia.

Przysięgli wsłuchują się w każde słowo. Czują smród.

Dot kończy „głupim listem". Gdy go odczytuje, uważnie wpatruję się w ich twarze. Kilkoro przysięgłych jest wyraźnie zdumionych i mruga z niedowierzaniem. Kilkoro innych wlepia wzrok w stół pozwanych, przy którym wszyscy dziwnym trafem studiują jakieś papiery.

Kończy czytać i na sali zapada cisza.

— Proszę to odczytać jeszcze raz — mówię do świadka.

— Sprzeciw! — wykrzykuje Drummond i zrywa się na równe nogi.

— Oddalony — prycha Kipler.

Dot jeszcze raz odczytuje list, tym razem z głębszym zastanowieniem i wyczuciem. Ponieważ to właśnie ten obraz Dot chcę pozostawić w pamięci przysięgłych, przekazuję świadka stronie pozwanej. Drummond podchodzi do pulpitu. Byłoby kardynalnym błędem z jego strony, gdyby próbował się na niej wyżywać, i byłbym zdziwiony, jeśliby do tego doszło.

Zaczyna od rutynowych pytań o jej wcześniejsze polisy i co ją skłoniło do kupna właśnie tej. Co miała na myśli, kupując ją? Dot odpowiada, że chodziło jej tylko o bezpieczeństwo rodziny, nic więcej. I agent podpisujący z nią umowę właśnie to gwarantował. Czy agent gwarantował też, że polisa obejmie przeszczepy?

500

— Nie myślałam wtedy o przeszczepach. Nigdy nie miałam takiej potrzeby. — To wywołuje uśmiechy na twarzach kilku przysięgłych, ale nikt nie śmieje się głośno.

Drummond próbuje wydusić z niej, czy miała zamiar kupić polisę obejmującą przeszczep szpiku kostnego, ona zaś wielokrotnie powtarza, że wtedy nawet o czymś takim nie słyszała.

— Zatem nie prosiła pani o wystawienie polisy, która by to obejmowała? — upewnia się Drummond.

— Przy kupowaniu polisy w ogóle nie myślałam o tych sprawach. Po prostu prosiłam o ubezpieczenie w pełnym zakresie.

Drummond zdobywa niewielki punkt, ale mam nadzieję, że przysięgli szybko o tym zapomną.

— Dlaczego wystąpiła pani przeciwko Great Benefit z pozwem o dziesięć milionów? — pyta Drummond. Takie pytanie zadane na początku rozprawy może mieć katastrofalne skutki, ponieważ powódka wychodzi na chciwą. Kwoty odszkodowań, o jakie pełnomocnicy powoda występują do sądu, są często liczbami wziętymi z sufitu i nie pochodzą od ich klientów. Tak też było ze mną. Nawet nie spytałem Dot, jakiej kwoty chce się domagać.

Ale wiedziałem, że takie pytanie padnie, ponieważ przejrzałem protokoły dawnych rozpraw Drummonda, i Dot była na nie przygotowana.

— O dziesięć milionów? — powtarza Dot.

— Tak, proszę pani. Pozwała pani mojego klienta o dziesięć milionów odszkodowania.

— Tylko?

— Słucham?

— Myślałam, że o więcej.

— Doprawdy?

— No. Pana klient ma miliard dolarów i to on zabił mojego syna. Cholera, chciałam się sądzić o dużo więcej.

Pod Drummondem lekko uginają się kolana i mecenas przenosi ciężar ciała z nogi na nogę. Mimo to się uśmiecha, a to nie lada umiejętność. Zamiast się jednak wycofać i ukryć za jakimś bezpiecznym pytaniem, czy wręcz skończyć i wrócić na miejsce, Drummond popełnia kolejny fatalny błąd. Zadaje jedno ze swoich typowych pytań.

— Jeśli przysięgli przyznają pani dziesięć milionów dolarów, co pani zrobi z taką furą pieniędzy?

Pomyślcie, że to pytanie was zaskakuje i musicie na nie publicznie odpowiedzieć. Ale Dot jest dobrze przygotowana.

— Przekażę Amerykańskiemu Towarzystwu do Walki z Białaczką. Co do centa. Dla siebie nie chcę ani grosza z waszych śmierdzących pieniędzy.

— Dziękuję świadkowi — mówi Drummond i pośpiesznie wraca na miejsce.

Dot wstaje i rusza do naszego stołu, a ja słyszę, jak dwóch przysięgłych ukradkiem chichocze. Drummond jest śmiertelnie blady.

— Jak mi poszło? — pyta mnie szeptem Dot.

— Nakopałaś im do tyłka, Dot — odszeptuję.

— Muszę zapalić.

— Za chwilę będzie przerwa.

Wzywam Rona Blacka. Dla niego też przygotowałem scenariusz i jego zeznanie trwa niecałe pół godziny. Wszystko, czego potrzebuję od Rona, to stwierdzenia, że zrobiono mu badania i uznano, iż jest idealnym dawcą szpiku dla swojego brata bliźniaka, i że od początku był gotów nim zostać. Drummond nie ma pytań. Dochodzi jedenasta i Kipler zarządza dziesięciominutową przerwę.

Dot pędzi do toalety, żeby się schować w kabinie i zapalić. Ostrzegłem ją, by nie paliła w obecności przysięgłych. Deck dołącza do mnie przy stole, pochylamy głowy i porównujemy nasze notatki. W czasie rozprawy siedzi za mną i obserwuje reakcje przysięgłych. Listy z odmowami wzbudziły ich zainteresowanie, „głupi list" oburzył.

Niech się złoszczą, mówi Deck. Niech się wściekną. Wysokie odszkodowania zasądzają tylko wściekli przysięgli.

Miejsce dla świadków zajmuje doktor Walter Kord, ściągając na siebie spojrzenia wszystkich. Jest ubrany w samodziałową marynarkę w kratę, ciemne spodnie i czerwony krawat i roztacza wokół aurę wziętego młodego lekarza. Jest chłopakiem z Memphis, skończył miejscową szkołę podstawową, college w Vanderbilt i medycynę na uniwersytecie Duke'a. Cieszy się nienaganną opinią i nie mam trudności z przedstawieniem go jako eksperta z dziedziny onkologii. Wręczam mu historię choroby Donny'ego Raya, a on przedstawia przysięgłym zwięzły opis leczenia chorego. W miarę możności Kord posługuje się językiem zrozumiałym dla wszystkich i gdy trzeba, szybko tłumaczy fachowe terminy. Jest lekarzem, którego nauczono nienawidzić sal sądowych, ale wobec ławy przysięgłych zachowuje się swobodnie.

— Czy może pan wyjaśnić przysięgłym naturę tej choroby, panie doktorze? — pytam.

— Oczywiście. Mamy do czynienia z ostrą białaczką mielocytową, zwaną w skrócie AML, która atakuje dwie grupy wiekowe. Do pierwszej należą młodzi ludzie w wieku od dwudziestu do trzydziestu lat, do drugiej ludzie starsi, zwykle powyżej siedemdziesiątki. Biali zapadają na AML częściej niż niebiali, a z nieznanych przyczyn ludzie o korzeniach żydowskich częściej niż inni. Choroba występuje częściej u mężczyzn niż u kobiet i w większości przypadków przyczyny zachorowania pozostają nieznane. Organizm produkuje krew w szpiku kostnym i właśnie to miejsce atakuje AML. W rezultacie ostrej białaczki następuje zezłośliwienie białych ciałek krwi, które odpowiadają za zwalczanie infekcji, a liczba białych komórek osiąga poziom stukrotnie wyższy od normalnego. Gdy do tego dochodzi, czerwone ciałka ulegają stłamszeniu i pacjent staje się słaby i anemiczny. W miarę niekontrolowanego wzrostu liczby białych komórek ograniczone zostaje też wytwarzanie krwinek płytkowych — trzeciego rodzaju komórek produkowanych przez szpik kostny. To prowadzi do łatwego siniaczenia, częstych krwotoków i bólów głowy. Gdy Donny Ray po raz pierwszy zjawił się w moim gabinecie, narzekał na zawroty głowy, krótki oddech, zmęczenie, gorączkę i symptomy typowe dla grypy.

Gdy w zeszłym tygodniu ćwiczyliśmy z Kordem jego zeznania, poprosiłem go, by o zmarłym mówił po imieniu, a nie pan Black lub pacjent cierpiący na to czy tamto.

— I co pan wtedy zrobił? — pytam. To łatwe, mówię sobie.

— Przeprowadziłem rutynową diagnostykę, zwaną aspiracją szpiku kostnego.

— Czy może pan to wyjaśnić ławie przysięgłych?

— Naturalnie. Od Donny'ego Raya pobraliśmy próbkę z kości biodrowej. Ułożyłem go na brzuchu, znieczuliłem miejscowo mały fragment skóry, zrobiłem niewielki otwór i wprowadziłem do środka dużą igłę. Naprawdę igła składa się z dwóch części: zewnętrznej, pustej w środku rurki, w której mieści się igła właściwa. Po wprowadzeniu igły do szpiku kostnego wewnętrzną część się usuwa i do zewnętrznej osłonki wkłada ssawkę. Powstaje coś w rodzaju strzykawki, do której zasysa się odrobinę płynnego szpiku kostnego. Na tak aspirowanej próbce przeprowadza się następnie rutynowe testy, polegające na sprawdzeniu poziomu białych i czerwonych krwinek. Wynik testu jednoznacznie potwierdził, że Donny Ray cierpi na ostrą białaczkę.

— Ile kosztuje taki test?

— Około tysiąca dolarów.

— I jak Donny Ray za niego zapłacił?

— Gdy przyszedł do mnie po raz pierwszy, wypełnił standardowy formularz, w którym stwierdził, że posiada polisę medyczną wykupioną w firmie Great Benefit Ubezpieczenia na Życie. Mój personel porozumiał się z Great Benefit i uzyskał potwierdzenie, że istotnie taka polisa istnieje. Wtedy przystąpiłem do leczenia.

Wręczam mu odpowiednie dokumenty, a on je identyfikuje.

— Czy Great Benefit zapłaciło panu?

— Nie. Zostaliśmy powiadomieni, że z kilku powodów roszczenie zostało odrzucone. Po sześciu miesiącach czekania anulowaliśmy dług. Pani Black spłacała go nam z własnych pieniędzy po pięćdziesiąt dolarów miesięcznie.

— Jak przebiegło dalsze leczenie Donny'ego Raya?

— Zastosowaliśmy tak zwaną terapię indukcyjną. Został przyjęty do szpitala i umieściłem mu cewnik w grubej żyle pod obojczykiem. Pierwsza chemoterapia odbyła się przy użyciu środka o nazwie Ara-C, który indukuje się do ciała dwadzieścia cztery godziny na dobę przez cały tydzień. Przez pierwsze trzy doby podawaliśmy mu też środek o nazwie idarubicyna. Nazywają go „czerwoną śmiercią" z uwagi na czerwoną barwę i agresywne niszczenie komórek w szpiku kostnym. Podawaliśmy mu także allopurinol, środek osłonowy, który zapobiega odkładaniu się złogów moczanowych, ginięciu bowiem wielkich ilości komórek krwi zwykle towarzyszy dna moczanowa. Dostawał też mocne środki śródżylne, służące do wypłukania z nerek substancji ubocznych. Kuracja obejmowała też podawanie antybiotyków i środków przeciwgrzybicznych, ponieważ Donny Ray wykazywał podatność na infekcje. Podawano mu środek o nazwie amphoterycyna B, który służy do zwalczania grzybicy. To bardzo agresywny lek i temperatura ciała Donny'ego Raya skoczyła do czterdziestu stopni Celsjusza. Lek powoduje też ataki drgawek, przez co amphoterycynę B w żargonie nazywa się „wstrząśnij i upiecz". Donny Ray wszystko dzielnie znosił, wykazując niezwykłą jak na tak młodego człowieka determinację. Teoria stojąca za intensywną terapią indukcyjną głosi, że gdy zniszczy się wszystkie komórki w szpiku kostnym, można mieć nadzieję, że powstanie środowisko, w którym zdrowe komórki odrodzą się szybciej niż komórki białaczkowe.

— I tak się dzieje?

— Tak, ale tylko na krótko. Każdego pacjenta z białaczką leczymy, mając świadomość, że nastąpi nawrót choroby, chyba że pacjent przejdzie zabieg przeszczepu szpiku kostnego.

— Czy może pan opisać, jak się taki przeszczep odbywa?

— Oczywiście. To niezbyt skomplikowane. Jeśli przeprowadzimy u pacjenta czy pacjentki chemoterapię w sposób przed chwilą opisany, chory ma szczęście i znajdzie się dawca odpowiednio bliski genetycznie, pobieramy od niego szpik i podajemy choremu za pośrednictwem dożylnej rurki. Chodzi o przeniesienie od dawcy do chorego całej populacji komórek szpiku kostnego.

— Czy Ron Black był takim właśnie odpowiednim dawcą dla Donny'ego Raya?

— Bez wątpienia. Byli jednojajowymi bliźniakami, a to najłatwiejszy przypadek. Zbadaliśmy obu braci i przeszczep byłby łatwy. Na pewno by się udał.

Drummond zrywa się na nogi.

— Sprzeciw. To tylko domysły. Lekarz nie może wiedzieć, czy przeszczep by się udał, czy nie.

— Oddalony. Może pan o tym mówić, gdy będzie przesłuchiwał świadka.

Zadaję jeszcze kilka pytań dotyczących procedury i słuchając odpowiedzi Korda, zerkam na przysięgłych. Wszyscy są skupieni i chyba nadążają, ale czas z tym skończyć.

— Czy pamięta pan, kiedy mniej więcej był pan gotowy dokonać przeszczepu?

Kord zagląda do notatek, ale wiem, że zna odpowiedź na pamięć.

— W sierpniu tysiąc dziewięćset dziewięćdziesiątego pierwszego. Jakieś półtora roku temu.

— Czy taki przeszczep zwiększyłby prawdopodobieństwo wyjścia z ostrej białaczki?

— Bez wątpienia.

— O ile?

— Od osiemdziesięciu do dziewięćdziesięciu procent.

— A ile wynosiły szanse pokonania choroby bez przeszczepu?

— Zero.

— Przekazuję świadka stronie pozwanej.

Minęło już południe i czas na lunch. Kipler odracza postępowanie do trzynastej trzydzieści. Deck proponuje, że wyskoczy do

506

garmażerii po kanapki, a my z Kordem siadamy, by omówić taktykę na następną rundę pytań. Wyraźnie cieszy się na potyczkę słowną z Drummondem.

▲ ▲ ▲

Nigdy się nie dowiem, ilu konsultantów medycznych zatrudnił Drummond w ramach przygotowań do procesu. Nie ma obowiązku tego ujawniać. Na liście świadków występuje tylko jedno nazwisko eksperta. Doktor Kord wielokrotnie mnie zapewnił, że przeszczep szpiku kostnego stanowi obecnie powszechnie akceptowaną metodę leczenia ostrej białaczki i tylko skończony dureń może twierdzić, że jest inaczej. Na dowód tego dał mi kilkadziesiąt publikacji, referatów i książek, z których niezbicie wynika, że jest to najlepsza metoda walki z tą okrutną chorobą.

Najwyraźniej informacje uzyskane przez Drummonda mówią to samo. Nie jest lekarzem i w dyskusji z Kordem stoi na przegranej pozycji, więc specjalnie mu się nie sprzeciwia. Potyczka słowna trwa krótko. Głównym argumentem Drummonda jest to, że liczba pacjentów cierpiących na ostrą białaczkę, u których dokonuje się przeszczepu szpiku kostnego, jest niewspółmiernie mniejsza od tych, którzy tego zabiegu nie przechodzą. Tak, potwierdza Kord, poniżej pięciu procent, ale tylko dlatego, że trudno jest o odpowiednich dawców. W skali całego kraju przeprowadza się około siedmiu tysięcy zabiegów rocznie.

Ci, którym udało się znaleźć dawcę, mają dużo większe szanse na przeżycie. Donny Ray należał do grupy szczęśliwców, bo miał dawcę.

Gdy po kilku krótkich pytaniach Drummond rezygnuje, Kord wygląda na niemal zawiedzionego. Ja też nie mam do niego dodatkowych pytań i lekarz zostaje zwolniony.

Następuje pełna emocji chwila, ponieważ mam ogłosić, którego z dyrektorów firmy chcę wezwać teraz na świadka. Drummond spytał mnie o to dziś rano, a ja odrzekłem, że jeszcze się nie zdecydowałem. Poskarżył się Kiplerowi, a ten oświadczył, że

507

nie mam obowiązku ujawniać wcześniej, w jakiej kolejności chcę przesłuchiwać. Wszyscy umieszczeni na liście siedzą w poczekalni dla świadków i czekają na wezwanie, gotując się ze złości.

— Pan Everett Lufkin — oznajmiam głośno. Woźny wychodzi, aby go przyprowadzić, a przy stole strony pozwanej wybucha zamieszanie. Na ile mogę ocenić, bez konkretnego powodu. Po prostu siedzący przy stole podają sobie papiery, wymieniają się notatkami i wygrzebują jakieś dokumenty.

Lufkin wchodzi na salę i toczy po niej nieprzytomnym wzrokiem, jakby go przed chwilą wybudzono ze stanu hibernacji. Poprawia krawat i rusza za woźnym przez środek sali. Obrzuca niespokojnym spojrzeniem gromadkę swoich prawników i podchodzi do miejsca dla świadków.

Drummond znany jest z tego, że w ramach przygotowań poddaje swoich świadków brutalnej musztrze. Czasami zatrudnia do tego czterech lub pięciu prawników, którzy zamęczają świadka setkami pytań. Wszystko jest nagrywane na wideo, po czym Drummond siada z delikwentem, oglądają nagranie i godzinami je omawiają.

Nie mam wątpliwości, że wszyscy ludzie z firmy będą doskonale przygotowani.

Lufkin patrzy na mnie, potem przenosi wzrok na ławę przysięgłych. Stara się sprawiać wrażenie spokojnego i pewnego siebie, wie jednak, że nie będzie mógł odpowiedzieć na pewne pytania, które za chwilę padną. Ma około pięćdziesięciu pięciu lat, siwą czuprynę zaczynającą się tuż nad brwiami, sympatyczną twarz i miły głos. Można by mu powierzyć opiekę nad miejscową drużyną skautów. Jackie Lemancyzk powiedziała mi, że w czasie seksu lubił ją wiązać.

Lufkin nie ma pojęcia, że jutro będzie tu zeznawała.

Rozmawiamy o dziale roszczeń i jego miejscu w strukturze Great Benefit. Lufkin pracuje w firmie od ośmiu lat, od sześciu na stanowisku wiceprezesa do spraw roszczeń. Trzyma dział żelazną ręką i jest typem szefa, który lubi mieć wszystko pod kontrolą. Chce w oczach przysięgłych wyglądać na kogoś ważnego i już po paru minutach udaje mi się ustalić, że do niego należy nadzór nad każdym aspektem załatwianych roszczeń. Nie zajmuje się pojedynczymi roszczeniami, ale kieruje całym działem. Dzięki nudnej rozmowie o biurokratycznych procedurach w firmie udaje mi się uśpić jego czujność, po czym nagle zmieniam temat i pytam:

— Kto to jest Jackie Lemancyzk?

Jego ramiona lekko podrygują.

— Była likwidatorką roszczeń.

— Była zatrudniona w pańskim dziale?

— Tak.

— Kiedy przestała pracować w Great Benefit?

Wzrusza ramionami, jakby nie mógł sobie przypomnieć daty.

— Może trzeciego października ubiegłego roku?

— Brzmi prawdopodobnie.

— Czy nie było to na dwa dni przed wyznaczonym terminem wstępnego przesłuchania?

— Naprawdę nie pamiętam.

Odświeżam mu pamięć za pomocą dwóch dokumentów. Pierwszym jest jej wypowiedzenie z datą trzeciego października, drugim moje powiadomienie o wstępnym przesłuchaniu zaplanowanym na piątego października. Teraz już pamięta i niechętnie przyznaje, że odeszła z Great Benefit dwa dni przed moją wizytą, podczas której miała zeznawać w toczącej się dziś sprawie.

— I to ona była odpowiedzialna w pańskim dziale za załatwienie tego roszczenia?

— Zgadza się.

— Zwolniliście ją?

— Oczywiście, że nie.

— To jak się jej pozbyliście?

— Złożyła wymówienie. Mamy je na piśmie z jej podpisem.

— Dlaczego to zrobiła?

Lufkin bierze pismo, trzyma je blisko oczu i odczytuje na głos: *Niniejszym składam wymówienie z przyczyn osobistych.*

— Więc to była jej inicjatywa, żeby zrezygnować z pracy?

— Tak tu jest napisane.

— Jak długo pracowała w pańskim dziale?

— W moim dziale pracuje mnóstwo ludzi. Nie jestem w stanie spamiętać wszystkich szczegółów.

— A więc pan nie wie?

— Nie jestem pewny. Kilka lat.

— Dobrze ją pan znał?

— Nie bardzo. Była szeregową pracownicą w dziale roszczeń, jedną z wielu.

Lemancyzk zezna jutro, że jej łóżkowe układy ciągnęły się przez trzy lata.

— Jest pan żonaty, panie Lufkin?

— Tak, i to szczęśliwie.

— Dzieci?

— Tak, dwoje dorosłych.

Trzymam go przez chwilę w niepewności: bez słowa podchodzę do stołu i sięgam po plik dokumentów. To korespondencja jego działu w sprawie roszczenia Blacka. Wręczam papiery Lufkinowi, a on przegląda je bez pośpiechu i oświadcza, że chyba wszystko jest w komplecie. Wyduszam z niego wyraźne stwierdzenie, że • to kompletna dokumentacja roszczenia i niczego nie brakuje.

Na użytek przysięgłych zadaję mu serię technicznych pytań i uzyskuję równie techniczne odpowiedzi. Wszystko to służy dostarczeniu przysięgłym podstawowej wiedzy, jak powinno przebiegać załatwianie roszczenia. Z tych teoretycznych pytań i odpowiedzi wyłania się obraz firmy Great Benefit, która zawsze postępuje zgodnie z regułami.

Ale potem zaczynamy prać brudy. Każę mu odczytać do mikrofonu i do protokołu pierwszych siedem pism z odmowami uznania roszczenia i proszę o skomentowanie każdego z nich. Kto je napisał? Dlaczego? Czy postąpił zgodnie z wytycznymi zawartymi w instrukcji postępowania z roszczeniami? Z którym punktem instrukcji? Czy świadek osobiście czytał ten list przed wysłaniem?

Potem każę mu odczytać całą korespondencję Dot. Słychać w niej wołanie o pomoc. Jej syn umiera. Czy ktoś ją słyszy? Przypiekam go w sprawie każdego z jej listów. Na czyje biurko trafił? Co w związku z nim zrobiono? Co na ten temat mówi instrukcja? Czy osobiście zapoznał się ze sprawą?

Przysięgli niecierpliwie czekają, aż przejdziemy do „głupiego listu", ale oczywiście Lufkin jest na to przygotowany. Odczytuje go i bezbarwnym, pozbawionym śladu współczucia głosem wyjaśnia, że list został napisany przez pracownika, który później odszedł z pracy. Pracownik się mylił, firma się myliła i korzystając z okazji, firma pragnie oficjalnie przeprosić za treść tego listu.

Pozwalam mu się wygadać. Popuszczam mu lejce na tyle, żeby mógł sam się na nich powiesić.

— Nie sądzi pan, że trochę za późno na przeprosiny? — przerywam mu w końcu.

— Może.

— Chłopak nie żyje, prawda?

— Tak.

— Dla jasności, panie Lufkin, firma nigdy nie wystosowała pisemnych przeprosin, czy tak?

— Nic mi o tym nie wiadomo.

— Do tej chwili nie było nawet mowy o przeprosinach, czy tak?

— Zgadza się.

— Czy według pańskiej wiedzy zdarzyło się, żeby firma za cokolwiek przeprosiła?

— Sprzeciw — prycha Drummond.

— Podtrzymuję. Proszę kontynuować, mecenasie Baylor.

Lufkin zeznaje już blisko dwie godziny. Może przysięgli mają go już dosyć? Bo ja na pewno. Czas przyprzeć go do muru.

Celowo rozwodziłem się tak długo nad instrukcją postępowania z roszczeniami, by nabrała charakteru spisu niepodważalnych zasad, jakie obowiązują w firmie. Wręczam Lufkinowi uzyskany w ramach ustaleń egzemplarz i zadaję serię pytań, na które odpowiada bez wahania. Z tego, co mówi, wynika, że tak, to ich

511

firmowe pismo święte w kwestiach związanych z załatwianiem roszczeń. Jest rzetelne, wypróbowane i wielokrotnie sprawdzone w kontaktach z klientami. Podlega okresowym rewizjom, modyfikacjom i aktualizacjom, ponieważ czasy się zmieniają, ale tylko po to, by klientom Great Benefit zapewnić jeszcze lepszą obsługę. Dochodzimy do punktu, w którym jego zachwyty nad instrukcją zaczynają nużyć, i wtedy pytam:

— Panie Lufkin, czy to jest kompletna instrukcja postępowania z roszczeniami?

Lufkin szybko ją przegląda, jakby znał na pamięć każdy punkt i każde słowo.

— Tak.

— Jest pan tego pewny?

— Tak.

— I to jest ta instrukcja, którą miał pan obowiązek dostarczyć mi na etapie ustaleń?

— Zgadza się.

— Zwróciłem się do waszych pełnomocników o udostępnienie instrukcji, a oni mi ją przekazali?

— Tak.

— Czy pan osobiście wybrał dla mnie ten właśnie egzemplarz?

— Tak.

Nabieram powietrza i podchodzę do mojego stołu. Leży pod nim niewielkie pudło z teczkami i luźnymi kartkami. Przez chwilę w nim grzebię, po czym prostuję się z pustymi rękami i mówię do świadka:

— Czy mógłby pan wziąć instrukcję do ręki i otworzyć na rozdziale U? — Wymawiam dobitnie końcową literę i jednocześnie przenoszę wzrok na Jacka Underhalla, zatrudnionego w firmie prawnika, który siedzi tuż za Drummondem. Jack przymyka oczy, głowa mu opada, podpiera się łokciami o stół i wbija wzrok w podłogę. Siedzący obok niego Kermit Aldy nerwowo łapie powietrze.

Drummond nie ma pojęcia, co się dzieje.

— Słucham? — Ton Lufkina jest o oktawę wyższy. Czując na sobie wzrok wszystkich obecnych, wyjmuję z pudła egzemplarz od Coopera Jacksona i kładę na stole. Zerkam na Kiplera, który świetnie się bawi.

— Chodzi mi o rozdział U, panie Lufkin. Proszę, żeby pan otworzył instrukcję na rozdziale U. Chciałbym o nim porozmawiać.

Lufkin bierze do ręki instrukcję i udaje, że ją przegląda. Jestem pewny, że w tym kluczowym momencie byłby gotów sprzedać własne dzieci, gdyby w zamian zdarzył się cud i w instrukcji pojawił się nieszczęsny rozdział U.

Nie zdarza się i nie pojawia.

— Tu nie ma rozdziału U — mamrocze.

— Słucham? Nie dosłyszałem, co pan powiedział — mówię głośno.

— Hm, tu nie ma rozdziału U. — Jest zdruzgotany nie dlatego, że w instrukcji brakuje rozdziału U, ale dlatego, że został przyłapany. Wbija rozpaczliwe spojrzenie w Drummonda i Underhalla, jakby oczekiwał, że przyjdą mu z odsieczą i coś zrobią. Na przykład poproszą sędziego o czas.

Leo F. Drummond najwyraźniej nie ma pojęcia, jaki numer wyciął mu jego klient. Zmanipulowali instrukcję i nie poinformowali o tym swojego adwokata! Szepcze coś do ucha Morehouse'a. Co się tu, do diabła, dzieje?

Wolnym krokiem podchodzę do stanowiska dla świadków i pokazuję Lufkinowi mój egzemplarz instrukcji. Z pozoru wygląda identycznie jak ten, który trzyma w ręku. Na stronie tytułowej widnieje ta sama data ostatniej aktualizacji: 1 stycznia 1991. Obie instrukcje są identyczne z jednym wyjątkiem. W jednej jest końcowy rozdział U, w drugiej nie ma.

— Poznaje to pan, panie Lufkin? — pytam, wręczając mu egzemplarz Jacksona i zabierając swój.

— Tak.

— I co to jest?

— Instrukcja postępowania z roszczeniami.

513

— Czy ta instrukcja zawiera rozdział U?

Przerzuca stronice i kiwa głową.

— Jak brzmi odpowiedź, panie Lufkin? Protokolantka nie może zaprotokołować pańskiego gestu.

— Instrukcja zawiera rozdział U.

— Dziękuję. Chciałbym wiedzieć, czy to pan osobiście usunął rozdział U z mojego egzemplarza instrukcji, czy polecił pan to zrobić komuś innemu?

Lufkin odkłada instrukcję na barierkę, krzyżuje ręce na piersi, wbija wzrok w dzielący nas kawałek podłogi i milczy. Wygląda, jakby odpływał. Mijają kolejne sekundy i wszyscy w napięciu czekają na odpowiedź.

— Proszę odpowiedzieć na pytanie — rzuca Kipler zza jego pleców.

— Nie wiem, kto to zrobił.

— Ale ktoś to zrobił, prawda? — mówię.

— Najwyraźniej.

— A więc przyznaje pan, że firma Great Benefit świadomie usunęła fragment dokumentu?

— Niczego takiego nie przyznaję. Musiało nastąpić jakieś przeoczenie.

— Przeoczenie? Niech pan nie żartuje, panie Lufkin. Czy nie jest prawdą, że ktoś w Great Benefit celowo usunął rozdział U z mojego egzemplarza instrukcji?

— Nie wiem. Znaczy... wie pan... po prostu tak się stało... Rozumie pan.

Zawracam do stołu bez konkretnego celu. Po prostu chcę, żeby jeszcze trochę się pomęczył, a przysięgli mieli czas jeszcze bardziej go znielubić. Wbija wzrok w podłogę — sfłamszony, pokonany i marzący tylko o tym, by być gdziekolwiek, byle nie tu.

Zamaszystym krokiem podchodzę do stołu strony pozwanej i wręczam Drummondowi kopię treści rozdziału U. Błyskam zębami i posyłam mu wredny uśmieszek, po czym wręczam drugą kopię Morehouse'owi. Potem podchodzę do ławy sędziowskiej i podaję kolejną kopię Kiplerowi. Nie śpieszę się i daję przysięgłym czas na nasycenie wzroku i niecierpliwe oczekiwanie dalszego ciągu.

— Cóż, panie Lufkin, porozmawiajmy zatem o znikającym rozdziale U. Wyjaśnijmy przysięgłym, o co w nim chodzi. Zechce pan rzucić na niego okiem?

Lufkin bierze instrukcję i przerzuca kartki.

— Instrukcja w tej wersji zaczęła obowiązywać pierwszego stycznia tysiąc dziewięćset dziewięćdziesiątego pierwszego roku, czy tak? — upewniam się.

— Tak.

— Czy to pan jest jej autorem?

— Nie, skąd.

— Jasne. A zatem kto?

Lufkin grzebie w myślach w poszukiwaniu następnego dogodnego kłamstwa i na sali zapada kolejne nabrzmiałe oczekiwaniem milczenie.

— Nie jestem pewny.

— Nie jest pan pewny? Wydawało mi się, że przed chwilą pan zeznał, że te sprawy w Great Benefit podlegają panu.

Wbija wzrok w podłogę i pewnie modli się w duchu, żebym raz na zawsze zniknął.

— Dobrze — mówię. — Pomińmy paragrafy jeden i dwa i przeczytajmy na głos paragraf trzeci.

Paragraf trzeci nakazuje automatyczne odrzucenie każdego roszczenia w ciągu trzech dni od wpłynięcia do firmy. Każdego bez wyjątku. Paragraf czwarty zezwala w określonych przypadkach na późniejszą zmianę decyzji i wylicza potrzebne dokumenty, z których będzie wynikać, że roszczenie nie jest zbyt kosztowne i jest mocno uzasadnione, i z tego względu możliwe do uznania. Paragraf piąty instruuje likwidatora, że roszczenia o potencjalnej wartości powyżej pięciu tysięcy dolarów należy przekazać do działu ubezpieczeń i jednocześnie wysłać do klienta odmowę, oczywiście opatrzoną uwagą, że ostateczna decyzja pozostaje w gestii działu ubezpieczeń.

I tak trwa zabawa. Każę Lufkinowi odczytywać fragmenty instrukcji, po czym przypiekam go pytaniami, na które nie potrafi odpowiedzieć. Często posługuję się terminem „machinacje", szczególnie od chwili, gdy Drummond go oprotestował, a Kipler jego protest oddalił. Paragraf jedenasty zwiera prawdziwy glosariusz potajemnych sygnałów, jakimi mają się posługiwać likwidatorzy, by sygnalizować gwałtowną reakcję ubezpieczonego. Widać, że cały system jest oparty na ocenie potencjalnego zagrożenia. Jeśli ubezpieczony grozi, że zwróci się do prawników i sprawa trafi do sądu, roszczenie natychmiast ląduje na biurku kierownika. Jeśli ubezpieczony daje sobą pomiatać, odmowa uznania roszczenia zostaje podtrzymana.

Paragraf osiemnaście „b" każe likwidatorowi wystawić czek na kwotę roszczenia i wysłać go wraz z dokumentacją do działu ubezpieczeń z notatką służbową, żeby czeku nie wysyłać do klienta bez oddzielnej zgody działu roszczeń. Zgoda taka oczywiście nigdy nie zostaje wydana.

— I co się wtedy dzieje z czekiem? — pytam Lufkina, a ten odpowiada, że nie wie.

Druga część machinacji jest opisana w rozdziale U instrukcji dla działu ubezpieczeń, muszę więc odłożyć tę sprawę do jutra, gdy na stanowisku dla świadków będę miał drugiego z wiceprezesów.

Choć tak naprawdę to zbyteczne. Gdybyśmy mogli na tym poprzestać, przysięgli zasądziliby wszystko, o co poproszę. A nie widzieli jeszcze nagrania z Donnym Rayem.

O szesnastej trzydzieści sąd ogłasza krótką przerwę. Zeznanie Lufkina trwało dwie i pół godziny i pora zadać mu ostateczny cios. Wychodzę na korytarz i w drodze do toalety widzę, jak Drummond wściekłym gestem kieruje Lufkina i Underhalla do jednego z pomieszczeń. Dużo bym dał, żeby słyszeć, jak ich roznosi na strzępy.

Dwadzieścia minut później Lufkin wraca na miejsce dla świadków. Chwilowo odpuszczam sprawę instrukcji. Przysięgli będą mogli ją sobie poczytać podczas obrad.

— Mam jeszcze kilka szybkich pytań — zwracam się z uśmiechem do świadka. Czuję się odświeżony i pełen werwy. — Ile Great Benefit wystawiła polis na ubezpieczenie zdrowotne w roku tysiąc dziewięćset dziewięćdziesiątym pierwszym i ile z nich pozostaje aktywnych?

Menda znów patrzy bezradnie na swojego adwokata. Miałem dostać te dane już trzy tygodnie temu.

— Nie jestem pewny — bąka.

— A ile złożono w tym roku roszczeń?

— Nie jestem pewny.

— Jest pan wiceprezesem do spraw roszczeń i pan nie wie?

— To wielka firma.

— Ile roszczeń odrzucono w roku tysiąc dziewięćset dziewięćdziesiątym pierwszym?

— Nie wiem.

W tym momencie — tak jak było ustalone — wtrąca się sędzia Kipler:

— Możemy już na dziś zwolnić świadka. Zrobimy teraz krótką przerwę, żeby przysięgli mogli wrócić do domu.

Żegna przysięgłych, raz jeszcze im dziękuje i przypomina o obowiązujących zasadach. Rządkiem opuszczają salę i mijając mój stół, kilkoro się uśmiecha. Gdy tylko za ostatnim zamykają się podwójne drzwi, Kipler oznajmia;

— Wracamy do protokołowania. Stwierdzam, mecenasie Drummond, że zarówno pan, jak i pański klient dopuszczacie się obrazy sądu. Już kilka tygodni temu nakazałem dostarczenie tych informacji pełnomocnikowi powódki. Nie zostało to zrobione. Są to niezbędne i istotne dla sprawy dane, a wy ich nie przekazaliście. Czy pan i pański klient jesteście gotowi poczekać w areszcie na ich dostarczenie?

Leo wstaje. Widać, jaki jest zmęczony i jak szybko się starzeje.

517

— Wysoki Sądzie, zrobiłem wszystko, co w mojej mocy, by zdobyć te dane. Naprawdę wszystko. — Biedny Leo. Nadal stara się pojąć znaczenie rozdziału U. Jest bardzo wiarygodny. Jego klient właśnie przed chwilą udowodnił, że jest skłonny ukrywać przed nim niewygodne dokumenty.

— Czy jest tu gdzieś pan Keeley? — pyta sędzia.

— W poczekalni dla świadków — odpowiada Drummond.

— Proszę go przyprowadzić. — Parę sekund później woźny wprowadza na salę dyrektora naczelnego firmy.

Dot ma tego dość. Mówi, że musi się wysikać i zapalić.

Kipler wskazuje stanowisko dla świadków, sam zaprzysięga Keeleya i pyta, czy istnieje jakiś istotny powód, dla którego firma nie wywiązała się z obowiązku dostarczenia danych, o które wystąpił pełnomocnik powódki.

Keeley zaczyna się jąkać i plątać, próbując zwalić winę na oddziały i biura okręgowe.

— Czy znane jest panu pojęcie „obraza sądu"? — pyta Kipler.

— Tak jakby, ale nie za bardzo.

— To bardzo proste, panie Keeley. Pańska firma właśnie dopuszcza się obrazy sądu. Mogę albo nałożyć na was grzywnę, albo umieścić pana, jako dyrektora naczelnego, w areszcie. Co pan woli?

Jestem pewny, że paru jego kumpli spędziło trochę czasu w federalnych ośrodkach wypoczynkowych, ale Keeley wie, że sędzia ma na myśli zwykły miejski areszt, w którym pełno groźnych opryszków.

— Nie chciałbym trafić do aresztu, Wysoki Sądzie.

— Tak też myślałem. Niniejszym wymierzam Great Benefit grzywnę wysokości dziesięciu tysięcy dolarów, które mają zostać wpłacone na konto sądu jutro do siedemnastej. Proszę zadzwonić do biura i polecić wysłanie czeku kurierem, zgoda?

Keeleyowi nie pozostaje nic innego, jak skinąć głową.

— Ponadto, jeśli te informacje nie zostaną przefaksowane do jutra do dziewiątej rano, zostanie pan osadzony w miejskim areszcie w Memphis i pozostanie tam do chwili, aż pańska firma wywiąże się z obowiązku. Ponadto za cały czas pańskiego pobytu w areszcie firma będzie płacić grzywny wysokości pięciu tysięcy dolarów dziennie.

Kipler odwraca głowę i wlepia wzrok w Drummonda.

— Wiele razy ostrzegałem pana, mecenasie Drummond, że te dokumenty mają być dostarczone. Tego rodzaju postępowanie jest absolutnie niedopuszczalne.

Ze złością wali młotkiem i opuszcza ławę sędziowską.

Rozdział 44

W normalnych okolicznościach mógłbym się czuć głupio, stojąc w hali A portu lotniczego w Memphis w szarym garniturze i niebiesko-granatowej czapeczce z tygrysem, ale okolicznościom dużo brakowało do normalności. Było późno i czułem się śmiertelnie zmęczony, ale mimo to adrenalina buzowała. Trudno sobie wyobrazić lepszy początek procesu.

Samolot z Chicago przyleciał o czasie, a dzięki mojej czapeczce zostałem szybko rozpoznany. Podeszła do mnie kobieta z twarzą ukrytą za wielkimi ciemnymi okularami, zmierzyła mnie wzrokiem od stóp do głów i odezwała się pierwsza:

— Pan Baylor?

— We własnej osobie. — Podałem rękę Jackie Lemancyzk i towarzyszącemu jej mężczyźnie, który przedstawił się tylko jako Carl. Trzymał w ręku torbę podróżną, więc mogliśmy od razu ruszać. Widać było, że oboje są podminowani.

Jackie siada z przodu obok mnie i rozmawiamy po drodze do hotelu Holiday Inn w centrum miasta, sześć przecznic od budynku sądu. Carl siedzi naburmuszony na tylnym siedzeniu i nie spuszcza z niej oka niczym czujny rottweiler. Relacjonuję większość zdarzeń z pierwszego dnia procesu. Nie, nikt nie wie o jej przyjeździe. Ręce jej się trzęsą. Widać, że z trudem nad sobą panuje i boi się własnego cienia. Poza chęcią zemsty nie przychodzi mi do głowy żaden inny powód jej zgody na przyjazd i stanięcie przed sądem.

Na jej prośbę rezerwację w hotelu zrobiłem na swoje nazwisko. Wszyscy troje siadamy przy małym stoliku w pokoju na piętnastym piętrze i omawiamy planowany przebieg jutrzejszego przesłuchania. Jackie dostaje moje pytania spisane na kartce w kolejności zadawania.

Jeśli jest ładna, dobrze to ukrywa. Włosy ma obcięte na krótko i źle ufarbowane na ciemnorudy kolor. Jej adwokat powiedział, że przechodzi jakąś terapię, ale nie mam zamiaru jej o to wypytywać. Oczy ma przekrwione, smutne, bez makijażu. Ma trzydzieści jeden lat, dwójkę dzieci i jeden rozwód za sobą. Patrząc na nią i jej zachowanie, trudno mi uwierzyć, że jej kariera w Great Benefit polegała na skakaniu z łóżka do łóżka.

Carl jest wobec niej bardzo opiekuńczy. Głaszcze ją po ramieniu i od czasu do czasu wyraża swoją opinię na temat jakiejś jej odpowiedzi. Jackie chce zeznawać jak najwcześniej rano, by móc zaraz potem pojechać na lotnisko i wynieść się z miasta.

Wychodzę od nich o północy.

⋏ ⋏ ⋏

We wtorek rano sędzia Kipler wznawia posiedzenie sądu o dziewiątej, ale każe woźnemu, by przez chwilę przetrzymał przysięgłych w ich sali obrad, i pyta Drummonda, czy otrzymał od firmy dane na temat liczby roszczeń. Przy stawce pięciu tysięcy dolców dziennie prawie mam nadzieję, że Drummond zaprzeczy.

— Dostaliśmy je jakąś godzinę temu, Wysoki Sądzie — mówi Drummond i w jego głosie słychać ulgę. Wręcza mi równiutko złożony, gruby na ponad dwa centymetry plik papierów, podaje taki sam sędziemu Kiplerowi i nawet lekko się uśmiecha.

— Mecenasie Baylor, chyba potrzebuje pan na to trochę czasu — odzywa się sędzia.

— Poproszę o pół godziny — odpowiadam.

— Dobrze. Zaprosimy przysięgłych o dziewiątej trzydzieści.

Deck i ja pędzimy do małej salki adwokackiej w głębi korytarza i przeglądamy dostarczone dane. Jak było do przewidzenia, równie dobrze mogłyby być po grecku, tak są zagmatwane i praktycznie niezrozumiałe. Jeszcze tego pożałują.

O dziewiątej trzydzieści przysięgli zajmują miejsca na ławie i zostają ciepło powitani przez sędziego Kiplera. Stwierdzają, że są w dobrej kondycji, nikt nie zachorował i nikt nie próbował się z nimi kontaktować w przedmiocie sprawy.

— Proszę wezwać świadka, mecenasie Baylor — poleca Kipler i rozpoczyna się drugi dzień procesu.

— Chcielibyśmy kontynuować przesłuchanie pana Lufkina.

Idą po niego do poczekalni dla świadków i Lufkin zajmuje miejsce za barierką. Po wczorajszej kompromitacji z rozdziałem U nikt już nie uwierzy jego słowom. Jestem pewny, że Drummond do północy się na nim wyżywał, bo wygląda na zgnębionego. Wręczam mu oficjalny wykaz roszczeń i pytam, czy go rozpoznaje.

— To komputerowe zestawienie danych o roszczeniach.

— Z komputerów w firmie Great Benefit?

— Zgadza się.

— Sporządzone kiedy?

— Wczoraj po południu i wieczorem.

— Pod pańskim nadzorem jako wiceprezesa do spraw roszczeń?

— Można tak powiedzieć.

— Doskonale. Zatem proszę powiedzieć ławie przysięgłych, ile polis medycznych funkcjonowało w waszej firmie w roku tysiąc dziewięćset dziewięćdziesiątym pierwszym.

Przez moment się waha, po czym zaczyna przeglądać wydruk. Wszyscy patrzą, jak przewraca kolejne strony i przez niezręcznie długą chwilę na sali słychać tylko szelest kartek wydruku.

Zasypywanie stertami dokumentów należy do ulubionych chwytów wszystkich firm ubezpieczeniowych i ich adwokatów. Uwielbiają zwlekać do ostatniej chwili — najlepiej do ostatniego dnia przed rozprawą — i zwalać pod nogi pełnomocnika powoda cztery kartony papierzysk. Dzięki interwencji Tyrone'a Kiplera udało mi się tego uniknąć.

To tylko skromna próbka. Pewnie wyobrazili sobie, że uda im się przybiec rano, wręczyć mi siedemdziesięciostronicowy wydruk zawierający w większości nic nieznaczące cyfry i mieć to z głowy.

— Naprawdę trudno powiedzieć — mówi Lufkin niemal szeptem. — Musiałbym mieć trochę więcej czasu.

— Miał pan na to dwa miesiące — warczy groźnie Kipler, w czym bardzo pomaga mu mikrofon, dzięki któremu barwa i donośność jego głosu wręcz obezwładniają. — Teraz czekam na odpowiedź. — Przy stole pozwanych panuje poruszenie.

— Interesują mnie trzy liczby, panie Lufkin — wtrącam. — Liczba aktywnych polis, liczba zgłoszonych roszczeń i liczba odmów. Wszystko za rok tysiąc dziewięćset dziewięćdziesiąty pierwszy. Proszę.

Znów szeleści przekładanymi stronicami.

— Jeśli dobrze pamiętam, mieliśmy około dziewięćdziesięciu siedmiu tysięcy polis.

— Nie może pan zajrzeć do wydruku i podać dokładnej liczby? Najwyraźniej nie może. Udaje, że jest tak zaabsorbowany czytaniem danych, że nie może odpowiedzieć na moje pytanie.

— Ale to pan jest wiceprezesem do spraw roszczeń? — pytam zjadliwie.

— Tak, jestem! — odwarkuje.

— Proszę mi zatem powiedzieć, panie Lufkin. Czy wedle pańskiej wiedzy te dane, o których mówimy, są zawarte w tym wydruku?

— Tak.

— Jest to tylko kwestia ich wyszukania, czy tak?

— Jak się pan choć na chwilę przymknie, to je znajdę —

warczy jak zranione zwierzę, co w oczach przysięgłych wypada fatalnie.

— Nie muszę się przymykać, panie Lufkin.

Drummond wstaje i składa ręce w błagalnym geście.

— Doprawdy, Wysoki Sądzie, świadek robi, co może, żeby znaleźć te dane.

— Mecenasie Drummond, świadek miał na to dwa miesiące. Jest wiceprezesem do spraw roszczeń i liczę, że umie czytać. Oddalam.

— Odłóżmy na chwilę ten wydruk, panie Lufkin — wtrącam. — Ile wynosi typowa roczna proporcja zgłaszanych roszczeń do liczby zawartych polis? Procentowo?

— Średnio dostajemy od ośmiu do dziesięciu procent roszczeń w stosunku do liczby zawartych ubezpieczeń.

— A ile z tego spotyka się z odmową?

— Około dziesięciu procent wszystkich roszczeń zostaje odrzuconych — mówi. Choć nagle zna odpowiedzi, wyraźnie nie pali się do dzielenia się z sądem tą wiedzą.

— Ile wynosi w dolarach średnia wartość roszczeń, licząc zarówno te wypłacone, jak i te odrzucone?

Przez dłuższą chwilę zastanawia się nad odpowiedzią. Myślę, że ma dosyć. Chce z tym skończyć, opuścić miejsce dla świadków i wynieść się z Memphis.

— Średnio około pięciu tysięcy dolarów na roszczenie.

— Ale niektóre roszczenia opiewają zaledwie na kilkaset dolarów, czy tak?

— Tak.

— A inne nawet na kilkadziesiąt tysięcy?

— Tak.

— A więc trudno określić średnią wartość jednego roszczenia, nieprawdaż?

— Tak.

— Czy te średnie wartości, które pan przed chwilą podał, są typowe dla całej branży ubezpieczeniowej, czy odnoszą się tylko do Great Benefit?

— Nie mogę się wypowiadać za całą branżę.

— Czyli pan nie wie?

— Tego nie powiedziałem.

— A więc pan wie? Proszę odpowiedzieć.

Ramiona mu lekko opadają i jakby się kulił w sobie. Chce już wyjść z tej sali.

— Sądzę, że są dość typowe dla całej branży — odpowiada.

— Dziękuję.

Dla lepszego efektu milczę przez chwilę, wpatruję się w swoje notatki, wrzucam inny bieg i mrugam na Decka, który wstaje i wychodzi z sali.

— Jeszcze tylko parę pytań, panie Lufkin. Czy to pan zasugerował Jackie Lemancyzk, by złożyła wymówienie?

— Niczego nie sugerowałem.

— Jakby pan ocenił jej pracę?

— Przeciętnie.

— Czy zna pan powody, dla których zdegradowano ją ze stanowiska starszej inspektor do spraw roszczeń?

— Miało to związek z jej umiejętnością postępowania z ludźmi.

— Czy odchodząc z pracy, dostała odprawę?

— Nie. Sama złożyła wymówienie.

— Żadnej rekompensaty?

— Nie.

— Dziękuję. Skończyłem już z tym świadkiem, Wysoki Sądzie.

Drummond ma teraz do wyboru: może jako pełnomocnik pozwanego od razu przesłuchać Lufkina, nie zadając mu trudnych pytań, albo zachować go sobie na później. Lufkin jest tak zgnębiony, że Drummond nic z niego teraz nie wyciśnie, i sądzę, że będzie chciał jak najszybciej się go pozbyć.

— Wysoki Sądzie, strona pozwana odkłada przesłuchanie pana Lufkina na później — oświadcza Drummond. Jestem gotów się założyć, że przysięgli już go więcej nie zobaczą.

— Doskonale. Mecenasie Baylor, proszę wezwać następnego świadka.

Donośnym głosem ogłaszam:

— Strona powodowa wzywa na świadka Jackie Lemancyzk.

Szybko odwracam głowę, żeby zobaczyć reakcję Underhalla i Aldy'ego. Akurat coś do siebie szepczą i na dźwięk mojego głosu zamierają w pół słowa. Oczy wychodzą im z orbit, usta się rozdziawiają w wyrazie zaskoczenia.

Nieszczęsny Lufkin jest już w połowie drogi do drzwi wejściowych, gdy docierają do niego moje słowa. Staje jak wryty, odwraca się i dzikim spojrzeniem omiata stół pozwanych, po czym przyśpiesza kroku i wychodzi.

Drummond zrywa się na nogi, jego fagasi tłoczą się wokół niego.

— Wysoki Sądzie, czy możemy podejść do ławy sędziowskiej?

Kipler gestem ręki kieruje nas do miejsca poza zasięgiem mikrofonu. Mój przeciwnik wygląda na wstrząśniętego. Nie mam wątpliwości, że jest zaskoczony, ale nie może tego uznać za faul. Prawie się dusi i gwałtownie łapie powietrze.

— Wysoki Sądzie, to dla nas absolutne zaskoczenie — prycha. Pilnuje się jednak, żeby przysięgli nie dostrzegli jego wzburzenia ani nie dosłyszeli słów.

— Dlaczego? — dziwię się. — Przecież Lemancyzk została zgłoszona jako świadek na posiedzeniu przedprocesowym.

— Mamy prawo być uprzedzani o takich sprawach. Kiedy ją znaleźliście?

— Nawet nie wiedziałem, że zaginęła.

— To uprawnione pytanie, mecenasie Baylor — mówi sędzia i po raz pierwszy spogląda na mnie surowo. Patrzę na obu niewinnym wzrokiem, jakbym chciał powiedzieć: „Słuchajcie, chłopaki, jestem tylko nieopierzonym żółtodziobem. Nie czepiajcie się mnie".

— Znajduje się na liście zgłoszonych świadków — powtarzam i wszyscy trzej wiemy, że to wystarczy, żeby mogła zeznawać. Może należało powiadomić sąd wczoraj, że pojawiła się w mieście, ale chłopaki, to przecież mój pierwszy w życiu proces.

Wchodzi za Deckiem na salę i Underhall i Aldy ostentacyjnie

odwracają wzrok. Czterech żałobników z Trent i Brent śledzi każdy jej ruch. Wygląda bardzo dobrze. Ma na sobie luźną niebieską sukienkę, która kończy się tuż nad kolanami. W porównaniu z dniem wczorajszym twarz ma zupełnie odmienioną i wygląda wręcz atrakcyjnie. Składa przysięgę, siada na krześle dla świadków i obrzuca facetów z Great Benefit nienawistnym spojrzeniem. Jest gotowa zeznawać.

Ciekawe, czy sypiała też z Underhallem albo Aldym? Wczoraj wieczorem mówiła o Lufkinie i jeszcze kimś, ale coś mi mówi, że to nie wszyscy.

Szybko ustalamy podstawowe dane i od razu przechodzimy do rzeczy.

— Jak długo pracowała pani w Great Benefit?

— Sześć lat.

— I czym to się skończyło?

— Zostałam zwolniona.

— Nie odeszła pani sama?

— Nie. Wyrzucili mnie.

— Kto panią wyrzucił?

— Zawiązali spisek. Everett Lufkin, Kermit Aldy, Jack Underhall i jeszcze paru innych. — Pokazuje głową siedzących przy stole i oczy przysięgłych zwracają się na ludzi z Great Benefit.

Podchodzę do świadka i wręczam jej kopię wypowiedzenia.

— Poznaje to pani? — pytam.

— To pisemko, które sama napisałam i podpisałam.

— Jest w nim napisane, że składa pani wymówienie z przyczyn osobistych.

— Napisałam nieprawdę. Zwolnili mnie ze względu na mój związek ze sprawą Donny'ego Raya Blacka. Piątego października miałam składać wyjaśnienia. Zwolnili mnie, żeby móc panu powiedzieć, że już u nich nie pracuję.

— Kto pani kazał to napisać?

— Ci, których wymieniłam. To był spisek.

— Może nam to pani wyjaśnić?

527

Po raz pierwszy patrzy na ławę przysięgłych, a wszyscy przysięgli wpatrują się w nią. Przełyka głośno ślinę i zaczyna mówić:

— W sobotę przed poniedziałkiem, kiedy miałam składać wyjaśnienia, poproszono mnie, bym przyszła do biura. Czekał na mnie Jack Underhall, ten w szarym garniturze. Pracuje w dziale prawnym firmy. Oświadczył, że muszę natychmiast odejść z pracy i dał mi do wyboru dwie możliwości. Albo mogą mnie zwolnić ze skutkiem natychmiastowym i bez niczego, albo mogę złożyć wypowiedzenie i dostać od firmy dziesięć tysięcy dolarów w gotówce za milczenie. Decyzję musiałam podjąć natychmiast, w jego obecności.

Wczoraj wieczorem udało jej się mówić o tym spokojnie i bez emocji, ale teraz zachowuje się inaczej. Zagryza wargi i na chwilę milknie, po czym ciągnie łamiącym się głosem:

— Jestem samotną matką z dwójką dzieci i mam mnóstwo rachunków do płacenia. Nie miałam wyboru. Nagle straciłam pracę. Napisałam wypowiedzenie, wzięłam forsę i podpisałam zobowiązanie, że nigdy z nikim nie będę rozmawiała o roszczeniach, przy których pracowałam.

— W tym także o roszczeniu Blacka?

— Przede wszystkim o roszczeniu Blacka.

— Zatem skoro wzięła pani pieniądze i podpisała zobowiązanie, dlaczego pani tu jest?

— Gdy minął pierwszy szok, poradziłam się prawnika. Bardzo dobrego adwokata. Zapewnił mnie, że zobowiązanie nie ma mocy prawnej.

— Ma pani kopię tego zobowiązania?

— Nie. Underhall nie chciał mi jej dać. Ale może pan go spytać. Jestem pewna, że ma u siebie oryginał. — Wolno odwracam głowę i patrzę na Jacka Underhalla, to samo robią wszyscy inni. Nagle sznurowadła stają się dla niego najważniejszą sprawą w życiu i ich zawiązaniu poświęca całą uwagę, jakby zeznania świadka w ogóle go nie dotyczyły.

Przenoszę wzrok na Leo Drummonda i po raz pierwszy dostrzegam na jego twarzy poczucie klęski. Jego klient oczywiście nic mu nie powiedział o łapówce za milczenie ani o wymuszonym zobowiązaniu.

— Po co zwróciła się pani do adwokata?

— Bo chciałam się poradzić. Wyrzucono mnie z pracy niezgodnie z przepisami. Ale wcześniej byłam dyskryminowana jako kobieta. Byłam seksualnie wykorzystywana przez kilku szefów w Great Benefit.

— Przez kogoś, kogo znamy?

— Sprzeciw, Wysoki Sądzie! — wykrzykuje Drummond. — Temat być może jest ciekawy, ale nie ma związku ze sprawą.

— Zobaczymy, co z tego wyniknie. Chwilowo oddalam. Proszę odpowiedzieć, pani Lemancyzk.

Kobieta nabiera powietrza.

— Przez trzy lata uprawiałam seks z Everettem Lufkinem. Dopóki byłam skłonna spełniać jego życzenia, moja pensja rosła i awansowałam. Gdy mnie to zmęczyło i odmówiłam, zdegradowano mnie ze stanowiska starszego inspektora na szeregowego likwidatora roszczeń. Moja pensja zmniejszyła się o dwadzieścia procent. Wtedy Russell Krokit, wówczas kierownik działu roszczeń, którego równocześnie ze mną zwolniono z pracy, postanowił uciąć sobie ze mną biurowy romans. Zmusił mnie, grożąc, że jeśli się nie zgodzę, wylecę z pracy. Ale jeśli zostanę na jakiś czas jego kochanką, dopilnuje, żebym znów dostała awans. Mogłam się albo zgodzić, albo stracić pracę.

— Obaj panowie są żonaci, czy tak?

— Tak, i mają dzieci. Wszyscy wiedzieli, że uganiają się za dziewczynami z działu roszczeń. Mogłabym podać mnóstwo nazwisk. A to niejedyni w firmie, którzy awansami płacą za seks.

Ponownie wszystkie spojrzenia znów wędrują do Underhalla i Aldy'ego.

Przerywam, by poszukać czegoś na swoim stole. To mała sądowa sztuczka, której zdążyłem się nauczyć i która sprawia, że ważne słowa dłużej wiszą w powietrzu.

Spoglądam na Jackie, a ona ociera oczy chusteczką higieniczną. Są już bardzo zaczerwienione. Przysięgli są całym sercem po jej stronie i gotowi są za nią zabić.

— Porozmawiajmy o roszczeniu Blacka — podejmuję. — To pani się nim zajmowała, tak?

— Tak. Trafił do mnie pierwszy wniosek pani Black. Zgodnie z obowiązującą polityką firmy wysłałam odmowę uznania roszczenia.

— Dlaczego?

— Dlaczego? Bo wszystkie roszczenia są w pierwszym podejściu odrzucane. W każdym razie tak to wyglądało w roku dziewięćdziesiątym pierwszym.

— Wszystkie roszczenia?

— Wszystkie bez wyjątku. Polityką firmy było odrzucanie każdego roszczenia i dopiero potem rozpatrywanie tańszych i lepiej uzasadnionych. W rezultacie za niektóre z nich płaciliśmy, ale nigdy za droższe, chyba że ubezpieczony zwracał się o pomoc do adwokata.

— Od kiedy stało się to polityką firmy?

— Od pierwszego stycznia dziewięćdziesiątego pierwszego. W formie eksperymentu, wewnętrznej dyrektywy. — Kiwam zachęcająco głową. Dalej, mów dalej! — Postanowiono przez dwanaście miesięcy odrzucać wszystkie roszczenia o wartości przekraczającej tysiąc dolarów. Nie miało znaczenia, czego roszczenie dotyczy ani jak dobrze było uzasadnione. Po prostu automatycznie je odrzucano. To samo dotyczyło zresztą wielu mniejszych roszczeń, jeśli tylko można się było do czegoś przyczepić. Bardzo niewiele dużych roszczeń trafiało ostatecznie do wypłaty i działo się to tylko wtedy, gdy ubezpieczony wynajmował adwokata i zaczynał straszyć sądem.

— Jak długo stosowano te zasady?

— Przez dwanaście miesięcy. Wprowadzono to jako eksperyment na rok. Nigdy wcześniej w branży ubezpieczeniowej nie stosowano takich metod i szefowie firmy byli zachwyceni tym

530

pomysłem. Przez rok odrzucać wszelkie roszczenia, gromadzić zaoszczędzone fundusze, opłacać z nich pozasądowe ugody i zostać z kufrem złota.

— Ile tego złota było?

— Cała machinacja dała dodatkowy zysk wysokości około czterdziestu milionów.

— Skąd to pani wie?

— Jeśli odpowiednio często się bywa w łóżku z tymi żałosnymi typami, można się dużo dowiedzieć. Wszystko wypaplają. Plotą o swoich żonach i swojej pracy. Nie muszę mówić, że nie jestem z tego dumna. Przez cały czas nie zaznałam ani chwili przyjemności. Byłam ich ofiarą. — Do jej oczu znów napływają łzy, głos drży.

Następuje kolejna długa przerwa, podczas której wczytuję się w notatki.

— Jak potraktowano roszczenie Blacka? — pytam w końcu.

— Początkowo odrzucono, jak wszystkie. Ale to było wielkie roszczenie i wydzielono je do indywidualnej obróbki. Gdy pojawił się termin „ostra białaczka", każdy mój ruch był nadzorowany przez Russella Krokita. Już wcześniej się zorientowali, że polisa nie wyłącza przeszczepu szpiku kostnego. Sprawa nabrała wielkiej wagi z dwóch powodów. Po pierwsze, okazało się, że w grę wchodzi kupa forsy. Forsy, której firma oczywiście nie miała ochoty wydawać. I po drugie, ubezpieczony był śmiertelnie chory.

— Zatem dział roszczeń wiedział, że Donny Ray Black wkrótce umrze?

— Oczywiście. Jego dokumentacja medyczna nie pozostawiała wątpliwości. Pamiętam na przykład opinię jego lekarza, że chemoterapia się powiodła, ale prawdopodobnie w ciągu roku białaczka powróci i o ile pacjent nie zostanie poddany przeszczepowi szpiku kostnego, skończy się to jego rychłą śmiercią.

— Pokazała to pani komuś w firmie?

— Pokazałam Krokitowi, a on pokazał swojemu szefowi, Everettowi Lufkinowi. Gdzieś na tym szczeblu zapadła decyzja, że podtrzymujemy odmowę uznania roszczenia.

— Ale pani wiedziała, że roszczenie należy uznać?

— Wszyscy to wiedzieli, ale firma postanowiła iść w zaparte.

— Może to pani wyjaśnić?

— Postawić na to, że ubezpieczony nie zwróci się o pomoc do adwokata.

— Wiedziała pani wówczas, jak szacowano szanse powodzenia?

— Panowała powszechna opinia, że o pomoc do adwokata zwraca się nie więcej jak jeden na dwudziestu pięciu. To był główny powód, dla którego weszli w ten eksperyment. Obliczyli, że dobrze na tym wyjdą. Z reguły sprzedają te polisy ludziom niezbyt wykształconym i liczą, że ci, w swojej niewiedzy, bez walki zaakceptują odmowę.

— Co się działo, kiedy do firmy wpływało pismo od adwokata?

— Od razu wszystko się zmieniało. Jeśli roszczenie miało wartość poniżej pięciu tysięcy dolarów i było dobrze uzasadnione, natychmiast wysyłaliśmy czek z przeprosinami. Prosimy o wybaczenie, nasze wewnętrzne przeoczenie, może wina komputerów, bla, bla, bla. Jeśli roszczenie opiewało na większą kwotę, całą dokumentację sprawy przejmował ode mnie kierownik działu. Ale myślę, że w większości też je płacono. Jeśli adwokat był gotów założyć sprawę w sądzie albo już ją założył, przystępowano do poufnych negocjacji w sprawie ugody.

— Jak często się to zdarzało?

— Naprawdę nie wiem.

Schodzę z podestu, mówię „dziękuję" i z miłym uśmiechem zwracam się do Drummonda:

— Pański świadek, panie mecenasie.

Siadam obok Dot, która ma twarz zalaną łzami i cicho łka. Zawsze robiła sobie wyrzuty, że nie zwróciła się wcześniej do adwokata, i słuchanie zeznań Jackie jest dla niej szczególnie bolesne. Niezależnie od wyniku procesu, nigdy sobie tego nie wybaczy.

Na szczęście kilkoro przysięgłych dostrzega, co się z nią dzieje.

Nieszczęsny Leo przechodzi do punktu możliwie najbardziej oddalonego od ławy przysięgłych, z którego wolno mu jeszcze przepytywać świadka. Nie przychodzi mi do głowy, o co może zapytać Jackie, ale na pewno nieraz już bywał w takich opałach. Grzecznie się przedstawia i przypomina Jackie, że oczywiście nigdy wcześniej się nie spotkali. To próba dania przysięgłym do zrozumienia, że nie ma pojęcia, co świadek może powiedzieć. Jackie patrzy na niego z nieukrywaną wrogością. Nienawidzi nie tylko całej Great Benefit, ale także prawników, którzy mają czelność reprezentować jej interesy.

— Czy to prawda, pani Lemancyzk, że ostatnio skierowano panią do zakładu, w którym leczą różne nietypowe dolegliwości? — Formułuje pytanie bardzo delikatnie. Według reguł procesowych w sądzie nie należy zadawać pytań, na które nie zna się odpowiedzi, jednak coś mi mówi, że Leo nie wie, czego się spodziewać. Jedynym źródłem jego informacji była nerwowa szeptanka przy stole przez ostatnie piętnaście minut.

— Nie! To nieprawda! — krzyczy Jackie.

— To przepraszam. Ale była pani leczona?

— Nie byłam skierowana. Zgłosiłam się z własnej woli i zostałam w zakładzie przez dwa tygodnie. Mogłam wychodzić, kiedy chciałam. Koszty leczenia miały być pokryte w ramach grupowego ubezpieczenia pracowników Great Benefit. Zgodnie z jego warunkami miałam być nim objęta jeszcze przez dwanaście miesięcy od odejścia z pracy. Oczywiście teraz nie chcą zapłacić.

Drummond przełyka tę gorzką pigułkę i wbija wzrok w notatki, jakby nie dosłyszał. Następne pytanie, Leo!

— Czy dlatego znalazła się pani tutaj? Dlatego, że jest pani rozżalona na Great Benefit?

— Nie jestem rozżalona, tylko ich nienawidzę. Całej firmy Great Benefit i wszystkich glist, które tam pracują. Czy to wyczerpująca odpowiedź na pańskie pytanie?

— Czy w swoich dzisiejszych zeznaniach kieruje się pani tą nienawiścią?

— Nie, jestem tu, ponieważ znam prawdę o tym, jak firma świadomie oszukiwała tysiące swoich klientów. Ta sprawa musi ujrzeć światło dzienne.

Leo, lepiej odpuść.

— Dlaczego udała się pani do tego zakładu?

— Bo walczę z alkoholizmem i depresją. W tej chwili wszystko jest dobrze, ale za tydzień, kto wie? Przez sześć lat pańscy klienci traktowali mnie jak ochłap mięsa. Podawali mnie sobie z rąk do rąk jak pudełko czekoladek, z którego każdy wybierał to, na co miał ochotę. Wykorzystywali mnie, bo nie miałam grosza, byłam rozwódką z dwójką dzieci i miałam zgrabny tyłek. Odarli mnie z szacunku do samej siebie. A ja się teraz odgrywam, panie Drummond. Próbuję się ratować i jeśli w tym celu będę musiała przejść kurację, bez wahania się jej poddam. Mam tylko nadzieję, że pański klient zapłaci moje cholerne rachunki.

— Nie mam więcej pytań, Wysoki Sądzie. — Drummond pośpiesznie wraca na swoje miejsce za stołem. Pomagam Jackie opuścić stanowisko dla świadków i odprowadzam ją prawie do samych drzwi. Kilkakrotnie jej dziękuję i obiecuję zadzwonić do jej adwokata. Deck wychodzi, żeby odwieźć ją na lotnisko.

Jest już prawie wpół do dwunastej i chcę, żeby przysięgli mieli czas przetrawić jej słowa podczas lunchu, proszę więc sędziego Kiplera o wcześniejsze ogłoszenie przerwy. Oficjalnym powodem jest to, że przed wezwaniem następnego świadka potrzebuję trochę czasu na przestudiowanie wydruków komputerowych.

Czek na dziesięć tysięcy grzywny dotarł do sądu podczas naszej sesji, ale został przez Drummonda złożony do depozytu wraz z dwudziestostronicowym uzasadnieniem. Ma zamiar się odwołać od wymierzonych kar i czek poczeka na wynik odwołania. Mam na głowie inne zmartwienia.

Rozdział 45

Przysięgli wracają na swoje miejsca i kilkoro znów się do mnie uśmiecha. Oficjalnie nie wolno im rozmawiać o sprawie aż do chwili przekazania jej pod ich obrady, ale wszyscy wiedzą, że gdy tylko opuszczają salę sądową, zaczynają się dzielić opiniami. Dwa lata temu zdarzyło się nawet, że dwóch przysięgłych pobiło się w wyniku sprzeczki o wiarygodność jednego ze świadków. Kłopot polegał na tym, że był to dopiero drugi świadek na procesie zaplanowanym na dwa tygodnie. Sędzia unieważnił proces i zaczęto od nowa.

Teraz mieli aż dwie godziny, żeby pospierać się o treść zeznań Jackie. Czas im pokazać, jak można naprawić część wyrządzonych szkód. Czas porozmawiać o pieniądzach.

— Wysoki Sądzie, strona powodowa wzywa na świadka pana Wilfreda Keeleya. — Keeley siedzi w poczekalni parę kroków stąd i wpada na salę nabuzowany chęcią zeznawania. W przeciwieństwie do Lufkina sprawia wrażenie człowieka energicznego i przyjaźnie nastawionego do świata, jakby nie dotyczyły go wszystkie brudy, jakie wyszły na jaw w jego firmie. Wyraźnie chce zrobić na przysięgłych wrażenie człowieka, który nad wszystkim panuje i któremu można ufać.

Zadaję mu kilka pytań wprowadzających i uzyskuję potwierdzenie, że jest dyrektorem naczelnym, człowiekiem numer jeden w całym Great Benefit. Z dumą się do tego przyznaje. Wręczam mu egzemplarz najnowszego sprawozdania finansowego firmy, a on bierze go do ręki tak, jakby to była jego codzienna poranna lektura.

— Panie Keeley, czy może pan powiedzieć przysięgłym, ile jest warta pańska firma?

— Co pan rozumie pod słowem „warta"?

— Mam na myśli wartość netto.

— To nadal niezbyt precyzyjne określenie.

— Wręcz przeciwnie. Proszę rzucić okiem na wasze sprawozdanie finansowe, odjąć wartość pasywów po jednej stronie od wartości aktywów po drugiej i powiedzieć przysięgłym, ile wynosi różnica. To jest wartość netto przedsiębiorstwa.

— To nie takie proste.

Kręcę głową z powątpiewaniem.

— Czy zgodzi się pan ze mną, że wartość netto pańskiej firmy wynosi około czterystu pięćdziesięciu milionów dolarów?

Pomijając oczywiste korzyści, dodatkową zaletą przyłapania korporacyjnego ważniaka na kłamstwie jest to, że wszyscy kolejni świadkowie muszą mówić prawdę. Keeley musi być absolutnie szczery i jestem pewny, że Drummond odpowiednio długo wbijał mu to do głowy. Podobnie jak jestem pewny, że nie było to łatwe.

— To rozsądna wycena i jestem gotów się z nią zgodzić.

— Dziękuję. Ile z tego firma ma w gotówce?

To pytanie ich zaskakuje. Drummond wstaje i zgłasza sprzeciw, Kipler go oddala.

— Cóż, trudno powiedzieć — mówi Keeley i od razu się stroszy w sposób typowy dla pracowników Great Benefit.

— Proszę nie żartować, panie Keeley. Jest pan dyrektorem naczelnym, pracuje pan w firmie od osiemnastu lat, przyszedł pan do niej ze świata finansów. Ile macie w firmie wolnej gotówki?

Jak szalony przerzuca stronice sprawozdania, a ja spokojnie

czekam. Wreszcie wymienia sumę, a ja czuję narastającą we mnie wdzięczność do Maxa Leuberga. Biorę do ręki swój egzemplarz i proszę o wyjaśnienie pozycji „konto rezerwowe". Gdy w moim pozwie wystąpiłem o dziesięć milionów odszkodowania, właśnie tyle znalazło się na koncie rezerwowym na wypadek, gdyby musieli tyle zapłacić. Tak się dzieje w każdym tego typu procesie. To są wciąż ich pieniądze i mogą nimi obracać i korzystnie inwestować, ale w sensie księgowym stanowią już ich zobowiązanie. Firmy ubezpieczeniowe kochają procesy, w których skarżący domagają się od nich wielomilionowych odszkodowań, ponieważ mogą z czystym sumieniem upychać pieniądze na kontach rezerwowych i twierdzić, że są bez grosza.

Jest to absolutnie zgodne z prawem. Tak działa nieregulowana branża, która rządzi się własnymi niejasnymi zasadami księgowania.

Keeley zaczyna szermować długimi i skomplikowanymi terminami finansowymi, których nikt na sali nie rozumie. Lepiej namieszać w głowach przysięgłym, niż przyznać się do prawdy.

Wypytuję go jeszcze o kolejną „rezerwę", po czym przechodzimy do pozycji „nadwyżka". Jest mowa o nadwyżce ograniczonej i nadwyżce nieograniczonej. Wiercę mu dziurę w brzuchu i robię to dość inteligentnie. Posługując się notatkami ze spotkania z Leubergiem, sumuję wszystkie liczby i pytam Keeleya, czy firma dysponuje gotówką w kwocie około czterystu osiemdziesięciu pięciu milionów dolarów.

— Dobrze by było. — Keeley parska śmiechem, ale nikt poza nim nawet się nie uśmiecha.

— Zatem ile gotówki ma pańska firma, panie Keeley?

— Och, doprawdy nie wiem. Myślę, że gdzieś w granicach stu milionów.

To mi na razie wystarczy. Podczas uwag końcowych będę mógł napisać odpowiednie liczby na tablicy i wyjaśnić przysięgłym, gdzie naprawdę są pieniądze.

Wręczam mu wydruk z danymi dotyczącymi roszczeń, a on

spogląda na mnie zaskoczony. Podczas przerwy na lunch postanowiłem skorzystać z tego, że mam go na miejscu dla świadków, i zastawić na niego pułapkę, unikając powtórzenia występu Lufkina. Patrzy na Drummonda, jakby szukał u niego pomocy, ale Drummond nie może nic zrobić. Keeley jest dyrektorem naczelnym firmy i z całą pewnością powinien nam pomóc w poszukiwaniu prawdy. Zakładają pewnie, że znów wezwę Lufkina i zażądam skomentowania tych danych. Lufkina kocham całym sercem, ale już z nim skończyłem. Nie dam mu szansy na podważenie wersji Jackie Lemancyzk.

— Poznaje pan ten wydruk, panie Keeley? — pytam. — Otrzymałem go dziś rano z pańskiej firmy.

— Oczywiście.

— Świetnie. Czy mógłby pan powiedzieć przysięgłym, ile polis medycznych miała pańska firma w roku tysiąc dziewięćset dziewięćdziesiątym pierwszym?

— Z głowy nie. Ale zaraz sprawdzę. — Przerzuca strony, unosi jedną do oczu, opuszcza i przerzuca dalej, i następną, i następną.

— Czy liczba dziewięćdziesiąt osiem tysięcy wydaje się panu możliwa, oczywiście w przybliżeniu — podsuwam.

— Może. Tak, na pewno, brzmi to całkiem prawdopodobnie.

— A ile roszczeń z tego tytułu wpłynęło w tym samym roku?

Powtarza się cała szopka. Keeley przegląda wydruk, mrucząc pod nosem jakieś liczby, i sytuacja robi się niezręczna. Mijają kolejne minuty, aż wreszcie znów się odzywam:

— Czy w przybliżeniu jedenaście tysięcy czterysta brzmi prawdopodobnie?

— Brzmi całkiem prawdopodobnie, ale wie pan, musiałbym to zweryfikować.

— Jak pan chce to zweryfikować?

— No cóż, trzeba się wczytać w wydruk.

— Zatem potrzebna nam informacja jest w nim zawarta, czy tak?

— Tak sądzę.

— A czy może pan powiedzieć przysięgłym, ile roszczeń odrzucono?

— No cóż, to też wymaga głębszego przestudiowania. — Keeley trzyma wydruk w obu rękach.

— A więc również ta informacja jest zawarta w wydruku?

— Może. Znaczy tak, tak sądzę.

— Doskonale. Proszę zatem zajrzeć na strony jedenaście, osiemnaście, trzydzieści trzy i czterdzieści jeden. — Keeley szybko wykonuje polecenie, byle tylko nie musieć nic mówić. Strony wydruku szeleszczą.

— Czy przybliżona liczba dziewięć tysięcy sto wydaje się panu realna?

Wygląda na zaszokowanego tak niebywałą sugestią.

— Oczywiście, że nie. To absurd.

— Ale nie wie pan ile?

— Wiem, że nie aż tyle.

— Dziękuję. — Podchodzę do świadka, wyjmuję mu z rąk wydruk i wręczam polisę ubezpieczeniową Great Benefit, którą dostałem od Maxa Leuberga. — Poznaje pan ten dokument?

— Oczywiście — przyznaje ochoczo, z wyraźną ulgą pozbywając się nieszczęsnego wydruku.

— I co to jest?

— To polisa ubezpieczenia medycznego wystawiona przez moją firmę.

— Wystawiona kiedy?

Przez moment jej się przygląda.

— We wrześniu tysiąc dziewięćset dziewięćdziesiątego drugiego. Pięć miesięcy temu.

— Proszę zajrzeć na stronę jedenastą, paragraf F, punkt czwarty, podpunkt c, klauzula numer trzynaście. Ma to pan?

Druk jest tak mikroskopijny, że Keeley musi niemal przytknąć polisę do nosa. Chrząkam znacząco i patrzę na przysięgłych. Komizm sytuacji nie umyka ich uwagi.

— Tak, mam — mówi wreszcie.

— Doskonale. Proszę ją odczytać.

Czyta treść klauzuli, krzywiąc się i marszcząc, jakby się męczył. Doczytuje do końca, zmusza się do uśmiechu i mówi „Proszę".

— Czemu służy ta klauzula?

— Wyłączeniu z zakresu polisy pewnych zabiegów medycznych.

— A konkretnie?

— Konkretnie chodzi o przeszczepy.

— Wyłączenie obejmuje też przeszczep szpiku kostnego?

— Tak, przeszczep szpiku kostnego też jest tu wymieniony.

Podchodzę do świadka, wręczam mu polisę Blacka i proszę o odczytanie konkretnego ustępu. Znów wytrzeszcza oczy i walczy z mikroskopijnym drukiem, ale dzielnie doczytuje do końca.

— Jakie przeszczepy wyłącza ta polisa?

— Przeszczepy wszystkich podstawowych organów: nerek, wątroby, serca, płuc, oczu. Wszystko jest tu wymienione.

— A co ze szpikiem kostnym?

— Nie jest wymieniony.

— Zatem szpik kostny nie został wyłączony?

— Zgadza się.

— Kiedy nasza sprawa trafiła do sądu, panie Keeley? Pamięta pan datę?

Patrzy na Drummonda, który i tym razem nie może nic zrobić.

— Latem ubiegłego roku, o ile dobrze pamiętam. Chyba w czerwcu.

— Tak jest, proszę pana. W czerwcu. Czy wiadomo panu, kiedy zmieniono zakres tego wyłączenia tak, żeby obejmował także przeszczepy szpiku kostnego?

— Nie, nie wiem. Nie zajmuję się redagowaniem polis.

— A kto w waszej firmie redaguje polisy? Kto wymyśla te wszystkie klauzule pisane drobnym drukiem?

— To leży w gestii działu prawnego.

— Rozumiem. Czy możemy uznać, że treść polisy została zmieniona już po złożeniu w sądzie naszego powództwa?

Przez chwilę mi się przypatruje.

— Nie — oświadcza. — Zmiana mogła zostać wprowadzona przed podaniem nas do sądu.

— Czy została wprowadzona po wpłynięciu roszczenia Blacka w sierpniu tysiąc dziewięćset dziewięćdziesiątego pierwszego?

— Tego nie wiem.

Jego odpowiedź brzmi podejrzanie. Albo nie bardzo wie, co się dzieje w jego firmie, albo kłamie. Jest mi to zresztą obojętne. Uzyskałem już to, o co mi chodziło. Mam argument dla przysięgłych, że wprowadzona zmiana w treści polisy świadczy niezbicie o tym, iż wyłączenia w polisie Blacka nie obejmowały przeszczepów szpiku kostnego. Wyłączono w niej wszystko inne, tak jak teraz wyłącza się wszystko łącznie ze szpikiem kostnym, więc tym sformułowaniem podłożyli się sami. Została mi już tylko jedna krótka sprawa do świadka.

— Czy ma pan egzemplarz zobowiązania, które Jackie Lemancyzk podpisała w dniu zwolnienia z pracy?

— Nie.

— Czy kiedykolwiek widział pan to zobowiązanie?

— Nie.

— Czy wyraził pan zgodę na wypłacenie jej dziesięciu tysięcy dolarów w gotówce?

— Nie. Ona kłamie.

— Kłamie?

— Tak powiedziałem.

— A co z Everettem Lufkinem? Czy on też kłamał w sprawie instrukcji postępowania z roszczeniami?

Keeley otwiera usta, aby coś powiedzieć, ale w ostatniej chwili się rozmyśla. Nieudzielenie odpowiedzi w tej sprawie będzie dla niego korzystne. Przysięgli nie mają wątpliwości, że Lufkin kłamał, więc Keeley nie może im teraz wmawiać, że nie słyszeli tego, co słyszeli. Jednocześnie nie może sobie pozwolić na przyznanie, że jeden z ważnych wiceprezesów jego firmy kłamał przed sądem.

Nie zamierzałem wcześniej zadać tego pytania. Urodziło się samo.

— Zadałem panu pytanie, panie Keeley. Czy Everett Lufkin okłamał ławę przysięgłych w kwestii instrukcji postępowania z roszczeniami?

— Myślę, że nie muszę na to odpowiadać.

— Proszę odpowiedzieć na pytanie — rzuca groźnie Kipler.

Zapada nabrzmiała oczekiwaniem cisza. Keeley wlepia we mnie wzrok, obecni na sali wstrzymują oddech. Przysięgli wpatrują się w niego i czekają. Prawda jest dla wszystkich oczywista, postanawiam więc się nad nim zlitować.

— Nie może pan odpowiedzieć, bo nie chce pan głośno przyznać, że wiceprezes pańskiej firmy kłamał przed sądem, czy tak?

— Sprzeciw.

— Podtrzymuję.

— Nie mam więcej pytań.

— Na tę chwilę rezygnuję z przesłuchania świadka — oznajmia Drummond. Zapewne chce, żeby opadł kurz bitewny, zanim strona pozwana zacznie ich przepytywać. W tej chwili zależy mu na tym, żeby wrażenie pozostawione przez Jackie Lemancyzk nieco się zatarło w pamięci przysięgłych.

▲   ▲   ▲

Kermit Aldy, wiceprezes do spraw ubezpieczeń, jest moim przedostatnim świadkiem. Jego zeznanie nie jest mi już do niczego potrzebne, ale muszę czymś wypełnić czas. Jest czternasta trzydzieści w drugim dniu procesu i bez trudu mogę się nim pobawić do końca dnia. Chcę, aby przysięgli wrócili dziś do domów z głowami pełnymi myśli o dwojgu ludziach: Jackie Lemancyzk i Donnym Rayu Blacku.

Aldy jest wystraszony i cedzi słowa. Nie chce powiedzieć więcej niż to absolutnie konieczne. Nie wiem, czy też sypiał z Jackie, ale dla mnie wszyscy pracownicy Great Benefit są w tej chwili podejrzani. Czuję, że przysięgli myślą podobnie. Rozmawiamy krótko o kwestiach ogólnych. Ubezpieczenia są tak koszmarnie nudne, że postanawiam przedstawić je przysięgłym tylko w najogólniejszych zarysach. Aldy też jest nudny i doskonale pasuje do branży. Nie chcę zanudzić przysięgłych, więc szybko z tym kończę.

A potem pora na zabawę. Wręczam mu instrukcję dla działu ubezpieczeń, którą otrzymałem na etapie przedsądowego ujawniania dowodów. Oprawiona jest w zieloną okładkę i wygląda identycznie jak instrukcja dla działu roszczeń. Ani Aldy, ani Drummond, ani nikt inny nie wie, czy dysponuję też tą drugą wersją. Tą, w której znajduje się nieszczęsny rozdział U.

Przygląda się jej, jakby nigdy wcześniej jej nie widział, ale w odpowiedzi na moje pytanie ją rozpoznaje. Wszyscy wiedzą, jakie będzie moje następne pytanie.

— Czy to jest kompletna instrukcja?

Nie śpiesząc się, powoli ją przegląda. Oczywiście wie, co wczoraj przydarzyło się Lufkinowi. Jeśli powie, że jest kompletna, a ja wyciągnę z rękawa egzemplarz od Coopera Jacksona, wyda na siebie wyrok. Jeśli przyzna, że czegoś brakuje, słono za to zapłaci. Przypuszczam, że Drummond zdecydował się jednak na to drugie.

— Zaraz, zobaczmy. Wygląda na kompletną. Chociaż nie, chwileczkę. Na końcu brak jednego rozdziału.

— Czy chodzi może o rozdział U? — pytam z niedowierzaniem.

— Tak, chyba tak.

Udaję zdumienie.

— Dlaczego, na litość boską, ktoś miałby usuwać z tej instrukcji rozdział U?

— Nie wiem.

— A wie pan, kto to zrobił?

— Nie.

— Oczywiście. A kto wybrał ten konkretny egzemplarz, żeby przekazać go mnie?

— Doprawdy nie pamiętam.

— Ale to oczywiste, że rozdział U usunięto przed przekazaniem, prawda?

— Tu go nie ma, jeśli o to pan pyta.

— Pytam o prawdę, panie Aldy. I proszę pana o pomoc. Czy rozdział U usunięto z tego egzemplarza przed przekazaniem go mnie?

— Widocznie tak.

— Czy to znaczy „tak"?

— Tak. Usunięto ten rozdział.

— Czy zgodzi się pan ze mną, że instrukcja postępowania jest kluczowym dokumentem dla pracy pańskiego wydziału?

— Oczywiście.

— Więc na pewno dobrze pan zna jej treść, czy tak?

— Tak.

— Zatem może pan bez trudu streścić przysięgłym zawartość rozdziału U, czyż nie?

— Och, nie bardzo. Dość dawno do niego nie zaglądałem.

Wciąż nie wie, czy dysponuję egzemplarzem pełnej wersji instrukcji dla działu ubezpieczeń.

— Może pan jednak spróbuje. Proszę poinformować przysięgłych, o co z grubsza chodzi w rozdziale U.

Przez chwilę się zastanawia, po czym zaczyna mówić, że rozdział dotyczy systemu rozliczeń między działem roszczeń i ubezpieczeń. Oba działy mają obowiązek nadzorować pewne roszczenia. Właściwe załatwienie zgłoszonego roszczenia wymaga sporządzenia wielu dokumentów. Aldy trochę się rozkręca i nabiera pewności siebie, a ponieważ jak dotąd nie wyciągnąłem zza pazuchy egzemplarza instrukcji z rozdziałem U, zaczyna mieć chyba nadzieję, że jednak nim nie dysponuję.

— A więc celem rozdziału U jest dopilnowanie, by każde roszczenie było właściwie załatwione?

— Tak.

Sięgam pod stół, wyciągam instrukcję i podchodzę do miejsca dla świadków.

— Zatem wyjaśnijmy to ławie przysięgłych — mówię i wręczam Aldy'emu kompletną instrukcję, a z niego wyraźnie schodzi powietrze. Drummond stara się robić dobrą minę do złej gry, ale nie bardzo mu to wychodzi.

Treść rozdziału U w instrukcji dla ubezpieczeń jest równie parszywa jak w instrukcji dla roszczeń i po godzinie gnębienia Aldy'ego czas dać mu odetchnąć. Cała machinacja z obróbką roszczeń w Great Benefit została wydobyta na światło dzienne i podana przysięgłym na tacy.

Drummond nie ma pytań do świadka. Kipler zarządza piętnastominutową przerwę, żebyśmy z Deckiem zdążyli przygotować monitory.

Naszym ostatnim świadkiem jest Donny Ray Black. Woźny sądowy przygasza światła na sali, przysięgli pochylają się do przodu, by jak najlepiej widzieć dwudziestocalowe ekrany monitorów. Zmontowaliśmy nagranie tak, by skrócić wystąpienie Donny'ego Raya do trzydziestu jeden minut. Przysięgli z napięciem wsłuchują się w każde słowo padające z ekranu.

Zamiast oglądać nagranie po raz setny, siadam obok Dot i patrzę na twarze przysięgłych. U wielu widać szczere współczucie. Dot ociera policzki wierzchem dłoni. Pod koniec nagrania mam w gardle gulę.

Ekrany ciemnieją, przez minutę panuje martwa cisza i tylko woźny rusza do wyłączników, by zapalić światła. W mroku słychać dochodzące od naszego stołu ciche pochlipywanie Dot.

Zadaliśmy im wszystkie rany, jakie można było zadać, i w tym momencie sprawę mamy wygraną. Moim zadaniem jest teraz niedopuszczenie do jej przegrania.

Światła rozbłyskują, wstaję od stołu i uroczystym głosem oznajmiam:

— Wysoki Sądzie, strona powodowa zakończyła przesłuchiwanie swoich świadków.

▲ ▲ ▲

Jeszcze długo po wyjściu przysięgłych siedzimy z Dot w pustej sali i omawiamy zeznania złożone w ciągu ostatnich dwóch dni. Dowiodły one ponad wszelką wątpliwość, że to ona miała rację, a nie oni, ale ta konstatacja nie daje jej satysfakcji. Umrze z poczuciem winy, że nie podjęła twardszej walki wtedy, gdy miało to jeszcze sens.

Mówi mi, że jest jej obojętne, co się stanie. Została pomszczona na sali sądowej i teraz chciałaby pójść do domu i już nigdy tu nie wracać. Tłumaczę jej, że to niemożliwe. Jesteśmy dopiero w połowie drogi. Ale zostało nam już tylko kilka dni.

Rozdział 46

Jestem bardzo ciekawy, jaką taktykę obierze Drummond. Jeśli spróbuje wykorzystać innych z firmy i kazać im tłumaczyć sens machinacji z roszczeniami, ryzykuje dalsze straty. Wie, że wtedy wyciągnę rozdziały U i zacznę zadawać różne nieprzyjemne pytania. Nie mogę wykluczyć, że w ich systemie tkwią jeszcze inne draństwa i jedynym sposobem na dotarcie do nich będzie przesłuchanie kolejnych świadków, tym razem strony pozwanej.

Drummond na swojej liście świadków ma osiemnaście nazwisk i nie wiem, od kogo może zacząć. Podczas prezentacji naszego stanowiska miałem ten luksus, że z góry wiedziałem, co się będzie działo, kto będzie zeznawał i jaki dokument zostanie ujawniony. Teraz sytuacja diametralnie się zmienia. Muszę reagować, i to błyskawicznie.

Późnym wieczorem dzwonię do Maxa Leuberga i relacjonuję mu wydarzenia pierwszych dwóch dni. Dzieli się ze mną kilkoma uwagami i radami na temat możliwego dalszego przebiegu procesu. Ta sprawa wyraźnie go pasjonuje i mówi, że być może wsiądzie do samolotu i przyleci.

547

Snuję się po piętrach do trzeciej nad ranem, rozmawiam ze sobą na głos i wyobrażam sobie, co Drummond może teraz zrobić.

⋏ ⋏ ⋏

Gdy następnego dnia o ósmej trzydzieści zjawiam się w sądzie, na miejscach dla publiczności z przyjemnością dostrzegam Coopera Jacksona. Przedstawia mi jeszcze dwóch adwokatów, obu z Raleigh w Karolinie Północnej. Wszyscy trzej przylecieli do Memphis, żeby przyglądać się procesowi. Pytają, jak mi idzie, a ja przekazuję im ostrożną relację z dotychczasowego przebiegu. Okazuje się, że jeden z nich siedział na sali w poniedziałek i był świadkiem dramatycznych wydarzeń wokół rozdziału U. We trzech zebrali już około dwudziestu skarg. Ogłaszają się w prasie i innych mediach i zgłasza się do nich coraz więcej poszkodowanych. Mają zamiar wkrótce wystąpić do sądu.

Cooper podaje mi gazetę i pyta, czy czytałem. To wczorajszy „Wall Street Journal" i na pierwszej stronie znajduje się duży artykuł o Great Benefit. Odpowiadam, że od tygodnia nie miałem w ręku gazety w ręce i nawet nie wiem, który dziś jest. Mówią, że dobrze to znają.

Szybko przebiegam wzrokiem treść artykułu. Chodzi w nim głównie o rosnącą liczbę skarg na działalność Great Benefit i tendencję tej firmy do odrzucania roszczeń. W wielu stanach prowadzone są w tych sprawach oddzielne śledztwa i szykuje się dużo procesów. W ostatnim akapicie jest mowa o tym, że wszyscy z zainteresowaniem obserwują niewielki proces przed sądem w Memphis, ponieważ może w nim zapaść pierwszy poważny werdykt przeciwko firmie.

Idę do gabinetu Kiplera i pokazuję mu artykuł, ale nie robi na nim wrażenia. Spyta tylko sędziów przysięgłych, czy ktoś z nich go czytał. Zostali uprzedzeni, że nie wolno im czytać gazet. Zresztą obaj mamy poważne wątpliwości, czy członkowie naszej ławy przysięgłych w ogóle czytują „Journal".

⋏ ⋏ ⋏

Drummond jako pierwszego wzywa na świadka André Weeksa, zastępcę szefa Komisji Nadzoru Ubezpieczeń w stanie Tennessee. Jest wysokiej rangi biurokratą w Departamencie Ubezpieczeń i już występował w sądzie jako świadek Drummonda. Ma za zadanie wyrazić jednoznaczne poparcie władz administracyjnych dla stanowiska pozwanego.

Jest przystojnym, ubranym w elegancki garnitur mężczyzną koło czterdziestki, często się uśmiecha i ma jasną szczerą twarz. Dla strony pozwanej ma jeszcze jedną wielką zaletę: nie pracuje w Great Benefit. Drummond zadaje mu mnóstwo banalnych pytań o statutowe obowiązki jego komisji, próbując stworzyć wrażenie, że ludzie z komisji trzymają całą branżę ubezpieczeniową za gardło i stoją nad nią z batem w ręku. A skoro firma Great Benefit ma w tym stanie dobrą renomę, świadczy to niezbicie, że robi wszystko jak należy, bo inaczej André i jego stado brytanów już dawno by ją zagryźli.

Drummond potrzebuje czasu. Musi zebrać całą masę tego rodzaju opinii, by zarzucić nimi ławę przysięgłych w nadziei, że pod ich nawałem przysięgli zapomną o szwindlach, o których usłyszeli podczas pierwszych dwóch dni rozprawy. Dlatego wszystko robi powoli. Powoli się rusza, powoli mówi, gestykuluje powoli jak starzejący się profesor. I jest w tym bardzo dobry. W innych okolicznościach mógłby być śmiertelnie niebezpieczny.

Wręcza Weeksowi polisę Blacka i przez następne pół godziny pozwala opowiadać przysięgłym o tym, jak treść polisy — każdej polisy — musi uzyskać akceptację Departamentu Ubezpieczeń. Słowo „akceptacja" jest za każdym razem wymawiane z naciskiem.

Ponieważ nie muszę stać, mogę poświęcić więcej czasu na rozglądanie się po sali. Przyglądam się przysięgłym i z kilkoma utrzymuję kontakt wzrokowy. Ci są na pewno po mojej stronie. Na miejscach dla publiczności widzę kilku młodych mężczyzn w garniturach, których nigdy wcześniej nie widziałem. Cooper Jackson i jego dwaj znajomi siedzą w ostatnim rzędzie, koło drzwi. W sumie na sali jest mniej niż piętnaście osób. Komu w ogóle chce się przychodzić na sprawy cywilne?

Po półtoragodzinnej nużąco szczegółowej prezentacji zawiłości stanowych przepisów ubezpieczeniowych przysięgli zaczynają wymykać się z sali. Drummondowi to nie przeszkadza. Robi wszystko, aby przeciągnąć proces na następny tydzień. Wreszcie przekazuje mi świadka tuż przed jedenastą, zajmując swoim przesłuchaniem niemal całe przedpołudnie. Sędzia ogłasza piętnastominutową przerwę, po której nadejdzie moja kolej na strzelanie po omacku.

Weeks informuje, że w całym stanie działa obecnie ponad sześćset firm ubezpieczeniowych, że w jego biurze pracuje tylko czterdzieści jeden osób i że tylko osiemnaście z nich zajmuje się weryfikacją polis. Niechętnie przyznaje, że każda z sześciuset firm stosuje co najmniej dziesięć typów polis, zatem jego wydział ma do zweryfikowania co najmniej sześć tysięcy różnych polis. Przyznaje też, że zawartość polis podlega ciągłym modyfikacjom i aktualizacjom.

Przez chwilę żonglujemy liczbami, aż wreszcie mogę głośno wyrazić opinię, iż żadna jednostka administracyjna nie jest w stanie monitorować całego oceanu drobnego druku, w jakim pływa branża ubezpieczeniowa. Wręczam mu polisę Blacka, a on stwierdza, że ją czytał, ale dopiero w czasie przygotowań do procesu. Zadaję mu pytanie o tygodniowe zasiłki dla ofiar wypadków, które nie korzystają z hospitalizacji. Polisa nagle zaczyna mu ciążyć i Weeks nerwowo przewraca kartki w nadziei, że znajdzie odpowiedź i mnie nią zastrzeli. Nic z tego. Nie przestaje sapać, marszczyć się i stękać, aż wreszcie oświadcza, że już wie. Jego odpowiedź jest mniej więcej prawidłowa, więc daję spokój i pytam o sposób zmiany beneficjenta w ramach jednej polisy. Jest mi go prawie żal. Bardzo długo szuka w polisie odpowiedniej klauzuli i wszyscy cierpliwie czekają. Przysięgli zaczynają chichotać, Kipler krzywo się uśmiecha, Drummond aż się skręca, ale nic nie może zrobić.

Weeks wreszcie odpowiada, ale to, co mówi, nie ma znaczenia. Osiągnąłem cel. Rozkładam na stole dwie instrukcje w zielonych okładkach, jakbym miał zamiar jeszcze raz je wałkować, tym razem z Weeksem. Wszyscy mnie obserwują. Biorę jedną z instrukcji i pytam, czy od czasu do czasu sprawdza wewnętrzne uregulowania w kwestii załatwiania roszczeń w firmach ubezpieczeniowych, które z takim poświęceniem nadzoruje. Ma ochotę odpowiedzieć twierdząco, ale najwyraźniej słyszał już o nieszczęsnym rozdziale U. Zaprzecza więc, a ja kwituję to odpowiednio zdumioną miną. Smagam go jeszcze paroma sarkastycznymi uwagami i odpuszczam. Szkody zostały poczynione i odnotowane.

Pytam go, czy mu wiadomo, iż Komisja Nadzoru Ubezpieczeń na Florydzie prowadzi śledztwo w sprawie Great Benefit. Nic mu o tym nie wiadomo. A w Karolinie Południowej? Nie, o tym też nie słyszał. A w Karolinie Północnej? Chyba coś mu się obiło o uszy, ale nie zna szczegółów. W Kentucky? W Georgii? Nie, i chce wyraźnie podkreślić, że nie obchodzi go, co robią w innych stanach. Uprzejmie mu dziękuję za to stwierdzenie.

⋏ ⋏ ⋏

Następnym świadkiem Drummonda jest inna osoba niezatrudniona w Great Benefit. Nazywa się Payton Reisky i chlubi się szumnym tytułem dyrektora wykonawczego Krajowego Stowarzyszenia Ubezpieczycieli. Ma wygląd i maniery kogoś niezwykle ważnego. Szybko się dowiadujemy, że jego organizacja jest ciałem politycznym z siedzibą w Waszyngtonie i została powołana do życia przez firmy ubezpieczeniowe, by prezentowała ich stanowiska na Kapitolu. Niewątpliwie są bandą lobbystów z pozłacanym budżetem, którzy — jak słyszymy — robią niesłychanie dużo dobrego dla promowania uczciwych praktyk ubezpieczeniowych.

Ten krótki wstęp ciągnie się w nieskończoność. Zaczyna się o wpół do drugiej, a o drugiej wszyscy zaczynamy wierzyć, że KSU jest o krok od zbawienia ludzkości. Po prostu wspaniali ludzie!

Reisky od trzydziestu lat jest związany z branżą ubezpieczeniową i przez kolejne minuty słuchamy o jego przebogatym doświadczeniu w tym zakresie. Drummond chce, żeby sąd zakwalifikował Reisky'ego jako eksperta od praktyk i procedur obowiązujących przy rozpatrywaniu roszczeń ubezpieczeniowych. Nie zgłaszam sprzeciwu. Czytałem protokół z jego zeznań w innym procesie i myślę, że sobie z nim poradzę. Musiałby być geniuszem, żeby przekonująco uzasadnić treść rozdziału U.

Praktycznie bez pytań pomocniczych przeprowadza nas przez właściwą procedurę rozpatrywania roszczeń. Słuchając go, Drummond ponuro kiwa głową, jakby jego słowa były miażdżące dla argumentów strony powodowej. No i proszę! Okazuje się, że Great Benefit postępowała ściśle zgodnie z regułami. Być może popełniono kilka drobnych uchybień, no, ale to w końcu wielka firma i wpływa do niej ogromna liczba roszczeń. Ale nie miały miejsca żadne rażące odstępstwa od zasad.

Z wypowiedzi Reisky'ego wynika, że firma Great Benefit miała prawo odmówić uznania tego roszczenia z uwagi na jego wysokość. Z całą powagą tłumaczy przysięgłym, że nie można oczekiwać, żeby ubezpieczenie za osiemnaście dolarów tygodniowo pokrywało koszt przeszczepu za dwieście tysięcy. Zadaniem tego rodzaju polisy debetowej jest ubezpieczenie na poziomie podstawowym, bez żadnych fajerwerków i wodotrysków.

Drummond sam porusza temat instrukcji i brakujących rozdziałów. Zdaniem Reisky'ego to niefortunne niedopatrzenie, ale nic szczególnie ważnego. Instrukcje tego typu podlegają ciągłym modyfikacjom, są wycofywane i na ich miejsce pojawiają się nowe, a ich treść jest zwykle ignorowana przez doświadczonych likwidatorów szkód, którzy i bez tego wiedzą, co mają robić. Ale skoro zrobiono wokół tego taki szum, to proszę, porozmawiajmy. Ochoczo bierze do ręki egzemplarze instrukcji i szczegółowo wyjaśnia przysięgłym sens poszczególnych zapisów. Wszystko jest wyłożone kawa na ławę. I wszystko działa bez zarzutu!

Przechodzą od instrukcji do liczb. Drummond pyta świadka, czy miał okazję zapoznać się z danymi dotyczącymi liczby polis, roszczeń i odmów. Reisky kiwa z powagą głową i bierze wydruk od Drummonda.

Istotnie w roku 1991 Great Benefit zanotowała dużą liczbę odmów uznania roszczeń, ale mogły zaistnieć szczególne tego przyczyny. Takie rzeczy zdarzają się w branży ubezpieczeniowej. A poza tym nie można w pełni ufać danym liczbowym. Jeśli spojrzeć na minione dziesięć lat, średnia odmów uznania roszczeń w Great Benefit wyniosła nieco poniżej dwunastu procent, a to z pewnością mieści się w średniej dla całej branży. Z ust Reisky'ego padają kolejne liczby i wkrótce wszyscy mamy mętlik w głowach, i o to właśnie chodzi Drummondowi.

Reisky opuszcza miejsce dla świadków i zaczyna wymachiwać wielobarwnymi wykresami i tabelami. Przemawia do przysięgłych jak zawodowy prelegent i zaczynam się zastanawiać, jak często to robi. Wszystkie przytaczane przez niego dane mieszczą się w granicach średnich wartości dla całej branży.

Kipler lituje się nad nami i o piętnastej trzydzieści ogłasza przerwę. Dołączam na korytarzu do Coopera Jacksona i jego kolegów. Wszyscy mają duże doświadczenie procesowe i chętnie dzielą się ze mną uwagami. Dochodzimy do wniosku, że Drummond gra na czas i chce dociągnąć do weekendu.

Do końca popołudniowej sesji nie odzywam się ani słowem. Reisky zeznaje do późnych godzin i kończy lawiną słów pod adresem przysięgłych, jak wszystko zostało uczciwie załatwione. Sądząc po minach, przysięgli są szczęśliwi, że facet wreszcie skończył, ja zaś jestem wdzięczny za kilka dodatkowych godzin na przygotowanie się do przesłuchania tego świadka.

⋏ ⋏ ⋏

Deck i ja zjadamy sutą kolację z Cooperem Jacksonem i jego dwoma kolegami w starej włoskiej restauracji o nazwie U Grisantiego. Zażywny właściciel, John Grisanti, sadza nas w oddzielnej salce zwanej Lożą Prasową, serwuje przepyszne wino, którego nie zamawialiśmy, i mówi nam, co dokładnie powinniśmy zamówić do jedzenia. Wino wpływa rozluźniająco i po raz pierwszy od wielu dni niemal się odprężam. Może nawet uda mi się dzisiaj zasnąć.

Rachunek opiewa na ponad czterysta dolarów i Cooper Jackson bez wahania go płaci. I chwała Bogu. Być może kancelaria prawnicza Rudy'ego Baylora może liczyć na duże pieniądze, ale na razie jest kompletnie spłukana.

Rozdział 47

W słoneczny czwartkowy poranek, zaraz po zajęciu przez Paytona Reisky'ego miejsca dla świadków, wręczam mu „głupi list" i proszę o odczytanie.

— Panie Reisky, czy według pańskiej światłej opinii eksperta można ten list uznać za przykład uczciwej i uzasadnionej reakcji ze strony firmy Great Benefit? — pytam.

Reisky'ego przygotowano, więc odpowiada bez namysłu:

— Oczywiście, że nie. To paskudny list.

— Szokujący, nieprawdaż?

— Zdecydowanie. Ale rozumiem, że autor tego listu już w firmie nie pracuje.

— Kto to panu powiedział? — W moim głosie słychać podejrzliwość.

— Nie jestem pewny. Pewnie ktoś z firmy.

— Czy ów tajemniczy ktoś powiedział też panu, dlaczego także Krokit już tam nie pracuje?

— Nie wiem. Może chodziło właśnie o ten list?

— Może? Jest pan tego pewny czy tylko się pan domyśla?

— Nie jestem pewny.

— Dziękuję. Czy ten ktoś powiedział panu, że Krokit odszedł z firmy dwa dni przed tym, kiedy miał składać wyjaśnienia w sprawie?

— Chyba nie.

— Ale nie wie pan, dlaczego odszedł, czy tak?

— Nie wiem.

— Doskonale. Bo pomyślałem, że może próbuje pan wmówić przysięgłym, że powodem jego odejścia było napisanie tego listu. Ale tak nie jest, prawda?

— Nie.

— Dziękuję panu.

Wczoraj przy winie ustaliliśmy, że przeczołganie Reisky'ego w sprawie instrukcji byłoby błędem. Mieliśmy kilka powodów, aby tak uważać. Po pierwsze, przysięgli już o tym wszystkim wiedzą. Po drugie, sprawa została przedstawiona skutecznie i bardzo spektakularnie, bo przyłapaliśmy Lufkina na bezczelnym kłamstwie. Po trzecie, Reisky jest wygadany i trudno będzie go przyszpilić. Po czwarte, miał czas się przygotować i na pewno lepiej sobie poradzi z obroną instrukcji. Po piąte, skorzysta z okazji i zrobi przysięgłym jeszcze większy mętlik w głowach. A co najważniejsze, zajmie nam to mnóstwo czasu. Spieranie się z Reiskym w sprawie instrukcji i danych statystycznych może potrwać cały dzień. Straciłbym mnóstwo czasu i nie posunął się ani o krok.

— Kto wypłaca panu pensję, panie Reisky?

— Mój pracodawca, Krajowe Stowarzyszenie Ubezpieczycieli.

— A kto finansuje KSU?

— Branża ubezpieczeniowa.

— Czy firma Great Benefit też w tym uczestniczy?

— Tak.

— I ile wynosi jej udział?

Reisky spogląda na Drummonda, który natychmiast zrywa się na nogi.

— Sprzeciw, Wysoki Sądzie. To nie ma związku ze sprawą.

— Oddalam. Myślę, że ma to ścisły związek.

556

— Ile, panie Reisky? — powtarzam.

Najwyraźniej nie chce powiedzieć i robi taką minę, jakby zbierało mu się na mdłości.

— Dziesięć tysięcy dolarów rocznie.

— A zatem płacą wam więcej, niż zapłacili Donny'emu Rayowi Blackowi.

— Sprzeciw!

— Podtrzymuję.

— Przepraszam, Wysoki Sądzie. Wycofuję tę uwagę.

— Wnioskuję o wykreślenie tego z protokołu — mówi poirytowany Drummond.

— Przychylam się.

Odczekuję chwilę, aby emocje nieco opadły.

— Przepraszam pana, panie Reisky — mówię ze szczerze zatroskaną miną. — Czy wszystkie wasze fundusze pochodzą od firm ubezpieczeniowych?

— Nie mamy innych źródeł finansowania.

— Ile firm ubezpieczeniowych składa się na budżet KSU?

— Dwieście dwadzieścia.

— I ile wyniósł całkowity budżet za ubiegły rok?

— Sześć milionów dolarów.

— Wykorzystujecie te pieniądze na lobbing?

— Tak, lobbing jest jedną z form naszej działalności.

— Czy za zeznawanie na tym procesie otrzymuje pan dodatkowe wynagrodzenie?

— Nie.

— To dlaczego pan tu jest?

— Ponieważ Great Benefit zwróciło się do mnie z prośbą o złożenie zeznań.

Odwracam się bardzo powoli i wskazuję Dot Black.

— Panie Reisky, czy może pan popatrzyć na panią Black, spojrzeć jej prosto w oczy i stwierdzić, że roszczenie z polisy jej syna zostało przez Great Benefit załatwione w sposób właściwy i uczciwy?

557

Przyglądanie się Dot trwa parę sekund, ale Reisky nie ma wyjścia. Kiwa głową i oznajmia z dużą pewnością siebie:

— Tak, zdecydowanie.

Oczywiście zaplanowałem to i tym dramatycznym akcentem chciałem zakończyć przesłuchanie Reisky'ego, natomiast nie przewidziałem efektu komicznego. Przysięgła numer trzy, pani Beverdee Hardaway, pięćdziesięciojednoletnia, zażywna, czarna niewiasta, która siedzi w środku pierwszego rzędu, w reakcji na absurdalną odpowiedź Reisky'ego parska śmiechem. Jej reakcja jest spontaniczna i głośne parsknięcie kończy się równie nagle, jak się zaczęło. Zakrywa usta, zgrzyta zębami i w popłochu patrzy na innych, sprawdzając ich reakcję. Mimo to wciąż lekko podryguje w paroksyzmie śmiechu.

Ku zawstydzeniu pani Hardaway i naszej radości jej śmiech okazuje się zaraźliwy. Siedzący tuż za nią pan Ranson Pelk zaczyna chichotać, to samo robi pani Ella Faye Salter, która siedzi obok pani Hardaway. W ciągu paru sekund śmiech rozchodzi się po całej ławie przysięgłych. Kilkoro przysięgłych spogląda na panią Hardaway jako na źródło całego zamieszania, inni patrzą wprost na Reisky'ego i rozbawieni kręcą głowami.

Reisky oczywiście zakłada, że śmieją się z niego. Opuszcza głowę i tępo wpatruje się w podłogę. Drummond postanawia to zignorować, ale musi go to bardzo boleć. W jego drużynie młodych orłów nie widać ani jednej twarzy, ponieważ wszyscy mają opuszczone głowy i pilnie wczytują się w rozłożone przed nimi papiery. Aldy i Underhall z zainteresowaniem oglądają swoje skarpetki.

Widać, że Kipler też by się chętnie rozśmiał. Przez chwilę nie przeszkadza w ogólnej wesołości i dopiero gdy śmiechy zaczynają zamierać, wali sędziowskim młotkiem, jakby chciał w ten sposób oficjalnie podkreślić, że przysięgli wyśmiali słowa Paytona Reisky'ego.

Wszystko odbywa się bardzo szybko. Idiotyczna odpowiedź, wybuch śmiechu, zasłanianie ust, chichoty i śmiechy, kręcenie z niedowierzaniem głowami — wszystko trwa zaledwie parę sekund. Mimo to u części przysięgłych wyczuwam coś na kształt ulgi. Chcieli parsknąć śmiechem, wyrazić niedowierzanie i w ten sposób choćby przez chwilę dać odczuć Reisky'emu i Great Benefit, co myślą o tym wszystkim.

Trwa to krótko, ale jest warte wszystkich pieniędzy. Uśmiecham się do przysięgłych, oni uśmiechają się do mnie. Wierzą we wszystko, co mówią moi świadkowie, i w nic, co słyszą od świadków Drummonda.

— To wszystko, Wysoki Sądzie — mówię ze wstrętem, jakbym miał dosyć słuchania tego kłamliwego łajdaka.

To wprawia Drummonda w zdumienie. Najwyraźniej był przekonany, że spędzę resztę dnia na gnębieniu Reisky'ego pytaniami o instrukcje i dane statystyczne. Przekłada papiery, szepcze coś do Price'a, po czym wstaje i oznajmia:

— Naszym następnym świadkiem jest Richard Pellrod.

Pellrod jest starszym inspektorem do spraw roszczeń w dziale Jackie Lemancyzk. Podczas wstępnego przesłuchania okazał się wrednym i agresywnym świadkiem, więc wezwanie go na świadka przez moich oponentów nie jest dla mnie zaskoczeniem. Muszą coś zrobić, żeby unurzać Jackie w błocie, a Pellrod był jej bezpośrednim zwierzchnikiem.

Jest średniego wzrostu, ma czterdzieści sześć lat, pokaźny piwny brzuch, przerzedzoną czuprynę, pospolite rysy, plamy wątrobiane i okropne okulary. W jego wyglądzie nie ma nic atrakcyjnego i biedaczysko nawet nie stara się temu zaradzić. Jeśli powie, że Lemancyzk była dziwką nastającą również na niego, założę się, że przysięgli znów parskną śmiechem.

Pellrod ma wybuchowy charakter, jakiego można się spodziewać po kimś, kto od dwudziestu lat grzebie się w roszczeniach. Jest tylko ciut sympatyczniejszy od typowego windykatora długów i nie potrafi wykrzesać z siebie odrobiny ciepła ani wzbudzić choćby śladowego zaufania przysięgłych. Jest korporacyjnym szczurem niskiej rangi, który pewnie od początku świata siedzi w jednej i tej samej biurowej klatce.

I to ma być ich najlepszy świadek! Nie mogą znowu wezwać Lufkina ani Aldy'ego, ani Keeleya, bo wszyscy utracili wiarygodność w oczach przysięgłych. Na liście świadków Drummonda jest jeszcze pół tuzina nazwisk ludzi z firmy, ale wątpię, żeby wezwał ich wszystkich do składania zeznań. Bo cóż mogliby powiedzieć? Że tych instrukcji nie było? Że ich pracodawca nie kłamie i nie ukrywa dokumentów?

Pytania Drummonda i odpowiedzi Pellroda ciekną przez pół godziny według dobrze przećwiczonego scenariusza i opowiadają o niezmordowanej pracy personelu działu roszczeń i heroicznych wysiłkach pracowników firmy, by sprawiedliwie traktować wszystkich ubezpieczonych. Przysięgli ziewają.

W końcu sędzia Kipler nie wytrzymuje i postanawia interweniować. Przerywa ten spektakl samochwalstwa i mówi:

— Panie mecenasie, czy moglibyśmy to trochę przyśpieszyć?

Drummond wygląda na zaszokowanego i boleśnie zranionego tymi słowami.

— Ależ, Wysoki Sądzie, mam przecież prawo dokładnie przesłuchać świadka.

— Oczywiście, że tak. Tyle że większość z tego, co mówi świadek, jest już przysięgłym znana. Powtarzacie się.

Drummond ma taką minę, jakby nie wierzył własnym uszom. Robi wielkie oczy i dość nieprzekonująco udaje, że jego zdaniem sędzia się go czepia.

— Nie przypominam sobie, żeby sąd popędzał pełnomocnika powódki — burczy.

Nie powinien tego mówić. Chce sztucznie przeciągnąć scysję, ale z tym sędzią to nie przejdzie.

— To dlatego, że mecenas Baylor nie usypiał przysięgłych, mecenasie Drummond. Proszę kontynuować.

Wcześniejsze zachowanie pani Hardaway i wywołana przez nią ogólna wesołość wyraźnie rozluźniła nastrój w ławie przysięgłych. Przysięgli reagują żywiej, jakby czekali na okazję, żeby jeszcze raz zabawić się kosztem strony pozwanej.

Drummond wpatruje się w Kiplera takim wzrokiem, jakby mówił: „Jeszcze o tym porozmawiamy i wyjaśnimy sobie parę rzeczy", po czym przenosi spojrzenie na Pellroda, który siedzi z wpółprzymkniętymi oczami i głową przekrzywioną na bok. Popełniono pewne błędy, przyznaje w ramach żałosnej próby okazania niby-skruchy, ale nic poważnego. No i — słuchajcie, słuchajcie! — większość tych błędów należy przypisać Jackie Lemancyzk, młodej kobiecie z problemami.

Wracają na chwilę do roszczenia Blacka i Pellrod omawia kilka związanych z nim dokumentów, które nie stawiają firmy w aż tak złym świetle. Nie wspomina ani słowem o odmowach uznania roszczenia, rozwodzi się natomiast długo nad różnymi papierkami, które nie mają istotnego znaczenia dla sprawy.

— Mecenasie Drummond, prosiłem o przyśpieszenie przesłuchania świadka — wtrąca stanowczo Kipler. — Wszystkie te dokumenty są do dyspozycji przysięgłych i o wszystkim była już mowa we wcześniejszych zeznaniach. Proszę się streszczać.

Drummond i tym razem wygląda na boleśnie zranionego tą uwagą. Jest szykanowany przez stronniczego sędziego, który się go czepia, i potrzebuje chwili, żeby dojść do siebie. Jego aktorstwo nie jest jednak najwyższej klasy.

Strona pozwana postanawia zmienić strategię w sprawie instrukcji postępowania z roszczeniami. Pellrod oświadcza, że są to tylko broszurki informacyjne — ani więcej, ani mniej — i sam od lat do nich nie zaglądał. Zresztą tak często ją zmieniają, że doświadczeni pracownicy firm ubezpieczeniowych po prostu je ignorują. Drummond pokazuje mu rozdział U i skurwiel oświadcza, że nigdy go wcześniej nie widział. I że nie ma dla niego żadnego znaczenia. Podobnie jak dla wielu pracowników, których zna i nadzoruje. Nie zna nikogo, kto przejmowałby się treścią instrukcji.

Więc jak w praktyce załatwia się roszczenia? Pellrod zaczyna wyjaśniać. Odpowiadając na pytania Drummonda, omawia hipotetyczne roszczenie i przeprowadza nas przez kolejne etapy. Krok po kroku, formularz po formularzu, notatka służbowa po notatce.

Cały czas mówi jednostajnym tonem w granicach jednej oktawy i zanudza przysięgłych na śmierć. Lester Days, przysięgły numer osiem w tylnym rzędzie, zapada w drzemkę, wielu ziewa i z trudem utrzymuje opadające powieki.

Zostaje to odnotowane.

Jeśli nawet Pellrod jest zdegustowany niemożnością dotarcia do przysięgłych, nie okazuje tego. Tembr jego głosu nie ulega zmianie, zachowanie również. Kończy kilkoma rewelacjami o Jackie Lemancyzk. Wszyscy w biurze wiedzieli, że pije, bo często przychodziła do pracy, cuchnąc alkoholem. Jej nieobecności znacznie przekraczały średnią innych pracowników działu. Stawała się coraz bardziej nieodpowiedzialna i rozstanie się z nią było nieuniknione. No i jeszcze te jej seksualne ekscesy!

Pellrod i Great Benefit muszą w tej sprawie zachować ostrożność, bo wiadomo, że jej zwolnienie będzie przedmiotem innego procesu przed innym sądem i wszystko, co dziś w tej sprawie zostanie zaprotokołowane, będzie użyte później. I dlatego zamiast robić z niej dziwkę, która pchała się wszystkim do łóżka, Drummond sprytnie przenosi sprawę jej zachowania w wyższe rejestry.

— W tej sprawie nie mogę nic powiedzieć — oświadcza Pellrod i zdobywa mały punkt.

Mijają kolejne minuty i jest już niemal południe, gdy Drummond wreszcie przekazuje mi świadka. Kipler chce ogłosić przerwę na lunch, ale zapewniam go, że moje przesłuchanie nie potrwa długo. Niechętnie się godzi i kontynuujemy.

Zaczynam od wręczenia Pellrodowi listu z odmową do Dot Black, który podpisał. Była to czwarta z kolei odmowa, w której powołano się na to, że białaczka Donny'ego Raya miała związek z jego wcześniejszą chorobą, do której się nie przyznał. Każę mu odczytać i przyznać, że to podpisał. Pozwalam mu na próbę wyjaśnienia, dlaczego wysłał ten list, ale oczywiście nie da się tego wytłumaczyć. List to sprawa między Pellrodem a Dot Black i był przeznaczony tylko dla jej oczu, a już na pewno nie dla uszu przysięgłych na sali rozpraw.

Mówi o formularzu omyłkowo użytym przez Jackie Lemancyzk, o nieporozumieniu z Krokitem i tłumaczy, że właściwie wszystko sprowadzało się do niedopatrzenia i błędu. Jest mu z tego powodu ogromnie przykro.

— Trochę późno na przeprosiny, nie sądzi pan? — pytam.

— Pewnie tak.

— Gdy wysyłał pan ten list, czy wiedział pan, że będą jeszcze cztery inne listy z odmową?

— Nie wiedziałem.

— A więc w pańskim mniemaniu była to ostateczna odmowa, która kończyła całą sprawę z roszczeniem pani Black, czy tak? W liście znajduje się sformułowanie „ostateczna odmowa".

— Chyba tak.

— Co było przyczyną śmierci Donny'ego Raya Blacka?

— Białaczka — odpowiada Pellrod i wzrusza ramionami.

— A jaki stan zdrowia ubezpieczonego był przyczyną wystąpienia z roszczeniem?

— Białaczka.

— Na jaką wcześniejszą chorobę ubezpieczonego powołuje się pan w swoim liście?

— Na grypę.

— I kiedy ubezpieczony chorował na tę grypę?

— Nie jestem pewny.

— Jeśli pan sobie życzy, mogę sięgnąć po dokumentację i wspólnie ją przejrzymy.

— Nie, nie trzeba. — Wszystko, byle bym się trzymał z daleka od dokumentacji. — Miał chyba piętnaście czy szesnaście lat.

— Zachorował na grypę w wieku piętnastu czy szesnastu lat i we wniosku o zawarcie ubezpieczenia nie ma o tym ani słowa.

— Zgadza się.

— Czy w pańskiej bogatej praktyce w zakresie roszczeń, panie Pellrod, zetknął się pan kiedyś z przypadkiem, żeby zachorowanie na grypę doprowadziło pięć lat później do zapadnięcia na ostrą białaczkę?

Oczywiście istnieje tylko jedna odpowiedź, ale on nie może jej udzielić.

— Chyba nie, nie sądzę.

— Czy to znaczy „nie"?

— Tak, to znaczy nie.

— Zatem grypa nie miała nic wspólnego z późniejszą białaczką, czy tak?

— Nie miała.

— A więc w swoim liście pan skłamał.

Oczywiście, że skłamał wtedy i będzie kłamał teraz. I przysięgli będą mieli tego świadomość. To pułapka, ale Drummond miał czas nad nim popracować.

— Treść tego listu była błędem — stwierdza Pellrod.

— Błędem czy kłamstwem?

— Błędem.

— Błędem, który pomógł zabić Donny'ego Raya Blacka?

— Sprzeciw! — wrzeszczy Drummond ze swojego miejsca.

Kipler zastanawia się przez sekundę. Spodziewałem się sprzeciwu i oczekuję, że zostanie podtrzymany. Jednak Wysoki Sąd jest innego zdania.

— Oddalam. Proszę odpowiedzieć na pytanie.

— Pragnę zgłosić generalny sprzeciw przeciwko takiej linii rozumowania — mówi ze złością Drummond.

— Sprzeciw odnotowany. Proszę odpowiedzieć na pytanie, panie Pellrod.

— List był błędem. Tylko tyle mogę powiedzieć.

— Nie kłamstwem?

— Nie.

— A pańskie zeznania przed tą ławą przysięgłych? Czy też jest w nich pełno kłamstw lub błędów?

— Nie ma żadnych.

Odwracam się i wskazuję Dot Black, po czym przenoszę wzrok na świadka.

— Panie Pellrod, czy może pan jako starszy inspektor do spraw roszczeń spojrzeć pani Black prosto w oczy i powiedzieć, że roszczenie jej syna zostało w pańskim dziale załatwione uczciwie? Czy może pan to zrobić?

Marszczy się, krzywi twarz, wierci się na krześle i szuka u Drummonda wskazówek, jak ma postąpić. Odchrząkuje i próbuje robić nadąsaną minę.

— Sądzę, że nie muszę.

— Dziękuję. Nie mam więcej pytań.

Całe przesłuchanie trwało niecałe pięć minut i przy stole Drummonda następuje poruszenie. Wszyscy byli przekonani, że na Reisky'ego strawię cały dzień, a jutro będę męczył Pellroda. Ale mnie szkoda czasu na tych błaznów. Czekam już tylko, żeby przemówić do przysięgłych.

Kipler ogłasza dwugodzinną przerwę na lunch. Odciągam Leo na bok i wręczam mu listę sześciu dodatkowych świadków.

— A to co znowu, u diabła? — krzywi się.

— Sześciu lekarzy. Wszyscy są stąd, wszyscy są onkologami i wszyscy są gotowi zeznawać, jeśli dopuści pan do zeznań swojego konowała. — Walter Kord jest wściekły na Drummonda za jego strategię prezentowania przeszczepu szpiku kostnego jako zabiegu eksperymentalnego i wymusił na wspólnikach i kolegach gotowość do stanięcia przed sądem.

— To nie żaden konował.

— Sam pan wie, że konował. Jakiś dureń z Nowego Jorku czy niewiadomo skąd. A ja mam sześciu miejscowych chłopaków. Więc niech go pan wezwie. Może być zabawnie.

— Tych świadków nie ma na liście. To postępowanie niezgodne z zasadami.

— To moi świadkowie w ramach repliki. Niech pan idzie na skargę do sędziego.

Zostawiam go wpatrzonego w listę nazwisk i odchodzę.

⋏ ⋏ ⋏

Po lunchu, ale jeszcze przed wznowieniem sesji, rozmawiam obok naszego stołu z doktorem Walterem Kordem i jego dwoma wspólnikami. W pierwszym rzędzie za stołem strony pozwanej siedzi samotnie doktor Milton Jiffy, konował Drummonda. Pełnomocnicy pozwanego sposobią się do rozpoczęcia popołudniowej sesji, a ja przywołuję Drummonda i przedstawiam go wspólnikom Korda. To dość niezręczna sytuacja. Drummond jest wyraźnie poirytowany ich obecnością na sali. Wszyscy trzej zajmują miejsca w pierwszym rzędzie za moim stołem. Pięciu fagasom z Trent i Brent nie zostało nic innego, jak się gapić.

Przysięgli zostają wprowadzeni i Drummond wzywa na świadka Jacka Underhalla. Świadek zostaje zaprzysiężony, siada i uśmiecha się głupkowato do przysięgłych. Wszyscy mają go na oku od trzech dni i nie pojmuję, jak i dlaczego Drummond wyobraża sobie, że może z niego zrobić wiarygodnego świadka.

Ale szybko staje się jasne, jaki ma plan. Chodzi o Jackie Lemancyzk. Skłamała w sprawie dziesięciu tysięcy dolarów w gotówce. Skłamała, że podpisała jakieś zobowiązanie, bo takie zobowiązanie nie istnieje. Kłamała co do machinacji z roszczeniami. Kłamała, że uprawiała seks ze swoimi szefami. Skłamała nawet, że firma odmówiła uznania jej roszczeń medycznych. Underhall zaczyna mówić pełnym współczucia tonem, który szybko przemienia się w ostrą i mściwą tyradę. Nie da się mówić o tych wszystkich okropieństwach ze współczującym uśmiechem, ale on sprawia wrażenie, że zależy mu na odsądzeniu jej od czci i wiary.

To odważny i ryzykowny manewr. To, że ten korporacyjny chłystek waży się oskarżać kogoś o kłamstwo, jest szczytem bezczelności. Widać doszli do wniosku, że ten proces jest dla nich ważniejszy od ewentualnych późniejszych oskarżeń Jackie. Drummond jest gotowy zaryzykować i zrazić do siebie przysięgłych w nadziei, że jednocześnie wzbudzi w nich wystarczająco dużo wątpliwości, by zamącić wodę. Widać uważa, że niewiele straci, obrzydliwie atakując młodą kobietę, której tu nie ma i która nie może się bronić.

Jackie Lemancyzk była bardzo złym pracownikiem, mówi Underhall. Piła i wdawała się w kłótnie z kolegami i koleżankami z pracy. Coś trzeba było zrobić. Zaproponowali jej, żeby sama złożyła wymówienie i dzięki temu uniknęła zszargania opinii zwolnieniem dyscyplinarnym. Nie miało to nic wspólnego z planowanym przesłuchaniem i zaangażowaniem w sprawę Blacka.

Underhall zeznaje bardzo krótko. Widać mają nadzieję, że przemknie przez miejsce dla świadków bez wyrządzenia szczególnych szkód. Niewiele mogę w tej sprawie zrobić poza liczeniem na to, że przysięgli poczują do niego taką samą niechęć jak ja. Jest prawnikiem i nie mam zamiaru wdawać się z nim szermierkę słowną.

— Proszę pana, czy pańska firma ma teczki personalne wszystkich pracowników? — pytam grzecznie.

— Tak.

— Czy mieliście też teczkę Jackie Lemancyzk?

— Mieliśmy.

— Czy ma pan ją może przy sobie?

— Nie, proszę pana.

— A gdzie jest teraz?

— Pewnie w biurze.

— W Cleveland?

— Tak, w naszym biurze.

— A więc nie możemy do niej zajrzeć?

— Powtarzam, że jej tu nie mam. Nikt mnie nie uprzedził, że mam ją tu przywieźć.

— Czy w teczce znajdują się okresowe oceny pracy i temu podobne rzeczy?

— Tak.

— Więc gdyby pracownik otrzymał naganę lub został zdegradowany czy przeniesiony, to adnotacja o tym też by się tam znalazła, czy tak?

— Tak.

— Czy Jackie Lemancyzk ma kopie tych dokumentów?

— Myślę, że tak.

— Czy w teczce znajduje się też jej wypowiedzenie pracy?

— Tak.

— Tyle że musimy uwierzyć panu na słowo, co jest w tej teczce, nieprawdaż?

— Nikt mi nie powiedział, że mam ją tu przywieźć, proszę pana. Zaglądam do notatek i odchrząkuję.

— Panie Underhall, czy jest pan w posiadaniu dokumentu, który Jackie podpisała w zamian za wypłacenie kwoty w gotówce. Tego, w którym zobowiązuje się milczeć?

— Chyba ma pan problemy ze słuchem.

— Słucham?

— Przed chwilą zeznałem, że żadnego takiego zobowiązania nie było.

— Chce pan powiedzieć, że takie zobowiązanie nie istnieje? Z emfazą kręci głową.

— I nigdy nie istniało. Ona kłamie.

Udaję zaskoczonego, po czym wolnym krokiem podchodzę do mojego zawalonego papierami stołu. Znajduję potrzebną kartkę i wczytuję się w nią, czując na sobie wzrok wszystkich na sali. Underhall sztywnieje i obrzuca spłoszonym spojrzeniem Drummonda, który nie odrywa wzroku od kartki. Pewnie obaj wyobrażają sobie kolejny rozdział U! Baylor znów ich załatwił. Wydobył skądś poufny dokument i za chwilę udowodni im kłamstwo.

— Ale Jackie Lemanczyk bardzo dokładnie opisała zobowiązanie, które musiała podpisać. Czy pamięta pan, co o nim powiedziała? — Macham kartką w stronę miejsca dla świadków.

— Tak, słyszałem, co powiedziała — mówi nieco wyższym i jakby zduszonym głosem.

— Zeznała pod przysięgą, że wręczył pan jej dziesięć tysięcy dolarów w gotówce i kazał podpisać to zobowiązanie. Pamięta pan? — Wodzę wzrokiem po kartce, jakbym ją czytał. Jackie mi powiedziała, że kwota była wymieniona w pierwszym paragrafie zobowiązania.

— Słyszałem, co powiedziała — powtarza Underhall i patrzy na Drummonda. Underhall jest prawie pewny, że nie mam w ręku zobowiązania, bo gdzieś je ukrył. Ale nie do końca. Dzieją się tu różne dziwne rzeczy. Bo jakim cudem udało mi się dotrzeć do rozdziału U?

Nie może przyznać, że zobowiązanie istnieje. Ale jednocześnie nie może zaprzeczyć. Jeśli zaprzeczy, a okaże się, że jednak mam je w ręku, szkody, jakich to narobi, będzie można ocenić dopiero po wysłuchaniu ostatecznego werdyktu przysięgłych. Dlatego wierci się i ociera pot z czoła.

— I nie ma pan kopii tego zobowiązania, żeby go pokazać przysięgłym? — mówię i powiewam kartką w stronę ławy.

— Nie mam. Bo nie istnieje.

— Jest pan pewny? — pytam, wodząc palcem po krawędzi kartki.

— Jestem pewny.

Wpatruję się w niego przez parę sekund, sycąc wzrok widokiem jego rozterki. Przysięgłym już dawno przeszła senność i wszyscy czekają na efektowne uderzenie pioruna. Na wręczenie im zobowiązania i ostateczne pogrążenie świadka.

Niestety nie mogę tego zrobić. Raz jeszcze macham zupełnie nieistotnym kawałkiem papieru, po czym rzucam go na stół.

— Nie mam więcej pytań — ucinam. Underhall ciężko wzdycha. Chyba myśli, że uniknął zawału serca. Zeskakuje z podestu i bez słowa wychodzi z sali.

Drummond prosi o pięciominutową przerwę. Kipler uznaje, że przysięgli potrzebują dłuższej chwili oddechu i zarządza piętnastominutową.

⅄ ⅄ ⅄

Strategia strony pozwanej, polegająca na przeciąganiu zeznań i mąceniu przysięgłym w głowach, wyraźnie się nie sprawdza. Przysięgli wyśmiali Reisky'ego i przespali Pellroda, a Underhall znalazł się o krok od spektakularnej klęski, ponieważ Drummond przeraził się, że dysponuję dokumentem, którego istnieniu jego klient zaprzeczył.

Drummond ma dość tej huśtawki. Spróbuje przechylić szalę na swoją stronę dzięki mocnej mowie końcowej, bo to coś, nad czym będzie miał pełną kontrolę. Dlatego po przerwie oświadcza, że strona powodowa zakończyła przesłuchiwanie świadków.

Proces praktycznie dobiega końca. Kipler wyznacza mowy końcowe stron na dziewiątą rano w piątek i obiecuje przysięgłym, że do jedenastej zakończy sesję i odda im sprawę pod obrady.

Rozdział 48

Jeszcze długo po wyjściu przysięgłych i pośpiesznym opuszczeniu sali przez Drummonda i jego ekipę, która zapewne pognała do kancelarii na kolejne pranie mózgów pod hasłem „co tym razem poszło nie tak", siedzimy w piątkę przy stole i rozmawiamy o dniu jutrzejszym. Cooper Jackson i dwaj adwokaci z Raleigh, Hurley i Grunfeld, przez delikatność nie pchają się z radami, ale ja chętnie słucham ich opinii. Wszyscy wiedzą, że to mój pierwszy proces w życiu. Są zdumieni, że udało mi się tyle osiągnąć. Jestem zmęczony, nadal podenerwowany i staram się realistycznie oceniać dotychczasowy przebieg procesu. Trafił mi się bardzo mocny materiał dowodowy, wredny i niezwykle bogaty pozwany i niewiarygodnie przyjazny sędzia, a także wydarzyło się wiele szczęśliwych zbiegów okoliczności. Mam też do czynienia z wymarzonym zestawem przysięgłych, którzy jednak muszą się dopiero sprawdzić.

Według kolegów prawników spór sądowy jeszcze się zaostrzy, choć wszyscy są pewni, że werdykt przysięgłych będzie opiewał na miliony. Jackson, nim uzyskał swój pierwszy siedmiocyfrowy werdykt, występował przed sądem przez dwanaście lat.

Snują bitewne opowieści, które mają podbudować moją wiarę w siebie. To fajny sposób na spędzenie dzisiejszego popołudnia. Deck i ja będziemy pracowali do późna, ale w tej chwili pławię się w atmosferze zrozumienia i sympatii pokrewnych dusz, które szczerze mi życzą, żebym ukrzyżował Great Benefit.

Jackson jest zniesmaczony wieściami z Florydy. Tamtejszy adwokat niepotrzebnie wyszedł przed szereg i dziś rano złożył w sądzie cztery pozwy przeciwko Great Benefit. Mieli nadzieję, że facet dołączy do pozwu zbiorowego, ale wygląda na to, że górę wzięła chciwość. Na tę chwilę zdążyli już zebrać dziewiętnaście skarg na Great Benefit i mają zamiar złożyć pozew zbiorowy na początku przyszłego tygodnia.

Są całym sercem ze mną. Chcą nas zaprosić na sutą kolację, ale nas czeka jeszcze praca. Ostatnią rzeczą, jakiej mi dziś potrzeba, to obfity posiłek z winem i aperitifami.

▴ ▴ ▴

Jemy kolację w biurze, złożoną z kanapek z garmażerii napojów bezalkoholowych. Sadzam Decka na krześle w moim pokoju i ćwiczę na nim mowę końcową. Wykułem na pamięć tyle jej wersji, że trochę mi się plączą. Korzystam z niedużej szkolnej tablicy i wypisuję kredą wszystkie kluczowe liczby. Apeluję o sprawiedliwość, a jednocześnie występuję o zasądzenie niebotycznego odszkodowania. Deck co chwilę mi przerywa i kłócimy się jak uczniacy.

Żaden z nas nigdy nie wygłaszał mowy końcowej, ale Deck słyszał ich więcej ode mnie, więc oczywiście jest ekspertem. Chwilami czuję się niepokonany i arogancki, bo w tak doskonałej formie dotarłem aż do tego miejsca. Deck od razu wyczuwa te przypływy euforii i szybko ściąga mnie na ziemię. Wciąż mi powtarza, że sprawa nie jest jeszcze przesądzona i jutro możemy równie dobrze wygrać, jak i przegrać.

Ale przez większość czasu jestem po prostu przerażony. Potrafię zapanować nad strachem, ale nie potrafię się go pozbyć. Motywuje i inspiruje mnie do brnięcia do przodu, ale będę najszczęśliwszy, kiedy wreszcie mnie opuści.

Gasimy światła koło dziesiątej i wracamy do domów. Wypijam jedno piwo w charakterze środka nasennego i, o dziwo, to działa. Nieco po jedenastej odpływam z głową wypełnioną wizjami czekającego mnie sukcesu.

▲   ▲   ▲

Niecałą godzinę później budzi mnie telefon. W słuchawce odzywa się nieznany mi głos młodej i bardzo zdenerwowanej kobiety.

— Nie zna mnie pan, ale jestem przyjaciółką Kelly — mówi zduszonym szeptem.

— O co chodzi?

— Kelly jest w tarapatach. Potrzebuje pańskiej pomocy.

— Co się stało?

— Znów ją pobił. Jak zwykle wrócił do domu pijany.

— Kiedy? — Stoję przy łóżku i próbuję po ciemku namacać wyłącznik lampy.

— Wczoraj wieczorem. Potrzebna jej pańska pomoc.

— Gdzie jest teraz?

— U mnie w domu. Kiedy policja zabrała Cliffa, Kelly pojechała na pogotowie, żeby ją opatrzyli. Na szczęście niczego jej nie złamał. Odebrałam ją z pogotowia i jest teraz u mnie.

— Jak bardzo jest pobita?

— Wygląda paskudnie, ale kości ma całe. Jest tylko poharatana i posiniaczona.

Zapisuję nazwisko i adres, odkładam słuchawkę i szybko się ubieram. Mieszkanie przyjaciółki znajduje się na dużym osiedlu mieszkaniowym na przedmieściach, niedaleko od mieszkania Kelly. Przez dłuższą chwilę kręcę się w labiryncie jednokierunkowych uliczek, zanim trafiam na właściwy blok.

Przyjaciółka ma na imię Robin, uchyla drzwi zamknięte na łańcuch i przepytuje mnie przez dłuższą chwilę, zanim wreszcie

573

wpuszcza do środka. Dziękuje mi, że przyjechałem. Robin jest młoda, pewnie rozwiedziona, i zarabia ciut więcej niż wynosi płaca minimalna. Wchodzę do jej mieszkanka z wynajętym umeblowaniem. Kelly siedzi na kanapie z okładem z lodu na głowie.

Z trudem rozpoznaję w niej kobietę, którą znam. Lewe oko ma tak opuchnięte, że w ogóle go nie widać, a skóra nabiera już sinej barwy. Głowę ma obandażowaną i na bandażu widać czerwoną plamkę. Oba policzki ma opuchnięte, dolna warga jest rozcięta i odstaje groteskowo. Ma na sobie długi T-shirt i nic więcej. Nogi powyżej kolan i uda ma bardzo posiniaczone.

Nachylam się i całuję ją w czoło, a potem siadam przed nią na stołku. W jej prawym oku pojawia się łza.

— Dzięki, że przyjechałeś — spleni. Obrzmiałe wargi i stłuczone policzki powodują, że trudno ją zrozumieć. Bardzo delikatnie poklepuję ją po kolanie, a ona głaszcze mnie po ręce.

Mógłbym go teraz zabić.

Robin siada obok niej.

— Nie powinna nic mówić — odzywa się. — Lekarz powiedział, żeby jak najmniej się ruszała. Tym razem użył pięści, bo nie mógł znaleźć kija do softballu.

— Co się stało? — Kieruję pytanie do Robin, ale nie odrywam wzroku od Kelly.

— Wybuchła awantura o kartę kredytową. Przyszedł termin spłaty rachunków za świąteczne zakupy. Ostatnio dużo pił. Resztę pan zna. — Robin mówi szybko i bez namysłu. Podejrzewam, że ma w tym względzie własne doświadczenia. Na jej palcu brak obrączki. — Kłótnia przeszła w bijatykę. Jak zwykle zwyciężył, a sąsiedzi wezwali policję. Jego zabrali do aresztu, ona pojechała na pogotowie. Napije się pan coli czy czegoś?

— Nie, dziękuję.

— Przywiozłam ją do siebie wczoraj wieczorem, a dziś rano zawiozłam do poradni dla ofiar przemocy domowej. Miała spotkanie z pracownicą, która powiedziała jej, co ma robić, i dała

574

kilka broszurek. Można się do nich zwrócić w razie potrzeby. Rzecz sprowadza się do tego, że musi wystąpić o rozwód i uciekać, gdzie pieprz rośnie.

— Zrobili ci obdukcję? — pytam, wciąż głaszcząc Kelly po kolanie. Kiwa głową, a łzy płyną już z obu oczu i ciekną po opuchniętych policzkach.

— Tak, zrobili jej mnóstwo zdjęć. Jeszcze nie widział pan wszystkiego. Pokaż mu, Kelly. Jest twoim adwokatem. Musi to zobaczyć.

Z pomocą Robin Kelly ostrożnie dźwiga się na nogi, odwraca się do mnie plecami i unosi T-shirt powyżej pasa. Jest pod nim tylko jedna wielka sina plama na pośladkach i górnej części nóg. Unosi koszulę wyżej i pokazuje plecy, które wyglądają identycznie. Opuszcza T-shirt i ostrożnie siada na kanapie.

— Bił ją paskiem — wyjaśnia Robin. — Położył ją sobie na kolanie i lał z całej siły.

— Ma pani chustkę? — pytam Robin, delikatnie ocierając policzki Kelly z łez.

— Jasne. — Podaje mi duże pudełko chusteczek higienicznych, a ja bardzo ostrożnie wycieram twarz Kelly.

— Co teraz zrobisz? — pytam ją.

— Chyba pan żartuje — parska Robin. — Musi wystąpić o rozwód. Jeśli tego nie zrobi, on ją zabije.

— Naprawdę? Składamy pozew?

Kelly kiwa głową i cicho mówi:

— Tak. Jak najszybciej.

— Zrobię to jutro.

Ściska moją rękę i przymyka prawe oko.

— Pozostaje jeszcze jeden problem — ciągnie Robin. — Ona nie może tu zostać. Cliffa wypuścili z pudła dziś rano, a on od razu zaczął obdzwaniać znajomych. Nie poszłam dziś do pracy, ale nie mogę tego więcej robić. Zadzwonił koło południa, a ja mu powiedziałam, że nic nie wiem o Kelly. Zadzwonił jeszcze raz po godzinie i zaczął mi grozić. Niestety Kelly nie ma zbyt wielu przyjaciół i znalezienie jej nie zajmie mu dużo czasu. Nie mówiąc o tym, że mam sublokatorkę, więc zostanie tu nie wchodzi w rachubę.

— Nie mogę tu zostać — mówi Kelly cicho i niepewnie.

— To gdzie się podziejesz? — pytam.

Robin już się rozejrzała.

— Ta pani, z którą rozmawiałyśmy rano, powiedziała nam o domu dla prześladowanych kobiet. Takim utajnionym hostelu, który nie występuje w oficjalnych wykazach miejskich i stanowych schronisk. To też coś w rodzaju schroniska, ale wiedzą o nim tylko wtajemniczeni. Kobiety są tam bezpieczne, bo ich mężusiowie nie wiedzą, gdzie ich szukać. Problem w tym, że pobyt kosztuje sto dolców dziennie i można tam zostać tylko przez tydzień. Ja nie zarabiam stu dolarów dziennie.

— Ty też uważasz, że to dobre miejsce? — pytam Kelly, a ona kiwa głową.

— W porządku. Zawiozę cię tam jutro.

Robin oddycha z ulgą. Znika na moment w kuchni i wraca z kartką z adresem hostelu.

— Pokaż mi zęby — proszę Kelly.

Otwiera usta najszerzej jak może, co oznacza, że jej przednie zęby ledwo widać.

— Żadnego ci nie wybił? — pytam.

Kręci głową. Dotykam bandaża nad jej lewym okiem.

— Ile szwów?

— Sześć.

Przysuwam się jeszcze bliżej i ściskam jej dłonie.

— To się już nigdy nie może powtórzyć, słyszysz?

— Obiecuję.

Robin wraca na miejsce obok Kelly i podaje mi kartkę. Ma dla mnie jeszcze jedną radę.

— Pan posłucha, panie Baylor. Pan nie zna Cliffa, ale ja go znam. Jest walnięty i wredny i wariuje, gdy się upije. Niech pan będzie ostrożny.

— Proszę się nie martwić.

— Może nawet w tej chwili stoi pod domem i szpieguje.

— To mnie nie martwi. — Wstaję i całuję Kelly w czoło. — Z samego rana złożę pozew o rozwód, a potem po ciebie przyjadę, zgoda? Jestem w trakcie bardzo ważnego procesu, ale sobie poradzę.

Robin odprowadza mnie do drzwi i wzajemnie sobie dziękujemy. Zamyka je za mną, a ja słucham brzęku zakładanego łańcucha i szczęku zasuw.

Już prawie pierwsza w nocy. Powietrze jest rześkie i jest bardzo zimno. W mroku nie snują się żadne cienie.

Pójście spać w tym układzie byłoby idiotyzmem, jadę więc do biura. Rozwód może być paskudnym i bardzo traumatycznym przeżyciem, ale złożenie pozwu jest bardzo proste, w każdym razie w sensie prawniczym. Siadam do klawiatury i zaczynam pisać, trochę się nad tym męcząc, ale mój trud uświęca zbożny cel. W tej sprawie naprawdę mam poczucie, że ratuję czyjeś życie.

⋀ ⋀ ⋀

Deck przychodzi do biura o siódmej i mnie budzi. Gdzieś po czwartej usnąłem na fotelu. Mówi, że wyglądam strasznie, i pyta co tu robię, zamiast odpoczywać przed sprawą.

Opowiadam, co się stało, a on reaguje wybuchem złości.

— Przesiedziałeś całą noc nad zasranym pozwem rozwodowym! — wrzeszczy. — A za niecałe dwie godziny masz wygłosić mowę końcową.

— Wyluzuj, Deck, poradzę sobie.

— I stąd ten uśmieszek?

— Tak, bo im nakopię do dupy, zobaczysz. Załatwimy wielkie Great Benefit na cacy.

— Nie, to nie to. Chodzi o to, że wreszcie zdobędziesz tę dziewuchę. Dlatego tak się szczerzysz.

— Bzdura. Co z moją kawą?

Deck kręci się i wierci. Widać, że zżerają go nerwy.

— Przyniosę ci — burczy w końcu i wychodzi z mojego pokoju. Pozew rozwodowy leży na biurku, gotowy do złożenia w sądzie. Dopilnuję, żeby posłaniec sądowy doręczył kolesiowi Cliffowi jego kopię w miejscu pracy, bo inaczej mogą być kłopoty ze znalezieniem go. W pozwie zawarty jest też wniosek o wydanie sądowego zakazu zbliżania się do Kelly ze skutkiem natychmiastowym.

Rozdział 49

Jedną z zalet bycia żółtodziobem jest to, że nikt się nie zdziwi, jeśli będę wystraszony i podenerwowany. Przysięgli wiedzą, że jestem nowicjuszem bez doświadczenia sądowego, więc dużo po mnie nie oczekują. Nie miałem jeszcze okazji rozwinąć umiejętności ani talentu do wygłaszania wielkich mów. Byłoby z mojej strony błędem udawać kogoś, kim nie jestem. Może za ileś lat, kiedy włosy przyprószy mi siwizna, mój głos nabierze oleistej gładkości i będę miał za sobą setki potyczek stoczonych przed sądem — może wtedy będę potrafił stanąć przed ławą przysięgłych i wygłosić płomienną mowę. Ale nie dziś. Dziś jestem Rudym Baylorem, podenerwowanym smarkaczem, który zwraca się o pomoc do przyjaciół z ławy przysięgłych.

Staję przed nimi sztywny ze strachu i staram się rozluźnić. Wiem, co mam im do powiedzenia, bo przepowiedziałem to sobie ze sto razy. Ale to ważne powiedzieć to tak, żeby nie zabrzmiało jak wykuta na pamięć lekcja. Zaczynam od stwierdzenia, że to niezwykle ważny dzień dla moich klientów, bo to jedyna szansa na sprawiedliwość w ich sporze z Great Benefit. Dla nich już nie będzie jutra, nie będzie drugiej szansy przed sądem, nie będzie innej ławy przysięgłych, która zechce im pomóc. Proszę, żeby pamiętali o Dot i o tym, co przeszła. Mówię trochę o Donnym Rayu, ale pilnuję, żeby moje słowa nie zabrzmiały melodramatycznie. Proszę, żeby sobie wyobrazili, jakie to musi być uczucie, kiedy człowiek powoli i w męczarniach umiera ze świadomością, iż dzieje się tak dlatego, bo odmówiono mu leczenia. Mówię wolno, niemal cedząc słowa i starając się, aby brzmiały szczerze, i widzę, że trafiają do celu. Przemawiam spokojnie i patrzę prosto w oczy dwunastu osobom, które wkrótce o wszystkim zadecydują.

Przypominam podstawowe warunki polisy i nie wdając się w szczegóły, pokrótce omawiam przeszczep szpiku kostnego. Podkreślam, że strona pozwana nie podważyła opinii doktora Korda w tej kwestii. Przeszczep już od dawna nie ma charakteru eksperymentu, a dokonanie go najprawdopodobniej uratowałoby życie Donny'ego Raya.

Podnoszę nieco głos i przechodzę do najsoczystszych kąsków. Mówię o ukrywaniu dokumentów i kłamstwach Great Benefit. Ta sprawa tak mocno zagrała podczas procesu, że nadmierne rozwodzenie się nad nią byłoby błędem. Zaletą czterodniowego procesu jest to, że wszystkie zeznania pozostają świeżo w pamięci. Odwołuję się do zeznań Jackie Lemancyzk i danych dostarczonych przez Great Benefit, i piszę na tablicy kilka liczb: liczba polis w roku 1991, liczba roszczeń i — co najważniejsze — liczba odmów. Robię to w sposób tak jasny i przejrzysty, że nawet piątoklasista musiałby to zrozumieć i zapamiętać. Moja teza jest oczywista i jednoznaczna. Nieznani bliżej szefowie Great Benefit postanowili posłużyć się machinacją i przez dwanaście miesięcy odrzucali w pełni uzasadnione roszczenia. Cytując Jackie, mówię, że podjęli eksperyment mający na celu sprawdzenie, jak dużo da się zaoszczędzić w ciągu jednego roku. Podjęto tę decyzję z zimną krwią, kierując się wyłącznie żądzą zysku i ani przez chwilę nie myśląc o losie ludzi takich jak Donny Ray Black.

Biorę do ręki sprawozdania finansowe firmy i informuję przysięgłych, że siedzę nad nimi od czterech miesięcy i wciąż ich nie rozumiem. Branża ubezpieczeniowa ma własny, odmienny sposób księgowania, ale nawet z nich wynika, że firma posiada mnóstwo wolnej gotówki. Na tablicy wypisuję kolejno gotówkę w banku, rezerwy gotówkowe i nierozdzielone nadwyżki, wszystko sumuję i uzyskuję kwotę czterystu siedemdziesięciu pięciu milionów dolarów. Podawana przez firmę całkowita wartość netto wynosi czterysta pięćdziesiąt milionów.

Jak można ukarać tak bogatą firmę? Zadaję to pytanie i widzę wpatrzone w siebie oczy przysięgłych. Już nie mogą się doczekać. Postanawiam posłużyć przykładem znanym od lat. To ulubiona opowieść, która krąży wśród prawników sądowych, i znam ją w kilku różnych wersjach, ale dzięki swojej prostocie jest bardzo sugestywna. Mówię przysięgłym, że mają przed sobą młodego adwokata, który ledwo wiąże koniec z końcem, ma problemy z płaceniem rachunków i jest dopiero co po studiach. Załóżmy, że ciężko pracuję, żyję bardzo oszczędnie, na wszystko sobie skąpię i po dwóch latach mam na koncie uciułane dziesięć tysięcy dolarów. Ciężko na te pieniądze zapracowałem i oczywiście chcę je chronić. Załóżmy dalej, że popełniam jakiś błąd. Na przykład tracę nad sobą panowanie, walę kogoś w nos i mu go łamię. Oczywiście będę musiał pokryć wszystkie straty poniesione przez moją ofiarę, ale nie tylko. Muszę też zostać ukarany po to, bym już nigdy czegoś takiego nie zrobił. Na koncie mam tylko dziesięć tysięcy dolarów. Ile powinna wynieść kara, żeby mnie zabolała? Jeden procent to sto dolarów i kara tej wysokości może mnie zaboli, a może nie. Oczywiście nie chcę wyrzucać w błoto stu dolców, ale tak strasznie mnie to nie zrani. No to może pięć procent? Czy grzywna wysokości pięciuset dolarów będzie dla mnie wystarczającą karą za złamanie komuś nosa? Czy wypisanie czeku na tę kwotę odczuję wystarczająco boleśnie? Może tak, może nie. No to może dziesięć procent? Jestem gotów się założyć, że gdyby kazano mi zapłacić tysiąc dolarów, odniosłoby to nawet podwójny skutek. Po pierwsze, byłoby mi naprawdę żal tych pieniędzy. Po drugie, zmieniłbym swoje postępowanie.

Jak zatem można ukarać kogoś takiego jak Great Benefit? Dokładnie tak samo jak mnie czy pierwszego lepszego sąsiada. Trzeba spojrzeć na zawartość jego konta, sprawdzić, jaką kwotą dysponuje, i wymierzyć mu grzywnę wysokości, która go zaboli, ale nie zrujnuje. To samo dotyczy wielkiej korporacji. Nie są od nas ani trochę lepsi.

Oświadczam przysięgłym, że chcę zostawić im decyzję co do wysokości kary. My wystąpiliśmy o dziesięć milionów, ale kwota ta w żadnym sensie ich nie ogranicza. Mogą wyznaczyć takie karne odszkodowanie, jakie uznają za stosowne. Ja nie mam zamiaru niczego im sugerować.

Kończę uśmiechem i słowami podziękowania, dodając, że jeśli swoim wyrokiem nie zniechęcą Great Benefit do machinacji, sami mogą stać się następnymi ofiarami. Jedni kiwają głowami, inni się uśmiechają, jeszcze inni patrzą na liczby na tablicy.

Wracam do stołu. Deck siedzi na rogu i uśmiecha się od ucha do ucha. Siedzący w jednym z tylnych rzędów Cooper Jackson unosi oba kciuki. Siadam obok Dot i z niepokojem czekam, czy wielkiemu Leo F. Drummondowi uda się teraz przekuć porażkę w zwycięstwo.

Zaczyna od żałosnych przeprosin za swoje niefortunne zachowanie podczas wyboru przysięgłych. Mówi, że zachował się niewłaściwie, ale teraz chciałby odzyskać ich zaufanie. Nie zmieniając przepraszającego tonu, przechodzi do swojego klienta, jednej z najstarszych i największych firm ubezpieczeniowych w Ameryce, która mimo to nie ustrzegła się błędów w procesie załatwienia tego roszczenia. Poważnych błędów. Te okropne listy odmowne zostały napisane bez krzty współczucia, za to z dużą dozą arogancji. Jego klient absolutnie nie miał racji. Jego klient zatrudnia jednak ponad sześć tysięcy pracowników i trudno monitorować każdy krok takiej masy ludzi. Nie da się sprawdzić każdego wysyłanego przez nich listu. Ale niczemu nie zaprzecza i nie szuka wymówek. Popełniono błędy.

Ciągnie ten temat przez kilka minut, umiejętnie malując obraz swojego klienta, który tylko przez przeoczenie, a nie ze złej woli postępował niewłaściwie. Prześlizguje się po dokumentacji roszczenia, instrukcji postępowania, ukrytych fragmentach i ujawnionych kłamstwach. Fakty są dla Drummonda jak pole minowe i woli trzymać się od nich z daleka.

Gładko przyznaje, że roszczenie powinno było zostać uznane i wypłacone w pełnej wysokości dwustu tysięcy dolarów. To ważkie stwierdzenie i przysięgli chętnie je łykają. Stara się ich zmiękczyć i dobrze mu to idzie. A teraz co do wysokości odszkodowania. Jest zaszokowany moją sugestią, że przysięgli powinni przyznać Dot Black odszkodowanie wyliczone procentowo od wartości netto firmy Great Benefit. To niesłychane! Bo cóż dobrego może z tego wyniknąć? Przed chwilą przyznał, że jego klient się mylił. Ludzie odpowiedzialni za błędy stracili pracę. Great Benefit oczyściło swoje szeregi.

Więc cóż da zasądzenie ogromnego odszkodowania? Nic, absolutnie nic.

Drummond ostrożnie porusza temat niezasłużonego wzbogacenia. Musi uważać, aby nie urazić uczuć Dot, bo wtedy urazi też uczucia przysięgłych. Przytacza pewne fakty o rodzinie Blacków: gdzie mieszkają, od jak dawna, o ich domu, o ich sąsiadach i tak dalej. Z jego słów wyłania się obraz bardzo przeciętnej rodziny z klasy średniej, która od lat żyje skromnie i szczęśliwie. Opowiada bardzo obrazowo i nawet Norman Rockwell* nie zrobiłby tego lepiej. Niemal widzę ocienione drzewami ulice i chłopaka z sąsiedztwa, który rozwozi gazety. Drummond robi to doskonale i przysięgli siedzą zasłuchani. Opowiada im, jak żyją albo jak chcą żyć.

Czemuż więc wy, sędziowie przysięgli, mielibyście zabierać pieniądze Great Benefit i wciskać je Blackom? To tylko zrujnowałoby ten sielski obraz ich życia, wprowadziło do niego

---

* Norman Rockwell (1894—1978), amerykański malarz i ilustrator, słynny portrecista kultury dnia codziennego.

chaos. Staliby się różni od swych przyjaciół i sąsiadów. Krótko mówiąc, ich życie ległoby w gruzach. I czy ktokolwiek zasługuje na przyznanie takich pieniędzy, o jakich mówi pełnomocnik powódki? Oczywiście, że nie. Byłoby niesprawiedliwe i nieuczciwe zabierać firmie pieniądze tylko dlatego, że je ma.

Podchodzi do tablicy, pisze kredą kwotę 746 dolarów i informuje przysięgłych, że tyle wynosi miesięczny dochód rodziny Blacków. Obok pisze kwotę 200 000 dolarów, wylicza od niej sześć procent i otrzymuje 12 000 dolarów. A potem oświadcza przysięgłym, że tak naprawdę chce podwoić miesięczne dochody Blacków. Czy wszyscy, jak tu siedzimy, nie życzylibyśmy sobie czegoś takiego? A to proste. Przyznajmy Blackom odszkodowanie wysokości dwustu tysięcy dolarów, czyli tyle, ile kosztowałby przeszczep. Jeśli zainwestują te pieniądze w wolne od podatku obligacje, oprocentowane na sześć procent rocznie, to przyniesie im to dodatkowy, wolny od podatku dochód wysokości tysiąca dolarów miesięcznie. Firma Great Benefit pójdzie im nawet na rękę i sama zainwestuje te pieniądze w imieniu Dot i Buddy'ego.

To się nazywa interes!

Wystarczająco dobrze to przemyślał, żeby zagrało. Jego argumentacja brzmi przekonująco i przyglądając się twarzom przysięgłych widzę, że się nad tym zastanawiają. Zerkają na liczby na tablicy. Wygląda to na rozsądny kompromis.

Mogę się tylko modlić w duchu, że pamiętają słowa Dot, która zobowiązała się przekazać całe odszkodowanie Amerykańskiemu Towarzystwu do Walki z Białaczką.

Drummond kończy apelem o rozsądek i sprawiedliwość. Tembr jego głosu się obniża, mówi wolniej i dobitniej, bije od niego sama szczerość. Podejmijcie uczciwą decyzję, kończy i siada.

Ponieważ jestem stroną powodową, do mnie należy ostatnie słowo. Zaoszczędziłem dziesięć minut z należnej mi pół godziny na replikę i ruszam z uśmiechem w stronę ławy przysięgłych.

Mówię im, że mam nadzieję, iż kiedyś ja też będę umiał zrobić to, co właśnie zrobił mecenas Drummond. Chwalę go, jako jednego z najwybitniejszych adwokatów sądowych w kraju. Taki ze mnie sympatyczny koleś.

Niemniej chciałbym poczynić parę uwag. Po pierwsze, Great Benefit przyznaje teraz, że nie miało racji, i praktycznie oferuje dwieście tysięcy dolarów na znak pokoju. Dlaczego? Bo gryzą paznokcie i modlą się w duchu, żeby udało im się opędzić tymi żałosnymi dwustoma tysiącami. Czy mecenas Drummond przyznał się do błędu i zaoferował dwieście tysięcy w chwili, gdy zwracał się do ławy przysięgłych w poniedziałek rano? Nie, nie zrobił tego. A przecież wiedział wtedy wszystko to, co wie teraz, więc dlaczego nie przyznał od razu, że jego klient popełnił błąd? Dlaczego? Bo wtedy miał jeszcze nadzieję, że prawda nie wyjdzie na jaw. Ale teraz, gdy już poznaliście prawdę, sędziowie przysięgli, strona pozwana nagle spokorniała.

Kończę prowokacją pod adresem przysięgłych.

— Jeśli stać was tylko na to — mówię — żeby przyznać jedynie dwieście tysięcy dolarów, to ich nie przyznawajcie. Nie chcemy ich. To pieniądze na operację, która nigdy się już nie odbędzie. Jeśli uważacie, że postępowanie Great Benefit nie zasługuje na karę, to nie zabierajcie im tych dwustu tysięcy i wszyscy rozjedziemy się do domów.

Przechadzam się przed ławą przysięgłych i patrzę w oczy każdemu z osobna. Wierzę, że mnie nie zawiodą.

— Dziękuję — mówię na koniec i siadam obok mojej klientki. Sędzia Kipler udziela im ostatnich wskazówek, a mnie ogarnia obezwładniające uczucie ulgi. Odprężam się jak nigdy wcześniej. Nie ma już żadnych świadków, żadnych dokumentów, żadnych wniosków i briefingów; nie ma przesłuchań ani terminów, koniec z zamartwianiem się, co myśli ten czy tamten przysięgły. Oddycham głęboko i osuwam się na krześle. Mógłbym spać kilka dni.

To uczucie ulgi trwa jakieś pięć minut i wlatuje wraz z wyjściem sędziów przysięgłych, którzy udają się na naradę. Jest prawie wpół do jedenastej.

Zaczyna się czekanie.

▲ ▲ ▲

Idziemy z Deckiem na pierwsze piętro budynku sądu i składamy pozew o rozwód Rikerów, potem od razu przechodzimy do gabinetu Kiplera. Sędzia gratuluje mi występu, a ja po raz setny mu dziękuję. Mam jednak na głowie coś jeszcze i pokazuję mu kopię pozwu w sprawie Rikerów. Szybko relacjonuję historię Kelly Riker, opowiadam o przypadkach pobicia i wyskokach jej walniętego męża i pytam, czy wyrazi zgodę na wydanie natychmiastowego zakazu sądowego, który zabroni panu Rikerowi zbliżania się do pani Riker. Kipler nienawidzi rozwodów, ale słucha mojej opowieści. Tego typu zakaz jest czymś normalnym dla ofiar przemocy domowej, Kipler ufa mojemu osądowi i bez słowa podpisuje zakaz. Brak sygnałów od przysięgłych. Obradują już piętnaście minut.

Butch czeka na nas w holu i zabiera kopię pozwu rozwodowego, podpisany przez Kiplera zakaz i powiadomienie, które godzi się doręczyć Rikerowi w pracy. Raz jeszcze apeluję, żeby postarał się to zrobić dyskretnie i nie naraził faceta na śmieszność.

Czekamy w sali sądowej przez godzinę. Drummond i jego banda tłoczą się wokół stołu po jednej stronie; ja, Deck, Cooper Jackson, Hurley i Grunfeld siedzimy przy stole po drugiej stronie sali. Z rozbawieniem obserwuję, że garniturowcy z Great Benefit trzymają się na dystans od swoich prawników. A może jest na odwrót? Underhall, Aldy i Lufkin z posępnymi minami tkwią w tylnym rzędzie. Czekają na pojawienie się plutonu egzekucyjnego.

W południe zanoszą lunch do sali obrad przysięgłych i Kipler daje nam wolne do trzynastej trzydzieści. Żołądek podchodzi mi do gardła i nie ma w nim miejsca na żadne jedzenie. Wsiadam do samochodu, gnam do mieszkania Robin i uprzedzam Kelly, dzwoniąc do niej na komórkę. Jest sama, ma na sobie workowaty dres i pożyczone tenisówki. Nie zabrała z domu przyborów toaletowych ani żadnych ubrań. Porusza się niepewnie i widać, że wszystko ją boli. Pomagam jej wsiąść do samochodu. Zaciska z bólu zęby, ale nic nie mówi. Sińce i skaleczenia na jej twarzy w świetle dziennym wydają się dużo ciemniejsze.

Gdy ruszamy spod domu, Kelly rozgląda się na boki, jakby bała się, że z krzaków wyskoczy Cliff.

— Złożyliśmy to dzisiaj w sądzie — mówię i podaję jej pozew rozwodowy. Unosi go na wysokość twarzy i zaczyna czytać, podczas gdy ja włączam się do ruchu.

— Kiedy mu to doręczą? — pyta.

— Mniej więcej teraz.

— Wpadnie w szał.

— On już przedtem oszalał.

— Zacznie cię szukać.

— Mam nadzieję. Ale nie zrobi tego, bo jest tchórzem. Mężczyzna bijący żonę to najpodlejsza odmiana tchórzostwa. Nic się nie martw. Mam broń.

⋏ ⋏ ⋏

Dom jest stary i niczym się nie wyróżnia spośród innych domów w sąsiedztwie. Trawnik od frontu jest duży i rosną na nim gęste krzaki. Sąsiedzi musieliby się bardzo wysilać, żeby dojrzeć, co się za nimi dzieje. Zatrzymuję się przy końcu podjazdu i staję za dwoma innymi samochodami. Zostawiam Kelly w aucie, podchodzę do bocznych drzwi i pukam. Głos w domofonie pyta, kim jestem. Bezpieczeństwo jest tu najważniejsze. Okna są szczelnie zasłonięte, podwórko za domem jest ogrodzone co najmniej dwuipółmetrowym drewnianym płotem.

Drzwi lekko się uchylają i staje w nich rosła młoda kobieta, która uważnie mi się przygląda. Nie jestem w nastroju konfrontacyjnym. Mam za sobą pięciodniowy proces sądowy i jestem bliski padnięcia.

— Szukam Betty Norvelle — mówię.

— To ja. Gdzie Kelly? — Pokazuję głową samochód. — Niech pan ją przyprowadzi.

Mógłbym bez trudu wziąć ją na ręce, ale nogi od tyłu ma tak obolałe, że łatwiej jej iść. Posuwamy się wolniutko wyłożoną płytami ścieżką i wchodzimy na ganek. Mam wrażenie, jakbym prowadził osiemdziesięcioletnią babcię. Betty uśmiecha się do Kelly i wpuszcza nas do niewielkiego pomieszczenia. To coś w rodzaju kantorka. Siadamy z Kelly po jednej stronie stołu, Betty po drugiej. Dziś rano rozmawiałem z nią przez telefon i teraz prosi o kopie papierów rozwodowych. Szybko je przegląda, Kelly i ja czekamy, trzymając się za ręce.

— I pan jest jej adwokatem — mówi Betty, zerkając na nasze ręce.

— Tak. I przyjacielem.

— Kiedy masz się zgłosić do lekarza? — zwraca się do Kelly.

— Za tydzień.

— I nie wymagasz żadnych zabiegów?

— Nie.

— Jakieś lekarstwa?

— Tylko tabletki przeciwbólowe.

Wszystko jest w porządku i wypisuję czek na dwieście dolarów — kaucja plus opłata za pierwszy dzień.

— Nie jesteśmy licencjonowanym zakładem — wyjaśnia Betty. — To dom dla prześladowanych kobiet, których życie jest w niebezpieczeństwie. Należy do prywatnej właścicielki, która kiedyś sama była ofiarą przemocy domowej, i jest to jeden z kilku takich domów w okolicy. Nikt nie wie o naszym istnieniu. Nikt nie wie, co tu robimy. I chcemy, żeby tak zostało. Czy oboje zgadzacie się dochować tajemnicy?

— Oczywiście. — Kiwamy głowami i Betty podsuwa nam formularz do podpisania.

— To nie jest legalne schronisko, prawda? — pyta Kelly. Zważywszy panującą tu atmosferę, pytanie jest jak najbardziej uzasadnione.

— Nie do końca — przyznaje Betty. — Ale najgorsze, co mogłoby nas spotkać, to nakaz zamknięcia domu. Przenieślibyśmy się wtedy gdzie indziej. Jesteśmy tu już od czterech lat i jak dotąd nikt nie powiedział nam złego słowa. Wiecie, że maksymalna długość pobytu to siedem dni?

Wiemy.

— Musicie więc rozglądać się za następnym miejscem.

Marzyłoby mi się, żeby było nim moje mieszkanie, ale jeszcze o tym nie rozmawialiśmy.

— Ile tu macie pensjonariuszek? — pytam.

— W tej chwili pięć. Kelly, dostaniesz oddzielny pokój z łazienką. Jedzenie jest przyzwoite, trzy posiłki dziennie. Możesz jeść w swoim pokoju albo w jadalni z innymi. Nie zapewniamy żadnej pomocy lekarskiej ani prawnej. Nie zajmujemy się doradztwem i nie prowadzimy sesji terapeutycznych. Wszystko, na co możesz liczyć, to serdeczność i ochrona. Będziesz tu bezpieczna. Nikt cię nie znajdzie. Przez cały czas kręci się tu uzbrojony strażnik.

— Będzie mógł mnie tu odwiedzić? — pyta Kelly, wskazując na mnie głową.

— Zezwalamy na odwiedziny pojedynczo i tylko po wcześniejszym uzgodnieniu. Musi pan wcześniej zadzwonić, uzyskać zgodę i dopilnować, żeby nikt za panem nie szedł. Przykro mi, ale nie godzimy się na zostawanie na noc.

— Nie ma sprawy.

— Jeszcze jakieś pytania? Jeśli nie, to teraz oprowadzę Kelly po domu. Może pan ją odwiedzić dziś wieczorem.

Rozumiem aluzję. Żegnam się z Kelly i obiecuję, że wpadnę wieczorem. Prosi, żebym przyniósł pizzę. W końcu to piątek wieczór.

Jadę samochodem z takim uczuciem, jakbym zostawił ją gdzieś w podziemiach.

▲ ▲ ▲

Na korytarzu przed salą sądową zaczepia mnie reporter z gazety wychodzącej w Cleveland i chce porozmawiać o Great Benefit.

Czy wiadomo mi, że podobno biuro prokuratora generalnego stanu Ohio prowadzi śledztwo w sprawie firmy? Nie odpowiadam, ale on nie daje za wygraną i wciska się za mną do sali. Deck siedzi samotnie przy naszym stole. Adwokaci siedzący przy stole po drugiej stronie sali przerzucają się dowcipami. Kiplera nie ma. Wszyscy czekają.

Butch wręczył papiery rozwodowe Cliffowi Rikerowi w chwili, gdy ten wychodził z pracy na lunch. Riker próbował się stawiać, ale Butch się nie wystraszył i był gotów do mordobicia, więc Riker szybko się wycofał. Moje nazwisko występuje w pozwie, a więc od tej chwili muszę oglądać się za siebie.

Dochodzi czternasta i zaczynają pojawiać się inni. Wchodzi Booker i siada przy naszym stole. Cooper Jackson, Hurley i Grunfeld wracają z długiego lunchu i widać, że wypili po kilka drinków. Reporter siada w tylnym rzędzie. Nikt nie chce z nim rozmawiać.

Istnieje wiele teorii na temat znaczenia długości obrad przysięgłych. Mówi się, że krótkie obrady oznaczają zwykle pomyślny werdykt dla strony powodowej. Przeciągające się obrady oznaczają, że przysięgli nie mogą dojść do porozumienia. Słucham tych niczym niepopartych opowieści i nie mogę usiedzieć na miejscu. Wychodzę z sali napić się wody, potem idę do toalety, potem do baru z przekąskami. Chodzenie robi mi lepiej niż siedzenie w jednym miejscu. W żołądku mam rewolucję, serce wali mi jak młotem.

Booker zna mnie lepiej niż ktokolwiek inny i dołącza do mnie w tym krążeniu z miejsca na miejsce. Też jest podenerwowany. Łazimy po wyłożonych marmurem korytarzach bez żadnego celu, byle tylko zabić czas. I czekamy. W chwilach wielkiego napięcia to ważne, żeby mieć obok siebie bratnią duszę. Dziękuję mu, że przyszedł. Odpowiada, że za nic by tego nie przepuścił.

O wpół do czwartej jestem już pewny, że przegrałem. Decyzja powinna zapaść w mgnieniu oka. Wystarczy uzgodnić procent i wyliczyć odpowiednią kwotę. Może byłem zbyt pewny siebie?

Do głowy cisną mi się jedna po drugiej okropne opowieści o absurdalnie niskich werdyktach, jakie zapadają w naszym okręgu. Za chwilę stanę się kawałkiem statystyki, kolejnym przykładem na to, że adwokat w Memphis powinien akceptować każdą przyzwoitą ofertę w kwestii odszkodowania. Czas nieznośnie się wlecze.

Gdzieś z daleka dobiega głos wykrzykujący moje nazwisko. To Deck. Stoi pod salą rozpraw i rozpaczliwie macha rękami.

— O mój Boże! — jęczę.

— Tylko spokojnie — ostrzega mnie Booker, po czym obaj niemal biegniemy w stronę sali. Nabieram powietrza, odmawiam krótką modlitwę i wchodzę do środka. Drummond i pozostała czwórka siedzą przy swoim stole, przy naszym widać tylko samotną Dot. Wszyscy inni są już na miejscach. Gdy mijam barierkę i siadam obok mojej klientki, przysięgli właśnie sadowią się na ławie. Z ich twarzy nie mogę niczego wyczytać. Gdy wszyscy już siedzą, Wysoki Sąd pyta:

— Czy przysięgli uzgodnili werdykt?

Wstaje Ben Charnes, młody czarnoskóry absolwent college'u, którego wybrano na przewodniczącego ławy przysięgłych.

— Tak, Wysoki Sądzie.

— Czy zgodnie z moim poleceniem werdykt został zapisany na papierze?

— Tak, Wysoki Sądzie.

— Proszę wstać i go odczytać.

Charnes wstaje powoli. W ręku trzyma kartkę, która wyraźnie drży. Ale nie aż tak bardzo, jak moje ręce. Z trudem oddycham. W głowie mi się kręci, jakbym miał zemdleć. Za to Dot zachowuje zdumiewający spokój. Ona już wygrała swoją bitwę z Great Benefit. Oficjalnie przyznali przed sądem, że nie mieli racji. Nic więcej się dla niej nie liczy.

Postanawiam, że zachowam spokój i nie okażę emocji bez względu na werdykt. Robię to tak; jak mnie nauczono. Rysuję bohomazy w notatniku. Szybki rzut oka w lewo potwierdza, że tę samą strategię stosuje cała piątka pełnomocników pozwanego.

Charnes odchrząkuje i zaczyna czytać:

— My, ława przysięgłych, uznajemy rację powódki i przyznajemy jej wyrównanie strat w kwocie dwustu tysięcy dolarów. — Charnes robi przerwę. Oczy wszystkich wbite są w kartkę w jego ręku. Na razie wszystko zgodnie z oczekiwaniami. Ponownie odchrząkuje i czyta dalej: — Ponadto my, ława przysięgłych, uznajemy rację powódki i przyznajemy karne odszkodowanie w kwocie pięćdziesięciu milionów dolarów.

Ktoś za mną stęka, siedzący przy drugim stole gwałtownie się poruszają i zamierają w bezruchu, ale przez kilka sekund na sali panuje głucha cisza. Bomba uderza, eksploduje i przez chwilę wszyscy szukają u siebie śmiertelnych ran. Nie znajdują i mogą znów zacząć oddychać.

Zapisuję obie kwoty w notatniku i słychać nawet skrobanie mojego pióra. Nie pozwalam sobie na uśmiech, choć aby to osiągnąć, niemal wygryzam sobie dziurę w dolnej wardze. Mam ochotę zrobić tysiąc różnych rzeczy: wskoczyć na stół i odtańczyć taniec radości futbolisty idioty za linią końcową boiska. Podbiec do ławy przysięgłych i zacząć całować ich po nogach. Przespacerować się wokół stołu strony pozwanej z wrednym uśmieszkiem. Mam ochotę wskoczyć na ławę sędziowską i wyściskać Tyrone'a Kiplera.

Nie robię żadnej z tych rzeczy, zachowuję spokój i tylko szepczę „gratulacje" do ucha mojej klientki. Dot nie reaguje. Patrzę w stronę ławy sędziowskiej i widzę, że Wysoki Sąd czyta kartkę z zapisem werdyktu, którą mu wręczono. Przenoszę wzrok na ławę przysięgłych i stwierdzam, że większość patrzy na mnie. Już nie mogę się nie uśmiechnąć. Skłaniam głowę i bezgłośnie mówię „dziękuję".

Na stroniczce w notatniku rysuję krzyż i podpisuję „Donny Ray Black". Zamykam oczy i przywołuję mój ulubiony jego obraz. Widzę go, jak siedzi na składanym krzesełku podczas meczu softballu, zajada popcorn i uśmiecha się dlatego, że tam jest. Zaczyna mnie drapać w gardle, do oczu napływają łzy. Nie musiał umierać.

— Wygląda na to, że z werdyktem wszystko w porządku — oznajmia Kipler. Ja rzekłbym, że nawet bardzo w porządku. Kipler zwraca się do przysięgłych, dziękuje im za spełnienie obywatelskiego obowiązku i obiecuje, że skromne czeki dla nich zostaną wysłane w przyszłym tygodniu. Prosi też, żeby z nikim nie rozmawiali o sprawie i oznajmia, że są wolni. Pod wodzą woźnego po raz ostatni opuszczają salę rozpraw. Wiem, że już ich nigdy nie zobaczę. Jestem w takim nastroju, że chętnie dałbym każdemu po milionie.

Kipler też walczy, by zachować kamienną twarz.

— Rozpatrzymy wnioski poprocesowe za jakiś tydzień. Moja sekretarka panów zawiadomi. Czy coś jeszcze?

Kręcę głową. Czego jeszcze mógłbym chcieć?

Leo nawet nie wstaje i tylko mamrocze pod nosem:

— Nie, Wysoki Sądzie.

Jego ekipa zaczyna z zapałem upychać papiery do aktówek i teczki z aktami do kartonów. Nie mogą się doczekać, kiedy stąd wyjdą. To z całą pewnością najwyższe odszkodowanie w historii stanu Tennessee i już na zawsze przylgnie do nich etykietka tych, którzy tak strasznie dali dupy. Gdybym nie był tak śmiertelnie zmęczony i oszołomiony, może nawet podszedłbym do nich i uścisnął im dłonie. Tak by się zachował facet z klasą, ale mnie jakoś na to nie stać. Jest mi dużo łatwiej siedzieć obok Dot i wpatrywać się w imię Donny'ego Raya w moim notatniku.

To wcale nie znaczy, że jestem już bogaty. Sprawa odwoławcza potrwa z rok, może nawet dwa. A werdykt jest tak gigantyczny, że wywoła atak furii po drugiej stronie. Będę miał co robić.

Ale na tę chwilę mam wszystkiego dość. Chcę wsiąść do samolotu i wylądować na jakiejś plaży.

Kipler stuka młotkiem i proces zostaje formalnie zakończony. Patrzę na Dot, widzę, że tonie we łzach i pytam, jak się czuje. Podbiega Deck z gratulacjami. Jest blady, ale roześmiany, i jego cztery równe przednie zęby aż lśnią. Skupiam uwagę na Dot. To twarda kobieta, która z trudem poddaje się łzom, ale teraz wyraźnie z nimi przegrywa. Klepię ją uspokajająco po ramieniu i podsuwam chusteczkę higieniczną.

Booker ściska mnie od tyłu za kark i mówi, że zadzwoni w przyszłym tygodniu. Rozpromienieni Cooper Jackson, Hurley i Grunfeld zatrzymują się przy stole i obsypują mnie pochwałami. Trochę się śpieszą, bo muszą zdążyć na samolot. Porozmawiamy w poniedziałek. Podchodzi też reporter, ale odganiam go ruchem ręki. Właściwie wszystkich trochę olewam, bo martwię się stanem mojej klientki. Jej szloch jest coraz głośniejszy, Dot jest na granicy histerii.

Olewam też Drummonda i jego fagasów, którzy obładowani jak wielbłądy szybko opuszczają salę. Nie zamieniamy ani słowa. Chciałbym być teraz muchą i przysiąść na ścianie kancelarii Trent i Brent.

Protokolantka, woźny i urzędniczka sądowa zbierają swoje klamoty i wychodzą. W sali zostajemy już tylko Dot, Deck i ja. Powinienem pójść pogadać z Kiplerem, podziękować mu za poprowadzenie mnie za rękę i umożliwienie tego wszystkiego. Ale zrobię to później. Teraz trzymam Dot za rękę, a z jej oczu wylewa się potok łez. Deck siedzi obok i nic nie mówi. Ja też milczę, w oczach mam łzy i boli mnie serce. Dot ma gdzieś te wszystkie pieniądze. Chce odzyskać syna.

Ktoś — zapewne woźny — pstryka wyłącznikiem w korytarzyku prowadzącym do sali obrad przysięgłych i światła gasną. Sala pogrąża się w półmroku. Żadne z nas się nie rusza. Szloch powoli cichnie. Dot ociera policzki chusteczką i palcami.

— Przepraszam — mówi chrapliwym szeptem. Chce stąd wyjść, więc wstajemy od stołu. Poklepuję ją po ramieniu, Deck zabiera się do spakowania naszych papierów i upchania ich do trzech aktówek.

Wychodzimy z nieoświetlonej sali i wkraczamy na wyłożony marmurem korytarz. Dochodzi piąta w piątkowe popołudnie i na korytarzu panuje cisza. Nie ma kamer ani aparatów, nie ma reporterów ani tłumu chcącego usłyszeć słowa triumfu od bohatera chwili.

Tak naprawdę nikt nie zwraca na nas uwagi.

Rozdział 50

Biuro to teraz ostatnie miejsce, w którym chciałbym być. Jestem zbyt zmęczony i oszołomiony, by świętować w barze, poza tym mój jedyny kumpel Deck jest abstynentem. Zresztą w moim stanie dwa solidne drinki wystarczyłyby, bym zapadł w śpiączkę, więc specjalnie się nie garnę. Powinno się teraz odbywać dzikie party na cześć zwycięstwa, ale gdy ma się do czynienia z ławą przysięgłych, to trudno takie rzeczy zaplanować.

Może jutro. Jestem pewny, że do jutra trauma minie, nastąpi opóźniona reakcja na werdykt i rzeczywistość weźmie górę. Zostawię sobie świętowanie do jutra.

Żegnam się z Deckiem pod budynkiem sądu. Mówię mu, że jestem nieżywy ze zmęczenia i obiecuję, że spotkamy się później. Obaj jesteśmy w szoku i obaj musimy się z nim uporać, każdy po swojemu. Jadę do domu pani Birdie i przeprowadzam codzienną inspekcję wszystkich pomieszczeń. Jakby to był dzień jak co dzień. Jakby nie stało się nic wielkiego. Siadam na patio, patrzę na moje mieszkanie i po raz pierwszy zaczynam w myślach wydawać pieniądze. Ile czasu upłynie, zanim kupię lub zbuduję pierwszy prawdziwy dom? Jaki nowy samochód sobie zafunduję?

Próbuję odpędzać od siebie takie myśli, ale się nie da. Co można robić z szesnastoma i pół milionem dolców? Nawet nie potrafię tego ogarnąć. Wiem, że jeszcze wiele rzeczy może się wydarzyć. Wyrok mogą unieważnić i skierować sprawę do ponownego rozpatrzenia, a ja nie dostanę ani grosza. W wyniku apelacji odszkodowanie może zostać radykalnie obniżone lub wręcz zniesione. Wiem, że te straszne scenariusze mogą się ziścić, ale dziś pieniądze są moje.

Oddaję się marzeniom w promieniach zachodzącego słońca. Powietrze jest czyste, ale bardzo zimne. Może jutro zacznie do mnie docierać ogrom mojego sukcesu, ale na razie jest mi dobrze z myślą, że pozbyłem się ogromnej ilości jadu. Od prawie roku żyłem przesycony nienawiścią do mistycznego wroga o nazwie Great Benefit Ubezpieczenia na Życie. Nosiłem w sobie gorzką truciznę dla zatrudnionych tam ludzi — tych, którzy uruchomili łańcuch zdarzeń i doprowadzili do śmierci niewinnego człowieka. Mam nadzieję, że Donny Ray spoczywa w spokoju. Na pewno jakiś anioł mu opowie, co się dziś wydarzyło.

Ich machinacje zostały ujawnione i napiętnowane. Już ich nie nienawidzę.

▲ ▲ ▲

Kelly odkrawa widelcem małe kawałeczki pizzy i wkłada do ust. Wargi nadal ma opuchnięte, policzki i szczęki obolałe. Siedzimy w poprzek jej jednoosobowego łóżka, opieramy się plecami o ścianę i wyciągamy nogi. Między nami leży pudło z pizzą, na osiemnastocalowym telewizorku Sony na szafce pod przeciwległą ścianą — czyli bardzo blisko — leci stary western z Johnem Wayne'em.

Kelly ma na sobie ten sam szary dres, na nogach nie ma skarpetek ani butów i widzę niewielką bliznę na jej prawej kostce, którą Cliff złamał jej zeszłego lata. Umyła głowę i związała włosy w koński ogon. Pomalowała też paznokcie na jasnoczerwono. Próbuje udawać beztroską i szczebiotać, ale tak ją wszystko boli, że nie bardzo jej to wychodzi. Prawie nie rozmawiamy. Nigdy w życiu nikt mnie nie skatował i trudno mi sobie wyobrazić, co się potem czuje. Z czysto fizycznym bólem można się pogodzić w miarę łatwo, ale koszmar męczarni psychicznych to coś zupełnie innego. Zastanawiam się, w którym momencie postanowił odpuścić, dać jej spokój i zacząć podziwiać swoje dzieło.

Staram się o tym nie myśleć. Nie zamieniliśmy na ten temat ani słowa i nie mam zamiaru zaczynać. Od Cliffa nie ma wiadomości od czasu, gdy dostał papiery rozwodowe.

Kelly poznała jedną z kobiet przebywających w schronisku, jak nazywają ten dom — matkę trojga nastolatków, która jest tak przerażona i zestresowana, że ma trudności z wypowiadaniem najprostszych zdań. Mieszka w sąsiednim pokoju. W całym domu panuje głucha cisza. Kelly wyszła z pokoju tylko raz, bo chciała przez chwilę posiedzieć na ganku i odetchnąć świeżym powietrzem. Próbuje czytać, ale ma z tym trudności. Praktycznie nadal nie widzi na lewe oko, obraz w prawym jest chwilami rozmazany. Lekarz ją uspokoił, że nie nastąpiły żadne trwałe urazy.

Kilkakrotnie wybucha płaczem, a ja jej powtarzam, że to było ostatnie bicie. Cliff już nigdy jej nie tknie, a jeśli będzie trzeba, to własnoręcznie bydlaka zabiję. I mówię to poważnie. Myślę, że gdyby się do niej zbliżył, byłbym w stanie dosłownie rozwalić mu łeb.

I niech mnie potem aresztują. Oskarżą. Postawią przed sądem. Niech posadzą dwunastu ludzi na ławie przysięgłych. Jestem na fali i sobie poradzę.

Nie mówię jej o werdykcie. Gdy tak siedzimy na łóżku i oglądamy Johna Wayne'a cwałującego na koniu, wydaje się, że od sali sądowej sędziego Kiplera dzielą nas setki kilometrów.

I tego mi właśnie trzeba.

Kończymy jeść pizzę i przysuwamy się do siebie. Trzymamy się za ręce jak para dzieciaków. Muszę tylko bardzo uważać, bo Kelly jest poobijana dosłownie na całym ciele, od głowy po kolana. Film się kończy i zaczynają wiadomości o dziesiątej. Nagle ogarnia mnie ciekawość, czy powiedzą coś o sprawie Blacka. Po obowiązkowej serii gwałtów i morderstw oraz pierwszej przerwie na reklamy prowadzący mówi uroczystym głosem: „Dziś na sali rozpraw w Memphis zapadł historyczny wyrok. Ława przysięgłych w procesie cywilnym przyznała rekordowo wysokie odszkodowanie wysokości pięćdziesięciu milionów dolarów, które musi zapłacić firma ubezpieczeniowa Great Benefit Ubezpieczenia na Życie z Cleveland w stanie Ohio. Rodney Frate poda nam szczegóły". Nie mogę powstrzymać uśmiechu. Potem widzimy Rodneya Frate'a na żywo stojącego przed budynkiem sądu okręgowego i dygocącego z zimna. Budynek jest oczywiście od dawna pusty i zamknięty. „Arnie — mówi Frate — jakąś godzinę temu rozmawiałem z Pauline MacGregor, urzędniczką tutejszego sądu okręgowego, która potwierdziła, że dziś koło szesnastej w Wydziale VIII sądu, któremu przewodniczy sędzia Tyrone Kipler, ława przysięgłych przyznała powódce dwieście tysięcy dolarów w formie zadośćuczynienia za poniesione straty i pięćdziesiąt milionów jako karne odszkodowanie. Rozmawiałem też z sędzią Kiplerem, który odmówił wypowiedzi do kamery, ale oświadczył, że sprawa dotyczyła pozwu przeciwko Great Benefit o działanie w złej wierze. Nie chciał powiedzieć nic więcej poza tym, że według jego wiedzy jest to najwyższe odszkodowanie w historii stanu Tennessee. Rozmawiałam z kilkoma prawnikami w mieście i żaden nie słyszał o przyznaniu tak ogromnego odszkodowania. Pełnomocnik pozwanego Leo F. Drummond odmówił komentarza. Z adwokatem powódki Rudym Baylorem nie udało nam się skontaktować. Arnie, oddaję głos do studia".

Arnie płynnie przechodzi do kraksy ciężarówki na autostradzie I-55.

— Wygrałeś? — pyta Kelly. W jej głosie jest nie tyle zdziwienie, ile niedowierzanie.

— Wygrałem.

— Pięćdziesiąt milionów dolarów?

— Mhm. Ale w banku ich jeszcze nie mam.

— Rudy!

Wzruszam obojętnie ramionami, jakby to nie było nic nadzwyczajnego.

— Poszczęściło mi się.

— Ale dopiero co skończyłeś szkołę.

Cóż mogę powiedzieć?

— Nie było aż tak trudno. Mieliśmy doskonałą ławę przysięgłych i wszystkie fakty świadczyły na naszą korzyść.

— Tak, pewnie, jakby to się zdarzało co dzień.

— Nie byłoby źle.

Kelly bierze do ręki pilota i ścisza telewizor. Chce o tym porozmawiać.

— Nie zwiedziesz mnie swoją skromnością. Jest udawana.

— Masz rację. W tej chwili czuję się najlepszym adwokatem na świecie.

— Tak już lepiej. — Próbuje się uśmiechnąć. Już prawie przywykłem do jej posiniaczonej i poharatanej twarzy. Nie patrzę już na jej obrażenia tak, jak patrzyłem na nie w samochodzie po południu. Nie mogę się doczekać, kiedy minie tydzień, a ona znów będzie śliczna.

Przysięgam, że mógłbym go zabić.

— Ile z tego dostaniesz? — pyta.

— Od razu przechodzisz do sedna, co?

— Po prostu jestem ciekawa — mówi niemal dziecięcym głosikiem. Duchowo jesteśmy już kochankami i fajnie się jest droczyć i chichotać.

— Jedną trzecią, ale do tego jeszcze daleko.

Odwraca głowę i dopada ją przy tym taki ból, że aż pojękuje. Pomagam jej ułożyć się na brzuchu. Z trudem powstrzymuje łzy, całe ciało ma usztywnione. Z powodu zmasakrowanych pleców nie może spać na wznak.

Głaszczę ją po włosach i szepcę do ucha, ale nie trwa to długo, bo odzywa się intercom. Z dołu dzwoni Betty Norvelle i przypomina, że czas odwiedzin się skończył.

Kelly ściska moją rękę, a ja całuję ją lekko w posiniaczony policzek i obiecuję wrócić jutro. Błaga mnie, żebym nie odchodził.

▲ ▲ ▲

Korzyści z wygrania tak olbrzymiego odszkodowania od razu w pierwszym procesie w życiu są oczywiste. Jedyną wadą, jaka przychodzi mi do głowy, gdy tak siedzę i dumam o tym wszystkim, jest to, że teraz może być już tylko gorzej. Mój każdy następny klient będzie się spodziewał po mnie takiej samej magii. Ale tym będę się martwił później.

Jest późny sobotni ranek i siedzę sam w biurze, czekając na umówionego reportera i jego fotografa, gdy dzwoni telefon.

— Mówi Cliff Riker — odzywa się ponury głos, a ja natychmiast wciskam guzik nagrywania.

— Czego chcesz?

— Gdzie jest moja żona?

— Twoje szczęście, że nie w kostnicy.

— Nakopię ci do dupy, ważniaku.

— Mów dalej, kolego. Wszystko pięknie się nagrywa.

Szybko się rozłącza, a ja wlepiam wzrok w telefon. Zmieniłem aparat na tani model z Kmartu. W trakcie procesu korzystaliśmy z niego, kiedy nie chcieliśmy, żeby Drummond słuchał naszych rozmów.

Dzwonię do Butcha do domu i mówię mu o telefonie Rikera. Po awanturze przy wręczaniu papierów rozwodowych Butch jest na niego cięty. Cliff zwymyślał go od ostatnich i obraził nawet jego matkę. Tylko obecność dwóch kumpli Cliffa z pracy powstrzymała Butcha od bijatyki i rozlewu krwi. Wczoraj wieczorem oświadczył, że jeśli Cliff będzie mi groził, chciałby o tym wiedzieć. Powiedział, że ma kolegę imieniem Rocky, który pracuje dorywczo jako wykidajło w nocnym klubie i z którym razem stanowią imponującą parę. Wymogłem na nim obietnicę, że tylko Cliffa nastraszy, ale nie zrobi mu krzywdy. Mówi, że dopadnie go gdzieś samego, wspomni o telefonie do mnie i oświadczy, że są z Rockym moimi ochroniarzami. Jeszcze jedna groźba pod moim adresem, a gorzko tego pożałuje. Chciałbym to widzieć. Nie mam ochoty żyć w strachu.

Dla Butcha to tylko zapowiedź dobrej zabawy.

Reporter z „Memphis Press" zjawia się o jedenastej. Chwilę rozmawiamy, jego fotograf wypstrykuje w tym czasie całą rolkę filmu. Chce wiedzieć wszystko o sprawie i przebiegu procesu, a ja spełniam jego życzenie. Teraz to już wiedza publiczna. Mówię kilka ciepłych słów o Drummondzie, wypowiadam się z entuzjazmem o Kiplerze i zachwycam przysięgłymi.

To będzie duży artykuł do niedzielnego wydania, obiecuje reporter.

▲　▲　▲

Kręcę się po biurze, czytam pocztę i odsłuchuję wiadomości na sekretarce, które zostawiono w ciągu minionego tygodnia. Nie potrafię zabrać się do pracy, zresztą nagle uświadamiam sobie, jak niewielu jest klientów i jak mało spraw, nad którymi mógłbym popracować. Połowę czasu spędzam na odtwarzaniu w myślach scen z procesu, drugą na obmyślaniu naszej przyszłości z Kelly. Czy człowiek może mieć większe szczęście?

Dzwonię do Maxa Leuberga i relacjonuję mu szczegóły. Zamieć w Chicago spowodowała zamknięcie lotniska O'Hare i uniemożliwiła mu dotarcie na proces. Gadamy przez godzinę.

▲　▲　▲

Nasze spotkanie w sobotę wieczorem jest bardzo podobne do piątkowego, tyle że jedzenie i film są inne. Kelly kocha chińszczyznę i przynoszę całą torbę dań na wynos. Jemy, siedząc na łóżku i oglądając jakąś komedię, z której czasem nawet się śmiejemy.

Ale ani przez chwilę się nie nudzimy. Kelly powoli wygrzebuje się ze swojego koszmaru. Rany i stłuczenia zaczynają się goić, trochę łatwiej jej się śmiać i może się energiczniej poruszać. Ciut więcej się dotykamy, ale tylko odrobinę. Zdecydowanie za mało. Bardzo już chce wyleźć z tego dresu. Przepierają go jej raz dziennie, ale ma go dość. Chce znów być ładna i chce się przebrać w swoje ciuchy. Rozmawiamy o wemknięciu się po kryjomu do mieszkania i zabraniu jej rzeczy.

Nadal nie rozmawiamy o przyszłości.

Rozdział 51

Jest poniedziałek rano i jako człowiek bogaty, który nic nie musi, śpię do dziewiątej, wkładam drelichowe spodnie i mokasyny, nie zakładam krawata i wkraczam do biura o dziesiątej. Mój wspólnik jest zajęty pakowaniem dokumentacji Blacka i usuwaniem składanych stołów, które od miesięcy zagracały nasze biuro. Uśmiechamy się do siebie i śmiejemy z byle czego. Ulżyło nam. Jesteśmy wypoczęci i pora zacząć cieszyć się zwycięstwem. Wyskakuje na dół po kawę, po czym siadamy przy moim biurku i od nowa przeżywamy chwile triumfu.

Deck wyciął artykuł z wczorajszego „Memphis Press" — na wszelki wypadek, gdybym potrzebował dodatkowej kopii. Dziękuję mu i mówię, że może mi się przydać, choć w domu mam już ich kilkanaście. Trafiłem na pierwszą stronę dodatku miejskiego, na której zamieszczono długi i zgrabnie napisany artykuł o moim triumfie, a także dość duże moje zdjęcie przy biurku. Wczoraj przez cały dzień nie mogłem oderwać od niego wzroku. Gazeta trafiła do trzystu tysięcy gospodarstw domowych. Takiej reklamy nie kupi się za żadne pieniądze.

Przyszło kilka faksów. Parę od kolegów ze studiów z gratulacjami i żartobliwymi prośbami o pożyczkę. Bardzo miły od Madeline Skinder z wydziału prawa i dwa od Maxa Leuberga. Pierwszy jest kopią krótkiego artykułu, jaki ukazał się w chicagowskiej gazecie o wyroku w Memphis. Drugi to kopia artykułu z wczorajszego wydania gazety w Cleveland. Artykuł szczegółowo opisuje przebieg procesu Blacka, po czym relacjonuje rosnące kłopoty, jakie gnębią Great Benefit. Działalność firmy jest przedmiotem dochodzenia w co najmniej siedmiu stanach, w tym także w Ohio. Do sądów trafiają liczne pozwy składane przez posiadaczy polis i należy oczekiwać, że ich liczba będzie rosła. Wyrok w Memphis zapewne spowoduje lawinę pozwów.

Cha, cha, cha! Pławimy się w nieszczęściu, w które wpakowaliśmy tych drani. Śmiejemy się, wyobrażając sobie M. Wilfreda Keeleya, jak wpatruje się w sprawozdanie finansowe i próbuje znaleźć w nim więcej forsy. Przecież na pewno gdzieś musi być!

Posłaniec z kwiaciarni przynosi przepiękny bukiet — prezent od Bookera Kane'a i personelu kancelarii Marvina Shankle'a.

Miałem cichą nadzieję, że od rana rozdzwonią się klienci szukający niezawodnej pomocy prawnej, ale na razie nic takiego się nie dzieje. Deck mówi, że przed dziesiątą było parę telefonów, w tym jedna pomyłka. Nie przejmuję się.

O jedenastej dzwoni Kipler i na wszelki wypadek przełączam się na „czysty" aparat, bo Drummond może nas jeszcze podsłuchiwać. Kipler ma mi do przekazania ciekawostkę, która może też dotyczyć mnie. Gdy przed rozpoczęciem procesu w ubiegły poniedziałek siedzieliśmy wszyscy w gabinecie Kiplera, poinformowałem Drummonda, że jesteśmy gotowi zawrzeć ugodę za odszkodowanie w wysokości miliona dwustu tysięcy dolarów. Drummond strasznie się wtedy oburzył i doszło do procesu. Najwidoczniej nawet nie przekazał mojej propozycji klientowi, a ten twierdzi teraz, że gdyby o tym wiedział, poważnie rozważyłby zapłacenie żądanej kwoty. Nikt nie wie, czy to prawda i czy firma byłaby gotowa zawrzeć taką ugodę, ale z perspektywy czasu milion dwieście brzmi dużo strawniej niż pięćdziesiąt milionów

604

dwieście. W każdym razie utrzymują teraz, że zawarliby ugodę, i oskarżają swojego pełnomocnika, wielkiego Leo F. Drummonda, o poważne niedopatrzenie, jakim jest niepoinformowanie ich o takiej możliwości.

Underhall, ich własny prawnik, od rana wisi na telefonie z Drummondem i Kiplerem. Firma jest wściekła, czuje się upokorzona i boleśnie zraniona, i oczywiście szuka kozła ofiarnego. Drummond w pierwszym odruchu zaprzeczył, że coś takiego w ogóle miało miejsce, ale Kipler od razu ujawnił jego kłamstwo. I w tym miejscu sprawa zaczyna dotyczyć mnie, bo być może zwrócą się do mnie o złożenie pisemnego oświadczenia pod przysięgą, w którym opiszę, co mi w tej sprawie wiadomo. Zapewniam sędziego, że zrobię to z największą przyjemnością. Mogę od razu zacząć pisać.

Firma Great Benefit już zwolniła Drummonda i rozwiązała umowę z kancelarią Trent i Brent, ale sprawy mogą przybrać znacznie gorszy obrót. Underhall już przebąkuje o wystąpieniu na drogę sądową z oskarżeniem o złamanie przez kancelarię reguł etyki zawodowej, a to może skończyć się katastrofą. Jak wszystkie kancelarie prawnicze Trent i Brent jest ubezpieczona od tego rodzaju błędów, ale kwota ubezpieczenia jest ograniczona. Nikt przy zdrowych zmysłach nie ubezpiecza się na taką kwotę. Kosztujący pięćdziesiąt milionów dolarów błąd Leo F. Drummonda może zrujnować finanse firmy.

Słuchając tego, nie mogę powstrzymać uśmiechu. Odkładam słuchawkę i relacjonuję Deckowi treść rozmowy. Możliwość podania kancelarii Trent i Brent do sądu przez firmę ubezpieczeniową brzmi jak dowcip.

Następny telefon jest od Coopera Jacksona. Wraz z kolegami złożyli dziś rano pozew zbiorowy w sądzie w Charlotte. Reprezentują grupę ponad dwudziestu ubezpieczonych, których Great Benefit oszukało w 1991 — roku obowiązywania „planu oszczędnościowego". Prosi, bym podał dogodny dla mnie termin. kiedy będzie mógł mnie odwiedzić i przejrzeć całą dokumentację sprawy Blacka. W każdej chwili, odpowiadam, w każdej chwili.

Idziemy z Deckiem na lunch do Moe's, starej knajpki w centrum miasta nieopodal budynku sądu, w której często jadają adwokaci i sędziowie. Parę osób mi się przygląda, ktoś ściska mi dłoń, kolega ze studiów klepie po plecach. Powinienem częściej tu jadać.

▲ ▲ ▲

Wyznaczamy akcję na poniedziałkowy wieczór, bo ziemia przeschła, a temperatura wynosi około pięciu stopni Celsjusza. Trzy ostatnie spotkania odwołano z powodu złej pogody. No bo co za idioci grają w softball w zimie? Kelly nawet nie próbuje odpowiadać. Wiadomo, z jakim idiotą mamy do czynienia. Jest pewna, że dziś wieczorem będą grali, bo to dla nich niesłychanie ważna sprawa. Od dwóch tygodni byli pozbawieni spotkań, piwnej balangi po meczu i okazji do przechwałek, więc cierpią katusze. Cliff za żadne skarby nie opuści meczu.

Rozgrywki zaczynają się o siódmej wieczorem i na wszelki wypadek przejeżdżamy obok boiska i upewniamy się, że drużyna PFX Przewoźnicy rzeczywiście na nim gra. Śpieszę się, bo nigdy wcześniej czegoś takiego nie robiłem, i jestem bardzo zdenerwowany. Prawdę mówiąc, oboje jesteśmy wystraszeni. Niewiele się do siebie odzywamy i im bliżej do jej mieszkania, tym szybciej jadę. Pod fotelem trzymam trzydziestkęósemkę i nie mam zamiaru się z nią rozstawać.

Zakładając, że Cliff nie zmienił zamków, Kelly liczy, że cała operacja od wejścia do wyjścia nie zajmie nawet dziesięciu minut. Chce tylko zgarnąć większość swoich rzeczy i trochę innych drobiazgów. Dziesięć minut to góra, mówię, bo mogą się napatoczyć jacyś sąsiedzi, którzy coś zauważą. A jeśli zauważą, to mogą też wpaść na pomysł zadzwonienia do Cliffa i wtedy kto wie, co się może zdarzyć.

Jej obrażenia mają pięć dni i już tak bardzo nie bolą. Kelly może poruszać się nieco swobodniej. Twierdzi, że jest wystarczająco silna, by złapać rzeczy i szybko się uwinąć. Zrobimy to razem.

Osiedle mieszkaniowe znajduje się piętnaście minut drogi od boiska i składa się z sześciu dwupiętrowych budynków stojących wokół basenu i kortu tenisowego. Sześćdziesiąt osiem lokali, jak głosi tablica informacyjna przy wjeździe. Na szczęście mieszkanie Kelly mieści się na parterze. Nie da się zaparkować obok drzwi, postanawiamy więc najpierw wejść do środka, po cichu zebrać, co trzeba, i dopiero wtedy podjadę, wjadę na trawnik, wrzucimy wszystko na tylne siedzenie i szybko się zmyjemy.

Stawiam samochód na parkingu i głęboko wciągam powietrze.

— Boisz się? — pyta.

— Tak. — Sięgam pod fotel i wyjmuję rewolwer.

— Spokojnie, teraz jest na boisku. Za żadne skarby tego nie opuści.

— Skoro tak mówisz. Chodźmy.

Przemykamy się w ciemnościach do jej mieszkania, na nikogo się nie natykając. Klucz pasuje, zamek odskakuje i wchodzimy do środka. Palące się światła w kuchni i w przedpokoju zapewniają wystarczające oświetlenie. Na krzesłach w pokoju leżą rozrzucone jego ciuchy, stół i podłoga są zasłane pustymi puszkami po piwie i opakowaniami po chipsach kukurydzianych. Cliff jako kawaler jest wyjątkowym flejtuchem. Kelly na moment zamiera, rozgląda się z obrzydzeniem i szepcze: „Przepraszam".

— Pośpiesz się — ponaglam ją i kładę rewolwer na wąskim blacie oddzielającym pokój od części kuchennej. Przechodzimy do sypialni, gdzie zapalam małą lampkę. Widać, że łóżko od wielu dni nie było ścielone. Na podłodze leżą kolejne puszki po piwie, pusty karton po pizzy i „Playboy". Kelly wskazuje prymitywną komodę z szufladami.

— Tam są moje rzeczy — mówi. Oboje porozumiewamy się szeptem.

Ściągam poszewkę z poduszki i zaczynam upychać do środka jej bieliznę, skarpetki, piżamy. W tym czasie Kelly wyjmuje z szafy swoje ubrania. Biorę od niej naręcze sukienek i bluzek, zanoszę do pokoju i rzucam na krzesło, po czym wracam do sypialni.

607

— Nie dasz rady zabrać wszystkiego — mówię, patrząc na wypełnioną ciuchami szafę. Bez słowa podaje mi następne naręcze ubrań, które znów zanoszę do pokoju. Poruszamy się szybko i cicho. Czuję się jak złodziej. Każdy ruch wydaje mi się zbyt głośny. Serce mi wali, a ja kursuję między sypialnią a pokojem z kolejnymi naręczami ubrań.

— Już wystarczy — mówię w końcu. Kelly bierze wypchaną poszewkę i rusza w stronę pokoju, ja podążam za nią z kilkoma sukienkami na wieszakach. — Zmywajmy się — dodaję, czując, że nerwy mam napięte jak postronki.

Od drzwi wejściowych dobiega jakiś szmer. Ktoś próbuje wejść. Oboje zamieramy i patrzymy na siebie. Kelly robi krok w kierunku drzwi, gdy te nagle się otwierają, uderzają w nią i dociskają do ściany. Do mieszkania wpada Cliff Riker.

— Kelly, już jestem! — drze się na cały głos i w tym momencie widzi, jak Kelly potyka się o krzesło i przewraca. Stoję niecałe trzy metry od niego i Cliff nie traci czasu na zastanawianie się. Porusza się tak szybko, że żółty trykot PFX Przewoźników, zaczerwienione oczy i coś błyszczącego w jego ręku zlewają się w jedną smugę. Dzierży aluminiowy kij do softballu i nim wywija, a ja martwieję z przerażenia.

— Ty skurwysynu! — wrzeszczy i robi potężny zamach w stronę mojej głowy. Choć jestem sparaliżowany ze strachu, w ostatniej milisekundzie robię unik i kij przelatuje tuż nad nią — tak blisko, że słyszę świst powietrza. I czuję potęgę tego ciosu. Kij trafia w drewnianą kolumienkę przy końcu blatu śniadaniowego i rozwala ją na drzazgi, przy okazji zmiatając na podłogę stertę brudnych naczyń. Kelly krzyczy. Zamach miał mi rozłupać czaszkę i gdy kij nie sięgnął celu, Cliffa obróciło i teraz przez mgnienie oka stoi odwrócony do mnie plecami. Rzucam się na niego jak szalony i przewracam razem z krzesłem pełnym ubrań na wieszakach. Kelly znów krzyczy gdzieś za moimi plecami.

— Łap broń! — wrzeszczę.

Cliff jest szybki i silny i zrywa się na nogi, zanim udaje mi się odzyskać równowagę.

— Zabiję cię! — drze się. Znów bierze zamach i znów chybia, bo mnie i tym razem udaje się uchylić przed ciosem. Kij młóci tylko powietrze. — Ty skurwysynu! — warczy wściekle, biorąc kolejny zamach.

Nie wolno mi dopuścić do trzeciej próby. Zanim ma czas odciągnąć kij do tyłu, rzucam się do przodu i walę go prawym hakiem w twarz. Trafiam prosto w szczękę i Cliff jest tak oszołomiony, że udaje mi się wymierzyć mu kopniaka w krocze. Kopnięcie jest idealnie celne i na tle jego wycia z bólu słyszę, jak trzaskają mu jądra. Opuszcza kij, a ja go chwytam i wykręcam mu go z rąk.

Robię potężny zamach, trafiam w lewe ucho i towarzyszące temu chrupnięcie pękającej kości jest tak głośne, że aż robi mi się niedobrze. Cliff opada na czworaki i przez moment jego głowa zwisa bezwładnie, potem ją jednak obraca i wlepia we mnie spojrzenie. Podnosi głowę i próbuje wstać, ale uniemożliwia mu to mój drugi cios, który zaczyna się przy suficie. Wkładam w niego całą wypełniającą mnie nienawiść i trafiam go w czubek głowy.

Szykuję się do kolejnego ciosu, ale powstrzymuje mnie krzyk Kelly.

— Rudy, przestań!

Przestaję, wlepiam w nią wzrok i przenoszę go na Cliffa. Leży na brzuchu, jęcząc i konwulsyjnie drgając, po czym z przerażeniem obserwujemy, jak się uspokaja i zamiera w bezruchu. Od czasu do czasu wstrząsają nim pojedyncze drgawki i próbuje coś powiedzieć, ale słychać tylko przerażający gardłowy charkot. Stara się poruszyć głową, z której obfitą strużką cieknie krew.

— Zabiję tego drania, Kelly — rzucam zduszonym głosem, wciąż czując przerażenie i dziką furię.

— Nie.

— Tak. On by nas zabił.

— Daj mi ten kij.

— Co?

— Daj mi kij i wyjdź.

Jestem zdumiony jej spokojem. Wie dokładnie, co należy robić.

— Ale co...? — zaczynam, patrząc na nią, a potem na niego. Wyjmuje mi kij z rąk.

— To dla mnie nie pierwszyzna. Wyjdź stąd. Ukryj się. Dziś wieczór cię tu nie było. Zadzwonię do ciebie później.

Nie mogę nic zrobić, poza bezradnym przyglądaniem się umierającemu człowiekowi na podłodze.

— Proszę cię, Rudy, idź stąd — powtarza Kelly i delikatnie popycha mnie do wyjścia. — Zadzwonię do ciebie później.

— Dobrze, dobrze. — Przechodzę do kuchni, zabieram spluwę i wracam do pokoju. Patrzymy na siebie, potem nasz wzrok wędruje ku podłodze. Wychodzę, cicho zamykam drzwi i rozglądam się za ciekawskimi sąsiadami. Nie widzę nikogo. Przez chwilę się waham, ale z mieszkania Kelly nie dochodzą żadne dźwięki.

Jest mi niedobrze. Wymykam się w ciemność, czując, że jestem zlany potem.

⋏ ⋏ ⋏

Pierwszy radiowóz policyjny zjawia się po dziesięciu minutach, drugi zaraz po nim. Chwilę potem ambulans. Siedzę w volvo i obserwuję wszystko z pełnego samochodów parkingu osiedlowego. Do mieszkania wbiega ekipa sanitariuszy. Po chwili nadjeżdża jeszcze jeden radiowóz. Czerwone i niebieskie błyski rozświetlają noc i ściągają spory tłumek gapiów. Mijają minuty, ale Cliffa ani śladu. Z domu wychodzi jeden z sanitariuszy, podchodzi do ambulansu i coś z niego bierze. Nie widać, żeby się śpieszył.

Kelly została sama i przerażona musi odpowiadać na setki

610

pytań, jak do tego doszło, a ja tu siedzę jak ostatni tchórz, chowam się w samochodzie i mam nadzieję, że nikt mnie nie zobaczy. Dlaczego ją tam zostawiłem? Czy nie powinienem wejść i wyratować ją z opresji? W głowie mi wiruje, wszystko wokół jest zamazane, oślepiają mnie czerwone i niebieskie błyski.

To niemożliwe, że nie żyje. Może być poważnie ranny, ale nie martwy.

Chyba muszę tam wrócić.

Potem jednak szok powoli ustępuje, a jego miejsce zajmuje przerażenie. Chcę, żeby już wynieśli Cliffa na noszach i odjechali na sygnale, zawieźli go do szpitala i poskładali do kupy. Nagle bardzo chcę, żeby się z tego wylizał. Z żywym Cliffem — choćby nie wiem jak walniętym — jakoś sobie poradzę. No dalej, Cliff. Dawaj, stary. Wstawaj i wychodź stamtąd.

Przecież nie mogłem go zabić.

Tłumek gapiów jest coraz większy i jeden z gliniarzy odsuwa wszystkich parę metrów do tyłu.

Tracę poczucie czasu. Nadjeżdża furgonetka koronera, co powoduje falę podnieconych spekulacji wśród gapiów. Cliffa nie zawiozą ambulansem do szpitala. Zabiorą go do kostnicy.

Uchylam drzwi i wymiotuję na bok stojącego obok samochodu, starając się to robić jak najciszej. Nikt mnie nie słyszy. Wycieram usta, wysiadam i dołączam do tłumu. „W końcu ją zabił", słyszę czyjś komentarz. Gliniarze kręcą się tam i z powrotem. Stoję piętnaście metrów od drzwi, wtopiony w morze twarzy. Policja przeciąga żółtą policyjną taśmę wzdłuż całej ściany budynku. Okno mieszkania co chwilę rozświetlają błyski fleszów.

Wszyscy czekają. Muszę ją zobaczyć, ale nie potrafię się na to zdobyć. Wśród ludzi rozchodzi się kolejna pogłoska, tym razem prawdziwa. To nie ona, a on nie żyje. I wszyscy uznają, że to ona go zabiła. Słucham uważnie, co kto mówi, bo jeśli ktoś zauważył obcego, który wymknął się z mieszkania krótko po serii krzyków i wrzasków, to chcę o tym wiedzieć. Przeciskam się ostrożnie przez tłum i wytężam słuch. Ale niczego takiego nie słyszę. Wycofuję się na chwilę, chowam za krzaki i znów wymiotuję.

Przy drzwiach widać jakiś ruch. Pokazują się plecy jednego z sanitariuszy, który ciągnie za sobą nosze na kółkach. Leżące na nich ciało zapakowano do srebrzystego worka. Wolno przeciągają wózek w stronę furgonetki koronera, pakują do środka i odjeżdżają. Chwilę potem pojawia się Kelly w towarzystwie dwóch policjantów. Wygląda na zdruzgotaną i przerażoną. Dzięki Bogu nie ma skutych rąk. Zdążyła się przebrać i ma teraz na sobie dżinsy i zimową kurtkę.

Sadzają ją na tylnym siedzeniu radiowozu i odjeżdżają. Wracam szybkim krokiem do samochodu i jadę za nimi do komisariatu.

⋏ ⋏ ⋏

Informuję dyżurnego sierżanta, że jestem adwokatem, że przed chwilą aresztowano moją klientkę i chcę uczestniczyć w przesłuchaniu. Mówię to na tyle kategorycznie, że sierżant dzwoni do kogoś, kto ma coś do powiedzenia. Przychodzi kolejny sierżant i prowadzi mnie na pierwsze piętro, gdzie w pokoju przesłuchań siedzi samotnie Kelly, a śledczy z wydziału zabójstw o nazwisku Smotherton obserwuje ją przez weneckie lustro. Wręczam mu wizytówkę, a on ją bierze i nie podaje mi ręki.

— Szybko działacie — burczy z pogardą.

— Zadzwoniła do mnie zaraz po telefonie na dziewięćset jedenaście. Co się tam stało?

Patrzymy na nią obaj. Siedzi przy końcu stołu i ociera oczy papierową chusteczką.

Smotherton wzdycha. Pewnie się zastanawia, ile może mi powiedzieć.

— Znaleźliśmy jej męża martwego w pokoju na podłodze. Miał rozwaloną czaszkę, prawdopodobnie kijem do softballu. Nie była zbyt rozmowna. Powiedziała tylko, że są w trakcie rozwodu i że wpadła na chwilę do domu po swoje rzeczy. On ją przy tym zaskoczył i doszło do szarpaniny. Był podpity, jakimś cudem udało jej się wyrwać mu kij i teraz leży już w kostnicy. Pan się zajmuje jej rozwodem?

— Tak. Dostarczę wam kopię pozwu. W zeszłym tygodniu sędzia wystawił sądowy zakaz zbliżania się do niej. Od lat się nad nią znęcał.

— Tak, widzieliśmy ślady. Chcę jej tylko zadać parę pytań, w porządku?

— Jasne. — Wchodzimy razem do pokoju przesłuchań. Mój widok ją zaskakuje, ale udaje jej się opanować. Witamy się obojętnym uściskiem adwokata i klientki. Do Smothertona dołącza ktoś drugi po cywilnemu — śledczy Hamlet — i stawia na stole magnetofon. Nie zgłaszam sprzeciwu. Nagrywanie zostaje włączone i przejmuję inicjatywę.

— Dla celów porządkowych: nazywam się Rudy Baylor i jestem adwokatem Kelly Riker. Dziś jest poniedziałek, piętnasty lutego tysiąc dziewięćset dziewięćdziesiątego trzeciego roku. Znajdujemy się w budynku śródmiejskiej komendy policji w Memphis. Jestem tu dlatego, że koło dziewiętnastej czterdzieści pięć otrzymałem wiadomość telefoniczną od mojej klientki, która powiadomiła mnie, że zadzwoniła pod dziewięćset jedenaście, bo wydaje jej się, że jej mąż nie żyje.

Daję znak Smothertonowi, że może zaczynać, a on patrzy na mnie takim wzrokiem, jakby chciał mnie udusić. Gliniarze z reguły nienawidzą adwokatów w roli obrońców, ale jest mi to obojętne.

Smotherton zaczyna od ogólnych pytań o Kelly i Cliffa. Pyta o podstawowe dane, takie jak daty urodzenia i ślubu, miejsca pracy, dzieci i tak dalej. Kelly odpowiada na wszystko cierpliwie, z nieobecnym spojrzeniem. Opuchlizna już jej zeszła z twarzy, ale lewy oczodół wciąż jest sinoczarny. Głowa nad nim nadal jest obandażowana. Widać, że Kelly jest śmiertelnie przerażona.

Opowiada o swoim piekle tak obrazowo, że wszyscy trzej aż się kurczymy. Smotherton wysyła Hamleta po kartotekę Cliffa, w której odnotowano jego trzy zatrzymania za pobicia. Kelly opisuje dodatkowo liczne ataki agresji, które nie trafiły do kartoteki, bo ich nie zgłaszała. Opowiada o jego kiju do softballu i jak złamał jej nim kostkę u nogi. Wiele razy bił ją też pięściami, żeby nie połamać jej kości.

Opowiada o ostatnim biciu i decyzji o odejściu od niego. O tym, jak się przed nim ukryła i wystąpiła o rozwód. Wszystko brzmi wiarygodnie, bo jest czystą prawdą. Martwią mnie kłamstwa, które dopiero nastąpią.

— Po co pani pojechała dziś do domu? — pyta Smotherton.

— Po swoje rzeczy. Byłam pewna, że go tam nie będzie.

— Gdzie pani mieszkała przez ostatnie dni?

— W schronisku dla prześladowanych kobiet.

— Jak się to schronisko nazywa?

— Wolałabym nie mówić.

— Mieści się tu, w Memphis?

— Tak.

— Jak się pani znalazła w swoim mieszkaniu?

Na dźwięk tego pytania moje serce na moment staje, ale Kelly już to sobie obmyśliła.

— Przyjechałam swoim samochodem — odpowiada spokojnie.

— Co to za to samochód?

— Volkswagen garbus.

— Gdzie się teraz znajduje?

— Na parkingu pod domem.

— Możemy go obejrzeć?

— Dopiero po mnie — wtrącam, przypominając sobie, że jestem tu w roli adwokata, a nie współwinnego.

Smotherton kręci głową. Gdyby spojrzenia mogły zabijać...

— Jak się pani dostała do środka?

— Mam klucze.

— Co pani zrobiła po wejściu?

— Poszłam do sypialni i zaczęłam pakować swoje rzeczy. Napchałam drobiazgami trzy czy cztery poszewki i przeniosłam naręcza ubrań do pokoju.

— Ile czasu upłynęło do przyjścia pana Rikera?

— Jakieś dziesięć minut.

— I co się wtedy stało?

W tym miejscu się wtrącam:

— Moja klientka nie odpowie na to pytanie, dopóki nie będę miał okazji porozmawiać z nią na osobności i się zapoznać z okolicznościami. Przesłuchanie w tym momencie uważam za zakończone. — Naciskam czerwony przycisk „stop" na magnetofonie. Smotherton przegląda przez chwilę notatki, ale widzę, że aż się gotuje. Hamlet wychodzi, wraca z wydrukiem i obaj go czytają. Kelly i ja się ignorujemy, ale pod stołem nasze stopy się stykają.

Smotherton pisze coś na kartce i mi podaje.

— Zakwalifikujemy to jako zabójstwo, ale prześlemy do sekcji przemocy domowej w prokuraturze. Zajmuje się tym prokurator Morgan Wilson. Od tej chwili przejmuje sprawę.

— Aresztujecie ją?

— Nie mam wyboru. Nie mogę puścić jej wolno.

— Pod jakim zarzutem?

— Nieumyślnego spowodowania śmierci.

— Może pan ją przekazać pod moją kuratelę.

— Nie mogę — prycha ze złością. — Co z pana za prawnik?

— Możecie ją zwolnić za poręczeniem.

— Nie da rady. — Uśmiecha się ironicznie do Hamleta. — Mamy trupa i tylko sędzia może wyznaczyć kaucję. Niech pan go namówi na zwolnienie za poręczeniem, to ją wypuścimy. Ja jestem tylko zwykłym śledczym.

— Zamkną mnie w areszcie? — odzywa się Kelly.

— Nie mamy wyboru, proszę pani. — Głos Smothertona brzmi dużo łagodniej. — Jeśli ten pani adwokat jest coś wart, to załatwi to tak, że jutro pani wyjdzie. To znaczy, jeśli będzie pani mogła

615

wpłacić kaucję. Ale nie mogę pani puścić tylko dlatego, że tak mi się podoba.

Sięgam przez stół i biorę ją za rękę.

— Nie martw się, Kelly. Jutro cię wyciągnę. Najwcześniej, jak to będzie możliwe.

Kiwa głową, zaciska zęby i stara się być dzielna.

— Możecie ją umieścić w osobnej celi? — zwracam się do Smothertona.

— Słuchaj no, frajerze, nie jestem naczelnikiem aresztu, jasne? Jeśli chcesz się tak troszczyć, to idź pogadać ze strażnikami. Oni kochają, jak adwokaci się wtrącają.

Nie prowokuj mnie, kolego. Jedną czaszkę już dziś rozwaliłem. Przez chwilę mierzymy się nienawistnymi spojrzeniami.

— Dziękuję — mówię.

— Nie ma za co. — Obaj z Hamletem odkopują krzesła i ruszają do drzwi. — Masz pan pięć minut — rzuca przez ramię Smotherton i drzwi z hukiem się zatrzaskują.

— Nie wykonuj żadnych ruchów — ostrzegam Kelly szeptem. — Obserwują nas przez to okno. Poza tym na pewno mają tu podsłuch, więc uważaj, co mówisz.

Kelly milczy.

Nadal odgrywam rolę zatroskanego adwokata.

— Przykro mi, że do tego doszło — mówię.

— Co to jest nieumyślne spowodowanie śmierci?

— To może oznaczać wiele rzeczy, ale generalnie to zabójstwo bez premedytacji.

— Ile mogę za to dostać?

— Musieliby cię najpierw skazać, a do tego nie dopuścimy.

— Przyrzekasz?

— Przyrzekam. Boisz się?

Ostrożnie ociera oczy i milczy przez dłuższą chwilę.

— On ma dużą rodzinę i wszyscy są tacy sami. Piją i się awanturują. Śmiertelnie się ich boję.

Nie przychodzi mi do głowy nic, co mógłbym powiedzieć. Też się ich boję.

— Nie mogą mnie zmusić do udziału w pogrzebie, prawda?

— Nie mogą.

— To dobrze.

Po paru minutach przychodzą po Kelly i tym razem zakładają jej kajdanki. Patrzę, jak prowadzą ją korytarzem. Zatrzymują się przy windzie i Kelly wychyla się zza jednego z gliniarzy, żeby na mnie spojrzeć. Wolno do niej macham i po chwili już jej nie ma.

Rozdział 52

Dopuszczając się morderstwa, popełniasz dwadzieścia pięć błędów. Jeśli potrafisz zidentyfikować dziesięć z nich, jesteś geniuszem. Taką kwestię usłyszałem kiedyś w kinie. W tym przypadku nie chodzi o morderstwo, ale bardziej o działanie w obronie własnej. Mimo to popełnione błędy zaczynają się nawarstwiać.

Krążę wokół biurka, na którym leży kilkanaście żółtych kartek wyrwanych z bloku. Narysowałem na nich plan mieszkania i zaznaczyłem miejsce ciała, stert ciuchów, mojej spluwy, kija, puszek po piwie — wszystkiego, co pamiętam. Na planie parkingu zaznaczyłem miejsce postoju mojego samochodu, jej samochodu i jego pick-upa. Zapełniłem wiele kartek opisami każdego wykonanego kroku i każdego zdarzenia. Według mojej najlepszej oceny przebywałem w mieszkaniu niecałe piętnaście minut, ale to wszystko przeniesione na papier wygląda jak krótka powieść. Ile było krzyków i wrzasków na tyle głośnych, że mógł je usłyszeć ktoś z zewnątrz? Myślę, że nie więcej niż cztery. Ile osób mogło zauważyć obcego wymykającego się z budynku tuż po krzykach? Któż to wie?

To chyba mój błąd numer jeden. Nie należało wychodzić od razu. Trzeba było odczekać dziesięć minut i upewnić się, że nikt z sąsiadów niczego nie słyszał, i dopiero wtedy roztopić się w ciemnościach.

A może należało zadzwonić na policję i powiedzieć prawdę? Kelly i ja mieliśmy prawo znajdować się w tym mieszkaniu. Najwyraźniej Cliff siedział gdzieś i czekał, aż zjawi się Kelly, myśląc, że jest gdzie indziej. Miałem pełne prawo wdać się z nim w bójkę, rozbroić go i zaatakować jego własną bronią. Biorąc pod uwagę gwałtowny charakter Cliffa i historię wcześniejszych aktów agresji, żadna ława przysięgłych na świecie nie wydałaby na mnie wyroku skazującego. Nie mówiąc o tym, że jedyny naoczny świadek byłby po mojej stronie.

Więc dlaczego tego nie zrobiłem? Po pierwsze, dlatego że Kelly na siłę mnie stamtąd wypychała i w tym momencie się wydawało, że tak będzie najlepiej. Kto potrafi myśleć racjonalnie, kiedy w ciągu piętnastu sekund człowiek z celu brutalnego ataku zamienia się w zabójcę?

Błędem numer dwa było jej kłamstwo w sprawie samochodu. Prosto z komisariatu pojechałem na parking pod domem i odszukałem jej volkswagena garbusa i jego pick-upa z napędem na cztery koła. To kłamstwo może się ostać tylko wówczas, jeśli policja nie natrafi na kogoś, kto zaświadczy, że jej samochód stał tam od kilku dni.

A jeśli Cliff z pomocą jakiegoś kumpla unieruchomił jej samochód, gdy była w schronisku, i teraz ten kumpel zgłosi się i poinformuje o wszystkim policję? Moja wyobraźnia wyczynia dzikie harce.

Ale moim najgorszym kłamstwem, jakie uświadomiłem sobie w ciągu ostatnich czterech godzin, jest sprawa telefonu do mnie, który Kelly rzekomo wykonała po telefonie na 911. Posłużyłem się nim, by wytłumaczyć moje szybkie pojawienie się w komisariacie. To strasznie durne kłamstwo, bo nigdzie nie ma śladu tej rozmowy. Jeśli gliny sprawdzą wykazy połączeń, jestem załatwiony.

Z upływem nocnych godzin przychodzą mi do głowy jeszcze inne błędy. Na szczęście w większości wynikają z gonitwy przerażonych myśli i po dokładniejszej analizie i przeniesieniu ich na papier znikają.

Pozwalam Deckowi spać do piątej i dopiero wtedy go budzę. Godzinę później jest już w biurze razem z kawą. Przedstawiam mu swoją wersję wydarzeń i jego pierwsza reakcja bardzo podnosi mnie na duchu.

— Żadna ława przysięgłych na świecie jej nie skaże — oświadcza bez wahania.

— Wyrok sądowy to jedna sprawa, wyciągnięcie jej z pudła to coś zupełnie innego.

Ustalamy plan działania. Muszę zdobyć pełną dokumentację: protokoły jego zatrzymań, akta sądowe, jej obdukcje lekarskie, kopię ich pierwszego pozwu rozwodowego. Deck aż się rwie do nurzania się w brudach. O siódmej wychodzi po następne kawy i poranną gazetę.

Notatka znajduje się na stronie trzeciej dodatku miejskiego — trzy krótkie akapity bez zdjęcia ofiary. Wszystko stało się zbyt późno wieczorem, żeby zdążono zrobić z tego większy materiał. „Żona aresztowana w związku ze śmiercią męża", głosi nagłówek, ale w Memphis takie wiadomości ukazują się kilka razy w miesiącu. Gdybym specjalnie tego nie szukał, pewnie w ogóle bym nie zauważył.

Dzwonię do Butcha i z trudem przywracam go do życia. Jest nocnym markiem, singlem po trzech rozwodach i lubi uczestniczyć w zamykaniu nocnych barów. Informuję go, że jego kolesia Cliffa Rikera spotkała przedwczesna śmierć i to go trochę otrzeźwia. Zjawia się u nas w biurze tuż po ósmej. Proszę, żeby się rozejrzał w pobliżu mieszkania Kelly i powęszył, czy ktoś coś słyszał. Ma się też zorientować, czy przypadkiem gliniarze nie robią tego samego. Przerywa mi uwagą, że jest prywatnym detektywem i wie, co ma robić.

Dzwonię do Bookera i mówię mu, że moja klientka, której

620

rozwodem się zajmuję, wczoraj wieczorem zabiła męża, ale to naprawdę miła dziewczyna i chciałbym wyciągnąć ją z aresztu. Potrzebuję jego pomocy. Brat Marvina Shankle'a jest sędzią sądu karnego i chcę, żeby albo wypuścił ją za poręczeniem, albo wyznaczył śmiesznie niską kaucję.

— Po pięćdziesięciomilionowym werdykcie zająłeś się szmatławą sprawą rozwodową? — parska śmiechem Booker.

Nawet udaje mi się roześmiać. Gdyby tylko znał prawdę.

Marvina Shankle'a nie ma w mieście, ale Booker obiecuje wykonać kilka telefonów. Wychodzę z biura o wpół do dziewiątej i jadę do centrum. Przez całą noc starałem się nie myśleć o Kelly w celi aresztu.

▲ ▲ ▲

Wkraczam do kompleksu Sądowego Okręgu Shelby i zmierzam prosto do biura Lonniego Shankle'a. Informują mnie, że sędzia Shankle, podobnie jak jego brat mecenas Shankle, jest poza miastem i wróci dopiero późnym popołudniem. Wykonuję kilka telefonów i próbuję zlokalizować dokumentację Kelly. Była jedną z kilkunastu osób aresztowanych wczoraj wieczorem i jej papiery pewnie leżą jeszcze w komisariacie.

O wpół do dziesiątej spotykam się w głównym holu z Deckiem. Udało mu się zdobyć protokół aresztowania. Wysyłam go do komisariatu po resztę jej papierów.

Biuro prokuratora okręgowego okręgu Shelby mieści się na drugim piętrze w głównym gmachu. Pracuje w nim siedemdziesięciu prokuratorów w pięciu sekcjach. W sekcji przemocy domowej pracują tylko dwie osoby: Morgan Wilson i jeszcze jedna kobieta prokurator. Na szczęście Wilson jest u siebie i pozostaje już tylko problem dostania się do niej. Przez pół godziny uwodzę jej recepcjonistkę i ku mojemu zdumieniu to działa.

Morgan Wilson jest kobietą o imponującej posturze, żelaznym uścisku dłoni i uśmiechu, który mówi: „Jestem cholernie zajęta, więc mów szybko, o co chodzi". Jej gabinet jest zawalony teczkami i zszywkami akt, ale wygląda na to, że jego lokatorka nad wszystkim panuje. Od samego patrzenia na masę czekającej ją pracy czuję się zmęczony. Siadamy i nagle mnie kojarzy.

— Facet od pięćdziesięciu milionów dolarów! — wykrzykuje i uśmiecha się jakby nieco cieplej.

— To ja — potwierdzam i obojętnie wzruszam ramionami. No cóż, jeden z wielu moich dni pracy.

— Gratuluję. — Widać, że zrobiło to na niej wrażenie. Ach, cena sławy. Podejrzewam, że robi teraz to, co każdy prawnik w mieście: oblicza w głowie, ile to jest jedna trzecia od pięćdziesięciu milionów.

Zarabia góra czterdzieści kawałków rocznie, więc chce pogadać o moim niezwykłym szczęściu. Pokrótce relacjonuję jej przebieg procesu i moją reakcję na wieść o werdykcie. Szybko kończę i wyjawiam, co mnie do niej sprowadza.

Jest bardzo uważną słuchaczką i robi mnóstwo notatek. Wręczam jej egzemplarz aktualnego pozwu rozwodowego, kopię starego i protokoły trzykrotnych aresztowań Cliffa za pobicie żony. Obiecuję też, że do końca dnia dostarczę kopie obdukcji Kelly. Opisuję obrażenia powstałe w wyniku kilku najgorszych pobić.

Praktycznie wszystkie akta w gabinecie Morgan Wilson dotyczą mężczyzn, którzy skatowali swoje żony, dzieci lub dziewczyny, więc nietrudno zgadnąć, po czyjej stronie jest jej sympatia.

— Biedactwo — mruczy i na pewno nie ma na myśli Cliffa. — Ile ona ma wzrostu?

— Jakiś metr sześćdziesiąt pięć. Pięćdziesiąt kilo wagi w kostiumie kąpielowym.

— To jak jej się udało zatłuc go na śmierć? — W jej tonie jest tylko podziw, ani cienia nagany czy podejrzliwości.

— Ze strachu. Był zalany. Jakimś cudem wyrwała mu kij.

— I dobrze mu tak — mówi Morgan Wilson, a ja dostaję gęsiej skórki. I to mówi prokurator!

— Bardzo chciałbym wydostać ją z aresztu.

— Muszę zapoznać się z dokumentacją. Zadzwonię do urzędniczki od kaucji w sądzie i powiadomię, że nie mamy nic przeciwko wyznaczeniu niskiej kaucji. Gdzie ona teraz mieszka?

— W schronisku dla prześladowanych kobiet. W jednym z tych utajnionych domów bez nazwy.

— Dobrze je znam. Tak naprawdę są bardzo przydatne.

— Jest tam bezpieczna, ale w tej chwili siedzi biedna w areszcie. Po ostatnim biciu wciąż jest jeszcze sinoczarna.

Morgan wyciąga rękę i zatacza nią półkole.

— Z tego się składa moje życie — mówi ze smutkiem.

Umawiamy się na spotkanie jutro o dziewiątej rano.

⋏ ⋏ ⋏

Deck, Butch i ja spotykamy się w biurze na lunch złożony z kanapek i ustalenie dalszych ruchów. Butch zapukał do wszystkich drzwi w pobliżu mieszkania Rikerów i natknął się tylko na jedną osobę, której wydaje się, że słyszała jakiś rumor. Kobieta mieszka bezpośrednio nad Rikerami i wątpliwe, żeby mogła zauważyć, jak od nich wychodzę. Podejrzewam, że rumor, o którym mówi, był spowodowany rozwaleniem kolumienki, gdy nasz gwiazdor softballu zamachnął się na mnie kijem i chybił po raz pierwszy. Gliniarze jeszcze z nią nie rozmawiali. Butch kręcił się po osiedlu przez trzy godziny i nie dostrzegł żadnej aktywności policji. Mieszkanie Rikerów jest zamknięte i opieczętowane, i przyciąga tłumy gapiów. W pewnej chwili do dwóch rosłych byczków, wyglądających na krewnych Cliffa, dołączyła przywieziona ciężarówką gromada jego kolegów z pracy. Wszyscy ustawili się wzdłuż taśmy policyjnej i wpatrzeni w drzwi wejściowe zaczęli miotać przekleństwa i groźby zemsty. Przypominali bardziej bandziorów niż robotników, mówi Butch.

Skontaktował się też z poręczycielem, który pójdzie nam na rękę i weźmie tylko pięć procent od wartości kaucji, zamiast zwyczajowych dziesięciu. Dzięki temu zaoszczędzę trochę forsy.

Deck spędził większość przedpołudnia w komisariacie i dotarł do protokołów aresztowań i dokumentacji policyjnej Kelly. On i Smotherton całkiem nieźle się dogadują — głównie dzięki temu, że Deck okazuje głęboką niechęć do profesji prawniczej. Występuje wobec Smothertona jako prywatny detektyw, a nie żaden paraprawnik. Dowiedział się też od niego, że policja dostała już kilka telefonów z pogróżkami pod adresem Kelly. Grożą, że ją zabiją. Postanawiam odwiedzić ją w areszcie i sprawdzić, jak to znosi. Deck rozejrzy się za odpowiednim sędzią, który wyznaczy wysokość kaucji, Butch będzie w stałym kontakcie z poręczycielem. Wychodzimy już z biura, gdy dzwoni telefon. Deck podnosi słuchawkę i przekazuje ją mnie.

To Peter Corsa, adwokat Jackie Lemancyzk z Cleveland. Ostatni raz rozmawiałem z nim tuż po jej zeznaniach. Serdecznie mu wtedy podziękowałem za pomoc, a on powiedział, że już tylko dni dzielą go od złożenia pozwu w jej sprawie.

Corsa gratuluje mi werdyktu i mówi, że sprawa trafiła na pierwszą stronę niedzielnego wydania miejscowej gazety. Moja sława zatacza coraz szersze kręgi. A potem informuje, że w Great Benefit dzieją się dziwne rzeczy. Dziś rano agenci FBI w towarzystwie przedstawicieli biura prokuratora generalnego stanu Ohio i stanowego Departamentu Ubezpieczeń wpadli do biur firmy i zaczęli wynosić segregatory z aktami. Z wyjątkiem analityków komputerowych wszystkich pracowników zwolniono do domu i zapowiedziano, że przez najbliższe dwa dni mają się nie pokazywać w pracy. W gazecie ukazała się niedawno wiadomość, że PinnConn, macierzysta firma Great Benefit, odmówiła wykupienia swoich obligacji i masowo zwalnia pracowników.

Niewiele mam w tej sprawie do powiedzenia. Osiemnaście godzin temu zabiłem człowieka i trudno mi teraz myśleć o czymś innym. Chwilę gawędzimy, jeszcze raz mu dziękuję, a on obiecuje mnie informować.

▲   ▲   ▲

Odnalezienie Kelly w policyjnym labiryncie i sprowadzenie jej do sali widzeń zajmuje półtorej godziny. Siadamy po dwóch

624

stronach szklanej przegrody i rozmawiamy przez słuchawki. Mówi mi, że wyglądam na zmęczonego, ja mówię jej, że wygląda wspaniale. Siedzi sama w celi i czuje się bezpieczna, choć sąsiedztwo jest bardzo hałaśliwe i nie może spać. Chce jak najszybciej stąd wyjść. Zapewniam ją, że robię wszystko, co w mojej mocy. Opowiadam o wizycie u Morgan Wilson i wyjaśniam zasady zwolnienia za kaucją. Nie wspominam o groźbach pod jej adresem.

Mamy sobie dużo do powiedzenia, ale nie tu.

Żegnamy się i już zmierzam do wyjścia, gdy umundurowany strażnik wywołuje mnie po nazwisku. Pyta, czy to ja jestem adwokatem Kelly Riker, i wręcza mi wydruk.

— To wykaz naszych rozmów telefonicznych. W ciągu ostatnich dwóch godzin mieliśmy aż cztery telefony w sprawie tej kobiety.

Nie mogę nic wyczytać z cholernego wydruku.

— Co za telefony? — pytam.

— Grozili jej śmiercią. Jacyś wariaci.

⁂

Sędzia Lonnie Shankle zjawia się w swoim gabinecie o piętnastej trzydzieści i Deck i ja już na niego czekamy. Czeka też sto innych spraw, ale Booker wcześniej zadzwonił i ugłaskał sekretarkę, więc trybiki są odpowiednio naoliwione. Wręczam sędziemu plik papierów, w ciągu pięciu minut relacjonuję całą sprawę i kończę prośbą o wyznaczenie niskiej kaucji, ponieważ ja, jej adwokat, będę zmuszony wyłożyć ją z własnej kieszeni. Shankle wyznacza kaucję wysokości dziesięciu tysięcy dolarów, dziękujemy mu i wychodzimy.

Pół godziny później jesteśmy już w areszcie. Wiem, że Butch ma spluwę w kaburze pod pachą i podejrzewam, że jego poręczyciel, facet imieniem Rick, też jest uzbrojony. Jesteśmy przygotowani na wszystko.

Wypisuję Rickowi czek na pięćset dolarów jako opłatę za

kaucję i podpisuję odpowiednie papierki. Jeśli zarzuty wobec Kelly nie zostaną wycofane lub jeśli Kelly nie stawi się w sądzie w którymś z wyznaczonych terminów, Rickowi pozostanie albo machnąć ręką na pozostałe dziewięć i pół tysiąca, albo ją odnaleźć i fizycznie zmusić do powrotu do aresztu. Zapewniam go, że zarzuty zostaną wycofane.

Załatwianie formalności wlecze się w nieskończoność, ale w końcu widzimy, jak Kelly idzie korytarzem już bez kajdanek, za to z promiennym uśmiechem. Szybko prowadzimy ją do mojego samochodu. Ustaliłem z Butchem i Deckiem, że na wszelki wypadek pojadą za nami.

Wspominam Kelly o groźbach śmierci. Podejrzewamy, że to pieprznięta rodzinka Cliffa i zawzięte buraki z jego pracy. Mało rozmawiamy, bo chcę jak najszybciej wyjechać z centrum i dowieźć ją do schroniska. Nie próbuję rozmawiać o wczorajszym wieczorze, ona też nie jest na to gotowa.

▲ ▲ ▲

We wtorek o siedemnastej prawnicy Great Benefit składają w sądzie federalnym w Cleveland wniosek o ochronę w postępowaniu upadłościowym. Peter Corsa dzwoni z tą wiadomością w chwili, gdy jestem z Kelly, i telefon w biurze odbiera Deck. Gdy krótko potem wracam, zastaję Decka bladego jak śmierć.

Siedzimy w moim pokoju z nogami na biurku i przez dłuższy czas milczymy. Żaden z nas nie mówi słowa i w pokoju panuje grobowa cisza. Nikt się nie odzywa. Nikt nie dzwoni. Z ulicy nie dochodzą żadne hałasy. Zwlekaliśmy z rozmową na temat wysokości udziału Decka w zarobionym wynagrodzeniu, więc teraz nawet nie wie, ile stracił. Ale obaj wiemy, że właśnie przestaliśmy być papierowymi milionerami i staliśmy się prawie bankrutami. Nasze wczorajsze piękne sny dziś wydają się żałosną mrzonką.

Choć jest jeszcze iskierka nadziei. Ubiegłotygodniowe sprawozdanie finansowe Great Benefit wyglądało na tyle dobrze, że pozwoliło przysięgłym uznać, iż firma może sobie pozwolić na wypłacenie pięćdziesięciu milionów dolarów odszkodowania. Dyrektor naczelny M. Wilfred Keeley oceniał, że na koncie jest około stu milionów w gotówce. Przecież musiało w tym być choć ziarno prawdy. Pamiętam słowa Maxa Leuberga, który powiedział: „Nigdy nie ufaj liczbom przedstawianym przez firmę ubezpieczeniową, bo ci ludzie stosują odmienne zasady księgowania".

No, ale chyba znajdzie się z milion dolców dla nas, nie? Choć tak naprawdę w to nie wierzę. Deck zresztą też nie.

Corsa podał Deckowi swój domowy telefon i w końcu zbieram się na odwagę, żeby do niego zadzwonić. Przeprasza za złe wieści i mówi, że w miejscowym światku prawniczym i finansowym aż wrze. Jest za wcześnie, by znać całą prawdę, ale wygląda na to, że PinnConn poniosło poważne straty na spekulacjach walutowych i próbując się ratować, zaczęło po cichu czerpać środki z rezerw gotówkowych w swoich firmach zależnych, w tym także z Great Benefit. W niczym to nie pomogło i pieniądze zostały po prostu przejęte przez PinnConn i przetransferowane do Europy. Większościowym udziałowcem PinnConn jest grupa amerykańskich hochsztaplerów z Singapuru. Wygląda na to, że cały świat sprzysiągł się przeciwko mnie.

Wszystko bardzo szybko zamienia się w gigantyczny galimatias prawno-finansowy i jego rozplątanie może potrwać wiele miesięcy, ale przedstawiciel Prokuratury Generalnej już zapowiedział w telewizji, że winnym zostaną postawione zarzuty. Dużo nam z tego przyjdzie.

Corsa zadzwoni do mnie jutro rano.

Przekazuję wszystko Deckowi i obaj uznajemy, że sprawa jest beznadziejna. Pieniądze zostały wyprowadzone z firmy przez oszustów za sprytnych na to, żeby ich dopaść. Liczni klienci, którzy zgłosili w pełni uzasadnione roszczenia, zostali już raz oszukani i teraz znów ich to czeka. Decka i mnie też wyrolują, podobnie jak Dot i Buddy'ego. Oczywiście najbardziej wyrolowali Donny'ego Raya. Drummonda wyrolują, kiedy przedstawi im rachunki za obsługę prawną. Wspominam o tym Deckowi, ale nie jest nam do śmiechu.

Wyrolowani zostaną też pracownicy i agenci Great Benefit. Ucierpią na tym ludzie tacy jak Jackie Lemancyzk.

Nieszczęścia kochają towarzystwo, ale z jakiegoś powodu czuję się tak, jakbym stracił więcej niż inni. To, że innych też to dotknie, stanowi dla mnie niewielką pociechę.

Znów myślę o Donnym Rayu. Mam go w pamięci, jak siedzi pod drzewem i stara się być dzielny podczas nagrywania zeznań. Zapłacił najwyższą cenę za złodziejstwo w Great Benefit.

Na zajmowaniu się tą sprawą strawiłem większą część minionych sześciu miesięcy i teraz się okazuje, że cały ten wysiłek poszedł na marne. Od rozpoczęcia działalności nasza firma przynosiła średnio około tysiąca dolarów miesięcznie zysku netto, ale mobilizowała nas myśl o wyciągnięciu grubej kasy ze sprawy Blacka. Zaksięgowane honoraria nie wystarczą na przeżycie następnych dwóch miesięcy, a ja nie mam zamiaru uganiać się za ludźmi jako „łowca nieszczęść". Deck ma jedną dobrą kraksę samochodową, ale sprawa nie ruszy z miejsca, póki jego klient będzie się leczył, a to może potrwać jeszcze z sześć miesięcy. A jeśli nawet, to odszkodowanie wyniesie dwadzieścia tysięcy dolarów.

Dzwoni telefon, Deck odbiera, przez chwilę słucha i szybko ją odkłada.

— Jakiś facet mówi, że cię zabije — informuje obojętnym tonem.

— To nie jest najgorsza wiadomość dnia.

— Też nie miałbym nic naprzeciwko, żeby mnie ktoś zastrzelił.

▲ ▲ ▲

Widok Kelly poprawia mi nieco nastrój. Znowu jemy chińszczyznę w jej pokoju, ale drzwi są zamknięte na klucz, a mój rewolwer leży na krześle pod płaszczem.

Buzuje w nas tak wiele różnych emocji, że niełatwo nam rozmawiać. Opowiadam jej o Great Benefit i Kelly jest przejęta, ale tylko dlatego, że tak bardzo to przeżywam. Pieniądze nic dla niej nie znaczą.

Momentami się śmiejemy, momentami prawie płaczemy. Kelly martwi się, co będzie jutro i pojutrze, i co policja może zrobić i czego się dowiedzieć. Na myśl o klanie Rikerów drętwieje ze strachu. W tej rodzinie dzieci zaczynają polować w wieku pięciu lat i posługiwanie się bronią palną jest ich drugą naturą. Drętwieje też na myśl o powrocie do aresztu, choć ją zapewniam, że do tego nie dopuszczę. Jeśli policja i prokuratura się zaprą, to wtedy wyjdę z ukrycia i wyznam całą prawdę.

Przebąkuję o wczorajszym wieczorze, ale ona nie jest w stanie o tym rozmawiać. Zaczyna płakać i przez dłuższy czas nic nie mówimy.

Otwieram cicho drzwi, wychodzę na ciemny korytarz i błądzę po zakamarkach tak długo, aż odnajduję Betty Norvelle, która siedzi samotnie w pokoju i ogląda telewizję. Wie z grubsza, co się wczoraj wydarzyło. Tłumaczę, że Kelly jest teraz zbyt przerażona, żeby zostawić ją samą. Muszę z nią zostać i jeśli trzeba, prześpię się choćby na podłodze. W schronisku obowiązuje absolutny zakaz zostawania mężczyzn na noc, ale w tym przypadku Betty zrobi dla mnie wyjątek.

Kładziemy się na wąskim niezasłanym łóżku i trzymamy się za ręce. Całą poprzednią noc nie zmrużyłem oka i tylko zdrzemnąłem się na chwilę po południu. Czuję się, jakbym nie spał od tygodnia. Nie mogę przytulić Kelly z obawy, że ją urażę. Zamykam oczy i odpływam w niebyt.

Rozdział 53

Być może o upadku Great Benefit dużo się mówi w Cleveland, ale w Memphis sprawa przechodzi niemal niezauważona. W środowej gazecie nie ma na ten temat ani słowa, jest za to notatka o Rikerze. Sekcja wykazała, że zmarł od licznych ciosów tępym narzędziem w głowę. Wdowę aresztowano i zwolniono za kaucją i teraz jego rodzina żąda sprawiedliwości. Pogrzeb odbędzie się jutro w małym miasteczku, z którego on i Kelly niegdyś uciekli.

Deck i ja przeglądamy jeszcze gazetę, gdy faks wypluwa wiadomość od Petera Corsy. To fotokopia długiego artykułu z pierwszej strony gazety w Cleveland, w którym zawarto najnowsze szczegóły skandalu wokół PinnConn. Będą weń zaangażowane co najmniej dwie wielkie ławy przysięgłych, do sądów masowo trafiają pozwy przeciwko PinnConn i zależnym firmom — szczególnie Great Benefit, którego wniosek o upadłość sam w sobie stanowi nie lada sensację. Zewsząd skrzykują się adwokaci.

M. Wilfreda Keeleya zatrzymano wczoraj na lotnisku JFK w Nowym Jorku, gdzie czekał na samolot do Londynu. Towarzyszyła mu żona. Keeley twierdził, że wymykają się po kryjomu na krótki romantyczny urlop we dwoje. Nie potrafili jednak podać nazwy hotelu w jakimkolwiek kraju europejskim, w którym mają rezerwację.

Wygląda na to, że w ciągu minionych dwóch miesięcy wszystkie zależne firmy PinnConn zostały ograbione. Początkowo czerpano fundusze na pokrycie strat w wyniku niefortunnych inwestycji, potem jednak je zatrzymano i rozesłano po całym świecie do rajów podatkowych. Tak czy siak, pieniądze zniknęły.

Pierwszym dzwoniącym tego dnia jest Leo F. Drummond. Przekazuje mi wiadomości o Great Benefit tak, jakbym o niczym nie wiedział. Rozmawiamy przez chwilę i właściwie trudno powiedzieć, który z nas jest bardziej przybity. Żaden nie dostanie ani grosza za wojnę, którą ze sobą stoczyliśmy. Drummond nie wspomina o sporze między nim a jego byłym klientem odnośnie do mojej propozycji ugody i ta sprawa pozostaje nierozstrzygnięta. Jego były klient nie będzie mógł podtrzymać oskarżenia o niedopatrzenie. Praktycznie wywinął się z wyroku w sprawie Blacka, nie może więc się powoływać na straty poniesione z racji popełnienia przez Drummonda błędu w sztuce prawniczej. Trent i Brent uniknęła dzięki temu poważnej wpadki.

Drugi dzwoni Roger Rice, nowy adwokat pani Birdie, i zaczyna od gratulacji. Gdyby tylko wiedział. Mówi, że myśli o mnie od chwili, gdy zobaczył moją twarz w niedzielnej gazecie. Pani Birdie postanowiła kolejny raz zmienić testament i na Florydzie mają jej już dosyć. Delbertowi i Randolphowi ostatecznie udało się uzyskać jej podpis na spisanym w domu dokumencie, który następnie przedstawili prawnikom w Atlancie i zażądali ujawnienia całego majątku drogiej mamusi. Prawnicy się zaparli i bracia oblegali ich przez dwa dni. Jeden z prawników zadzwonił do Rogera Rice'a i prawda wyszła na jaw. Delbert i Randolph spytali tego prawnika wprost, czy to prawda, że ich matka ma dwadzieścia milionów dolarów. Prawnik nie wytrzymał i parsknął śmiechem, co bardzo ubodło obu synalków. Ostatecznie doszli do wniosku, że pani Birdie z nimi pogrywa i wrócili na Florydę.

W poniedziałek wieczorem pani Birdie zadzwoniła do Rice'a do domu i oznajmiła, że wyjeżdża do Memphis. Powiedziała, że próbowała się do mnie dodzwonić, ale chyba jestem zbyt zajęty. Rice opowiedział jej o sprawie sądowej i pięćdziesięciu milionach, i to ją chyba trochę podnieciło. „To miłe, powiedziała. Nieźle, jak na chłopaka z nizin". To, że jestem teraz bogatym człowiekiem, chyba zrobiło na niej wrażenie.

W każdym razie Rice dzwoni, żeby mnie ostrzec, iż pani Birdie lada chwila może się tu zjawić. Dziękuję mu za troskę.

▲   ▲   ▲

Morgan Wilson zapoznała się z okolicznościami śmierci Rikera i nie ma zamiaru stawiać Kelly zarzutów. Natomiast jej szef, Al Vance, jeszcze się waha. Idziemy razem do jego gabinetu.

Vance został wybrany na stanowisko prokuratora okręgowego wiele lat temu i od tamtej pory bez trudu wygrywał kolejne wybory. Ma koło pięćdziesiątki i kiedyś poważnie się przymierzał do kariery politycznej na wyższym szczeblu, nie trafiła się jednak odpowiednia okazja i bez żalu pozostał na swoim stanowisku. Ma cechę rzadko spotykaną u prokuratorów: nie lubi kamer.

Gratuluje mi werdyktu w sprawie Blacka. Zachowuję się elegancko i nie chcę o tym rozmawiać z powodów, które wolę zachować dla siebie. Podejrzewam, że wiadomości o Great Benefit dotrą do Memphis w ciągu najbliższej doby i podziw, jaki mnie teraz otacza, szybko się ulotni.

— Ci ludzie to szaleńcy — mówi, rzucając teczkę z aktami na biurko. — Wciąż tu wydzwaniają. Dziś już dwa razy. Moja sekretarka rozmawiała z ojcem Rikera i z jednym z jego braci.

— I czego chcą? — pytam.

— Śmierci pańskiej klientki. Mamy machnąć ręką na sąd i posadzić ją na krześle elektrycznym, najlepiej dzisiaj. Wyszła z aresztu?

— Tak.

— Ukrywa się?

— Tak.

— To dobrze. Są tak bezdennie głupi, że jej grożą. Nawet nie wiedzą, że to karalne. To naprawdę chorzy ludzie.

Wszyscy troje zgadzamy się, że rodzina Rikerów nie ma pojęcia o prawie i jest bardzo niebezpieczna.

— Morgan chce wycofać zarzuty — mówi Vance, a Morgan potwierdza skinieniem głowy.

— To bardzo proste, panie prokuratorze — tłumaczę. — Może pan dać tę sprawę wielkiej ławie przysięgłych i być może uda się panu uzyskać decyzję o postawieniu jej zarzutów. Ale w sądzie pan przegra. Pomacham przed oczami przysięgłych tym cholernym aluminiowym kijem i powołam na świadków kilkunastu ekspertów od przemocy domowej. Zrobię z Kelly symbol prześladowania kobiet i prokuratura paskudnie wypadnie, starając się ją skazać. Nie uzyska pan ani jednego głosu w całej dwunastce przysięgłych. — Nabieram powietrza i ciągnę: — Nie obchodzi mnie, co wyczynia jego rodzina. Ale jeśli da się pan zastraszyć i postawi jej zarzuty, to pan tego pożałuje. Bo ci kretyni znienawidzą pana jeszcze bardziej, kiedy ława oczyści ją z zarzutów i Kelly wyjdzie z sądu wolna.

— On ma rację, Al — wtrąca Morgan. — Nie ma mowy, żeby ją skazali.

Al był już chyba wcześniej gotowy rzucić ręcznik na ring, ale chciał głośno i wyraźnie usłyszeć nasze zdanie. Teraz już bez wahania godzi się odstąpić od postawienia zarzutów. Morgan obiecuje przysłać mi przed południem faks z potwierdzeniem stanowiska prokuratury.

Dziękuję obojgu i od razu się zmywam. Nastroje mają to do siebie, że szybko się zmieniają. Jadę sam windą i nie mogę odmówić sobie uśmiechnięcia się do mojego odbicia w wypolerowanej mosiężnej tabliczce nad przyciskami z numerami pięter. Wszelkie zarzuty zostaną wycofane! Raz na zawsze!

Wypadam z budynku i prawie biegnę przez parking do samochodu.

▲ ▲ ▲

Wystrzelona z ulicy kula przebiła szybę we frontowym pokoju, robiąc w niej równy otwór o średnicy nieco ponad centymetra, przebiła warstwę tynku i zagnieździła się głęboko w murze. Gdy padł strzał, Deck znajdował się akurat w tym pomieszczeniu i pocisk ominął go wprawdzie o jakieś trzy metry, ale dla niego zdecydowanie za blisko. Nie podbiegł od razu do okna. Zamiast tego schował się pod stół i odczekał parę minut.

Potem zamknął drzwi na klucz i czekał, aż ktoś się pojawi. Nikt nie przyszedł. Stało się to koło dziesiątej trzydzieści, kiedy byłem na spotkaniu z Vance'em. Wygląda na to, że nikt nie widział, kto strzelał. Jeśli nawet ktoś usłyszał strzał, nigdy się tego nie dowiemy. Sporadyczne wystrzały nie są w tej dzielnicy niczym nadzwyczajnym.

W pierwszej kolejności Deck zadzwonił do Butcha, którego oczywiście obudził. Butch zjawił się w biurze dwadzieścia minut później, uzbrojony po zęby i z uspokajającymi słowami dla Decka.

Po powrocie do biura znajduję ich przy otworze w szybie i Deck opowiada mi, co się wydarzyło. Jestem pewny, że Deck należy do tych ludzi, którzy pogrążeni w głębokim śnie rzucają się i podrygują, teraz jednak naprawdę jest rozdygotany. Przekonuje nas, że już mu przeszło, ale mówi to głosem drżącym i piskliwym. Butch oznajmia, że wyjdzie na dwór i na nich poczeka, gdyby mieli wrócić. W samochodzie ma dwie strzelby i karabin szturmowy AK-47. Niech Bóg ma w opiece Rikerów, jeśli planują następne ostrzelanie z przejeżdżającego samochodu.

Nie mogę się dodzwonić do Bookera. Jest na mieście z Marvinem Shankle'em i przesłuchują jakichś świadków, piszę więc do niego krótką notatkę i obiecuję, że zadzwonię później.

▲ ▲ ▲

Postanawiamy z Deckiem zjeść cichy lunch z dala od wiwatujących tłumów i poza zasięgiem zabłąkanych kul. Kupujemy kanapki w garmażerii i zjadamy je w kuchni pani Birdie. Butch siedzi w samochodzie zaparkowanym pod domem za moim volvo. Jeśli nie będzie miał okazji postrzelać dziś ze swojego kałasza, będzie niepocieszony.

Cotygodniowe sprzątanie odbyło się wczoraj, więc w domu jest czysto i nawet chwilowo nie czuć pleśni. Wszystko gotowe na przyjazd pani Birdie.

Dogadujemy się z Deckiem szybko i bezboleśnie. Deck przejmie sprawy, na których mu zależy, a ja dostanę dwa tysiące dolarów, płatne w ciągu dziewięćdziesięciu dni. W razie potrzeby włączy w to innych prawników. Pozbędzie się też tych moich spraw, które go nie interesują. Cała paczka spraw Ruffinsa wróci do Bookera, który nie będzie tym zachwycony, ale jakoś to przeżyje.

Przegląd akt odbywa się szybko i sprawnie. Aż żal bierze, jak niewiele spraw i klientów trafiło do nas w ciągu sześciu miesięcy.

Na koncie firmowym w banku leży trzy tysiące czterysta dolarów, w teczce na biurku czeka kilka niezapłaconych rachunków.

Żując kanapki, uzgadniamy wszystkie szczegóły i nasz rozwód w sensie biznesowym odbywa się gładko. W sensie osobistym jest znacznie gorzej. Przed Deckiem nie ma przyszłości. Nie ma szans, aby zdał egzamin adwokacki, i nie ma co ze sobą zrobić. Jeszcze przez kilka miesięcy będzie wykańczał moje sprawy, ale na dłuższą metę nie może działać bez parawanu w osobie jakiegoś Bruisera czy Rudy'ego. Wiemy o tym obaj, ale głośno tego nie mówimy.

Deck wyznaje, że jest bez grosza.

— Hazard? — domyślam się.

— Mhm. Cholerne kasyna. Nie mogę się od nich uwolnić. — Jest już spokojny, niemal wyciszony. Odgryza duży kawałek marynowanego ogórka i głośno chrupie.

Gdy latem ubiegłego roku zakładaliśmy naszą kancelarię, zyski z ugody Van Landela podzieliliśmy równo po połowie. Każdy dostał po pięć i pół tysiąca i każdy dołożył po dwa tysiące z własnej kieszeni. Musiałem parę razy sięgać do oszczędności, ale dzięki temu, że żyłem bardzo oszczędnie i ciułałem, kiedy się tylko dało, na moim koncie w banku leży obecnie dwa tysiące osiemset dolarów. Deck też nie szasta pieniędzmi. On je tylko wszystkie zostawia przy stołach do blackjacka.

— Rozmawiałem wczoraj z Bruiserem — mówi i nie zaskakuje mnie to.

— Gdzie on jest?

— Na Bahamach.

— Prince jest z nim?

— Mhm.

To dobra wiadomość i przyjmuję ją z ulgą. Jestem pewny, że Deck od dawna o tym wiedział.

— Więc im się udało — mówię, wyglądam przez okno i próbuję ich sobie wyobrazić na słonecznej plaży w słomkowych kapeluszach i ciemnych okularach. Tutaj żyli w takich ciemnościach.

— Mhm. Nie wiem jak. O pewne sprawy lepiej nie pytać. — Deck ma nieobecny wyraz twarzy i widać, że jest pogrążony w myślach. — Wiesz, ta forsa wciąż tu jest.

— Ile tego jest?

— Cztery miliony w gotówce. Na tyle oskubali te kluby.

— Cztery miliony?

— No. Wszystko w jednym miejscu. Schowane w piwnicy magazynu. Tu, w Memphis.

— I ile ci z tego proponują?

— Dziesięć procent. Bruiser mówi, że jeśli uda mi się to dostarczyć do Miami, on już zajmie się resztą.

— Nie rób tego, Deck.

— To bezpieczna sprawa.

— Złapią cię i wsadzą do więzienia.

— Wątpię. Federalni już się tym nie interesują. Nie wiedzą o pieniądzach. Wszyscy zakładają, że Bruiser wziął ze sobą wystarczająco dużo i więcej nie potrzebuje.

— A potrzebuje?

— Tego nie wiem. Ale na pewno chce.

— Nie rób tego, Deck.

— To łatwizna. Forsa zmieści się do małej furgonetki do przeprowadzek. Bruiser twierdzi, że załadunek zajmie góra dwie godziny. Potem jadę furgonetką do Miami i czekam na dalsze instrukcje. Wszystko zajmie dwa dni, a ja będę bogaty.

Mówi to takim tonem, jakby myślami był gdzieś daleko. Nie mam cienia wątpliwości, że spróbuje to zrobić. On i Bruiser od dawna to planowali. Powiedziałem, co miałem do powiedzenia, zresztą on i tak mnie nie słucha.

Opuszczamy dom pani Birdie i przenosimy się do mojego mieszkania. Deck pomaga mi załadować trochę rzeczy do samochodu. Zapełniam bagażnik i część tylnego siedzenia. Już nie wracam do biura, żegnamy się więc koło garażu.

— Nie dziwię się, że wyjeżdżasz — mówi.

— Bądź ostrożny, Deck.

Niezręcznie się obejmujemy, przez chwilę ściskamy. Dławi mnie w gardle.

— Przeszedłeś do historii, Rudy, zdajesz sobie sprawę?

— Zrobiliśmy to razem.

— No, tylko co z tego mamy?

— Zawsze możemy się pochwalić.

Ściskamy sobie dłonie i widzę, że oczy Decka wilgotnieją. Patrzę, jak oddala się po podjeździe i wsiada do samochodu Butcha. Chwilę potem odjeżdżają.

Piszę długi list do pani Birdie, w którym obiecuję, że później do niej zadzwonię. Zostawiam go na kuchennym stole, bo jestem pewny, że wkrótce się tu zjawi. Jeszcze raz obchodzę dom i żegnam się ze swoim mieszkaniem.

Jadę do oddziału banku i zamykam rachunek oszczędnościowy. Plik dwudziestu ośmiu studolarówek jest miły w dotyku. Utykam go pod dywanikiem w samochodzie.

▲ ▲ ▲

Gdy pukam do drzwi domu Blacków, jest już prawie ciemno. Otwiera Dot i na mój widok prawie się uśmiecha.

Dom stoi ciemny i cichy, nadal pogrążony w żałobie. Wątpię, czy to się kiedykolwiek zmieni. Buddy leży w łóżku z grypą.

Sączę rozpuszczalną kawę i ostrożnie przekazuję jej wiadomość, że Great Benefit padła, a ona raz jeszcze została wyrolowana. O ile nie zdarzy się jakiś cud, żadne z nas nie dostanie ani grosza. Jej reakcja mnie nie zaskakuje.

Do śmierci Great Benefit przyczyniło się kilka różnych spraw, ale zależy mi, żeby Dot była przeświadczona, że to ona pociągnęła za spust. Oczy jej błyszczą, twarz opromienia uśmiech szczęścia. Załatwiła ich! Jedna drobna, zdeterminowana kobieta z Memphis w stanie Tennessee doprowadziła tych skurczybyków do upadku.

Pójdzie jutro na grób Donny'ego Raya i o wszystkim mu opowie.

▲　▲　▲

Kelly czeka niecierpliwie w towarzystwie Betty Norvelle. Trzyma w rękach niewielką skórzaną torbę, którą jej wczoraj kupiłem. Ma w niej trochę przyborów toaletowych i kilka ubrań, które dostała w darze od schroniska. To cały jej dobytek.

Podpisujemy papiery i dziękujemy Betty. Idziemy do samochodu, trzymając się za ręce. Wsiadamy, oddychamy z ulgą i szybko odjeżdżamy.

Rewolwer wciąż leży pod siedzeniem, ale przestałem się już martwić.

— W którą stronę, kochanie? — pytam, gdy dojeżdżamy do obwodnicy. Oboje parskamy śmiechem, bo to takie cudowne uczucie. Nie ma znaczenia, dokąd pojedziemy.

— Chciałabym zobaczyć góry — mówi Kelly.

— Ja też. Na wschodzie czy na zachodzie?

— Wysokie góry.

— To jedziemy na zachód.

— I chcę zobaczyć śnieg.

— Myślę, że się znajdzie.

Przysuwa się bliżej i opiera mi głowę na ramieniu. Głaszczę jej nogi.

Przejeżdżamy przez rzekę i wjeżdżamy do Arkansas. Za naszymi plecami rozpływa się miejska panorama Memphis. To zdumiewające, jak niewiele z tego zaplanowaliśmy. Jeszcze do wczoraj nie było wiadomo, czy Kelly będzie wolno wyjechać z miasta. Ale zarzuty zostały wycofane i na dowód tego mam pismo z podpisem samego prokuratora okręgowego. Kaucja została zniesiona dziś o trzeciej po południu.

Osiądziemy w jakimś miejscu, gdzie nikt nas nie znajdzie. Nie boję się, że ktoś może za mną pojechać, ale marzymy o świętym spokoju. Nie chcę więcej słyszeć o Decku i Bruiserze. Nie chcę być świadkiem upadku Great Benefit. Nie chcę, żeby pani Birdie dzwoniła do mnie po nocach po porady prawne. Nie chcę się zadręczać śmiercią Cliffa i wszystkim, co się z tym wiąże. Kelly i ja kiedyś o tym porozmawiamy, ale raczej nieprędko.

Wybierzemy jakieś nieduże miasto z college'em, bo Kelly chce się uczyć. Ma dopiero dwadzieścia lat. Sam też jestem jeszcze smarkaczem. Pozbywamy się poważnego bagażu i pora zacząć cieszyć się życiem. Marzy mi się nauczanie historii w liceum. Realizacja tego marzenia nie powinna być zbyt trudna. W końcu mam za sobą siedem lat studiów.

Za żadne skarby i w żadnych okolicznościach nie chcę mieć nic wspólnego z prawem. Pozwolę, żeby moja licencja adwokacka wygasła. Nie wpiszę się na listy do głosowania, więc nie będą mnie mogli dopaść jako kandydata na sędziego przysięgłego. Nigdy z własnej woli nie postawię stopy w jakiejkolwiek sali rozpraw.

W miarę jak teren wokół nas robi się coraz bardziej płaski, a ruch na szosie coraz mniejszy, częściej się śmiejemy i chichoczemy. Memphis jest już trzydzieści kilometrów za nami. Przyrzekłem sobie już nigdy tam nie wrócić.